國家社科基金重大委託項目“《子海》整理與研究”成果

山東省社科規劃重大委託項目成果

子海精華編

主編 王承略 聶濟冬

五雜組

[明] 謝肇淛 撰 張秉國 校箋

山東人民出版社·濟南

國家一級出版社 全國百佳圖書出版版單位

圖書在版編目（CIP）數據

五雜組/（明）謝肇淛撰；張秉國校箋. －－濟南：山東人民出版社，2018.9

（子海精華編/王承略，聶濟冬主編）

ISBN 978－7－209－11534－6

Ⅰ．①五… Ⅱ．①謝… ②張… Ⅲ．①筆記小説—小説集—中國—明代 Ⅳ．①I242.1

中國版本圖書館 CIP 數據核字（2018）第 180030 號

責任編輯：李　濤
封面設計：武　斌

五雜組

WUZAZU

［明］謝肇淛 撰　張秉國 校箋

主管部門　山東出版傳媒股份有限公司
出版發行　山東人民出版社
出 版 人　胡長青
社　　址　濟南市英雄山路 165 號
郵　　編　250002
電　　話　總編室（0531）82098914
　　　　　市場部（0531）82098027
網　　址　http：//www.sd－book.com.cn
印　　裝　山東臨沂新華印刷物流集團有限責任公司
經　　銷　新華書店

規　　格　32 開（148mm×210mm）
印　　張　19.5
字　　數　340 千字
版　　次　2018 年 9 月第 1 版
印　　次　2018 年 9 月第 1 次
ISBN 978－7－209－11534－6
定　　價　118.00 圓
　　　　　如有印裝質量問題，請與出版社總編室聯繫調換。

國家社科基金重大委托項目"《子海》整理與研究"成果之一

《子海精華編》

《子海精華編》出版説明

"子海",即"子書淵海"的簡稱。"《子海》整理與研究"課題係國家社科基金重大委托項目、山東省社科規劃重大委托項目。該課題分《珍本編》《精華編》《研究編》《翻譯編》四個版塊,力圖把子部珍稀文獻、精華文獻進行深層次的整理、研究和譯介,挖掘子部文獻的價值,促進子學研究的發展。

山東大學向來以文史見長。古籍整理與子學研究,是其中的傳統研究方向。"《子海》整理與研究",是在山東大學前輩學者高亨先生積三十年之力陸續做成的《先秦諸子研究文獻目録》的基础上,由已故著名古籍整理與研究專家董治安先生參與策劃、設計的大型綜合研究課題。課題立項後,得到了宣传部、教育部、財政部、山東省政府和山東大學的大力支持,學界同仁踴躍參與。《精華編》的整理研究團隊近兩百人,來自海内外四十八所高校和研究機構。在組織管理上,《精華編》努力探索傳統文化研究協同創新的新體制、新機制,現已呈現出活力和實效。

華夏文明是由多元文化構築而成的。中國古代子部典籍,以歷代士人個性化作品的形式,系統性地展示了華夏民族的世界觀和方法論,立體性地反映了中華民族對世界文明發展的貢獻。其中,無論是宏篇大論,還是叢殘小語,都激蕩着歷史的聲音,閃爍着智慧的光芒,構成中國古代思想、藝術、科技和生活方式的主體内容。《精華編》通過對子部最优秀的典籍的整理,一方面擷英取粹,爲華夏文明的傳播提供可靠的資源和文本;另一方面以古鑒今,爲當下社會的發展提供智力支持和精神支撑。並希望進而梳理中華傳統文化的多元結構,繼承中華優秀傳統文化的一貫文脈。

根據漢代以後子學發展和子部典籍的實際情況,參照官私目錄的分類與著録,《精華編》選取先秦諸子、儒學、兵家、法家、農家、醫家、曆算、術數、藝術、雜家、小説家、譜録、釋道、類書等十四個類目的要籍幾百種,編爲目録,作爲整理的依據,而在成果展現上則不出現具體的類目。爲統一體例,便於工作,《精華編》編有詳細的《整理細則》,并有简明的《整理要則》,供整理者遵循使用。

《精華編》整理原則是,對每種子書的整理,突出學術性、資料性和創新性,力求吸納已有的整理成果,推出更具參考價值、更方便閱讀的整理文本。所采用的整理方式,大體有三種:一、部頭較大且前人未曾整理者,采用標點、校勘的方式整理;二、前人曾經標點、校勘者,或采用抽换更好或别具學術特色底本的方式整理,或采用集校、集注的方式整理,或采用校箋、疏證的方式整理,或綜合使用以上方式;三、前人已有較好的注本者,則采用集注、彙評、補正等方式整理。

《精華編》采用五次校審、遞進推動的管理程式,即:一、初校全稿。子海編纂中心組織碩、博研究生,修改文稿錯別字,規範異體字,調整格式,發現並標明校點中的不妥之處。二、初審文稿。子海編纂中心的編纂人員根據情況,解決初校時發現的問題,並判斷書稿的整體質量。三、匿名評審。聘請資深教授通審全稿,全面進行學術把關,消滅硬傷,寫出審稿意見。四、修改文稿。子海編纂中心及時把專家審稿意見反饋給整理者。整理者根據審稿意見修改,做出新文稿。五、終審文稿。待新文稿返回子海編纂中心後,總編纂做最後的學術質量把關。五步程序完成後,將文稿交付出版社。

五次校審的目的是爲了保證學術質量,提高整理水平,減少錯訛硬傷。但校書如掃塵埃落葉,隨掃隨有,《精華編》雖經多道程序嚴加把關,仍難免有錯,懇請方家不吝指教。子海編纂中心將及時總結經驗,吸取教訓,把工作做得更好,以實現課題設計的初衷。

目　録

整理説明

《五雜組》十六卷，明謝肇淛撰。

謝肇淛（1567—1624），字在杭，福建長樂人，號武林、小草齋主人。萬曆二十年（1592）進士，歷任湖州、東昌推官，南京刑部主事、兵部郎中、工部屯田司員外郎。天啓元年（1621），任廣西按察使，官至廣西左布政使。

謝肇淛幼穎悟，稍長即博覽群書，擅詩文。少年時隨父謝汝韶宦游長沙。萬曆六年（1578），父汝韶由吉王府長史致仕歸，謝肇淛隨父居福州朱紫坊，與名士徐熥、徐𤊺、曹學佺等交游，組織"蓮社"，切磋詩文，學問益進。萬曆十六年（1588）中舉，萬曆二十年（1592）中進士，選湖州司理。調爲東昌司理。萬曆三十四年（1606），丁外艱歸。萬曆三十七年（1609），補工部屯田司主事，轉員外郎。萬曆三十九年（1611），轉本部都水司郎中，督理北河，駐節張秋，並在治河中寫成《北河紀要》，詳載河流原委及近代治河利弊。翌年春，福王就國洛陽，用船一千二百餘隻，肇淛親操小艇爲之前導，沿途疏浚，船隊得以暢通，沿途百姓得以少受騷擾。其後任雲

1

南參政，又調廣西按察使。

天啟元年（1621），升廣西右布政使，尋轉左布政。謝肇淛到廣西任職後，蒿目時艱，力挽時弊，悉心經營，置官增兵駐守廣西與安南邊境，以抵禦安南侵擾，又整頓鹽政，增加財政收入，並鑄錢招徠商人與少數民族互市，發展經濟。又設法抑制土司的權力。在他的治理下，廣西境內政通人和，相安無事。因積勞成瘁，天啟四年（1624）冬十月，卒於任，享年五十八歲。

謝肇淛博學能詩文，其詩清朗圓潤，爲當時閩派領袖，錢謙益譽之爲“閩派之眉目”，並稱其詩“風調諧和，不染叫囂之習”（《列朝詩集小傳》丁集下《謝布政肇淛》）。張獻翼稱其詩：“在杭蓄藻于建安，騰聲于慶曆，希躅于少陵，泛駕于長慶，兼綜潘、陸，妙契陶、韋。其辭宛以麗，其氣雄以健，其攄思優以雋，其援事典以則，其振響和以平，既美才情，尤深寄興。”（《靜志居詩話》卷十六《謝肇淛》附錄）有《小草齋詩》二十卷、《文》三十卷。

除詩文外，謝肇淛還撰有雜著多種，據《千頃堂書目》載，另有《小草齋詩話》《史鎪》《史測》《西吳支乘》《晉安藝文志》《百粵風土記》《滇略》《北河紀》《北河紀餘》《鼓山志》《支提山志》《方廣巖志》《五雜組》《塵餘》《文海披沙》等多種。還有見於《（同治）長樂縣志》的《居東日纂》《粵藩末議》《長溪瑣語》《史考》《禮考》，可知其撰述是極爲宏富的。

《五雜組》，“組”又作“俎”，近年來學界對究竟是“組”還是“俎”尚有爭論。① 今存的初刻本爲萬曆四十四年（1616）如韋館本（《續修四庫全書》收録），以及稍後的另一種明末刻本（現藏北京大學圖書館，《四庫禁毀書叢刊》影印收録）皆作“五雜組”。據《説文解字》，“組，綬屬也，其小者以爲冠緌”，則“雜組”意指文理色彩相雜成文；又“俎：禮俎也，從半肉在且上”，“俎”本義爲禮器，用以載牲體，則“雜俎”意指祭品雜陳於俎内。《辭源》列“雜俎”條，曰：“爲雜記及類事之書，言如肴蕷之雜陳於俎。”事實上，自唐以降，確有多種書以“雜俎”爲名，如唐段成式《酉陽雜俎》，《宋史·藝文志·事類》著録有《群玉雜俎》《增廣群玉雜俎》，以及明葉子奇《草木子》雜俎篇、毛晋《詩詞雜俎》、劉鳳《雜俎》等，都可證明。本次整理，據底本仍舊采用“組”字。

《五雜組》分爲天部二卷、地部二卷、人部四卷、物部

---

① 一種觀點認爲書名應爲“五雜組”，寫成“五雜俎”是錯誤的。説見印曉峰在上海書店出版社 2001 年出版的《五雜組》“出版説明”的論斷，以及楊琳在 2006 年發表於《古籍整理研究學刊》的《從〈五雜組〉詩到雜俎文——談雜俎體詩文的發展過程》。另一種觀點則認爲“組”“俎”通用，説見“在四川大學古籍整理研究所的儒藏論壇”上，一名號爲“學五車”的學者發表的《談〈五雜組〉與〈五雜俎〉》一文。按，初刻於萬曆四十四年（1616）的如韋館本冠以李維楨《五雜組序》，作“俎”字，可知“組”“俎”皆可。

四卷、事部四卷，共十六卷。因全書由五部組成，故名爲"五雜組"。《五雜組》大多記錄作者本人的讀書心得，亦有對史事之考證。所涉内容十分廣博，幾乎無所不談，所以具有較高的史料價值。其史料價值主要表現於兩個方面：第一，《五雜組》中保存了不少有關明代自然現象和自然資源的記錄。如卷一《天部一》中就有關於隕石的記載："萬曆壬子十二月二五日申時，四川順慶府廣安州，無風無雲，雷忽震動，墜石六塊，其一重八斤，一重十五斤，一重十七斤，小者重一斤或十餘兩，豈有三十里之徑，而僅一拳石之多哉？"此條對研究明代天文學或有些許價值。書中記載了地理、物産、氣候等情況，對於瞭解明代社會各方面的情況極具意義。晚明生態環境破壞較爲嚴重，接踵而至的是自然災害，《五雜組》中記載了包括水災、火災、旱災、蝗災、地震等各方面的自然災害，爲我們留下了許多寶貴的環境史史料。更爲難能可貴的是，作者看到了自然界規律和人類活動的關係，提出了不少精到的看法。第二，《五雜組》也記載了晚明社會生活的方方面面。尤其對於晚明貪污腐化的官場風氣，身處宦海的謝肇淛對一些貪官污吏的罪惡勾當，進行了無情的揭露和激烈抨擊。如卷十五《事部三》寫道："余每見貪官酷吏，剝民膏脂以自封殖，而復峻刑法以鉗其口，使百里之内重足一息，重者亡身破家，輕者形殘毁體，即洪水猛獸，未足喻其慘也。"這樣的記載比比皆是。另外，對晚明社會奢靡的世風和一些病態的現象，書中都有反映。如卷三《地部一》記載蘇州的民風："姑蘇雖霸國之餘習，山海之厚利，然其人偎巧而俗侈靡，不惟不可都，亦不可居也。士子習於周旋，文飾俯仰，應對嫻熟，至不可耐，而市井小人，百虛一實，舞文狙詐，不事本業。"再如卷八《人部四》記載晚明男風盛行的現象："男色之興，自《伊訓》有比頑童之戒，則知上古已然矣。""今天下言男色者，動以閩、廣爲口實，然從吳越至燕雲，未有不知此好者也。"這些記載，對於我們認識晚明社會，極具史料價值。

謝肇淛在書中還表現出了經世致用的實學思想，對晚明的吏治腐敗、結黨風氣以及宦官的專權跋扈，以及禦虜禦倭、河道水利等問題，都有深刻的思索，提出了不少獨到的見解。總之，《五雜組》內容林林總總，十分龐雜，所以，書中也就有不少在今天看來是糟粕或缺憾的內容，如書中也有不少有關神鬼的記載，這些荒誕無稽的內容在一定程度上降低了本書的史料價值。

《五雜組》今存最早的刻本是萬曆四十四年（1616）潘膺祉校刻的如韋館刻本，卷首冠有李維楨所作序，每卷卷首兩行爲"陳留謝肇淛著/榮陽潘膺祉校"，卷末有"東吳范迂漫翁審定/新安如韋館藏板"。潘膺祉，即潘方凱，字膺祉，萬曆年間著名製墨家，別署茹葦軒、如韋館，宋代著名墨工潘谷之裔孫。李維楨在《五雜組序》中說"友人潘方凱見而好之，不敢秘諸帳中，亟授剞劂，與天下共寶焉”，亦可知潘方凱校刻此書。又有現藏於北京大學圖書館的明末刻本（上海圖書館有殘本），該本的刊刻時間不詳，但很明顯，它應晚於刻於萬曆四十四年的如韋館本，當刻於明末的二十多年間。爲方便稱呼，校語簡稱“北大本”。與如韋館本相比，它不僅改正了前者的一些明顯誤字，還增益了十六條内容。

　　到了清代，《五雜組》在清乾隆年間文字獄最盛之時被列爲禁書，全國收繳並“全毁”，所以清代一直没有刻本出現。反倒是在清初順治年間，在日本出現了寬文元年（1661年，即順治十八年）的刻本，實是明末刻本的覆刻。① 1935年，上海中央書店出版國學珍本文庫，《五雜組》作爲第一集第十三種得以排印出版，共兩册。1959 年，中華書局上海編輯所出版了以如韋館本爲底本的排印本，後又陸續出現了1977 年出版的臺北偉文出版社排印本、1981 年出版的臺灣新興書局《筆記小説大觀》本。2001 年，又出版了上海書店出版社排印本，以及遼寧教育出版社的排印本。2005 年，上海古籍出版社又出版了簡體横排《明代筆記小説大觀》，將《五雜組》收入。②

---

　　① 説見廖虹虹《謝肇淛〈五雜組〉版本述略》,《五邑大學學報》2004 年第 3 期。

　　② 有關《五雜組》版本的詳細情況,可參廖虹虹《謝肇淛〈五雜組〉版本述略》一文及陳磊的碩士論文《〈五雜組〉研究》(華中師范大學 2011 年碩士論文)。

　　總之，近年來出現了衆多的排點本，所據底本大都是萬
曆如韋館本和明末刻本。本次整理，即以收入《續修四庫全
書》的萬曆四十四年如韋館本爲底本，以收入《四庫禁毀書
叢刊》的北京大學圖書館藏明末刻本（校語中簡稱"北大
本"）爲參校本進行點校，同時參考其他排印本的點校成果。
在注釋方面，目前尚無箋注類成果，故而本次整理，采取
"校箋"的方式；由於《五雜組》的徵引十分龐雜，難以一
一臚列，所以本次整理，對歷史典故及引文，一般略而不注，
而是著重箋注書中提到的当朝之人、事、地等。

　　爲讀者研究方便，本書將有關謝肇淛的生平資料附録
於後。

五雜組序①

　　五雜組詩三言，蓋詩之一體耳，而水部謝在杭著書取名
之。何以稱五？其説分五部，②曰天、曰地、曰人、曰物、
曰事，則説之類也。何以稱雜？《易》有《雜》卦，③“物相
雜，故曰文”。雜物撰德，辨是與非，④則説之旨也。天數
五，地數五，《河圖》《洛書》，五爲中數，宇宙至大，陰陽
相摩，品物流形，變化無方，要不出五者。五行雜而成時，
五色雜而成章，五聲雜而成樂，五味雜而成食。《禮》曰：
“人者，天地之心，五行之端，食味、別聲、被色而生。”具
斯五者，故雜而係之五也。《爾雅》：“組似組，産東海。”織
者效之，間次五采，或縮璽印，或爲冕緌，或象執轡，或咏
干旄，或垂連網。或偕玄纁入貢，或玄、朱、純、⑤綦、緼

1

辨等威，或丈二撫鎮方外，經緯錯綜，物色鮮明，達于上下，以爲榮飾。在杭産東海，多文爲富，故雜而係之組也。昔劉向《七略》叙諸子凡十家，班固《藝文志》因之，儒、道、陰陽、法、名、墨、縱橫、小説、農之外，有雜家，云其書"蓋出于議官,[①] 兼陰陽、墨，合名、法，知國體之有此，見王治之無不貫"。小説家出于稗官，街談巷語，道聽塗説者之所造。兩家不同如此。班言"可觀"者九家，意在黜小説。後代小説極盛，其中無所不有，則小説與雜相似。在杭此編，總九流而出之，言天下之至賾而不可惡也，即目之雜家可矣。龍門六家，儒次陰陽，殊失本末。蘭臺首儒，議者猶以並列藝文爲非。語曰："通天地人曰儒。"在杭此編，兼三才而用之，即目之儒家可矣。余嘗見書有名"五色綫"者，小言詹詹耳，世且傳誦，孰與在杭廣大悉備，發人蒙覆、益人意智哉？友人潘方凱見而好之,[②] 不敢秘諸帳中，亟授剞劂，與天下共寶焉。

大泌山人李維楨本寧父撰。[③]

---

① "云"，北大本脱。"其書蓋出于議官"，北大本作"按其書云出于議官"。
② "友人潘方凱見而好之"，北大本無。
③ "撰"，北大本無。

卷　一

天部一

老子謂："有物混成，先天地生。"不知天地未生時，此物寄在甚麼處？噫！蓋難言之矣。天，氣也；地，質也。以質視氣，則質爲粗；以氣視太極，則氣又爲粗。未有天地之時，混沌如雞子。然雞子雖混沌，其中一團生意包藏其中，故雖歷歲時而字之，便能變化成形。使天地混沌時，無這個道理包管其中，譬如濁泥臭水，萬年不改，又安能變化許多物事出來？故老氏謂之"玄牝"，夫子謂之"太極"。雖謂之有，其實無也。周子謂"太極本無極"，似於畫蛇添足矣。

天地未生之初，本無也，無之中能生有，而無不可以訓，故曰"《易》有太極"，蓋已包管於無之先矣，即不言無極可也。若要言之，則無極之前又須有物，始得幾於白馬之辯矣。

"天之蒼蒼，其正色耶？其遠而無所至極耶？"然日月五星，可以躔度周步推測，則天之爲天，斷有形體。既有形體，必有窮極。釋氏以爲有三十三天，幻説也。假使信然，三十三天之外又復何物？語曰：“六合之外，聖人存而不論。”噫！非不論也，所謂極其至，雖聖人亦有所不知也。

朱晦翁曰：“天者，理而已矣。”夫理者，天之主宰也，而謂理即天，終恐未是。理者虛位，天者定體。天有毀壞，理無生滅。如目之主視，耳之主聽，世有無耳無目之人，視聽之理將何所屬？況聖人舉天以敵奧竈，此即蒼蒼之天，不專言理也。

天，積氣爾，此亘古不易之論也。夫果積氣，則當茫然無知，混然無能，而四時百物，孰司其柄？生死治亂，孰尸其權？如以爲偶然，則孛蝕變故，誰非偶然者？而“天變不足畏”之説，誠是也。然而惠迪從逆，捷如影響，[①]治亂得失，信於金石，雷擊霜飛、人妖物眚，皆非偶然者也。故積氣之説，雖足解杞人之憂，而誤天下後世不淺也。

【校箋】

① “響”，北大本作“嚮”。

象緯、術數之學，聖人所不廢也。舜以耕稼陶漁之夫，一旦踐帝位，便作璇璣玉衡以齊七政，則造化之理，固盡在聖人橐籥中矣。後世如洛下閎、僧一行、王朴之輩，冥思精數，亦能範圍天地，渾儀倚蓋，旋轉不差，黍管葭灰，晷刻靡爽，亦奇矣。至宋儒議論，動欲以理該之。噫！天下事理之所不能盡者多矣，況於天乎！

　　天之不足西北也，何以知之？日月行斗之南，而不行斗之北故也。漢明帝嘲張重曰："日南郡人應北向看日。"然北方瀚海有熟羊胛，①而天明之國，出塞七千里，便可南視北斗矣，安知無北向看日之地乎？

【校箋】

　　① 熟羊胛，指近於日出之地。《新唐書·回鶻傳》："骨利幹處瀚海北……其地北距海，去京師最遠，又北度海則晝長夜短，日入亨羊胛，熟，東方已明，蓋近日出處也。"後用以比喻光陰快速流逝。

　　天去地九萬里，天體徑三十五萬七千里，此亦臆度之詞耳。天之體，日月星辰所不能周也，而況於人乎！

　　七政之行，自消自息，何與人事？而聖人必以璇璣玉衡測之也，遂使後世私智之士轉相摹效，互出己見，如周髀、宣夜、渾儀之屬，議論紛挐，各有刺繆。及測之而不得，求之而不應，遂以爲幽遠難明之事，而"天變不足畏"之説昉於此矣。然則舜非與？曰：舜之齊七政，所以協歲時、戒農事也，非後世無用之空談也。

　　天地有大陽九、大百六，有小陽九、小百六。又云："天厄於陽九，地虧於百六。大期九千九百年，小期三千三十年。故當陽九之會，天旱海消而陸燋；當百六之會，海水竭而陵自填。"按《漢書》曰："四千五百歲爲一元。一元之中有九

5

厄，陽厄五，陰厄四。陽爲旱，陰爲水。"又云："初入元百六會有厄，故曰百六之會。"二説互異。前説期似太遠，荒唐無稽；後説四千五百歲之中九厄，則五百歲當一厄，而自古及今，未有三百年不亂者。至於水旱頻仍，恐無十年無災之國耳，又何陽九、百六之多也耶？《異聞録》所載，又有陰七陽七、陰五陽五、陰三陽三，皆謂之災歲。大率經歲四千五百六十，而災歲五十七，以數計，則每八十歲而值其一。此説又不知何所據也。按《漢書》又有"元二"之厄，或云即"元元"之誤，未知是否。又《吹劍録》載，丙午、丁未年，中國遇之必有災，然亦有不盡然者，即百六、陽九亦如是耳。

日，陽精也，而雷、電、虹、霓，皆陽屬也；月，陰精也，而雨、露、霜、雪，皆陰屬也。星宿、風雲，行乎陰陽之間者也。日、月，恒有者也；雷、電、雨、露之屬，不恒有者也。星宿體生於地而精成於天，風雲皆從地起而行天者也，故兼陰陽之氣也。

日出而葵藿傾，月虛而魚腦減，下之應上也；虎交而月暈，麟鬥而日蝕，上之應下也；潮之逐月，桐之合閏，上下交爲應也。

秦始皇登君山，遇大風雨，遂赭其山。隋煬帝泛舟遇風，怒曰："此風可謂跋扈將軍！"二君之與風雨爲仇，不若魯陽揮戈以止日、宋景發善言而熒惑退舍也。

《禮統》曰："雨者輔時，生長均遍。"又曰："雨者，輔也。"今閩人方音，尚以雨爲輔。

雲根，石也，然張協詩曰："雲根臨八極，雨足灑四溟。"曹毗《請雨文》曰："雲根山積而中披，雨足垂零而復散。"則專指雲言也。

《四時纂要》曰："梅熟而雨，曰梅雨。"《瑣碎録》云："閩人以立夏後逢庚日爲入梅，芒種後逢壬爲出梅。"按梅雨，詩人多用之，而閩人所謂入梅、出梅者，乃"黴濕"之"黴"，非"梅"也。

客星犯帝座，此史官文飾之詞耳，未必實也。古今帝王求賢下士者多矣，未聞天象之遽應也。即漢文帝之於鄧通、哀帝之於董賢，同臥起者數矣，未聞帝座之有犯也。而子陵賢者，一夕之寢，遽云犯帝座耶？武帝微行，宿主人婢，婢婿拔刀襲之，同宿書生見客星掩帝座，此賊也，而子陵同之乎？史官於是爲失詞矣。苻堅之母以送少子至灞上，[①]而太史奏后妃星失明。羯胡腥羶，乃上干天象若是耶？矯誣甚矣。至於海内分裂之時，史官各私其主，人君各帝其國，不知上天將何適從也？宋仁宗嘉祐中，有道人游卜京師，上聞，召見，賜酒。次日，司天臺奏壽星臨帝座，恐亦妄耳。

【校箋】

①　"苻堅"，底本及北大本均作"符堅"，據《晉書》改。

客星有五，周伯、老子、王蓬絮、國星、溫星。所臨之國，周伯主喪，老子主饑，王蓬絮主兵，國星主疾，溫星主暴骸。然則五者俱非吉星也，而史以子陵當之，不亦冤乎？

星宿，"宿"字俗音"秀"，然辰之所舍，有止宿之義，則音"夙"亦可也。《陰符經》云："天發殺機，移星易宿；地發殺機，龍蛇走陸；人發殺機，天地反覆。"則從"夙"音久矣。

天體東南下而西北高，日月之行，皆自南至中天而止，故南方暖而北方寒。然日月之大有限，方夏至時，雖距數萬里，更無北向看日者，此又不可曉之理也。

日一歲而一周天，月二十九日有奇而一周天，非謂月行速於日也。周天度數，每日日行一度，月行十三度有奇。凡月初生明時，行南陸如冬至時之日；及生魄時，行中天如夏至時之日，故月行一月抵日行一歲也。

中宮天極星，帝星也，三台，三公星也。文昌六星在北斗魁前，天之六府，故世以文昌爲魁星也。太微東西藩各四星，將相星也。東壁，文章星也。南極，壽星也。貫索，獄星也。昴，胡星也。箕，風星也。畢，雨星也。彗、孛、攙槍、熒惑，妖星也。太白，兵星也。考之歷代天文，太白竟天，兵戈大起；彗星竟天，則有禪代之事。

正德初，彗星掃文昌。文昌者，館閣之應也。未幾，逆瑾出，首逐內閣劉健、謝遷，而後九卿臺諫無不被禍。萬曆丁丑十月，異星見西南方，光芒亘天，時余十餘歲，在長沙官邸亦能看之。^①無何而張居正以奪情事，杖趙用賢、吳中行、艾穆、鄒元標等，編管遠方，逐王錫爵、張位等，朝中正人，爲之一空。^②變不虛生，自由然矣。

【校箋】

① 萬曆丁丑即萬曆五年（1577），時謝肇淛之父謝汝韶任吉王府長史，謝肇淛時年十一歲，隨父宦游長沙。本年十月初五日，彗星現西南，《明神宗實錄》卷六八：“（萬曆五年十月）戊子，時彗星見西南，光明大如盞，芒蒼色，長數丈，掃尾箕越斗牛，直逼女宿。禮臣疏請修省，得旨：‘玄象示異，朕心深切儆惕，大小臣工，其恪修職業，以圖消弭。’”

② 萬曆五年十月初三、初五、初八日，張居正連疏請乞回籍守制，皆不允，遂在官守制。星變後，趙用賢上《星變陳言疏》，吳中行、艾穆、沈思孝各上疏諫止奪情，二十二日，有旨杖趙用賢、吳中行等。《明神宗實錄》卷六八：“（萬曆五年十月）乙巳，先是，翰林院編修吳中行、簡討趙用賢、刑部員外艾穆、主事沈思孝各上疏論輔臣張居正奪情事，留中數日，至是降旨，命錦衣衛逮至午門前，中行、用賢各杖六十，發回原籍爲民，永不叙用；穆、思孝各杖八十，發極邊充軍，遇赦不宥……當中行疏上，學士王錫爵會翰林、宗伯而下數千人求解于居正，弗納。錫爵徑造喪次言之，辭頗峻，居正勃然下拜，索刀作刎頸狀，曰：‘上強留我，而諸子力逐我，且殺我耶？’錫爵亟趣出，知事不可回矣。就逮之日，陰雲忽結，天鼓大鳴，慘黷者移時，受杖畢，較（校）尉以布曳出長安，舁以板闔，即日驅出國門。中行頻絶而蘇，而穆、思孝梏□詔獄中三日始僉發。中行僦舍都門外，故人間有候視者，邏卒輒籍記之，而廠衛之命隨至，即衆創行，呻吟徹晝夜，股內剜去數十臠，大盈尺深，入者逾寸，竟空一股云。方中行等得罪，時翰林侍講

趙志皋、張位、于慎行、張一桂、李長春、田一俊、修撰習孔教、沈懋學俱具疏救，格不入。而懋學三貽書居正子懋修，伸‘經權忠孝之辨，爲師相之留，爲世道計，諸子之疏亦爲世道計，奈何視爲狂童，斥爲儔黨乎？’此言出而所云力不能救者，天下疑而弗信矣。……未幾，孔教、志皋、位相繼遷謫去，錫爵、懋學皆移病歸。”

俗言“南斗注生，北斗注死”，故以北斗爲司命。而文昌者，“斗魁戴匡六星”之一也，俗以魁故，祠文星以祈科第，因其近斗也，故亦稱文昌司命云，傅會甚矣。至以蜀梓橦神爲文昌化身者，又可笑也。

數起於一而成於九。九，陽數也，故曰九天、九霄、九垠、九垓、九閬、九有、九野、九關、九氣、九位、九域之類，非必實有九也，猶號物之數謂之萬耳。聖人則之，分地爲九州，別人爲九族，序官爲九流、九卿、九府。天子門曰九重，亦取九垓之義也。

道書云：“九霄謂神霄、青霄、碧霄、丹霄、景霄、玉霄、琅霄、紫霄、太霄。”恐亦附會之詞。如天門九重，又安能一一強爲之名耶？

《蠡海録》云：“天之色蒼蒼然也，而人稱曰丹霄、絳霄，河漢曰絳河，[①] 蓋觀天以北極爲標準，仰而見者皆在北極之南，故借南之色以爲喻。”此言亦恐未然。天無色，借日以爲色，故稱丹與絳者，從日言耳。不然，彼稱青天、銀漢者，又豈指北斗之北哉？

【校箋】

①“絳霄”“絳河”及下之“絳”字，底本作“絳”，據北大本改。

《酉陽雜俎》載：“人不欲看天獄星，有流星入，當披髮坐哭之，候星出，災方弭。《金樓子》言‘予以仰占辛苦，侵犯霜露，又恐流星入天牢’，方知俗忌已久。”今閩中新婦不戴星行，①云：“恐犯天狗星，則損子嗣。”閨女間亦忌之。而見流星以爲不吉，亦古之遺禁也。

【校箋】

①“戴”，北大本作“載”。

災祥之降也，謂天無意乎？吾未見聖世之多災、亂世之多瑞也。謂天有意乎？亦有遇災而反福、遇瑞而遘凶者。又有災祥同而事應復然不同者。必求其故，則牽合傅會，不求其故，而盡委之偶然，將啓昏君亂主謂“天變不足畏”之端，則如何而可也？《春秋》著災異而不著事應。子產曰：“天道遠，人道邇。”瑞不足言也。遇災而懼，人理之常，①何必問其應乎？自《漢書・五行志》以某事屬某占，至今仍之，然史氏既事而言，言之何益？②司天氏未事而言，言多不驗。於是人主每遇災變，恬然無復畏懼之心矣。今於歷代五行，摘其尤異者録之：

【校箋】

　①"人"，北大本作"此"。

　②"何"，北大本作"可"。

　　漢惠帝二年，天裂東北，廣十餘丈，長二十餘丈。文帝五年，齊雍城門外有狗生角。

　　成帝永始元年，河南樗樹生支如人頭，眉、目、鬚皆具。又建始元年八月，漏未盡三刻，有兩月重見。

　　哀帝建平四年，山陽湖陵雨血，廣三尺，長五尺，大者如錢，小者如麻子。

　　靈帝中平元年，東郡界生草，備鳩雀、龍蛇、鳥獸之形，毛羽、頭目、足翅皆具。又樹中有人面生鬚，伐之出血。

　　桓帝建和三年，北地雨肉，似羊肋，又大如手。

　　元和元年，司徒長史馮巡馬生人。

　　晉懷帝永嘉元年，洛陽地陷，有二鵝飛出，蒼者沖天，白者墮地。

　　公孫淵時，襄平北市生肉，長圍各數尺，有頭目口喙，無手足而動搖。

　　愍帝時，平陽雨肉，長三十步，廣二十七步。旁有哭聲，晝夜不絶，臭聞百里。數日，劉聰后產一蛇一虎，各害人而走，尋之不得。頃之，見於隕肉之傍。俄而后死，諸妖俱不見。

太康九年，幽州有死牛頭能作人言。

永嘉中，吳郡萬詳婢生子，鳥頭，兩足馬蹄，一手，尾黃色，大如枕。又抱罕令嚴根妓產一龍、①一女、一鵝。

【校箋】

① "抱罕"，當作"枹罕"，古縣名，故治在今甘肅臨夏縣東北。

義熙七年，無錫人趙未年八歲，一旦暴長八尺，髭鬚蔚然。

唐開元二年五月晦，天星盡搖，曙乃止。

元和二年十月，日傍有物如人形，跪手捧盤向日，盤中有物如人頭。又四年閏三月，日傍又有一日。

乾符六年十一月朔，有兩日並出而鬬。

元和六年三月日晡，天陰寒，有流星，大如一斛器，墜兗、鄆間，聲震數百里。所墜之上有赤氣如立蛇，長丈餘，至夕乃滅，野雉皆雊。又十二年九月甲辰，有流星起中天，首如瓮，尾如二百斛船，長十餘丈，聲如群鴨飛，明若火炬，須臾墜地，有大聲如壞屋者三。

咸通十四年，宋州獵者得雉，五足，其三出背上。

弘道初，梁州倉有大鼠，長二尺餘，爲貓所嚙，數百鼠反嚙貓。少選，聚萬餘鼠，州遣人捕大鼠擊殺之，餘皆去。

大中十年三月，舒州吳塘堰有衆禽成巢，闊七尺，高一尺，水禽山鳥，無不馴狎。中有如人面、綠毛、紺爪觜者，其聲曰甘，人謂之甘蟲。

中宗時，中郎將毛婆羅炊飯，一夕化爲血。

天寶十三載，汝州葉縣南有土塊相鬥，血出數日不止。

咸通八年七月，下邳雨沸湯，殺鳥雀。

周顯德七年正月，日下復有一日。

宋景德元年十二月，日下復有二日。

天禧四年四月，有兩月同出西南方。

淳熙十四年五月，有星晝出，大如日，與日相摩蕩而入。

咸淳十年九月，有星見西方，曲如蚓。又有二星鬥於中天，良久，一星墜。

元豐末，嘗有物如席，見寢殿上，而神宗崩。元符末又數見，而哲宗崩。至大觀間，漸晝見。政和以後大作，每得人語則出，先若列屋推倒之聲。其形丈餘，仿佛如龜，金眼，行動有聲，黑氣蒙之。氣之所及，腥血四灑，兵刃皆不能施。又或變人形，或爲驢，多在掖庭間。自後人亦不大怖。宣和末，眚息而北狩矣。

慶曆三年十二月，天雄軍降紅雪，既化，盡血也。

端平三年七月，亦雨血。

紹興二年，宣州有鐵佛，坐高丈餘，自動，迭前迭卻者數日。

淳熙九年，德興縣民家鏡自飛舞，與日相射。

雨毛、雨土，史不絶書，而元至元二十四年，雨土至七晝夜，深七八尺，牛畜盡没死，則亦亘古未有之變也。

百草不畏雪而畏霜，蓋雪生於雲，陽位也，霜生於露，陰位也；不畏北風而畏西風，蓋西轉而北，陰未艾也，北轉而東，陽已生也。

夏霜、冬雷、風霾、星孛，謂之天變可也。至於日月交蝕，既有躔度分數，可預測於十數年之前，逃之而不得，禳之而不能，而且無害於事，無損於歲也。指以爲天之變，不亦矯誣乎？蝕而必復，天體之常，管窺蠡測，莫知其故，而奔走馳騖，伐鼓陳兵，若倉卒疾病而亟救之者，不亦兒戲乎？《傳》稱魯哀之時，刑政彌亂而絶不日食，以爲天譴之無益，告之不悟也。然司馬之時，羊車宴安，羯胡啓釁，日食三朝，不一而足，天何嘗譴而有益也？文景之世，日月薄蝕相望於册，而海内富庶，粟朽貫紅，以爲天譴之厚於魯哀乎？是爲父者日朴責賢子而姑息不肖子也，天不亦舛耶？然則何説之從？曰：日食變也，而非其變者也。譬之人有疾病也，固有兢業保守而抱疴不絶者矣，亦有放縱酒色而恬無疾疢者矣，[①]乃其壽命修短之源，則固不係是也。聖人之事天也，無時不敬，而遇其災變，則尤加皇懼焉，曰：“吾知敬天而已，初不爲禍福計也。”蓋自俗儒占候之説興，必以某變屬之某事，求之不得則多方傅會，不覺其自相矛盾，而啓人主不信之端，故金陵有“天變不足畏”之説，雖千古之罪言，而亦自有一段之見解也。

【校箋】

　①"疢"，北大本作"疚"。

　　三代之時，日食皆不預占。孔子答曾子："諸侯見天子，入門不得終禮者，太廟火、日食是也。"不知古人不能知耶？抑知之而不以告耶？而預占日食，又不知起於何時也？但不預占，則必有陰雲不見者，故《春秋》於日食不恒書，非不食也。

　　使日食不預占，令人主卒然遇之，猶有戒懼之心，今則時刻杪分，已預定之矣，不獨人主玩之，即天下亦共玩之矣。予觀官府之救護者，既蝕而後往，一拜而退，杯酌相命，俟其復也，復一拜而訖事。夫百官若此，何以責人主之畏天哉？

　　谷永有云："日食，四方不見而京師見者，沈湎於酒，禍在內也；京師不見而四方見者，百姓屈竭，禍在外也。"司馬溫公又言："四方不見而京師見者，禍尚淺也；四方見而京師不見者，禍寖深也。"其言雖各有理，終亦穿鑿傅會。浮雲蔽塞，一時偶然，即百里之中，陰晴互異，又安能必四方之皆見否乎？假令中國不見而夷狄見，南夷不見而北狄見，又將何詞以解耶？至於當食不食，與食而不及分數者，則曆官推步之失，尤不當舉賀也。

　　世間第一誕妄可笑者，莫如日中之烏、月中之兔，而古今詩文沿襲相用，若以爲實然者。其説蓋出於《春秋元命苞》《淮南鴻烈解》及張衡《靈憲》語耳。然屈原《天問》已有畢羽之説，而《史記·龜策傳》載孔子言：“日爲德而辱於三足之烏。”夫《史記》所載不見經書，而《天問》所疑皆兒童里俗之談，近於游戲，至漢以後，遂通用之而不疑矣。

弇州載宋慶元中，①一歲五次月食，而皆非望，其後有一歲八次，而亦不拘望者。今考《宋史·天文志》並無之，不知何所出也。

【校箋】

① 弇州，指王世貞，字元美，號鳳洲、弇州山人，江蘇太倉人。明嘉靖二十六年進士，官至南京刑部尚書，卒贈太子少保。“後七子”領袖。著述宏富，有《弇州山人四部稿》《弇山堂別集》等。《列朝詩集小傳》稱曰：“元美之才，十倍于鱗，其神明意氣，皆足以絶世。少年盛氣，爲于鱗輩撈籠推挽，門户既立，聲價復重，譬之登峻坂、騎危牆，雖欲自下，勢不能也。迨乎晚年，閲世日深，讀書漸細，虛氣銷歇，浮華解駁，于是乎涊然汗下，蘧然夢覺，而自悔其不可以復改矣。”《靜志居詩話》評曰：“嘉靖七子中，元美才氣，十倍于鱗。惟病在愛博，筆削千兔，詩裁兩牛，自以爲靡所不有，方成大家。一時詩流，皆望其品題，推崇過實，諛言日至，箴規不聞。究之千篇一律，安在其靡所不有也。樂府變，奇奇正正，易陳爲新，遠非于鱗生吞活剥者比。七律高華，七絶典麗，亦未遽出于鱗下。當日名雖七子，實則一雄。”

日中既有烏，又有羲和馭車；月中既有兔，又有蟾蜍，有桂，有吳剛、姮娥、琯璘，又有廣寒宮殿、瓊樓金闕，及八萬三千修月戶。何月中之淆雜，而人又何能一一見之也？此本不必辯，宋儒辯之，已自腐爛，而以爲大地山河影者，又以五十步笑百步也。

東坡《鑑空閣》詩云："懸空如水鏡，瀉此山河影。妄稱蟾兔蟆，俗説皆可屏。"然坡知蟾、兔、蟆之爲俗説，而不知山河影亦俗説也。段成式《酉陽雜俎》云：①"月中蟾、桂，地影也；空處，水影也。"宋人之論本此。

【校箋】

① "段"，如韋館本作"叚"，乃"段"之俗寫，據北大本改。

周昭王時，九月並出，貫紫微之府，無何而王濟江溺死。今人知堯時之有十日，而不知周時之九月也。

相傳永樂中，上方燕坐樓上，見雲際一羽士駕鶴而下，問之，對曰："上帝建白玉殿，遣臣於陛下索紫金梁一枝，長二丈，某月日來取。"言畢，騰空而去。上驚異，欲從之，獨夏原吉曰：①"此幻術也，天，積氣耳，安有玉殿、金梁之理？即有之，亦不當索之人間也。"狐疑不決。數日，道士復至，曰："陛下以臣爲誑乎？上帝震怒，將遣雷神示警。"上謝之，又去。翊日，雷震謹身殿，上大懼，括內外金，如式製之。至期，道士復至，稽首稱謝。梁逾千斤，而二鶴銜之以去。上語廷臣，原吉終不以爲然，乃密遣人訪天下金賤去處，則踪迹之。至西華山下，果有人鬻金者甚賤，乃隨之至山頂，見六七道士方共斫梁，見人即飛身而去。使者持半梁復命，上始悔悟。又傳弘治中，有徽王，亦被道士以此術詐得一銀鏤紋門檻，後事發被擒。此與小説載彈子和尚詐王太尉錢十萬貫事極相類。想羅公遠、葉法善輩皆用此術，而世相傳，真以明皇爲游月宫，夫月豈誠有宫哉？

【校箋】

　　① 夏原吉（1366—1430），字維持，祖籍德興，隨父徙湖廣。以鄉薦入太學，歷官至户部尚書。卒贈太師，謚忠靖。《明史》有傳。

　　燕、齊之地，無日不風，塵埃漲天，不辨咫尺。江南人初至者甚以爲苦，土人殊不屑意也。楚、蜀之地，則十日九雨，江干嶺側，行甚艱難。其風日晴朗者，歲中不能三十日也。豈天地之氣固有所偏耶？

　　江南每歲三四月，苦霪雨不止，百物黴腐，俗謂之梅雨，蓋當梅子青黄時也。自徐、淮而北，則春夏常旱，至六七月之交，愁霖不止，物始黴焉，俗亦謂之梅雨，蓋“黴”與“梅”同音也。又江南多霹靂，北方差少。

　　魏時河間王子元家，雨中有小兒八九枚墮於庭前，長六七寸，自言：家在河東南，爲風所飄至此。與之言，甚有所知。國初，山東新城王氏方鰥居，^①一日天大風，晦冥良久。

既霽，於塵坌中得一好女子，年十八九，云外國人也，乘車遇風，欻然飄墜。遂爲夫婦。今王氏百年科名，貴盛無比，皆天女之後也。

【校箋】

①"新城"，如韋館本作"歷城"，據北大本改。按：下文"今王氏百年科名"云云，可知乃新城王氏也。

月犯少微，戴逵以爲憂，而謝敷死。人爲之語曰："吳中高士，求死不得。"熒惑入南斗，梁武帝徒跣下殿以禳之，既而聞魏主西奔，大慚，曰："虜亦應天象耶？"二人之心一也，一負時名，一負正朔，而卒不應也。然不以爲幸，而反以爲慚，固知好名之心，有甚於好生者矣。①

【校箋】

①"好"，北大本底脫。

習鑿齒謂星人曰："君嘗聞知星宿有不覆之義乎？"大凡占星者，皆於中天野次窺之，故云"不覆"。

晉郭翰少有清標，乘月臥庭中，織女降之，與諧伉儷。後以七寶枕留贈，訣別而去。吾友孫子長，①少年美晳，七夕之夜，感牛女之事，爲文以祝之，詞甚婉麗。忽如夢中，爲女仙召至瓊樓玉闕，殊極人間之樂，七日始蘇。時皆笑以爲妄。余謂非妄也，魅也。人有邪念，祟得干之，就其所想以相戲耳。

【校箋】

① 孫子長，即孫昌裔，福建侯官人，萬曆三十八年（1610）進士，授吳興教授，擢戶部郎中，出守杭州，拜水利使者，尋改浙江提學副使。

北斗相傳如豕狀。唐一行於渾天寺中掩獲群豕，而北斗不見。國朝徐武功奉斗齋甚虔，①閤門不食豕肉。及論決之日，大風霾，雷電，有物若豕，蹲錦衣堂上者七焉。遂得赦，戍金齒。是其驗也。一云："北斗九星，七見二隱。"

【校箋】

① 徐武功，即徐有貞（1407—1472），初名珵，字元玉，號天全，南直隸吳縣人。宣德八年進士，改庶吉士，授翰林院編修，官至左都御史。因謀劃英宗復辟，封武功伯兼華蓋殿大學士。因誣告殺害于謙、王文，爲時論所薄。後被石亨誣陷，遭放。有《武功集》。

《晋·天文志》："凡五星降於地爲人：歲星爲貴臣；熒惑爲兒童，歌謠嬉戲；鎮星爲老人、婦女；太白爲壯夫；辰星爲婦人。"其言甚怪誕。然東方朔爲歲星，蕭何爲昴星，李白爲太白星。唐太宗時，北斗化爲七僧，西市飲酒。一行時，北斗化爲豕，入渾天寺中。西川章仇兼瓊時，太白酒星變爲紗帽藜杖，四人飲酒。宋嘉祐中，壽星變爲道士，飲酒不醉。夫星之精，爲人所感而生，理或有之，豈有在天之宿，變爲人物，下游人間者哉？野史之誕甚矣。至謂狼星直日，遺有殘羊，益妄矣。

古今名世公卿皆上應列宿，如諸葛武侯、祖逖、馬燧、武元衡之屬，皆將卒而星殞。然自古及今，星殞不知其幾，而懸象在天者不覺其稀少也，豈既隕之後，[1]還復生長如人耶？夫天之星，應地之石也，山海之中，石累取而不竭，斫盡而復出，則星可知矣。

【校箋】

① "隕"，北大本作"殞"。

徐整《長曆》云："大星徑百里，中星五十里，小星三十里。"然星之墜地，化為石，不過尺寸計耳，豈應遽縮至是？萬曆壬子十二月廿五日申時，四川順慶府廣安州，[1]無風無雲，雷忽震動，墜石六塊，其一重八斤，一重十五斤，一重十七斤，小者重一斤或十餘兩，豈有三十里之徑，而僅一拳石之多哉？大率以里數言天者，皆杜撰之詞，聖人不道也。

【校箋】

① "廣安州"，北大本脫"廣"字。

流星，色青赤者名地雁，有光者名天雁，其墜之地主兵。

今曆家祿命，金、木、水、火、土五星之外，又有四餘星：一曰紫氣，二曰月孛，三曰羅睺，四曰計都。而羅、計二星，人多忌之。考歷代《天文志》，實無此二星也，不知此說仿自何時？① 余考宋《蠡海録》所載有之，則其說久矣。今術家以四餘爲暗曜，豈亦以天象無所見，故強爲之説耶？

【校箋】

①“仿”，疑誤，當作“昉”。

上官桀時，虹下宫中飲井，井爲竭。越王無諸宫中，斷虹飲於宫池，漸漸縮小，化爲男子。韋皋在蜀，宴將佐，有虹垂首於筵，吸其飲食。晋陵薛願，虹飲其釜，願輦酒灌之，遂吐金以報。劉義慶在廣陵，方食粥，虹飲其粥。張子良在潤州，虹飲其瓮漿。後魏首陽山中，虹飲於溪。史傳所書，不一而足。夫虹乃陰陽之氣，倏忽生滅，雖有形而無質，乃能飲食，亦可怪矣。今山谷中，虹飲溪澗，人常遇之，亦有飲於池者。昔秦符生謂：“太白入井，自爲渴爾。”以此觀之，其言亦未足深笑也。

今人虹、霓俱作平聲讀，然虹亦作去聲，今鳳陽虹縣是也；霓亦作入聲，沈約《郊居賦》“雌霓連蜷”，云恐人讀作平聲是也。① 既有雌雄，復能飲食，故字皆從蟲。

【校箋】

①《梁書·王筠傳》：“約制《郊居賦》，構思積時，猶未都畢，乃要筠示其草，筠讀至‘雌霓（五激反）連蜷’，約撫掌欣忭曰：‘僕嘗恐人呼爲霓（五雞反）。’”

余在浙中，見人呼虹作"厚"音，嘗笑之，後見用修《丹鉛錄》作鱟。[①]鱟者，海物之名也，其字從魚，豈可指爲虹霓乎？燕、齊人呼爲"醬"，又可笑矣。吾郡方言呼爲空（去聲）。按韻書，虹一音貢，又作虹，則閩音亦有自來也。

【校箋】

① 用修，即楊慎（1488—1559），字用修，號升庵，別號博南山人，四川新都人。內閣首輔楊廷和之子。正德六年狀元，官至翰林院修撰。大禮議之爭，因率百官在左順門求世宗改變皇考而遭貶雲南，終老戍地。能文擅曲，著述之富爲明人之冠，有《升庵集》等。

唐代州西有大槐樹，震雷擊之，中裂數丈，雷公爲樹所夾，狂吼彌日，衆披靡不敢近。狄仁傑爲都督，逼而問之，乃云："樹有乖龍，所由令我逐之。落勢不堪，爲樹所夾，若相救者，當厚報德。"仁傑乃命鋸匠破樹，方得出。夫雷公被樹夾已異矣，能與人言，尤可怪也。又葉遷招曾避雨，亦救雷公於夾樹間。翌日，雷公授以墨篆，與仁傑事政同。

雷之擊人，多由龍起，或因雷自地中起，偶然值之，則不幸矣。一云：乖龍憚於行雨，往往逃於人家屋壁，及人耳鼻，或牛角之中。所由令雷公捉之去，多致霹靂。然亦似有知，不妄擊者。野史載：柴再思當大雷時，危坐不動，忽有四人舁其牀出庭中，俄而大震，龍出。僧道宣右手小指上有小點如麻，因雷鳴不已，出手戶外，一震而失半指。又有藏老僧耳中者，出而僧熟睡不覺。余從大父廷柱幼時，[①]婢抱入園中，雷下擊婢，婢走，雷逐之。入室安兒牀上，而婢震死，兒無恙也。東郡馬生爾騏言：[②]其母一日雷繞戶外，念東室漏，趨視之，[③]大震一聲，有龍自其枕下出，穿屋而升，枕掀地上。此非人之幸，亦雷及龍之有知也。

【校箋】

① 謝廷柱，字邦用，弘治十二年（1499）進士，授大理評事，歷官湖廣按察司僉事。有《堪輿管見》。

② 馬爾騏，兗州府庠生，精醫道。生平不詳。

③ “趨”，北大本作“趍”。

《風俗通》云：“雷不蓋醬。”雷聲者，陽氣之發也，收斂之物觸之輒變動。今人新死未斂者，聞雷聲，尸輒漲起是也。

《論衡》曰：“畫工圖雷公狀，如連鼓形，一人椎之。”可見漢時相傳若此。然雷之形，人常有見之者，大約似雌雞肉翅，其響乃兩翅奮撲作聲也。宋儒以陰陽之理，解釋雷電，此誠可笑。夫既有形有聲，春而起，秋而蟄，其爲物類審矣，且與雲雨相挾而行。又南方多，而北方少，理之不可曉者。萬曆戊戌六月，[①]余在真州，避暑於天寧寺大樹下，旁有浮屠，卓午方祖跣與客對奕，忽雷震一聲，起於坐隅，若天崩地裂，客驚仆地。余仰視，見火焰一派，從塔頂直入雲中，塔角一磚擊碎墮地。是日揚州相距六十里，亦震死一婦人。

【校箋】

① "戍"，北大本作"戌"，訛。

雷之擊人也，謂其有心耶，則枯樹、畜產亦有震者，彼寧何罪？謂其無心耶，則古今傳記，所震、所擊者，皆凶惡淫盜之輩，未聞有正人君子死於霹靂者。惟王始興幾罹其禍，卒亦獲免，非妄擊也。蓋其起伏不恒，或有卒遇之者。至於擊人，則非大故，不足以動天之怒耳。然而世之凶惡淫盜者，其不盡擊，何也？曰：此所以爲天也。使雷公終日轟然，搜人而擊之，則天之威褻矣。聖人迅雷風烈必變，不可以自反無缺，而遂不敬天怒也。

余舊居九仙山下，庖室外有柏樹，每歲初春，雷必從樹傍起，根枝半被燋灼，色如炭云。居此四年，雷凡四起，則雷之蟄伏，似亦有定所也。

今嶺南有物，雞形肉翅，秋冬藏山土中，掘者遇之，轟然一聲而走。土人逐得，殺而食之，謂之雷公。余謂此獸也，以其似雷，故名之耳。彼天上雷公，人得而食之耶？

傳記六和塔頂有月桂，因風飄落，此說不經之甚。月中豈真有桂耶？夜靜風高，從山外飄來者耳。史傳所載雨粟、雨麥，及魏河內雨棗、安陽殿雨朱李者，皆此類也。蓋自天而下，①故通謂之雨耳。

【校箋】

①“天”，北大本作“上”。

天門九重，形容之言也，天豈真有門哉？然嘗有人見天門開，中有樓臺，衣冠人物往來者，何也？曰：此氣之開合也。其樓臺、人物，如海市蜃宮，頃刻變幻者也。考之史傳，燕馮跋、北齊高洋皆獨見天開，自知必貴。羊襲吉、馬浩瀾皆見之。王文正公旦幼時，見天門開，中有己姓名，則又異矣。俗云：“見天開不以語人，拜之，大吉。”又有時裂十餘丈，人所共見者，則災異也。

諒輔爲五官掾，大旱禱雨，不獲，積薪自焚，火起而雨大至。戴封在西華亦然。臨武張熹爲平輿令，乃卒焚死，有主簿小吏皆從焚，焚訖而澍雨至。水旱之數，聖帝明王不能卻也，①而以身殉之，不亦過乎？諒、戴幸而獲免，張熹死而效靈。前二人之雨，天所以示聽卑之意也；後者之焚，天所以絕矯誣之端也。天亦巧矣。

【校箋】

①“卻”，北大本作“郤”，訛。

昔人謂亢旱之時，上帝有命，封禁五瀆。此誠似之。每遇旱，即千方祈禱，精誠憊竭，杳無其應也。燕、齊之地，四五月間嘗苦不雨，土人謂有魃鬼在地中，必掘出，鞭而焚之，方雨。魃既不可得，而人家有小兒新死者，輒指爲魃，率衆發掘，其家人極力拒敵，常有叢毆至死者，時時形之訟牘間，真可笑也！

南安王元積爲相州刺史，禱雨不效，鞭石虎像一百，未幾，疽發背死。奚康生在相，亦以禱雨取西門豹舌，三兒暴喪，身亦遇疾。萬曆己丑，吾郡大旱，仁和江公鐸爲守，[①]與城隍約，十日不雨則暴之。既而暴又不雨，則枷之，良久始解。無何，江至苧江，登舟，墮而傷足，病累月，幾殆。人亦以爲黷神之報也。

【校箋】

① 江鐸（？—1603），字士振，仁和人。萬曆二年進士。授刑部主事，出守福州，歷升山西參政，晉按察使。會播酋楊應龍反，擢鐸僉都御史，巡撫偏沅。時總督李化龍分八道進兵，鐸統楚師，破瑪瑙、長坎諸囤，苦竹、三度等關，應龍縊死。又討平皮林八洞諸蠻，以勞疾歸，卒贈兵部右侍郎。

元微之詩云：“江喧過雲雨，船泊打頭風。”過雲雨、打頭風，皆俚語也，今閩人猶謂暑天小雨爲過雲雨。

齊地東至於海，西至於河，每盛夏狂雨，雲自西而興者，其雨甘，苗皆潤澤，自東來者，雨黑而苦，亦不能滋草木，蓋龍自海中出也。

　　俗云“千里不同風，百里不同雨”，然雨非獨百里，有咫尺之地晴雨迥別者。余一日與徐興公集法海寺，[①]至暮而別。余西行數十步，即遇大雨如注，衣巾淋漓；興公東行，點滴而已。陳後山云：“中秋陰晴，天下如一。”此語未試，然亦恐不盡然也。後山又云：“世兔皆雌，惟月中兔雄，故兔望月而孕。”此村巷小兒之談，安所得而稱之？“雄兔腳撲朔，雌兔眼迷離”，古詩有之矣。使置兔闇室中，終歲不令見月，其有不孕者耶？月爲群陰之宗，月望而蚌蛤實，月虛而魚腦減，月死而蠃蛖膲，又豈月中有雄魚蚌耶？

【校箋】

　　① 徐興公，即徐熽（1563—1639），字惟起，一字興公，別號三山老叟、竹窗病叟、筠雪道人、筆耕惰農等。閩縣人。與兄徐熥、弟徐熛，並有文名。與曹學佺、謝肇淛、葉向高等結“芝社”，人稱“芝山詩派”。著述宏富，有《紅雨樓纂》《鰲峰詩集》《荔枝譜》等。《列朝詩集小傳》“丁集下”稱：“興公博學工文，善草隸書，萬曆間與曹能始狎主閩中詞盟，後進皆稱興公詩派。嗜古學，家多藏書，著《筆精》《榕陰新檢》等書，以博洽稱于時。”《靜志居詩話》卷十八稱“其詩典雅清穩，屏去粗浮淺俚之習，與惟和足稱二難”。

　　宋秘閣畫有梁文瓚五星二十八宿圖，形狀詭異，不知其何所本，亦猶《五岳真形圖》也。

　　《周書》謂：“天狗所止，地盡傾，餘光燭天，爲流星，長數十丈，其疾如風，其聲如雷，其光如電。"吳、楚七國反時，吠過梁者是也。然梁雖被圍，未有陷軍敗將之衄、略地屠城之慘，而七國不旋踵以亡，則天狗亦惡能爲禍福？俗云："天狗所止，輒夜食人家小兒。"故婦女嬰兒多忌之。

閩中無雪，然間十餘年亦一有之，則稚子里兒，奔走狂喜，以爲未始見也。余憶萬曆乙酉二月初旬，①天氣陡寒，家中集諸弟妹，構火炙蠣房啖之，俄而雪花零落如絮，逾數刻，地下深幾六七寸。童兒爭聚爲鳥獸，置盆中戲樂，故老云數十年未之見也。至嶺南則絕無矣。柳子厚《答韋中立書》云："二年冬，大雪逾嶺，被越中數州，數州之犬皆倉皇噬吠，狂走累日。"此言當不誣也。

【校箋】

① "乙酉"，北大本作"戊子"。按：萬曆乙酉爲萬曆十三年，萬曆戊子爲萬曆十六年。

《山海經》曰："由首山、小威山、空桑山，皆冬夏有雪。"《漢書·西域傳》曰："天山冬夏有雪。"今蜀蛾眉山夏有積雪，其中有雪蛆云。①

【校箋】

① 北大本有小字批注："《字典》：陰山、蛾眉二山，積雪不消，生蛆，大如瓠，俗呼'雪蛆'。"按：此段出明張自烈《正字通》。

　　峨眉雖六月盛寒，未必有雪，惟至絶頂望，正西一片白茫茫然，不知其幾千里。土人云："此西域雪山也。"有一年酷暑，西望不見白者，而巴江之水漲逾百倍，云是雪山水消耳。

　　《困學紀聞》云："瓊爲赤玉，咏雪者不宜用之。"此言雖是，然終是宋人議論。古人以玉比雪，[1]亦取其意興耳。瓊、琚、瑤、玖皆玉之美名，非顏色也，且亦比況之詞，寧堪一一著相耶？至於"白鷴失素"，白鷴，白質黑紋，原非純白，伯厚又不知糾其非，何也？

【校箋】

　　[1]"玉"，底本作"王"，據北大本改。

　　《詩》："相彼雨雪，先集維霰。"霰，雪之未成花者，今俗謂之米粒雪，雨水初凍結成者也。《爾雅注》引《詩》作"霓"，又謂之"霄雪"，疏："霄即消。"蓋誤以霄爲霰也，失之愈遠矣。霰亦音屑，從雨從肖，非從肖也。[1]楊用修辨之甚明。[2]

【校箋】

　　[1]"肖"，北大本作"霄"。
　　[2]楊用修，即楊慎，生平詳本卷"余在浙中"條。

　　雹似是霰之大者，但雨霰寒而雨雹不寒。霰難晴而雹易晴，如驟雨然，北方常遇之。相傳龍過則雹下，四時皆有。余在齊魯四五月間屢見之，不必冬也。然雹下之地，禾麥經年不生，蓋冷氣凝結，入地未化耳。史書所載，雹有大如桃李者，如雞子者，如斧者，如斗者，惟武帝元封中，雹大如馬頭，極矣。《稽神録》又載："楊汀自言天祐初，[①]在鼓城避暑于佛寺，忽聞大聲震地，走視門外，乃見一雹，其高與寺樓等，入地可丈餘，經月乃消。"其言似誕。然宇宙之中，恐亦何所不有？

【校箋】

①"汀"，底本作"行"，据徐鉉《稽神録》改。

《春秋》書"雨木冰"，蓋陰霧凝封樹上，連日不開，凍而成冰，人拆取之，枝葉皆具，謂之"樹介"，亦謂"木稼"。俗言："木雨稼，[①]達官怕。"唐永徽、宋元豐中，皆有此異，卒有牝雞、新法之禍。萬曆丁丑，余在楚，亦一見之。[②]時江陵不奔喪，[③]斥逐言官，天下多故，是其應也。

【校箋】

①"雨"，北大本脱。

② 萬曆五年，謝肇淛隨父宦游長沙，父汝韶以忤張居正，尋致仕。四庫本《福建通志》卷四三《謝汝韶傳》："左遷吉府長史。時居正以葬父歸，諸藩捆載爲饋，汝韶導王以常禮修唁，居正大怒。故事：王傅以客禮見監司。有趙觀察者，故居正黨，希其意，欲抑之如屬吏，汝韶

笑曰：'王傅之膝，可易屈耶？'遂挂冠歸。"

③ 江陵，即張居正（1525—1582），字叔大，號太岳，湖廣江陵人，嘉靖二十六年進士，改庶吉士，授翰林院編修，萬曆時前期任內閣首輔，輔佐萬曆皇帝開創了"萬曆新政"。

風之微也，一紙之隔則不能過；及其怒也，拔木折屋，[①]掀海搖山，天地爲之震動，日月爲之蔽虧。所謂"天下之至柔，馳騁天下之至剛"者耶？且百物之生，非風不能長養，而及其肅殺收成之者，亦風也。人居大塊之中，乘氣以行，鼻息呼吸，不能頃刻去風，而及其侵肌骨、中榮衛，卒然而發，雖盧扁無如之何。至釋氏又謂業風一吹，金石皆成烏有，豈非陶鑄萬物，與天地相終始者哉？蓋天地之中，空洞無物，須得一氣鼓舞動蕩其間，方不至毀壞，即如人之有氣息一般。《莊子》所謂"野馬也，塵埃也，生物之以息相吹也"。此"息"字亦有二義：有生息之息，有休息之息。當其生息，便是薰風，及其休息，便是業風。小則爲春夏秋冬，大則爲元會運世，如斯而已。

【校箋】

① "折"，北大本作"拆"。

常言謂："魚不見水，人不見氣。"故人終日在氣中游，未嘗得見，惟於屋漏日光之中，始見塵埃袞袞奔忙，雖暗室之内，若有疾風驅之者。此等境界，可以悟道，可以閱世，可以息心，可以參禪。漆園"齊物"之論首發此義，亦可謂通天人之故者矣。

《易》曰："天地盈虛，與時消息。"而況於人乎？況於鬼神乎？可見盈虛消息，自有主宰之者，雖天地亦不能違也。然除卻天地，更有何物？此處見解難以語人，亦不得不以語人也。

聖人之所謂知天者，豈有它哉？亦不過識得盈虛消息之理而已。説天者莫辯乎《易》。《易》之一書，千言萬語總不出此四字。但天之盈虛消息，自然者也，聖人之知存亡進退而不失其正，亦自然者也。世之高賢，亦有懼盛滿而勇退者矣，亦有薄富貴而高蹈者矣。但以出處之間，未免有心，故又多一番魔障也。

李賀詩："門前流水江陵道，鯉魚風起芙蓉老。"鯉魚風乃九月風也，又六月中有東南風，謂之黃雀風。①

【校箋】

① 北大本有小字批注："《御覽》：南中六月則有東南長風，六月止，俗號黃雀長風，時海魚變爲黃雀，因爲名也。"

海風謂之颶風，以其具四方之風，即石尤風"四面斷行旅"者也。相傳石氏女嫁爲尤郎婦，尤出不歸，妻憶之至死，曰："吾當作大風，爲天下婦人阻商旅也！"故名石尤云。亦作石郵，見李義山詩。今閩人方音謂之颶風，音如貝焉。颶者，簸也。颶、颶字相近，畫容有訛，音不應差。或者誤作颶，而強爲之解耳。①

【校箋】

①　北大本有小字批注："《御覽》引《南越志》曰：熙安間多颶風，具四方之風也。一曰懼風，言怖懼也。常以六七月興，未至時三日，鷄犬爲之不鳴大者，或至七日，小者一二日，外國以爲黑風。"

北地之風，不減於海颶，而吹揚黄沙，天地晦冥，咫尺不相見，歲恒一二云。然每月風之起，多以七八之日，無者得雨則解。閩地亦然也。

閩中亦有颶風，但一歲不一二發，發輒拔樹掀瓦而止耳。惟嶺南瓊、崖之間，颶風三五年始一發，發則村落、屋瓦、林木，數百里如洗，舟楫漂蕩，盡成虀粉。其將至數日前，土人皆知而預避之，巨室皆以鐵楞木爲柱，銅鐵爲瓦，防其患也。此亦可謂之小業風矣。

《周禮》："以十有二風，察天地之和，命乖別之妖祥。"蓋每歲十有二辰，皆有風吹其律，以知其和與否，此後世風角之始也。《春秋》襄十八年，楚師伐鄭，師曠曰："吾驟歌北風，又歌南風，南風不競，楚人多死。"古人音律之微，足以察天地、辨吉凶如此。其法今不復傳矣。但占卜之家，量晴較雨，一二應驗，其他災祥，即史官所占，不盡然也。

關東，西風則晴，東風則雨；關西，西風則雨，東風則晴。此《續博物志》之言，不知信否。大抵東風必雨，此理之常。《詩》云："習習谷風，以陰以雨。"谷風，東風也。東風主發生，故陰陽和而雨澤降；西風剛燥，自能致旱。若吾閩中，西風連日必有大災，^①亦以燥能召火也。

【校箋】

① "大"，北大本作"火"。

古語云："巢居知風，穴居知雨。"然鳩鳴鳶團，皆爲雨候，則巢者亦知雨也。虎嘯猨見，皆爲風徵，則穴者亦知風也。至於飛蛾、蜻蜓、蠅蟻之屬，皆能預知風雨，蓋得氣之先，不自知其所以然也。

颶颱也，舶趠也，石尤也，羊角也，少女也，扶搖也，孟婆也，皆風之別名也。濯枝也，隔轍也，潑火也，霖霖也，皆雨之別名也。按《爾雅》："風從上而下曰飆，亦曰扶搖。"《莊子》"搏扶搖羊角而上者九萬里"，言大鵬搏此二風而上也。近見諸書引用，多云"搖羊角而上"，而以"搏扶"作連綿字，誤矣。即杜少陵詩"五雲高太甲，六月曠搏扶"。想此老亦誤讀也。

《廬山記》："天將雨則有白雲，或冠峰巖，或亘中嶺，謂之山帶，不出三日必雨。"然不獨廬山爲然，大凡山極高而有洞穴者，皆能吐雲作雨。孔子曰："膚寸之雲，不崇朝而雨天下者，其惟泰山乎？"安定郡有峴陽峰，將雨則雲起其上，若張蓋然。里諺曰："峴山張蓋雨滂沛。"①閩中鼓山大頂峰，高臨海表，城中家家望見之。雲罩其頂，來日必雨，故亦有"鼓山戴帽"之謠。然它山不皆爾，以鼓山有洞穴故也。《海錄碎事》云："大雨由天，小雨由山。"想不誣耳。

【校箋】

①"沛"，北大本作"沱"。

卷　二

天部二

徐幹《中論》曰：“名之繫於實也，猶物之繫於時也。”生物者，春也；吐華者，夏也；布葉者，秋也；收成者，冬也。若強爲之，則傷其性矣。

春夏秋冬之序，皆以斗柄所指定之，指東曰春，指南曰夏，指西曰秋，指北曰冬。今曆日某月建某者，即斗柄之所指也。斗居中央而運四時，故爲君象也。

夏日長、冬日短者，日夏行天中，出於正東，入於正西，徑天中而過，度數多也。冬行南隅，出於東南隅，入於西南隅，度數少也。日之不行東北、西北者，天體欹而不足西北也。

漢高帝時，謁者趙堯舉春，李舜舉夏，兒湯舉秋，貢禹舉冬。四臣之名亦異矣，豈故爲之耶，抑偶合也？而貢禹在高帝時，又非彈冠之貢禹也。

閩距京師七千餘里，閩以正月桃華開，而京師以三月桃花開，氣候相去差兩月有餘。然則自閩而更南，自燕而更北，氣候差殊，復何紀極？故大漠有不毛之地，而日南有八蠶之繭，非虛語也。曆家所載，二月桃始華，蓋約其中言之耳。

賈佩蘭云："在宮中時，以正月上辰出池邊盥濯，食蓬餌以去妖邪。"則不但上巳有戲，上辰亦有戲矣。

正月一日謂之"三朝"，師古《漢書注》云："歲之朝，月之朝，日之朝，故謂之三朝。"朝之義猶旦也。又謂之"四始"，《正義史記》注云："謂歲之始，時之始，日之始，月之始也。"

元旦，古人有畫雞、懸葦、酌椒柏、服桃湯、食膠餳、折松枝之儀，今俱不傳矣，惟有換桃符及神荼、鬱壘爾。閩中俗不除糞土，至初五日，輦至野地，取石而返，云"得寶"，則古人喚"如願"之意也。

以一月爲正月，蓋自唐虞已然，舜以正月上日受終於文祖是已。唐虞月建不可考，而歲首必曰正月，足以證昔人改年不改月之謬。《詩・豳風》以十一月爲"一之日"，十二月爲"二之日"，正月爲"三之日"，則知周之建子也。《小雅》所謂"正月繁霜"者，則以四月純陽之月名之，非歲首之正月矣。正者，取義以正朔也。至秦始皇諱政，改爲平聲，至今沿之，可笑甚矣。

歲後八日，一雞，二豬，三羊，四狗，五牛，六馬，七人，八穀。此雖出東方朔《占書》，然亦俗說，晉以前不甚言也。案晉議郎董勛《答問禮》，謂之"俗言"。魏主置百寮，問人日之義，惟魏收知之，以邢子才之博，[①]不能知也。然收但知引董勛言而不知引方朔《占書》，則固未爲真知耳。

【校箋】

① "邢"，底本作"刑"，據北大本改。

天下上元燈燭之盛，無逾閩中者。閩方言以燈爲丁，每添設一燈，則俗謂之"添丁"。自十一夜已有燃燈者，至十三則家家燈火照耀，如同白日。富貴之家，曲房燕寢，無不張設，殆以千計，重門洞開，縱人游玩。市上則每家門首懸燈二架，十家則一彩棚。其燈上自彩珠，下至紙畫，魚龍果樹，無所不有。游人士女，車馬喧闐，竟夜乃散。直至二十外，薄暮，市上兒童即連臂喧呼，謂"求饒燈"，大約至二十二夜始息。蓋天下有五夜，而閩有十夜也。大家婦女，肩輿出行，從數橋上經過，謂之"轉三橋"。貧者步行而已。余總角時所見，猶極華麗。至萬曆乙酉春，不戒於火，延燒千餘家，於是有司禁之，彩棚、鰲山漸漸減少，而它尚如故也。火災自有天數，而士女游觀亦足占升平之象，亦何必禁哉！

　　蔡君謨守福州，上元日，命民間一家點燈七盞。陳烈作大燈丈餘，書其上云："富家一盞燈，太倉一粒粟。貧家一盞燈，父子相對哭。風流太守知不知，猶恨笙歌無妙曲。"然吾郡至今每家點燈，何嘗以爲苦也？烈，莆田人。莆中上元，其燈火陳設，盛於福州數倍，何曾見父子流離耶？大抵習俗所尚，不必強之，如競渡、游春之類，小民多有衣食於是者。損富家之羨鎰，以度貧民之糊口，非徒無益有害者比也。

　　齊魯人多以正月十六日游寺觀，謂之"走百病"。閩中以正月二十九日爲窮九，謂是日天氣常窈晦然也，家家以糖棗之屬作糜餔之。《四時寶鑑》云："高陽氏子好衣敝食糜，正月晦日死。世作糜，棄破衣於巷口，除貧鬼。"又池陽風俗，以正月二十九爲窮九，掃除屋室塵穢，投之水中，謂之"送窮"。唐人亦以正月晦日送窮，韓退之有《送窮文》，姚合詩"萬户千門看，何人不送窮"。余謂俗説不足信。窈也，窮也，皆晦盡之義也。諸月不言而獨言正月者，舉其端也。

　　凡月晦謂之提月，見《公羊傳》何休注。提月，邊也，魯人之方言也。

　　《景龍文館記》云："景龍四年正月二十八日晦。"夫二十八日，亦可爲晦耶？

　　北人二月二日皆以灰圍室，云辟蟲蟻；又以灰圍倉，云辟鼠也。閩人以雷始發聲掃蟲蟻。

二十四番花信風者，自小寒至穀雨，凡四月八氣二十四候。每候五日，以一花之風信應之：小寒，一候梅花，二候山茶，三候水仙；大寒，一候瑞香，二候蘭花，三候山礬；立春，一候迎春，二候櫻桃，三候望春；雨水，一候菜花，二候杏花，三候李花；驚蟄，一候桃花，二候棣棠，三候薔薇；春分，一候海棠，二候梨花，三候木蘭；清明，一候桐花，二候麥花，三候柳花；穀雨，一候牡丹，二候酴醾，三候棟花。過此則立夏矣。然亦舉其大意耳。其先後之序，固亦不能盡定也。

唐德宗以前世，上巳、九日皆大宴集，而寒食多與上巳同時，欲以二月名節，自我作古。李泌請廢正月晦，以二月朔爲中和節。可見唐以前，正月晦、寒食皆作節也。夫晦爲窮日，寒食禁烟，以之宴會，皆非禮之正。而二月十五自有花朝節，足敵中秋，何鄴侯不引此而別作節名？[①]宜其行之不久也。按《道經》，以二月一日爲天正節，八日爲芳春節，蜀中以二月二日爲踏青節，則安得謂二月無節也？

【校箋】

① "別"，北大本"另"。

秦俗以二月二日携鼓樂郊外，朝往暮回，謂之"迎富"。相傳人有生子而乞於鄰者，鄰家大富，因以二月二日取歸，遂爲此戲。此訛説也。大凡月盡爲窮，月新爲富，每月皆然，而聊以歲首舉行之故，正月晦送窮，而二月二日迎富也。即如寒食禁火托之介子推，五日競渡托之屈原，皆俗説耳。《福州志》載，閩中以五月四日作節，謂閩王審知以五月五日死，故避之。考《五代史·年譜》，審知則以十二月死，非五月也。志乘猶不可信，而況其他乎？

唐宋以前，皆以社日停針綫，而不知其所從起。余按《吕公忌》云：“社日，男女輟業一日，否則令人不聰。”始知俗傳社日飲酒治耳聾者爲此，而停針綫者亦以此也。

《養生論》曰：“二月行路，勿飲陰地流泉，令人發瘧。”此不可不知也。

仲春之月，雷始發聲，夫婦有不戒其容止者，生子不備。大凡雷電晦冥，日月薄蝕而交合者，生子多缺，蓋邪沴之氣所感也。然《周禮》又以仲春令會男女，聖人豈不知愚民之易犯而故驅之耶？可爲一笑。

唐時，清明有拔河之戲，其法以大麻緪，兩頭各繫十餘小索，數人執之對挽，以強弱爲勝負。時中宗幸梨園，命侍臣爲之，七宰相、二駙馬爲東朋，三相、五將爲西朋。僕射韋巨源、少師唐休璟年老無力，隨緪踣地，久不能起。上以爲笑。夫此戲乃市井兒童之樂，壯夫爲之已自不雅，而況以將相貴戚之臣，使之角力仆地，毀冠裂裳，不亦甚乎？《秦京雜記》載：寒食，內僕司車與諸軍容，使爲繩檄之戲。今亦

43

不行。今清明、寒食時，惟有鞦韆一事，較之諸戲爲雅，然亦盛行於北方，南人不甚舉也。

先王之制，鑽燧改火，雖云節宣天地之氣，然亦迂矣。寒食禁火，以爲起自介子推者，固俗說之誤，而以爲龍星見東方，心爲大火，懼火之盛而禁之，則尤迂之迂也。今之俗不知禁火，亦不知改火，而四時之氣何嘗不宣？豈可必謂古之是而今之非乎？

《周禮·司烜氏》"仲春以木鐸徇火禁於國中"，注云："爲季春將出火。"此亦今人謹慎火燭之意，非禁烟也。禁烟不知起何時，至唐、宋已然。改火之不行，似已久矣，詩人吟咏之詞，未足據也。楊用修謂不改火出於胡元鹵莽之政，此真可笑。使今日必行之，則閩、廣之地安得榆杏，而齊、魯之地安得檀？使民走數千里而求火種，亦不情之甚矣。

北人重墓祭。余在山東，每遇寒食，郊外哭聲相望，至不忍聞。當時使有善歌者，歌白樂天《寒食行》，作變徵之聲，坐客未有不墮淚者。南人借祭墓爲踏青游戲之具，紙錢未灰，烏履相錯。日暮，墦間主客無不頹然醉矣。夫墓祭已非古，而況以焄蒿凄愴之地爲謔浪酩酊之資乎？

《琴操》謂介子綏以五月五日死，文公哀之，令民不得舉火。今人以冬至一百五日爲寒食，其說已互異矣。《鄴中記》載并州爲介子推斷火冷食三日，《漢書·周舉傳》謂太原以介子推焚骸，每冬中輒一月寒食。至魏武帝令，又謂太原、上黨冬至後百有五日皆絕火，訛以傳訛，日甚一日。至唐時，遂有"普天皆滅焰，匝地盡藏烟"之語，則無論朝野貴賤，皆絕火食。故曰"日暮漢宮傳蠟燭"，謂至是始舉火也。然此猶之可也，至於民間犯禁，以雞羽插入灰中，焦者輒論死，是何等刑法耶？國朝之不禁火，其見卓矣。

三月三日爲上巳，此是魏、晋以後相沿，[①]漢猶用巳，不以三日也。事見《宋書》。周公謹《癸辛雜志》謂上巳當作"上己"，謂古人用日例以十干，恐上旬無巳日。不知《西京雜記》正月以上辰，三月以上巳，其文甚明，非誤也。但巳字原訓作止，謂陽氣之止此也，則巳恐即是"己"字，但不可以支爲干耳。

【校箋】

① "是"，北大本作"皆"。

《田家五行》曰："三月無三卯，田家米不飽。"

《月令》："四月，靡草死。"靡草，薺苨、葶藶之屬，非一草也。薺苨似人參，冬水而生，夏土而死。麥秋至，麥至是熟。凡物之熟者，皆謂之秋耳。今俗指麥間小蟲爲麥秋，可笑也，亦猶北人指七月間小蜻蜓爲處暑耳。

四月十五日，天下僧尼就禪刹搭挂，謂之結夏，又謂之結制，蓋方長養之辰，出外恐傷草木蟲蟻，故九十日安居。

《釋苑宗規》云："祝融在候，炎帝司方，當法王禁足之辰，是釋子護生之日。"至七月十五日始盡散去，謂之解夏，又謂之解制。《西域記》作十六日爲是。余見近作詩者以入定、搭挂概謂之結夏，非其義矣。

結夏以十六日爲始者，印度之法也。中國以月晦爲一月，天竺以月滿爲一月，則中國之十六日，乃印度之朔日也。考《西域記》，又有白月、黑月，及頞沙荼、室羅伐拏、婆達羅鉢陁等月，説者謂二十八宿之名，未知是否。

古人歲時之事行於今者，獨端午爲多，競渡也，作粽也，繫五色絲也，飲菖蒲也，懸艾也，作艾虎也，佩符也，浴蘭湯也，鬥草也，采藥也，書儀方也，而又以雄黃入酒飲之，并噴屋壁、牀帳，嬰兒塗其耳鼻，云以辟蛇蟲諸毒。蘭湯不可得，則以午時取五色草沸而浴之。至於競渡，楚、蜀爲甚，吾閩亦喜爲之，[①]云以驅疫，有司禁之不能也。

【校箋】

① "至於競渡，楚、蜀爲甚，吾閩亦喜爲之"，北大本脱。

五月五日子，唐以前忌之，今不爾也。考之載籍，齊則田文，漢則王鳳、胡廣，晋則紀邁、王鎮惡，北齊則高緯，唐則崔信明、張嘉，宋則道君皇帝，金則田特秀。然而覆宗亡國者，高緯、道君二人耳。然一以不軌服天刑，一以盤荒取喪亂，即不五日生，能免乎？

　　田特秀，大定間進士也，所居里名半十，行第五，以五月五日生，小名五兒。年二十五舉於鄉，鄉試、府試、省試、殿試皆第五，年五十五，以五月五日卒。世間有如此異事，[1]可笑！

【校箋】

　　① "如此"，底本作 "如皆"，據北大本改。

　　《容齋隨筆》云："唐玄宗以八月五日爲千秋節。張九齡上《大衍曆序》云：'謹以開元十六年八月端午獻之。'又宋璟表云：'月惟仲秋，日在端午。'然則凡月之五日，皆可稱端午也。"余謂古人午、五二字想通用，端，始也，端午猶言初五耳。

　　五月十三是龍生日，栽竹多茂盛。一云是竹醉日。

　　田家忌迎梅雨，諺云："迎梅一寸，送梅一尺。"然南方驗而北方不爾也。

　　夏至後九九氣候，諺云："一九二九，扇子不離手；三九二十七，冰水甜如蜜；四九三十六，汗出如洗浴；五九四十五，頭戴秋葉舞；六九五十四，乘涼入佛寺；七九六十三，牀頭尋被單；八九七十二，思量蓋夾被；九九八十一，階前鳴促織。"冬至後諺云："一九二九，相逢不出手；三九二十七，籬頭吹觱篥；四九三十六，夜眠如露宿；五九四十五，太陽開門户；六九五十四，貧兒爭意氣；七九六十三，布衲擔頭擔；八九七十二，貓犬尋陰地；九九八十一，犁耙一齊出。”今京師諺又云：“一九二九，相逢不出手；三九四九，圍爐飲酒；五九六九，訪親探友；七九八九，沿河看柳。”按此諺起於近代，宋以前未之聞也。其以九數，不知何故，今吳興人言道里遠近，必以九對，而不言十，亦可笑也。

暑宜乾也，而值六月，則土反潤溽；寒宜凍也，而值臘月，則水泉反動。陽中有陰，陰中有陽也。

伏者何也？凡四時之相禪，皆相生者也，而獨夏禪於秋，以火剋金，金所畏也，故謂之伏。然歲時伏臘，亦人強爲之名耳，豈金氣至是而真伏耶？《史記》“秦德公二年，初伏以狗禦蠱”，則是西戎之俗所名，三代無之也。乃相承至今用之，何耶？然漢制，至伏閉盡日，故東方朔謂伏日當蚤歸，是猶避蠱之意。今不復然，但曆家尚存其名耳。至於人家造作飲食、藥餌之類，動稱三伏，亦不知其解也。

凡物遇秋始熟，而獨麥以四月登，故稱麥秋。然吾閩中早稻皆以六月初熟，至嶺南則五月穫矣。南人不信北方有八月之雪，北人亦不信南方有五月之稻也。[1]

【校箋】

[1]“北人”，底本作“北方”，據北大本改。

暑視寒爲不可耐，人言南中炎暑，然暑非有甚也，但多時耳。余在京師數年，每至五六月，其暑甚於南中，然一交秋即有涼色。閩、廣從五月至八月凡百餘日皆暑，而秋初尤烈，但至日昃必有涼風，非如燕京六月徹夜煩熱也。

京師住宅既逼窄無餘地，市上又多糞穢，五方之人，繁囂雜處，又多蠅蚋，每至炎暑，幾不聊生。稍霖雨即有浸灌之患，故瘧痢瘟疫，相仍不絕。攝生者惟靜坐簡出，足以當之。

《月令》：“七月，天地始肅，禾乃登。”若以閩、廣言之，肅則太早，而登已太晚也。故吾謂聖人約其中而言之也。

立秋有禮，名曰貙劉，《漢書注》謂之貙婁。楊子曰：“不膢，臘也與哉？”今人尚知有臘，而膢則不知久矣。

牛女之事，始於《齊諧》成武丁之妄言，成於《博物志》乘槎之浪說。千載之下，婦人女子傳爲口實可也，文人墨士乃習爲常語，使上天列宿橫被污衊，①不亦可怪之甚耶？②

【校箋】

① “上天”，北大本作“天上”。
② “不亦”，底本作“亦不”，據北大本改。

《長恨歌》載玄宗避暑驪山，以七月七日與貴妃凭肩誓心，願世爲夫婦；《天寶遺事》又言帝與貴妃每至七月七日夜，在華清宮游宴，宮女皆陳瓜果乞巧。皆誤也。考之史，玄宗幸華清皆以十月，其返皆以二月或四月，未有過夏者。

野史之不足信，往往如此。

《歲時記事》云："七夕，俗以蠟作嬰兒，浮水中，以爲婦人宜子之祥，謂之'化生'。"王建詩"水拍銀盤弄化生"是也。今人以泥塑嬰兒，或銀範者，知爲化生，而不知七夕之戲。

閩人最重中元節，家家設楮陌冥衣，具列先人號位，祭而燎之。女家則具父母冠服、袍笏之類，皆紙爲者，籠之以紗，謂之紗箱，送父母家；女死，婿亦代送。至莆中，則又清晨陳設甚嚴，子孫具冠服，出門望空揖讓，罄折導神以入。祭畢，復送之出。雖云孝思之誠，然亦近於戲矣。是月之夜，家家具齋餛飩、楮錢，延巫於市上，祝而散之，以施無祀鬼神，謂之施食。貧家不能辦，有延至八九月者。此近於淫，然亦古人仁鬼神之意，且其費亦不多也。

七月中元日，謂之盂蘭會。目連因母陷餓鬼獄中，故設此功德，令諸餓鬼一切得食也。人之祖考，不望其登天堂，生極樂世界，而以餓鬼期之乎？弗思甚矣！

唐喬琳以七月七日生，亦以七月七日被刑。

海潮八月獨大，何也？潮，應月者也，故月望則潮盛，而八月之望則尤盛也。然獨錢唐然耳，閩、廣、膠、萊諸海，皆與常時無別也。枚乘《七發》"以八月之望""觀濤乎廣陵之曲江"，①夫廣陵之濤，亦豈以八月獨盛哉？乘之所指，亦謂吳、越耳。其曰廣陵者，當時吳、越，皆屬揚州也。

【校箋】

　①　"乎"，北大本作"于"。

　　人言八月望有月華，或言夜半，或言微雨後；或言不必八月，凡秋夜之望俱有之；①或言其五采鮮明，旁照數十丈，如金綫者百餘道；或言但紅雲圍繞之而已。余自少至壯，徹夜伺之者十數，竟不得一見也。臨川吳比部攄謙爲余言：②少時曾一見之，其景象鮮妍，千態萬媚，真人間所未見之奇，惜未能操筆賦之耳。人又言二月朔日正午有日華，而人愈不得見。余考李程《日五色賦》云"德動天鑒，祥開日華"，殆謂是耶？

【校箋】

　①　"秋夜"，北大本作"秋後"。

　②　吳攄謙，字汝亨，號文台。臨川人。隆慶五年進士，官至按察簽事、鹽法副使。

　　《月令》：八月"鴻雁來"矣，至九月，又言"鴻雁來賓"，何也？仲秋先至者爲主，季秋後至者爲賓也。

　　雀入大水爲蛤，北方人常習見之，每至季秋，千百爲群，飛噪至水濱，簸蕩旋舞，數四而後入。其爲蛤與否，不可得而知也。然冬月何嘗無雀，或所變者又是一種耶？或亦有不盡變者，如鷹化鳩、雉化蜃之類耶？

九日佩茱萸登高，飲菊花酒，相傳以爲費長房教桓景避災之術。余按戚夫人侍兒賈佩蘭言："在宮中，九月九日食蓬餌，飲菊花酒"，則漢初已有之矣，不始於桓景也。

九日作糕，自是古制，今江、浙以北尚沿之。閩人乃以是日作粽，與端午同，不知何取也。

"菊有黃華"，桃華於仲春、桐華於季春，皆不言有，而菊獨言有者，殞霜肅殺，萬木黃落，而菊獨有華也。菊色不一，而專言黃者，秋令屬金，金以黃爲正色也。

《呂公忌》曰："九日，天明時以片糕搭兒女頭額，更祝曰：'願兒百事俱高。'"此古人九日作糕之意，其登高亦必由此。《續齊諧》所傳，不足信也。

十月謂之陽月，先儒以爲純陰之月，嫌於無陽，故曰陽月。此臆説也。天地之氣，有純陽必有純陰，豈能諱之？而使有如女國諱其無男而改名男國，庸有益乎？大凡天地之氣，陽極生陰，陰極生陽。當純陰純陽用事之日，而陰陽之潛伏者，已駸駸萌蘖矣，故四月有亢龍之戒，而十月有陽月之稱。即天地之氣，四月多寒，而十月多暖，有桃李生華者，俗謂之小陽春，則"陽月"之義，斷可見矣。

四月麥熟，陽中之陰也；十月桃李花，陰中之陽也。

道經以正月望爲上元，七月望爲中元，十月望爲下元，遂有三元、三官大帝之稱。此俗妄之甚也。天地以金、木、水、火、土爲五府，猶人之有五官也。春木，夏火，秋金，冬水，而土寄王焉。火官主於行火，俗所避忌，而土官又不可得見，故遂以春爲天官、秋爲地官、冬爲水官，其實木、金、水三位也。四時五氣合而成歲，闕一不可，何獨祀其三而遺其二乎？至於火之功用尤巨，古人四時鑽燧改火，而今乃擯之，不得與三官之列，亦不幸矣。

宋初，中元、下元皆張燈，如上元之例，至淳化間始罷之。①

【校箋】

① 北大本有小注："《容齋隨筆》曰：'太平興國五年十月下元，京城始張燈如上元之夕，至淳化元年六月，始罷中元、下元張燈。'"

日當南至，晝漏極短而晷影極長；日當北至，晝漏極長而晷影極短。以其極也，故謂之至。然南至爲北陸，北至爲南陸者，何也？以其影之在地者言也。然極居天中，日之北至，不能逾極而北也，故書南至而不書北至也。

今人冬至多用書雲事，《左傳》："春王正月，日南至，公既視朔，遂登觀臺以望而書，禮也。"按《周禮・保章氏》"以五雲之物辨吉凶、水旱、豐荒之祲"，注："二至二分觀雲氣，青爲虫，白爲喪，赤爲兵荒，黑爲水，黃爲豐。"則不獨冬至也。但雲氣倏變，一歲四占，倘吉凶互異，當何適從耶？

傳記載：冬至日當南極，晷景極長，故有履長之賀。非也。夫晷景極長，則晝漏極短，聖人惜寸陰，惟日不足，至短之日，何以賀爲？蓋冬至一陽初生，日由此漸長，有剥而就復、亂而復治之機。不賀其盛而賀其發端者，古人"月恒""日升"之義也。其曰履長，即履端之意，非謂晷景之長也。晋、魏宫中女工，至後日長一綫，故婦於舅姑，以是日獻履、襪，表女工之始也。魏崔浩女獻襪，謂"陽升於下，日永於天，長履景福，至於億年"，可謂得之矣。

今代長至之節，惟朝廷重之，萬國百官奉表稱賀，而民間殊不爾也。

漢時宫中女工，每冬至後一日多一綫，計至夏至，當多一百八十綫。以此推之，合一晝夜當綉九百綫，亦可謂神速矣。不知每綫尺寸若何，又不知綉工繁簡若何。律之於今，恐無復此針絶也。

至後雪花五出，此相沿之言。然余每冬春之交，取雪花視之，皆六出，其五出者，十不能一二也。乃知古語亦不盡然。

臘之名三代已有之，夏曰嘉平，殷曰清祀，周曰大蜡，總謂之臘。宫之奇曰"虞不臘"是也。《史記》"秦惠文王十二年初臘"，蓋西戎之俗，不知置臘，至是始效中國爲之耳。今人亦不知有臘，但以十二月爲臘月，初八日爲臘八日而已，不知冬至後三戌爲臘也。又云："魏以辰日爲臘，晋以丑日爲臘。"

伏獵侍郎，古今傳爲話柄。余按《風俗通》云：“臘者，獵也。田獵取獸，祭先祖也。”則謂臘爲獵，亦無不可耳。

道家有五臘：正月一日爲天臘，五月五日爲地臘，七月七日爲道德臘，十月一日爲民歲臘，十二月臘日爲王侯臘。

臘之次日爲小歲，今俗以冬至夜爲小歲。然盧照鄰《元日》詩云：“人歌小歲酒，花舞大唐春。”則元日亦可謂之小歲矣，亦猶冬至亦可謂之除夜也。（《太平廣記》盧項傳云：“是日冬至，除夜。”）

儺以驅疫，古人最重之，沿漢至唐，宮禁中皆行之，護童侲子至千餘人，王建詩“金吾除夜進儺名，畫褲朱衣四隊行”是也。今即民間亦無此戲，但畫鍾馗與燃爆竹耳。

俗皆以十二月二十四日祀竈，謂竈神是夜上天，以一家所行善惡奏於天也。至是日，婦人女子多持齋。余於戊子歲，以二十五日至姑蘇，蘇人家家燒楮陌、茹素，無論男婦皆然。問其故，曰：“昨夜竈神所奏善惡，今日天曹遣所由覆核耳。”余笑謂：“古人媚竈之意，不過如此。然不修行於平日，而持素於一旦，竈可欺乎？天可欺乎？”今閩人以好直言無隱者，俗猶呼曰“竈公”也。

《萬畢術》云：“竈神晦日歸天，白人罪過。”《酉陽雜俎》云：“竈神有六女，常以月晦上天白人罪狀，大者奪紀，小者奪筭。”然則今以廿四、五持齋者，不太蚤計耶！

漢時行刑常以冬末，故王溫舒頓足謂：“冬再展一月，足了吾事。"而魏其、灌夫以十二月晦棄市，蓋田蚡必欲煞之，過宿則春，不行刑矣。至東漢章帝始下詔定律，無以十一、十二月報囚。今國朝論囚，常以冬至前三日，而遇有慶澤，常免論決註誤殺人者，老死圜扉而已。浩蕩之恩，視之往代，爲獨廣矣。

田家四時占候諺語，有不可不知者，今録之：日生雙耳，斷風絶雨。日落雲裏走，雨落半夜後。日没胭脂紅，無雨也有風。月如仰瓦，不求自下；月如彎弓，少雨多風。一個星，保夜晴。明星照濕土，來日依舊雨。東風急，備蓑笠。雲行東，車馬通；雲行西，脚踹泥；雲行南，水平潭；雲行北，陣徒黑。

春甲子雨，赤地千里；夏甲子雨，撐船入市；秋甲子雨，禾頭生耳；冬甲子雨，牛羊凍死。春丙暘暘，無水撒秧；夏丙暘暘，乾死稻娘；秋丙暘暘，乾穀入倉；①冬丙暘暘，無雪無霜。春己卯風，樹頭空；夏己卯風，禾頭空；秋己卯風，水裏空；冬己卯風，欄裏空。雨落五更，日曬水坑；天下太平，夜雨日晴。②久晴逢戊雨，久雨望庚晴。久雨不晴，且看丙丁；久晴不雨，且看戊己。朝霞暮霞，無水煎茶。朝霞不出市，暮霞走千里。甲子豐年丙子旱，戊子蝗蟲庚子叛；惟有壬子水滔滔，總在正月上旬看。雨打墓頭錢，今年好種田。甲申晴，米價平。前月廿六七，後月看消息。三月無三卯，田家米不飽。三月初三雨，桑葉無人取；三月初三晴，桑上挂銀瓶。有利無利，但看四月十四。稻秀雨澆，麥秀風搖。日暖夜寒，東海也乾。梅裏雷低，田被水埋。雨打梅頭，無水飲牛；雨打梅額，河水乾坼。夏至有雷三伏冷，重陽無雨一冬晴。未吃端午粽，寒衣未可送。六月無蒼蠅，新舊米相登。六月初三晴，山篠盡枯零。六月初三一陣雨，夜夜風潮到處暑。六月不熱，五穀①不結。朝立秋，暮颼颼；夜立秋，熱到頭。秋分在社前，斗米換斗錢；秋分在社後，斗米換斗豆。雲掩中秋月，雨打上元燈。九月十三晴②，釘靴挂斷繩。十月初一陰，柴炭貴如金。賣絮婆子看冬朝，無風無雨哭號咷。至前米價長，貧兒有處養；至前米價落，貧兒轉蕭索。臘月有霧露，無水做酒醋。除夜犬不吠，新年無疫癘。一日之忌，暮無飽食；一月之忌，暮無大醉；一歲之忌，暮無遠行；終身之忌，暮常護氣。

【校箋】

① "穀"，底本作 "谷"，據北大本改。
② "日晴"，北大本作 "多晴"。

先王之正時也，履端於始，舉正於中，歸餘於終。則凡有閏者，似皆歸之歲末。故魯文公元年閏三月，而《傳》以爲非禮也。至漢文帝時猶然。今之置閏，皆以節氣中分之日，上十五日爲前月，後十五日爲後月也。然節序考據，只憑故事推算耳，其間杪分度數，豈能保其不差乎？古來曆法，未

有久而不差者，蓋造化轉旋之妙，有非人力所及者。而謂尺
寸玉衡足以盡天地之變，亦大惑矣。《春秋·哀公十二年》：
十二月螽，季孫問諸仲尼，仲尼曰："丘聞之也，火復而後
蟄者畢。今火猶西流，司曆過也。"今之秋多暑於夏，春多
寒於冬，三月而後生稊，九月而後黃落。以氣候考之，每
逾一月，則曆法之差也，不言可知矣。況近來日月交蝕，
度數有不盡如所推者。敬天授時，國之急務，可委之冥漠，
不亟釐正耶？

　　改年而不改月，秦政之失也。三代皆改月，《豳風》所
紀與今氣候同者，夏正也，然十一月以後不書月，但云"一
之日""二之日"而已。三月則曰"蠶月"，四月以後始如常
稱。[①] 蓋亦不能無異矣。周七八月，夏五六月，頻見傳注，而
十二月螽，孔子對季孫謂"火尚西流"，其爲十月無疑。又
僖公五年正月，日南至矣；昭公二十年二月朔，日南至矣。
豈是時方冬至乎？宋儒執秦、漢之謬而不考之聖經，故議論
紛紜，而卒無一定之見耳。然則謂《春秋》以夏時冠周月，
是乎？曰：若是，則周之亂民也，何以爲孔子？

【校箋】
　　① "如"，北大本作"知"。

　　期三百六旬有六日，今一年止三百六十日耳。而小盡居
其六，是每歲尚餘十二日也。計五歲之中，當餘六十日，故

三年一閏，而五歲再閏也。①然則不以三百六旬六日爲歲，而必置閏，何也？日月之行，晦朔弦望，度數不能盡合也。指日月以定晦朔，觀斗柄以定四時，而以參差不合之數歸餘於閏，聖人之苦心至矣。然亦非聖人之私意爲之，蓋天地之定數也。望而蚌蛤盈，晦而魚腦減，此物之知晦朔者也；社而玄鳥來，春而雁北鄉，是物之知四時者也；藕桐應閏而置葉，黃楊遇閏而入土，此物之知閏餘者也。至於晦朔之畸數、閏月之餘分，聖人不能齊也，而況巧曆乎？惟積漸而差，考差而改，斯無弊之術也。

【校箋】

① “五歲”，北大本作“五年”。

曆法：“聖人不盡言。”非不言也，改朔授時，天子事也，雖有其德，苟無其位，不敢作禮樂，聖人之心也。至顏淵問爲邦，首曰：“行夏之時。”而視朔南至，《春秋》每致意焉，亦有概乎其言之矣。然三代之曆，聖人所定，行之六七百年，其勢不容不差。後世通儒術士，竭其智數心思，考索推步，至無遺力，然行之不百年而已，不勝其踳駁也。三代治曆之法，它無可考，惟《周禮》太史氏“正歲年以序事，頒之官府及都鄙，頒告朔於邦國。閏月，詔王居門終月”，而保章氏掌天星不與焉。噫，何簡也！自秦而後，①善治曆者，漢則鄧平、洛下閎、劉歆、蔡邕、劉洪，六朝則何承天、祖沖之，唐則劉孝孫、何妥、劉焯、李淳風、僧一行，周則王朴，宋則沈括，元則郭守敬而已。然而洛下閎《太初曆》，至章帝時僅百餘年，已云差失益遠，而《四分曆》創於建武，行於永元，聚議定式已逾七十餘年，而行不過百年，亦何益之有也？唐、宋諸家，人人自負，然唐三百年中而八改曆，宋三百年中而十六改曆，尚可謂之定法乎？宋蘇子容重修渾儀，製作之精，皆出前古，至虜陷燕京，取其所製渾儀以去，乃其法子孫亦不復傳矣。其謂精密，吾未敢信也。元郭守敬之曆，推測援引，纖悉無遺，國朝所用皆其遺制，三四百年僅差分秒，此即聖人不能無也，而議者何以求多為哉？但今之曆官，但知守其法而不知窮其理，能知其數之然而不知其所以然，譬之按方下藥，保其不殺人爾，不敢望其起死回生之功也。

【校箋】

① "而後"，北大本作 "以後"。

李淳風最精占候，其造《麟德曆》，自謂應洛下閎 "後八百年" 之語，似極精且密矣。然至開元二年，僅四十年，而緯晷漸差，不亦近兒戲乎？一行《大衍曆》，據《唐書》所載，反覆評論，二萬餘言，窮古今之變、天地之故，當時所謂 "貫三才，周萬物，窮術數，先鬼神，容成再出，不能添累黍之功，壽王重生，無以議分毫之失"，宜乎千歲可俟矣。而至肅宗時，山人韓穎已言其誤，每節損益又增二日，其故何也？王朴陰陽、星緯無不通曉，其治曆，削去近代符天流俗之學，自成一家，然劉義叟議其不能宏深簡易，而徑急是取，故宋建隆之初即廢不用矣。此三子者，皆精於天文，而治曆差謬如此，故《周禮》以治曆屬太史，爲天官之屬；占星屬保章，爲春官之屬，分而爲二，非無見也。今人但以占候稍失而遽欲改曆法，亦過矣。

《宋史·律曆志》曰："天步艱難，古今通患，天運日行，左右既分，不能無忒，謂七十九年差一度，雖視古差密，亦僅得其概耳。又況黃、赤道度有斜正、闊狹之殊，日月運行有盈縮、朒朒、表裏之異。測北極者率以千里差三度有奇，晷景稱是。古今測驗止於岳臺，而岳臺豈必天地之中？餘杭則東南相距二千餘里，華夏幅員東西萬里，發斂晷刻，豈能盡諧？又造曆者追求曆元，逾越曠古，抑不知二帝授時、齊政之法果殫於是否乎？是亦儒者所當討論。諉曰星翁、曆生之責可哉！"此亦古今不易之論也。

京師城東偏有觀象臺，高五丈許，其上有渾天儀一具，如世所圖璇璣者，皆鑄銅爲器，四柱，以銅龍架而懸之，製作精巧。又有簡儀一具，狀相似而省十之七，只周遭數道而已。玉衡一，亦銅爲之，如尺而首尾皆曲，有二孔，對孔直窺，以候中星。又有銅球一，左右轉旋，以象天體。以方函盛之，函四周作二十八宿真形，南面有御製銘，正統七年作也。臺下小室，有量天尺，鑄銅人捧尺北面，室穴其頂，以候日中測景之長短。冬至後可得一丈七尺，夏至後可得二尺云。中爲紫微殿，殿傍有銅壺滴漏一器，然皆不注水，徒虛具耳。

測北極者以千里差三度，今滇南距燕萬里，當差三十度。又成祖北征，出塞三千餘里，已南望北斗，卻不知北斗正中之地在何處。分野之說固不足憑，而以郡國正中論之，則幅員有長短廣狹，難以一律齊也。

占步者多用里差之說，如曆之有歲差也。然鐵勒熟羊胛而天明，西域朔夕月見，而南交州生明之夕月已中天，此誠差矣。史載安息西界，循海曲至大秦，迴萬餘里，無異中國。即以中國東西南北相距何止萬里，而日月星辰並無差謬，又何也？大約目所未見，語多矛盾，訛以傳訛，吾未敢信也。

大撓之初作甲子也，不過以紀日月代結繩云爾。其後月以干乘支，日以支配干，而五行分屬，於是有閼逢、旃蒙諸名，於是有元光、邡章、劍昌、子方諸號，於是有畢陬、橘如諸陽，於是有鼠、牛、虎、兔諸肖，於是有天剛、太乙、勝光、小吉諸將，於是有海中金、爐中火諸納音，於是有建、除、滿、平諸體，於是有專制、義伐諸乘，而其說愈不可勝窮矣。余謂太歲方向禁忌既不足信，而曆日所書陰陽避忌皆毫無影響，益知當時之作此，原非爲占候吉凶也。

古人事之疑者，質之卜筮而已；治亂吉凶，考之星緯而已，未聞擇日也。今則通天下用之矣，而吉凶禍福，卒不能逃也。甚矣，世之惑也！

余嘗以破日娶妾矣，不逾年而得雄；嘗以月忌上官矣，不數載而遷；嘗以天賊日解水衡錢萬緡矣，而卒無恙；嘗以空亡日出行蒞任矣，而諸事盡遂。其餘小事，不可勝紀，故謂陰陽曆日可盡廢也。

今陰陽家禁忌可謂極密，一年之中則有歲破、死符、病符、太歲、劫殺、伏兵、災殺、大禍、歲殺、歲刑、金神、將軍諸方；一月之中，有月忌、龍禁、楊公忌、瘟星、天地凶敗、天乙絕氣、長短星、空亡、赤口、天休廢、四方耗、五不遇、六不成、四虛敗、三不返、四不祥、四窮、四逆、離別、反激、咸池、伏龍、交龍宅、龍往亡、八風、九良、星絕、烟火、胎神、上朔、月建、月破、月厭、月殺等日；一日之中則有白虎、黑殺、刀砧、天火、重喪、天賊、地賊、血支、血忌、歸忌、黑道、土瘟、天狗、大敗、蚩尤、官符、死炁、飛廉、受死、火星、河魁、鈎絞、焦坎、游禍、滅門、的呼等凶神。蓋一歲之中，吉日良時，無凶神惡煞者，不過數日耳，而又加以方向之不利、生命之相妨、仇難二星之躔度、太白日神之游方，一一擇而忌之，則雖終歲不作一事可也。而窮村深谷之家，不知甲子，愚冥獷獷之輩，不信鬼神，何嘗見其禍敗之相仍哉？太史公謂陰陽之術太詳，而衆忌諱使人拘而多畏。夫陰陽、四時、八位、十一度、二十四節各有教令，曰"順之者昌，逆之者亡"，未必然也。夫漢初之陰陽家，止於四時、八位、十一度、二十四節而已，而子長尚以爲未必然，況今日天羅地網之密乎？其不足信必矣。

余鄉有一二縉紳，凡事必擇日。裁衣、宴會之類無不視曆，然而官罷子死，家居杳無吉耗也。此亦汝南陳伯敬之流耳！[1]後聞吳中有巨室子婦臨蓐欲産，以其時不吉，勸令忍勿生，逾時子母俱斃。此尤可發一笑也！

【校箋】

[1] 陳伯敬，東漢人，《後漢書·郭陳列傳》："桓帝時，汝南有陳伯敬者，行必矩步，坐必端膝，呵叱狗馬，終不言死，目有所見，不食其肉，行路聞凶，便解駕留止，還觸歸忌，則寄宿鄉亭。年老寢滯，不過舉孝廉。後坐女婿亡吏，太守邵夔怒而殺之。時人罔忌禁者，多談爲證焉。"

《淮南子》曰："水生木，木生火，火生土，土生金，金生水。子生母曰義，母生子曰保，子母相傳曰專，母勝子曰制，子勝母曰困。"今《七政曆》有之，但以"保"爲"寶"、以"困"爲"伐"耳。

西家之東即東家之西，此一言足以破太歲之謬矣。紂以甲子亡，武王以甲子興，此一言足以破陰陽之忌矣。雞、猪、葷、蒜，逢着則吃，生、老、病、死，時至則行，此一言足以破終身之惑矣。此非後世之言也，聖人已言之矣，曰："死生有命，富貴在天。"

　　箕子之陳《洪範》，分爲九類，別爲九章，謂之九疇，原不相附屬也。至劉向爲《五行傳》，乃取其五事、皇極、庶徵附於五行。果爾，則八事皆宜屬五行，而胡八政、五紀、三德、稽疑、福極之類，又不能附也？蓋向父子原爲《春秋》災異之學，恐其言之無稽，事之不足徵信，故於《洪範》之中摘其五行之説，爲其近於災祥占候而推廣之，至舉天地萬物動植，無大小皆推其類而附之於五行，至求其徵應而不可，①則又以五事强合之，而凡上下貴賤、食息起居，無大小皆比其類而附之於五事。雖宇宙之理，似不過是，而其遷就穿鑿，亦已甚矣。後世之人雖知其非，而無有昌言正之者，歷代國史相沿爲《五行志》，至於日月薄蝕，星辰變故，災異之大者，則又屬之天文，豈陰陽與五行有二理耶？而風雨雷電，又豈非天文之屬乎？其説愈刺繆而不通矣。故作史者，於《天文志》宜考究分至、躔度、分野，而一切災異宜爲《災祥志》，而不宜爲《五行志》也。

【校箋】

　　①　"不可"，北大本作"不得"。

　　正、五、九不上官，自唐以來有此忌矣。《清波雜志》謂佛法以此三月爲齋素月，不宜宰殺，足破俗見。今京師官命下即到任，初不忌此三月，而差跌更少，外官無不避之者，而禍敗更多。人何不思之甚也！

俗云："初五、十四、二十三，太上老君不出庵。"謂之"月忌"。考之曆家，乃廉貞獨火日也。《蠡海錄》謂以洛書九宮推之，以是日入中宮，然不知入中宮者何物，亦不知所以當避忌者何故？恐亦茫昧不足信也。噫，俗之敝也久矣。

陰陽家擇日，皆以年配月，月配日，日配時，如人禄命然，合之者吉。然當三代改朔之朝，子、丑之月或屬上年，或屬下年，不知擇者當何適從？而當改革之際，推禄命者又不知以何爲準也？

五行有生中之剋，有剋中之用，有反恩而成讎，[1]有化難以爲恩。如火生於木而焚木者火，水生於金而沉金者水，火本剋金而金得火乃成器，金本剋木而木得金乃成材。至於盛極必衰，否極必泰，此皆陰陽循環之理，造化玄機之妙，而聖人則之，故《乾》之上九有亢龍之悔，而《剝》之上九有得輿之象也。今星命之術，但知有生剋制化，而豈知盈虛消息之理乎！

【校箋】

① "讎"，北大本作"仇"。

水生木矣，而木中有液，謂木生水亦可；火生土矣，而石中有火，謂土生火亦可，此兩相生者也。水剋火矣，而火然則水乾，謂火剋水亦可；土剋水矣，而水浸則土潰，謂水剋土亦可，此兩相剋者也。木不能離土而剋土，土不能離水而剋水，此相親而相剋者也；火燎木而生於木，土遏火而生於火，此相憎而相生者也。故世有骨肉而反爲寇讐，有胡、越而反爲一家，亦五行之氣使然也。

洱海水面火高十餘丈，蜀中亦有火井，是水亦能生火也。火山地中不生草木，鋤钁所及，應時烈焰，是土亦能生火也。至於陽燧、火珠，向日承之皆可得火，火固不獨生於木也。

蕭丘有寒焰，洱海有陰火。又江寧縣寺有晉時長明燈，火色青而不熱，天地間有温泉，必有寒火，未可以夏蟲之見論也。[①]

【校箋】

① 按：此段至卷末“俗謂”凡七段，底本無，據北大本補。

五行惟金生水頗不可解，説者曰：“金爲氣母，在天爲星，在地爲石，雲自石生，雨從星降，故星動摇而占風雨，石礎潤而占雨水，故謂金生水也。”予謂金體至堅，而有時融液，是亦生水之義也。至周興嗣《千文》謂“金生麗水”，則水反生金矣。

天一生水，地二生火，天三生木，地四生金，天五生土，此又不依相生之序，以氣之先後論也。其受形也，水最微，火次之，木次之，金又次之，至土而最重大。其滅形也，水最速，火次之，木次之，金又次之，至土而永不耗。自微而著，自少而老，陰陽之義備矣。

六十甲子之有納音也，蓋本於六十律，旋相爲宫隔八相生之説。古人作律，原與曆相通也，至姓氏之納音，則近誣矣。姓者，非受之於天地也，非秉陰陽之氣，生而有之也，或因望而爲氏，或分封而賜姓，或避難而改易，或無稽而杜撰，一家之人分支别族，一人之身朝更夕改，安知陶朱即范氏之宗，而束晳爲疏氏之胄乎？又安知嬴、吕牛馬之暗易，而嗣源、鴻漸之無祖乎？五行納音，安所適從？至於談禄命者，推其所安之宫，談相術者，觀其所禀之形，遷就苟合，猶之可也。帝王曆數，自有天命，而必強而合之，以某德王，或取相生，或取相勝，蓋自鄒衍、劉向發端，已不勝枘鑿矣，後之學者未能窺天地之藩籬，識陰陽之形似，而但隨聲傅和，亦何益之有哉？

稱日者，晝夜以百刻，而每時止於八刻，則是九十六刻也；今銅漏中增初初、正初二刻，每時十刻，則是百二十刻也。其於百刻之數，俱不合矣。不知每時之加初初、正初二刻，雖合之得二十四刻，而實四刻之晷所分也，計其度數，每六刻方抵一刻耳。此説余少時見之一書，今亦不復記也。

西僧琍瑪竇，有自鳴鐘，中設機關，每遇一時輒鳴，如是經歲無頃刻差訛也，亦神矣。今占候家時多不正，至於選擇吉時，作事臨期，但以臆斷耳。烈日中尚有圭表可測，陰夜之時所憑者漏也，而漏已不正矣，況於山村中無漏可考哉？故知興作及推禄命者，十九不得其真也。余於辛亥春得一子，夜半大風雪中，禁漏無聲，行人斷絕，安能定其爲何時？余固不信祿命者，付之而已。

俗謂"得吉日不如得吉時"，如巳、午、未等時，固可見矣，而曆所謂日出、日入時者，乃以出海、入地論，非挂檐際時也。余嘗登泰山觀日出矣，下至半山而猶昏黑也。在黃山，入夜飯罷，出門仰視天都峰頂，日色照耀，如火中蓮花。此皆九月事，正曆所載，日出卯入酉者也，而參差乃爾，益信世之憒憒耳。

卷 三

地部一

天有九野，地有九州，然吾以爲分野之説，最爲渺茫無據。何者？九州之畫，始自《禹貢》，上溯開闢之初，不知幾甲子矣，豈天於斯時始有分野耶？九州之於天地間，纔十之一耳，人有華夷之別，而自天視之，覆露均也，何獨詳於九州而略於四裔耶？李淳風謂："華夏爲四交之中，當二儀之正。四夷炎涼氣偏，鳥語獸心，豈得同日而語？"然荆蠻、閩越、六詔、安南，皆昔爲蠻夷，今入中國，分野豈因之而加增耶？至於五胡、蒙古，奄有天下，莫非夷也，何獨詳於此而略於彼耶？歷考前代《五行志》，某星變則某郡國當其咎，然不驗者什常七八也，況近來山河破碎，愈無定則矣。

天無私覆，地無私載。今分野以五星、二十八宿皆在中國，僅以畢、昴二星管四夷異域，計中國之地僅十之一，而星文獨占十之九也，偏僻甚矣。

禹使太章步東極至於西極，二億三萬三千五百里，[①]使豎亥步北極至於南極。如之，則中國之地，僅二十分之一也。

【校箋】

① "三萬"，北大本作"二萬"。

禹別天下爲九州，三代因之。秦分天下爲三十六郡。漢分爲十三部，一部六郡。晋分爲十五道。唐十道。宋四京，二十三路。元十一省，二十三道。國朝兩京、十四省，後因棄安南，實十三省也，郡共一百六十，州二百三十四，縣共一千一百一十六云。

伏羲、神農都陳，黄帝都涿鹿，堯都平陽，舜都蒲坂。大聖人之建都，固在德而不在險，要亦當時水土未平，規制粗定，茅茨土階，非有百雉九重之制，紵衣鼓琴，亦無瓊林大盈之藏。而每歲省方，坐不安席，蓋亦以天下爲家之意，不必擇土而安也。至於三代，德不及堯舜，而亂賊漸萌，於是不得不相地定鼎，據上游之勝，以控制天下。禹都安邑，其後太康失國，遷徙不可考；湯都亳邑，至盤庚七遷，皆苟且以便民，非若後世建都之難也。周公定鼎郟鄏，始爲萬年不拔之基，而以洛邑爲朝會之所，蓋亦以防備不虞，知後世子孫必有不能守其故業者矣。此亦堪輿家之鼻祖也。

殷世常苦河患，故自仲丁至盤庚，或遷敖，或遷相，或遷耿，或渡河而南，或逾河而北，當時不聞其求治水之方，而但遷徙以避之。計遷徙不費於開鑿，而民未稠密，河亦不大害民也。周世絕不聞河患，但苦戎狄，蓋關中之地已近邊塞矣。當時燕、晉、代、秦諸國諸侯，各自守其地以禦夷。而區區天子之都，竟不能守，而以予秦，使得成帝業，豈非天哉！

古今建都形勝之地，無有逾關中者，蓋其表裏山河，百二重關，進可以攻，退可以守，治可以控制中外，亂可以閉關自守。無論汴京，即洛陽不及也。江南之地，則惟有金陵耳。

帝王建都，其大勢在據天下之吭，又其大要則在鎮遏戎狄，使聲息相近，動不得逞。關中逼近西戎，故唐時回紇、土蕃，①出其不意，便至渭橋。漢時灞上、細柳連營，天子至親勞軍，蓋當時西虜似強於北也。至宋時，幽、燕十六州已爲契丹所據，則自河南入江淮，其勢甚便，不得不都汴京以鎮之。使當時從晉王言，都關中，則畫淮爲界，不至紹興而始見矣。汴京既失，江北不可守，其勢不得不阻江爲固，鎮江則太逼，杭州則太遠，險而可守，孰有出建康之上者？故李綱、宗澤惓惓以爲請而不見聽從，惜哉！

【校箋】

① "土蕃"，北大本作"吐蕃"。

　　高宗之都臨安，不過貪西湖之繁華耳，然亦辨四明航海
一條走路也。臨安雖有山有水，然其氣散而不聚，四面受攻，
無險可憑。元兵從湖州間道入，①如無人之境耳。雖興亡有
數，而亦地利之不固也。建康外以淮爲障，内以江爲藩，雖
中主庸將，足以自守。曹丕臨廣陵，欲渡者數矣，竟嘆天塹
之不可越。苻堅陷盱眙而東，②沿江列戌，朝野震恐，謝玄三
戰三捷，楊俱難等奔喙不暇。其後若盧循乘虛直搗蔣山，居
民荷擔而立，孟昶望風自裁，自謂天下事定矣，而不能當寄
奴之一炬。蕭軌、任約以十萬勍卒，奄至雞山，據北郊壇，
剥牀以膚，何急也！霸先從容談笑，俘四十六將軍於幕下，
若探囊取物。此豈智愚之懸絶若是哉！川陸之長技既異，主
客之勞逸頓殊，一夫當關，萬人莫敢誰何，其勢居然也。故
六朝相承二百餘載，莫強於秦苻堅，莫盛於魏道武，而卒不
能遂混一之志，良有以矣。

【校箋】

　　① "入"，底本作 "人"，據北大本改。

　　② "苻堅"，底本作 "符堅"，據北大本改。

　　以我國家之勢論之，不得不都燕，蓋山後十六州，自石
晉予狄幾五百年，彼且自以爲故物矣，一旦還之中國，彼肯
甘心而已耶？其乘間伺隙，無日不在胸中也。且近來北韃之
勢強於西戎，若都建康，是棄江北矣；若都洛陽、關中，是

棄燕、雲矣。故定鼎於燕，不獨扼天下之吭，亦且制戎虜之命。成祖之神謀睿略，豈凡近所能窺測哉！

我太祖之定都建康也，蓋當時起兵江左，自南趨北，不得不據第一上流，以為根本之地，而後命將出師，鞭笞群雄，此亦高、光之關中、河內也。當時角逐者惟張士誠、陳友諒二人耳，然姑蘇勢狹而無險可據，武昌地瘠而四面受敵，其形勝已不相若矣，而況材智規摹，又相去萬萬哉。宜其折北而不支也。

太祖既逐胡元，命燕王鎮守北平，蓋隱然以北門鎖鑰付之矣。當時親王握重兵，節制有司，大率如漢初七國故事，而燕王之英武雄略，豈久在人下者？使當時不封燕，縱得守臣節，不興靖難之師，而北虜乘間竊發，燕雲終非國家有也。故太祖之封燕王，與文皇之定都於燕，其遠見皆相符契矣。

燕山建都，自古未嘗有此議也，豈以其地逼近邊塞耶？自今觀之，居庸障其背，河濟襟其前，山海扼其左，紫荊控其右，雄山高峙，流河如帶，誠天造地設，以待我國家者。且京師建極，如人之元首然，後須枕藉而前須綿遠。自燕而南，直抵徐淮，沃野千里，齊晉為肩，吳楚為腹，閩廣為足，浙海東環，滇蜀西抱，真所謂扼天下之吭而拊其背者也。且其氣勢之雄大，規摹之弘遠，視之建康偏安之地，固已天淵矣。國祚悠久，非偶然也。

遼、金及元皆都燕山，而制度文物，金爲最盛。今禁中梳妝臺、瓊花島及小海、南海等處，皆金物也。元，冬春則居燕，夏秋則如上都，畏熱故也。惟其有兩都，故王師一至，即時北遁，而山後十六州，四五百年始見天日，非偶然也。

周時洛邑爲天下之中，今天下之勢，則似荊襄爲正中，蓋幅員廣狹，固自不同也。然所貴於中者，取其便朝會耳。若以建都譬之，元首在腹，何以居重馭輕哉？

幽州有黍谷，相傳鄒衍吹律之所，蓋當時以爲極寒之地矣。若以今之寧夏、臨洮諸邊較之，其寒奚止十倍而已！今燕山寒暑氣候，與江南差無大異，且以邊場戎馬之地，一旦變爲冠裳禮樂之會，固宜天地之氣，亦隨之變更耳。

恒山爲北岳，即今真定是也。或云北岳不可即，其一石飛至陽曲，故於陽曲立廟遙祭之，實非岳也。按《水經》“恒山謂之玄岳”，《周官》“并州其鎮山曰恒山”，《管子》云：“其山北臨代，南俯趙，東接河海之間。”其在今之定州無疑矣，何必求之沙漠之外哉？

五岳者，中國之五岳也，隨其幅員，就其方位而封之耳。三代洛邑爲天地之中，南不過楚，北不過燕，東不過齊，西不過秦，故以嵩山爲中岳，而衡、岱、恒、華，各因其地封之，以爲鎮山。若後世幅員既廣，方位稍殊，即更而易之，亦無不可，固不必拘拘三代之制也。

以今天下之勢論之，當以天壽山爲北岳，羅浮爲南岳，鍾山爲東岳，點蒼爲西岳，衡、霍爲中岳。其間相去各四五千里，亦足以表至大之域，示無外之觀。此非拘儒俗士所能與議也。

京師風氣悍勁，其人尚鬥而不勤本業。今因帝都所在，萬國梯航鱗次畢集，然市肆貿遷皆四遠之貨，奔走射利皆五方之民，土人則游手度日，苟且延生而已。不知當時慷慨悲歌游俠之士，今皆安在？陵谷之變，良不虛也。

燕、雲只有四種人多：奄豎多於縉紳，婦女多於男子，娼妓多於良家，乞丐多於商賈。至於市陌之風塵，輪蹄之紛糅，奸盜之叢錯，駔儈之出没，蓋盡人間不美之俗、不良之輩，而京師皆有之，殆古之所謂陸海者。昔人謂"不如是不足爲京都"，其言亦近之矣。

長安有諺語曰："天無時不風，地無處不塵，物無所不有，人無所不爲。"

《紺珠集》云："東南，天地之奧藏，其地寬柔而卑，其土薄，其水淺，其生物滋，其財富；其人剽而不重，靡食而偷生，其士懦脆而少剛，笞之則服。西北，天地之勁力，雄尊而嚴，其土高，其水寒，其生物寡，其財确；其人毅而近愚，食淡而輕生，士沉厚而慧，[①]撓之不屈。"此數語足盡南北之風氣，至今大略不甚異也，但南方士風近稍獰悍耳。

①"士"，底本作"土"，據北大本改。

今國家燕都，可謂百二山河，天府之國。但其間有少不便者，漕粟仰給東南耳。運河自江而淮，自淮而黃，自黃而汶，自汶而衛，盈盈衣帶，不絕如綫。河流一涸，則西北之腹盡枵矣。元時亦輸粟以供上都，其後兼之海運，然當群雄奸命之時，烽烟四起，運道梗絕，惟有束手就困耳。此京師之第一當慮者也。

今之運道，自元始開，由濟寧達臨清，其有功於上都不淺。而當時已有"挑動黃河天下反"之讖，則其勞民傷財，亦可知矣。但元時尚引曹州黃河之水以濟運道。國朝因河屢決，泛溢爲害，遂塞張秋口，而自徐至臨清，專賴汶、泗諸水及泰山、萊蕪諸縣源泉以足之。諸泉涓涓如綫，遇旱輒涸，既不可得力，而汶河至分水閘又分而爲二，其勢遂微。每二三月間，水深不過尺許，雖極力挑浚，設閘啓閉，然僅可支持。倘遇一夏無雨，則枯爲陸矣。

運河之開，無風波之患，誠爲良策，而因之遂廢海運，亦非也。海上風濤不虞，數歲間一發耳。而今運河挑浚之費、閘座撈淺之工，上自部使者，下至州邑倅貳之設，其費每歲豈直巨萬已哉？海運一行，則諸費盡可省，亦使浙直諸軍士因之習於海戰，倭寇之來，可以截流而禦之。自海運廢而士益憚於海矣。元時海運有三道，而至正十三年，千戶殷明略所開新道，自浙西至京師不旬日，尤爲便者。所當間一舉行，以濟運河之不及者也。

古者諸侯封國，自食其入，江北之地，如齊、晉、燕、代、秦諸國，士飽倉盈，不聞其仰給於江南也。如漢時與楚血戰五載，軍士糧餉乃自關中轉輸。即武帝窮兵黷武，頻年暴師於外，亦不聞其借粟於吳、楚也。至唐而始有漕運，自江而淮，自淮而河，計米一斗費錢七百。然貞觀、開元盛時，不聞其乏食也。至於季世，乃有"米已至陝，吾父子得生"之喜，[①]豈非内無儲積、而枵腹待哺於外哉？宋時，汴及臨安地皆咫尺，故不聞轉餉之苦。今京師三大營、九邊數十萬軍，升合之餉，皆自漕河運致。古稱"千里運糧，士有飢色"，今乃不啻萬里矣。萬一運道有梗，何以處之？故爲今日計，則屯田之策宜行於邊塞，而水田之利宜興於西北濱水諸郡縣也。屯田之策，且耕且守，分番上下，不惟享其粒食，而士亦不至偷惰。蓋守禦可以老弱占籍，而力耕則非少壯不能，軍將不待汰而精矣。且有田則有塍有澮，沮洳泥濘，亦可杜胡馬奔突之患，其利又不止充口腹已也。

【校箋】

① 事見唐德宗貞元二年，《資治通鑑》卷二三二德宗貞元二年："關中倉廪竭，禁軍或自脱巾呼於道曰：'拘吾於軍而不給糧，吾罪人也？'上憂之甚，會韓滉運米三萬斛至陝，李泌即奏之。上喜，遽至東

宮，謂太子曰：‘米已至陝，吾父子得生矣！’時禁中不釀，命於坊市取酒爲樂。又遣中使諭神策六軍，軍士皆呼萬歲。時比歲饑饉，兵民率皆瘦黑，至是麥始熟，市有醉人，當時以爲嘉瑞。人乍飽食，死者復伍之一。數月，有膚色乃復故。”

齊、晋、燕、秦之地，有水去處皆可作水田，但北人懶耳。水田自犁地而浸種，而插秧，而薅草，而車戽，從夏訖秋，無一息得暇逸，而其收穫亦倍。余在濟南華不注山下見十數頃水田，其膏腴茂盛逾於南方，蓋南方六七月常苦旱，而北方不患無雨故也。二策若行，十數年間，民見利而力作，倉庾充盈，便可省漕糧之半。即四方有警，而西北人心不至搖動，京師益安於泰山矣。

黃河之水，若引之以灌田，廣開溝澮以殺其勢，而其末流通之運道，以濟汶、泗之渴，使之散漫紆迴，從容達淮入海，不但漕運有禆，而陵寢亦無虞矣。

禹之治水，一意視水之所歸而已，隨山刊木，鑿隧通道，惟使水得所之而止，無他顧慮也。白圭，戰國之時，各有分界，動起爭端，能以鄰國爲壑，而鄰國不知有水患，不可謂之非奇功也。至於今日，則上護陵寢，恐其滿而溢；中護運道，恐其泄而淤；下護城郭人民，恐其湮汩而生謗怨。水本東而抑使西，水本南而強使北，且一事未成，百議蜂起，小有利害，人言叢至，雖百神禹，其如河何哉？王敬美贈潘司空詩有云"堅排衆議難於水",^①亦有激哉其言之也。

【校箋】

① 王敬美,即王世懋（1536—1588）,字敬美,號麟洲,太倉人,世貞弟。嘉靖三十八年進士,歷南京禮部主事、員外郎、尚寶司丞,江西參議,陝西、福建提學,至南京太常寺少卿。著有《王儀部集》《藝圃擷餘》等。世懋論詩,不爲黨同伐異之言,《列朝詩集小傳》評之曰:"其論詩,不規規名某氏,以不從門入者爲佳,論本朝之詩,獨推徐昌穀、高子業二家……其微詞諷寄,雅不欲奉歷下壇坫,則於其大美,亦可知也。"潘司空,即潘季馴,字時良,號印川,烏程人,嘉靖二十九年進士,官至工部尚書兼右都御史,加太子太保。著名治河專家,有《河防一覽》等。

黄河行徙,似有神導之,有非人力所與者。然處置得宜,精誠所格,亦可轉移,如漢武沉璧、^①卒塞瓠子是也。萬曆間,以寶應湖之險,別開裏湖以避之,既開而水不往注,如是者三年。一夜,聞風雨聲甚屬,比曉視之,水已徙矣。

【校箋】

① "如",北大本作"若"。

善治水者,就下之外,無它策也。但古之治水者,一意導水,視其勢之所趨而引之耳。今之治水者,既懼傷田廬,又恐壞城郭,既恐妨運道,又恐驚陵寢,既恐延日月,又欲省金錢,甚至異地之官,競護其界,異職之使,各爭其利,議論無畫一之條，利病無審酌之見，幸而苟且成功足矣，欲保百年無事，安可得乎！

當河決歸德時，所害地方不多，時議皆欲勿塞，而相國沈公恐貽桑梓之患，[①]故山東、河南二中丞議論不合，而廷推即以河南中丞總督河道，不使齊人有異議也。既開新河，而初開之處，深廣如式，迤邐而南，反淺而狹。議者又私憂之：下流反淺，何以能行？況所決河廣八十餘丈，而新開僅三十丈，勢必不能容，泛溢之患，在所不免。而一董役者奏記督府："若河流既迴，勢若雷霆，藉其自然之勢以衝之，何患淺者之不深乎？"督府大以爲然，遂下令放水。不知黃河濁流，下皆泥沙，流勢稍緩，下已淤過半矣。一夕水漲，魚臺、單縣、豐沛之間皆爲魚鱉，督府聞之，驚悸暴卒。此亦宋慶曆間李仲昌之覆轍也。

【校箋】

① 相國沈公，即沈鯉（1531—1615），字仲化，號龍江，归德人。嘉靖四十四年進士，歷官至禮部尚書兼文淵閣大學士。《明史》有傳。

治河猶禦敵也，臨機應變，豈可限以歲月？以趙營平老將滅一小羌，猶欲屯田持久，俟其自敗。癸卯開河之役，聚三十州縣正官於河堧，自秋徂冬，不得休息。每縣發丁夫三千，月給其直二千餘金，而里排親戚之運糧行裝不與焉。蓋河濱薪草、米麥一無所有，衣食之具皆自家中運到，兩岸屯

聚計三十餘萬人，穢氣薰蒸，死者相枕藉，一丁死則行縣補
其缺。及春，疫氣復發，先後死者十餘萬，而河南界尤甚。
役者度日如歲，安能復計久遠？況監司催督嚴急，惟欲速成，
宜其草菅民命而迄無成功也。

　　輿地有南戒、北戒之說。北戒自積石、終南，負地絡之
陰，東及太華，逾河，並雷首、砥柱、王屋、太行，北抵
常山之右，乃東循塞垣，至穢貊、朝鮮，是謂北紀，所以
限戎狄也。南戒自岷山、嶓冢，負地絡之陽，東及太華，
連商山、熊耳、外方、桐柏，逾江漢、荊山，至於衡陽，
乃東循嶺徼，達於甌、閩，是謂南紀，所以限蠻夷也。此
天下之大勢也。

　　今中國之勢，惟河與海環而抱之。河源出昆侖星宿海，
蓋極西南之方，其流北行，經洮州，又東北越亂山中，過寧
夏，出塞外，始折而南，入中國，至砥柱折而東，經中州至
呂梁，奔而入淮，直抵海口。海則從遼東、朝鮮極東北界迤
迤而南，經三吳、甌、閩，折而西，直抵安南、暹羅、滇洱
之界，蓋其西南盡頭，去星宿海亦當不遠矣。西北想亦當有
大海環於地外，但中國之人耳目所未到也。

　　以中國之水論之，淮以北之水，河爲大，而沘也、潁也、
汴也、汶也、泗也、衛也、漳也、濟也、潞也、滹沱也、灤
也、沁也、洮也、渭也，皆附於河者也。淮以南，①江爲大，
而吳也、越也、錢唐也、曹娥也、螺女也、章貢也、漢也、

82

湘也、賀也、左蠡也、富良也、瀾滄也，皆附於江者也。至其支流小派，北以河名而南以江名者，尚不可勝計也。而淮界其中，導南北之流而會之，以入於海，故謂之淮。淮者，匯也，四瀆之尊，淮居一焉。淮之視江、河、漢，大小懸絕而與之並列者，以其界南北而別江、河也。

【校箋】

① "南"，底本、北大本皆作"北"，據文意改。

禹九河故道，今傳其名，尚有存者。徒駭在滄州，太史在南皮縣之北，馬頰在東光縣界，胡蘇在慶雲縣西南，簡、潔俱在南皮城外，鉤盤在獻縣東南，鬲津在慶雲，又云在樂陵縣。考之於書，多與今不相合。酈道元謂九河碣石皆淪於海，此蓋後世新河，傅以舊名耳，今又將并其新者而湮塞之矣。

滄州鹽山縣有卭兮城，一名千童城，相傳徐福將童男女千人入海，僑居於此。但不知福當時從天津入海耶，從膠、萊入海耶？考始皇既並渤海以東，過黃腄，窮成山，登之罘，立石琅琊，而後遣徐市等入海，其不由鹽山明甚。後人以其近海，戲爲此名耳。

南皮舊城，一名石崇城，崇故居遺址猶在。其路西有小阜，則范丹宅也。二人生同里閈，乃一貧一富，大相懸絕如此。及異代之後，荒丘衰草，又復同歸於盡，丹未見不足，而崇未見有餘也。且丹以廉得名，而崇以財殺身，所謂身名俱泰者安在哉？每一過之，令人憮然。

京師北三山大石窩，水中産白石如玉，專以供大內及陵寢階砌、欄楯之用，柔而易琢，鏤爲龍鳳芝草之形，采盡復生。昔人謂愚父所藏燕石，當即此耶？

三國時諺曰："寧飲建業水，不食武昌魚。寧還建業死，不止武昌居。"蓋當時形勝，自是建業爲上游，而文物之繁麗、沃野之富饒，[①]又所不論也。鍾山龍蟠，石城虎踞，帝王之都，諸葛武侯已稱之矣。但孫氏及晋，不過百年，宋、齊、梁、陳，爲祚愈促。我太祖定鼎創業，將垂萬祀，而再世之後，竟復北遷，豈王氣之有限耶？抑終是偏安之勢，非一統之規也？

【校箋】

① "饒"，北大本作"俒"。

金陵規模稍狹，鍾山太逼，而長江又太逼，前無餘地，覺無綿遠氣象。其大略仿佛甚似閩中，但閩又較偏一隅耳。

金陵鍾山，百里外望之，紫氣浮動，鬱鬱葱葱，太祖孝陵在焉，知王氣之未艾也。又城中民居，凡有小樓，東北望無不見鍾山者，其他四遠諸山，重沓環抱，劉禹錫詩"山圍故國周遭在"、高季迪"白下有山皆繞郭"是也。但有牛首一山，背城而外向，然使此山亦內繞，則無復出氣，不成都矣。

　　建業之似閩中有三：城中之山，半截郭外，一也；大江數重，環繞如帶，二也；四面諸山，環拱會城，三也。金陵以三吳爲東門，楚、蜀爲西戶；閩中以吳、越爲北門，嶺表爲南府。至於阻險自固，金陵則藉水，閩中則藉山。若夫干戈擾攘之際，金陵爲必爭之地，閩可畢世不被兵也。

　　近人有謂金陵山形散而不聚，江流去而不留，非帝王都也。其言固似太過，但天下如人一身，帝都不在元首，亦當在胸。今大一統之時，金陵在左腋下，何以運四方乎？天之北極，人君之位也，必正中而近北，則今日之燕京近之矣。江左六朝失淮以北，則又建康爲上游，且相承正朔二百餘載矣，何不可都之有？

　　金陵南門名曰聚寶，相傳洪武初沈萬三所築也。沈之富甲於江南，太祖令築東南諸城，西北者未就而沈工已竣矣。太祖屢欲殺之，人言其家有聚寶盆，故能致富，沈遂聲言以盆埋城門下以鎮王氣，故以名門云。迤東有賽公橋，云沈造數橋，自以爲能，誚其子婦，婦恚，自出己財爲之，其宏麗工緻又倍於沈，故以“賽公”名也。沈後以事編置雲南，子孫仍富，或言其有點化之術云。

　　金陵諸勝如鳳皇臺、杏花村、雨花臺，皆一坏黃土耳，惟攝山、石灰、牛首諸寺，宏麗無恙。城中之寺，莫飭於瓦棺，城外之寺，莫雄於天界。至於長干一望，叢林相續，金碧照目，梵唄聒耳，即西湖之繁華、長安之壯麗，未有以敵此者也。

余承乏留都比部，留都三法司省寺獨在太平門外，左鍾山而右玄武湖。出門，太平堤逶迤二里許，春花夏鳥，秋月冬雪，四時景光，皆足娛人。緩轡徐行，晨入西出，嘯歌自足，忘其署之冷也。嗣是移官職方，徙北水部，衮衮馬頭塵，匆匆駒隙影耳。追思曩者，閒心樂地，詎可復得？故今宦者謂留都爲仙吏，而留都諸曹中，司寇之屬尤爲神仙也，然不可爲巧宦者道也。

金陵有莫愁湖。莫愁，石城女子，非石頭城也。石城在古爲復州郢中，今之承天府是也。且與襄陽估客同爲一事。今人誤以爲石頭城，故并其湖而妄名之耳。

雨花臺下一派沙土中，常有五色石子，狀如軞鞨，青碧紅綠不等，亦有極通明可愛者，不減寶石也。雨後行人往往拾得之。豈當時天所雨花，其精氣凝而爲石耶？

牛首山寺，窗中見塔影，閉門則影從門罅入，其影倒見，尖反向門。塔相去甚遠，此理之不可曉者。何處無塔，何處無窗隙，而塔影未必入，即入而未必倒也。

靈谷寺乃太祖改葬寶志之所，規制甚麗，中殿無梁，云猶是六朝所建也。有琵琶谷，拍手輒鳴，作琵琶聲。寺原有松十萬株，近爲僧衆所盜，以刀刻其皮一周，無何則枯死，輒報官而薪之，今所存不能十之一也。

太祖於金陵建十六樓以處官伎，曰來賓，曰重譯，曰清江，曰石城，曰鶴鳴，曰醉仙，曰樂民，曰集賢，曰謳歌，曰鼓腹，曰輕烟，曰淡粉，曰梅妍，曰柳翠，曰南市，曰北市。蓋當時縉紳通得用官伎，如宋時事，不惟見盛時文罔之疏，亦足見升平歡樂之象。今時刑法日密，吏治日操切，而粉黛歌粉之輩，[①]亦幾無以自存，非復盛時景象矣。王百穀送王元美詩云：“最是傷心桃葉渡，春來聞説雀堪羅。”[②]語雖不典，然實關於國家興衰之兆，非浪語也。

【校箋】

①　“歌粉”，北大本作“歌舞”。

②　王百穀，即王稚登（1535—1612），字百穀、伯穀，長洲人，國子監生。著名詩人，《列朝詩集小傳》稱其“十歲爲詩，長而駿發，雕香刻翠，名滿吳會間”。王元美，即王世貞（1526—1590），字元美，號鳳洲，又號弇州山人，太倉人。嘉靖二十六年進士，歷官至南京刑部尚書，贈太子少保。明代“後七子”領袖，有《弇州山人四部稿》《弇山堂別集》《藝苑巵言》等。

金陵秦淮一帶，夾岸樓閣，中流簫鼓，日夜不絕，蓋其繁華佳麗，自六朝以來已然矣。杜牧詩云：“商女不知亡國恨，隔江猶唱後庭花。”夫國之興亡，豈關於游人歌妓哉？六朝以盤樂亡，而東漢以節義、宋人以理學，亦卒歸於亡耳。但使國家承平，管弦之聲不絕，亦足妝點太平，良勝悲苦呻吟之聲也。

　　金陵街道極寬廣，雖九軌可容。近來生齒漸蕃，民居日密，稍稍侵官道以爲廛肆，此亦必然之勢也。天造草昧，兵火之後，餘地自多，奕世承平，戶口數倍，豈能於屋上架屋，必齾食而充拓之。官府又何愛此無用之地，而不令百姓之熙熙穰穰也？近來一二爲政者，苦欲復當時之故基，民居、官署，概欲拆毀，使流離載道，瓦礫極目，不祥之兆莫大焉。

　　姑蘇雖霸國之餘習，山海之厚利，然其人儇巧而俗侈靡，不惟不可都，亦不可居也。士子習於周旋，文飾俯仰，應對嫺熟，至不可耐。而市井小人，百虛一實，舞文狙詐，不事本業。蓋視四方之人皆以爲椎魯可笑，而獨擅巧勝之名。殊不知其巧者乃所以爲拙也。

　　三吳賦稅之重，甲於天下，一縣可敵江北一大郡。破家亡身者往往有之，而閭閻不困者，何也？蓋其山海之利所入不貲，而人之射利，無微不析，真所謂彌天之網、竟野之罘，獸盡於山、魚窮於澤者矣。其人亦生而辯晰，即窮巷下傭，無不能言語進退者，亦其風氣使然也。

　　洞庭西山出太湖石，黑質白理，高逾尋丈，峰巒窟穴，膴有天然之致。不脛而走四方，其價佳者百金，劣亦不下十數金，園池中必不可無之物。而吾閩中尤艱得之，蓋阻於山嶺，非海運不能致耳。昆山石類刻玉，然不過二三尺而止，案頭物也。靈璧石扣之有聲，而佳者愈不可得。宋葉少林自

言過靈璧得石四尺許，以八百金市之，其貴亦甚矣。今時靈
璧無有高四尺者，亦無有八百金之石也。

滇中大理石，白黑分明，大者七八尺，作屏風，價有值
百餘金者。然大理之貴，亦以其處遐荒，至中原甚費力耳。
彭城山上有花斑石，紋如竹葉，甚佳，而土人不知貴。若取
以爲几，殊不俗也。

吾閩玉華洞石似昆山，而精瑩過之。小者如拳，大者二
三尺許。然多止一二面，而其背蝕土者殊粗。若得四面如一，
無粗石皮傅之，其價亦不貲也。

永安溪中出石，多如懸崖倒覆之狀，土人就其勢，少加
斫削，置之庭前，亦自奇絕。高者五六尺許，但色枯而不吸
水，故不能生苔作綠沉色，以此減價耳。

閩中白沙溪北有溫泉焉，地名湯院，山上出石，脆而易
琢，粗而滋水，窟宅峰巒礌碑之奇，不可名狀。閩人園中常
以此代太湖。然太湖終見石質，而湯院歲久，苔滋草生，薈
蔚其上，竟可作小山矣。

嶺南英石出英德縣，峰巒聳秀，巖竇分明，無斧鑿痕，
有金石聲。置之齋中，亦一奇品，但高大者不可易致。

金陵鳳凰臺上有奇石，丈許，相傳李太白物，好事者又
刻太白《鳳凰臺》詩於上，蓋亦宋人墨迹也。楚陳玉叔官金
陵，舁以歸，舟至采石，大風浪作，舟竟覆，石沉焉。豈謫
仙之英魂，不欲此石落他人之手耶？亦異矣。

李德裕云："以吾平泉一草一石與人者，非子孫也。"余謂富貴之家修飾園沼，必竭其物力，招致四方之奇樹怪石，窮極志願而後已。其得之也既難，則其臨終之時，必然留連眷戀，而懼子孫之不能守也。豈知子孫之賢不肖，志趣迥別，即千言萬語，安能禁其不與人哉？況富貴權力一旦屬之他人，有欲不與人而不可得者，其為惑滋甚矣。余治小圃，不費難得之物，每每山行，遇道旁石有姿態者，即覓人舁歸，錯置卉竹間，久而雜沓，亦覺有郊坰間趣。蓋不惟無財可辦，亦使他日易於敕斷，不作愛想也。

趙南仲愛靈璧一石，而命五百卒舁至臨安；鄭璠得象江六怪石，而以六十萬錢輦歸滎陽。勞民傷財，至於此極，何怪艮岳石綱，終貽北狩也。以此為雅，不敢謂然。

山中石掘置池畔草間，自與世間傳玩諸石氣色不同。蓋深山之中，受霧露、日月之精，不為耳目之娛，每至樹木茂密，烟靄凝浮，一種賞心，非富貴俗子所可與也。

《酉陽雜組》載：利州臨江寺石，得之水中，初才如拳，置佛殿中，石遂長不已，經年重四十斤。大凡石在土中水中者皆能長，但無如是之速耳。余在閩山中見一石，竇穴數尺，中空，有宋時人題詩，上半截猶可讀，下半截已為外面所障。其石一片而生，非嵌就者，故知石能長，無疑也。

嶺南有海石，如羊肚，大者七八尺，然無色澤，不足貴。閩有浮石，亦類羊肚，而敗絮其中，置之水中則浮。以語它鄉人，未必信也。

零陵石燕，相傳能飛，飛即風雨，唐詩"石燕拂雲晴亦雨"是也。[1]然是石質，斷無能飛之理。謝鴻云："向在鄉中山寺爲學，見高巖上石有如燕狀者，因以筆記之。石爲烈日所暴，忽有驟雨過，石即衝起，往往墜地。蓋寒熱相激而迸落，非真能飛也。"[2]此言足破千古之疑矣。山東有陽起石，煅爲粉，着紙上，日中暴熱，便能飛起。蓋此石爲陽精，相感之理，固宜爾也。其石入藥，能壯陽道。

【校箋】

① 許渾《金陵懷古》："石燕拂雲晴亦雨，江豚吹浪夜還風。"
② "謝鴻云"句見明陳耀文《天中記》卷八引《倦游録》。

《管子》曰："齊之水道躁而復，故其民貪粗而好勇；楚之水淖弱而清，故其民輕果而賊；越之水重濁而洎，故其民愚疾而垢；秦之水泔最血楢、淤滯而雜，故其民貪戾，罔而好事；晋之水枯旱而運、淤滯而雜，故其民諂諛而葆詐、巧佞而好利；燕之水萃下而弱、沉滯而雜，故其民愚戇而好貞、輕疾而易死；宋之水輕勁而清，故其民簡易而好正。"校之於今，亦不甚然矣。大抵江北之水迅激而濁，故其人重而悍；江南之水委紆而冽，故其人緩而巧。至於五方之變，亦有不能盡符者，[1]人不受命於物也。

【校箋】

① "亦有不能盡符者"，北大本作"亦不能有盡符者"。

輕水之人多禿與癭，重水之人多腫與躄，甘水之人多好與美，辛水之人多疽與痤，苦水之人多尪與傴。余行天下，見溪水之人多清，鹹水之人多戀，險水之人多癭，苦水之人多痞，甘水之人多壽。滕嶧、南陽、易州之人，飲山水者無不患癭，惟自鑿井飲則無患。山東東兗沿海諸州縣，井泉皆苦，其地多鹹，飲之久則患痞，惟不食麵及飲河水則無患，此不可不知也。

余在東郡久，東郡近郭諸泉皆苦，衙齋中至無一草一木，即折楊柳種之，亦皆不活，所謂不毛之地也。每雨過日曬，土花蠹起如白鹽者無數。市上麵餅皆苦水所發，食之即飲井泉，無不生痞矣。彼中嬰兒殤於此者，十常五六，而南方人尤不慣此，動罹其禍，不可救藥也。

易州、湖州之鏡，阿井之膠，成都之錦，青州之白丸子，皆以水勝耳。至於婦人女子，尤關於水，蓋天地之陰氣所凝結也。燕趙、江漢之女，若耶、洛浦之姝，古稱絕色，必配之以水，豈其性固亦有相宜？不聞山中之產佳麗也。吾閩建安一派溪源，自武夷九曲來，一瀉千里，清可以鑑，而建陽士女莫不白晰輕盈，即輿儓下賤，無有蠢濁肥黑者，豈非山水之故耶？[1]

【校箋】

① "耶"，底本作"耳"，據北大本改。

　　劉伯芻之論水，以揚子中泠爲第一，次之慧山、虎丘、丹陽、大明、淞江、淮水爲七。陸竟陵之品泉，則以康王谷爲第一，次之濂水、慧山、蘭溪，以至於雪水，凡二十，而揚子中泠屈居第七矣。此果銖稱尺量、不易之論耶？而所品之外，天下又果無泉可以勝此者耶？吾以爲二子之論，但據生平耳目之所及者而品第之耳。天下中川一百三十有五，小川一千二百五十有一，水泉三億三萬三千五百一十有九，而遐荒絶域者不與焉。今以一人之聞見意識，遂欲遍第天下之水，何異井蛙管豹之見也。

　　《茶經》云：“水品，山水爲上，江水次之，井水爲下。”此自是定論。然山水須乳泉緩流者，又須近人村落者。若深山窮谷之中，恐有瘴霧、毒蛇，不利於人。即無毒者，亦能令人發瘧，蓋其氣味與五臟不相習也。奔湍急瀨，久飲能令人瘦。井水亦有絶佳者，不亞山泉。大約江水以甘勝，井水以冽勝，山水則兼甘與冽而有之者也。

　　閩地近海，井泉多鹹，人家惟用雨水烹茶，蓋取其易致而不臭腐，然須梅雨者佳。江北之雨水不堪用者，屋瓦多糞土也。

　　以余耳目所及之泉，若中泠、錫山等泉，人所共賞者不載。若濟南之趵突泉、臨淄之孝婦泉、青州之范公泉、吳興之半月泉、碧浪湖水、杭州西湖龍井水、新安天都之九龍潭水、鉛山之石井寺水、觀音洞水、武夷之珠簾泉、太姥之龍井水、支提之龍潭水、閩中鼓山之喝水巖泉、冶山之龍腰水、東山之聖泉、金陵蔣山之八功德泉、攝山之珍珠泉，皆甘洌異常。其他難以枚舉，但在窮鄉遐僻，無人鑒賞耳。[1]

【校箋】

①"鑒賞"，北大本作"賞鑒"。

　　客中若遇無甘泉去處，但以苦水烹之，數沸後澄至冷，[1]去其泥滓，復烹之，即甘矣。此亦古人煉炭之法也。北方每霪雨時，取棐几滑淨者，於空中盛，倒入罌中，亦與南方雨水氣味無別也。

【校箋】

①"冷"，底本作"泠"，據北大本改。

　　人生飯粗糲、衣氈毳皆可耐，惟無水烹茶，殊不可耐。無山水即江水，無雨水即河水，但不苦鹹，即不失正味矣。冰水雖寒，不堪烹者，不淨也。雪水易腐，雨水藏久即生孑孑，[1]飲之有河魚之疾，而閩人重之，蓋不甚別茶也。

【校箋】

①"孑孑"，底本作"孑子"，據北大本改。

　　凡出師遇深山無泉之處，掘井一二丈不得水者，可束蘊火薰之，而密覆其上。火烟不得出，必尋泉脈隙處潛通，即它山數里外泉皆能引而致之，烟通則泉流矣。

凡古坑有水處曰膽水，無水處曰膽土。膽水可以浸銅，膽土可以煎銅。

天下泉有一勺而不枯不溢者。夫不枯易耳，其不溢也何故？此理之不可曉者。余在蔣山，見一人泉，僅盛碗許，吸盡復出。閩雪峰有應潮泉，亦僅如碗。東山聖泉可尺許，松根環之，千年如一日也。然此數者，猶泉脈在地中，不可見也。鼓山鳳尾亭泉，初瀉巖下，後爲神晏喝從山背，而下承一石池，方廣不逾七尺，水終日奔注其中，而不見其溢也。愈令人不可解矣。

溫泉，江北惟驪山、沂州有之，江南黃山、招州有之，至吾閩中則多矣。吾郡城內外溫泉共十五處，而其一在湯門外，最小而極熱，土人呼爲殺狗泉，蓋盜狗者常於此治之也。晦翁注《論語》，謂魯有溫泉，理或然也。然晦翁未至魯，豈不習閩乎？而乃以理斷之，何也？

大凡溫泉之發源，其下必有朱砂或硫黃、礜石，蓋天地至陽之精所結也。閩中諸泉皆作硫黃氣，甚者薰人不可耐。人有疥者，浴之輒愈，竹木浸一宿則終不蠹，蓋硫黃能殺諸蟲也。華清宮余未之見，然李賀詩有"華清宮中礜石湯"之句，其爲礜石無疑矣。黃山下者，萬曆戊戌秋，曾與同志諸子共浴其中，方廣丈許，上有石屋覆之，其底皆白沙，沙熱，足不能久住，所浴垢膩自流於外，都不煩人力也，亦無硫黃氣。^①相傳朱砂在其下。一日，有樵子早過之，見泉水赤如血砂，片若桃花者浮滿水面，驚怪，歸以語人。翌日，鄰里競往視之，則無所見矣。浴久，令人骨節怠緩不收，蓋居深山中，去城市僻遠，非若閩中之穢雜也。

【校箋】

① "硫"，北大本作"琉"。

淄、澠之合，易牙嘗而知之，李德裕知石頭城下水非金山泉，陸羽知揚子江臨岸水非南泠，蒲元知涪水與江水之雜，皆神鑑也。竊怪水之投水，自當混而爲一，乃揚杓傾盆至半，知其自此始爲南泠，豈真有限界而不亂耶？吾郡海水通河，河淡而海鹹，隨潮上下，二水之魚交入輒死，乃知水自不混，但恐交接之處，不能截然耳。

登州海上有蜃氣，時結爲樓臺，謂之海市。余謂此海氣，非蜃氣也。大凡海水之精，多結而成形，散而成光，凡海中之物得其氣久者，皆能變幻，不獨蜃也。余家海濱，每秋月極明，水天一色，萬頃無波，海中蚌蛤、車螯之屬，大者如斗，吐珠與月光相射。倏忽吐成城市樓閣，截流而渡，杳杳至不可見方没。海濱之人亦習以爲常，不知異也。至於蚌蛸、蚶蠣之屬，積殼厨下，暗中皆生光尺許，就視之熒熒然，其爲海水之氣無疑矣。

宋時巨室治園作假山，多用雄黄、焰硝和土築之。蓋雄

黄能辟虺蛇，焰硝能生烟霧，每陰雨之候，雲氣浡鬱，如真
山矣。

假山之戲，當在江北無山之所，裝點一二以當臥游。若
在南方，出門皆真山真水，隨意所擇，築菀裘而老焉。或映
古木，或對奇峰，或俯清流，或踞磐石，主客之景皆佳，四
時之賞不絕，即善繪者不能圖其一二，又何叠石累土之工所
敢望乎？

假山須用山石，大小高下，隨宜布置，不可斧鑿。蓋石
去其皮便枯槁，不復潤澤生莓苔也。太湖、錦川雖不可無，
但可妝點一二耳。若純是難得奇品，終覺粉飾太勝，無復丘
壑天然之致矣。余每見人園池踞名山之勝，必壅蔽以亭榭，
妝砌以文石，繚繞以曲房，堆叠以尖峰，甚至猥聯惡額，累
累相望，徒滋勝地之不幸，貽山靈之嘔噦耳。此非江南之賈
豎，必江北之閹宦也。

《西京雜記》載：“茂陵富人袁廣漢築園四五里，激流水
注其内，攝石爲山，①高十餘丈。”此假山之始也。然石初不
甚擇。至宋宣和時，朱勔、童貫以花石娛人主意，如靈璧一
石高至二十餘丈，周圍稱是，千夫舁之不動；艮岳一石高四
十餘丈，封爲盤固侯。石自此重矣。李文叔《洛陽名園記》
十有九所，始於富鄭公而終於吕文穆，其中多言花木池臺之
盛。而其所謂山，如王開府宅、水北胡氏二園者，皆據嵩、
少、北邙之麓以爲勝，則知時未尚假山也。自宣和作俑，而

後人爭效之。然北人目未見山而不知作，南人舍真山而僞爲之，其敝甚矣。

【校箋】

①"攝"，北大本作"構"。

吴中假山，土石畢具之外，^①倩一妙手作之，及舁築之費，非千金不可，然在作者工拙何如。工者事事有致，景不重叠，石不反背，疏密得宜，高下合作，人工之中不失天然，逼側之地又含野意，勿瑣碎而可厭，勿整齊而近俗，勿誇多鬥麗，勿太巧喪真，^②令人終歲游息而不厭，斯得之矣。大率石易得，水難得，古木大樹，尤難得也。

【校箋】

①"土石"，底本作"上石"，據北大本改。

②"太巧"，北大本作"大巧"。

王氏弇州園，石高者三丈許，至毁城門而入，然亦近於淫矣。洛陽名園，以苗帥者爲第一，據稱"大樹百尺對峙，望之如山。竹萬餘竿。有水東來，可浮十石舟。有大松七，水環繞之"。即此數語，勝概已自壓天下矣。乃知古人創造，皆極天然之致，非若今富貴家，但鬥巨麗已也。

紈袴大賈非無臺沼之樂，而不傳於世者，不足傳也。拘儒俗吏，極意修飾以自娱奉，而中多可憎者，胸無丘壑也。

文人墨士有魚鳥之致，山林之賞，而家徒四壁，貧不可爲悦也。窮鄉潟壤，沙塞陋域，空藏白鏹，而無一竹一石可供吟嘯者，地限之也。幸而兼此四者，所得於造物侈矣，而猶然逐於聲利，耽於仕進，生行死歸，它人入室，不亦可嘆之甚哉！

　　唐裴晉公湖園，宏邃勝概，甲於天下。司馬温公獨樂園，卑小不過十數椽，然當其功成名遂，快然自適，則晉公未始有餘，而温公未始不足也。況以晉公之勳業，當時文人已有“破盡千家作一池”之誚，而温公之園，亦儼然與洛中諸名園並列而無慚色。乃知傳世之具，在彼不在此，苟可以自適而止矣，不必更求贏餘也。

　　吾閩窮民有以淘沙爲業者，每得小石有峰巒巖穴者，悉置庭中。久之，甃土爲池，叠蠣房爲山，置石其上，作武夷九曲之勢，三十六峰森列相向，而書晦翁《棹歌》於上，字如蠅頭，池如杯碗，山如筆架，水環其中，蜆蚶爲之舟，琢瓦爲之橋，殊肖也。余謂仙人在雲中下視武夷，不過如此。以一賤傭，乃能匠心經營，以娛耳目若此，其胸中丘壑，不當勝紈袴子十倍耶？

　　《名園記》水北胡氏園，其名皆可笑。如其臺，四望百餘里，縈伊繚洛，雲烟掩映，使畫工極思，不可圖畫，而名之曰玩月臺。有庵在松檜藤葛之中，闢旁牖則臺之所見亦畢備於前，而名之曰學古庵。乃知此失古人已有之，但不如今人之多耳。今人之扁額又非甚不通者，但俗惡耳。入門曲徑，首揭"城市山林"，臨池水檻，必曰"天光雲影"，"濠濮想"多見魚塘，"水竹居"必施筍塢，"日涉""市隱"屢見園名，"環翠""來雲"皆爲樓額。至於俗聯，尤不可耐。當借咸陽一炬了之耳。此失閩最多，江右次之，吳中差少。

余在德平葛尚寶園見木假山一座，①巖洞峰巒皆木頭叠成，不用片石杯土也。余奇而賞之，爲再引滿，因笑謂葛君："歲久而朽，奈何？"答曰："此土中之根，非百年不朽也，吾園能保百年乎？"余更賞其達。時萬曆壬寅元日也。

【校箋】

① 葛尚寶，即葛昕，字幼明，號龍池山人，德平人，以蔭起家，官至尚寶司卿。有《集玉山房稿》。

魏武帝於鄴城西北築三臺，中名銅雀，南名金虎，北名冰井，皆高八九丈，有屋百餘間。今人但知有銅雀，而不知更有二臺也。

萬曆癸丑四月望日，與崔徵仲孝廉登張秋之戊己山，①酒間，徵以支干命名者，徵仲言："有子午谷、丁戊山、二酉室。"余言："秦有子午臺，見《拾遺記》。楚有丙穴。漢有戊己校尉，又有庚辛之枋、甲乙之帳、丙舍、子夜、甲第、辛盤。"徵仲言："有屈戊、午道、白丁、壬人。"余言："尚有乙榜及呼庚癸者。"時徵仲下第貧乏，大笑而已。歸途馬上思唐詩有"午橋群吏散，亥字老人迎"，^②亦可補一闕也。

【校箋】

①　崔徵仲，即崔世召，字徵仲，寧德人。萬曆三十七年舉人，任巴陵令，以忤璫削籍歸，尋擢浙江運副，再擢連州知州。以詩著名，有《秋谷集》。

②　"迎"，底本作"近"，據北大本及《全唐詩》改。按，兩句出劉禹錫《送河南皇甫少尹赴絳州》。

　　濮州有愁臺，陳思王故址也。長安有訟臺，韋庶人所作也。楚有思臺，樊姬墓也。漢有望思臺，武帝爲戾太子作也；有靈夢臺，爲李夫人作也。周有謻臺，景王作也。謻之爲言離也。此皆以情名者也。

　　帝王苑囿臺觀之樂，誠不能無，蓋自土階茅茨不可復得，而靈臺靈囿，文王之聖已不廢矣。如唐太宗之九成宮、明皇之驪山溫泉，此其樂在山川者也。宋高宗叠石以像飛來，激水以爲冷泉，此其樂在工巧者也。宣和艮岳，窮極人間怪木奇石、珍禽異獸，深秋中夜，淒涼之聲四徹，此其樂在玩物者也。始皇阿房千萬間，武帝上林苑中離宮七十所，煬帝西苑三百里，此其樂在宏麗者也。東昏爲芳樂苑，當暑種樹，朝種夕死，細草名花，至便焦燥，紛紜無已，山石皆塗采色，諸樓壁悉畫男女私褻之像，其殺風景甚矣，此其所以爲東昏也。

　　縉紳喜治第宅，亦是一蔽。當其壯年歷仕，或鞅掌王事，或家計未立，行樂之光景皆已蹉跎過盡。及其官罷年衰，囊橐滿盈，然後窮極土木，廣侈華麗以明得志。曾幾何時，而溘先朝露矣。余鄉一先達，起家鄉薦，官至太守，貲累巨萬，家居繕治第宅，甲於一郡，材具工匠皆越數百里外致之。甫落成而身死，妻亦死，子女爭奪，肉未寒而券入他人之手矣。每語子弟，可爲永鑒也。

郭汾陽治第，謂工人曰："好築此牆，勿令不牢。"築者釋錘而對曰："數十年來，京城達官家牆皆是某所築，今某死，某亡，某敗，某絕，人自改換，牆固無恙。"令公聞之，惕然動心，即日請老。噫！賢哉工人之言，達哉令公之見也。

精巧愈甚，則失勢之日，人之瞰之也愈急，是速其敗也。價值愈高，則貧乏之日，人之市之也愈難，是益其累也。況致富之家多不以道，子孫速敗自是常理，冷眼旁觀，可爲嘆息。

宋王君貺拜三司，方二十七歲，即在洛起宅，至八十歲而宅終不成。子舍早世，惟一孫居之，不能十分之一。富鄭公亦起大宅，而無子，族子紹定居之，而紹定又無子。二公皆宋名臣，而不能勘破此關，況今世哉！

古人觀室者，周其寢廟，又適其偃焉。偃者，厠也。厠雖穢濁之所，而古人重之。今大江以北人家，不復作厠矣。古之人君，便必如厠，如晉景公如厠陷而卒，漢武帝如厠見衛青，北齊文宣令宰相楊愔進廁籌，非如今淨器之便也。但江南作廁，皆以與農夫交易。江北無水田，故糞無所用，俟其地上乾，然後和土以溉田。京師則停溝中，俟春而後發之，暴日中，其穢氣不可近，人暴觸之輒病，又何如奏廁之便乎？

武帝如廁見衛青，解者必曲爲之説，此殊可笑。史之記此，政甚言帝之慢大臣，以見其敬黯耳。若非溷廁，史何必書？衛青，公主馬前奴也，官即尊貴，帝狎之久矣。文宣令宰相進廁籌，武帝之如廁見大將軍，亦何足怪？唐郭汾陽將校官至節度使封侯，皆趨走執役於前，夫人、小女至令捧湯持帨。則帝之如廁見青，固狎愛之至，而亦青之所以自全也。

石崇廁上有絳紗帳大牀，茵蓐甚麗，兩婢持香囊，則帝王之廁可知。豈比窮措大糞穢狼藉、蠅蛆縱横者，而不可屈大將軍一見乎？

閣與閤，世人多混用之。閣，夾室也，以板爲之，亦樓觀之通名也。《内則》："天子之閣，左達五，右達五。"蓋古人製此以庋飲食之所，即今房中之板閣。而後乃廣其制，爲天禄、凌烟等名，或以藏書，或以繪像，或以爲登眺游覽之所。此樓閣之閣也。閤者，門旁小户也。漢公孫弘開東閤以延賢人，蓋避當門，而東向開一小門引賓客，以別於官屬，即今官署脚門，旁有延賓館是也。韓延壽爲太守，閉閤思過，即如今閉脚門，不聽官屬入耳。唐正衙日喚仗入閣，則百官亦隨以入，謂之"入閣"，蓋中門不啓而開脚門也。然則夾室謂之閣，傍門爲之閤，義自昭然。漢三公黃閤，注："不敢洞開朱門，以別於人主，故黃其閤。"今國家設文淵閣藏書，而大學士主之，故謂之"閣老"。若以黃閤、東閣之義言之，亦可謂之"閤老"耳。

《爾雅》："小閨謂之閤。"閨即門也，故金門亦謂金閨，處子謂之閨女，以其處門內也。今人閨閤概作閨閣，至以朝廷東閤，亦巍然揭"東閣"之額，而不覺其非，蓋黃閤老，子美詩已誤用之矣。今若稱閤下爲閣下，舉世有不笑之者耶？

紫微原爲帝星，以其政事之所從出，故中書省亦謂之紫微，而舍人爲紫微郎。白樂天"紫薇花對紫微郎"者，以其音之偶同，戲用之耳。今各處藩省多揭"紫薇"爲堂名，而參知署額多稱"薇省分署"者，習而不覺其非也。

古者，官舍概謂之省寺。《漢書·何並傳》："王林卿度涇橋，令騎奴還至寺門，拔刀剝其建鼓。"唐制，中書、兩府謂之三省，宋惟有中書省。國朝去中書，而外藩司原有行省之設，故俗謂之十三省云。寺則一二九卿如大理、光祿之類，蓋亦仍其舊稱，而佛宮概謂之寺矣。相傳起於漢明帝崇重佛教化，比於公卿之爵，故以寺名其居。今則非敕賜者不得稱也。

《孟子》：“德之流行，速於置郵而傳命。”注：“置，驛
也。郵，馹也，所以傳命也。”今人驛與馹多通用，而不知
其異也。按馬傳曰置，步傳曰郵。置者，驛馬也，郵者，
鋪遞也。既言置，又言郵，蓋亦當時俗語，如今言驛鋪也。
至《廣雅》解云：“置，驛也。郵，亦驛也。”則誤以馹爲
驛也。

古者乘傳皆驛車也，《史記》：“田橫與客二人乘傳詣雒
陽。”注：“四馬高足爲置傳，四馬中足爲馳傳，四馬下足爲
乘傳。”然鄭子産乘遽而至，則似單馬騎矣。《釋文》以車曰
傳，以馬曰遽。子産時相鄭國，豈乏車乎？懼不及，故乘遽，
其爲驛馬無疑矣。漢初尚乘傳車，如鄭當時、王温舒皆私具
驛馬，後患其不速，一概乘馬矣。

閩中方言，家中小巷謂之弄。《南史》：“東昏侯遇弒於
西弄。”弄即巷也。元《經世大典》謂之火衖，今京師訛爲
衚衕。

佛典：一弓爲四肘，五百弓爲一拘盧舍。王荆公詩：“卧
占寬間五百弓。”五百弓，四里也。今閩中量田尚用弓，云四
步爲一弓，而它處人無知之者。此亦古法之遺也。又佛地以
二畝爲雙，皇華老人詩“招客先開四十雙”是也，而今絶無
知者。

《詩》：“及爾同僚。”《左傳》：“同官曰寮。”注：“寮，
小窗也。”蓋取同舍之義。然古“僚”通作“寮”。《書》：

"百僚師師。"僚之爲言臣也。《釋文》:"僚,賤隸之稱。"
《左傳》:"泉丘人女奔孟僖子,其僚從之。"則僚不過朋儕之
義,故其字從人,尞聲。《詩》之所謂"同僚"者,恐亦如
是。後人見其從室,遂引僧寮、綺寮之義以證之,不知"同
寮"可作"同僚",而"僧寮"不可作"僧僚"也。

《歲時記》:"務本坊西門有鬼市,冬夜嘗聞賣乾柴聲。"
是鬼自爲市也。《番禺雜記》:"海邊時有鬼市,半夜而合,
雞鳴而散。人與交易,多得異物。"又濟瀆廟神嘗與人交易,
以契券投池中,金輒如數浮出,牛馬百物,皆可假借。趙州
廉頗墓亦然。是鬼與人市也。秦始皇作地市,令生人不得欺
死人,是人與鬼市也。

嶺南之市謂之虛,言滿時少、虛時多也。西蜀謂之亥。
亥者,痎也;痎者,瘧也,言間日一作也。山東人謂之集,
每集則百貨俱陳,四遠競湊,大至騾馬牛羊、奴婢妻子,小
至斗粟尺布,必於其日聚焉,謂之趕集。嶺南謂之趁虛,而
嶺南多婦人爲市,又一奇也。京師朔望及二十五,俱於城隍
廟爲市,它時散處各方,而至此日皆合爲一市者,亦甚便之。
而京師間有異物奇寶,郎曹入直之暇,下馬巡行,冠帶相錯,
不禁也。初四、十四、二十四等日,則於東皇城之北有集,
謂之內市,多是內人贏餘之物,不及廟中之多也。至每歲正
月十一日起,至十八日止,則在東華門外,迤逶極東,陳設
十餘里,謂之燈市,則天下瑰奇巨麗之觀畢集於是,視廟中

又盛矣。

　　燈市雖無所不有，然其大端有二：紈素珠玉多，宜於婦人，一也；華麗妝飾多，宜於貴戚，二也。舍是則猥雜器用飲食與假古銅器耳。余在燕都，四度燈市，日日游戲，欲覓一古書古畫，竟不可得，真所謂入寶山而空手卻回，良以自笑也。

　　《左傳》曰："都鄙有章。"都，城郭也；鄙，鄉村也。故都訓美，鄙訓俗。《淮南子》曰："始乎都者常卒乎鄙。"亦猶朝市之分君子小人也。

卷 四

地部二

蜀江油有左擔道，爲其道至險，擔其左者，不得易至右也。《漢書·西南夷傳》："滇池，秦時嘗破，略通五尺道。"謂其險厄纔五尺也。《西域傳》："烏秅國，其西則有縣度。"謂懸繩而度也。今天下莫險於棧道，然直指使者行部肩輿安穩，豈復王陽迴馭時乎？

閩中自浙之江山入度仙霞嶺，亦自險絕，北人度，汗津津下矣。余己丑夏下第，適天欲雨，暝雲四合，與徐惟和自絕頂直趨至平地，[①]而後雨作。要其險豈能敵白鶴嶺之半乎？若登山游眺，險尚有什百於此者，韓昌黎慟哭，不足爲奇也。

【校箋】

① 徐惟和，即徐𤊹，字惟和，別字調侯，閩縣（今福州）人。萬曆三十六年（1608）舉人。博學工文，善草隸書，詩歌婉麗，萬曆間與曹學佺狎主閩中詩壇。有《幔亭集》二十卷、《晋安風雅》十二卷。《靜志居詩話》稱："惟和力以唐人爲圭臬，七絕原本王江寧，聲諧調

暢，情至之語，誦之蕩氣迴腸。"

　　平生游山所歷，當以方廣巖、靈羊谷爲第一險。仰倚絶壁，下臨無際，既無藤葛可攀，途僅尺許，而又外傾，且爲水簾所噴，崎嶇苔滑，就其傍睨之，膽已落矣。余與諸友奴僕六七人，僅一小奴過之，然幾不能返，面無人色矣。武夷折筍，余少時登之，殊不爲意，蓋梯幹甚偉，險處又有鐵綑可攀，自不至失足耳。但既過險，龍脊上甚難行，亦強弩之末埶也。

　　華山，余未之登，讀王恒叔游記，[1]知其險甲於諸岳，亦在龍脊上難行耳。天台石梁，不過獨木橋之類，人自氣懾耳，無崩朽之虞也。閩鼓山白雲洞，石磴七百級，望之如登天，然不過苦諸縉紳公子體腴骨弱者耳，許掾得此，自當無苦也。

【校箋】

　　① 王恒叔，即王士性（1547—1598），字恒叔，號太初，臨海人。少年好學，喜游歷。萬曆五年（1577）進士，歷確山知縣、禮科給事中、廣西參議、河南提學、山東參政、右僉都御史、南京鴻臚寺卿。有《五岳游草》《廣游志》《廣志繹》《玉峴集》《黔志》《豫志》等，著名地理學家。

　　新安黃山深處，由石牌樓達海子，有積沙岸丈許，人疾過之則濟，少駐足，沙便崩，余不敢度也。潘景升笑而踐之，[1]行二三步而崩，大呼求救，土人掖之以還，面如死灰云。余笑謂："不爾，幾作嬴政崩沙丘矣！"友人王玉生過靈羊谷亦然，[2]歸家病幾一月。如此奇僻，可作昌黎後身，然食肉不食馬肝，未爲不知味也。

【校箋】

① 潘景升，即潘之恒（约1536—1621），字景升，號鸞嘯生、冰華生，安徽歙縣人，侨寓金陵。嘉靖間官中書舍人。有《名山注》《亘史鈔》《涉江詩選》《新安山水志》等。

② 王玉生，生平俟考。與徐熥、佘翔、曹學佺等交好。

余游四方名山，無險不屆，並未失足。壬子秋，過呂亭驛一板橋，去地二丈餘，中道而折，四輿人及余皆殞地。其不爲齏粉者，以下皆積沙也。始知人不隕於山而隕於垤，禍每生於所忽也。

南昌，《滕王閣序》既云"星分翼軫"，又云"龍光射斗牛之墟"。翼軫、斗牛相距甚遠，必有一謬。

荆州黃牛峽下有查波灘，宋寇萊公謫巴東，舟經此灘，聞水中人語，出視之，見一裸體者爲之挽舟。公叱之，曰："我黃魔神也。公異日當大用，故爲公挽舟耳。但裸體不敢相見。"公以錦袱投之，神即披袱再拜，冉冉而去。

夷陵龍角山有石穴，窅黑無際，其中有二巨石，相對而立，中間丈許，名陰陽石。陰石常濕，陽石常燥。每水旱不調，居民具儀從入穴中，旱則鞭陰石，潦則鞭陽石，無不應時而止。但鞭者不出三年必死，故人不敢爲也。

松滋縣南九十里有竹泉，宋政和初，有僧浚井，得竹筆。後黃庭堅謫黔過之，視筆，曰："此吾過峽中蝦蟆背所墜也。"後其筆忽成竹，始知此泉與峽水通也。

荊州濟江西岸有地肺，洪潦常浮不没，其狀若肺焉，故名。駱賓王吸金丹於地肺，即此也。或云終南山亦曰地肺，一云太一山。

《山海經》："鯀竊帝之息壤，以湮洪水。"今江陵南門有息壤祠云。息壤，石也，而狀若城郭。唐元和中，裴宇牧荊州，陰雨彌旬不止，有道士歐陽獻謂宇曰："公曾得一石室乎？瘞之則雨止矣。"宇驚曰："有之，但已棄竹籠外矣。"覓而瘞之，雨即止。後人有發之者，輒致淋雨。蘇軾序云："今江陵南門外有石，狀若宅陷地中而猶見其脊，旁有石記云'不可犯畚鍤以致雷雨'，後失其處。"萬曆壬午，新築南門城，乃復得而瘞之，置祠其上。

匡續，字子孝，周武王時人，廬於潯陽山中。後威烈王以安車迎續，續仙去，惟廬存，故命其山爲廬山，亦曰匡山也。

黃州東百里有孔子山，相傳孔子適楚，嘗登此山。上有坐石，草木不侵。有硯石，每雨輒有墨水流出。

汴有老圃紀姓者，一鋤庇三十口，病篤，呼子孫戒曰："此二十畝地，便是青銅海也。"此與舌耕、研田何異？

《洞天福地記》所言里數多誕，如云"泰山周迴三千里，霍林洞天亦三千里"之類。今計其地，才百分之一耳。或以列真所居分治之域論耶？其説殆不可曉。

杜少陵文："九天之雲下垂，四海之水皆立。"坡詩："天外黑風吹海立。"余從祖司農公杰以大行奉使過海，①中流有龍見焉，倒垂雲際，距水尚百許丈，而水涌起如炊烟，直與相接，人見之歷歷可辨也。始信水立之語非妄。

【校箋】

① 杰：即謝杰，字漢甫，號繹梅，長樂人。謝肇淛叔祖。萬曆二年進士，歷行人、光禄寺卿、兩京太常少卿、順天府尹，以右副都御史巡撫南贛，遷南京刑部右侍郎，以户部尚書總督倉場。《明史》有傳。謝肇淛《小草齋文集》卷十七《明故資政大夫太子少保户部尚書叔祖繹梅公行狀》："少攻舉子業，旁及百家九流，六籍二氏、稗官野史、猥語叢談，無不涉獵其趣而咀其精華。每坐談名理，徵引故事，引古證今，雜以諧謔，無不令人解頤心醉者。爲文章，春容醖釀，汪洋閎肆，如巨鰲吐波，氣成雲霧。詩則遠溯蘇李，近宗少陵，以自然爲宗，正始爲韻，渾雄大雅，成一家言。……所纂著有《奏議》《文集》《詩集》《禮纂》《刑纂》《士談》《民語》《白雲篇》《琉球録補遺》《抑抑堂爰草》數百卷，所輯解有《杜律詹言》《大明律注》《管子衷言》百餘卷行于世。"

正德中，順天文安縣水忽僵立，是日天大寒，遂凍爲冰柱，高五六丈，四圍亦如之，中空而旁有穴，凝結甚固。逾數日，流賊劉六、劉七等殺掠過此，民大小老弱相率入冰穴中避之，賴以全活者甚衆。此亦古今所未見之異也。

金陵鍾山有八功德水，相傳梁天監中胡僧曇隱所甃也。其泉一清，二冷，三香，四柔，五甘，六淨，七不饐，八蠲疴，故名“八功德”。

《七發》云：“觀濤於廣陵之曲江。”廣陵，今揚州也。①揚州之濤殊不足觀，漢時吴越、錢塘皆屬揚州，或者曲江之濤即指西陵之潮耳。况廣陵之江，一望而盡，非曲江也。

【校箋】

① 此段“揚州”之“揚”，底本俱作“楊”，據北大本改。

成都有天涯、海角二石。天涯石在中興寺，故老傳云：人坐其上則脚腫不能行。至今人不敢踐履。地角石在羅城内西北隅角，高三尺餘，舊有廟。王均之亂，爲守門者所壞，今不復存矣。

劉驎之采藥至衡山，深入忘返，見有一澗水，水南有二石囷，一囷閉，一囷開。水深廣不得過，欲還失道，遇伐弓人問徑，僅得還家。或説囷中皆仙靈、方藥諸雜物，驎之欲更尋索，終不知處也。此與王烈、嵇叔夜事相類。名山洞府信有之。

宋崇寧中鑄九鼎，用金甚厚，取九州水土内鼎中。既奉安於九成宫，車駕臨幸，遍禮焉。至北方之寶鼎，忽漏，水溢於外，劉炳謬曰：“正北在燕山，今寶鼎但取水土於雄州境，宜不可用。"其後竟以北方致亂。

建炎三年，吉州修城，役夫得髑髏，棄水中。俄浮一鐘，有銘五十六字，云："唐興元年吾子没，瘞盧陵西壘。後當火德五九之際，世衰道敗，浙、梁相繼喪亂。章貢康昌之日，吾亦復出是邦。東平鳩工復使吾子同河伯聽命水官。"郡守命錄其詞，錄畢而鐘自碎。

張唐英謂姚璹乃與洛水進赤石者同等，楊用修引《唐語林》："武后時，爭獻祥瑞，洛濱居民有得石而剖之中赤者，獻於后，曰：'是石有赤心。'李日知曰：'此石有赤心，其餘豈皆謀反耶？'唐英所引蓋此事。《語林》罕傳，人亦鮮知。"①余按此事載《唐書·李昭德傳》中甚明，固非《語林》，亦非李日知事也。余髫時讀史即知有此，用修乃以爲新聞耶！

【校箋】

① 按，楊慎此段文字見《丹鉛餘錄》卷五及《升庵集》卷四十七《姚璹諂武后》。此事見於兩《唐書·李昭德傳》及《資治通鑑》。在謝肇淛之前，陳耀文《正楊》已糾其訛，《正楊》卷四《石有赤心》曰："《舊唐書》云：'有人於洛水中獲白石，數點赤，詣闕輒進諸宰相。詰之，對云："此石赤心，所以來進。"李昭德叱之曰："此石赤心，洛水中餘石豈能盡反耶？"左右皆笑。'《新唐書》同《語林》，亦非異書也。云日知誤。"

濟南有二奇焉：趵突泉從地中涌起六七尺者數處，冬夏不竭，流而成河；華不注山亦從地中突起，傍無丘陵綿亘，遠望之若浮圖焉。其上亂石縱横，如人工所堆叠，皆奇觀也。

嶧山多石，黝黑色，從下望之，簇簇如筍然。山徑皆緣石行，或俯出其下。石之下皆沙也，石附沙以自固。久之，沙爲風雨摧剥漸盡，窟穴競開，石亦不能自立，常有自山巔隕至田中者。譬之米中雞子，米盡則蹶矣。葉福唐相君爲南宗伯時游此，[1]政值石墜，滚至前，僅丈餘而止，稍進則齏粉矣。此亦游者所當戒也。

【校箋】

[1] 葉福唐相君，即葉向高，字進卿，福清人，萬曆十一年進士，授庶吉士，進編修。遷南京國子司業，改左中允，升左庶子，擢南京禮部右侍郎，改吏部。三十五年，以南京禮部尚書兼東閣大學士入閣，四十二年乞歸。天啓元年還朝，再爲首輔。《明史》本傳稱其"爲人光明忠厚，有德量，好扶植善類。再入相，事沖主，不能謇直如神宗時，然猶數有匡救"。

秦始皇泰山立無字碑，解者紛紜不定，或以爲碑函，或以爲鎮石，或以爲欲刻而未成，或以爲表望，皆臆説也。余親至其地，周環巡視，以爲表望者近是。蓋其石雖高大，而厚與凡碑等，必非函也。此石既非山中所産，又非尋常勒字之石，上有芝蓋，下有趺坐，[1]儼然成具，非未刻之石也。考之《史記》，始皇以二十八年上泰山，"立石，封，祠祀。下，風雨暴至，休於樹下，因封其樹爲五大夫。禪梁父，刻所立石，其辭"云云，則泰山之石已刻矣。今元君祠旁公署中尚有斷碑二十九字，此疑即所刻之石也。然則片石之樹其巔爲祠祀表望明矣。

【校箋】

① "趺"，底本作"跌"，據北大本改。

泰山之稱雄於江北，亦無佛處稱尊耳。齊魯之地曠野千里，岡陵丘阜，詫以爲奇，而岱宗巍然，障大海而控中原，其氣象雄偉，莫之與京，固宜爲群岳之宗也。又岱爲東方主發生之地，故祈嗣者必禱於是。而其後乃傅會爲碧霞元君之神，以誑愚俗。故古之祠泰山者爲岳也，而今之祠泰山者爲元君也。岳不能自有其尊，而令它姓女主偃然據其上，而奔走四方之人，其倒置亦甚矣。

有死而後有生，故泰山之有蒿里山也、酆都城也、十王殿也，皆爲受生而設也。余竊以爲東方主生，西方主殺，各有司存，豈宜並用？酆都業在西方，則受死之籍當歸金天。華岳雖相去萬里，而造化視之，不過左右手耳。愚民貪生而又畏死，故祝延者與求胤者香火相望。要之，生可祈也，死亦可祈也；死不可免也，則生亦不必禱也。況不知寡欲而求生子，不知行善而求延年，民之大惑也。

藏經云："泰山爲天帝之孫，爲五岳祖，主掌人間生死修短。"此俗説之鼻祖也。然天帝豈應有孫？不過以東方震旦之地，有"帝出乎震"之説而附會之耳。

渡江以北，齊、晋、燕、秦、楚、洛諸民，無不往泰山進香者。其齋戒盛服，虔心一志，不約而同。即村婦山甿，皆持戒念佛，^①若臨之在上者，云稍有不潔，即有疾病及顛躓之患。及禱祠以畢，下山舍逆旅，則居停親識皆爲開齋，宰殺狼藉，^②醉舞喧呶，孌童歌倡，無不狎矣。夫既不能修善於平日，而又不能敬謹於事後，則其持戒念佛，不過以欺神明耳。"曾謂泰山不如林放乎！"

【校箋】

① "持戒"，北大本作"持齋"。

② "藉"，底本作"籍"，據北大本改。

均州之太和山，萬方士女駢闐輻湊，^①不減泰山，然多閩、浙、江右、嶺、蜀諸人，與元君雄視，無異南北朝矣。而均州諸黄冠千數，放縱無忌，此則岱宗所無也。

【校箋】

① "湊"，北大本作"輳"。

武當、元君二祠，國家歲籍其香錢，常數萬緡，官入之以給諸司俸禄，不獨從民之便，而亦籍神之貺矣。然官吏餼廪，自當有惟正之供，取足於此，似爲不經。似當入之本州，^①以爲往來厨傳之費，免加派之丁糧，則善矣。今泰山

四、九二月之終，藩省輒遣一正官至殿中親自檢閱，籍登其數，從者二人，出入搜索，如防盜然，謂之"掃殿"。而袍帳、化生俚褻之物，皆折作官俸，殊不雅也。武當亦然。

【校箋】

① "似"，北大本作"所"。

齊雲僻處萬山之中，故進香者少，所入則黃冠囊中物耳。其軒輴供應之費，亦道官主之，故邑人差不累也。然齊雲實無奇，奇者天門與石橋巖耳，而游者又多未之及也。

游山不藉仕宦，則廚傳輿儓之費無所出，而仕宦游山又極不便：侍從既多，不得自如，一也；供億既繁，彼此不安，二也；呵殿之聲既殺風景，冠裳之體復難袒跣，三也。輿人從者，憚於遠涉；羽士僧衆，但欲速了。嶔巇之道，恐舁夫之諢語；奇絕之景，懼後來之開端。相率導引於常所經行而止，至於妙踪勝賞，十不能得其一二也。故游山者須藉同調地主，或要丘壑高僧，策杖扶藜，惟意所適。一境在旁，勿便錯過；一步未了，莫憚向前。寧緩毋速，寧困毋逸，寧到頭而無所得，毋中道而生厭怠。携友勿太多，多則意趣不同；資糧勿太慳，慳則意興中敗。勤幹見解之奴，常鼓其勇；富厚好事之主，時借其力。勿偕酒人，勿携屠伴。每到境界，切須領略；時置筆硯，以備遺忘。此游山之大都也。

天下丘壑，無如閩中之多者，即生長其中，不能盡識也。

聞粵西山水之奇甲於宇内，每問其土人，云出門皆山，而山皆洞，委蛇屈曲里許者，不可數計也。吾閩城内外諸山皆有之，但無好事者搜剔之耳。

山川須生得其地，若在窮鄉僻壤、輪蹄絕迹之處，埋没不稱者多矣。如姑蘇之虎丘、鄒之大嶧，培塿何足言？而地當舟車之會，遂令游咏贊賞，千載不絕，豈亦有幸不幸耶！

山莫高於峨眉，莫秀於天都，莫險於太華，莫大於終南，莫奇於金山、華不注，莫巧於武夷。其他雁行而已。峨眉之巔有積雪，武夷半壁有仙舟，華不注地中崛起，天都面面蓮花，苟不親見以語人，未必信也。

雁蕩瀑布無聲，故自奇絕。閩中水簾數處皆無聲，蓋巖腰凹而水噴空，則爲水簾，自不能奔號也。水簾奇於瀑布。吾閩四山皆瀑也，而黄巖峰瀑布，數百里外皆望見，如疋練焉。余又在黄山見九龍潭水從絕頂分爲三而下，至半腰合流，又三分之，如是者三，始至地。望之如雜佩然，亦一奇也。

峨眉雖六月必具單夾絮衣而登，其下猶炎暑也，至半山則御夾衣，絕頂則着絮矣。過十月則不可登，道爲雪封，且寒甚也。其山本以兩峰相對，如蛾眉然，故名。蛾字當從虫，不當從山也。

峨眉之巔，四望無與頡頏者，惟正東有一點青色如烟，相傳匡廬山也。然廬山未必便高於諸岳，又況九江地下，即高不能敵西北方也。西北地勢視東南，已高與山齊矣。此非臆説也。山東濟寧分水閘，北距臨清僅三百七十里，地高九十尺，南距徐州僅四百里，地高一百十有六尺。^①以川江之勢度之，其建瓴之勢，一日千里，豈直千仞而已哉？

【校箋】

① "十有六"，北大本作"一有六"。

吾閩俗謂延平之水高與鼓山平，然未有以試也。萬曆己酉夏，大水驟至，城中漲溢，水從南門出，高二丈許，門闌僅露一抹，如蛾眉然。余居距門百餘武，庭中水僅四五尺，東折至鰲峰下，則無水矣。相距半里許，而地形高下已逾二丈，尋常行路殊不爲覺，始信人言不誣也。昔人謂桂林之壤視長沙、番禺高千尺，理固然耳。

水固常有鬥者，《春秋》書"轂洛鬥，毀王宮"，《竹書紀年》載"洛伯用與河伯馮夷鬥"。《竹書》或誕妄不經，《春秋》聖人之筆，不可誣也。《宋史·五行志》載："高宗紹興十四年，樂平縣河決，沖田數百頃，田中水自起立，如爲物所吸者，高地數尺，不假堤防而水自行。里南程家井水亦高數尺，夭矯如虹，聲若雷霆，穿牆毀樓而出。二水鬥於杉墩，且前且卻，十餘刻乃解，各復其故。"《説海》紀貴州普定衛有二水：一曰滾塘寨，一曰鬧蛙池，相近前後。吳人從軍至此，夜聞水聲搏激，既而其響益大，居人開户視之，波濤噴面，不可逼近，坐以伺旦，及明聲息，二水一涸一溢，人以爲水鬥。此亦古今所有，不足異也。按：《紀年》所紀洛伯、河伯乃二諸侯也，而後世傅會之，遂以馮夷爲河伯之名。并識於此。

天下海潮之來，皆以漸次。余家海濱，每乘潮汐渡馬江，舟中初不覺也。鹽官潮來，則稍拍岸，激石成聲，與長溪松山下潮相似。惟錢唐則不然，初望之一片青氣，稍近則茫茫白色，其聲如雷，其勢如山，吼擲狂奔，一瞬至岸，如崩山倒屋之狀。三躍而定，則橫江千里，水天一色矣。近岸一帶人居，潮至，浪花直噴屋上，檐溜倒傾若驟雨然，初觀之亦令人心悸，其景界甚似扁舟犯怒漲下黯淡灘時也。

海中波浪，人所稀見，即和風安瀾時，其傾側簸蕩，尤勝洞庭、揚子怒濤十倍也。封琉球之舟，大如五間屋，重底牢固，其桅皆合抱堅木，上下鐵箍，一試海上，半日，板裂箍斷。雖水居善没之人，未習過海者，入舟輒暈眩，嘔喊狼籍。使者所居皆懸牀，任其傾側而牀體常平，然猶暈悸不能飲食。蓋其曠蕩無際，無日不風，無時不浪也。觀海者難爲水，詎不信然！

浙之寧、紹、溫、台，閩之漳、泉，廣之惠、潮，其人皆習於海，造小舟僅一圭竇，人以次入其中，暝黑不能外視一物，任其所之，達岸乃出之。不習水者附其舟，暈眩幾死，至三日後，長年以篙頭水飲之始定。蓋自姑蘇一帶，沿海行至閩、廣，風便不須三五日也。

海上操舟者，初不過取捷徑往來貿易耳。久之漸習，遂之夷國，東則朝鮮，東南則琉球、旅宋，[①]南則安南、占城，西南則滿剌迦、暹羅，彼此互市，若比鄰然。又久之，遂至日本矣。夏去秋來，率以爲常。所得不貲，什九起家。於是射利愚民輻輳競趨，以爲奇貨，而榷采之中使利其往來稅課，以便漁獵，縱令有司給符繻與之，初未始不以屬夷爲名。及至出洋，乘風挂帆，飄然長往矣。近時當事者雖爲之厲禁，誅首惡一二人，然中使尚在，禍源未清也。老氏曰："不貴難得之貨，使民不爲盜。"上既責以稅課方物，而又禁其販海，其可得乎？

【校箋】

① "旅宋"，北大本作"吕宋"。

販海之舟，所以無覆溺之虞者，不與風爭也。大凡舟覆，多因鬥風。此輩海外諸國既熟，隨風所向，挂帆從之，故保其經歲無事也。余見海鹽、錢唐，見捕魚者爲疏竹筏，半浮半沉水上，任從風潮波浪，舟皆戒心而筏永無恙者，不與水爭也。小人誠有意智，然因之悟處世之法。江南遣徐鉉聘宋，詞鋒才辯，廷臣無出其右者，而宋太祖遣一不識字殿侍接之，即是此意。

海外之水，不知還靠天乎，還有地乎？今之高處望日，似從海中生者，蓋亦遠視云然。如落日之銜山，非真從山落也。所云海外諸國，如琉球、日本之類，皆海中，非海外也。

北方沙漠之外，不知還有海否？若果有之，則中國與北虜亦在海中矣。水土合而成地，大段水猶多於土也。

潮汐之説，誠不可窮詰，然但近岸淺浦，見其有消長耳。大海之體，固毫無增減也。以此推之，不過海之一呼一吸，如人之鼻息，何必究其歸泄之所？人生而有氣息，即睡夢中形神不屬，何以能吸？天地間只是一氣耳。至於應月者，月爲陰類，水之主也。月望而蚌蛤盈，月蝕而魚腦減，各從其類也。然齊、浙、閩、粵，潮信各不同，時來之有遠近也。

蘇州東入海五六日程，有小島，闊百里餘，四面海水皆濁，獨此水清，無風而浪高數丈，常見水上紅光如日，舟人不敢近，云：此龍王宮也。而西北塞外人迹不到之處，不時聞數千人砍樹拽木之聲，及明遠視，山木一空，云：海龍王造宮也。余謂龍以水爲居，豈復有宮？即有之，亦當鮫宇貝闕，必不藉人間之木殖也。①愚俗之不經，一至於此。

【校箋】

① "藉"，底本作 "籍"，據北大本改。

天下之橋，以吾閩之洛陽橋爲最，蓋跨海爲之，似非人力。相傳蔡君謨遣吏持檄海神，及歸，得一 "醋" 字，遂以廿一日酉時興工，至期，潮果不至。今世所傳《四喜》雜劇者，本此也，事有無不可知。計橋長三百六十丈，若當怒潮，必難駐足耳。吾郡臺江大橋亦百餘丈，跨大江而度，三十九

門，江濤溯湃，亦自恐人，不知當時何以建址？大抵閩人工
於此伎，亦不煩神力耳。

江南無閘，江北無橋；江南無茅屋，江北無溷圊。南人
有無牆之室，北人不能爲也；北人有無柱之室，南人不能爲
也。北人不信南人有架空之樓行於木杪，南人不信北人有萬
斛之窖藏於地中。

地窖燕都雖有之，不及秦晉之多，蓋人家頗以當蓄室矣。
其地燥，故不腐；其土堅，故不崩。自齊以南不能爲也。三
晉富家藏粟數百萬石，皆窖而封之，及開，則市者坌至，如
赶集然。常有藏十數年不腐者。至於近邊一帶，常作土室以
避虜，其中若大厦，盡室處其中，封其隧道，固不啻金湯矣，
但苦無水耳。

閩、廣地常動，浙以北則不恒見，説者謂濱海水多則地
浮也。然秦晉高燥無水，時亦震動，動則裂開數十丈，不幸
遇之者，盡室陷入其中，及其合也，渾無縫隙，掘之至深而
不可得。王太史維楨實遭此厄。[①]則閩、廣之地動而不裂者，
又得無近水滋潤之故耶？然大地本一片生成，而有動不動之
異，理尤不可解也。

【校箋】

① 王維楨，字允寧，號槐野，華州人。嘉靖十四年（1535）進士，
官至南京國子監祭酒。以省母歸，值地震，陷死。有《槐野存笥稿》。

萬曆己酉夏五月廿六日，建安山水暴發，建溪漲數丈許，城門盡閉。有頃，水逾城而入，溺死數萬人，兩岸居民樹木蕩然如洗。驛前石橋甚壯麗，水至時，人皆集橋上。無何，有大木隨流而下，沖橋，橋崩，盡葬魚腹。翌日水至福州，天色晴明而水暴至，斯須没階，又頃之，入中堂矣。余家人集園中小臺避之，臺僅尋丈，四周皆巨浸矣。或曰："水上臺，可奈何？"然計無所出也。少選，妹婿鄭正傳，^①泥淖中自御肩輿，迎老母暨諸室人至其家，始無恙。蓋鄭君所居獨無水也。然水迄不能逾吾臺而止，越二日始退。方水至時，西南門外白浪連天，建溪浮尸蔽江而下，亦有連樓屋數間泛泛水面、其中燈火尚熒熒者，亦有兒女尚聞啼哭聲者，其得人救援、免於魚鱉，千萬中無一二耳。水落後，人家粟米衣物爲所浸漬者，出之，皆黴黑臭腐，觸手即碎，不復可用。當時吾郡縉紳，惟林民部世吉捐家貲葬無主之尸凡以千計，^②而一二巨室大駔，反拾浮木無數以蓋別業，賢不肖之相去遠矣！

【校箋】

①"婿"，底本、北大本俱作"聟"。按，"聟"即"婿"之別體。鄭正傳（1573—1616），字嗣真，號仍雲，福建侯官人。太學生，謝肇淛從妹婿。謝肇淛《小草齋文集》卷十八《太學生嗣真鄭君墓志銘》："嗣真骯髒有志節，與人不侵，爲然諾，緩急輒傾身赴之。然溪刻自處，衣不過布素，食不過一肉，家四壁，恬如也……居恒以禮法自將，嚬笑不苟，閨壼内外肅然有紀，不敢慢于人，亦不欲人慢己也……三餘

之暇，旁獵詩賦古文詞，以至農圃、醫卜、工賈百家，咸究其指歸，叩其底裏，亹亹不窮，倘得一命以究其施，亦用世之才也。"

② 林世吉，閩縣人，林燫子，以蔭至户部員外郎，有《叢桂堂集》。

閩中不時暴雨，山水驟發，漂没室廬，土人謂之"出蛟"，理或有之。大凡蛟屬藏山穴中，歲久變化，必挾風雨以出，或成龍，或入海。閩烏石山下瞰學道公署，數年前，鄰近居民常見巨蟒，長數百尺，或蹲山麓，或蟠官署觚棱之上，雙目如炬。至己酉秋八月，一夜大風雨，烏石山崩，自後蟒不復見云。先是，阮中丞一鶚無功於閩而廟食山巔，^①輿論不愜也。^②是日山崩，政當其處，祠宇盡爲洪水漂流，片瓦隻椽，杳不可見，時以爲異云。

【校箋】

① 阮一鶚，即阮鶚（1509—1567），字應薦，號函峰，桐城人。嘉靖二十三年（1544）進士，歷南京刑部主事、浙江提學副使，以附趙文華，升右僉都御史，巡撫浙江，後改福建巡撫。倭犯福州，賂以羅綺、金花及庫銀數萬。所在貪賄，以御史彈劾，逮下刑部，嚴嵩爲屬法司，僅黜爲民。"無功於閩而"，北大本作"以退倭全城"。

② "不愜"，北大本作"未愜"。

吴興水多於山間暴下，其色殷紅，禾苗浸者盡死，謂之"發洪"。晋中亦時有之。岢嵐四面皆高山，而中留狹道，偶

遇山水迸落，過客不幸，有盡室葬魚腹者。州西一巨石，大
如數間屋，水至，民常栖止其上。一日，水大發，^①民集石上
者千計，少選，浪沖石轉，瞬息之間無復孑遺，哭聲遍野。
時固安劉養浩爲州守，^②後在東郡爲余言之，亦不記其何年也。

【校箋】

　① “水大”，北大本作“大水”。

　② 劉養浩，固安人，萬曆十年舉人。

水柔於火，而水之患慘於火。火可避而水不可避，火可
撲滅而水無如之何，直俟其自落耳。若癸卯山東之水、丁未
南畿之水、己酉閩中之水、壬子北都之水，皆骸骨蔽野，百
里無烟，兵戈之慘，無以逾之。然北方之水或可堤防而障，
或可溝澮而通，惟南方山水之發，疾如迅雷，不可禦也。

火患獨閩中最多，而建寧及吾郡尤甚。一則民居輻湊，
夜作不休；二則宮室之制，一片架木所成，無復磚石，一不
戒則燎原之勢莫之遏也；三則官軍之救援者，徒事觀望，不
行撲滅，而惡少無賴利於劫掠，故民寧爲煨燼，不肯拆卸耳。
江北民家，土牆甓壁，以泥苫茅，即火發而不然，然而不延
燒也。^①無論江北，即興、泉諸郡，多用磚甃，火患自稀矣。

【校箋】

　① 兩“然”字，北大本作“燃”。

周煇《清波雜志》謂："人生不可無田，有則仕宦出處自如，可以行志，故福字從田、從衣，謂之衣食足爲福也。"然必稅輕徭簡，物力有餘之地，差足自樂。若三吳之地，賦役繁重，追呼不絕，祇益內顧之憂耳。彼但知福之從田，而不知累之亦從田也。按：福字傍從示，不從衣。

吳、越之田苦於賦役之困累，[①]齊、晉之田苦於水旱之薄收，可畜田者惟閩、廣耳。近來閩地殊亦凋耗，獨有嶺南物饒而人稀，田多而米賤，若非瘴蠱爲患，真樂土也。

【校箋】

① "賦役"，北大本作"賦稅"。

燕、齊蕭條，秦、晉近邊，吳、越狡獪，百粵瘴癘，江右蠲瘠，荊、楚慓悍，惟有金陵、東甌及吾閩中尚稱樂土，不但人情風俗，文質適宜，亦且山川丘壑足以娛老，菟裘之計，非蔣山之麓則天台之側，非武夷之亭則會稽之穴矣。

書言天下有九福：京師錢福、病福、屏帷福，吳越口福，洛陽花福，蜀川藥福，秦隴鞍馬福，燕趙衣裳福。今以時考之，蓋不盡然，京師直官福耳，口福則吳、越不及閩、廣，衣裳福則燕、趙遠遜吳、越，錢福則嶺南、滇中，賈可倍蓰，宦多梱載。

凡山川佳麗之處，亦須風氣迴合，川壑幽邃，緩急可避兵革者。如武夷之小桃源，居萬峰之中，秀色環抱，石門一徑，可杜而絕。其中豁然別是一天地，有田有水，又有村落，可爲伴伍，養蜂蒸楮，可以爲生，鵝鴨雞豚，可以自給，山寇所不及，海賊所不到。想武陵避秦之地，未必勝此也。黃山之丞相園次之，但地稍瘠，又無人烟耳。

楚中如衡山、寶慶，亦一樂土也，物力裕而田多收，非戎馬之場，可以避兵，而俗亦朴厚。長沙則卑濕而儇，不可居矣。

國家自采榷之使四出，雖平昔富庶繁麗之鄉，皆成凋敝。其中稍充裕者，嶺南與滇中耳。然五嶺瘴鄉，不習者有性命之虞。滇南遠隔絕徼，山川阻修，黔巫之界，苗獠爲梗，過客輜重，時遭抄掠，[1]不但商旅稀少，即仕宦者亦時時戒心也。

【校箋】

① "抄掠"，北大本作"鈔掠"。

滇中沃野千里，地富物饒。高皇帝既定昆明，盡徙江左諸民以實之，故其地衣冠文物、風俗言語，皆與金陵無別。若非黔筑隔絕，苗蠻梗道，誠可以卜居避亂。然滇若不隔萬山，亦不能有其富矣。

富室之稱雄者，江南則推新安，江北則推山右。新安大賈，魚鹽爲業，藏鏹有至百萬者，其他二三十萬則中賈耳。山右或鹽或絲，或轉販，或窖粟，其富甚於新安。新安奢而山右儉也。然新安人衣食亦甚菲嗇，薄糜鹽虀，欣然一飽矣，

惟娶妾、宿伎、爭訟，則揮金如土。余友人汪宗姬家巨萬，①
與人爭數尺地，捐萬金；娶一狹邪如之，鮮車怒馬，不避監
司前驅，監司捕之，立捐數萬金。不十年間，蕭然矣。至其
菲衣惡食，纖嗇委瑣，四方之人皆傳以爲口實，不虛也。

【校箋】

① 汪宗姬（1560—?），字肇郘，號休吾子，歙縣人。隨父客江
陵，爲太學生，與顧起元、汪道昆、梅鼎祚等交游。長於詩詞，工戲
曲，有《穎秀堂駢語》及傳奇《丹管記》等。

天下推纖嗇者，必推新安與江右。然新安多富，而江右
多貧者，其地瘠也。新安人近雅而稍輕薄，江右人近俗而多
意氣。齊人鈍而不機，楚人機而不浮。吳、越浮矣，而喜近
名；閩、廣質矣，而多首鼠。蜀人巧而尚禮，秦人鷙而不貪。
晉陋而實，洛淺而愿，粵輕而獷，滇夷而華。要其醇疵美惡，
大約相當。蓋五方之性，雖天地不能齊，雖聖人不能強也。
今之宦者動欲擇善地，不知治得其方，即蠻夷可化，況中
國哉！

仕宦諺云：“命運低，得三西。”謂山西、江西、陝西
也。此皆論地之肥磽，爲飽囊橐計耳。江右雖貧瘠而多義氣，
其勇可鼓也。山、陝一二近邊苦寒之地，誠不可耐，然居官
豈便凍餓得死？勤課農桑，招撫流移，即不毛之地，課更以
最，要在端其本而已。不然，江南繁華富庶，未嘗乏地也，

而奸胥大黠舞智於下，巨室豪家掣肘於上，一日不得展胸臆，安在其爲善地哉？

仕小邑，馭疲民，居官者每鬱鬱不樂，此政不必爾。小邑易於見才，疲民易於見德，且不見可欲，則心不亂。嘗見江南大地，敗官者十常八九。擇地者固無益也。

邊塞苦寒之地，有唾出口即爲冰者；五嶺炎暑之地，有衣物經冬不晒晾即黴濕者。天地氣候不齊乃爾。然南人尚有至北，北人入南，非瘧即痢，寒可耐而暑不可耐也。余在北方，不患寒而患塵，在南方，不患暑而患濕。塵之污物，素衣爲緇；濕之中人，強體成痹。然濕猶可避，而風塵一至，天地無所容其身，故釋氏以世界爲塵，詎知江南有不塵之國乎？

丹陽有奔牛壩，相傳梁武帝時，①有人於石城掘得一僧，瞑目坐土中，奏於帝。帝問志公，志公曰："此入定耳，可令人於其傍擊磬，則出定矣。"帝命試之，果開目，問之不答，志公乃話其前事云云。其僧一視志，即起身向南奔去，帝遣人逐之，至此地化爲牛，故因以名也。近時樵陽子亦類此。

【校箋】

① "時"，底本、北大本皆無，據文意補。

蜀有火井，其泉如油，熱之則然。有鹽井，深百餘尺，以物投之，良久皆化爲鹽，惟人髮不化。又有不灰木，燒之則然，良久而火滅，依然木也。此皆奇物，可廣異聞。魯孔林聞亦有不灰木，取以作爐，置火輒洞赤，但余未之見耳。

閩中郡北蓮花峰下有小阜，土色殷紅，俗謂之胭脂山，相傳閩越王女棄脂水處也。環閩諸山無紅色者，故詫爲奇耳。後余道江右，貴溪、弋陽之山無不丹者，遠望之如霞焉。因思楚有赤壁，越有赤城，蜀有赤岸，北塞外有燕支山，想當爾耳。

由江右抵安慶，山多童而不秀，惟有匡廬，數百里外望之天半，若芙蓉焉。自德安至九江，或遠或近，或向或背，皆成奇觀，真子瞻所謂“傍看成嶺側成峰”者，岱岳不及也。

秦築長城以亡其國，今之西北諸邊若無長城，豈能一日守哉？秦之長城，自榆中並河以東屬之陰山，以今長城計之，僅及其半，而燕、代近胡之塞，原有長城，又不自始皇始也。今九邊惟遼東不可城，而政當女直之衝，薊鎮之城則近時戚大將軍繼光所築，其固不可攻，虜至其下輒引去。其有功於邊陲若此，而猶不免求全之毀，何怪書生據紙上之談而輕詆嬴政也！

九邊惟延、綏兵最精，習於戰也。延、綏兵雖十餘人遇虜數千，亦必立而與戰，寧戰死，不走死也。故虜亦不敢輕戰，慮其所得不償失耳。遼左兵極脆弱，建酋時時有輕中國之心，所賴互市羈縻之耳。然互市盟好，邊境雖偷目前之安，而武備廢，士卒惰窳，久而上下相蒙，不知有戰矣。夫初立互市，本欲偷閒以繕治守禦，生聚教訓也，今反因之而廢戰具，不亦惑之甚耶！

寧夏城相傳赫連勃勃所築，堅如鐵石，不可攻。近來哱拜之亂，①官軍環而攻之三月餘，至以水灌，竟不能拔，非有内變，未即平也。史載勃勃築城時，蒸土爲之，以錐刺入一寸即殺工人，并其骨肉築之，雖萬世之利，慘亦甚矣。近時戚將軍築薊鎮邊牆，不僇一人，期月而功就，城上層層如齒外出，可以下瞰，謂之“瓦籠城”，堅固百倍，虜終其世不敢犯，則又何必以殺僇爲也？

【校箋】

① 哱拜（1526—1592），蒙古韃靼部人，降明後任副總兵，專制寧夏，多蓄亡命，意圖不軌，寧夏巡撫黨馨每裁抑之。萬曆二十年二月，哱拜糾合其子哱承恩、義子哱雲、土文秀等殺巡撫黨馨及副使石繼芳等，據寧夏作亂。九月，明將李如松攻破寧夏，哱拜自殺，史稱哱拜之亂。

女直兵滿萬則不可敵，今建酋是也。其衆以萬計不止矣，其所以未暇窺遼左者，西戎、北韃爲腹背之患，彼尚有内顧之憂也。防邊諸將誠能以夷攻夷，離間諸酋，使自相猜忌，保境之不暇，而何暇内向哉？不然，使彼合而爲一，其志尚未可量也。

河套之棄，今多追咎其失策，然亦當時事勢不得不棄也。

何者？我未有以制其死命，令彼得屯牧其中，縱驅之去，終當復來。至於今日，則拓跋燾所謂"我髮未燥，已聞河南是我家地"者，事愈不可爲矣。

曾銑欲復河套，卒爲嚴嵩所尼，^①至不保要領。然使曾策果行，河套果復，不過一時可喜，而後來邊釁一開，兵革何時得息？羊祜所謂"平吳之後，尚煩聖慮"者也。趙普謂曹翰攻幽州，"得之何人可守？翰死，何人可代？"此不易之論也。蓋我之兵力不加於彼，而彼盤據已久，一旦失之，勢所必爭耳。

【校箋】

① 曾銑（1509—1548），字子重，浙江黃巖人。嘉靖八年進士，歷官至兵部侍郎，總督陝西三邊軍務。倡復河套之議，爲嚴嵩所構棄市，妻子流放。事具《明史》本傳。嚴嵩（1480—1567），字惟中，號勉庵，江西分宜人。弘治十八年進士，累進吏部尚書，謹身殿大學士、少傅兼太子太師，少師、華蓋殿大學士。事具《明史·奸臣傳》。

西戎茶馬之市，自宋已然，蓋土蕃渾酪腥膻，^①非茶不解其毒，而中國藉之可以得馬，以草木之葉易邊場之用，利之最大者也。但茶禁當嚴，馬數當核。今之茶，什五爲奸商駔獪私通貿易，而所得之馬又多尪病殘疾，不堪騎乘者，直與之耳，非市也。

【校箋】

① "渾"，北大本作"潼"。

　　江北俵馬之役最稱苦累，而寄養之戶尤多敗困。要其所以，則侵漁多而費用繁也。山東大戶，每僉解馬，編審之時已有科派，俵解之時又有使用，輪養有輪養之害，點視有點視之費，印烙有印烙之弊，上納有上納之耗，無不破家亡身者。然而馬必不可少也，得賢守令監司，弊或稍差減耳。

　　馬之入價也，漕之改折也，雖一時之便，而非立法之初意也。太僕之馬價，原爲江南有不宜馬之地，而入價於北地市之也；漕糧之改折，亦爲一時凶荒之極，米價騰涌，而入價以俟豐年之補糴也。今公然以佐官家不時之用矣。舍本色而徵銀，甚便也；馬糧有餘而見鏹不足，甚利也。然而馬日減少，太倉之粟無一年之積者，折價誤之也。承平無事猶可，一旦緩急，必有執其咎者。

　　唐李蟠判度支，以每年江、河、淮運米至京，脚錢斗計七百，議以七百錢代之，王鐸曰：“非計也。京國糴米既耗積食，而七百之費，兼濟貧民。”時議不從。既而都下米果大貴，卒罷不行，則今日之治漕，動稱改折者，其非久遠之計可知矣。

　　古今幅員戶口，莫盛於隋之大業、唐之開元。考之《隋書》，戶八百九十萬七千五百四十六，口四千六百一萬九千九百五十六。唐開元時，戶八百四十一萬二千八百七十一，口四千八百一十四萬三千六百九。二主富盛亦略相當，然盛未幾而禍敗即隨之矣。宋慶曆間，戶至一千九十萬四千四百三十四。國朝嘉、隆之時，戶共一千一百一十三萬四千，口共五千五百七十八萬三千，而熟夷不與焉，視隋、唐、宋盛時，固已過之矣。使東勝不徙，安南不棄，金甌尚無缺也。抱杞人之憂者，能無戒於衣衽乎！

　　戶口生息甚難而凋耗甚易，蓋治日常少而亂日常多，兼以治平之時，不無盜賊之竊發、水旱之流移，而亂離之世，即欲一日無事，不可得也。況亂離之後，數十年養之而不足，而承平之世，一旦敗之而有餘。周自東遷以及劉、項之世，分裂戰爭者三四百年，長平一坑四十餘萬，即蟲蟻蚊蚋，寧能當此慘劫耶？漢至文、景，盛矣，而武皇耗之；明、章治矣，而桓、靈覆之，赤眉、董卓之亂，黔首寧有種耶！至於典午失權，胡羯肆烈，南北分朝，兵連禍結，又二百餘年，春燕巢於林木，亦可哀也。唐自貞觀至開元，拊養生息，漸稱繁庶，而漁陽鼙鼓一動，宗社爲墟。至於黃巢之變，殺人如麻，流血成川。浸淫至於五季，其間承平無事者，可以日計也。宋之盛時，已日與契丹、元昊搆隙，①而燕、雲不復，淮北中失，偏安忍恥，僅撫遺民，女直侵其半，蒙古凶其終。其視漢、唐，規模固已不逮，而其受害之慘，使天地反覆，日月無光，三皇五帝以來之人民土地，一旦淪於夷狄，亦宇宙所未有之事也。蓋自三代以來，戰國至於劉、項是一劫，三國至於五胡是一劫，中唐至於黃巢、石晉是一劫，女直至於蒙古是一大劫，中國之人，無復孑遺矣。故我太祖皇帝之功，謂之劈開混沌，別立乾坤，當與盤古等，而不當與商、周、漢、唐並論也。二百四十年來，休息生養，民不知兵，生齒繁盛，蓋亦從古所無之事。故未雨綢繆，憂時者不得不爲過計矣。

【校箋】

　　①　"搆"，北大本作"購"。

　　國家近邊之民常苦北虜，濱海之民時遭倭患，然虜寇頻而倭患少，故塞上村落蕭條，有千里無復人烟者。倭自嘉靖末鈔掠浙、直、閩、廣，所屠戮不可勝數。即以吾閩論之，其陷興化、福清、寧德諸郡縣，焚殺一空，而興化尤甚，幾於洗城矣。劉六、劉七破殘七藩，而山東、河南爲最，其他若蕭乾養之亂廣、藍廷瑞之亂郿、鄧茂七之亂閩、葉宗留之亂浙、阿克之亂滇、楊應龍之亂蜀、哱拜之亂寧夏，①皆小劫也。而水旱災疫，則無歲無之矣！

【校箋】

　　①　蕭乾養，生平俟考；藍廷瑞，又名藍五，四川保寧人。正德四年冬與鄢本恕、廖惠率衆起義，稱順天王，擁衆十萬，轉戰川陝湖廣一帶，後被鎮壓。鄧茂七（？—1449），原名鄧雲，江西南城人，正統十二年擁衆起義，全閩震動，後被鎮壓。葉宗留，浙江慶元人，礦工領袖，正統九年率衆起義，與鄧茂七相呼應。正統十三年兵敗被殺。阿克，云南武定府蠻人。萬曆三十五年，蠻人鄭舉等奉阿克作亂，次年阿克被擒，磔於市，武定平，改土歸流。《明史·神宗本紀》："（三十五年）十二月，金沙江蠻阿克叛，陷武定，攻圍云南，別陷松明、祿豐。"楊應龍（1551—1600），播州世襲土司，楊氏第二十九代統治者。

萬曆間因受審而作亂，萬曆二十七年朝廷進剿，次年平定播州之亂。楊應龍及其子等礫于市。哮拜見前。

吳之新安，閩之福唐，地狹而人衆，四民之業，無遠不屆，即邂陬窮髮、人迹不到之處，往往有之，誠有不可解者。蓋地狹則無田以自食，而人衆則射利之途愈廣故也。余在新安，見人家多樓上架樓，未嘗有無樓之屋也，計一室之居可抵二三室，而猶無尺寸隙地。閩中自高山至平地，截截爲田，遠望如梯，真昔人所云"水無涓滴不爲用，山到崔嵬盡力耕"者，可謂無遺地矣。而人尚什五游食於外，設使以三代井田之法處之，計口授田，人當什七無田也。

古者一夫百畝，無賦役租稅也。故中原磽确之地，上農夫足食九人。若以今燕、齊之地論之，一望千頃，常無升斗之入者，[①]不知當時授田之制，肥磽高下必適均乎，抑惟其所值也？當時天子、諸侯既各有疆界，不相逾越，十分之中取其一爲公田，仕者之家又有世祿之田，小國不過五十里，城郭、村落、山川之外，田之所餘亦寥寥矣。使生齒日繁而地不加廣，何以給之？吾竊意古之授田者，亦只如今佃種之類，一夫耕百畝，而世家巨室收其所入耳，未必便爲世業也。

【校箋】

①"入"，北大本作"人"。

江南大賈強半無田，蓋利息薄而賦役重也。江右荆、楚、五嶺之間，米賤田多，無人可耕，人亦不以田爲貴，故其人雖無甚貧，亦無甚富，百物俱賤，無可化居轉徙故也。閩中田賦亦輕，而米價稍爲適中，故仕宦富室相競畜田，貪官勢族，有畛隔遍於鄰境者。至於連疆之産，羅而取之，無主之業，囑而丐之，寺觀香火之奉，強而敚之，黃雲遍野，玉粒盈艘，十九皆大姓之物，故富者日富而貧者日貧矣。

俗賣産業與人，數年之後輒求足其直，謂之"盡價"，至再至三，形之詞訟。此最薄惡之風，而閩中尤甚。官府不知，動以爲賣者貧而買者富，每訟輒爲斷給。不知爭訟之家，貧富不甚相遠，若富室有勢力者，豈能訟之乎？吾嘗見百金之産，後來所足之價，反逾其原直者。余一族兄，於余未生之時，鬻田於先大夫，至余當户，猶索盡不休，此真可笑事也。

閩田兩收，北人詫以爲異，至嶺南則三收矣。斗米十餘錢，魚蝦盈市，隨意取給，不甚論值，單袷之衣，可過隆冬，道無乞人，户不夜閉，此真極樂世界。惜其天多瘴霧，地多蟲蛇，屋久必蛀，物久必腐，無百年之室，無五十年之書，無二十年之衣，故上不及閩，下不及滇也。

北人不喜治第而多畜田，然磽确寡入，視之江南，十不能及一也。山東瀕海之地，一望滷瀉，不可耕種，徒存田地之名耳。每見貧皂村甿，問其家，動曰有地十餘頃，計其所入，尚不足以完官租也。余嘗謂不毛之地，宜蠲以予貧民，而除其稅可也。

九邊如大同，其繁華富庶不下江南，而婦女之美麗、什物之精好，皆邊塞之所無者。市款既久，未經兵火故也。諺稱薊鎮城牆、宣府教場、大同婆娘爲"三絕"云。迤西榆林、慶陽，漸有夷風，至臨洮、鞏昌，苦寒之極，其土人亦與戎狄無別耳。

臨邊幸民，往往逃入虜地，蓋其飲食語言既已相通，而中國賦役之繁、文罔之密，不及虜中簡便也。虜法雖有君臣上下，然勞逸起居，甘苦與共，每遇徙落移帳，則胡王與其妻妾子女皆親力作，故其人亦自合心勇往，敢死不顧。干戈之暇，任其逐水草畜牧自便耳，真有上古結繩之意。一入中國，里胥執策而侵漁之矣。王荊公所謂"漢恩自淺胡自深"者，此類是也。

漢中行說不得志於中國，遂入匈奴，爲之謀主，大爲漢患。宋韓、范不用張元，而令走佐曩宵，兵連禍結，不得安枕者五十年。近來如倭酋關白，[1]亦吳越諸生，累不第而入海，使非天戮鯨鯢，遼左之禍尚未艾也。故邊民之逃而入虜，它不足慮，惟恐有此輩一二在其中耳。

【校箋】

① 倭酋關白，當指豐臣秀吉，然秀吉出生於日本尾張（現愛知縣），並非"吳越諸生"，此或爲謝肇淛因汪直而誤記也。按，汪直，

本歙縣人，嘉靖年間因禁海政策而成爲海上走私集團“倭寇”的首領
（並非日本的“關白”），後爲胡宗憲誘擒。

　　倭之寇中國也，非中國之人誘之以貨利，未必至也；其
至中國也，非中國之人爲之鄉導，告以虛實，未必勝也。今
吳之蘇、松，浙之寧、紹、溫、台，閩之福、興、泉、漳，
廣之惠、潮、瓊、崖，馹獪之徒冒險射利，[①]視海如陸，視日
本如鄰室耳。往來貿易，彼此無間。我既明往，彼亦潛來。
尚有一二不逞，幸災樂禍，勾引之至內地者，敗則倭受其僇，
勝則彼分其利，往往然矣。嘉靖之季，倭之掠閩甚慘，而及
官軍破賊之日，倭何嘗得一人隻馬，生歸其國耶？其所虜掠
者，半歸此輩之囊橐耳。故近來販海之禁甚善，但恐未能盡
禁也，蓋巨室之因以爲利者多也。

【校箋】
　　① “獪”，北大本作“齡”。

　　嘉靖之季，倭奴犯浙、直、閩、廣，而獨不及山東者，
山東之人不習於水，無人以勾引之故也。由此觀之，則倭之
情形，斷可識矣。
　　禦倭易於禦虜十百不啻也。倭奴舍大海而登陸，深入重
地，已不能無疑懼，而步行易乏，其勢四散，非有陣法埋伏
之類，直鬥力耳。若得智勇之將，帥節制之師，一鼓可平也。

即閩、廣鄉兵，訓練之皆可用，亦不必借浙兵耳。北虜大漠之地原自其勝場，中國之兵馬脆弱，已自不敵，而悍獷之性，不懼死，不畏寒，敗而復至，散而復合。及其鳥柝鼠散，^①不可踪迹，雖以衛、霍，不能窮其部落，況今日之孱兵庸帥哉？戚少保繼光守薊遼日，以意製大煩，每發輒斃千餘人，血肉枕籍，而終不肯退，然虜亦畏之甚，不敢窺邊者二十餘年云。

【校箋】

① "柝"，北大本作"析"。

夷狄諸國，莫禮義於朝鮮，莫膏腴於交阯，莫悍於韃靼，莫狡於倭奴，莫醇於琉球，莫富於真臘。其他肥磽不等，柔獷相半，要其叛服，不足爲中國之重輕，惟有北虜、南倭震鄰可慮，其次則女直耳。

元之盛時，外夷朝貢者千餘國，可謂窮天極地，罔不賓服，而惟日本崛強不臣，阿剌罕等率師十萬往征，得返者三人耳。國朝洪武初《四夷王會圖》，共千八百國，即西南夷經哈密而來朝者三十六國。永樂中，重譯而至又十六國，其中如蘇禄、蘇門答剌、彭亨、瑣里、古里、班卒、白葛達、呂宋之屬二十餘國，皆前代史册所不載者，漢、唐盛時所未有也。然其中惟朝鮮、琉球、安南及朵顏三衛等受朝廷册封，貢賦惟謹，比於藩臣，其他來則受之，不至亦不責也，可謂最得馭夷之體。

太祖之絶日本朝貢，知其狡也；文皇之三犁虜庭，知其必爲邊患也。舍此二者，中國可安枕而卧矣。固知創業之主，其明見遠慮，自非尋常所及也。

今諸夷進貢方物，僅有其名耳，大都草率不堪。如西域所進祖母緑、血竭、鴉鶻石之類，其真偽好惡皆不可辨識，而朝廷所賜繒帛靴帽之屬，尤極不堪，一着即破碎矣。夫方物不責，所以安小夷之心，存大國之體，猶之可也；賜物草率充數，將令彼有輕中國之心，而無感恩畏威之意。且近來物值則工匠侵没於外，供億則厨役剋減於内，狼子野心，且有誶語，誶語不已，且有挺白刃而相向者，甚非柔遠之道也。蜂蠆有毒，禍豈在小，而當事者漫不一究心，何耶？

西南海外諸蕃，馬八兒、俱藍二國最大而最遠，自泉州至其國約十萬里，元時曾一通之而來朝貢，計其所得，不足償所費之百一也。國朝西蕃，天方、默德那最遠，蓋玄奘取經之地，相傳佛國也，其經有三十六藏，三千六百餘卷，其書有篆、草、楷三法，今西洋諸國多用之。又有天主國，更在佛國之西，其人通文理，儒雅與中國無别。有琍瑪竇者，自其國來，經佛國而東，四年方至廣東界。其教崇奉天主，亦猶儒之孔子、釋之釋迦。其書有《天主實義》，往往與儒教互相發，而於佛、老一切虛無苦空之説皆深詆之，是亦逃揚之類耳。琍瑪竇常言："彼佛教者竊吾天主之教，而加以輪迴報應之説以惑世者也。吾教一無所事，只是欲人爲善而

已。善則登天堂，惡則墮地獄，永無懺度，永無輪迴，亦不
須面壁苦行，離人出家，日用所行，莫非修善也。"余甚喜其
說爲近於儒，而勸世較爲親切，不似釋氏動以恍惚支離之語
愚駭庸俗也。其天主像乃一女身，形狀甚異，若古所稱人首
龍身者。與人言，恂恂有禮，詞辯，扣之不竭，異域中亦可
謂有人也已。後竟卒於京師，其徒曰龐迪峨。①

【校箋】

① "其徒曰龐迪峨"，底本無，據北大本補。

天竺古稱佛國，蓋佛所出之地耳。如魯生孔子，豈其地
皆聖人耶？但聞其國人質實尚義，不爲淫盜。其問刑有四，
曰水、曰火、曰稱、曰毒，皆所以讞疑獄也。水則以石與人
衡而投之，石浮者曲，人浮者直；火則灼鐵，令人抱持，曲
者號呼，直者無損；稱則人石適均，較之秤上，虛則石輕，
實則人輕；毒則以毒入羊髀中食之，曲則毒發，直者無恙，
蓋終未免夷俗耳。

琉球國小而貧弱不能自立，雖受中國册封，而亦臣服於
倭，倭使至者不絕，與中國使相錯也。蓋倭與接壤，攻之甚
易，中國豈能越大海而援之哉？其國敬神，以婦人守節者爲
尸，謂之女王，①世由神選以相代云。自國王以下莫不拜禱惟
謹。田將穫，必禱於神，神先往，采數穗茹之，然後敢穫，
不者食之立死。禦災捍患，屢顯靈應。中國使者至，則女王

率其從二三百人，各頂草圜，入王宮中，視供臆厨饌，②恐有
毒也。諸從皆良家女，神特攝其魂往耳。中國人有代彼治庖
者，親見神降，其聲嗚嗚如蚊焉。

【校箋】

　　① "王"，北大本作"玉"。

　　② "臆"，北大本作"億"。

　　萬曆乙未，浙帥劉炳文提舟師，①從海道趨登州以備倭，
四閱月始至。炳文自爲記，甚繁，予爲略之，以識其程云：
乙未上元，從台州開帆百里，至金鰲山，高宗南渡避金處也。
歷老鼠嶼，出琛門，風適猛烈，兩礁夾起東西磯，牛頭、聖
堂兩門尤爲險阻，而五嶼、羊嶼、昏山、黃珠、茶鹽兩山，
皆四面巉剥，總莫繫泊。飄逐空洋，夜半颶發，船各渙散。
詰旦，於靈門山聚合，出金齒門，因潮浮至箬竿山，復依南
田嶴。夜觸韮山，船多破損，收回五爪山修艙，至點燈礁，
犯及亂礁，洋爲藏龍藪，倏爾驚觸，震蕩翻激，水赤天昏，
龍鬚捲水至半空而倒瀉，船皆碎毀，幾爲魚鱉。出白馬礁，
過大漠坑，依險而泊，由浪擂頭轉歷升羅嶼，②得登普陀山，
傍有金鉢盂，儼然峙焉。出此渡橫水洋，入五爪湖，移住廟
子湖，隨風逐浪，直蹠陳錢山。其下有大毒，信宿而往，面
顏盡變，且多患瘧疾。及下八山、浪崗、馬磧、李婿嶴，舉
皆砂石亂列。其水有綠有黑，有淡有辛，有苦有臭，有清徹

見底，鰕魚可數，有淺灘如湖，蛟龍鱗角顯著。俄爲颶風打出窮洋，直抵倭國五島山，轉經漁山，假泊沙，俟風息驅灘山，過鼠狼湖，及上川、下川、鷹巢頭諸山，再入西洋磠，則謂之落漈，船凡撤入，十無一回。③乃乘颶西逐羊山，上有聖姑礁，盤礴巍峨，宛如裝砌。許山聯脈金山衛，其柘林、乍浦、澉浦，延袤千餘里，又皆控扼三吳者也。復順流而東，七丫諸港岐分錯雜，④窒礙莫前。崇明縣孤懸海外，而大陰、新安諸沙，生聚甚夥。福山直對三爿沙，傍通揚子江，與狼山相望。若東洲河、七星港、豎河口、黃涇河，不下十餘口。海潮灌浸，直達維揚，轉而西行，有三橶、大橫、深洴、⑤非予四口，張方、大樓、瀝水、姜系、掘港五港，一望無山。其川山窪、川漁窪、三寨窪，狂瀾澎湃，殊甚險剝。水紋斑斕，因號虎斑水，僅得開山，無磠可泊，至射洋湖之雲梯關宿焉。適反風解纜，自辰至申，浤浤頹波，極目無際。漏下三鼓，得抵鶯山之灣，問其程，則餘五百里。越明日，朔風舉帆，踴躍碧虛，蹀躞於黃混水，號曰望昊洋，依憑延真島。此皆從來人迹不到之鄉，但見靈鰍老黿，三五噴沫相隨，大者方丈，高厚六尺，殼背亂纓，長目虎口，就磯舒伏。迤邐於白山、高公諸島，登竹島之巔，四顧寥廓，惟東海所城甚邇。其夜三面受風，避入杜林山，因陟雲臺山，古三元修道上升處也。翌日，西北作雲，東南吼風，巨浪掀翻，桅檣斷折，凡三日夜，不知疾行幾千里，瀰濤呀呷，風雖少平，餘

波尤涌。東方既白，迸崖滴水之湾，隷山東境上矣。去安東
衛僅百里。須臾潮至，開行二三日，海天一色，並無礐嶼可
以停舟，野宿洋飄，如浮萍無定，泊栽堂山，至柘溝、塔埠、
杜家港諸洋，越日入膠港，補繕壞船，過東島，依田横島。
夜泊福山島，而山若有神，上無草木，中無穴洞，悲鳴有聲。
翌日，至草島嘴，去大嵩三五十里，風濕瀰漫，海面愈賒，
僅有巨高島、棘簪島、靈井山依傍海陽所，且咫尺莫能躋焉。
夜將半，犁入魚網上，探水不過十餘丈，乃莫耶島也，與遼
東連界，海運所經故道。至聿青島明光山，不半潮已達塔島。
覓泉取水，相望佛山濤沫濺灑，宛似一挂珠簾，石檻礁欄出
數百丈，盤錯密布。潮急風猛，頃刻抵渚里，去查山僅幾里，
上有古迹，路甚崎嶇，附葛攀藤，一步一蹶，得造其絶頂焉。
其上復有南天門，巉岏秀拔，凌接雲際。東限一洞，幽雅修
潔，昔王陽真人煮煉於此，⑥騎白鶴飛升，有雲光宮在焉。傍
多山茶，名子心，香馥襲人，丹井碧泉，⑦峥嵘犄角，天然雲
房石室也。登舟，行於馬大嘴，見一巨魚橫於亂礁上，長百
餘丈，其脊如山，口闊無鱗，令刃其脊，總數百人僅開一肋，
肉不堪烹，可熬油，棟骨一節，計千餘斤，而肉内小刺亦逾
尋丈。潮迴日落，携刺數根而西，遇颶風，至寧津所，戍卒
蕭條，烟火不過百餘家。西有巖石，參差十數里，乃西楊舍
人之墓，每每作祟，⑧覆雨翻雲，秋則遠去掠人田禾，春夏於
此妖劫過船。捩舵放舟，越三百里，遥望大洋突起數丈，如

銀砌玉妝，近如噴雪篩粉，俗呼爲"白蓬頭"者是也。其山脈綿亘，暗藏水底，密邇成山，鬱崒幾百里，皆雄崖劍峰，萬里海濤沖注會集。⑨秦始皇造石橋渡海觀日，⑩神人驅石，鞭之見血，至今山石皆紅。內有成山，沖出此險道。洩洩宵行，至威海衛所，開泊劉公島。其島尚有居址，似舊有遼人在焉。不移時，入大空島。島多浮石，即頑鈍硋砆，浮水不沉。轉入寧海州外洋，盤旋落子窩之裏，若清泉寨、奇山所，又其捍屏。遞過福山縣，入龍山港，至栲栳島，乃雲晴雨止。轉泊八角山，則見斜曛凝耀，磯嶼烟籠，始若樓臺錯列，繼若城郭周圍。俄而人馬縱橫，又俄而旗幟掩映，出沒無定，變換不常，或告曰："此海市也。"傍有長山島，有黑島，上多巨蛇，產金砂。少選，抵蓬萊閣矣。追思海波洶險，幾不免者數數，而茲得出苦海，登彼岸，至蕩漾於黿鼉之窟、蛟龍之藪、岑崴之峰、左衽之國。或因萍流而迴，或因歸風而返，俾不至於殞逝，再得與人間事，豈非徼天幸哉？自浙適齊，計日四越月，計程七千里；由浙江達直隸，延袤二千七百里；自直隸金山衛抵東海，所計一千八百里；自東海抵登、萊，計二千四百里。若夫環轉倒流於波漾，則又不止萬里有奇矣。

【校箋】

①劉炳文，字心白，崇陽人。以父日字征倭功，世襲指揮。中武舉，歷清浪參軍、漕河參將，山東都司、登萊副總兵，降徐州參將，擢狼山總兵，病卒。

② "擂"，北大本作"橍"。

③ "落漈"，北大本作"落際"；"十"，北大本作"卜"。

④ "丫"，北大本作"了"。

⑤ "洴"，北大本作"泙"。

⑥ "王"，北大本作"玉"。

⑦ "丹"，底本作"舟"，據北大本改。

⑧ "西楊舍人"，北大本作"昔楊舍人"；"崇"，底本原作"崈"，據北大本改。

⑨ "萬里"，北大本作"山至"。

⑩ "秦"，底本作"奏"，據北大本改。

　　封琉球之役，無不受風濤之險者。萬曆己卯，予從祖大司農公傑以大行往，至中流，颶風大作，雷電雨雹一時總至，有龍三倒挂於船之前後，鬣捲海水入雲，頭角皆現，腰以下不可見也。舟中倉皇無計，一長年曰："此來朝璽書耳。"令扶使者起，親書"免朝"示之，應時而退。天子威靈，百神效順，理固有不可誣者。若非親見，鮮不以爲妄矣。至丙午夏，給事子陽往，其險尤甚。先是，舟側一巨魚狎擾不去，舟人謂可膾也，餌而獲之，其大專車，未及下箸而風濤大作，柁裂桅折，自分必死矣，盡舟中所得寶物投水中，僅得免。有金香爐百餘，兩宮中祀天之用，亦爲中國取去，至是盡入水府矣。琉球小而貧，雖受中國册封爲榮，然使者一至其國，誅求供億，爲之一空，甚至后妃簪珥，皆以充數。蓋從行者携貨物往而高賣其售直也。然向者皆嚴行禁約，少知斂戢，至丙午，稱狼籍矣。聞其國將請封，必儲蓄十餘年，而後敢請。堂堂天朝，何忍以四夷爲壑，而飽駔獪之欲哉？可爲長太息者，此也。

往琉球海道之險倍於占城，然琉球從來無失事者，占城則成化二十一年給事中林榮、行人黄乾亨皆往而不返，千餘人得還者麥福等二十四人耳。[①]蓋亦物貨太多，而不能擇人故也。

【校箋】

① 按，林榮、黄乾亨册封滿剌加（非占城）途中溺亡，據《國榷》卷三九所記，事在成化十九年（1483），此處"成化二十一年"不確。林榮，字仲仁，廣東合浦人。成化十四年進士，歷禮科給事中，抗直敢言，不避權貴。滿剌加國（即今馬來西亞）請封，以榮充正使，泛海溺死，詔贈禮科都給事中。黄乾亨，字汝夏，莆田人，成化十年解元，次年成進士。與林榮册封滿剌加，泛海溺亡。麥福，生平俟考。

海上有天妃神甚靈，航海者多著應驗，如風濤之中忽有蝴蝶雙飛，夜半忽現紅燈，雖甚危，必獲濟焉。天妃者，言其功德可以配天云耳，非女神也。閩郡中及海岸廣石皆有其祠，而販海不逞之徒往來恒賽祭焉。香火日盛，金碧輝煌。不知神之聰明正直，亦吐而不享否也？

孔子當衰周，欲居九夷，此非戲語也。夷狄之不及中國者，惟禮樂文物稍朴陋耳。至於賦役之簡，刑法之寬，虛文之省，禮意之真，俗淳而不詐，官要而不繁，民質而不偷，事少而易辦，^①仕宦者無朋黨煩囂之風，無許害擠陷之巧，農商者無追呼科派之擾，無征榷詐騙之困。蓋當中國之盛時，其繁文多而實意少，^②已自不及其安靜，而況衰亂戰爭之日，暴君虐政之朝乎？故老聃之入流沙，管寧之居遼東，皆其時勢使然。夫子所謂"夷狄之有君，不如諸夏之無"者，其浮海居夷，非浪言也。

【校箋】

① "辦"，底本作"辨"，據北大本改。
② "實意"，北大本作"實用"。

韃靼之獰獷，而敬信佛法，愛禮君子，得中國冠裳皆不殺，即配以部落婦女；見一僧至，輒膜拜頂禮，不敢褻慢。倭奴亦重儒書，信佛法，凡中國經書皆以重價購之，獨無《孟子》，云有携其書往者，舟輒覆溺。此亦一奇事也。

宋政和間，有于闐國進玉，表章其首云："日出東方赫赫大光照見西方五百里國，五百里國內條貫主黑汗王表上日出東方赫赫大光照見四天下，四天下條貫主阿舅大官家。"又元豐四年，于闐國上表稱"于闐國僂儸大福力量知文法黑汗王書與東方日出處大世界田地主漢家阿舅大官家"云，其可笑如此。考漢文帝時，單于遺漢書曰"天地所生日月所照匈奴大單于"。隋文帝時，沙鉢略致書曰："從天生大突厥天下聖賢天子伊利俱盧設莫何始波羅可汗致書大隋皇帝。"又倭國有"日出天子致書日入天子"之語。我朝四夷表章，皆頒有定式，不敢逾越，其間有悖慢之語者，不受也。

卷　五

人部一

唐太宗曰："土城竹馬，兒童樂也；金翠紈綺，婦人樂也；貿遷有無，商賈樂也；高官厚秩，士夫樂也；戰無前敵，將帥樂也；四海寧一，帝王樂也。"

一尺之面，億兆殊形，此造物之巧也；方寸之心，億兆異向，此人之巧也。然面貌，父子兄弟有相肖者矣，至於心，雖骨肉衽席，其志不同行也。人巧勝於天也。

陸士龍有笑疾，古今一人而已。齊之雍門、漢之許慶、唐之唐衢，皆以善哭稱，可謂有哭疾也。滑石梁好畏，見子之影，以爲鬼而驚死，謂之有畏疾可矣。

杞梁之妻哭三日而城爲之摧，信乎其善哭也。王莽帥諸生小民會哭南郊，哭甚者除爲吁嗟郎；劉德願以哭貴嬪得刺史，是教人以哭也。如丁鄒、嚴興之哭和士開母，程伯獻、馮紹正之哭高力士母，又不待教而能者也。宇宙之間，何所不有？

堯、舜至聖，身如脯腊；桀、紂無道，肥膚三尺。

趙伯翁肥大，夏月諸孫納李八九枚於其臍中，此必誤也。李或是鬱李耳，大如櫻桃，故可納八九枚也。

堯八眉，舜四瞳子，禹目跳，湯偏，文王四乳，仲尼面如蒙俱，周公身如斷菑，皋陶色如削瓜，閎夭面無見膚，傅説身如植鰭，伊尹面無須麋，故知大聖大賢，不可以形貌相也。

九真女子趙嫗，乳長數尺；馮寶妻冼氏，亦長二尺，暑熱則擔於肩；李光弼之母，鬚數十根。皆異表也，而或立殊勛，或止作賊，在其人爾。宋徽宗時，有酒保婦朱氏，四十生鬚，長六七寸；《庚巳編》載弘治末，應山縣女子生髭三寸許；又鄖陽一婦美色，生鬚三繚，約數十莖，而皆無它異。

舜重瞳子，蓋偶然爾，未必便爲聖人之表也。後世君則項羽、王莽、呂光、李煜，臣則沈約、魚俱羅、蕭友孜，皆云重瞳，而不克終者過半，相何足據哉？

《風俗通》云："趙王好大眉，人間皆半額。齊王好細腰，後宮多餓死。"夫細腰束素，固自可人，廣眉不修，醜莫甚焉，不必半額也。又云："楚王好細腰，群臣皆數米而炊，順風而趨。"夫婦人細腰可耳，施之臣下，將欲何爲？此亦可笑之甚也。

人有生而白毛者，近人妖也。晉惠帝永寧元年，齊王冏舉義軍，軍中有小兒，出於襄城繁昌縣，年八歲，髮體悉白，頗能卜。吾郡中亦有一人，今年才二十餘歲耳，而眉髮皤然，舉體皆白毛，無一根黑者，兩目昏昏然，不甚見物，每里中雜劇輒扮作東方朔。余已見之十餘年矣。

人以鬢髮早白爲不壽之徵，此未必然。晋王彪之年三十餘，鬚鬢盡白，時人謂之“王白頭”，後至七十餘歲始卒。余友林生者，二十許頭即白，今五十尚無恙也。

崔琰鬚長四尺，王育、劉淵皆三尺，淵子曜長至五尺，謝靈運鬚垂至地，關羽、胡天淵髯皆數尺，國朝石亨、張敬修髯皆過膝。[①]然《相法》曰：“鬚長過髮，名爲倒挂，必主兵厄。”驗之往往奇中。

【校箋】

① 石亨，渭南人，歷任指揮僉事、參將、都督同知等。土木之變，以軍功升右都督，封武清伯。奪門之變，與徐有貞等扶英宗復位，以功封忠國公。天順四年（1460）以謀反罪處斬。張敬修（？—1583），江陵人，張居正長子，萬曆八年進士，萬曆十一年查抄張府，張敬修自縊。

相書云：“耳門小者，其人富而吝。”又曰：“耳門不容麥，壽可逾百。”夫既富而吝矣，雖百歲何爲？

汾陽王足掌有黑子，使渾瑊洗足，而瑊亦有之，知其貴而不壽。張守珪使安禄山洗足亦然。大凡足有黑子者，多爲貴徵，漢高祖左股七十二黑子也。然黑子欲藏，生顯處多不佳。余見真州一沙彌，自項以下黑子如織，卒無以異人也。

漢先主戲張裕多鬚，曰"諸毛繞涿居"，裕答之亦云"露涿君"。詳其語，必當時以男子勢爲涿也。

人壽不過百歲，數之終也，故過百二十不死，謂之失歸之妖。然漢竇公，年一百八十。晋趙逸，二百歲。元魏羅結，一百七歲，總三十六曹事，精爽不衰，至一百二十乃死。洛陽李元爽，年百三十六歲。鍾離人顧思遠，年一百十二歲，食兼於人，頭有肉角。穰城有人二百四十歲，不復食穀，惟飲曾孫婦乳。荆州上津鄉人張元始，一百一十六歲，膂力過人，進食不異。范明友鮮卑奴，二百五十歲。梁鄱陽忠烈王友僧惠照，至唐元和中猶存，年二百九十歲。日本紀武內，年三百七歲。金完顏氏醫姥，年二百許歲。此皆正史所載。其他小説，若宋卿、党翁之類，又不勝其數也。

山東濟寧州民王士能，生元至正甲辰，至國朝成化癸卯，已一百二十歲，行止如常，後不知所終。今其子孫、住宅坊額尚在也，相傳蜀雪山遇異人致然。國初茹文中亦百餘歲。近時閩中林太守春澤公，大廷尉如楚祖也，[①]年一百四歲乃卒。己酉歲，余宅艱家居，地鄰郡庠之後圃，圃中有種蔬者，生弘治之癸亥，已一百七歲矣，老而無子，婿亦七十餘歲，又二歲乃死，彼固無養生之術者也。然孤寡貧困，雖壽亦無益耳。至於永樂中，楚一盜魁年一百二十五歲，尤爲可恨也。

【校箋】

① 林春澤，字德敷，侯官人。正德九年（1514）進士，歷官户部主事、寧州丞、吉州通判、肇慶府同知，遷南京刑部郎中，出知程番府。年至百有四歲乃卒。有《禮記筌蹄》《人瑞翁集》等。子應亮，官至户部侍郎。林如楚，字道翹，應亮子。嘉靖四十四年（1565）進士，官至工部右侍郎。著有《奏議》六卷、《碧麓堂詩文集》十二卷。

彭祖之知，不出堯、舜之上，而壽八百；顏淵之才，不出衆人之下，而壽十八。士固有不朽者，修短何足論也？然進德修業，未見其止，中途摧謝，萬世之下有遺恨焉，故曰："人不可無年。"

顏回不死，可以聖矣；諸葛亮不死，可以王矣。此不幸而死者也。賈生志大才疏，言非實用；長吉蛇神牛鬼，將墮惡道，天假之年，反露其短，此幸而死者也。至於范雲、沈約、褚淵、夏貴之輩，又不幸而不死者也。

吾郡林太守春澤，子孫皆壽逾八十，其家相傳服松梅丸，云：取松脂用河水浸四十九日，文武火煮，令白如餳糖，然後和烏梅、地黄爲丸，服之，大便常秘結。太守公年老，生果、冰水不去口，終不泄瀉，然他人多不能服。余同年沈茂榮爲監司，①求其方於林孫，服之火盛欲熾，日加煩渴，不久而死。是欲延年而反促壽矣，故知修短亦自天數也。

【校箋】

　① 沈茂榮，慈溪人，萬曆二十年（1592）進士，官至福建副使。

　　漢中山王勝有子百二十人，此古今所無之事，而蕭梁鄱陽忠烈王恢亦有男女百人，國朝慶成王有子百人。三者足以媲美。要亦王侯之家，固宜爾爾。士庶媵侍有限，口食不充，多男多累，帝堯已慮之矣。

　　隋麻叔謀、朱粲，嘗蒸小兒以爲膳，五代萇從簡好食人肉，所至多潛捕民間小兒以爲食，嚴震、獨孤莊皆有此嗜。至宋邕智高之母阿儂者，性慘毒，嗜小兒肉，每食必殺小兒。噫，此虎狼所不爲，而人爲之乎！

　　楊子雲曰：①"富無仁義之行，猶圈中之鹿、欄中之牛也。"然以匹夫而富敵王公，權侔卿相，其人必非尋常見解，故子長於貨殖諸子尤惓惓焉。但古之致富者皆觀天時，逐地利，取予趨舍，動合權變，如陶朱、計然，其上者也。卓氏、程鄭，鐵冶力作，織嗇射利，固已賈行而市心矣。後世倚權怙勢，納賄行劫，如石崇、王元寶之流，乃豺狼蛇蝎，豈獨牛豕而已哉！

【校箋】

　① "楊"，北大本作"揚"。

　　秦漢之富家，如陶朱、程鄭、計然、猗頓之外，卓王孫家僮千人，袁廣漢藏鏹巨萬，樊重富擬封君，折像貲逾二億，糜竺僮客萬人，而鄧通、董賢、郭況之輩，又不論已。其他杜陵樊嘉、茂陵摯綱及如氏、苴氏、刁間、姓偉、張長叔、薛子仲等，貲皆至十千萬，①今之王侯有是乎？石崇、刁逵之於晋，王元寶、鄒駱駝之於唐，稱巨擘矣，而李昊、元雍動笑石家乞兒，彼郡王宰相擅權納賄，亦不過鄧通、董賢之流，何足道也。宋不聞有巨富者，當時天下金帛半爲金、遼括盡矣。國初，金陵沈富，字仲榮，富甲天下，人呼“沈萬三”，云太祖軍資多取足焉。後以事謫遼陽，子孫仍富。或云穴地得金，或云有點化術，不知然否？其後縱有貨殖者，不過至百萬止矣，使石崇輩見之，又不知當何揶揄也？

【校箋】

① “十千”，北大本作“十十”。

　　富者多慳，非慳不能富也；富者多愚，非愚不能富也。此子雲所謂圈鹿、欄牛者也。

　　人而無子，天之僇民也，然貧賤之家百無一二，富貴之家此患不絕，其故何也？種有貴賤，多寡自殊，一也；血氣未定，多所斲喪，二也；嬖幸既衆，功不專精，三也；藥石助長，無益有害，四也；專求美曼，不擇福相，五也；①嬰兒飽暖多生疾患，六也。要其究竟，皆莫之爲而爲。虞翻爲子娶婦，遠求小姓，足使生子。蓋婦之驕妒淫佚，多令後嗣夭閼也。然而不盡然也。

【校箋】

① "專求"，北大本作 "務求"。

晉姚弋仲有子四十二人，吐谷渾有子六十人。宋張耆子
亦四十二。弋仲不聞其有他術；耆諸姬妾窗閣皆直馬厩，每
馬交合，縱使觀之，隨有御幸，無不成孕。

顏之推賦云："魏嫗何多，一孕四十？中山何夥，有子百
廿？"婦人孕至四十，亦古今稀有之事也。

山氣多男，澤氣多女。故山陵險阻，人多負氣；江河清
潔，女多佳麗。

齒居晉而黃，頸處險而癭。晉地多棗，故嗜者齒黃，然
齊亦多棗，何獨言晉也？癭雖由山溪之水所致，然多北方，
如滕縣、南陽、易州之處，飲其水者輒患。至江南千峰萬壑
中，居者何限？不聞其有頸疾也。至北方輿夫，項背負重，
日久結瘤，亦如癭狀，但有面背之異耳。嶺南人好啖檳榔，
齒多焦黑，寧獨晉乎？至於衍氣多仁，陵氣多貪，雲氣多痹，
谷氣多壽，恐亦未盡然也。

韃靼種類，生無痘疹，以不食鹽、醋故也。近聞其與中
國互市，間亦學中國飲食，遂時一有之，彼人即舁置深谷中，
任其生死絕迹，不敢省視矣。一云不食豬肉故爾。

桂州婦人生子，輒取其衣胞洗淨細切，五味調和，烹之
以享親友。此夷俗也。然余習見富貴之家，取紫河車爲丸，

千錢一具，皆密令穩婆盜出，血肉腥穢，以爲至寶，不亦可怪之甚耶！

紫河車，欲得首胎生男者爲佳。相傳胞衣爲人取去，兒必不育，故中家以上，防收生嫗如防盜然。而嫗貪厚利，百計潛易以出。其功不過壯陽道、滋氣血而已，而忍於賊人之子。噫！嫗不足責也，富貴之人亦獨何心哉？

一産三男，史必書之，紀異也。然亦有産四男者，余在福州親見之，守東門軍人妻也。《庚巳編》載武進人張麻妻一産五男。[1]嘉靖六年，河間民李公窩婦陳氏一産七女。此載籍以來所無者。

【校箋】

① 《庚巳編》，陸粲著，粲（1494—1551），字子餘，一字浚明，吳郡長洲人。嘉靖五年進士。本處所引見《庚巳編》卷七“産異”。

漢竇武之母産一蛇一鶴。晋抱罕令嚴根妓産一龍一女一鵝。劉聰后劉氏産一蛇一虎。唐大順中，資州王全義妻孕，而漸下入股至足，大拇指坼而生珠，[1]漸長大如杯。宋潮州婦人産子如指大、五體皆具者百餘枚。其他形體奇者不可勝紀，蓋其所感觸者異耳。

【校箋】

① “拆”，當作“坼”，底本及北大本皆誤。

晋惠帝時，京洛有人兼男女體，亦能兩用人道者，今人謂之半男女也。又有一種石女，一云實女，無女體而亦無男體。近聞毗陵一搢紳夫人，從子至午則男，從未至亥則女，其夫亦爲置妾媵數輩侍之，有伎親承枕席，出以語人，云："與男子殊無異，但陽道少弱耳。"一云上半月爲男，下半月爲女，《般若經》載博又半擇迦是也。

晋元帝太興初有女子，其陰在腹當臍下，自中國來至江東，其性淫而不産。又有女子，陰在首，性亦淫。夫陰在首上，不知何以受淫？佛經載人身受淫有七處，前後竅及口與兩手兩足彎也。今西北軍士，有以足彎當龍陽者。史傳載有以口承唾者，亦有以口承便溺者，其受淫又何足怪？

孖生者疑於兄弟，或云後生者爲兄，以其居上也，此《西京雜記》所載，蓋霍將軍時已有此議論矣。然據引殷王祖甲、許釐莊公、楚大夫唐勒、鄭昌時、文長倩，[①]滕公、李黎等，皆以前生者爲兄，則知後生爲兄之説不經矣。乃世亦有共胞靠背而生者，孰從而定之？余所見婦人，有産數日而復産者，即祖甲以卯日生，囂巳日生，良亦隔二日矣。嘉靖初，京師民米鑑妻，二月十一生一子，十二生一子，十三生一子。近日范工部鈁内子得一女，[②]四閲月矣，又生一男子，此亦古今所未見之事也。

【校箋】

① "文長倩"，北大本作"文長蒨"。

② 范鈁，鄞人，萬曆二十三年進士，官至參政。

陳后山《談叢》云："郯城民妻有二十一子，而雙生者七。"余聞之相人者，婦人上唇有黑子者多孖生。

晉時暨陽人任谷耕於野，見羽衣人，與淫，遂孕。至期復至，以刀穿其陰下，出一蛇子，遂成宦者。宋宣和六年，有賣青果男子孕而生女，蓐母不能收，易七人，始免而逃去。國朝周文襄在姑蘇日，①有報男子生子者，公不答，但目諸門子曰："汝輩慎之。近來男色甚於女，其必至之勢也。"

【校箋】

① 周文襄，即周忱（1381—1453），字恂如，號雙崖，吉水人。永樂二年（1404）進士。選庶吉士。擢刑部主事，進員外郎。稍遷越府長史，以工部右侍郎，巡撫江南諸府，總督稅糧，累官至工部尚書，謚文襄。《明史》有傳。

葉少蘊云："某五十後不生子，六十後不蓋屋，七十後不做官。"夫子女多寡，聽之可也，五十之年，豈遽能閉關乎？屋蔽風雨而止，不必限之以年也。七十而後休官，不亦晚乎？人生得到七十，復能有幾？以余論之，五十後不當置妾，六十後不當作官，七十後即一切名根繫念盡與敕斷，以保天年可也。

思慮之害人，甚於酒色。富貴之家多以酒色傷生，賢智之士多以思慮損壽。

思慮多則心火上炎，火炎則腎水下涸，心腎不交，人理絕矣。故文人多無子，亦多不壽，職是故也。然而不能自克，何也？彼其所重，有甚於子與壽也。

昔人有言：生而富貴，窮奢極欲，無功無德而享官爵，又求長壽，當如貧賤者何？若又使之永年，造物亦太不均矣。許公言謂王子濤："上帝所甚惡者貪，所甚靳者壽。人能不犯其所甚惡，未有不得其所靳者。"故人之享福不可太過，貪得不可太甚也。

余見高壽之人多能養精神，不妄用之，其心澹然，無所營求，故能培壽命之源。然世間名利色欲之類，澹而不求可也，讀書窮理，老當不倦，若徒貿貿玩愒，壽若彭、聃，何益之有？

人有被殺而無血者，高僧示化，往往有之。唐周朴爲黃巢所殺，涌起白膏數尺；元董搏霄爲賊所刺，惟見白氣一道衝天，可謂異矣。晉司馬睿斬令史淳于伯，血逆流上柱二丈三尺；齊殺斛律光，其血在地去之不滅：此冤氣也。萇弘血化爲碧，亦是類耳。相傳清風嶺及永新城婦人血痕，至今猶存。國朝靖難時，方孝孺所書血，①天陰愈明。貫日、飛霜，蓋從古有之矣。

【校箋】

① 方孝孺，字希直、希古，寧海人。學者稱正學先生。建文帝召

爲翰林博士，進侍講。靖難事起，以死殉。有《遜志齋集》。《靜志居詩話》卷五稱曰：“正學先生文，昌明博大，開闔自如，雖有小韓之名，實與大蘇相埒。”《明史·方孝孺傳》稱：“孝孺工文章，醇深雄邁。每一篇出，海內爭相傳誦。永樂中，藏孝孺文者罪至死。門人王稌潛録爲《侯城集》，故後得行于世。”

人死而復生者，多有物憑焉。道家有換胎之法，蓋煉形駐世者，易故爲新，或因屋宅破壞，而借它人軀殼耳。此事晉、唐時最多，《太平廣記》所載或涉怪誕，至史書《五行志》所言，恐不盡誣也。其最異者，周時冢至魏明帝時開，得殉葬女子猶活，計不下五六百年，骨肉能不腐爛耶？溫韜、黄巢發墳墓遍天下，不聞有更生者。史之紀載，亦恐未必實矣。

人化爲虎者，牛哀、封邵、李微、蘭庭雍之妹也；化爲黿者，丹楊宣賽母也；化爲狼者，太原王含母也；化爲夜叉者，吳生妾劉氏也；化爲蛾者，楚莊王宮人也；化爲蛇者，李勢宮人也。若郗氏之化蟒，則死後輪迴，以示罰耳。

黔筑有變鬼人，能魅人至死。有游僧至山寺中，與數人宿，夜深聞羊聲，頃便入室，就睡者連齅之，僧覺，以禪杖痛擊之踣地，乃一裸體婦人也。將以送官，其家人奔至，羅拜乞命，遂舍之。他日僧出，見土官方執人生瘞之，問其從者，曰：“捉得變鬼人也。”

"僬僥氏三尺，短之至也，長者不過十之，數之極也。"然防風之骨專車，長狄身橫九畝，似已逾三十尺矣。近代之所睹記，若翁仲、巨母霸、①符秦乞活夏默等，長不能過二丈。至於今日，有逾一丈者，共駭以爲異矣。短至三尺，時時有之，即衣冠中間或一遇。余在閩中，見一人年三十餘，首如常人，自項以下纔如數月嬰兒，弱不能行立，髡首作僧，坐竹籠中舁之，能敲木魚誦經。然此乃奇疾，不可謂之成人也。萬曆甲戌，甘肅掘地得小棺千餘，皆長尺許，其中人顏色如生，不知何種人也。

【校箋】

① "巨母霸"，據《漢書·王莽傳》《後漢書·光武帝紀》，當作"巨毋霸"。

岳珂《桯史》載，姑蘇民唐姓者，兄妹俱長一丈二尺。國朝口西人長一丈一尺，腰腹十圍，其妹亦長丈許。余親見文書房徐內使者，長可九尺許。余時初登第，同諸部郎接本，徐自內出，望之如金剛神焉，一刑曹陡見之而悸，溺下不禁。目中所見長人，此爲之最。其短三尺者，蓋常見之也。

京師多乞丐，五城坊司所轄，不啻萬人。大抵游手賭博之輩，不事生產，得一錢即踞地共擲，錢盡繼以襦袴，不數擲，裸呼道側矣。荒年饑歲，則自北而南，至於景州，數百里間連臂相枕，蓋無恒產之所致也。

京師謂乞兒爲"花子"，不知何取義。嚴寒之夜，五坊有鋪居之，内積草秸及禽獸茸毛，然每夜須鈉一錢於守者，不則凍死矣。其飢寒之極者，至窖乾糞土而處其中，或吞砒一銖，然至春月，糞砒毒發必死。計一年凍死毒死不下數千，而丐之多如故也。

胎十月而子生，精氣足也。然亦有七月而生者，亦有過期至十四五月者，所感異也。世傳堯十四月而產，又云堯以前皆十四月而產，蓋因《莊子》有"舜治天下，民始十月生子"之説，寧知莊生之寓言乎？世又言老子八十一年而產，此固不足信。余所見大同中翰馬呈德，[1]其内人孕八歲而生子，以癸卯孕，庚戌免身。子亦不甚大，但髮長尺許，今纔三歲，即能誦詩書如流，對客揖讓，無異成人，甚奇事也。

【校箋】

① 馬呈德，大同人，萬曆三十八年進士，官至中書舍人。

孟賁生拔牛角，烏獲舉移千鈞，力之至也，而將略不顯。夏育、太史嗷叱咤駭三軍，而身死庸夫，不善用其力也。項王拔山扛鼎，意氣雄豪，自是古今第一人物，然鴻門宴上，樊將軍拔劍啖肉，目眥盡裂，主人按劍而不敢動，幾於勇而能怯矣，業雖不遂，未失爲千古英雄也。漢季關、張稱萬人敵，豈獨以勇力勝？忠肝義烈，蓋有國士之風焉，不然，彼典韋、許褚、馬超、曹彰等非不並驅中原，碌碌何足比數也？南北紛爭，虓虎輩出，高敖曹、羊侃、奚康生、盧曹、彭樂、張蚝、鄧羌、麥鐵杖之徒，史不絕書，而位不過偏裨，地未越尺寸，惜其未逢英主以駕馭之，宜其成就止此。唐初秦叔寶、尉遲恭、薛仁貴等，皆樊、彭之流，非絕世之具。宋令文、彭博通徒鬥氣力而不習韜鈐，其與冥然無支祈又何間哉？鄧伯翊銅筋鐵肋，不立勛萬里外而棄家入道，可謂善藏其用矣。大凡勇力蓋世者，當本之以忠義，濟之以智術。忠義不明，徒一劇賊爾；智術不足，即如關、張，吾不能無遺憾焉，況其他乎？

張蚝本張平養子，通於平妾，自割其勢，後仕苻堅至大將軍，①封侯，驍勇絕倫，稱萬人敵。宦者以勇聞，古今一人而已。

【校箋】

① "苻堅"，底本作"符堅"，據北大本改。

羊侃於堯廟蹋壁行，直上五尋，橫行七迹。泗橋石人長八尺，大十圍，執以相擊，悉皆破碎。侃非徒有力，蓋亦趫捷絕倫者，其守臺城，卻侯景，鞠躬盡瘁，死而後已，國士之風，至於侃近之矣。

盧曹以海神脛骨為槍，時人莫能舉，而惟彭樂舉之。宋令文撮碓觜書四十字，以一手挾講堂柱起，可謂震世神力矣，而不能奪彭博通之臥枕。陳安刀矛並發，十傷五六，一時目爲壯士，而平先搏戰，三交，奪其蛇矛，懸頭澗曲，易若探囊。王彦章鐵槍馳突，勇冠三軍，而與夏魯奇一戰而躓。雖有絶藝，困於敵也。

斬蛟者，子羽、伙飛、菑丘訴、周處、鄧遐、趙昱，而許真君不論也。刺虎則多矣，任城王曳虎尾以繞背，虎弭耳無聲；桓石虔徑拔虎箭，虎伏不敢動；楊忠左挾虎腰，右拔其舌；元石明三一日而殺五虎，可謂蓋代神力也已。若徒搏之，世不乏人也。

韓延壽超逾羽林亭樓，捷之至也；羊侃蹋壁五尋，權武投井躍出；沈光拍竿繫繩，手足皆放，透空而下；柴紹之弟着吉莫靴，直上磚城，手無攀援，“壁龍”之號，不減“肉飛仙”矣。近來行繩走竿，多出女子小人之戲，而武弁之中未之有聞。

近代穿窬之雄，其趫捷輕僄，有不可以人理論者。如小説所載黃鐵脚，及明時坊偷兒着皂靴緣上六石碑者，①亦飛仙之亞也。嘉靖末年，有盜魁劫大金吾陸炳家，②取其寶珠以去，陸氣懾不敢言。一日，與巡按御史語，偶及之，其夜即至，怒曰：“囑公勿語，何故不能忘情？”既而嬉笑曰：“雖百御史，其如我何？我不殺公也。”一躍而去，不知所之。此殆古之劍俠者耶？又萬曆間，金陵有飛賊，出入王侯家，如履平地。其人冠帶騶從，出入呵殿甚都，與縉紳交，③人不疑也，後以盜魏國公玉帶，爲家人所告，伏法。惜其有技而妄用之也。

【校箋】

① "六石碑"，北大本作"六尺碑"。

② 陸炳（1510—1560），字文孚，平湖人。嘉靖十一年（1532）武進士，授錦衣衛副千戶，因功晉右都督，加太子太保。卒諡武惠，贈忠誠伯。隆慶初，追奪家產。《明史》本傳稱"文武大吏爭走其門，歲入不貲，結權要，周旋善類，亦無所害。帝數起大獄，炳多所保全，折節士大夫，未嘗構陷一人，以故朝士多稱之者"。

③ "繒"，北大本作"揩"。

《劇談錄》載："張季弘所遇逆旅婦人，以指畫石，深入數寸。"恐亦言過其實。即不然，亦木客野叉，非人類也。德宗時，三原王大娘以首戴十八人而舞，恐扛鼎之力不雄於此。汪節對御，俯身負一石碾，碾上置二丈方木，又置一牀，牀上坐龜茲樂人一部，時稱神力矣，而王氏以婦人能之，尤亘古所無也。

太原民程十四者，勇冠一時，身長八尺，筋骨皮肉，殆非人類。祖本徽州軍也，至歙收裝，①里惡少有力者狎而侮之，程怒，奮拳挺之於牆，去地尺許，手足無所施，群少噪而擊之，至於鐵尺撾其脛百數，程若不聞也，垂死乃放之。嘗隨人出獵，遇獵犬，皆妥耳依人，眾恐有虎，散歸，程問故，大笑曰："虎何足畏？"獨持一巨挺，入深林中伺之，日暝，②虎不至，乃還。程嘗自言在其鄉搏一虎，生挾之，欲歸，又一虎突至，倉卒中以所挾虎擊之，兩碎其首焉。斯亦卞莊、周處之儔與！此萬曆初人也。

【校箋】

①　"收"，北大本作"取"。

②　"暝"，底本作"瞑"，據北大本改。

《小說》載：國初有吳齋公者，力逾千斤，嘗遇巨艦，怒帆順風。吳在下流，以手逆拓之，艦爲開丈許。有劇盜聞之，將甘心焉，往謁之，吳知，微服應門曰："客欲訪吾齋公耶？少出，尋至矣。"留客坐烹茶，取巨竹本碗大者掬之，砉然碎爲數片，盜心驚，問何人，曰："齋公之僕也。"盜默辭去。每遇力作時，取巨絚如指者寸寸斷之，始解。此其驍獷豈在宋令文下？而没世無聞，良可嘆也。

彭博通宴客，遇暝，獨持兩牀，降階就月，酒肴尊俎略無傾瀉。近代如劉都督顯亦能爲之。①余在福寧，見戎幕選力士，以五百斤石提而繞轅門三匝者爲合式，時浙營中有十數人。又其翹者，以石立兩人於上，用右手挈之，殊有餘任。乃知千斤之力，世未嘗乏也。

【校箋】

①　劉顯，南昌人。本姓龔，字草堂。嘉靖三十四年，從巡撫張臬討宜賓苗亂，以功知名。歷都指揮僉事、參將、副總兵、總兵、都督。子綎，亦一時名將。

人有千斤之力，始能於馬上運三十斤之器。余在白門親試之，其有五百斤力者，但能舉動而已，不能運轉如飛也。乃知關、張、秦叔寶、王彥章之流，兵器皆重百斤，非萬斤之力不至，是可易得哉！

武藝十八般，而白打居一焉。今人小廝撲無對者，如小虎梁興甫，亦足以雄里閈矣，但用之戰場，未必皆利。河南少林寺拳法天下所無，其僧游方者皆敵數十人，流賊亂時，有建議以厚賞募之，得精壯五百餘，賊聞，初亦甚憚之，與戰佯北，伺其夜襲擊，盡殲焉。則亦用之不得其宜也。故練兵不若選將也。

正統己巳之變，招募天下勇士。山西李通者，行教京師，試其技藝，十八般皆能，無人可與為敵，遂應首選。然通後卒不以勛業顯，何也？十八般：一弓，二弩，三槍，四刀，五劍，六矛，七盾，八斧，九鉞，十戟，十一鞭，十二簡，十三撾，十四殳，十五叉，十六杷頭，十七綿繩套索，十八白打。

人有頭斷而不死者，神識未散耳，非關勇也。傳記所載，若花敬定喪元之後，猶下馬盥手，聞浣紗女無頭之言，乃仆。賈雍至營問將佐："有頭佳乎，無頭佳乎？"咸泣言："有頭佳。"答曰："無頭亦佳。"乃死。蓋其英氣不亂故爾。若淳安潘翁遭方臘亂，斬首，尚能編草履如飛，湯粥從頭灌入；崔廣宗為張守珪所殺，形體不死，飲食情欲無異於人，更生一男，五年乃死，則近於妖矣。

璇璣玉衡，以齊七政，萬世巧藝之祖，無出歷山老農矣。黃帝之指南車、周公之欹器，其次也；公輸之雲梯、武侯之木牛流馬，又其次也。棘猴、玉楮，[①]非不絕人倫、侔化工，幾於淫矣，然亦聰慧天縱，非可以智力學而至者。大約百工技藝，俱有至極，造其極者謂之聖，不可知者謂之神。雖曰無益，不猶愈於飽食終日無所用心者哉？

【校箋】

① "玉"，底本作"王"，據北大本改。

北齊胡太后使沙門靈昭造七寶鏡臺，三十六戶，各有婦人，手各執縏。才下一關，三十六戶一時自閉，若抽此關，諸門皆啟，婦人皆出戶前。唐馬登封爲皇后製妝臺，進退開合皆不須人，巾櫛香粉次第迭進，見者以爲鬼工，誠絕代之技也。然運機發縱，可以意推，葭琯、渾儀，遞相祖述，在能擴而演之耳。元順帝自製宮漏，藏壺匱中，運水上下，匱上設三聖殿，腰立玉女按時捧籌，二金甲神擊鼓撞鐘，分毫無爽。鐘鼓鳴時，獅鳳在側，飛舞應節。匱兩旁有日月宮，宮前飛仙六人，子午之交，仙自耦進，度橋進三聖殿，已復退立如常。神工巧思，千古一人而已。近代外國琍瑪竇有自鳴鐘，亦其遺意也。

今人語工程之巧者，必曰魯班所造。[①]然魯班之後，世固未乏巧工，而班之製造傳於世者未數見也。漢之胡寬、丁緩、李菊，唐之毛順，俱載史册。宋時木工喻皓，以工巧蓋一時，爲都料匠，著有《木經》三卷，識者謂宋三百年一人而已。國朝徐杲以木匠起家，官至大司空，其巧侔前代而不動聲色，嘗爲内殿易一棟，②審視良久，於外另作一棟，至日斷舊易新，分毫不差，都不聞斧鑿聲也。又魏國公大第傾斜，欲正之，計非數百金不可，徐令人囊沙千餘石置兩旁，而自與主人對飲，酒闌而出，則第已正矣。亦近代之公輸也。以伎倆致位九列，固不偶然。

【校箋】

① 本段"魯班"之"班"，底本、北大本俱作"斑"。

② "嘗"，底本、北大本俱作"常"，據文意改。

喻皓最工製塔，在汴起開寶寺塔，極高且精，而頗傾西北，人多惑之。不百年，平正如一。蓋汴地平無山，西北風高，常吹之故也。其精如此。錢氏在杭州建一木塔，方兩三級，登之輒動，匠云："未瓦，上輕故然。"及瓦布而動如故，匠不知所出，走汴賂皓之妻，使問之，皓笑曰："此易耳，但逐層布板訖，便實釘之，必不動矣。"如其言乃定。皓無子，有女十餘歲，臥則交手於胸，爲結構狀。或云《木經》，女所著也。

國朝徐杲之外，又有蒯義、蒯剛、蔡信、郭文英，俱以木工官至工部侍郎，而能名不甚著。

梓匠輪輿，能與人規矩，不能使人巧。然巧一也，至於窮妙入神，在人自悟。分量有限，即幾希之間，難於登天。若曹元理、趙達算術，再傳之後，漸失玄妙。非不傳也，後人聰明無企及之故也。它如管輅之卜、華佗之醫、郭璞之地、一行之天、積薪之弈、僧繇之畫，莫不皆然。後人失其分數，思議不及，遂加傅會，以爲神授。此政不可知之謂神耳，豈真有鬼神哉！

諸葛武侯在隆中時，客至，屬妻治麵，坐未溫而麵具，侯怪其速，後密覘之，見數木人斫麥，運磨如飛，因求其術，演爲木牛流馬云。蓋《莊子》所謂"不龜手之藥，或以封，或不免於絣澼絖"者也。自武侯有此製，而後世有巧幻之器，如自沸鐺、報時枕之類，皆托之諸葛，有無不可知也。

南齊祖沖之因武侯有木牛流馬，乃造一器，不因風水，施機自運，不勞人力。又造千里船，於新亭江試之，日行百里。及欹器、指南車之屬，皆能製造。此其巧思，孔明之後一人而已。其論鐘律、曆法尤極精辨，而喪亂之世不見施行，惜哉！

唐文宗時有正塔僧，履險若平地，換塔杪一柱，不假人力。傾都奔走，皆以爲神。宋時真定木浮圖十三級，勢尤孤絕，久而中級大柱壞欲傾，衆工不知所爲，有僧懷丙度短長，別作柱，命衆維而上，已而卻衆工，以一介自隨，閉戶良久，易柱下，不聞斧鑿聲也。亦神矣。國朝姑蘇虎丘寺塔傾側，議欲正之，非萬緡不可。一游僧見之，曰："無煩也，我能正之。"每日獨携木楔百餘片，閉户而入，但聞丁丁聲，不月餘，塔正如初。覓其補綻痕迹，了不可得也。三事極相類，而皆出游僧，尤奇。

算術自皇甫真、曹元理、趙達之後，未有能繼之者，史所謂得其分數而失玄妙者也。《北史·綦母懷文傳》載："晉陽館有一蠕蠕客，胡沙門指語懷文云：'此人有異算術。'乃指庭中一棗樹云：'令其布算實數，并辨赤白若干，赤白相半若干。'於是剥而數之，唯少一子。算者曰：'必不少，但更撼之。'果落一實。"此其算法，視元理不知鼠之爲米又高一着矣。隋諸葛穎、宋邵堯夫，其次也。國朝唐應德先生極精算術，[①]與顧應祥司寇皆以神算自負，[②]云一城中可算若干人、一廠中可算若干米，分毫不差，然未經試驗。今其法具在，亦未有能傳之者也。

【校箋】

① 唐應德，即唐順之（1507—1560），字應德，號荆川，武進人。嘉靖八年會元，歷翰林院編修、兵部主事，以右僉都御史巡撫鳳陽。學者稱荆川先生，有《荆川集》。"唐宋派"領袖之一。《明史》本傳稱"順之於學無所不窺，自天文、樂律、地理、兵法、弧矢、勾股、壬奇、禽乙，莫不究極原委。盡取古今載籍，剖裂補綴，區分部居，爲左、右、文、武、儒、稗六編傳于世，學者不能測其奥也。爲古文，洸洋紆折有大家風"。《列朝詩集小傳》稱："正、嘉之間，爲詩者踵何、李之

后塵，剽竊雲擾，應德與陳約之輩，一變爲初唐，於時稱其莊嚴宏麗，咳唾金璧。归田以後，意取辭達，王、李乘其後，互相評砭，吳人評其初務清華，後趨險怪，考其所撰，若出二種，非通論也。"《靜志居詩話》稱："荆川開濟之才，閎攬百家，靡不融會，毅然自任天下之重。"

② 顧應祥（1483—1565），字惟賢，號箬溪，浙江長興人。弘治十八年（1505）進士，歷饒州府推官、錦衣衛經歷、廣東僉事、江西副使，遷山東布政使，以右副都御使巡撫雲南，遷南兵部侍郎，至南京刑部尚書。

　　唐公常云："知曆數又知曆理，此吾之所以異於儒生；知死數又知活數，此吾之所以異於曆官。"所著《勾股測望論》《勾股容方圓論》《弧矢論》《分法論》《六分論》，發揮備矣。余在吳興，訪顧司寇子孫問之，皆不得其傳，爲之嘆息，坐上一客曰："縱使傳得，亦將安用？"一笑而罷。

　　南方好傀儡，北方好鞦韆，①然皆胡戲也。《列子》所載"偃師爲木人，能歌舞"，此傀儡之始也。秋千云自齊桓公伐山戎，傳其戲入中國，今燕、齊之間，清明前後此戲盛行，所謂北方戎狄愛習輕趫之能者，其説信矣。

【校箋】

① "鞦韆"，北大本作"秋遷"。

　　古今不甚相遠者，惟有醫之一途，蓋功用最切，優劣易見，人多習而精之故也。然扁鵲之視五臟癥結，華佗之剖心傳藥，不可得已。李子豫、徐秋夫、孫法宗、許智藏之技，冥通要眇，鬼物猶或憚之，況常人乎？甄權、王彥伯、張仲景、葛洪、錢乙之輩，史不絕書，觀其著論造極，投匕解厄若運之掌，功參造化，不謂之聖不可也。夫醫者，意也。以意取效，豈必視方哉！然須博通物性、妙解脈理，而後以意行之，不則妄而輕試，足以殺人而已。

梁新遇朝士風疾，告以不可治，趙鄂教以食消梨而愈。王太后病風，餌液不可進，許胤宗以黃蓍、防風煎湯，置牀下熏之，而能言。年少食膾不快，眼前常見小鏡，趙卿誑以會食，使啜芥醋而愈。富商暴亡，梁新因其好食竹雞，知爲半夏毒，薑汁灌之而愈。桐城孕婦七日不產，龐安時針其虎口，使縮手而遽下。皇子瘛瘲，錢乙以土勝水，水平而風自止，進黃土湯一劑而安。吳門孕婦不下，葛可久以氣未足，初秋取桐葉飲之，立下。此以意悟者也。史載之治朱師古之食掛，徐嗣伯治老姥之針疸，賈耽視老人之蠱痕，徐之才視乘船人之蛤精疾，周顧知黃門腹中蛟龍，以無命門脈而知爲鬼。此以博識者也。醫和診晉侯而知其良臣將死，僧智緣每察脈知人禍福休咎，診父之脈而能道其子吉凶。此以理推者也。意難於博，博難於理，醫得其意，足稱國手矣。

漢郭玉善醫，雖貧賤厮養必盡心力，而療治貴人時或不愈。和帝問之，對曰：“貴者處尊高以臨臣，臣懷怖懼以承之，其爲療也，有四難焉：自用意而不任臣，一難也；將身不謹，二難也；骨節不強，不能使藥，三難也；好逸惡勞，四難也。針有分寸，時有破漏，重以恐懼之心，臣意且猶不盡，何有於病哉？"唐許胤宗人勸其著書以貽後世者，答曰："醫特意耳，思慮精則得之。脈之候幽而難明，吾意所解，口莫能宣也。古之上醫，要在視脈，病乃可識。病與藥值，惟用一物攻之，氣純而速愈。今之人不善爲脈，以情度病，多其物以幸有功，譬獵不知兔，廣絡原野，冀一人獲之。術亦疏矣。一藥偶得它味相制，弗能專力，此難愈之驗也。"噫！旨哉，二子之言，其知道乎，進於技矣。後世貴人召醫，十九蹈郭玉之言。庸醫視病，不可不思胤宗之旨也。

唐太宗苦風眩，百醫不效，而張憬藏以乳煎蓽撥飲之，立差。韓嵓矢貫左髀，鏃不出者三十年，劉贇傅以少藥，立出之，步履如常。魏安行妻風痿十年不起，王克明一針而動履如初。朱彥修治女子瘵疾皆愈，唯頰丹不滅，葛可久刺乳而立消。此技之有獨至也。至於刳破腹背，斷截腸胃，抽割積聚，湔洗疾穢，如有神道設教，則吾不敢知。若猶技也，竊恐理之所無。龐安常以爲史之妄者，良不虛也已。

世間固有一種奇疾，非書所載，而療治之方亦殊怪僻，非人意想所及者。如賈耽所視老人蠱瘕，世間無物可療，惟千年木梳及黃龍浴水飲之。又有噎死，剖腹得鱉者，白馬溺淋之，悉化爲水，一云藍汁治之。有患應聲蟲者，人教以讀《本草》，至雷丸獨不應，遂以主方投之，立差。又有生面瘡者，諸藥飼之俱下咽，至貝母則閉口瞑目，乃掖而灌之，遂結痂云。此亦奇矣。余所記憶，蔡定夫之子苦寸白蟲，嚙腸胃間如萬箭攢攻，醫教以勿食，良久，炙豬肉一大臠，銜而勿咽，如此半晌，覺胸間嘈雜不可耐，乃以檳榔末取石榴根東引者煎湯調服之，暴下如傾，得蟲數斗，尚能動云。此蟲惟月三日以前其頭向上，可用藥攻打，餘日則頭向下，縱有藥皆無益，故先以炙誘之，令其畢赴，然後一舉而殲焉。《西湖志》載醫者爲吳太師治馬蝗，《雜記》載劉大用爲衛承務子治水蛭，法皆與此同，不可不知也。

《宣室志》載：渤海高生病臆，痛不可忍，召醫視之。醫曰：“有鬼在臆中，藥亦可療。”煮藥飲之，吐痰斗餘，膠固不可解，刃剖之，有一人自痰中起，初甚么麼，俄長數尺，倏忽不見。鬼藏臆中，已奇矣，而知臆中鬼者，亦神手也。不著其名，惜哉！此與猱藏頸、樂神藏鼻中何異？[1]

【校箋】

[1] 北大本有小字：“《酉陽雜俎》：永貞中，東市王布女，年十四，鼻孔各垂息肉，觸之痛入骨髓。治之，不差。一日，有梵僧取少藥吹鼻中，摘之而去。復有一少年騎白馬扣門，布述其事，吁嗟曰：天帝。”按：此事見段成式《酉陽雜俎》卷一《天咫》，此段係節文。

有皮膚中生蟲如蟹走、作聲如小兒啼者，治用雄黃、雷丸爲末，摻豬肉上熱啖之。有手足甲忽倒長入肉，痛不可忍者，葵菜治之。有面上及遍身生瘡如貓眼，有光彩，無膿血，痛痒不恒者，寒瘡也，雞、魚、葱、韭治之。有遍身肉出如錐，痒痛不能飲食者，青皮葱燒灰淋洗，飲豉湯解之。有遍體生泡如甘棠梨，破之水出，中有石一片如指甲大，去之復生，以荆三棱、蓬莪术爲末，酒服之。有灼艾痂落，後瘡肉忽片片如蝶飛去，痛不可忍者，熱證也。大黄、朴硝爲末，水服之。此等奇疾，雖世所希有，姑筆之以當異聞。

宋范縉叔末年得奇疾，但漸縮小如小兒，臨終，形僅如三五歲耳。此疾終無人識，《太平廣記》載有人患此經年而復故。又松滋令姜愚忽病不識字，數年方復故。又有人得疾，視物皆曲，弓弦、界尺之類，視皆如鈎，竟無能治之者。

宋秘書丞張鍔有奇疾，中身而分，左常苦寒，右常苦熱，巾襪袍褲，紗綿相半，終歳如是。《太平廣記》載無目表弟亦然，可謂異疾矣。

陶穀《清異録》載："盭屋士人有蛀牙疾。一日，有聲發於齦腭，若人馬喧騰而去，痛頓止，夜半復聞來聲云：'小都郎回活玉寰也，呵殿。'以次入口中，痛復大作。"其言似幻妄。余同年歷城穆吏部深，[①]家居得疾，耳中嘗聞人馬聲，一日聞語曰："吾輩出游郊外。"即似車馬騾驢以次出外，宿疾頓瘳，至晡，復聞人馬雜遝入耳中，疾復如故。穆延醫治，百計不效，逾年自愈，始信書言不謬。

【校箋】

① 穆深，字純甫，號桂陽，山東歷城人，萬曆二十年進士，官至吏部稽勛司員外郎，以削籍歸。《乾隆歷城縣志》卷三七本傳稱"秉公持正，爲權璫所忌，竟削籍歸，囊篋如洗"。

又浙有士人，一指忽痛，指甲間生一珊瑚，高二寸，血色氣縷，成海市人物、城郭樓臺。醫謂火所致，服以大黃始愈。故曰：暴病多火，怪病多痰。醫者不可不知也。

善醫者不視方，蓋方一定而病無定也。余在東郡，室人產後虛悸，每合眼即有氣一股從下部上攻，直至胸膈。閉急而窘，如是五晝夜，殆矣。諸醫泥方，惟以補氣血投之，益甚。庠生馬爾騏者，①曉醫，語之曰："此火也，急則治標，何暇顧氣血？"投以胡黃連，一進而熟寐一晝夜，諸症脫然。萬曆辛亥九月，在家，侍兒忽病氣逆，不可臥，一僧善方者曰："此氣不歸元耳，六味丸可立愈也。"投之，久而如故，且吐出原藥。僧怖曰："胃有寒痰，不受藥矣，非附子不能下也。"余信且疑。時有良醫薛子勉者，②家芋江，距城二十里，病且亟，乃飛騎迎之至，診視，笑曰："易與耳。"投以蘇子、蘿蔔子、栀子、香附等少許，飲之貼然。且告之故，薛大驚曰："凡氣逆者，皆火也。附子入口，必死無疑。"僧亦愧服。至今齊中國手推馬生，閩中推薛生也。

【校箋】

① 馬爾騏，臨清諸生，生平不詳。

② 薛子勉，生平俟考。

古之醫皆以針石、灸艾爲先，^①藥餌次之。今之灸艾惟施之風痺急卒之症，針者百無一焉，石則絶不傳矣。古之視病皆以望聞問切爲要，今則一意切脈，貴人婦女，望聞絶不講矣。夫病非一症，攻非一端，如臨敵布陣，機會猝變，而區區仗諸草木之性，憑尺寸之脈，亦已疏矣。況藥性未必遍諳，但據《本草》之陳言；脈候未必細別，徒習弦澀之套語，殺人如芥，可不慎哉。

【校箋】

① "灸艾"，北大本作"灸炙"。

余里中有齊公憲者，^①三代習小兒醫，而至公憲尤極精妙。凡遇痘疹未發時，一見即別其吉凶生死，百不爽一也。性落魄，嗜酒，每痘疹盛行時，門外圍繞常千百人，肩輿於道，聚衆攘奪，齊每自病之，欲棄去而不能也。余行天下，見諸小兒醫未有及之者，即謂錢乙復生可耳。

【校箋】

① 齊公憲，生平俟考。

痘瘡者，乃造化之殺機、兒童之劫數，非可以常理測也。世人沿習之論，但云胎毒所致，故有謂成胎以後勿復再幸者，有謂初生之時探取其口中血者，有謂懷胎十月勿食醲厚煎煿滋味者。至於燒臍煉砂、兔血稀痘諸方，言人人殊。及其試之，百無一驗。況有同母共胎攣生者，而稠稀迥若天壤。又有一時氣運吉凶不同，倘遇其吉，比屋皆安；若際其凶，夭札如麻，至有一村之中無復兒聲者。此盖長平坑卒、南陽貴人之比，而祿命醫藥，至此盡不足憑矣。但初發之時，吉凶即可辨識：熱甚而發驟者多凶，熱微而發遲者多吉。吉者靜以俟之，凶者藥以解之。無實實，無虛虛，無信庸醫謬方，妄以異功木香等散投之，守禁忌，節起居，慎調護，謹飲食，即凶亦有變爲吉者。如其不然，足以速其斃耳。至於藥疕之方，則始終以解毒和中爲主，始則發散之，既則表托之，後則健中排膿，如是而已。其他奇方劫藥，不可輕試也。

嗜異味者必得異病，挾怪性者必得怪證，習陰謀者必得陰禍，作奇態者必得奇窮。此格言也，故曰"君子依乎中庸"。

卜筮原無他術，惟在人靈悟，推測隱微，固非可以口傳而語授也。如占雨得剝，李業興以坤上艮下，艮爲山，山出雲，占爲有雨；吳遵世以坤爲地，土制水，占爲無雨。而卒無雨。卜二牛先起，得火兆，郭生以火色赤，謂赤牛先起；斛紹以火將然，烟先發，謂青牛先起。而卒如紹言。乃知在人見解耳。

皇甫玉善相人，至以帛抹眼，摸其骨體便知休咎，百不爽一。今江湖方外尚有傳捻骨相者，如正統間虎丘半塘寺僧兩目俱盲，揣骨無不奇中。又高齊時吳士有雙盲者，聞人聲音，知其貴賤，文襄歷試之，無不驗者。此與漢龍淵術同。摸骨揣聲，視相人又難矣。時又有館客趙瓊，其婦叔奇弓雖轉屬它人，無不盡知，時人疑其別有假托，然總是術之至精耳。六朝時有善相笏者，相休祐笏，以爲多忤，休祐以褚淵最爲謹密，乃陰換之。它日淵見帝，誤稱“下官”，大被憎譴。夫一手板，棄之則溝中斷耳，於人何與，術固有不可知者耶？它如李嶠之龜息、周必大之帝鬚、甘侯頭低視仰、馬周火色鳶肩，博識者自當辨之，未爲神也。

李筌爲節度判官，望東南有異氣而知安禄山之生；賈耽爲節度使，見群小尼入城而知有火患，二人之識鑒，可謂神矣。筌注黄帝《陰符經》，推演幽奧，僉謂鬼谷、留侯復生，而耽於醫藥、卜筮、天文、術數，無不通曉，信當代之異人也。

卜自管輅、郭璞之後，至李淳風而神矣；相自姑布、子卿、唐舉之後，至袁天綱而神矣。宋之費孝先、明之袁忠徹，皆詣極絕倫，上追千古，數百年來，未有繼之者也。

生死禍福，一定不易，精術數者但能前知之耳，不能逃也。郭璞謂卜珝曰：“吾不能免公吏，亦猶卿之不能免卿相。”然璞以忤賊臣而死，雖死不猶愈於生乎？桑道茂見污僞命而哀求李晟以獲免，雖前知之力，而生不如死多矣。鄭虔遇鄭相如，告以禍亂而勉以守節勿污，卒脱於死。前知者當如此矣。

余妻父鄭參知述，[1]嘗自言未第時，有江右金道人者善相，百不失一。嘉靖甲午秋，鄭偕諸名士訪之，歷歷如響，[2]獨不顧鄭。鄭時自負才名，恚之，道人曰："毋怒也，秋榜後當奉告。"至期果下第。復問道人，道人曰："君相法在丁酉當魁省試。"鄭問："何以爲驗?"曰："至年，髮當長尺許，是其兆也。"遂去。鄭心記之，洎丁酉春，髮果暴長尺許，益自負。秋初，道人復至，告之故，曰："未也。入試之後，額當隆起如贅然，登第後始消耳。"已而果然。既又問春榜消息，良久，彈指曰："尚遠，尚遠，吾不及見也。"鄭不懌，遂不終問。越十四年庚戌，始成進士，訪道人，則已死矣。

【校箋】

① 鄭述，字世美，閩縣人，嘉靖二十九年（1550）進士，仕至江西參議。時相嚴嵩奪民溉田湖塘，来訴者幾千人，述命各荷鍤以從，頃刻開掘以還於民，嵩怒甚，人皆危之。未幾嵩敗，述得無恙。

② "響"，北大本作"嚮"。

後時蘭溪有楊子高者，[1]跛一足，挾相人術走天下，其辨人貴賤貧富，歷歷如見，名遂大噪，家致萬金。嘗至閩，一見朱中丞運昌，[2]而謂其必死。一日，至余齋中，坐客不期而集者二十許人，或文學，或布衣，或掾史、貲郎、丹青、地師，辨析無毫釐差謬，人亦疑其有它術者。余間扣之，曰："此無它，但閱人多耳。"然已後事多不肯盡言也。

【校箋】

① 楊子高，生平俟考。

② 朱運昌，字際之，昆明人，萬曆八年（1580）進士。歷大理評事、刑部郎中、四川參政、福建布政使，以右僉都御史巡撫福建。

鄧通富埒人主，亞夫位至封侯，而卒不免餓死，相法誠不爽矣。《南史》："庾復家富於財，食必列鼎，狀貌豐美，人謂必爲方伯，及魏尅江陵，卒以餓死。有褚蘊者，面貌尖危，從理入口，竟保衣食而終。"相人者，安可執一論也。

《清波雜志》載：許志康論太素脈，謂可卜人之休咎，如智緣爲王荆公診脈，而知元澤之登第也，王禹玉在坐，深不然之。余在真州，江進之廷尉言有易思蘭者，①太素脈甚神。試之，其説以左右各三部，每部分爲十年，十年之中分作七十二至，言亦甚辯。時戊戌秋也。余欲以明春入都，四月補官，問可得否。易曰："據脈，夏方得行，官期在秋。"余謂不然，易傲然笑曰："太素已定，豈人能爲！"然余明年卒以二月行，四月授東郡司理，易言未嘗中也。在東郡時，又有以太素脈見者，其説以心脈爲君，肝脈爲臣，君臣相應者爲貴脈。其言視易尤爲支離，乃謝遣之。丙午至閩，聞莆有瞽者，亦姓易，精此術，年八十餘，老矣，遣人以安車致之。其辨人貴賤、卜休咎如神，而不肯言診視之術。診時，每以一手屈人指，自大至小五屈之，即瞭然矣。時諸客遞診，言皆如響，間及婢僕，脈亦知之。余潛以手往視，良久，驚曰："此非凡人，那得至此！"語之故，乃大笑。其人戇直，貴賤禍福，皆直言之，故時爲人毆辱，隱深山中。惜其絕技終泯泯不傳也。

【校箋】

① 江進之，即江盈科，字進之，桃源人。萬曆十七年進士，歷官長洲知縣、吏部主事、四川提學僉事。著《雪濤閣集》。"公安派"成員之一。易思蘭，即易大艮，字思蘭，江西撫州人。一代名醫。

卷 六

人部二

禄命之説，相傳始於唐李虚中，然三刑六合，貞觀初已闢其説，似非起於李也。至於今雲屯林立，十得四五，聲價即燁然矣。大約子平爲定體，五星爲變用。譬之相者，富貴貧賤，部位大略，一見可識者，子平之局也；至於氣色流年，變動不一，則五星之用也。然子平生剋死數，人皆童而習之，而五星氣餘躔度，變化微眇，又豈俗師村瞽之所能測？故余從來未見有奇中者也。

李虚中以人生年月日所直支干推人禍福死生，百不失一，初不用時也。自宋而後，乃并其時參合之，謂之“八字”。然虚中末年煉黄金，求不死，而卒發疽以死，可謂不知命之尤者，其術又何能靈？而今之瞽師村究，概能推生剋衰旺之數，但不驗耳。使天之生人，可以八字定其終身，何名造物？

世間最不足信者，禄命與堪輿二家耳。蓋其取驗皆在十數年之後，任意褒貶，以自神其術，而世人喜諛覬福，往往墮其術中而深信之。余嘗見此二家，有名傾華夏而術百無一中者，大率因人貴後而追論其祿命，因家盛後而推求其先塋，意之不得，則強爲之解，以求合其富貴之故。甚矣，人之惑也！

推祿命者，年月日時相配以定吉凶。然今用夏正，故寅月屬之今年，若建子、建丑則十一、十二兩月皆當屬之明歲，其生剋制化必有相枘鑿者，吉凶又何所適從耶？若長平坑卒、南陽貴人，又所不必論也。

京山曹子野以祿命擅名一時，[1]余過姑蘇，偶聞其在逆旅，亟召之至。其論與眾不同，每運十年，不分支干，曰："夫干屬天者也，支屬地者也，合則爲用，離則爲敵。豈有人之性命，五年行天上，五年又行地中者乎？"其言甚辯，余不能難也。而推未來休咎，亦殊不驗。又聞岳州有李蓬頭者，其術勝曹，惜未之見耳。

【校箋】

① 曹子野，湖廣京山人，善祿命。與張萱、袁宏道、謝肇淛等皆有交往。李蓬頭，生平俟考。

祿命之説，誠眇茫不足信，人有同年庚日時而貴賤迥不相同者。相傳太祖高皇帝已定天下，募有與己同祿命者，得江陰一人，召至，欲殺之。既見，一野叟耳，問何以爲生？

曰："惟養蜂十三籠，取其稅以自給。"太祖笑曰："朕以十
三布政司爲籠蜂乎！"遂厚賜遣還。然帝王間氣，固自難以凡
人例論也。宋時一軍校與趙韓王同年月日時生，韓王有大遷
除，軍校則有一大責罰，小遷轉則軍校微有譴訶，此又不知
何故？至貨粉鄭氏，生子與蔡魯公同命，而卒十八溺死，則
迥若天淵矣。余外祖徐子瞻與同里宋姓者年月日時盡同，[①]少
同學相善也，同食餼於庠，同無子，至四十九歲而宋卒，徐
懼不敢出戶閾，然其後乃相繼舉三子，即惟和兄弟也。以貢
仕至縣令，歸，年八十餘始卒。何後事之大不相同耶？永康
程京兆正誼與義烏虞懷忠同祿命，[②]同以辛未成進士，同作司
李，同日內召。然虞授御史，聲勢烜赫，家富不貲，坐左遷
後，稍起至縣令，鬱鬱以死；程授比部郎，出入藩臬，位至
大京兆，年八十方卒，乃其家貲不敵虞十一也。豈富厚爲造
物所忌，既奪其爵，復減其算耶？或爲富不仁，虞固有以自
取之耶？《樂善錄》所載二士人亦若此，蓋以富貴享用折算
耳。然謂之曰命，則宜一定不易，或凶惡而富壽，或良善而
窮夭，始足信也，若因生平作爲而轉移，則又何必言命哉？

【校箋】

① 徐子瞻，即徐𤊟之父徐梱，字子瞻，號相坡，歲貢生，歷南安
府儒學訓導、茂名縣儒學教諭，擢永寧令。有《徐令集》。因謝肇淛父
汝韶繼娶梱女，故肇淛稱其爲外祖。

② 程正誼，字叔明，永康人，隆慶五年（1571）進士，歷武昌司
理、廣西參政，升四川左布政，累官至順天府尹。虞懷忠，字汝良，號

養純，浙江義烏人，隆慶五年進士。歷正定府推官、江西道監察御史、袁州知府等，有《養純詩草》等。

萬曆丙午，浙中有酈道人者挾數學來閩，人信之如神，然小術頗有驗。余往訪之，酈以片紙書數字內袖中，既令余念《詩經》一語，余漫應曰："關關雎鳩。"已出袖中書，則此句也。凡人有來卜者，有數事，輒預書貼壁上，令自取之，無不符合，以是名益噪。然余細核之，似有役鬼搬運之術耳，其未來事分毫不驗也。先是廣平有籍大成者，[①]最善諸幻術，逆旅天寒，有數客至，大成爲符焚之，食頃，酒肴皆具，又焚一符，則歌妓畢集，但自腰以下不可見耳。問其故，曰："此生魂也，吾以術攝之。"有人苦尫瘵無力，大成爲呵一氣，即攝一人力傳其體，呵十氣遂可舉千斤，少頃，尫瘵如故。後坐不法論死，繫司寇十餘年。人問之，曰："吾越獄如平地耳，但有此宿業，須受之，必不死也。"已而果赦出，戍遼左。自後爲幻術者皆宗大成而失其玄妙，若酈生者，又不足數也！

【校箋】

① 籍大成，廣平府曲周縣人。據《（同治）曲周縣志》卷十九《雜事》："籍大成，幼不治家人産，喜道家符篆，游四方，行迹多秘。後至遼東，隸扶軍，預兵事，常以尺棰走邊關，通好講解，數十往返無失詞。後竟隱，不知何之。"

嘉、隆間，新安汪龍受得數學於游僧，^①頗有奇驗。四明袁文榮當國，^②寄一白棋子，托人問子，汪曰："白者，北也；棋子者，子也，此北京當局之人來問子也。但此棋子非木非石，經火鍛煉，了無生氣，必不能生子。若再以生剋之理推之，此老不久亦當終局。"其人隱之，不敢以聞。越數月而袁公捐館。

【校箋】

① 汪龍，生平俟考。

② 袁文榮，即袁煒，字懋中，慈溪人。嘉靖十七年（1538）進士，官至建極殿大學士，謚文榮，事迹附見《明史·嚴訥傳》。

幻戲雖小術，亦自可喜。余所見，有開頃刻花者，以蓮子投溫湯中，食頃即生芽舒葉，又食頃，生蓮花如酒盞大。又有燃釜沸油，投生魚其中，撥刺游泳，良久如故。又有剖小兒腹種瓜，頃刻結小瓜，剖之皆可食。又有以利刃二尺許，插入口，復抽出。又有仰臥以足承梯，倚空而不仆，一小兒穿梯以升，直至其巔。觀者毛髮灑漉。至於舞竿走繩，特其平平者耳。長安丏者，有犬戲猴戲，近有鼠戲。鼠至頑，非可教者，不知何以習之至是？余庚戌在京師，見戲者籠一小雀，中置小骨牌，僅寸許，擊小鑼一聲，雀以口啄其機，門便自開。令取天牌則銜六六出，取地牌則銜么么出，其應如響。觀畢，復擊鑼一聲，雀入而門自閉。《輟耕錄》載弄蝦

193

蟆者亦然。噫，亦異矣。

風角之術起於漢末。謝夷吾望閣而知烏程長之死，李郃觀星而知益部使之來，精之至也。後來樊英、管輅之輩皆本於此，第其術有至未至耳。風吹削脯，楊由知人獻橘；赤蛇分道，許曼知太守爲邊官。至於段翳封藥，門生知與吏鬥破；李南爨室暴風，其女預知死期，可謂通變化、入幽冥，無以加矣。至魏而管輅詣其極，至晋而郭璞集其成。五胡之世，佛圖澄、崔浩、陸法和擅其稱。盛唐之時，羅公遠、僧一行、孫思邈闖其室。五代以降，其術不復傳矣。

漢時解奴辜、張貂皆能隱淪，出入不由門戶，此後世遁形之祖也。介象、左慈、于吉、孟欽、羅公遠、張果之流，及《晋書》女巫章丹、陳琳等術，皆本此。謂爲神仙，其實非也。其法有五：曰金遁，曰木遁，曰水遁，曰火遁，曰土遁。見其物則可隱，惟土遁最捷，蓋無處無土也。須煉遁神四十九日，於空山無人之中獨坐結念，更有符咒役使百神。若一念妄起，便須重煉。即如紅綫、聶隱娘、精精、空空之流，皆此等輩耳。國初有冷謙，^①字啓敬，導人入太倉庫盜錢，事發被逮，求飲，即跳入瓶中，撲破，片片皆應，而竟不知所在。此水遁者也。正德初，有老翁脫太監於流賊者，又鐘鬠髻，握土一塊，遂不見，土遁者也。

【校箋】

① 冷謙，字啓敬，一字起敬，號龍陽子，元明時道士。錢塘人，

或説武陵人，或説嘉興人。善養生之術，有《修齡要旨》。

傳記載劍俠事甚多，其有無不可知，大率與遁形術相表裏。今天下未必盡無其人也，但此術終是邪魅，非神非仙。蜀許寂好劍術，有二僧語之曰："此俠也，願公無學。神仙清淨事異於此。諸俠皆鬼，爲陰物，婦人、僧尼皆學之。"其言信矣。但紅綫、隱娘及崔慎思、王立、董國度所娶事皆相類，或亦好事者爲之耳。

凡幻戲之術，多係偽妄。金陵人有賣藥者，車載大士像問病，將藥從大士手中過，有留於手不下者，則許人服之，日獲千錢。有少年子傍觀，欲得其術，俟人散後，邀飲酒家，不付酒錢，飲畢竟出，酒家如不見也。如是者三。賣藥人扣其法，曰："此小術耳，君許相易，幸甚。"賣藥曰："我無它，大士手是磁石，藥有鐵屑則粘矣。"少年曰："我更無它，不過先以錢付酒家，約客到絕不相問耳。"彼此大笑而罷。

國初程濟，①朝邑人，有仙術，爲四川岳池縣教諭，相去數千里，旦暮寢食未嘗離家，而日治岳池事不廢。後隨建文出亡，卒脱艱險，濟有力焉。然則王喬、盧耽之事，世固未嘗無其人也。

【校箋】

① 程濟，陝西朝邑人，洪武末官岳池教諭，惠帝繼位，預言燕王

將起兵，靖難事起，城破，遁城去。《明史》卷一四三：“程濟，朝邑人。有道術。洪武末官岳池教諭。惠帝即位，濟上書言：‘某月日北方兵起。’帝謂非所宜言，逮至，將殺之。濟大呼曰：‘陛下幸囚臣。臣言不驗，死未晚。’乃下之獄。已而燕兵起，釋之，改官編修。參北征軍淮上，敗，召還。或曰，徐州之捷，諸將樹碑紀功，濟一夜往祭，人莫測。後燕王過徐，見碑大怒，趣左右椎之。再椎，遽曰：‘止，爲我錄文來。’已，按碑行誅，無得免者。而濟名適在椎脫處。然考其實，徐州未嘗有捷也。金川門啓，濟亡去。或曰帝亦爲僧出亡，濟從之。莫知所終。”

傳記有周文襄見鬼事，蓋已死而英氣未散，魂附生人，無足異也。如劉偉者爲太守，卒已數十年，忽往來人間，言未曾死，則妄矣。近萬曆間，又有稱威寧伯王越者，往來吳越間，人信之若神。大抵妖人假托之詞耳。安知宋時賀水部者非妄耶？世人好奇，遂不及察，非雋不疑不能縛戾太子也。

《夷堅志》載法術若毛一公、汲井婦人之類，一遇其敵，便幾至殺身。相傳嘉、隆間有幻戲者，將小兒斷頭，作法訖，呼之即起。有游僧過，見而哂之。俄而兒呼不起，[①]如是再三。其人即四方禮拜懇求：“高手放兒重生，便當踵門求教。”數四不應，兒已僵矣。其人乃撮土爲坎，種葫蘆子其中，少頃，生蔓結小葫蘆，又仍前禮拜哀鳴，終不應，其人長吁曰：“不免動手也。”將刀砍下葫蘆。衆中有僧頭欻然落地，其小兒應時起如常。其人即吹烟一道，冉冉乘之以升，良久遂没，而僧竟不復活矣。蓋術未精而輕挑釁端，未有不死者也。夷獠之中，此術最多。《庚巳編》載吳中焚尸，亦有此術。有李智者，甚與毛一公相類也。

【校箋】

① "兒呼"，北大本作"呼兒"。

木工於豎造之日，以木籤作厭勝之術，禍福如響。江南人最信之，其於工師不敢忤嫚。歷見諸家敗亡之後拆屋，梁上必有所見，如説聽所載，則三吳人亦然矣。其他土工、石工莫不皆然，但不如木工之神也。然余從來不信，亦無禍福。家有一老木工，當造屋時，戲自詡其能，余詰之曰："汝既能作凶，亦當能作吉。屋成能令永無鼠患，當倍以十金奉酬。"工謝不能也。大凡人不信邪，則邪無從生。

夷獠中有采生術，又善易人手足。有在獠中與其婦淫者，其夫怨之，以木易其一足而不知也。旬日之間，漸覺痿痺不能起，又久之，皮乾木脱，成廢人矣。吾閩中有蠱毒，中人則夜爲之傭作，皆夢中魂往，醒則流汗困乏，不數月，勞瘵以死。此亦采生之類也。

元世祖誅阿合馬，藉其家。有妾名引住者，搜其藏，得二熟人皮於櫃中，兩耳俱存，肩鑰甚固，問莫知爲何人，但云："詛咒時置神座上，其應如響。"漢時宮中巫蠱，但得木偶人耳，未聞以人皮者也。近來妖人，有生剖割人而攝其魂以爲前知之術者，蓋起於此。若樟柳神靈哥，又其小者耳。成化間，妖人王臣篋中有二木人，聽其指揮，此亦巫蠱之遺法也。

遇天使而求金，占失僕而假策，伐籠臂而目疾愈，延射鳥而母病除，救墮梁於十世之後，免重辟於黃沙之中，術數之精乃與神通，然亦非穎悟絶倫，不能與也。宋餘杭徐復以六壬名天下，及閩州僧與衙校推禍福，怪而扣之，僧曰："盡子思慮所至，子所不及，吾無如之何。"復即以爲課，與日時推之，累日盡得僧之秘，但有駒墮三足者未之見也，僧曰："子智止此，不可強也。"乃知人之天分有限，百工技藝莫不皆然。

管仲之識俞兒也，子産之識實沈、臺駘也，東方朔之識巫雀、畢方也，終軍之識騶虞、鼮鼠也，劉向之識危與貳負也，蔡邕之識青鸞、投蜺也，張華之識海鳧、龍肉也，諸葛恪之識傒囊也，陸敬叔之識彭侯也，何承天之識威斗也，陸澄之識服匿也，沈約之識焦明、罿蓋也，斛斯徵之識錞于也，劉杳之識挈囊也，傅弈之識金剛石也，歐獻乘之識息壤也，賈耽之識蠱瘕也，段成式之識報時鐵也，留源之識冤氣也，傅弘業之識虎蜼也，徐鉉之識海馬骨也，贊寧之識蚌淚畫也，此以博識得之者也；還無社之對山鞠窮也，騶忌之對隱語也，東方朔之答令壺齟也，楊修之辨黃絹也，李彪之辨三三兩兩也，劉顯之辨貞字也，則天之解青鵝也，班支使之解大明寺水也，此以捷悟得之者也。捷悟者可以思而及，博識者不可以強而致也。至於鄭欽悦辨任升之銘，據鞍繹思僅三十里，而千古之疑一旦冰解，近於神矣。東平昌生辨石壁道語，斯爲次之。其他如談馬礪畢之題、川狗御飯之語，已爲黃絹之重儓，而去姓得衣之叙，委時百一之解，不過離合之顰婦，作者固可厭，而解者亦不難也。

人有一目數行俱下者，非真俱下也，但目捷耳。遲速相去甚者差四五倍，不但三也。一覽無遺，則嘗有之矣。閩林志避雨，①寓染坊，得其染帳，漫閱之，匆匆而去。越二日其家回祿，索帳者紛然，莫知爲計，林復過之，曰："我能記之。"取筆疾録，不爽一字。此天生之資，非強記可到者。嘉禾周鼎讀百韻詩，一遍即誦，又能從末倒誦，亦絕世之資矣，而功名不顯，蓋似有別才也。

【校箋】

① 林志（1378—1427），字尚默，號見一居士，閩縣人。永樂十年（1412）進士第二人，歷官至右春坊右諭德兼侍讀。有《易集説》《部齋集》。《列朝詩集小傳》乙集《林諭德志》："少從王孟揚游，日記數千言，鋒芒錯出，累折其長老，孟揚曰：'此非所以求益也。'爲字尚默以規之。痛自克治，沉潛學問，居官淡於榮進，以雅尚爲朝士所稱。"

子瞻再讀《漢書》，張方平聞而訝之，則張之穎悟過蘇可知。然而蘇以文章名世，張卒無聞也，此陸澄所以有"書厨"之誚也。

介葛盧解牛語，公冶長、侯瑾解鳥語，陽翁仲、李南解馬語，唐僧隆多羅、白龜年俱通鳥獸語，成子、楊宣皆解雀語。夫鳥獸之音，終身一律，果能語耶？左氏之誣、野史之謬無論已，公冶長聖門高第，乃受此穢名，至宋之問詩“不如黃雀語，能免冶長災”，則真以為實事矣。世又傳公冶長雀繞舍呼曰：“公冶長，南山虎馱羊。汝得其肉，我食其腸。”又云：“唶唶嘖嘖，白蓮水邊，有車覆粟。車脚淪泥，犗牛折角。收之不盡，相呼共啄。”余謂雀作人言固可怪，而春秋之雀知用沈約之韻，又可怪也。至太原王氏因祭廁神而獲聞蟻言，又奇矣。

元時有必蘭納識里者，貫通三藏及諸國語，凡外夷朝貢表箋文字無能識者，皆令譯進，令左右執筆，口授如流，略不停思，皆無差謬。衆無不服其博識，而不知其所從來也。此其難又甚於介葛盧等矣。

《冷齋夜話》載：“太平有日者，為市井凡庸之人課無不奇中，至為達官貴人課則皆無驗。或問之，答曰：‘我無德量。凡見尋常人則據術而言，無所緣飾；見貴人則畏怖，往往置術之實，而務為諛詞，其不驗要不足怪。’”此言政與漢郭玉論醫相同。余行天下，遇有術數者多召致之，而十九無驗，彼務為迎合故也。

六壬之數若精，天下無不可測之物。雲間有陳生者善為之，試以小事，良信。嘗教余四課三傳之法，至於占解推測，在人自悟，不可傳也。余時亦懶，且以爲無益，遂不竟學，徒家藏其書數百卷。今細思之，終是無益。縱學得如邵堯夫，亦徒爲人役役也。

修武有崔生者，善六壬，余在東郡曾一致之，言多奇中。但其起課法微不同，大約用金口訣，取其簡便耳。向後休咎，亦不肯盡言也。聊城楊師孝術頗精於崔，[①]人以神仙目之，然其人不學無術，故不能盡其變也。

【校箋】

① 楊師孝，生平俟考。

古人謂蓍短龜長，故舍筮從卜。今之卜，則六壬備矣，患人未之精耳。筮用《易》占，其繇不可得而聞也，不知古卜筮繇詞皆何所本，如"鳳凰于飛""大橫庚庚"之類，似非當時杜撰也。焦延壽《易林》，其占亦多奇。余於己亥春，爲友人筮補官，得"僵尸蔽野，不見其父"之繇，時友人有老父在，不懌也，余解之曰："僵尸無驗矣，而獨喪父驗乎？妄耳！"無何獻播俘，至日補牒下，友人拊心曰："驗矣，奈何！"旬日而外艱之訃至。

自周以後始有堪輿之説，然皆用之建都邑耳，如《書》所謂"達觀于新邑，營卜瀍澗之東西"，《詩》所謂"考卜維王，宅是鎬京"者，則周公是第一堪輿家也。而葬之求吉地，則自樗里始。然漢時尚不甚談，至郭璞以其術顯，而惑之者於是牢不可破。然觀天下都會市集等處，皆倚山帶溪，風氣回合，而至於葬地，則有付之水火、犁爲平田者，而子孫貴盛自若也。其效驗與否昭然矣，世人不信目而信耳，悲夫！

堪輿自郭璞之後，黃撥沙、厲伯招其最著者也。然璞已不免刑戮於其身，而黃、厲之後，子孫何寥寥也？其他如吳景鸞、徐善繼等，或不得令終，或後嗣絕滅，若有地而不能擇，是術未至也。若曰天以福地留與福人，則又何必擇乎？江南之俗，子孫本支，人各爲冢，一家貴盛則曰某祖墳也，一支絕滅則曰某祖墳也，而其家丘壠百數，豈獨無一善地足以掩前人之失，又豈獨無一惡地足以敗已成之緒者乎？至如父得善地，子得惡地，禍福又將何適從也？況爲其術者，各任己見，甲以爲善，乙以爲惡，①囂然聚訟，迄無定評，而漫以祖父之骨嘗試於數十年之後，以驗術者之中否，而其人與骨固已朽矣，則又何憚而不妄言也？且人之一身，歲不能無休戚，闔門百口，歲不能無盛衰，此必然之理也。而謂生者之命脈，其權盡制於死者之朽骨，不亦可笑之甚耶？

【校箋】

①"乙"，底本作"巳"，據北大本改。

葬欲其速朽也，比化者無使土侵膚，人子之情也。山形完固，①不犯水蟻，不近田疇，土膏明潤，梧楸森鬱，死者之宅永安，子孫自陰受其庇矣。若必待吉地，暴露淺土，惑於異議，葬後遷移，使祖父魂魄無依，骨肉零落，天且殛之矣，何福之能求？世有掘墓而得石與水者，皆好奇以求福也。不求福，則無禍。

【校箋】

① "完"，底本作"宛"，據北大本改。

世有葬後而棺反側者，地脈斜也；棺骸俱散者，無生氣也；聚葉滿穴中者，風殺也。水蟻之患可避，而此數者稍難辨耳。

葬地大約以生氣爲主，故謂之"龍經"。所謂"空手抱鋤頭，步行騎水牛"者，總欲認得真龍耳。龍真穴真，斷無水蟻、風殺之患。世有好奇者，先看向背沙水，而後以己強合之，誤人多矣。

有龍真而穴未真者，氣脈未住也，故好奇者有斬龍法。譬之人方遠適，而挽之使入門也，不可爲訓，恐有主客同情之戒。

吳越之民多火葬，西北之民多葬平地，百年之後，犁爲畎畝矣，而富貴不絕，地理安在？

惑於地理者，惟吾閩中爲甚，有百計尋求，終身無成者，有爲時師所誤，終葬敗絕者。又有富貴之家，得地本善，而恐有缺陷，不爲觀美，築土爲山，開田爲陂，圍垣引水，造橋築臺，費逾萬緡，工動十載。譬人耳鼻有缺而雕塑爲之，縱使亂真，亦復何益？況於勞人工，絕地脈，未能求福，反以速禍，悲夫！

余從大父觀察公，諱廷柱，[①]於書無所不讀，聰穎絕人，而尤於擇地自負，所著《堪輿管見》，人爭傳誦之。致政歸，築室於西湖之上，面城背水，四面巨浸，人以爲絕地，公不聽也。傳及子孫，貧落日甚，孤丁孑然幾斬，竟不能有，鬻爲宗祠。

【校箋】

① 謝廷柱，字邦用，弘治己未進士。初授大理評事，升湖廣按察僉事，有《雙湖集》。

古今之戲，流傳最久遠者，莫如圍棋。其迷惑人不亞酒色，"木野狐"之名不虛矣。以爲難，則村童俗士皆精造其玄妙；以爲易，則有聰明才辯之人累世究之而不能精者。杜夫子謂其"有裨聖教"，固爲太過；而觀其開闔操縱，進退取舍，奇正互用，虛實交施，或以予爲奪，或因敗爲功，或求先而反後，或自保而勝人，幻化萬端，機會卒變，信兵法之上乘、韜鈐之秘軌也。《棋經》十三篇，語多名言，意甚玄着，要一言以蔽之，曰：着着求先而已矣。

弈秋、杜夫子、王抗、江彪、王積薪、滑能之技，不知云何，即其遺譜，亦無復傳者矣。今所傳者，尚有王積薪所遇姑婦及顧師言鎮神頭二勢。婦姑之説荒誕不足信，或者積薪以此自神其術耳。鎮神頭以一着解兩征，雖入神妙，而起手局促纏累，所謂張置疏遠者安在哉？恐亦好事者爲之耳。今之勢譜如所謂大小鐵網、捲簾邊、金井欄者，凡以百計，要其大意，只求制人而不制於人而已。

唯其求制人，故須求先。始而布置，既而交戰，終而侵綽，稍緩一着，則先手爲彼所得，而我受制矣。先在彼者，棄子可也；先在我者，無令人有可棄之子可也。

近代名手，弇州論之略備矣。以余耳目所見，新安有方生、呂生、汪生，閩中有蔡生，一時俱稱國手，而方於諸子有“白眉”之譽。其後六合有王生，足迹遍天下，幾無橫敵。時方已入貲爲大官丞，談詩書，不復與角，而汪、呂諸生皆爲王所困，名震華夏。乙巳丙午，余官白門，四方國工，[①]一時雲集。時吳興又有周生、范生，永嘉有鄭頭陀，而技俱不勝土。洎余行後，聞有宗室至，諸君與戰皆大北。王初與戰亦北，越兩日，始爲敵手，無何，王又竟勝。故近日稱第一手者，六合小王也。汪與王才輸半籌耳，然心終不服，每語余：“彼野戰之師，非知紀律者。”余視之，良信。但王天資高遠，下子有出人意表者，諸君終不及也。

【校箋】

① “國工”，北大本作“國士”。

到漑於梁武御前比勢覆局，凡有記性者皆能覆局，不必國手也。余棋視王、方諸君差三四道，至覆局則與之無異，與余同品者皆不能也，此但天資強記耳。遇能記時，它人對局，從旁觀亦能覆之。至其攻取大略，即數年後，十猶可覆七八也。

王六合與余弈，受四子，然其意似不盡也。王亦推余穎悟，謂學二年可盡其妙。時余以廢時失事，不肯竟學，然尚嗜之不厭。至丙午南歸，始豁然有省，取所藏譜局盡焚棄之。從此絕不爲矣。然世人之戒弈，難於戒酒也。

邯鄲淳《藝經》：棋局縱橫各十七道，合二百八十九道。其制視今少七十一道。漢、魏以前想皆如是。至志公説法曰："從來十九路，迷誤許多人。"則與今無異矣。

象戲相傳爲武王伐紂時作，[1]即不然，亦戰國兵家者流，蓋時猶重車戰也。兵卒過界，有進無退，政是沉船破釜之意。其機會變幻，雖視圍棋稍約，而攻守救應之妙，亦有千變萬化，不可言者。《金鵬變勢》略備矣，而尚有未盡者，蓋著書之人原非神手也。

【校箋】

① "象戲"，北大本作 "象棋"。

象戲視圍棋較易者，[1]道有限而算易窮也。至其棄小圖大，制人而不制於人，則一而已。

【校箋】

① "象戲"，北大本作 "象棋"。

唐《玄怪録》載岑順事，可見當時象棋遺製，所謂"天馬斜飛""輜車直入""步卒橫行"者，皆仿佛與今同，但云"上將橫行擊四方"者稍異耳。唐不聞有象，而今有之。胡元瑞云："象不可用於中國。"① 則局中象不渡河，與士皆衛主將者，不無見也。

【校箋】

① 胡元瑞，即胡應麟（1551—1602），字元瑞、明瑞等，號少室山人，浙江蘭溪人。萬曆四年舉人。論詩宗奉王世貞，爲"末五子"之人。著述宏富，有《詩藪》《少室山房筆叢》《四部正訛》等。其《詩藪》一準王世貞《藝苑巵言》，爲錢謙益所深詆，《列朝詩集小傳》評之曰："何物元瑞，愚賤自專，高下在心，妍媸任目，要其指意，無關品藻，徒用攀附勝流，容悦貴顯，斯之詞壇之行乞，藝苑之輿臺也！"

雙陸一名握槊，本胡戲也，云胡王有弟一人得罪，將殺之，其弟於獄中爲此戲以上，其意言孤則爲人所擊，以諷王也。曰握槊者，象形也。曰雙陸者，子隨骰行，若得雙六則無不勝也。又名長行，又名波羅塞戲。其法以先歸宮爲勝，亦有任人打子，布滿他宮，使之無所歸者，謂之"無梁"，不成則反負矣。其勝負全在骰子，而行止之間，貴善用之。其制有北雙陸、廣州雙陸，南番、東夷之異。《事始》以爲陳思王製，不知何據。

博戲自三代已有之，穆天子與井公博，三日而決。仲尼曰："不有博弈者乎？"莊周曰："問穀奚事，則博塞以游。"

今之樗蒲，是其遺意，但所用之子隨時不同。古有六博，謂大博則六著，小博則二煢，其法今不傳矣。魏晋時始有五木之名，梟、盧、雉、犢、塞也，其制亦不可考。但史載劉裕與諸人戲，餘人並黑犢以還，劉毅擲得雉，及裕擲，四子皆黑，一子跳躍未定，裕屬聲喝之，即成盧。又曹景宗擲得盧，遽取一子反之，曰"異事"，遂作塞。則盧與犢、塞皆差一子耳。大約黑而純一色者爲盧，相半者爲雉，黑而有雜色者爲犢、塞。以今骰子譬之，則渾四爲梟，渾六爲盧，四六相半爲雉，其他雜色則犢、塞耳。今之樗蒲、朱窩，云起自宋朱河《除紅譜》，一云楊廉夫所作。然其用有五子、四子、三子之異，視古法彌簡矣。

擲錢雖小戲，然劉寄奴能喝子成盧，宋慈聖側立不仆，光獻盤旋三日，似皆有鬼神使之者。若狄武襄平廣南，手擲百錢盡紅，雖云譎術，乃更勝真。

投壺視諸戲最爲古雅。郭舍人投壺，激矢令反，謂之驍，一矢至百餘驍。王胡之閉目，賀革置障，石崇妓隔屏風，薛慎惑背坐反投而無不中，技亦至矣。今之投壺名最多，有春睡、聽琴、倒插、卷簾、雁銜蘆、翻蝴蝶等項，不下三十餘種，惟習之至熟，自可心手相應。大率急則反，緩則斜，過急則倒，過緩則睡。又有天壺高八尺餘，賓主坐地上仰投之，西北士夫多習此戲。

藏鉤似今猜枚，如《酉陽雜俎》所載，則衆人共藏一鉤而一人求之，此即古意錢之戲也。《後漢書》：梁冀能挽滿、彈棋、格五、六博、蹴踘、意錢之戲，其法今亦不傳矣。猜枚雖極鄙俚，亦有精其術者。吳門袁君著有《拇經》，[①]自負天下無對，然余未之見。惟德清半月泉，有行者百發百中，人多疑有他術，然實無之也，惟記性高耳。能記其人十次以上，則縱橫意之無不中。《雜俎》所謂察形觀色若辨盜者，得之矣。

【校箋】

① 袁氏《拇經》，俟考。

彈棋之戲世不傳矣，即其局亦無有識之者。吕進伯謂其形似香爐，然中央高，四周低，與香爐全不似也。弘農楊牢，六歲咏彈棋局云：“魁形下方天頂突，二十四寸窗中月。”想其製方二尺有四寸，其中央高者獨圓耳。今閩中婦人女子，尚有彈子之戲，其法以圍棋子五，隨手撒几上，敵者用意去其二而留三，所留必隔遠或相粘一處者，然後彈之，必越中子而擊中之，中子不動則勝矣。此即彈棋遺法。魏文帝客以葛巾拂無不中者也，但無中央高之局耳。

後漢諸將相宴集，爲手勢令，其法以手掌爲虎膺，指節爲松根，大指爲蹲鴟，食指爲鈎戟，中指爲玉柱，無名指爲潛虬，小指爲奇兵，腕爲三洛，五指爲奇峰，但不知其用法云何。今里巷小兒有捉中指之戲，得非其遺意乎？然以將相爲此，已大不雅，而史弘肇以不解之故，索劍相訽，尤可笑也。卒啓駢族之禍，悲夫！

今博戲之盛行於時者，尚有骨牌。其法古不經見，相傳始於宣和二年，有人進此，共三十二扇、二百二十七點，以按星辰之數。天牌二十四象二十四氣，地牌四點象四方，人居中數以象三才，其取名亦皆有意義。對者十二爲正牌，不對者八爲雜牌。三色成牌，兩牌成而後出色以相賽。其取名如天圓、地方、櫻桃、九熟之類，後人敷演其說，易以唐詩一句，殊精且巧矣。此戲較朱窩近雅，而較圍棋爲不費，一時翕然，亦不減"木野狐"云。

委巷兒戲則有行棋，或五或七，直行一道，先至者勝，此古蹙融製也。有馬城，不論縱橫，三子聯則爲城，城成則飛食人一子。其他或夾或挑，就近則食之，不能飛食也。有紙牌，其部有四，曰錢，曰貫，曰十，曰萬。而立都總管以統之，大可以捉小，而總管則無不捉也，其法近於孫武三駟之術，而吳中人有取九而捉者。又有棋局如螺形，四面逐敵，子入窮谷中而後提取之，①曰"旋螺城"。雖鄙褻可笑，細玩亦有至理存焉。按：《經籍志》有《旋棋格》，即螺城也，然螺城名似更佳。

【校箋】

① "提取"，北大本作"捉取"。

李易安打馬之戲，與握槊略相似，但彼雙則不擊，而此多逢寡即擊。如叠至十九馬而遇二十馬，即被擊矣。一夫當關，則它騎不得過，又可以反而擊人之單騎。行至函谷關，則非叠十騎不得過，至飛龍院，則非二十騎不得過。非正本采不得行，而臨終尚有"落塹"一局，所謂"行百里者半九十"也。此戲較諸藝爲雅，有賦文亦甚佳，但聚而費錢稍多耳，江北人無知之者。余在東郡，一司農合肥人也，懇余，爲授之，甚喜。

晁無咎有廣象棋局，十九路、九十一子，今不傳矣。司馬溫公製七國象棋法，亦是推廣象戲遺意，而近於腐爛。至魏游秔筆製儒棋，有仁、義、禮、知、信之目，則益令人嘔噦不堪。戲者，戲也，若露出大儒本色，則不如讀書矣。

唐李郃有《骰子選格》，宋劉蒙叟、楊億等有《彩選格》，即今升官圖也。諸戲之中最爲俚俗，不知尹洙、張訪諸公何以爲之？不一而足。至又有選仙圖、選佛圖，不足觀矣。

唐宋以前有葉子格，及遍金葉子格、金龍戲格、捉卧瓮人格，皆不知何物，其法亦無傳之者。

陳晦伯引《咸定錄》云："唐李郃爲賀州刺史，與妓人葉茂連江行，因撰《骰子選》，謂之'葉子'，天下尚之。"又《歸田錄》云："有葉子青者撰此格。"今其式不可考。楊用修以爲似今紙牌，而晦伯、元瑞非之，皆未有的證也。晦伯謂楊大年好之，不過因《青瑣雜記》有"與同輩打葉子"之語耳。

　　晋末誠多異人，如史所載，陳訓、戴洋、韓友、淳于智、步熊、杜不愆、嚴卿、隗昭、卜珝、鮑靚、麻襦、單道開、黃泓、王嘉、郭黁、臺産之輩，皆窮極術數，造詣窈冥。苟能用之，足以息戰爭，裨治化。如圖澄之仕石虎、羅什之從呂光，微言曲誨，利益多矣。索紞占夢，其術爲下，然觀其辭，陰澹之言曰："少無山林之操，游學京師，交結時賢，希申鄙藝。會中國不靖，欲養志終年，老亦至矣，不求聞達。"乃知彼固有托而逃者耶？

　　鳩摩羅什但能精通術數，博極群書，僧中之子雲、茂先也，謂之成佛作祖，吾則未敢。什父羅炎修行不遂，爲禁臠所逼，已墮落矣，至什而復蹈其轍焉，雖曰被逼，亦由欲障未除。升座講經之際，二兒登肩，神識未定，鬼瞰之矣。既生二子，何患法種無嗣？伎女十人之蓄，不亦可以已乎？臨終之時，誦神咒自救，未及致力，轉覺危殆。其處死生之際，非能脫然無罣礙者，尚在道安、佛圖澄之後乎？

　　晋會稽夏仲御能作水戲，操柂正櫓，折旋中流。初作鯔鮆躍，後作鯆鱙引，飛鷁首，掇獸尾，奮長梢而直逝者三焉。於是風波振駭，雲霧杳冥，白魚跳入舟者八九。又作大禹《慕歌》之聲、曹娥《河女》之章、子胥《小海》之唱，以足扣船，引聲喉囀，清激慷慨。大風應至，含水嗽天，雲雨響集，叱咤歡呼，雷電晝冥，集氣長嘯，沙塵烟起。王公已下，莫不駭恐。此與李謨所遇父老何異？亦曠代之異人也。

晋石垣居無定所，不娶妻妾，人有喪葬，千里往弔，或同日共時，咸共見焉。又能暗中取物，如晝無差。此亦曇霍、麻襦之流也，而史列之《隱逸》，誤矣。

謝石之拆字，小數也。然拆"杭"字知兀术之復來，拆"春"字爲秦頭之蔽日，則事與機會，隱諷存焉。賈似道時，術士拆"奇"字，謂"立又不可，可又不立"，亦足寒奸邪之膽矣，而不免殺身，悲夫！

耿聽聲嗅衣以知吉凶貴賤，王生聽馬蹄以知丁謂西行，沈僧照聞南山虎聲而知國有邊事，張乘槎見來遠樓而知藩司有喪，皆風角之術，與拆字相同。機智之人可以意會，不可以法傳也。

古者巫覡之俗盛於陳、鄭，蓋奸淫奇邪之所托也。然上有西門豹，則河伯絕取婦之媒；下有夏仲御，則丹珠失鼓舞之勢。君正獲襦而一郡之巫息，左震破鎖而山川之祟消，大師杖而甘雨至，楊媼斬而火妖絕。世間第一妖惑，莫此爲甚，而世猶信之不已，何哉！

漢武帝令丁夫人、維揚虞初等，[①]以方祠詛匈奴、大宛，日與神君、文成等游，故其後卒有巫蠱之禍。父子、夫婦、君臣之間，坐夷滅者不可勝紀。然《周禮》宗伯之屬，咀咒掌盟詛，司巫掌群巫之政。至於男巫女巫，不一而足，以冬至致天神人鬼，以夏至致地祇物魅，則三代已有之矣，曾謂周公作法而有是乎？

【校箋】

① "漢武帝"，北大本作"漢文帝"，誤。

今之巫覡，江南爲盛，而江南又閩、廣爲甚。閩中富貴之家，婦人女子，其敬信崇奉，無異天神，少有疾病，即禱賽祈求無虛日，亦無遺鬼。楮陌牲醪相望於道，鐘鼓鐃鐸不絕於庭，而橫死者日衆。惜上之人無有禁之者，哀哉！

閩俗最可恨者，瘟疫之疾一起，即請邪神，香火奉事於庭，惝惝然朝夕拜禮許賽不已，一切醫藥，付之罔聞。不知此病原鬱熱所致，投以通聖散，開闢門戶，使陽氣發泄，自不傳染。而謹閉中門，香烟燈燭，焄蒿蓬勃，病者十人九死。即幸而病愈，又令巫作法事，以紙糊船，送之水際。此船每以夜出，居人皆閉戶避之。余在鄉間夜行，遇之輒徑行不顧。友人醉者，至隨而歌舞之，然亦卒無恙也。

閩女巫有習見鬼者，其言人人殊，足徵詐僞。又有吞刀吐火，爲人作法事禳災者。楚蜀之間，妖巫尤甚，其治病祛災毫無應驗，而邪術爲祟往往能之。①如武岡姜聰者，乃近時事也。吾閩山中有一種畬人皆能之，其治祟亦小有驗。②畬人相傳盤瓠種也，有苟、雷、藍等五姓，不巾不履，自相匹配。福州閩清永福山中最多，云聞有咒術，能拘山神。取大木箍其中，云"爲吾致獸"。仍設阱其傍，自是每夜必有一物入阱，饜其欲而後已。

【校箋】

①"能之"，北大本作"害人"。

②"小有"，北大本作"有小"。

古之善禁氣者，能於骨中出鏃，移癰疽向庭樹。至於驅龍縛魅，又其易者耳。此卻是真符咒，非幻術也。諸符咒《道藏》中皆有之，但須煉將耳。今游僧中有燃眉燒指，①及五七日不饑者，非真有道也，亦能禁氣耳。至其偽者，又不論也。

【校箋】

①"燒指"，北大本作"燃指"。

穿楊、貫蝨，精之至也，然亦可習也。至於截箭嚙鏃，非可習而能也。神而明之，有數存乎其間，即羿亦不能傳之子者也。

李克用之懸針，斛律光之落雕，射之聖者也。由基矯矢而猿號，蒲且虛弦而鳧落，射之神者也。后羿之繳日，①督君謨之志射，射之幻者也。魏成帝過山二百餘步，胡后之中針孔，射之佞者也。蹲甲而徹七札，射鐵而洞一寸，射之力者也。伯昏務人登高山，履危石，臨不測之淵，背逡巡，足二分垂在外，射之奇者也。范廷召所至，鳥雀皆絕，射之酷也。魏舒、賈堅，射之雅者也。蕭瑀、盧廙，射之猥者也。

【校箋】

① "繳"，北大本作"皦"。

嘗於德平葛尚寶家見二胡雛，[①]彀弩射飛，弦無虛發，每射栖雀，輒離數寸許，弦鳴雀飛，適與矢會，其妙有不可言者，信天性絕技，非學可至也。

【校箋】

① 葛尚寶，即葛昕，字幼明，號龍池，山東德平人，官至尚寶司卿。

吳門彭興祖弟善彈，藏小石袖中，以擲鳥雀，百步之內，無不應手而殪。此與《水滸傳》所載沒羽箭張清何異？考史載蕭摩訶擲銳略與此同，惜不用之疆場，而但爲戲耳。

古者射御並稱，而今御法不傳矣；歌舞並稱，而今舞法不傳矣；嘯咏並稱，而今嘯法不傳矣。然猶可想像見者，"六轡如組，兩驂如舞"，必非輿儓掌鞭之手所能操縱也；"宛轉從風，緬曼旋懷"，必非羽籥樂童之輩所能俯仰也。至於蘇門隱者，若數部鼓吹，林壑傳響，步兵聞之，亦且心折，而況千載之下乎？然宇宙大矣，不應遽無其人，或吾未之見也。

卷　七

人部三

　　朱新仲《猗覺寮雜記》云："《唐·百官志》有書學一途，其銓人亦以身、言、書、判，故唐人無不善書者。然唐人書未及晋人也。歐、褚、①虞、薛，亦傍山陰父子門户耳，非成佛作祖家數也。右將軍初學衛夫人，既而得筆法於鍾繇、張旭，然其自立門户，何曾與三家仿佛耶？子敬雖不逮其父，然其意亦欲自立，不作阿翁牛後耳。"此一段主意，凡詩家、畫家、文章家皆當識破，不獨書也。

【校箋】

①"褚"，底本作"諸"，據北大本改。

　　鍾、王之分，政如漢魏之與唐詩，不獨年代氣運使然，亦其中自有大分別處，非謂王書之必不及鍾也。大率古色有餘則包涵無盡，神采盡露則變化無餘，老、莊所爲思野鹿之治也。

右將軍陶鑄百家，出入萬類，信手拈來，無不如意，龍飛虎跳之喻，尚未足云，洵書中集大成手也。然庾征西尚有家雞野鶩之嘆，人之不服善也如此。

右軍《蘭亭》書，政如太史公《伯夷》《聶政傳》，其初亦信手不甚着意，乃其神采橫逸，遂令千古無偶。此處難以思議，亦難以學力強企也。自唐及元，臨《蘭亭》者數十家，如虞、褚、歐、柳及趙松雪，雖極意摹仿，而亦各就其所近者學之，不肯畫畫求似也，此是善學古人者。如必畫畫求似，如優孟之學孫叔敖，則去之愈遠矣，此近日書家之通病也。

王未嘗不學鍾也，歐、虞、褚、薛以至松雪未嘗不學王也，而分流異派，其後各成一家。至於分數之不相及，則一由世代之升降，二由資性之有限，不可強也。即使可強而同，諸君子不爲也。千古悠悠，此意誰能解者？

《曹娥》《樂毅》尚有蹊徑可尋，至《蘭亭》《黃庭》，幾莫知其端倪矣。所謂“大可爲，化不可爲”者也。

右軍真迹，今嘉興項家尚存得十數字，價已逾千金矣。又有婚書十五字，王敬美先生以三百金得之嚴分宜家者，[①]今亦展轉不知何處也。李懷琳《絕交論》真迹在吾郡林家，余見之三四過，信尤物也。其紙頗有粉，墨淡垂脫。又一友人所見褚遂良《黃庭經》，紙是砑光，下筆皆偏鋒，結構疏密不齊，與今帖刻全不類。大抵真迹雖劣，猶勝墨迹之佳者。

【校箋】

　　① 王敬美，即王世懋，生平見卷三"禹之治水"條。嚴分宜，即嚴嵩，江西分宜人。

　　唐太宗極意推服大王，然其體裁結構，未免徑落大令局中。①大令所以遜其父者，微無骨耳。故右軍賜官奴，而以筋骨緊密爲言，箴其短也。如《洛神賦》直是取態，而《墓田》《宣示》，一種古色盡無矣。譬之於詩，右軍純是盛唐，而大令未免傍落中、晚也。

【校箋】

　　① "大令"，北大本作"太令"。

　　作字結構、體勢，原以取態，雖張長史奔放駿逸，要其神氣生動，疏密得宜，非頹然自放者也。即旭、素傳授，莫不皆然。今之學狂草者，須識粗中有細、疏中有密，自不敢輕易效顰矣。①

【校箋】

　　① "敢"，底本作"放"，據北大本改。

　　作草書難於作真書，作顛、素草書又難於作二王草書，愈無蹊徑可着手處也。今人學素書者，但任意奔狂耳，不但法度疏脫，亦且神氣索莫。如醉人舞躍號呼，徒爲觀者恥笑。

蔡君謨云："張長史正書甚謹嚴，至於草聖，出入有無，風雲飛動，勢非筆力可到。"然飛動非所難，難在以謹嚴出之耳。素書雖效顰，然拔山伸鐵，非一意疏放者也。至宋黃、米二家始墮惡道。國朝解大紳、馬一龍極矣，[①]桑民懌所謂"夜叉、羅刹，不可以人形觀"者也。[②]

【校箋】

① 解大紳，即解縉，字大紳，吉水人。洪武二十一年進士，歷官至翰林學士兼右春坊大學士，預機務。爲漢王所構，下獄，籍其家。事具《明史》本傳。馬一龍，字應圖，號孟河，溧陽人。嘉靖二十六（1547）進士，由詞林仕至南國子監司業。明代著名書家，有《玉華子游藝集》。

② 桑民懌，即桑悦，字民懌，號思玄居士、鶴溪道人，常熟人。成化元年舉人，歷泰和訓導、柳州通判。《明史·文苑傳》附徐禎卿傳中。有《桑子庸言》《思玄集》等。少有異才，過目不忘，《明史》稱其"尤怪妄，亦以才名吳中"。王世貞《藝苑卮言》評其詩"如洛陽博徒家無擔石一擲百萬"，評其文"如社劇夷歌亦自滿眼充耳"。

唐人精書學者無逾孫過庭，所著《書譜》，揚扢蘊奧，悉中綮窾。雖掊擊子敬，似沿文皇之論，而溯源窮流，務歸於正，亦百代不易之規也。至於五合、五乖之論，險絕、平正之分，其於神理，幾無餘蘊。且唐初諸家，如虞、褚、歐、

薛，尚傍山陰門戶，至過庭而超然融會，變成一家，幾與
《十七帖》爭道而馳，亦一開山作佛手也。

陳丁覘善書，與智永齊名，時謂"丁真永草"；庾翌易
右軍之書，而右軍不覺；懷素換高正臣之書，而正臣不能辨
也。然異代之下，知有智永、右軍、懷素而已，三子之名無
聞也，豈非幸不幸哉！

顏書雖莊重而癡肥，無復俊宕之致。李後主所誚"叉手
並腳田舍漢"者，雖似太過，而亦深中其病矣。《祭侄文》
既草草，而天然之姿亦乏，不知後人同聲贊賞何故？此所謂
耳食者，可笑。

宋書如蘇滄浪、張于湖、薛道祖、李元中等，亦皆極
力摹仿二王，但骨力不足，故風采頓殊耳。蔡君謨極推杜
祁公，謂之"草聖"，然杜草書亦媚而乏筋骨。元康里巙
書學祁公者也，然元人筆力稍峭健於宋，其能書諸家亦多
於宋。

宋人無書學，如蘇、黃、米老等，真帖初見甚可喜，良
久亦令人厭棄。蔡忠惠勝三家遠甚，而時帶俗筆。趙文敏
之源流，蓋自蔡出也。元時名家如鮮于困學、錢翼之、巙
巙子山、鄧文原，皆出宋人上，不獨一文敏，而文敏名獨
噪甚。上下五百年，縱橫一萬里，乃知名之顯晦，亦有命
焉耳。

元章書才、書學兼而有之，非蘇、黃二公可望也。蘇公

字如堆泥，其重處不能自舉。黃尤杜撰，撐手拄腳，放而不收，往而不返，近於詩家之釘鉸、打油矣。蓋二公於書學原不深，性又不耐煩，信手塗出，便謂自成一家。蓋世之效顰，托於自成一家者多矣。

章子厚日臨《蘭亭》一過，蘇子瞻哂之，謂"從門入者，終非家珍"。然古人學書者，未有不從門入。人非生知，豈能師心自用，暗合古人哉？但既入門之後，須參以變化耳。蘇公一生病痛，亦政坐此。往與屠緯真、黃白仲縱談及此，[①]余謂："凡學古者，其入門須用古人之法度，而其究竟，須運自己之豐神，不獨書也。"二君深以爲然。

【校箋】

① 屠緯真，即屠隆（1543—1605），字緯真，一字長卿，別號由拳山人、一衲道人，浙江鄞縣人。萬曆五年進士，除潁上知縣，轉青浦令，遷禮部主事、郎中。萬曆十二年削籍歸。有《由拳集》《白榆集》各二十卷。黃白仲，即黃之璧，字白仲，號婆羅居士。工詞章、書畫，與屠隆相友善，名重一時。有《杪欏館藏稿》二卷。

古無真正楷書，即鍾、王所傳《季直表》《樂毅論》，皆帶行筆。洎唐《九成宮》《多寶塔》等碑，始字畫謹嚴，而偏肥偏瘦之病，猶然不免。至國朝文徵仲先生，[①]始極意結構，疏密勻稱，位置適宜，如八面觀音，色相具足，於書苑中亦蓋代之一人也。

【校箋】

①　文徵仲，即文徵明（1470—1559），原名璧，號衡山居士，長洲人。詩文書畫兼善，詩文与祝允明、唐寅、徐禎卿等號"吴中四才子"，書畫與沈周、唐寅、仇英合稱"吴門四家"。《明史·文苑傳》有傳。

　　文敏書諸碑銘及《赤壁》《千文》等，皆以秀媚勝，而時有俗筆，卻無敗筆，近俗故能不敗也。然文敏入門卻從大王來，晚年結構乃自成若此。余家藏文敏尺牘二通，其筆鋒完勁，絶似《官奴帖》，乃知此老源流所自。後來紛紛摹本，亦畫虎不成耳。大凡學古人書當觀真迹，方得其運筆之一二，墨帖無爲也。

　　國初能手多粘俗筆，如詹孟舉、宋仲温、沈民則、劉廷美、李昌祺之輩，①遞相模仿，而氣格愈下。自祝希哲、王履吉二君出，②始存晋唐法度，然祝勁而稍偏，王媚而無骨。文徵仲法度有餘，神化不足，張汝弼乃素師之重儓，③豐道生實淳化之優孟，④文休承小禪縛律，⑤周公瑕槁木死灰。⑥其下瑣瑣，益所不論矣。今書名之振世者，南則董太史玄宰，⑦北則邢太僕子愿，⑧其合作之筆，往往前無古人。

【校箋】

①　詹孟舉，即詹希原，字孟舉，號逸庵，歙縣人。明初書家，洪武初官中書舍人。宋仲温，即宋克，字仲温，號南宫生，長洲人。與高啓等稱"十友"，洪武初爲鳳翔府同知，工草隷，與宋璲、宋廣合稱

"三宋"。沈民則，即沈度，字民則，號自樂，華亭人。曾任翰林侍講學士。擅篆隸楷行諸體，與弟沈粲並稱"二沈"，爲明代台閣體書法的代表。劉廷美，即劉珏（1410—1472），字廷美，號完庵，長洲人。正統三年（1438）舉人，授刑部主事，遷山西按察司僉事。李昌祺，名禎，字昌祺，號僑庵，廬陵人。永樂二年進士，官至廣西布政使。工詩文，擅書畫，有詩集《運甓漫稿》、小説集《剪燈餘話》等。

② 祝希哲，即祝允明（1460—1527），字希哲，號枝山，長洲人。弘治五年舉人，授廣東興寧知縣，稍遷應天通判，謝病歸。能詩文，工書法，《明史·文苑傳》稱其："博覽群集，文章有奇氣，當筵疾書，思若涌泉。尤工書法，名動海内。"有《祝子罪知録》十卷、《語怪編》四十卷、《祝氏集略》三十卷。王履吉，即王寵（1494—1533），字履吉、履仁，號雅宜山人，吳縣人。詩文書畫兼善，有《雅宜山人集》。

③ 張汝弼，即張弼，字汝弼，號東海，華亭人。成化二年進士，授兵部主事，進員外郎，遷南安知府。善詩文，工書法，有《東海文集》。《明史·文苑傳》稱其"善詩文，工草書，怪偉跌宕，震撼一世"。

④ 豐道生，即豐坊，字人叔、存禮，後更名道生。嘉靖二年進士，除禮部主事。謫通州同知，免歸。博學工文，兼通書法。有《古易世學》《古書世學》《魯詩世學》《易辨》等。

⑤ 文休承，即文嘉（1501—1583），字休承，號文水，長洲人。文徵明次子。工詩善書畫。有《和州集》。

⑥ 周公瑕，即周天球（1514—1596），字公瑕，號幼海，長洲人。善詩文，工書法，《列朝詩集小傳》稱其詩"大率聲調雄壯，規摹王、李，去吳中風雅遠矣"。

⑦ 董太史玄宰，即董其昌（1555—1636），字玄宰，號思白，華亭人。萬曆十七年進士，授翰林院編修，官至南京禮部尚書，卒諡文敏。

善詩文，尤工書畫，《明史》本傳稱"（書）自成一家，名聞外國。其畫集宋、元諸家之長，行以己意，瀟灑生動，非人力所及也"。

⑧　邢太僕子愿，即邢侗（1551—1612），字子愿，號知吾，山東臨邑人。萬曆二年進士，官至陝西太仆寺少卿。能詩文，善書畫。書法與董其昌並稱"南董北邢"。有《來禽館集》。

文徵仲得筆法於巙子山，而參以松雪，亦時爲黃、米二家書，然皆非此公當行。惟小楷正書，即山陰在世，亦當虛高足一席。

雲間莫廷韓，^①有書才而無書學，往往失於疏脫；濟南邢子愿，有書學而無書才，往往苦於纏累。吳興臧晋叔，^②一意臨摹，而時苦生意之不足；姑蘇王百穀，^③專工取態，而時覺位置之稍輕。夫惟以古人之法度，參以自己之豐神，華實相配，筋骨適均，庶乎升山陰之堂，入永興之室矣。

【校箋】

①　莫廷韓，即莫是龍（1537—1587），字雲卿，後更字廷韓，華亭人。擅詩文，精書法，《列朝詩集小傳》稱"廷韓尤妙于書法，嘗作送春賦，手自繕寫，詞翰清麗，皇甫子循、王元美皆激賞之。廷韓及張仲立，皆翩翩佳公子，青溪社中之白眉也。"

②　臧晋叔，即臧懋循（1550—1620），字晋叔，號顧渚，浙江長興人。萬曆八年進士，官至南京國子監博士。有《負苞堂詩選》。精曲律，亦善書法，《靜志居詩話》："詩亦不墮七子之習，故雖從元美宴游，不入'四十子'之目，亦磊落之士也。"

③　王百穀，即王稚登（1535—1612），字百穀、伯穀，先世江陰

人，後移居吳門（今蘇州）。能詩文，擅書法，謝肇淛《小草齋文集》卷十一《王百穀傳》："先生幼穎異，甚踢躞不可羈，幾不爲父所知，若山簡、蘇頲也者。弱冠補弟子員，名漸噪里中矣。先生頎秀昂藏，博通六籍，工詩賦古文詞，泚筆千言立就。復工六書，駸駸山陰父子堂奥。譚吐風生，辯若懸河，聽者疊疊忘倦也。……（詩）默契正宗，不逐頹靡。以梁陳之綺艷出漢魏之清蒼，以中晚之才情合初盛之軌度。揆之古人，則神采似青蓮，秀色似輞川，高爽俊逸似劉隨州、錢吳興，即其酬答不經意語，亦不失似長慶。至於鴻裁巨筆，短疏寸箋，縱橫錯落，無不如意，嬉笑怒罵皆成文章，則又得法于龍門，得神于眉山者也。"《列朝詩集小傳》稱："伯穀爲人，通明開美，妙于書及篆隸，好交游，善結納，譚論娓娓，移日分夜，聽者靡靡忘倦。吳門自文待詔歿後，風雅之道，未有所歸，伯穀振華啓秀，噓枯吹生，擅詞翰之席者三十餘年。"

古篆之見於世者，石鼓也，非獨其筆畫之古雅，規制之渾厚，三代遺風，宛然可挹。或以宇文周時作者，[1]妄無疑也。三代所傳彝鼎篆刻，或工或拙，或真或贋，皆不可知。即其筆法，篆文或繁或省，從左從右，不可摸捉，所謂"書同文"者安在哉？衡山祝融之碑，非篆非籀，非蟲非鳥，而後人以意傅會，強合成文，雖曰禹迹，吾未敢信以爲然也。夫結繩敝而文字興，科斗殘而篆籀作，篆隸微而真草盛，舍繁就簡，世之變也。必欲舍今而反古，雖聖人不可得已。

【校箋】

① "宇文"，當爲"字文"之誤。

226

　　李斯小篆之作，其古今升降之關乎？嶧山之銘，視泰山已不啻倍蓰矣。漢時小篆，僅聞蕭相國以秃筆題殿額，覃思三月，觀者如流。何起刀筆，爲秦功曹，上蔡衣鉢固有所歸矣。自晋及唐數百年間，惟李陽冰一人以小篆顯。五代以來，習者益寡。鐫名印者，但取裁漢篆，位置得宜而止，其於斯籀之學，概乎未有聞也。隸書自中郎而下，世不乏人，然東京之筆，古色蒼然，降而宜官梁鵠，駸駸開唐隸門户矣。唐蘇許公《摩崖碑》，頗有東京筆意。自宋而降，專取態度，漢隸絶響矣。近代之八分，皆金元之濫觴也。

　　小篆，篆之聖者也。漢篆碑文不多見，見於印藪者，大都標置爲體，而學問疏矣。唐陳惟玉、李陽冰，以篆顯者也。嗣兹以降，雖鐫石刻玉，世不乏人，而考古證今，不無遺漏。近代新安何震乃以篆刻擅名一時，[1]求者屢常滿，非重直不可得。震蓋精小篆者，而時時爲漢篆，亦以趨時好云爾。然以小篆作印章，勝漢篆十倍也。

【校箋】

　　① 何震（？—1604），字主臣，號雪漁，又字長卿，徽州婺源（今江西婺源）人。工篆刻，從學於文徵明之子文彭，爲"新安印派"的代表人物。

　　國初閩陳登者，[1]字思孝，最精小篆，凡周、秦以來石刻殘缺無可考者，皆能辨之。永樂初入中書，時待詔吴郡滕用亨素負書名，^②見其後進，忽之不爲禮。一日，對大衆辨難許氏《説文》，詞説蜂起，登隨問條答，如指諸掌，考古證今，百不失一，用亨愧服。自是名大噪。蓋世之精於字學者未必工書，惟登兼之，以非世俗所尚，故聲譽不布。而俗書惡札如馬一龍、李昌祺等，^③反浪得名，悲夫！

【校箋】

① 陳登，字思孝，洪武三十年以儒士授羅田丞，調蘭溪、浮梁，皆有治績。永樂中以薦召入翰林，預修國史，授中書舍人。李清馥《閩中理學淵源考》卷四二稱其："爲人諒直，博涉經史，自三代秦漢以降鐘鼎金石劖冢刻石，靡不默識。既入中書，凡國家有大制作，篆籀之文皆出登手，且負直不媕婀。於所交游，面舉過失，《國史》《實錄》稱爲剛正之士。"

② 滕用亨，初名權，字用衡，長洲人。明王鏊《姑蘇志》卷五四："少從父德懋游學四方，頗多見聞，問學辯博，文詞爾雅，尤精六書之學，其篆隸之妙高出近世。永樂三年被薦時年幾七十矣，召見，面試篆書，用亨作麟鳳龜龍四大字以獻，又獻禎符三詩稱旨，授翰林待詔，預修永樂大典。在官四年卒。"

③ 馬一龍，字負圖、應圖，號孟河、玉華子，溧陽人，嘉靖二十六年（1547）進士，官至南京國子監司業。有《玉華子游藝集》。工書法，朱謀垔《續書史會要》稱："作字懸腕運肘，落管如飛，頃刻滿幅，初覽若不可辯，細玩則條理脈絡俱可尋識，非苟然者。自謂懷素以後一人"。李昌祺，見前"國初能手多粘俗筆"條。

今之隸書皆八分也，其源自《受禪碑》來，而務工妍，無古色矣。文徵仲、王百穀二君，工八分者也。新安詹泮、永嘉

黃道元次之，^①而皆未免俗，所謂“失之毫釐，相去千里”者，
不可不察也。白門胡宗仁善漢隸，^②嘗爲余題“積芳亭”扁，酷
得中郎遺法，而世罕有賞者。大聲不入里耳，悲夫！

【校箋】

① 詹泮，字少華，江西玉山人。正德十六年進士。官至禮科給事
中。詩文別具一格，有《少華集》。黃道元，即黃國信，字道元，永嘉
人。著有《拙遲集》《合缶齋集》等。

② 胡宗仁，字彭舉，上元人。善畫山水，亦能詩，有《知載齋詩
草》。《靜志居詩話》卷十八稱“彭舉詩頗清真，惜稿爲楚人論定，必
去其菁華，僅存其皮骨”。

今國家誥敕及宮殿扁額，皆用筆法極端楷者書之，謂之
“中書格”，但取其莊嚴典重耳，其實俗惡不可耐也。洪武
初，詹孟舉以此技鳴，^①南京宮殿省寺之署，多出其手。近代
有姜立綱者，^②法度嚴整過之，一時聲稱籍甚，然亦時俗之所
賞，胥史之模範耳。自後官二殿中書者皆習姜體，而不及愈
甚。昔程邈作書，以便賤隸，謂之“隸書”，今中書字體謂
之“胥書”可也。

【校箋】

① 詹孟舉，即詹希原，見前“國初能手多粘俗筆”條。

② 姜立綱（1444—1499），字廷憲，號東溪，瑞安人，官至太僕寺
卿。能文善書，字畫楷正，人得片紙，爭以爲法，當時宮殿碑額皆出其
筆，書名遠播日本。有《東溪書法》一卷。

詹孟舉書雖俗而端重遒徑，蓋亦淵源於歐、虞而稍變之，非姜立綱可望也。評孟舉書者，謂兼歐、虞、顏、柳之法，而有冠冕佩玉之風。然冠冕則有之矣，法度未易言也。真楷書者，如文徵仲，斯可矣。

師宜官、韋仲將大字徑丈，小字寸許千言，可謂兼才矣。子敬堊帚爲書，觀者如堵，惜其墨迹今皆不傳。蓋體勢過大，既難收藏，而扁額灑壁，終歸水火，故不及行草之流傳久遠也。宋時惟米南宮、朱晦翁署字今猶有存，然皆作意取態，標置成體，雖非真正楷法，而風韻遒遠，自然不俗。趙集賢扁書一如真書，妍媚有餘而筋骨盡喪矣。近代吳中諸公，率以八分題扁，較之真書，差易藏拙。吾閩林布衣焞，[①]學松雪而稍勁；鄭吏部善夫，[②]仿晦翁而自得。張比部煒，[③]得法於米而參以己意，其所題識至逾尋丈，莫不極天然之趣，他方之以書名者不及也。

【校箋】

① 林焞，字惟大，閩縣人。工書，尤長大字。《民國閩侯縣志》卷八九《藝術上》：“林焞，字惟大，福州府人。正德間以工書稱，學趙孟頫而稍勁。凡所題識，至逾尋丈，莫不極天然之趣。”

② 鄭善夫，字繼之，號少谷，閩縣人。弘治十八年進士，歷官至吏部郎中。工書，善詩文，有《鄭少谷集》。《明史》有傳。《列朝詩集小傳》載：“顧華玉稱繼之詩氣秀巖谷，雖才韻弗充，而古言精思，霞映天表。黃河水曰：‘繼之才故沈郁，去杜爲近。過爲摹仿，幾喪其真。壽陵之步，亦可爲工，奚必邯鄲也。’合兩家之評觀之，繼之之所

就爲可知矣。"《靜志居詩話》稱："繼之在弘、正間，不襲李、何餘論，別開生面，好盤硬語，往往氣過其辭。雖源出杜陵，實有類山谷者。集中感時之作，可觀可怨，頗不猶人。"

③ 張煒，字德南，閩縣人。嘉靖三十四年進士，官至南刑部郎中。

泰山有唐時摩崖碑，至爲巨麗，而近人以林煒"忠孝廉節"四大字覆之。論者動以罪煒，余謂非煒罪也，煒布衣窮死，力豈辦此？蓋必當時監司有愛其書者，下郡縣鐫之石，而下吏凡俗，急承風旨，遂爲此殺風景之事耳。太祖平建康，急欲治街道，有司遂盡取六朝時碑磨礱以應命。俗人所爲，往往如是，而煒動遭排擊，亦不幸矣。余游山中，見後人磨古碑而鐫己字，比比也。

歐陽通作書，紙必緊薄堅滑者乃書之。而米元章亦云："紙欲研光，始不留筆。筆欲管小，始易運用。"乃知永師不擇紙筆、無不如意之難也。然良工不示人以樸，擇而用之，差無遺憾。

近代書者，柔筆多於剛筆，柔則易運腕也；偏鋒多於正鋒，偏則易取態也。然古今之不相及，或政坐此。

書名須藉人品，人品既高，則其餘技自因附以不朽，如虞、褚、顏、柳皆以忠義節烈著聲，子瞻、晦翁書不甚入格，而名蓋一代者，以其人也。不然，彼曹操、許敬宗、蔡京、章惇，皆工書者也，而今安在哉！

運筆之法，在於入門之初，各得其性之所近，故鋒有偏正、書有遲速，至其優劣，不全在此。唐、晉書多用正鋒，然如魯公《祭侄文》及楊少師凝式書，皆已用偏鋒矣。趙文敏全用偏鋒，近代祝希哲亦然，[①]然祝僅行草耳，趙即楷書亦偏也，何嘗以是減價耶？草書欲其峭勁，故當疾速；楷書欲合法，[②]則故尚遲緩。如驚蛇入草、鴻飛獸駭之態，必非舒徐者可能，而《黃庭》《樂毅》等作，又豈可以潦草漫不經意者得之哉？孫過庭曰："勁速者，超逸之機；遲留者，賞會之致。將反其速，行臻會美之方；專溺於遲，終虧絕倫之妙。"可謂盡之矣。余所見如莫廷韓、黃白仲，[③]下筆如疾風捲葉，頃刻滿紙，臧晉叔書則極意遲緩，[④]然莫、黃多有敗筆，而晉叔苦無逸態，亦坐是耳。學者須從遲入，以速成，而終復反於遲，斯得之矣。

【校箋】

① 祝希哲，即祝允明，見"國初能手多多粘俗筆"條。

② "合"，北大本作"其"。

③ 莫廷韓，即莫是龍，見前"雲間莫廷韓"條。黃白仲，即黃之璧，見"章子厚日臨《蘭亭》一過"條。

④ 臧晉叔，即臧懋循，見前"雲間莫廷韓"條。

臨古人書者，須先得其大意，自首至尾從容玩味，看其用筆之法，從何起構，作何結煞，體勢法度，一一身處其地而仿佛如見之。如此既久，方可下筆。下筆之時，亦便勿求

酷似，且須泛瀾容與，且合且離，神游意會。久而習之，得
其大概，而加以潤色，即是傳神手矣。余見人學《聖教序》
者，一點一畫，必求肖合。余笑。臨字如人結胎，一月至十
月先具胚廓，後傳形骸，四支百竅一時畢具，非今日具一目、
明日具一口也。若必點點畫畫求之，去愈遠矣。此亦子瞻言
畫竹之意，惜人未有悟者。

　　凡真迹經一番摹勒，便失數分神采，摹仿既久，幾并其
面目而失之。至於石刻，尤易失真。《淳化》以帝王之力，
聚極工巧，題曰“上石”，其實木也，故其氣韻生動，不失
古人筆意，爲古今墨迹之冠。但其搜羅未廣，去取頗乖，分
別真偽，不無混淆。蓋王知微等識鑑分量原自止此，而當時
亦但據內府所藏，急於成帙，不聞有廣搜博采之令行於幽遠
也。使以唐太宗、宋高宗爲之君，虞、褚、米、蔡佐之，相
與盡力括訪，極意剖析，去饞鼎之十三，入名流之遺逸，傍
及緇流，以至彤管，抉名山石室之藏，泄昭陵玉碗之閟，勒
之貞珉，以布海宇，書學庶無遺憾乎？噫！未易言也。

　　《淳化》一出，天下翕然從風，其後臨摹重儓，不知幾十
百種，蓋墨刻之盛行，從此始也。然摹仿既久，漸致亂真，辯
論紛紛，遂成聚訟，蓋不獨《蘭亭》《黃庭》爲然矣。國朝帖
本，如《東書堂》《寶賢齋》等，皆出宗藩，既非法眼，又無
神手，萎苶不振，僅足充棗脯耳。文氏停雲館所刻宋元諸家，
皆非得意之筆，蓋家藏有限，目力易窮，以一人而欲盡搜千古

之秘，安可得哉？至於好事之家，矯誣作僞者，又種種也。故書學之至今日，亦一大厄也，耳食多而真賞鑒不可得也。

魏《受禪碑》，梁鵠書而鍾繇鐫之；李陽冰書，自篆自刻，故知鐫刻非粗工俗手可能也。趙文敏爲人作碑，必挾善鐫者與偕，不肯落它人之手。近時文長洲父子，皆自摹勒上石，或托門客温恕、章簡甫爲之，[①]二人皆吳中名手也。縱有名筆而不得妙工，本來面目，十無一存矣，況欲得其神采哉？余在吳興，得姑蘇馬生，取古帖雙鈎廓填上石而自鐫之，毫釐不失筆意。閩莆中有曾生次之。

【校箋】

① 文長洲，即文徵明。温恕、章簡甫，二人生平俟考，精於刻石摹拓，皆爲當時摹刻名工。

唐應用善書細字，嘗於一錢上寫《心經》，又於麻粒上書"國泰民安"四字。此雖絶世之技，然亦近於棘猴矣。以余所見，有便面上書《西厢》雜劇一部者，余亦能之，但目力勝人耳，不關書法也。

古人有善書而名不傳於世者，吳有張紘，晋有劉瓌之，南齊有蕭宣穎，北魏有崔浩，北齊有趙仲將，[①]宇文周有冀儁，隋有僧敬脱，唐有薛純陁、高正臣、吕向、梁升卿、席豫諸人。或由真迹稀少，久遂漫滅；或因名過其實，奕世無傳。至於蕭何以功業掩，曹操以英雄掩，裴行儉以識量掩，司馬承禎以高尚掩，郗氏以夫掩，臨川晋陽公主以父掩，世無得而稱焉，亦可惜也。而業未造就，濫得虛名，亦時有之。故曰：或籍甚不渝，人亡業顯；或憑附增價，身謝業衰。嗚呼！自古已然，何況今日。

【校箋】

① "趙仲將"，北大本作"魏仲將"。

渤海高氏所書《聖教序》，①上比山陰則不足，下視元和則有餘，當與虞、褚爭道而馳。古今彤管，此爲白眉矣。帝王之書，則梁武帝爲冠，宋高宗次之，唐太宗又次之，其餘不足觀矣。

【校箋】

① "聖教序"，北大本作"彌勒頌"。

漢光武一札十行，皆親手細書，唐太宗嘗手書敕以賜群臣，可見古人以手書爲禮，即萬乘猶然也。故劉裕不善作書，劉穆之勸其信筆作大字以掩拙，彼豈乏掌記侍史哉？故王右軍上孝武書，皆手筆精謹，至唐猶然，至有敕令自書謝狀、勿拘真行者，而誥敕王言，皆用名人代書，如顔平原、柳誠懸之類，傳爲世寶，良亦不虛。至宋而來，假手者多。迨夫今日，則胥史之迹遍於天下，而手書帶行，反目爲不敬，名分稍尊即不敢用。其他借名贗作，十居其九；墨迹碑鎸，概不足信。書學安得而不廢哉！

書力可千年，畫力可五百年。書之傳也以臨拓，屢臨拓而書之意盡失矣；畫之傳也以裝潢，屢裝潢而畫之神盡去矣。書名之傳視畫稍易，而畫迹之藏視書稍耐，蓋世之學畫者功倍於書，而世之重畫者價亦倍於書也。

畫視書微不及者，品稍下耳。況唐宋以前，畫手多工神佛、士女、鳥獸、竹木之形，徒以供玩弄、樹屏障，故其品尤自猥劣。顧士端父子每被任使，常懷羞恨，劉岳與工匠雜處，立本以畫師傳呼，雖聲價重於一時，而恥辱懷於終身矣。自宋而來，雖尚平淡清遠之趣，而吮筆和墨，終未能脫工藝蹊徑也。

唐初雖有山水，然尚精工，如李思訓、王摩詰之筆，皆細入毫芒。至王洽始爲潑墨，項容始尚枯硬。逮夫荊浩、關仝，一變爲平淡高遠之致，遂令寫生鬥巧，諸名手索然減價。至宋董源、李成、郭熙、范寬輩出，天真橫逸，上無古人矣。然其結構精密，位置適均，濃淡遠近無不合宜，固非草率造次所可辦也。自米元章學王洽而不得其神，倪元鎮用枯筆而都無色澤，於是藏拙取捷之輩轉相摹效，自謂畫意，不復求精工矣。此亦繪事升降之會也。

宋畫如董源、巨然，全宗唐人法度。李伯時學摩詰，以工巧勝，自是唐宋本色，而傍及人物、鞍馬、佛像、翎毛，故名獨震一時。接其武者，唯趙松雪，然松雪間出獨創，而龍眠一意摹仿，趣舍稍異耳。

古人言畫，一曰氣韻生動，二曰骨法用筆，三曰應物寫形，四曰隨類傅彩，五曰經營位置，六曰傳模移寫。此數者，何嘗一語道得畫中三昧？不過爲繪人物、花鳥者道耳。若以古人之法而概施於今，何啻枘鑿！

顧愷之《天女維摩圖》，一身長至二尺有五，時猶謂之小身維摩，不知大者何似。今人畫若作此，當置之何地？《列女圖》人物三寸許，詫以爲極細，若在今，猶爲極粗也。吳道子、黃筌皆畫《鍾馗捉鬼圖》，近代如戴文進，[①]乃不肯爲方伯作神荼、鬱壘。夫使之畫者非矣，要之，畫亦未爲不可也。

【校箋】

① 戴文進，即戴進（1388—1462），字文進，號靜庵、玉泉山人，杭州人。明初著名畫家。

小人物山水，自李思訓父子始，盈尺之内，雲樹雜沓，樓觀延袤，人物車馬以千百計，鬚髮面目歷歷可辨。其後，五代有王振鵬，不用金碧而精巧過之。宋元李龍眠、劉松年、錢舜舉，近代尤子求、仇實父，[①]互仿爲長卷，而浸失玄妙矣。

【校箋】

① 尤子求，即尤求，字子求，號鳳丘，長洲人，移居太倉。工寫山水，兼人物。仇實父，即仇英，字實父、實甫，號十洲，太倉人，移家吳縣。擅人物畫，尤工仕女。與沈周、文徵明、唐寅並稱"吳門四

家"。

余所藏有李思訓金碧山水、王孤雲《避暑圖》、李龍眠《山莊圖》及元人《水碓圖》，皆細入毫芒，[①]巧思神手，非近代諸君所能仿佛也。聞劉松年有《仇書圖》，畫塾師外出而衆稚子戲劇之狀，備盡形態，仇實父臨之，至一童子手竹竿粘蛛絲，蛛且上且止，怳如生動，不覺爲之閣筆。固知名手自有不可及處，惟深於個中，始知之也。

【校箋】

① "芒"，底本作"茫"，據北大本改。

唐畫所見甚少，如王維、李昭道、周昉，不過數軸耳。宋畫之可辨者，其氣韻不同，墨法、皴法亦各自擅長，非近代優孟手可也。好事之家，止於絹素爲辨，非知畫者。

米芾《畫史》云："世人見馬即命爲曹、韓、韋，見牛即命爲韓滉、戴嵩，甚可笑。"今人見鷹隼、鸂鶒，即命爲宣和，見馬即命爲子昂，見模糊雲樹即命爲米元章。不特此也，所翁之龍，林良、呂紀之翎毛，夏昶之竹，[①]蓋愈趨而愈下矣。

【校箋】

① 所翁即南宋畫家陳容，號所翁，長樂人（一說臨川人）。林良，（？—1494），字以善，南海人。因善畫被薦入朝，授工部營繕所丞，歷錦衣衛指揮、鎮撫，值仁智殿。呂紀（1477—？），字廷振，號樂愚，鄞人。以畫被召，值仁智殿，授錦衣衛指揮使，以花鳥著稱於世。夏昶

（1388—1470），字仲昭，號玉峰、自在居士，昆山人。永樂十三年進士，改庶吉士，授中書舍人，升太常卿。工書畫，尤精畫竹。

元時有任月山善畫馬，錢舜舉善人物，雪窗和尚善畫蘭，至於大癡、黃鶴之山水，皆與文敏不上下，而文敏弘遠矣。

國初名手推戴文進，[①]然氣格卑下已甚，其他作者如吳小仙、蔣子誠之輩又不及戴，[②]故名重一時。至沈啓南出而戴畫廢矣。[③]啓南遠師荊浩，近學董源，而運用之妙，真奪天趣。至其臨仿古人之作，千變萬化，不露蹊徑，信近代之神手也。文徵仲遠學郭熙，[④]近學松雪，而得意之筆往往以工緻勝，至其氣韻神采，獨步一時，幾有出藍之譽矣。唐子畏雅稱逸品，[⑤]終非當家。雲間侯懋功、莫廷韓步趨大癡，[⑥]色相未化，顧叔方舍人、董玄宰太史源流皆出於此。[⑦]然爲董源、郭熙則難，爲大癡較易，故近日畫家衣鉢，遂落華亭矣。

【校箋】

① 戴文進，即戴進，見前"顧愷之《天女維摩圖》"。

② 吳小仙，即吳偉，字次翁、士英、魯夫，江夏人，十七歲游南京，謁成國公朱儀，名譽日起，憲宗召至闕下，授錦衣鎮撫，待詔仁智殿。授錦衣百户，賜"畫狀元"印章。朱謀垔《畫史薈要》卷四稱其"所作山水人物，妙入神品，白描尤佳"。蔣子誠，江東人，《畫史薈要》稱其"工道釋、鬼神、觀音大士，爲本朝第一手"。

③ 沈啓南，即沈周，字啓南，長洲人。"吳門四家"之一。《明史·隱逸·沈周傳》稱其"文摹左氏，詩擬白居易、蘇軾、陸游，字仿黃庭堅，並爲世所愛重。尤工於畫，評者謂爲明世第一"。

④ 文徵仲，即文徵明，見前"古無真正楷書"條。

⑤ 唐子畏，即唐寅，字子畏，又字伯虎，號六如居士、桃花庵主、逃禪仙吏，"吳中四士"之一。舉弘治十一年鄉試第一，因科場事詿誤爲吏，遂不赴會試。能詩文，善書畫。《列朝詩集小傳》稱："其學務窮研造化，尋究律曆，求揚馬玄虛、邵氏聲音之理而贊訂之，旁及風鳥壬遁太乙，出入天人之間。晚將成一家言，未竟而歿。其於應世詩文，不甚措意，謂後世知不在是，見我一斑已矣。奇趣時發，或寄於畫，下筆輒追唐宋名匠，亦不盡其所至。"

⑥ 侯懋功，字延賞，號夷門，吳縣人。山水師錢谷，受法於文徵明，后宗王蒙、黄公望，入元人之格，爲世所珍。莫廷韓，即莫是龍，見前"雲間莫是龍"條。

⑦ 顧叔方，俟考。董玄宰，即董其昌，見前"國初能手多粘俗筆"條。"顧叔方"，北大本作"顧仲方"。

近日名家如雲間董玄宰、金陵吳文中，①其得意之筆前無古人。董好摹唐宋名筆，其用意處在位置、設色，自謂得昔人三昧。吳運思造奇，下筆玄妙，旁及人物、佛像，遠即不敢望道子，近亦足力敵松雪，傳之後代，價當重連城矣。吳名彬，莆人，寓金陵。

【校箋】

① 吳文中，即吳彬，字文仲、文中，號枝隱庵主，莆田人，流寓金陵。萬曆時受召見，授中書舍人，官工部主事。善畫山水，亦工人物。

仇實父雖以人物得名，然其意趣雅淡，不專靡麗工巧。

如世所傳《漢宮春》，非其質也。至尤子求始學劉松年、錢舜舉，而精妙殊不及。迨近日吳文中始從顧、陸探討得來，百年壇坫，當屬此生矣。

今人畫以意趣爲宗，不甚畫故事及人物，至花鳥、翎毛則輒卑視之。至於神佛像及地獄變相等圖，則百無一矣。要亦取其省而不費目力。若寫生等畫，不得不精工也。

宦官、婦女每見人畫，輒問甚麼故事，談者往往笑之。不知自唐以前，名畫未有無故事者。蓋有故事便須立意結構，事事考訂，人物衣冠制度，宮室規模大略，城郭山川形勢向背，皆不得草草下筆，非若今人任意師心，鹵莽滅裂，動輒托之寫意而止也。余觀張繇僧、^①展子虔、閻立本輩，皆畫神佛變相、星曜真形，至如石勒、竇建德、安禄山，有何足畫而皆寫其故實？其它如懿宗射兔、^②貴妃上馬、後主幸晉陽、華清宮避暑，不一而足。上之則神農播種、堯民擊壤、老子度關、宣尼十哲，下之則商山采芝、二疏祖道、元達鎖諫、葛洪移居。如此題目，今人卻不肯畫，而古人爲之，轉相沿仿，蓋由所重在此，習以成風，要亦相傳法度，易於循習耳。

【校箋】

① "張繇僧"，當作"張僧繇"。
② "其它"，北大本作"其他"。

江南顧閎中有《韓熙載夜宴圖》，是時韓在中書，廣蓄聲伎，日事游宴，名聞中外，後主聞之，欲窺其燈燭、尊俎、觥籌交錯之態。度不可得，乃命閎中夜至其第窺竊之，目識心存，翌日圖繪以獻，廣布中外。此與宋高宗畫吳益王冷泉濯足事相類。雖君臣之眷，形骸無間，然近於婬媟，非所以訓也。今後世所傳石崇金谷屏障蓋本於此，然粗俚無復仿佛矣。

王朏、周昉以唐臣子而畫貴妃出浴、明皇鬥雞斫膾等圖，不一而足，可謂無禮於其君矣，而世猶然賞之。至於韓晉公與李贊皇同時，而行輩皆高於李，反爲《德裕見客圖》，可見當時好事，有一傳奇，必形之歌咏，寫之圖畫，上人不禁也，至宋而此風絕矣。

張僧繇畫龍，點睛便飛去。《曹弗興傳》：至宋明帝時累月旱暵，祈禱無應，以弗興畫置水傍，應時澍雨。繪事既精，神物憑焉，乃知韓幹畫馬，鬼使乘之，不足異也。然龍之形狀非目力可以細察，視之牛馬，難易徑庭，故有三停九似、蜿蜒升降之異，加以海潮風浪之勢，如斯而已。不知古人何所傳授，[①]而致精絕若是！至宋四明僧傳古者，獨專是技，名震一時，其躍波吟霧、穿石戲珠、涌水出洞諸態，種種備具，當時以爲絕筆。元末國初，[②]則長樂所翁爲世珍重，自是以後，無復有傳之者。蓋亦史所謂“得其分數而失其玄妙”者與？

【校箋】

①"所"，北大本作"以"。

②"元末國初"，北大本作"元宋及國初"。

宋徽宗工畫花鳥，故宣和殿所藏黃筌父子畫至六百七十餘幅，徐熙畫至二百四十餘幅。蓋江南之亡，所藏盡歸天府矣，但惜其所好止此，故品劣而氣下。昔李伯時好畫馬，有道人戒以來生當墮馬腹中，乃改畫佛像。當時艮岳所蓄珍禽異獸，動以萬計，深秋中夜，淒楚之聲四徹，而几案間所愛玩臨摹者，又復如是，安知將來不墮畜生道中耶？

牛馬龍虎之屬，畫之固亦俊爽可喜，至羅隱之子塞翁者專畫羊，張及之、趙永年專畫犬，李靄之、何尊師專畫貓，滕王元嬰專畫蜂蝶，郭元方專畫草蟲。彼顧有所獨會耶，抑幽人高尚之致，托於是以寓意耶？而名亦因之以顯，故曰："雖小道，必有可觀者。"孔子謂："飽食終日，無所用心，不有博弈，猶賢乎已。"苟能專工一藝，足以自見，亦愈於沒世而名不稱者矣。

余見周昉、李龍眠及近代仇實父諸美人圖，皆穠髮豐肌、衣妝稠叠，一種風神媚態，略無仿佛。昔人謂周昉貴游子弟，多見貴而美者，故以豐厚爲體；又關中婦女纖弱者少。此語固未必然，但當時好尚如此。韓幹畫馬，畫肉不畫骨，豈亦所見異耶？近日姑蘇有張文元者，①最工美人，其綽約明媚，令人神魂飛越，俗筆中之神手也，而名不出里閈，悲夫！

【校箋】

① 張文元，蘇州人，生平俟考。

米氏《畫史》所言賞鑒、好事二家，可謂切中世人之病。其爲賞鑒家者，必其篤好，遍閱記錄，又復心得，或自能畫，故所收皆精品。近世人或有貲力，元非酷好，意作標韻，至假耳目於人，或置錦囊玉軸，以爲珍秘，開之令人笑倒，此之謂好事家。余謂今之紈袴子弟，求好事而亦不可得，彼其金銀堆積，無復用處，聞世間有一種書畫，亦漫收買，列之架上，挂之壁間，物一入手更不展看，堆放橱簏，任其朽蠹。如此者十人而九，求其錦囊玉軸，又安可得？余行天下，見富貴名家子弟，燁有聲稱者，亦止僅足當"好事"而已，未敢遽以賞鑒許之也。

今世書畫有七厄焉：高價厚值，人不能售，多歸權貴，真贋錯陳，一厄也；豪門籍没，盡入天府，蟫蠹漸盡，永辭人間，二厄也；啗名俗子、好事估客，揮金爭買，無復涇渭，三厄也；射利大駔，貴賤戀遷，纔有贏息，即轉俗手，四厄也；富貴之家，朱門空鎖，榻笥凝塵，脈望果腹，五厄也；膏粱紈袴，目不識丁，水火盜賊，恬然不問，六厄也；拙工裝潢，面目損失，奸僞臨摹，混淆聚訟，七厄也。至於國破家亡、兵燹變故之厄，又不與焉。每讀易安居士《金石録》，反覆再三，輒爲嘆息流涕。彼其夫婦同心賞鑒，而貲力雄贍，足以得之，可謂奇遇矣，而終不能保其所有，況他人乎？

　　觀《宣和畫譜》及米氏《畫史》所載，可見宋時内府所藏山水，何寥寥也。豈其所重者尚在人物、宮室、花木、蟲魚間耶？道釋自顧愷之始，人物自曹弗興始，鳥獸自史道碩始，信爲絶代奇寶矣，而山水僅始於李思訓。且以宋而置唐畫，似非難得者，而僅止十人耳，則宣和好尚之偏也。觀其論曰：“山水之於畫，市之康衢世目，未必售也。”其然，豈其然乎？米老所言：“晋及唐初，畫亦皆神佛故事，即閻立本、王摩詰，似亦未的見真本也。”以此觀之，則如近代嘉禾項氏所藏，①蓋古今無與匹耳。

【校箋】

　　① 嘉禾項氏，指項元汴家族。項元汴（1525—1590），字子京，號墨林，別號墨林山人、香嚴居士、退密齋主人、退密庵主人、漆園傲吏、惠泉山樵、鴛鴦湖長等，浙江嘉興人。著名收藏家、鑒賞家。有《墨林山堂詩集》。除項元汴外，元汴兄元淇，子德純、德新，孫嘉謨、徽謨、聖謨等皆精於書畫。

　　項氏所藏，如顧愷之《女箴圖》、閻立本《豳風圖》、王摩詰《江山圖》，皆絶世無價之寶。至李思訓以下，小幅不知其數，觀者累月不能盡也。其他墨迹及古彝鼎尤多。其人累世富厚，不惜重貲以購，故江南故家寶藏皆入其手。至其纖嗇鄙吝，世間所無。且家中廣收書畫而外，逐刀錐之利，牙籤會計，日夜不得休息，若兩截人然，尤可怪也。近來亦聞頗散失矣。

畫視書稍難，而人之習書亦多於畫。名公巨卿作字稍不俗惡，書名亦藉以傳矣。今觀宋諸公書，如王臨川、司馬涑水、蘇欒城等，皆非善書者也，而世猶然傳賞之。至於畫，則非一二筆可了，亦非全不知者可以塗抹而成也。雖難易迥別，而道藝亦判矣。

自晉、唐及宋、元，善書畫者往往出於搢紳士大夫，而山林隱逸之踪百不得一，此其故有不可曉者，豈技藝亦附青雲以顯耶，抑名譽或因富貴而彰耶？抑或貧賤隱約，寡交罕援，老死牖下，雖有絕世之技而人不及知耶？然則富貴不如貧賤，徒虛語耳。蓋至國朝而布衣處士以書畫顯名者不絕，蓋由富貴者薄文翰為不急之務，溺情仕進，不復留心，故令山林之士得擅其美。是亦可以觀世變也。噫！

藏畫與藏字一也，然字帖頗便收拾，堆置案頭，隨意翻閱，間即學臨數過，倦則疊之，自賞自證，力不勞而心不厭。畫即不然，卷子展看一迴即妨點污，卷摺不謹又虞皺裂。壁上大幅，尤費目力，藏則有蠹鱣之慮，挂則有黴濕之憂，卷舒經手則不耐其勞，付諸奴僕則易至損壞，有識之士必不以彼易此。米南宮嘗以十幅古畫易一古帖。米於二事皆留心者，軒輊若此，其見卓矣。然古畫易得，古帖難求，更難辨也。

畫雪中之芭蕉也，飛雁之展足也，鬥牛之豎尾也，子路之木劍，二疏之芒屩，昭君之帷帽也，雖經識者指摘，而畫品殊不在此。國朝戴文進畫《秋江獨釣圖》，一人朱衣把竿，宣廟嘆其工，欲召見之，有讒之者曰："朱衣，朝祭之服也，可用之魚獵乎？"遂寢其命。夫世好奇之士，豈無朱衣垂釣者？然以艷麗之服施之川澤，亦終覺殺風景耳，宜乎讒言之得行也。

米元章與富鄭公婿范大珪同游相國寺，以七百金買得王維《雪圖》，因無僕從，借范人持之。行游良久，范主僕俱不見。翌日，遣人往取，云已送西京裱背矣。米無如之何，因以贈之。余謂此老平日好攘人物，見蔡魯公、王右軍書則叫呼欲投水，挾而得之，爲天子書《千文》，則并禁中端硯而袖出。今日遇范，亦"出乎爾反乎爾"者也，可爲絶倒。

五代東丹王李贊華善畫，多寫貴人酋長戈矛甲胄之形，爲世崇尚，可見戎狄之中亦有文雅不群者。今西北諸狄，識字者蓋少，無論書畫已。高麗、日本畫皆精絶，不類中國。余從番舶購得倭畫數幅，多畫人物，形狀醜怪，如夜叉然，長短大小不一，亦不知其何名也。畫無皴法，但以筆細畫，縈迴環繞，細如毫髮，四周皆番字，不可識。又有春意便面一摺，其衣冠制度甚爲殊詭，設色亦不類中國也。

古人善畫者必能寫真，蓋時尚畫人物故也。國初猶然。相傳戴文進至金陵，行李爲一傭肩去，杳不可識，乃從酒家借紙筆圖其狀貌，集衆徧示之，衆曰："是某人也。"隨至其家，得行李焉。今畫者以寫真爲別技矣。吾閩莆田史氏以傳神名海內，其形神笑語逼真，令人奇駭，但不過俗子之筆耳。少陵所謂"坎軻風塵裏，屢貌尋常行路人"者，政此輩也。近來曾生鯨者，^①亦莆人，而下筆稍不俗，其寫真大二尺許，小至數寸，無不酷肖。挾技以游四方，累致千金云。

【校箋】

　　① 曾鯨，字波臣，莆田人。善丹青，尤善寫真，寫照入神，妙入化工。僑居南京，"波臣派"之開派者。

　　閩人尚有刻木爲小像者，召之至，草草審視，不移時即去，殊不見其審度經營也。越一日而像成，大小惟命，色澤姿態，毫髮不爽，置之座右，宛然如生。此亦可謂絕技也已。

　　戴文進不肯爲方伯作門神，方伯怒，囊以三木。右伯黃公澤，^①閩人也，見而問其故，笑而解釋之。戴德黃甚，臨行送畫四幅，乃其生平最得意之筆，今黃之子孫尚留傳其一云。技之厄於不知己，而伸於知己如此。姑蘇沈啓南亦爲太守召作屏風，^②不應，大怒，欲辱之。及入覲，謁太宰吳原博，^③首問："石田先生安否？"出問從者，始大驚，歸而謝罪。文徵仲在史館，同時諸翰林相謂："奈何以畫匠辱我木天！"徵仲聞，即日拂衣歸。三事皆相類，宜乎閻立本有厮役之恨也。

【校箋】

　　① 黃澤，字至仲、敷仲，號旅峰，閩縣人。永樂十年進士，歷河

南左參政、浙江布政使等。《明史》有傳。

②　沈啓南，即沈周（1427—1509），字啓南，號石田，長洲人。擅長書畫，是吳門畫派的代表人物，與文徵明、唐寅、仇英並稱"吳門四家"。

③　吳原博，即吳寬（1435—1504），字原博，長洲人。成化八年（1472）會試、廷試獲第一，入翰林，授修撰。曾侍孝宗東宮，孝宗即位，遷左庶子，預修《憲宗實錄》，進少詹事兼侍讀學士，遷吏部右侍郎、禮部尚書等。卒贈太子太保，諡文定。有《匏庵集》。《列朝詩集小傳》稱："先生經明行修，頎然長德，學有根柢，言無枝葉。最好蘇學，字亦酷似長公。而其詩深厚醲鬱，自成一家。"《明史·吳寬傳》稱："寬行履高洁，不爲激矯，而自守以正。于書无不讀，詩文有典則，兼工書法。"

今趙州有吳道子畫水墨刻，其波濤洶涌，翻瀾駴沫，細觀目爲之眩，不知真迹當何如也。

人之技巧，至於畫而極，可謂奪天地之工，泄造化之秘，少陵所謂"真宰上訴天應泣"者，當不虛也。然古人之畫，細入毫髮，飛走之態罔不窮極，故能通靈入聖，役使鬼神。今之畫者，動曰取態，堆墨劈斧，僅得崖略，謂之游戲子墨則可耳，必欲詣境造極，非師古不得也。

凡百技藝，書上矣，卜筮次之，棋損閒心，畫爲人役。其他術數，致遠恐泥，苟精其理，皆足成名，而高下之間，判然千里。余少也賤，罔不涉獵，而究竟無成，皆同襪綫。今已一切敕斷，惟柔翰宿業，尚未能驅除耳。

　　人之嗜好，故自迥異，如謝康樂好游涉山水，李衛公喜未聞見新書，此自天性，不足爲病。右軍好蓄鵝，子敬好作驢鳴，崔安潛好有鬥牛，米元章好石，近於僻矣而未害也。王思微好潔，陳伯敬好忌諱，宋明帝好鬼，以之處世，大覺妨礙。至於海上之逐臭，蔡人之嗜足紉也，①甚矣！

【校箋】

①“蔡人”，底本空闕，據北大本補。

　　口有同嗜，常語也，然文王嗜昌歜，曾晳嗜羊棗，屈到嗜芰，宋明帝嗜蜜浸鱁鮧，崔鉉嗜新捻頭，魏徵嗜醋芹，辛紹先嗜羊肝，顧翱母喜食雕胡飯，已爲不得其正。至劉邕之嗜瘡痂，鮮于叔明之嗜臭蟲，張懷肅之嗜服人精，權長孺之嗜爪甲，國朝趙輝之嗜女人月水，劉俊之嗜蚯蚓，殆不可以人理論者。

　　古人嗜酒，以斗爲節，十斗一石，量之極也。故善飲若淳于髡、盧植、蔡邕、張華、周顗之輩，未有逾一石者。獨漢于定國飲至數石不亂，此是古今第一高陽矣。宋時如寇萊公、石曼卿、劉潛、杜默皆以飲稱雄者，其量恐亦不下古人也。近代酒人，不知視昔云何，但縉紳之中，能默飲百杯以上不動聲色者，①即足以稱豪矣。以耳目所睹記，若曾學士榮、馮司成衍、胡總制宗憲、汪司馬道昆，②皆自負無對者，而其他猥瑣不論也。曾學士至鑄銅與身等，視其所飲內之，至銅人溢出而尚未醉。馮司成放春榜，每進士陪一杯，遂訖

三百杯，興未盡，復於中擇善飲者五人，與立酬酢，又百餘
爵，五人皆踉蹡不勝，而馮無恙也。胡在浙中迎鄉榜亦然。
汪司馬每飲，大小尊罍錯陳，以盡一几爲率，啜之至盡，略
無餘瀝，亦裴弘泰之匹矣。然汪嘗言："善飲者必自愛其量，
每見人初即席便大吸者輒笑之。"亦可謂名言也。

【校箋】

① "不動"，底本作"下動"，據北大本改。

② 曾棨（1372—1432），字子棨，號西墅，江西永豐縣人。永樂二
年狀元，官至詹事府少詹事，贈禮部右侍郎。性博聞強記，工文辭，善
草書。馮衍，俟考。胡宗憲（1512—1565 年），字汝貞，號梅林，徽州績
溪人。嘉靖十七年（1538）進士，歷任益都、余姚知縣，遷湖廣道御史，
巡按宣府、大同，旋任浙江巡按。以僉都御史巡撫浙江。擢兵部右侍郎
兼僉都御史、浙、閩總督，以平海盜功加太子少保，晉兵部尚書。以附
嚴嵩下獄。《明史》有傳。汪道昆，字伯玉，號南溟、太函，歙縣人。嘉
靖二十六年（1547）進士，擅長古文辭，工詩詞。與王世貞並稱爲"兩
司馬"。錢謙益頗非之，《列朝詩集小傳》稱："伯玉爲古文，初剿襲空
同、槐野二家，稍加琢磨，名成之後，肆意縱筆，沓拖潦倒，而循聲者
猶目之曰大家。於詩本無所解，沿襲七子末流，妄爲大言欺世。"

廉將軍老矣，然一飯斗米，肉十斤，少壯之時不知云何，
壯士猛將，想皆爾爾。樊噲生啗肩可啖，何論飯矣。苻秦乞
活夏默等，①啖肉三十餘斤，其人長至二丈，自不可以常理論
也。張齊賢候吏置一大桶屛後，伺公飲飯，如數投之，桶溢
而食未已。趙溫叔與兵馬監押對食，豬羊肉各五斤，蒸糊五

十事，此亦何遜廉將軍乎？近代搢紳中如啖豬首一枚，摺胡餅高至一筯者，往往見之，不能盡書，其人亦不足書也。

【校箋】

① "苻秦"，底本作"符秦"，據北大本改。

亦有因疾而善啖者。余里中有人啖豚，嘗至半體，鄉里社日時爲所嬲。一日，眾共執之縛庭柱上，不得食，久之，覺喉中有物，一蝦蟆躍出，眾擊殺之，自此不復能食矣。此與唐佐史食膾至數十斤者相類。近聞太原有嗜酒者亦然。乃知嗜好之偏而酷者，皆疾也。

人有嗜睡者，邊孝先、杜牧、韓昌黎、夏侯隱、陳搏、王荆公、李巖老皆有此癖。近時張東海有《睡丞記》言：① "一華亭丞謁鄉紳，見其未出，座上鼾睡。頃之，主人至，見客睡，不忍驚，對坐，亦睡。俄而丞醒，見主人熟睡，則又睡。主人醒，見客尚睡，則又睡。及丞再醒，暮矣，主人竟未覺。丞潛出，主人醒，不見客，亦入戶。"世有此可笑事。陸放翁詩云："相對蒲團睡味長，主人與客兩相忘。須臾客去主人覺，一半西窗無夕陽。"此詩殆爲此丞發耶？

【校箋】

① 張東海，即張弼，字汝弼，號東海，松江華亭人。成化二年（1466）進士。授兵部主事，後任員外郎，升南安知府。弼善詩文，爲文自立一家言，詩多警句，尤工草書。《列朝詩集小傳》稱其："少善草書，怪偉跌宕，震撼一世。東海之名，遂流布外國。爲詩信手縱筆，

多不屬稿，即有所屬，以書故輒爲人持去。"《明史·文苑·張弼傳》
稱："弼自幼穎拔，善詩文，工草書，怪偉跌宕，震撼一世。"

宋明帝好忌諱，文書上有凶、敗、喪、亡等字，悉避之。
移床修壁，使文士撰祝，設太牢，祭土神。江謐言及白門，
上變色，曰："白汝家門。"後梁蕭詧惡人髮白，漢汝南陳伯
敬終身不言死，與妻交合必擇時日，遣媵御，將命往復數四。
人之蔽惑，可笑有如此者。

以余所見，搢紳中有惡鴉鳴者，日課吏卒左右彀弩挾彈，
如防敵然。值大雪即不出，惡其白也。官文書，一切"史"
字、"丁"字、"孝"字、"老"字，皆禁不得用。又閩中一
先輩尤甚，與家人言，無必曰有，死必曰生，身死之日，寸
帛尺素皆無所有，幾有小白之沰，至今鄉曲以爲話柄。然轉
相效仿者不無其人也。

人有好貨財者，坐臥起居、言動食息，無所往而不與阿
堵俱也。一日，病且死，強起閱庫藏，白鏹如山，拊摩不忍
舍去，謂其子曰："幸內十大鏹棺中，親我懷抱。"或曰：
"以金入木不利，且啓發冢之端，不如以楮代之可也。"其人
凝淚太息，不能言而逝。噫！斯人何愚也。生積巨萬，而死
不能將去錙銖。故人之所好，必求死之日得將去者，則幾矣！

范雲欲預册命，祈醫速瘳，不顧三年後之死也。死生亦
大矣，而人之所好，有甚於生者。苟奉倩之死，色也；劉伶

之死，酒也；石崇之死，財也；梁冀、韓侂冑之死，權也：皆知之而不能自克者也。仕宦不止，生行死歸，亦其次也。

金陵人有拾鈔於道者，歸而視之，荷葉也，棄之門外。逡巡，一荷擔者俯而拾焉，故鈔也。一鈔何足言，乃不可妄得若此，貪得者亦何爲哉？

卷　八

人部四

士人之好名利，與婦人女子之好鬼神，皆其天性使然，不能自剋。故婦人而知好名者，女丈夫也；士人而信鬼神者，無丈夫氣者也。

木蘭爲男妝出戍遠征而人不知也，可謂難矣。祝英臺同學三年，黃崇嘏遂官司戶，婁逞位至議曹，石氏銜兼祭酒，張察之婦授官至御史大夫，七十之年復嫁，生二子，亦亙代之異人也。

國朝蜀韓氏女遭明玉珍之亂，[①]易男子服飾，從征雲南，七年人無知者，後遇其叔，始携以歸。又金陵黃善聰，[②]十二失母，父以販香爲業，[③]恐其無依，詭爲男裝，携之廬、鳳間。數年父死，善聰變姓名爲張勝，仍習其業。有李英者亦販香，自金陵來，與爲火伴，同臥起三年，不知其爲女也。後歸見其姊，姊詬之，善聰以死自矢，呼嫗驗之，果然，乃返女服。

英聞大駭，怏怏如有所失，托人致聘焉。女不從，鄰里交勸，遂成夫婦。此二事《焦氏筆乘》所載，前事甚似木蘭，後事甚似祝英臺。又有劉方兄弟，小說未詳其世，當續考之。

【校箋】

① 韓氏女，保寧人，其事迹除焦竑《焦氏筆乘》外，亦見《明史·列女·貞女韓氏》。

② 黄善聰，南京人，其事迹除焦竑《焦氏筆乘》外，亦見《明史·列女·黄善聰》。

③ "販"，底本作"敗"，據北大本改。

女子詐爲男，傳記則有之矣，男人詐爲女，未之見也。國朝成化間，太原府石州人桑翀自少纏足，①習女工，作寡婦妝，游行平陽、真定、順德、濟南等四十五州縣。凡人家有好女子，即以教女工爲名，密處誘戲，與之奸淫，有不從者即以迷藥噴其身，念咒語，使不得動。如是數夕，輒移他處，故久而不敗。聞男子聲輒奔避。如是十餘年，奸室女以數百。後至晉州，有趙文舉者，酷好寡婦，聞而悅之，詐以妻爲其妹，延入共宿。中夜啓門就之，大呼不從，趙扼其吭，褫其衣，乃一男子也。擒之送官，吐實，且云：其師谷才，山西山陰人也，素爲此術，今死矣。其同黨尚有任茂、張端、王大喜、任昉等十餘人。獄具，磔於市。

【校箋】

① 桑翀，又作桑沖，本姓李，太原府石州人，明代著名采花大盗。

其事見於《明憲宗實錄》卷一七二、徐應秋《玉芝堂談薈》卷十"男子女飾";陸粲《庚巳編》卷九"人妖公案"作"桑沖",記載更詳。另見清人蒲松齡《聊齋志異‧人妖》、俞樾《茶香室三鈔‧桑沖》等。

《異聞録》載婦人呼夫兄爲伯,於書無所載,而引《爾雅》所稱"兄公"代之。然"兄公"二字亦甚詭怪。余謂婦人稱謂多從子,夫弟既可稱叔,夫姊妹既可稱姑,則夫兄稱伯又何疑哉?但伯者,男子之美稱,古人婦稱夫多用之,"伯也執殳"是也。

彌子之妻與子路之妻,兄弟也。《爾雅》曰"兩婿相並爲亞",《詩》"瑣瑣姻婭"是也。《嚴助傳》呼"友婿",宋時人謂之"連袂",又呼"連襟",閩人謂之"同門"。按,《爾雅注》云:"江東人呼同門爲僚婿。"則此二字亦古。

無鹽鍾離春,不售女也,而卒霸齊國;黃承彥之女,黃頭黑色,而才堪相配;許允之婦,奇醜而才智明決。乃知以色舉者,末也。

鍾離春三十無所容,而宣王納以爲后;宿瘤之女狀貌駭宮中,而閔王以爲聖女;孤逐之女以醜狀聞,三逐於鄉,五逐於里,而襄王悦之。何齊之君世有登徒子之癖也?可發一笑。

美婦人多矣,然或流離顛沛,或匹偶非類,果紅顔之薄命耶,抑造物之見妒也?妹喜、夏姬之倫無論已,西子失身吳宮，王嬙蕪絕異域，昭陽姊妹終爲禍水，虢國兄弟尺組絕命，不如意者不可勝數。惟文君之於長卿、綠珠之事季倫，可謂才色俱侔，天作之合矣，而一以琴心點玉於初年，一以行露碎璧於末路，令千古之下扼腕隕涕，欲問天而無從也。

男色之興，自《伊訓》有"比頑童"之戒，則知上古已然矣。安陵、龍陽見於傳冊，佞幸之篇史不絕書。至晉而大盛，《世說》之所稱述，強半以容貌舉止定衡鑑矣。史謂咸寧、太康之後，男寵大興，甚於女色，士大夫莫不尚之，海內仿效，至於夫婦離絕，動生怨曠。沈約《懺悔文》謂："淇水上宮，誠云無幾；分桃斷袖，亦足稱多。"吁可怪也。宋人道學，此風似少衰止，今復稍雄張矣，大率東南人較西北爲甚也。

今天下言男色者，動以閩、廣爲口實，然從吳越至燕雲，未有不知此好者也。陶穀《清異錄》言："京師男子舉體自貨，迎送恬然。"則知此風唐宋已有之矣。今京師有小唱，專供搢紳酒席，蓋官伎既禁，不得不用之耳。其初皆浙之寧、紹人，近日則半屬臨清矣，故有南北小唱之分。然隨群逐隊，鮮有佳者，間一有之，則風流諸縉紳莫不盡力邀致，舉國若狂矣。此亦大可笑事也。外之仕者，設有門子以侍左右，亦所以代便辟也，而官多惑之，往往形之白簡，至於娟麗儇巧，則西北非東南敵矣。

衣冠格於文罔，龍陽之禁，寬於狹邪；士庶困於阿堵，斷袖之費，殺於纏頭。河東之吼，每未減於敝軒；桑中之遇，亦難諧於倚玉。此男寵之所以日盛也。

叙女寵者，至《漢事秘辛》極矣；叙男寵者，至《陳子高傳》極矣。《秘辛》所謂"柎不留手""火齊欲吐"等語，當與"流丹浹藉"競爽而文采過之。《子高傳》如"吳孟子""鐵纏梢"等，皆有見解，而"粉陣饒孫吳"一語，便是千古名通。此等文字，今人不能作也。

鄧通之遇文帝，臣不敵君也；董賢之遇哀帝，君不敵臣也；彌子瑕之遇衛靈公，陳子高之遇陳武帝，君臣敵也：而皆以凶終。夫男色，天猶妒之，況婦人乎？

古者婦節似不甚重，故其言曰："父一而已，人盡夫也。"辰嬴以國君之女，朝事其弟，夕事其兄，鶉奔、狐綏之行，見於大邦之主，而恬不爲恥也。聖人制禮，本乎人情，婦之事夫，視之子之事父、臣之事君，原自有間。即今國家律令，嚴於不孝不忠，而婦再適者無禁焉，淫者罪止於杖而已，豈非以人情哉？抑亦厚望於士君子而薄責於婦人女子也？

古者輕出其妻，故夫婦之恩薄，而從一之節微。今者非大故及舅姑之命陳於官，不得出其妻，則再醮者雖禁之可也，定之以年亦可也。

"父一而已，人盡夫也"，此語雖得罪於名教，亦格言也。父子之恩，有生以來不可移易者也。委禽從人，原無定主，不但夫擇婦，婦亦擇夫矣，謂之"人盡夫"，亦可也。

京師婦人有五不善：饞也、懶也、刁也、淫也、拙也。余見四方游宦取京師女爲妾者，皆罄資斧以供口腹，蔽精神以遂其欲。①及歸故里，則撒潑求離，父母兄弟，群然囂競。求其勤儉幹家，千百中不能得一二也。

【校箋】

① "蔽"，北大本作"敝"。

維揚居天地之中，川澤秀媚，故女子多美麗，而性情溫柔，舉止婉慧。所謂澤氣多，女亦其靈淑之氣所鍾，諸方不能敵也。然揚人習以此爲奇貨，市販各處童女，加意裝束，教以書、算、琴、棋之屬，以徵厚直，謂之"瘦馬"。然習與性成，與親生者亦無別矣。古稱"燕趙多佳人"，今殊不爾。燕無論已，山右雖纖白足小，無奈其獷性何。大同婦女姝麗而多戀土重遷，蓋猶然京師之習也。此外則清源、金陵、姑蘇、臨安、荊州及吾閩之建陽、興化，皆擅國色之鄉，而瑕瑜不掩，要在人之所遇而已。

美姝世不一遇，而妒婦比屋可封，此亦君子少、小人多之數也。然江南則新安爲甚，閩則浦城爲甚，蓋戶而習之矣。

妒婦相守，似是宿冤。世有勇足以馭三軍而威不行於房闥，智足以周六合而術不運於紅粉，俯首低眉，甘爲之下，或含憤茹嘆，莫可誰何。此非人生之一大不幸哉！

人有爲妒婦解嘲者曰："士君子情欲無節，得一嚴婦約束之，亦動心忍性之一端也，故諺有曰：'到老方知妒婦功。'"坐客不能難也。余笑謂之曰："君知人之愛六畜者乎？日則哺之，夜則防護柵欄，惟恐豺貍盜而啖之，此豈真愛其命哉？欲充己口腹耳。爲畜者但知人之愛己，而不知人之自爲也。妒婦得無似之乎？"衆乃大笑。

懼內者有三：貧賤相守，艱難備嘗，一見天日，不復相制，一也；枕席恩深，山河盟重，轉愛成畏，積溺成迷，二也；齊大非偶，阿堵生威，太阿倒持，令非己出，三也。婦人欲干男子之政，必先收其利權；利權一入其手，則威福自由，僕婢帖服，男子一動一靜，彼必知之。大勢既成，即欲反之，不可得已。

愚不肖之畏婦，怵於威也；賢智之畏婦，溺於愛也；貧賤之畏婦，仰餘沫以自給也；富貴之畏婦，憚勃溪而苟安也；醜婦之見畏，操家秉也；少婦之見畏，惑牀笫也；有子而畏，勢之所挾也；無子而畏，威之所劫也。八者之外，而能挺然中立者，噫，亦難矣！

夫子謂"女子小人爲難養"，《書》稱"紂用婦言"，《詩》稱"哲婦傾城"。凡婦人、女子之性無一佳者，妒也，吝也，拗也，懶也，拙也，愚也，酷也，易怒也，多疑也，輕信也，瑣屑也，忌諱也，好鬼也，溺愛也，而其中妒爲最甚。故婦人一不妒，足以掩百拙。古今妒婦充棟，不勝書也，今略記於左。

后妃之妒者，則若呂氏之人彘，趙家姊妹之啄皇孫，晋胡芳之將種，賈氏之弑姑殺子，梁郗氏之死爲巨蟒，隋獨孤后之選宮人惟擇肥大，唐武曌之奪嫡篡位，韋庶人之襲武風軌，宋李后之因齋殺嬪。又若楚鄭袖教新人之掩鼻，春申君之妾傷身以視君。袁紹之妻僵尸未殯，五妾駢首；閩王延翰之妻，縛練盡赤，木掌摑人，身蠆雷斧，稍快人意。縉紳則若叔向之母遺戒龍蛇，敬通之妻親操井臼，袁術之婦絞妾懸梁，賈充之妻甘兒絶乳。弱翁見窘於廣漢，龐參見按於祝良。王丞相九錫之嘲，謝太傅關雎之諷。桓宣武膽落老奴，車武子䨥起絳衣。李相福一事無成，而虛咽兒溺；任瓌妻拜賜藥酒，而立飲不疑。劉孝標家道轗軻，自比敬通；裴談甘心崇奉，譬之魔母。宜城公主刵耳劓鼻，房孺復妻刻眉灼眼。柳氏截舌斷指，祖約身被刑戮。榮彦遠面有傷痕，金媚娘支解名姬。蘇若蘭捶辱舞伎，魚玄機以疑殺婢，蕭鏗女以妒受謫。玄齡夫人奉敕慷慨，不辭飲鴆；杜業之妻雪涕申言，恐誤任使。崔鉉之見侮家僮，楊文公之取嘲四畏。陳龍丘獅子一吼，拄杖落地；諸葛元直見捉踉蹡，面無人色；沈存中常被夏楚，血肉狼藉。威福倒置，於是極矣。又其猥者，京邑之婦繩繫夫腳，陳覺之妻事婢若姑。鐵臼嚴霜之歌，衡陽三女之厄。仲端忍飢於香團，康凝貽噬於黑鳳。慎言胭脂之虎，義方黑心之符。以功封者，哭其貴而見忘；算本利者，恐其多而娶妾。荀婦庚氏，無鬚之人不得入門；武歷陽女，桃花艷麗横被摧折。劉休之妻親賣帛策，恬不知改；扈載拈香滴水，令嚴五申。李大壯縉髻安燈，體如枯木，廉恥道喪，又何怪哉？夫人之難割者，愛也。武氏欲傾王后，則忍於殺己女；湖倅見夫狎伎，①支解所生之兒。人之所愛者，生也。段氏因夫誦《洛神賦》而即夜自沈，范寺丞妻見夫衾有妓鞋而闔門自縊。其子之不愛，而又何愛於人子？其身之不惜，而又何惜於人哉？至於介推之妹，廟前清泉千尺，婦人靚妝，必致雷雨；吳興桑乞之妻死，而因夫再娶，白日現形，操刀割勢。蜀功臣家富聲伎，妻在不敢屬目，妻死之後方欲召幸，大聲霹靂起於牀簀，驚怖得病，竟殞其軀。鄭尉李寒，納姬楚賓，死而別婚，見其投藥浴中，筋骨皆散。華亭衛寬夫，妻死再娶，形見堂中，生子爲祟，竟致不育。如此等人，何不捉入無間地獄，而使之爲厲耶？或曰：“十殿閻君，恐亦畏婦。”余笑謂：“宋紹興間，姑蘇龍王嬖妾爲其夫人妒虐致死，天帝行刑，大風驚潮數百里。夫幽明一理也，陰間豈無懼內之鬼神哉？”書之以發一笑。

【校箋】

①“伎”，北大本作“妓”。

貴婦多妒，妒婦多壽，同生同死，有若宿冤。《太平廣記》載：“秦副將石某，苦妻之妒，募刺客殺之，十指俱傷，卒不能害。如此數四，竟與偕老。”故治妒者，輕則當如宋明

帝之於劉休妻，決杖二十，賜妾別處；重則我太祖之於常遇
春妻，葅醢其肉，以賜群臣。彼倉庚之羹，不可多得，安能
人人而飲之哉？一云太祖所殺是中山王徐達夫人。

使天之於妒婦皆如王延翰之妻也，然亦不勝其雷矣；使
君之於妒婦皆如常開平之妻也，然而不勝其醢矣；使佛之於
妒婦皆如梁武帝之郗氏也，然而不勝其懺矣；使巫之於妒婦
皆如牽羊之婿也，然亦不勝其祭矣。惟有嵩陽桂昌之妻截婢
指而己指落，截婢舌而己舌爛，庶幾有懼乎！

宋時妒婦差少，由其道學家法謹嚴所致，至國朝則不勝
書矣。其猥瑣者無論，吾獨嘆王文成伯安內談性命，[1]外樹勳
猷；戚大將軍元敬南平北討，[2]威震夷夏；汪少司馬伯玉錦心
繡口，[3]旗鼓中原，而令不行於閫內，膽常落於女戎，甘心以
百煉之剛化作繞指也，亦可怪矣。昔人云“禽之制在氣”，
然則婦之制夫，固有出於勇力之外者矣。措大庸人，比屋可
封，不足責也。

【校箋】

[1] 王文成伯安，即王守仁（1472—1529），字伯安，號陽明，世稱
陽明先生，餘姚人。以平宸濠功，封新建伯，謚文成。倡良知之說，世
稱“心學”，《明史》及《明儒學案》有傳。

[2] 戚大將軍元敬，即戚繼光（1528—1588），字元敬，號南塘，山
東登州人。一代抗倭名將。《明史》有傳。

[3] 汪少司馬伯玉，即汪道昆，見卷七“古人嗜酒以斗爲節”條。

　　戚元敬原不畏婦，後因出師，以軍法斬其子，自是夫人
怨恨，誓不爲置媵。戚無如之何，乃蓄之它室，十餘年，生
二子矣。一日謀稍泄，夫人大恚，欲得而甘心焉，戚許以翌
日。時夫人有弟在幕，戚召語之曰："亟以三策語若姊，子母
俱全，上策也；出其母而内子，次策也。若必欲殺吾子，吾
當帥死士入室，先斬而姊，次斬若，次滅而宗，而後棄官爵
而逃耳。吾轅門以三通鼓爲節，立俟報命。"弟入，膝行涕
泣，爲姊言之。一不可，次又不可，門外鼓而噪，弟大哭曰：
"姊死不足計，獨不念滅門耶？"乃報可。令二妾入，各決數
十杖，撫其子而泣，留之室，即日出其妾。妾歸家，俱守志
不嫁，越數年，夫人卒，二妾復歸公。時咸謂戚將軍能處
變也。

　　江氏姊妹五人，凶妒惡，[①]人稱"五虎"，有宅素凶，人
不敢處，五虎聞之，笑曰："安有是！"入夜，持刀獨處中
堂，至旦帖然，不聞鬼魅。夫妒婦，鬼物猶畏之，而況於
人乎？

【校箋】

① "凶"，北大本作"皆"。

　　美婦則有仍之髮，光可以鑒；昌容之仙，隔窗見骨。倏
塗之三，赤烏之二。妹喜遷夏，妲己傾殷，褒姒覆周，麗姬
傾晋。孔父之室，美而稱艷；巫臣之姬，雞皮三少。南威入

晉，三日不朝；夷光歸吳，蘇臺爲沼。婁顏之婦，國色見稱；
吳廣之女，顏若苕榮。鄭袖擅楚，陰江爭趙。敬君以畫自媒，
女環以計求進。韓憑有婦，羅敷有夫。息嬀不言，如皋不笑。
至於宓妃、青琴、毛嬙、鄭旦、先施、陽文、吳娃、傅予、
白台、閭須、旋娟、提謨、閭娵、子奢，雖事迹鮮聞，時地
莫考，而名標載籍，不可厚誣。①自漢而降，則戚夫人之翹袖
折腰，李夫人之絶世獨立，阿嬌貯之金屋，鉤弋擘拳自開，
麗娟吹氣勝蘭，昭君光動左右，飛燕掌上可舞，合德膚滑不
濡，文君眉若遠山，麗華名動人主，女瑩朝霞和雪，二喬獨
步江東。夜來鍼絶，瓊樹鬢蟬；宋臘清歌，絳樹妙舞。甄氏
驚鴻之姿，甘后亂玉之質。莫愁抱腰，江水不流；麗雲一曲，
醉者頓醒。劉琰以冶容見疑，東美以比肩傳子。潘以愁而惑
人，張既死而不舍。荀婦、賈女，俱云絶倫；朝姝、洛珍，
同時擅寵。劉聰六后，天錫二姬。金谷墜樓之人，香塵輕軀
之媛。翔風以春華見美，宋褘以吹笛擅聲。桃葉以渡江興歌，
絡秀以門户屈節。徐月華歌聲入雲，孫荆玉反腰貼地。武康
阮公之溪，章浦蓮花之瑞。陳則麗華、貴嬪，隋則寶兒、絳
仙。玉兒步步蓮花，小憐生死一處。太真姊妹脂粉不施，浙
東舞女蘭氣融冶。梅妃寵奪上陽，俊娥情深來夢。知之身殉
碧玉，何恢掌失耀華。仙娥時充使典，素娥獨避正人。盈盈
姿艷，冠絶一時；真真未諧，扼腕千古。薛瑤英香肌玉骨，
金媚娘沫墨劈箋。倩娘端妍絶倫，紫雲名不虛得。杜牧之尋

春校遲，羅虬之比紅已晚。宵娘新月凌雲，保儀華麗冠絕。
蜀之花蕊，色藝俱工；劉氏瓊仙，豐神獨擅。侯君集之飲乳
不飯，白樂天之細口纖腰。韓氏之園桃巷柳，蘇家之琴操朝
雲。奇章真珠之室，玉堂翠翹之枝。鏡兒絕代之姿，張紅記
曲之捷。畢誠所獻，相國驚魂；韓弘所遺，三軍奪目。至於
鶯鶯、燕燕，盼盼、師師，紅紅、轉轉，小小、愛愛。李娃
惑鄭，小玉殉李。韋娘斷刺史之腸，柳姬感章臺之咏。非烟、
紅拂，不甘非偶；琴客、宋熊，老而失身。解愁幸遇大樞，
素娥終辭洵美。史鳳迷香之洞，鶯兒袖裏之春。若而人者，
皆艷質照一時，香骨留千古矣。王元美謂酸士所獲，不堪上
駟，吾獨以爲不然。夫遇合有時，愛憎有命，故當其求也，
或羅之四海而不遇，或遭之州里而偶得。及其愛也，或三千
粉黛而不足，或一人專房而有餘，彼豈銖銖而稱、寸寸而度
哉？但帝王之事，易於夸張，而士庶之家，莫爲標榜。至於
負絕世之姿而匹偶非類，湮滅不稱者，又不可勝數也。吾讀
"彩鳳隨鴉"之語，傷世有暗投之珠；咏"紫鸞舞鏡"之詩，
恨時無報仇之劍。薄命如許，虛名安用？夫欲無附而成名，
文士尚難之，況婦人乎！

【校箋】

①　"誣"，底本作"証"，據北大本改。

婦人以色舉者也，而慧次之，文采不章，幾於木偶矣。

但以容則纚纚接踵，以文則落落晨星。古無論已，自漢以降，則文君白頭之吟，婕妤團扇之咏，烏孫黃鵠之歌，徐淑寶釵之札。道韞咏雪，崔徽寫真。石氏房老，有春華秋實之篇；李家雪兒，任品藻雌黃之選。驛騎雙果，絳仙之秀色可餐；珍珠寂寥，梅妃之光輝滿座。賢妃昭容，擅秀於宮闈；季蘭、玄機，流芬於彤管。校書管領春風，燕樓殘燈伴曉。花蕊宮詞，易安金石，小叢雁門，容華宿鳥。蘇小青驄之咏，曹姬玉殿之仙，月英惆悵之篇，慎婦望夫之作。此皆不櫛之蘇、李，無晨之王、孟，元、白遜其揮毫，沈、宋服其衡藻。若伏生之女口授《尚書》，韋逞之母博究經典，班氏手續兄書，文姬記錄先業，皓首大儒，不敢望焉。至於竇氏《璇璣》，以八寸之錦，八百餘言，縱橫反覆，皆成文章，奪真宰之秘，泄造化之工，可謂出聖入神，亘古一人而已。誰謂紅粉中無人乎？若夫殘篇剩語，爲時膾炙，而名姓磨滅，莫知誰何。如武昌之伎，有"楊花撲面"之句；如意女子，有"人雁一行"之作。鳳兒寄怨花枝，霞卿傷春粉壁。彩鳳隨鴉，已斃健兒之手；枝頭梅子，幾迴鐵面之腸。見於紀載，尚未易更僕數也，稍爲拈出，以爲蛾眉吐氣。若夫角枕贈答，楊華寄情，看朱成碧之詩，綠慘雙蛾之句，非不婉至，而宣淫敗度，吾無取焉。

唐范陽盧某母琅琊王氏，於景龍中撰天寶迴文詩，凡八百一十二字，誡其子曰："吾沒之後，爾密記之。若逢大道之

朝，遇非常之主，當以眞圖上獻。"至玄宗朝，東平太守始上
之，高適代爲之表，言其"性合希夷，體於靜默，精微道本，
馳騖玄關。旁通天地之心，預記休徵之盛。循環有數，若寒
暑之遞遷；應變無窮，類陰陽之莫測"。果爾，則王氏不但詞
華巧思，亦且未事先知，又高寳氏一着矣。而名不甚張，豈
非有幸不幸耶？

范蔚宗傳列女而及文姬，宋儒極力詆之，此不通之論也。
夫列女者，亦猶士之列傳云爾。士有百行，史兼收之，或以
德，或以功，或以言，至於方技緇流，一事足取，悉附紀載，
未聞必德行純全而後傳也。今史乘所載列女，皆必早寡守志
及臨難捐軀者，其他一切不録，則士亦必皆龍逢、比干而後
可耳，何其薄責縉紳而厚望荆布也？故吾以爲傳列女者，節
烈之外，或以才智，或以文章，稍足膾炙人口者，咸著於
編，[①]即魚玄機、薛濤之徒亦可傳也，而況文姬乎？

【校箋】

①"編"，北大本作"篇"。

唐明皇時，長安大内、大明、興慶三宫，東都大内、上
陽兩宫，宫女幾四萬人，侍寢者難於取舍，至爲彩局以定勝
負。古今掖庭之盛，未有過此者也，而猶借才於壽邸，佳人
之難得，詎不信哉！

飛燕能於掌上舞，風雪之中，體無疹粟，故當是古今第

一人物，而成帝猶以爲不及昭儀體自香也，遂令千載國色，零落於諸宮奴侍郎之手，不幸孰甚焉？

白樂天有舞妓名春草，蘇長公有侍妾名榴花，秦少游侍兒名朝華，武翊皇有婢名薛荔，此傳紀所罕見者。

名伎之惑人，喪家亡身者多矣。婢妾則原碧亂玉，^①櫻桃惑石。雷尚書奸政於始興，馮成毋敗度於崔悛。奇章以真珠喪譽，元寶以紅鸞捐軀。薛荔能惑三頭，紫光卒敗元湛。賢智之人不能自克，何也？至於迷惑伉儷以殉其驅，若長卿之於文君、荀粲之於曹氏，抑又罕矣。文君猶直得一死，奉倩遺才存色，非難遇也，而以身殉之，不亦可以已乎！

【校箋】

① "玉"，底本作"王"，據北大本改。

才智之婦，史不絕書，至於辛憲英者，度魏祚之不長，知曹爽之必敗，算無遺策，言必依正，當是列女中第一流人物也。其次則唐侯敏妻董氏耳，方則天朝，來俊臣強盛而妻逆知必敗，勸敏自遠，俊臣怒，出爲武隆令，妻曰："但去莫求住。"出關而俊臣敗。及抵忠州，以錯題紙爲州將所督，不許上任，妻曰："但住莫求去。"無何，賊破武隆，敏又獲免。此豈有風角術耶？何其奇中也。

狄梁公之仕女主也，有取日之績，姚廣孝之佐靖難也，有化國之勛，而皆爲其姊所羞。士君子之識見，固有不及婦人女子者，抑亦爲功名所迷耶？

　　高凉冼氏以一蠻女而能拊循部落，統馭三軍，懷輯百越，奠安黎獠，身蒙異數，廟食千年。其才智功勛，有馬援、韋皋所不敢望者，娘子軍、夫人城視之當退十舍，而徵側、趙嫗輩無論已。國朝土官妻瓦氏者，勇鷙善戰，嘉靖末年倭患，嘗調其兵入援浙直，戎裝跨介駟，舞戟如飛，倭奴畏之。使其得人駕馭，亦一名將也。

　　馮夫人錦車持節以和戎，浣花夫人出財募兵以禦敵，蘄王夫人身援桴鼓，繡旗女將力敵李全，可謂女丈夫矣。彼一丈青、陳碩真等，雖盜賊之靡，亦一時之雄也。屍弁懦將，有愧於婦人者多矣。至《華陽志》所載，荀崧小女年方十三，父爲杜曾所圍，女率勇士潰圍而出。賊追甚急，且戰且前，卒詣周訪，請救兵，破賊全城，此尤振古所未聞也。

　　荀奉倩云："婦人才智不足論，自宜以色爲主。"此是千古名通。女之色猶士之才也，今反舍色而論才，則士亦論以色舉，而龍陽、彌子，列游、夏之上矣，豈理也哉？但佳人之難得，較之才士爲甚耳。

　　世傳賈充女與韓壽通者，訛也。壽先與陳騫女私通，約娶之，未娶而女亡，壽乃娶賈氏，故世誤以爲充女。而《晋書》騫弟雉與其子興忿爭，遂説騫子女穢行，騫表徙弟，以此獲譏於世，則騫女之事，亦未必然矣。觀武帝"賈公女五不可"之語，則其姊妹似非光麗艷逸、端美絶倫者。

赵昭仪爲卷髮，號"新興髻"。是時禍水未成，而已兆新室之讖矣。李煜之天水碧亦然。

蒲衣八歲而爲舜師，睪子五歲而爲禹佐，伯益五歲而掌火，項橐七歲而爲孔子師。古之聖賢，生而神靈，長而徇齊，固不在夙慧之列也。其次則太子晉八齡而言服師曠，甘羅十二而辯動張唐。子奇有化阿之聲，魯連杜田巴之口。荆子十五而攝目，閭丘十八而願仕。外黃小兒，迴喑啞之威；楊家童烏，與《太玄》之筆。吳氏季子，江夏黃童，子琰對日，文舉辯果。自此以降，史不絶書。若三歲則黃泳誦詩，能避騫崩之諱；德興切韻，知辯四聲之殊；蔡伯晞神童應薦，官拜秘書。四歲則任彥升誦詩數十篇，陸元淵問天地何窮際。楊公權對四聲，而指燈盞柄曲。蕭穎士屬文觀書，一覽即誦；吕嗣興誦書吟詩，應對不窮。趙郡王子獻，讀《孝經》而流涕。五歲則王絢草翁必舅之戲，玄齡聳壑昂霄之姿。劉瓛聞《管寧傳》而精意聽受，到沆見屏風詩而一誦無遺。蘇頲依依漢陰之語，元之嫦娥玉簪之咏。黃廷堅遍讀五經，劉毂兼通陣法。六歲則士龍已有詩名，劉顯盡誦書史，陸瓊能作五言，徐勉爲文祈霽。簡文面試，攬筆立成；德林《三都》，十日便熟。王子安構思無滯，楊弘農立咏彈棋。七歲則愍懷牽武帝之裾，百藥辨琅琊之稻，賈嘉隱松槐之對，宋廣平《鵬賦》之誦。鄡侯賦方圓動靜之篇，楊藏之有鼓吹官私之咏。高定有伐君之問，晏同叔有神童之薦。馬略閉室讀書，長吉荷衣面賦。韋弘育日，念《毛詩》一卷；楊大年談論，一如成人。夏侯榮百餘奏疏，一目不遺。而國初江左驛卒之子，有天子龍庭之對，不知姓名，亦可惜也。八歲則任昉月儀之製，何妥眷顧之答，伯玉覆局於帝前，義府借栖於宮樹，劉晏時稱國瑞，嚴武椎殺玄英。九歲則楊厚孝迥親心，崔恢秀才應選。慕容農參辰之問，虞荔十事之對。員俶升壇而詞辯鋒起，宋璟夢鳥而藻思日雄。十歲則賈逵暗誦六經，金鑾書堪勒石。謝朏土山之賦，沈璞強識之資。邢子才霖雨五日，而《漢書》悉遍；李善寧子咏貧家壁，而略不構思。十歲以上，不勝書矣。然或岐嶷於稚年，而汨没於末路，或幼見其一斑，而長集其大成，是又在乎器量之盈虛、學問之加損。器盈者苗而不秀，學寡者美而無成，或天固限之，而亦人實斻之也。

　　洛陽楊牢，絶乳即能詩。白樂天七月未能言，而識“之”“無”二字。王宷方能言，爲賊所負，而以計自脱，此其穎異又在向者諸人之上矣。國朝洪鍾以四歲舉、李東陽以五歲舉，[①]皆入翰林。程敏政、楊一清俱以八歲舉，[②]而楊少師廷和以十二歲舉孝廉於鄉，[③]亦二百年來所無也。

【校箋】

　　① 洪鍾（1443—1523），字宣之，號兩峰居士，錢塘人。幼應神童試，舉成化十一年（1475）進士，歷官至刑部尚書兼左都御史，太子太保。李東陽（1447—1516），字賓之，號西涯，茶陵人。幼舉神童試。

天順八年進士，歷官至華蓋殿大學士。卒贈太師，謚文正。"茶陵派"
之領袖，有《懷麓堂集》《懷麓堂詩話》等。《列朝詩集小傳》稱：
"公慧悟夙成，風神娟秀，歷官館閣，四十年不出國門，獎成後學，推
挽才雋，風流弘長，衣被海內，學士大夫出其門牆者，文章學述，粲然
有所成就，必曰：'此西涯先生之門人也。'"

② 程敏政（1446—1499），字克勤，休寧人。幼以神童薦。成化二
年榜眼，官至禮部右侍郎。弘治十二年，因涉嫌科場舞弊案下獄。出獄
後，憤忿而卒。有《篁墩文集》等。楊一清（1454—1530），字應寧，
號邃庵，丹徒人。成化八年進士，歷官至內閣首輔，卒贈太保，謚文
襄。有《楊文襄公集》《關中奏議》《石淙詩鈔》等。

③ 楊廷和（1459—1529），字介夫，號石齋，新都人。成化十四年
進士，歷官至內閣首輔。卒贈太保，謚文忠。《明史》本傳稱其"誅大
奸，決大策，扶危定傾，功在社稷，即周勃、韓琦殆無以過"。

曾子七十乃學《詩》，荀卿五十始學禮，公孫弘四十方
讀書，朱雲亦四十始學《易》《論語》，皇甫謐二十始授《孝
經》，而皆成大儒，早慧者莫敢望焉。豈其不慧於初年，而頓
悟於晚歲？抑由嗇於天資而勝以人力也？夫子謂"參也魯"，
而曾子竟以魯得之，人可以資鈍而自棄哉？

晚遇則呂望八十之年，鬻熊九十之歲，楚丘七十而見孟
嘗，公孫弘六十而舉方正。顏駟龐眉，馮唐皓首。貢禹年八
十方遷光祿，張柬之八十以司馬拜相。杜德祥放榜，曹松等
五人皆七十餘，時有"五老"之稱。宋梁顥以八十二狀元及
第，①陳修以七十二探花及第，②金河中胡光謙以八十三舉進

士。國朝錢習禮年近八十，③猶在翰林。楊壽、周詔皆八十
餘，④以長史從龍，擢拜卿貳。⑤其他七十以上登科第而名不顯
者，固不勝紀也。

【校箋】

① “顥”，北大本作“灝”。

② “七十二”，北大本作“七十三”。

③ 錢習禮（1373—1461），名干，以字行。吉水人。永樂九年進
士，選庶吉士，授檢討，歷遷至禮部侍郎。卒諡文肅。《明史》有傳。

④ 楊壽（1369—1453），字仲舉，吳縣人。因薦舉授翰林院檢討、
修撰，官至禮部尚書。《明史》有傳。周詔，蘇州東渚人，官至禮部
侍郎。

⑤ “貳”，北大本作“二”。

公安劉珠爲江陵張相君父執，①萬曆辛未，江陵主文衡，
珠始登第，年六十餘，②老矣，其壽相君詩曰：“欲知閣老山
爲壽，但看門生雪滿頭。”又十餘年始卒。

【校箋】

① 劉珠，字福井，公安人，隆慶五年（1571）進士，歷官至主
事。有《疑庵集》。

② “六”，北大本作“八”。

奴婢亦人子也，彼豈生而下賤哉？亦不幸耳。衛青紀勳
麟閣，王斌仕至太守。李善流譽於托孤，熊翹受知於潘岳。
王安存祖氏之宗，都兒化陽城之德。王義身捍白刃，李鴻力

給錐刀。杜亮愛穎士之博奧，銀鹿佐魯公以忠貞。近代如陳迪抗節靖難，身膏斧鑕，獨家奴來保收其遺骸；浦江鄭氏家僮施慶，執親之喪，三年不御酒肉，此皆士君子之所難。而陶侃之海山使者，權同休崔；千牛之異人，寄迹嚴安，脫胡煌於雷厄，又不論矣。至於婢媵篤生名世者，往往而是，不可殫述。天固不以族類限人矣，而人顧苛責此輩，至犬彘之不若，亦何心哉？

馮子都寵於博陸，秦宮幸於梁冀，依憑城社，亦權門之弄臣也。國朝嚴分宜當國，家人永年者號鶴坡，招權納賄，與朝紳往來無不稱鶴翁者，一御史至與之結義兄弟云。後張江陵相君家奴游守禮，[①]勢出嚴上，號曰楚濱，詞館諸君至爲詩文贈之，通侯緹帥與往來燕飲，鮮衣怒馬，據上坐偃然矣。後事敗，俱誅死。嗟夫！權之所在，愛之所偏，即始興之賢，尚有雷尚書之惑，況其下此者乎！按：江陵家奴尚有宋九、王五者，九善詞翰而權不及游，五頗有識，常笑其儕所爲。時有作《五七九傳》者，七即游也。[②]

【校箋】

① 張江陵，即張居正（1525—1582），字叔大，號太岳，湖北江陵人。嘉靖二十六年進士，隆慶元年入閣，萬曆初，爲首輔，當國十年。爲明代大政治家。

② 此按語誤。宋九姓宋，名徐賓，首輔申時行家奴；王五，姓王名佐，首輔王錫爵家奴。王五、宋九與張居正家奴游七，時稱“五七九”，沈德符《萬曆野獲編》卷九《五七九傳》：“近有作《五七九傳》

者，蓋皆指今上首揆江陵、吳縣、太倉，三相公用事奴也。七爲游七，名守禮，署號曰楚濱。當江陵相公柄國時，頗能作威福，亦曾入貲爲幕職，至冠進賢，與士大夫往來宴會。其後與徐爵同論斬，爵死已久，聞七尚至今在獄。當其盛時，無恥者自屈節交之耳。江陵馭下最嚴，聞七娶妾，與兩黃門李姓者姻連，大怒，笞之幾死，二李皆見逐矣。吳縣在事，其焰已不及江陵之百一。所謂九者，本姓宋，名徐賓，從吳縣初姓也，署號雙山主人。先自馴謹畏禍，其仆亦能守法，第頻與邊將往還通賂遺，如李寧遠父子，皆爾汝交，亦有一二緇神，留之座隅者。維援納京衛經歷，因覃恩得封其父母。以此物論歸咎主人，此則吳縣懞懂之過。但徐文貞當國時，其仆徐寶葷，已冒功爲錦衣百户矣。九死未久，其子已酷貧。五則名王佐，署號念堂。婁江當國最晚，最不久，門庭素肅，無敢以幣交者。惟五與弇州仆陶正者爲密友，因染其骨董之癖，頗收書畫銅窑之屬，邸中游棍時趨之。又曾買都下名妓馮姓者爲妾，頗幹婁江家法，其妓亦遂逐矣。五比九尤爲小心，見士大夫扶服謹避，今臚列成三，並前二人無色矣。此傳出東省一詞林大僚筆，其時正負相望，以小嫌失歡於吳縣，不薦之入閣。及辛卯冬被白間，擬旨又不固留之。以此描寫宋九，以實主人之墨。而五、七則丁連犯人也。"按，據此，《五七九傳》實爲于慎行所作。

奚婢之子，則無恤創趙，田文張齊，燕姞蕃鄭，唐兒啓漢，遙集亢宗，裴秀令望，王琨托體。恭心良貴，借胎寮友。其他名公巨卿，又不可勝數也。虞仲翔云："天之福人，不在貴族。芝草無根，醴泉無源。"其識卓矣。

郭氏青衣捧劍，言願爲夷狄之鬼，恥作愚俗蒼頭。柳仲逞之婢鬻於蓋巨源家，見其主市綾羅，親自選擇，酬酢可否，

則失聲而仆曰："死則死耳，安能事賣絹牙郎乎！"夫奴婢有
見解者，其學識過主家百倍，而欲強役使之，得乎？

鄭玄家婢皆誦詩書，劉琰雪白丫頭能誦《魯靈光賦》。
蕭穎士之僕愛才，死而不去；蘇眉山之婢易馬，感而觸槐。
至於近代青衣能文章者，又比比也。

古者生齒不繁，故一夫百畝，民無游食。今之人視三代
當多十數倍，故游食者衆。姑勿論其他，如京師閹豎、宮女、
娼伎、①僧道，合之已不啻十萬人矣。其他藩省雖無婦寺，而
緇黃游方接武遠近，粉黛倚門充牣城市，巨室之蒼頭使女擬
於王公，綠林之亡命巨魁多於平民。昔人謂："一人耕之，十
人聚而食之。"噫！何啻十而已耶！

【校箋】

① "伎"，北大本作"妓"。

今時娼妓布滿天下，其大都會之地，動以千百計，其他
窮州僻邑，在在有之。終日倚門獻笑，賣淫爲活。生計至此，
亦可憐矣。兩京教坊，官收其税，謂之脂粉錢。隸郡縣者則
爲樂戶，聽使令而已。唐宋皆以官伎佐酒，國初猶然。至宣
德初始有禁，而縉紳家居者不論也，故雖絕迹公庭而常充牣
里閈。又有不隸於官，家居而賣奸者，謂之土妓，俗謂之私
窠子，蓋不勝數矣。昔秦始皇之法，夫爲寄豭，殺之無罪，
女爲逃嫁，子不得母。至今日而偃然與衣冠宴會之列，不亦

辱法紀而羞當世之士哉？噫！是法也，誰爲作俑？管子之治齊，爲女閭七百，徵其夜合之資以佐軍國，則管氏者又嬴政之罪人也。

《左傳》："既定爾婁豬，盍歸吾艾豭？"艾豭者，牽牡豕以行淫者也。《方言》云："燕、朝鮮之間謂之豭，關東謂之豟，《詩》'一發五豝'是也。"故以男子之淫於它室者名之。秦始皇會稽碑作"寄豭"。今人以妻之外淫者，目其夫爲"烏龜"，蓋龜不能交，而縱牝者與蛇交也。一云"污閨"之訛耳，又謂"王八"，以其孝弟忠信禮義廉恥八者俱忘也。[①]隸於官者爲樂户，又爲水户。國初之制，綠其巾以示辱，蓋古赭衣之意，而今亡矣，然里閈尚以"綠頭巾"相戲也。

【校箋】

① "一云"至"八者俱忘也"，底本無，據北大本補。

世間人可貴而亦可賤、可愛而亦可憎、上可以陪王公而下受辱於里胥不敢校者，伎與僧耳，道、尼不足數也。[①]故名伎、高僧皆能奔走一時，流芳千古。而其猥劣頑賤、嗜利無恥者，至爲悲田乞兒所不屑。然伎既以色失身，而僧亦以髡滅倫，所謂以其小者信其大者，奚可哉！

【校箋】

① "尼"，底本作"厄"，據北大本改。

釋氏輪迴之説，所以勸世之爲善也，而有不足取信者，何也？不論修行與否，但欲崇奉其教，則世豈無詆佛之君子而持經茹素之窮凶極惡乎？一也。生前之吹求太苛，而死後之懺悔太易，當其生則一物一命，錙銖報應，而及其死，則彌天之罪，一懺即消。愚民且自以爲無所逃於生前，而妄冀不必然於身後，何憚而不爲惡？二也。夫君子之爲善，[①]原不爲身後計也，至於小人，雖憲典火烈，殺人奸盜猶不絶踵，而況地獄之眇茫乎？至於回頭即岸之説，大盜巨魁以此自文者多矣。惟聖人之言曰："作善，降之百祥；作不善，降之百殃。"又曰："善不積，不足以成名；惡不積，不足以滅身。"噫！何其簡而易行也。

【校箋】

① "夫"，底本作"大"，據北大本改。

今之釋教殆遍天下，琳宇梵宮盛於黌舍，唪誦咒唄囂於弦歌，上自王公貴人，下至婦人女子，每談禪拜佛，無不灑然色喜者。然大段有二端：血氣已衰，死生念重，平生造作罪業，自知無所逃竄，而藉手苦空之教，冀爲異日輪迴之地。此一惑也。其上焉者，行本好奇，知足索隱，讀聖賢之書，未能躬行實踐，厭棄以爲平常，而見虛無寂滅之教，聞明心見性之論，離合恍惚，不着實地，以爲生平未有之奇，亘代不傳之秘。及一厠足，不能自返，而故爲不可摸捉之言以掩之，本淺也而深言之，本下也而高言之，本近也而遠譬之，本有也而無索之。如中間一條大路不行，卻尋野徑崎嶇。百里之外，測景觀星，而後得道，自以爲奇。此又一惑也。先之所惑，什常七八；後之所惑，百有二三。其於釋氏宗旨尚未得其門户，況敢窺其堂奥哉。至於庸愚俗子，貪生畏死，妄意求福，又不足言矣。

以吾儒之教譬之，爲貧賤所驅迫，發憤讀書，期取一第，以明得意者，此佞佛以求免輪迴者也。志願已畢，自揣無以逾人，而倡爲道學之説，或良知，或止修，拾紙上之唾餘，而刻畫妝飾，以欺世盜名，而世亦靡然從之，直謂上竊洙泗之傳，[①]閩洛不論也，此離合恍惚，自以爲奇者也。至於老學究，童而習之，白尚紛紛，藉口青衿以別凡民，則亦愚庸之妄意求福者而已，其於吾儒之道，何曾仿佛夢見耶？

【校箋】

① "竊"，北大本作"接"。

三教之最失其傳者，無如道家。當時老氏之教，清淨無爲而已，施之於治，則絶聖去智，掊斗折衡，使結繩之治可復，原以用世，而非以長生也。至於赤松子、魏伯陽則主煉養，盧生、李少君則主服食，下至張道陵、寇謙之則主符籙篆咒，愈趨而愈下。至近世黄冠，如林靈素者流，則但醮祭上章，祈福禳罪而已。蓋不惟與清淨之旨大相悖盩，即煉養

服食之旨、駐年羽化之術，亦概乎未之有聞也。夫逢掖之口
周、孔，猶能論其世，髡緇之托釋迦，猶能誦其言，至道流
黃冠，口不絕聲稱太上老君矣，彼詎知柱史爲何人、五千言
爲何物？大道上德之宗旨爲何事耶？而悉依托之伯陽氏，以
自立於三教之一也，不亦大可羞耶！

　　高僧坐化，往往見之史傳，此不足異也。萬曆戊申秋，
長溪僧天恩者來福州，[①]講經於芝山寺。一旦，無疾而終，趺
坐自如，略無傾側。此余所親見也。當天恩在時，吾輩雖從
之游，未有信其高者，惟友人林熙工、陳惟秦皆往拜爲弟
子，[②]其平日苦修，余不得而知矣。又有立化者，有倒立而化
者，雖自眩變相，要非空寂之教所急也。相傳高僧化後，髮
爪皆如生時。唐僧義存沒後置函中，每月其徒出之，髮爪皆
長，輒爲剪剃以爲常，經百餘年不廢，後因兵火亂，始封而
灰之。《墨客揮犀》所載鄂州僧無夢亦然，後爲一婦人手摸
而觸之，遂不生。至於仙蛻，余在武夷見其二，齒髮手指宛
然如故，但枯槁耳。余每竊嘆，以爲釋氏之教，天地萬物一
切歸於虛無，故毀形滅性，直欲參透本來面目。其於四大色
身，不過百年之暫寄寓，何爲既死之後，猶戀戀不忍舍如此？
至若神仙暫游萬里，少別千年，世間一切事棄如脫屣，豈復
愛護其委蛻而不令其朽腐哉？則神仙之見解，反不若蛇蟬之
屬脫然無累矣。此理之不可解者也。

【校箋】

① 僧天恩，俟考。

② 林熙工，即林應起，字熙工，有《全閩祖師語錄》三卷。陳惟秦，即陳仲溱，侯官人。《全閩詩話》卷八稱其：“性拙直，寡言笑，與人交接，言辭少拂即掩耳而去。詩苦求工，不愜意不止，每出其詩示人，以手按紙，手顫口吟，人或誦其詩，口喃喃與相應和，其自喜如此。”

　　謂死者爲必有知乎？則鬼魅縱橫冥途，亦不勝其繁擾也。謂死者爲必無知乎？則夢兆胏蠻、禍福感驗，不可誣也。聖人之言曰：“鬼神之爲德，其盛矣乎！洋洋乎如在其上，如在其左右。”夫以爲無，則何爲贊其盛？以爲有，則直云“在”而已，何言“如在”也？有無之間，不可思議者也。故曰：“未知生，焉知死？”生死一理也，人得天地之氣以生，及其死而氣盡矣，然有未遽盡者在也。上焉者得正氣，爲聖賢、爲名世，死則爲神、爲靈，亘古不磨，此即生時之顯達者也。中焉者氣有蹖駁，根皆頑鈍，倏而成形，倏而復命，自來自去，無復拘束，此即生時之齊民也。下焉者沴氣所鍾，濟惡不才，或爲大厲，或爲羅剎，譬之草木中之鈎吻、禽獸中之虎狼，則幽冥主者亦必有刑獄狴犴之具以禁制之，猶生人之有十惡不道而困於圜土者也。故知生之說，則知死之說矣。

　　老氏之說，終是貪生；釋氏之說，終是畏死。人須到得死生不亂，方有着脚地位。宋僧有云：“古人念念在定慧，臨終安得而亂？今人念念在散亂，臨終安得而定？”此格言也。

如尹師魯、劉子澄等，平日皆有大見解，方到得此。今人平日矢口聖賢，至臨死之時顛倒錯亂，或牽戀不忍舍者，其無實學可知矣。

死生之際，一生學問大關頭也，然有名爲巨儒，而處死反不及常人者。如林兆恩會通三教，[①]自謂海內一人，而臨死乃病狂喪心，便溺俱下。吾郡一縉紳王鑛者，[②]平日無所聞，年逾八十，自知死期，戒訓子孫無作佛事，仍賦長詩一篇，既而曰："明日未能便去，後日望日也，吾當以十六日去。"至期，沐浴衣冠，談笑而逝。此豈有宿根耶？抑平日不言躬行，人有不及知耶？林之虛名高王十倍，而死生之間迥別乃爾，殊可怪也。

【校箋】

① 林兆恩（1517—1598），字茂勛，號龍江，莆田人。後創立三一教，道號子穀子、心隱子，以艮背法醫人，從學者甚衆。學者稱三教先生，著述有《林子全集》《三教會編》《道德經釋略》《常清淨經注釋略》《心經釋略》《玄宗大道》《性實宗旨》等。《四庫全書總目》稱："謝肇淛《文海披沙》曰：'吾閩莆陽林兆恩亦自博學能文，能以艮背之法治病，其門人傳之者不得其學，徒以上章降魔捉鬼爲事，儼然巫矣，縱日捉百鬼何益？況從其教者日盛，奸僞詐盜，無所不有，恐他日一方之患，不下黃巾、白蓮也。'肇淛爲兆恩鄉人，其言如此，而顧大韶《炳燭齋集》有《林三教集序》乃盛推之，謬矣。"

② "縉"，北大本作"搢"。王鑛，字公范，閩縣人。嘉靖甲午（1534）舉人，官至思明府同知。有《冶山拙稿》。

釋氏教人，臨終之時，不思善，不思惡，一念堅定，直至西天。夫不思惡，易也，至不思善，則近於大而化之境矣。昔人所謂“善且不可爲，況於惡乎？”然方寸中惟此一念，既不思善、思惡，此心放頓在何處？此處尚有議論不得也。

學佛者焚身惑衆，懼人之不信也，而托之火化；求仙者橫罹非命，懼人之見笑也，而托之兵解。則世之惡疾而自焚者皆佛也，麗法而正刑者皆仙也。人之愚惑，一至於此！

僧之自焚者，多由徒衆誑人舍施，願欲既厭，然後誘一愚劣沙彌，飲以喑藥，縛其手足，致之上座而焚之耳。當烟焰漲合之際，萬衆喧闐，雖掙扎稱冤，不聞也。亦有無賴貪得錢帛，臨期服冰片數銖者，但覺寒戰，烈焰焦灼，殊無痛楚，故遠近信之，布襯雲集。至於灼頂、燃燈、煉指、斷臂、剔目，接踵相望。大約僞者十七，真者十三；爲利者十九，爲名者十一。皆非禪學之正宗也。

史傳所載，僧自焚者有三：其一，唐李抱真爲潞州節度使，兵荒之後，財用窘竭，素與一僧交善，乃謂之曰：“事急矣，欲借師之道以濟軍國，可乎？”僧曰：“性命可捐，它何所惜？”[①]曰：“師但投牒，言欲自焚，吾爲地道與州宅通，火發之頃，即潛身而入，彼此俱無所損。”因引僧至地道，往來無阻。僧信之，遂積薪高坐，説法辭世，李親率將校，膜拜舍施，[②]於是州人響應雲集，貨財山積。剋期舉火，李已命人潛塞地道，頃刻之間，僧薪俱灰，收其施財以充公帑，別求如舍利者數十枚，建塔葬之。其一，宋某人爲某官，有僧投

牒欲自焚，判許之。至期親往驗視，見僧兩眼凝淚不動，問
之不答，乃令人梯取之，授以紙筆，乃自言某處游僧，至此
寺，衆欺其愚弱，誑言惑衆，厚得錢帛，至期藥而縛之耳。
遂按誅諸僧，毀其寺。又其一，元時達魯花赤爲政，不通漢
語，動輒詢譯者。江南有僧，田爲豪家所侵，投牒訟之。豪
厚賂譯，既入，達魯花赤問譯：“僧訟何事？”譯曰：“僧言
天旱，欲自焚以求雨耳。”達魯花赤大稱贊，命持牒上，譯業
別爲一牒，即易之以進，覽畢判可。僧不知也，出門則豪已
積薪通衢，數十人舁僧畀火中焚之。然則從來火化之妄惑，
往往如是矣。

【校箋】

① “何”，北大本作“無”。

② “舍”，底本作“合”，據北大本改。

道家之教，若徒以功行積滿，白日升天，尚可以誘人爲
善，即非柱下、黃石宗旨，吾不之責也。彼熊經鳥伸，煉形
住世，已自是貪生業障，無益於時，而況於黃白龍虎之術、
房中采戰之方，貪利無厭，縱欲敗度，以之求長生，何異適
燕而南向郢哉？道家之旨，清淨無爲，“不見可欲，使心不
亂”，“不貴難得之貨，使民不爲盜”。況神仙乘雲御氣，下
視塵寰，縱有大藥點化山河，大地盡成黃金，亦復何益於身
心性命，而且必無之事也。然世間固有一種癡人妄想，甘受

邪術所欺，而崇奉惑溺，至破家亡身而不顧者，此又不如佞佛持素，差覺安靜耳。

吾友曹能始嘗言：[①]"人雖極善，然一入公門作胥曹，無不改而爲惡；人雖極惡，然一入佛寺作比丘，無不改而爲善。"余大笑："君但見其形骸耳，不聞有不要錢提控及殺人放火和尚耶？"然此語誠有致。不獨此也，吾輩縱極高雅，一入公門，說公事，便覺帶幾分俗惡；縱極鄙俗，一入佛寺，看經啜茶，便覺有幾分幽致。士大夫不可不存此想也。

【校箋】

① 曹能始，即曹學佺（1574—1646），字能始，號雁澤，又號石倉居士，侯官人。萬曆二十三年進士，官至四川按察使，以撰《野史紀略》削籍。崇禎初，起廣副使，不就，家居二十年。唐王稱帝，起授太常卿，遷禮部右侍郎兼侍講學士，進尚書，加太子太保。清兵入閩，自縊殉節。事迹具《明史·文苑傳》。學佺爲"閩中十才子"之首，詩文宏富，有《石倉集》《蜀中廣記》《一統名勝志》《廣西名勝志》等，輯有《石倉十二代詩選》。《列朝詩集小傳》稱其"美秀而文，安雅有志節""爲詩以清麗爲宗"。

天下僧惟鳳陽一郡飲酒、食肉、娶妻，無別於凡民，而無差役之累。相傳太祖湯沐地，以此優恤之也。至吾閩之邵武、汀州，僧道則皆公然蓄髮，長育妻子矣。寺僧數百，惟當戶者一人削髮，以便於入公門，其他雜處四民之中，莫能辨也。按：陶榖《清異録》謂僧妻曰"梵嫂"，《番禺雜記》

載廣中僧有室家者謂之"火宅僧"，則它處亦有之矣。此真所謂幸民也。

先爲僧而後入仕者，宋湯惠休，唐賈島、蔡京，宋法崧也；先仕而後爲僧者，漢陽城侯劉俊，南齊劉勰，梁劉之遴、張纜，魏元大興，唐圓淨，南唐姚結耳，宋饒德操、佛印，元來復、見心也。先爲道士而後入仕者，唐魏徵、盧程，元張雨，國朝陳鑑也。先仕而後爲道士者，唐賀知章、鄭銑、郭仙舟，宋李太尉也。先爲僧又爲道而後仕者，唐劉軻也。先入仕，懼禍爲僧道而後又仕者，梁伏挺，唐徐安貞也。近時閩李贄先仕宦至太守，^①而後削髮爲僧，又不居山寺，而遨游四方以干權貴，人多畏其口而善待之，擁傳出入，髠首坐肩輿，張黃蓋，前後呵殿。余時在山東，李方客司空劉公東星之門，^②意氣張甚，郡縣大夫莫敢與均茵伏。余甚惡之，不與通。無何入京師，以罪下獄死，此亦近於人妖者矣。

【校箋】

① 李贄（1527—1602），初姓林，名載贄，後改姓名，字宏甫，號卓吾，別號溫陵居士，泉州人。嘉靖三十一年舉人，歷共城教諭、國子監博士、南京刑部員外郎、姚安知府。旋棄官，寄居黃安、麻城講學，後被捕入獄，自殺。有《焚書》《續焚書》《藏書》《續藏書》等。

② 劉東星（1538—1601），字子明，號晋川，山西沁水人。隆慶二年進士，選庶吉士，授兵科給事中，謫蒲城丞，徙知盧氏，歷刑部主事、河南僉事、陝西參議、浙江提學、山東參政、按察使、湖廣左右布政使、右僉都御史巡撫保定、吏部右侍郎、左副都御史，至工部尚書兼

右副都御史。爲治河名臣。《明史》有傳。

　　趙普、王旦皆宋名臣，而旦於臨終遺命，^①髡首披緇，而普二女皆出家爲尼，長號智果大師，次號智圓大師，其可笑如此。

【校箋】

　　①　“而”，北大本作“然”。

　　僧道拜大位者，則唐懷義、于什方、葉靜能、鄭普思、尹愔、宋林靈素，元劉秉忠，國朝則姚太師廣孝、邵大宗伯元吉、陶少師仲文三人而已。^①然廣孝爲佐命元勛，功參帷幄，蓋陸法和、佛圖澄之流也，雖拜大位而終身不娶妻、不蓄髮，晚年里居，布衲錫杖，蕭如也，雖未成正果，似亦得度世法門者。邵、陶皆以房中邪術取悦一時，其品又在林靈素之下矣。

【校箋】

　　①　姚廣孝（1335—1418），長洲人，本醫家子。年十四，度爲僧，名道衍，字斯道。洪武中，選高僧侍諸王，遂成燕王謀士。靖難之役起，戰事皆決於道衍。成祖即位，論功爲第一，復其姓，賜名廣孝。《明史》有傳。邵大宗伯元吉，當爲邵元節（1459—1539），貴溪人（一説安仁人），龍虎山上清宮道士。字仲康，號雪崖。嘉靖三年征入京，深受世宗寵信，十五年拜爲禮部尚書，賜一品文官服。卒，謚“文康榮靖”。《明史》有傳。陶仲文（1475—1560），原名典真，湖北黄岡人。與邵元節善。嘉靖中，由黄梅縣吏爲遼東庫大使，秩滿至京師，寓邵元節邸舍，以元節薦入朝。嘉靖十九年，爲世宗禱病有功，進

封禮部尚書，授少保、加少傅、少師，授特進光禄大夫柱國兼支大學士
俸。位極人臣。

　　世傳上、中、下八洞皆有仙人，故俗動稱"八仙"云。
如所謂鍾離、鐵拐、韓湘子、張果老之屬，皆《列仙傳》采
拾而強合之耳。張果乃明皇時術士，與羅公遠、葉法善同在
朝，非仙也。獨呂洞賓者，史傳所載靈異之迹，昭彰在人耳
目，想不可謂之全誣。今世所謂純陽詩字甚多，如"朝游北
海暮蒼梧"及"石池清水是吾心"者，好事者裒爲之集。但
純陽唐人，既舉進士，又列仙籍，而其詩乃類宋人口吻，豈
亦後人傅會所成耶？不然，既遺世高舉而又屢降人間，若戀
戀不忍舍者何也？退之云："我自屈曲住世間，安能從汝求神
仙？"此視純陽去而復來者，過之遠矣。
　　宋瑞州高安縣鄭氏女定二娘者，臨嫁汲井，忽有彩雲掖
之升天，州縣以聞，立祠建廟，祈禱輒應。既而廉之，則因
與人通而孕，父母醜之，密售於傍邑而托詞惑衆耳。無何，
新建有闕氏者，雇一婢，訊之即仙姑也。昌黎《謝自然》
《華山》詩意，亦可見。不獨此也，漢末張道陵避瘧丘社，
得咒鬼之術，遂以符術使鬼療病，後爲蟒蛇所吞，子衡奔往，
覓尸不得，乃生麋鵠足，置石崖頂，托以白日升天，至今歷
代崇奉，稱爲天師，良可笑也。
　　張道陵初以妖術惑衆，治病者，令出五斗米，故世號

"米賊"。陵死，子衡傳其道。衡死，魯復行之。魯母有姿色，出入益州牧劉焉之家，以魯爲司馬。後劉璋立，殺魯母及家室，魯遂據漢中以叛，後爲曹操所破，[①]降魏爲鎮南將軍。張之本末不過如此。自晉及唐尚未有聞，至五代遂稱"天師"，歷宋元未有非之者。據廣信之龍虎山，金碧殿宇，偓然爲世業矣。我太祖皇帝曰："至尊者天，豈有師也?"削之，止稱"真人"。然以二品秩傳流後裔，亦幸之甚矣。真人每入覲，沿途民爲鬼魅所惱者，悉往投牒，所至成市。聞其符籙亦有驗者，故愚民信奉之也。萬曆間京師大旱，適真人入朝，上命留之禱雨，終不效，乃遣之。則其伎倆，亦與尋常黃冠一間耳。

【校箋】

①　"破"，北大本作"攻"。

今天下有一種吃素事魔及白蓮教等人，皆五斗米賊之遺法也，處處有之，惑衆不已，遂成禍亂，如宋方臘、元紅巾等賊皆起於此。近時如唐賽兒、王臣、許道師皆其遺孽。[①]而吾閩中又有三教之術，蓋起於莆中林兆恩者，以艮背之法教人療病，因稍有驗，其徒從者雲集，轉相傳授，而吾郡人信之者甚衆。兆恩死後，所在設講堂香火，朔望聚會，其後又加以符籙醮章，祛邪捉鬼，蓋亦黃巾、白蓮之屬矣。[②]兆恩本名家子，其人重意氣，能文章，博極群書。倭奴陷莆後，骸

骨如麻，兆恩捐千金，葬無主尸以萬計，名遂大噪。其後著
《三教會編》，授徒講學，頗流入邪説而不自知。既老病，得
心疾，水火不顧，顛狂逾年乃死。此豈真有道術者，而閩人
惑之，至死不悟也。今其徒布滿郡城，其中賢者尚與士君子
無別，一二頑鈍不肖者，藉治病以行其私，奸盜詐僞，無所
不有，其與邪巫女覡又何別哉？余十三四時見三教書，心甚
不然，著論以闢之，今亦不復記憶。及既長入閩，觀其行事，
益自負前言之不妄也。

【校箋】

① 唐賽兒，山東濱州蒲臺人，明初白蓮教女首領，永樂十八年在
益都卸石棚寨起事，兵敗後不知所終。王臣，俟考。許道師，江苏長洲
人，白蓮教首領。

② "黃巾"，底本作"黃中"，據北大本改。

古有百家九流，而今之行世者僅僅數家而止，至於墨家、
縱橫家、名家，不惟不能傳其學，亦不能舉其書矣。戰國之
時楊、墨盛行，及其後而楊之言絕矣，獨墨氏之教，至往往
稱與孔並，即荀卿、賈誼亦爾，何其張也？然自漢以來，不
聞有治墨家言者，豈泛愛而忘親，纖嗇而非儒，不可適於世
故耶？縱橫之術，自鬼谷子而後，秦、儀、衍、軫相尚爲高，
至於漢之侯公、蒯徹，三國秦宓、彭羕之徒，亦其遺也。唐
末藩鎮紛爭，説士間出，若柏耆、羅隱之流，皆得闔押短長

之術，①而高者取世資，下至不能保其首領，亦所遇何如耳。名家搏抗千古，鑑察微茫，耳目豈能皆真，毀譽易於失實，不有人禍，必有天刑，談何容易？是以君子不爲也。

【校箋】

①“押”，當爲“捭”之誤。

韓非曰：“自孔子之死也，而儒分爲八；自墨子之死也，而墨分爲三。”噫！今墨之三家既已失其傳矣，而所號爲儒者，又豈復八家之儒哉？己之不正，何以攻人？

孔子曰：“攻乎異端，斯害也已。”孔子當時，楊、墨未興，其所謂異端者，不過鄧析、少正卯之流耳。至孟氏極口詆楊、墨，不遺餘力，想得天下崇信二家，不亞今之釋、道，觀當時著書立論者，動以孔、墨並稱，可見矣。當時老、莊之言已滿天下，而孟子不之及，蓋以老子爲仲尼所嚴事，非異端也。漢、唐而下，莫盛於佛、老，然道教已非柱史之舊，而世之惑溺者，不過妄意神仙，或貪黃白以圖利耳，固無甚見解，而亦不足辯也。惟釋氏之教入人骨髓，然彼之所談皆高出世界四大之外，而排之者動以吾儒之粗攻釋氏之精，如以羸兵敵強虜，宜其不能勝而反熾其焰也。二者之外，如白蓮、回回、色目及吾閩三教等項，然皆猥瑣庸劣，無甚見解，此又異端之重儓而不足與辯者也。

卷　九

物部一

　　莫靈於龍，人得而豢之，莫猛於虎，人得而檻之，有欲故也。故人而無欲，名利不能羈矣。

　　相人之書：凡人得鳥獸之一形者皆貴，大如龍鳳則大貴，小如龜鶴猿馬之類，亦莫不異於常人。夫人爲萬物之靈者也，今乃以似物爲貴耶？此理之所必無也。

　　龍性最淫，故與牛交則生麟，與豕交則生象，與馬交則生龍馬，即婦人遇之亦有爲其所污者。嶺南人有善致雨者，幕少女於空中，驅龍使起，龍見女即迴翔欲合，其人復以法禁，使不得近，少焉，雨已霑足矣。

　　王符稱世俗畫龍，馬首蛇尾，又有"三停九似"之説，謂自首至膊、膊至腰、腰至尾皆相停也；九似者，角似鹿，頭似駝，眼似鬼，項似蛇，腹似蜃，鱗似魚，爪似鷹，掌似虎，耳似牛。然龍之見也，皆爲雷電雲霧擁護其體，得見其

294

全形者罕矣。

俗有立夏分龍之說，蓋龍於是時始分界而行雨，各有區域，不能相渝，故有咫尺之間而晴雨頓殊者，龍爲之也。又云龍火與人火相反，得濕則焰，得水則燔，惟以火投之則反熄。此亦不知其信否也。

《淮南子》言：“萬物羽毛鱗介皆生於龍，故有飛龍、應龍、蛟龍、先龍之異，而四族分焉。”其言甚怪誕。余嘗笑劉媼息大阪下，有龍據其上而生高祖，則劉氏子孫謂人族亦生於龍可也。然聖人繫《易》，於龍取象，不一而足。道德如老子，乃得“猶龍”之譽，其尊敬之亦至矣，而古乃有豢龍、御龍、屠龍者，何耶？豈亦種類貴賤不同，如人之有上知、下愚、天子、匹夫者耶？夫聖人無欲，而龍未免有欲，故終不能離夫物也。

萬曆戊戌之夏，句容有二龍交，其一困而墮地，夭矯田間，人走數百里競往觀之。越三日，風雷挾之而升。

司徒馬恭敏治河日，[①]於淮、濟間得一龍蛻，長數十尺，鱗爪鬐角畢具，其骨堅白如玉。俗相傳云龍由蛟蜃化者，壽不過三歲。

【校箋】

① 馬恭敏，即馬森（？—1580），字孔養，懷安人，嘉靖十四年進士，歷户部主事、太平知府、江西按察使、左布政，就擢巡撫右副都御史，入爲刑部右侍郎，改户部。起南京工部侍郎，改户部，遷右都御

史總督漕運，改南京戶部尚書，入爲北部。卒贈太子少保，謚恭敏。《明史》有傳。

龍生九子，蒲牢好鳴，囚牛好音，蚩吻好吞，嘲風好險，睚眦好殺，屓贔好文，狴犴好訟，狻猊好坐，霸下好負重。此語近世所傳，未考所出，而《博物志》九種之外，又有憲章好囚，饕餮好水，蟋蟀好腥，蠻蛇好風雨，螭虎好文采，金猊好烟，椒圖好閉口，蚵蚸好立險，鰲魚好火，金吾不睡，亦皆龍之種類也。蓋龍性淫，無所不交，故種獨多耳。

麟之長百獸也以仁，獅子之服百獸也以威，鳳之率羽族也以德，而鸇之懾羽族也以鷙。然麟、鳳爲王者之祥，獅、鸇僅禁籞之玩，君子宜何居焉？

唐開元中，有鳳逐二龍，至華陰，龍墮地，化清泉二道，其一爲鳳爪傷流血，泉色遂赤，今其地有龍骨山云。故老謂鳳喜食龍腦，故龍畏之。今世所傳《鳥王啖龍圖》，蓋本此也。夫鳳非竹實不食，而亦嗜龍腦耶？

物之猛者不能相下，如龍潛水中，以虎頭投之，則必驚怒簸騰，淘出之乃已。西域人獻獅子，有繫井傍樹者，獅子徬徨不安，少頃，風雨晦冥，龍從井中飛出，是交相畏也。

鳳、麟皆無種而生，世不恒有，故爲王者之瑞。龍雖神物，然世常有之，人罕得見耳。但以一水族而雲雨雷電風雹皆爲之驅使，故稱神也。潛見以時，大小互用，上可在天，下可在田，故聖人獨以屬之乾道。

諸獸中獨獬豸不經見，一云即神羊也。然神羊見於《神異經》，其言誕妄，不足信。考歷代《五行》《四夷志》，如麒麟、獅子、扶拔、騶虞、角端，史不絕書，而獬豸無聞焉，則世固未嘗有此獸也。自楚文王服獬豸冠，而漢因之，相沿至今，動以喻執法之臣，亦無謂矣。

皋陶治獄，不能決者，使神羊觸之，有罪即觸，無罪即不觸。則皋陶之爲理，神羊之力也。後世如張釋之、于定國，無羊佐之，民自不冤，豈不勝皋陶遠甚哉！

永樂中曾獲麟，命工圖畫，傳賜大臣。余嘗於一故家得見之，其身全似鹿，但頸甚長，可三四尺耳，所謂麕身、牛尾、馬蹄者近之，與今俗所畫，迥不類也。獬廌，世未必有此獸，如果有之，既曰神羊，則其形當似羊，不應如世所傳。

宋嘉祐間，交阯貢麒麟一，狀如牛身，被肉甲，鼻端有角，食生芻果，必先以杖擊其角而後食。既至，樞密使田況辨其非麟，答詔止稱異獸云，時以爲得體。沈存中《筆談》亦載此，而誤以爲至和中，沈又疑其爲天禄云。

禁苑中四方鳥獸畢備，其不可馴者，盛以樊籠。有鷲鳥高六七尺，諸禽獸皆畏之，不知其何名也。獨無虎豹獅子之屬。相傳先朝皆蓄以備游玩，至今上中年，尚有虎數隻。一夕，上夢虎嚙左足，覺而腓痛，疑其祟，令司苑者勿與食，餓殺之。內一虎甚大，長丈許，餓至二十四日方死，呼聲動地。自是不復畜焉。

新安有衆逐虎，虎竄入神祠中，見土偶人厖然大也，搏之，偶踣而壓虎腰折焉，衆生得虎。時丁應泰爲令，[1]以爲異政通於神明也，爲新其祠，且令百姓歌謠之。

【校箋】

① 丁應泰，字元父，號衡岳，湖廣江夏人。萬曆十一年進士，授休寧令，擢刑科給事中，建言忤旨，謫山西照磨。起登封知縣，升兵部主事，贊畫朝鮮，劾楊鎬喪師、張位沈一貫與密疏往來。疏上，激上怒，罷歸卒。

山民防虎者，有崖口缺，虎常躍入，乃以巨絙縱橫而空懸之，虎躍而下，浮胃絙上，四足插空不能作勢，終不能脫矣。又有以黐布地及橫施道側者，虎頭觸之，覺其粘也，爪之不得下，則坐地上，俄而遍體皆污，怒號跳撲至死。萬曆辛亥，閩西北多虎暴，三五爲群。余時爲先室治兆，從者常遇之，殆者數矣。後郡公募人捕之，旬日中格三虎，自是無患焉。

江陵有貙人能化爲虎，又有貙虎還化爲人。

虎據地一吼，屋瓦皆震。余在黃山雪峰，常聞虎聲。黃山較近，時坐客數人，政引滿，虓然之聲如在左右，酒無不傾几上者。時潘景升、謝于楚在坐，[1]因言近歲有壯士守水碓，爲虎攫而坐之，碓輪如飛。虎觀良久，士且蘇，手足皆被壓不可動，適見虎勢翹然近口，因極力嚙之，虎驚，大吼躍走，其人遂得脫。余謂："昔人捋虎鬚，今人乃舐虎卵乎?②如此，不如無生。"衆皆絶倒。

【校箋】

　①"潘景升"，底本無，據北大本補。潘景升，即潘之恒（1536? —1621），號鸞嘯生、冰華生，歙縣人，僑寓金陵。著有《亘史》等。錢謙益《列朝詩集小傳》稱其"少而稱詩，才敏而詞贍，從其鄉汪司馬結白榆社，又師事王弇州。其稱詩弇州、大函也。久之，交袁中郎兄弟，上下其議論，其論詩又公安也"。謝于楚，生卒不詳，歙縣人。諸生，工詩，足迹遍天下。袁宏道《歷岨詩引》："余與于楚交有年，初于歙，再于白下，于廣陵，于燕市，每見，必以詩相質，力追作者。今春忽見于柳浪，衣上塵寸許，是則夢想不及者也。"《民國歙縣志》卷十《詩林》載："謝于楚，家貧能詩，足迹遍天下，所如不偶。袁中郎序其詩曰《歷岨草》。"

　②"今人"，北大本作"新安人"。

　胡人射虎，惟以二壯士彀弓兩頭射之。射虎逆毛則入，順毛則不入。前者引馬走避而後者射之，虎回則後者復然，虎雖多，可立盡也。中國馬見虎則便溺下不能行，惟胡馬不懼，獵犬亦然。何景明有《獵犬咋虎》詩，蓋邊方畜也。

　戚大將軍繼光鎮閩日，嘗獵得一生虎，縶以鐵組，内檻中，日令屠者飼肉十斤。屠苦之，賂一醫者爲告免辦，醫諾之。無何，戚有目疾，召醫，醫言："惟生虎目可療。"遂殺虎取目。後戚目疾雖瘳，而不虞醫之詐也。

獸之猛者，獅子之下有扶拔，有駁，有天鐵熊，皆食虎豹者。扶拔見諸史書，常與獅子同獻，似之而非也。《詩》云“隰有六駁”，《易》“爲駁馬”，《管子》曰“鵲食蝟，蝟食駿蟻，駿蟻食駁，駁食虎”。《太平廣記》所載，似虎而略小，食虎略盡者是已。[①]天鐵熊似熊而猛，常挾虎而嚼其腦，唐高宗時加毗葉國獻之，能擒白象。又有酋耳，亦食虎，而魏武所遇跳上獅子頭，與漢武時大宛北胡人所獻大如狗者，又不知何獸也。

【校箋】

① “食虎略盡”，底本作“食略虎盡”，據北大本改。

水牛之猛者，力皆能鬥虎，虎不如也。宣德間，嘗取水牛與虎鬥，虎三撲而不中，遂爲牛所牴而斃。余鄉間牧牛不收，嘗有觸虎於巖石上、至死不放者，迨曉力盡，牛虎俱斃。禁苑又有鬥虎騾，高八尺，三蹄而虎斃。又劉馬太監從西番得黑騾，日行千里，與虎鬥，一蹄而虎死。後與獅鬥，被獅折其脊死，劉大慟。騾能鬥虎，古未聞也。

滇人蓄象，如中夏畜牛馬然，騎以出入，裝載糧物，而性尤馴。又有作架於背上，兩人對坐宴飲者，遇坊額必膝行而過，上山則跪前足，下山則跪後足，穩不可言。有爲賊所劫者，窘急，語象以故，象即捲大樹於鼻端，迎戰而出，賊皆一時奔潰也。惟有獨象時爲人害，則阱而殺之。

師子畏鈎戟，虎畏火，象畏鼠，狼畏鑼。

今朝廷午門立仗及乘輿鹵簿皆用象，不獨取以壯觀，以其性亦馴警，不類它獸也。象以先後爲序，皆有位號，食幾品料。每朝則立午門之左右，駕未出時縱游齕草，及鐘鳴鞭響，則蕭然翼侍，俟百官入畢，則以鼻相交而立，無一人敢越而進矣。朝畢則復如常。有疾不能立仗，則象奴牽詣它象之所，面求代行，而後它象肯行，不然終不往也。有過或傷人，則宣敕杖之，二象以鼻絞其足踏地，杖畢始起謝恩，一如人意。或貶秩，則立仗必居所貶之位，不敢仍常立，甚可怪也。六月則浴而交之，交以水中，雌仰面浮合如人焉。蓋自三代之時已有之，而晋、唐業教之舞及駕乘輿矣。此物質既粗笨，形亦不典，而靈異乃爾，人之不如物者多矣。

象體具百獸之肉，惟鼻是其本肉，以爲炙，肥脆甘美。《吕氏春秋》曰：“肉之美者，有旄象之約焉。”約即鼻也。

獸莫仁於麟，莫猛於狻猊，即師子；莫巨於獟㺄，長四百尺。莫速於角端，日行一萬八千里。莫力於罔象，莫惡於窮奇。食善人，不食惡人。

新安樵者得小熊，大如貓，蹣跚庭中，犬至猛者見之亦溺下。又長興人得一虎子，其鄰家有犬，最警猛，初見亦怖溺，少選復來窺，又走。如此數四，至暮則徑往咋殺之矣。

今熊羆之屬，世亦稀見。江南多豺虎，江北多狼。狼雖猛不如虎而貪殘過之，不時入村落，竊取小兒，銜之而趨。

豺凡遇一獸，逐之雖數晝夜不舍，必得而後已。故虎豹常以
比君子，而豺狼常以比小人也。

　　萬曆壬子十月，有熊見於福州之平山，二樵子遇之不識，
以爲豬也，逐之。熊人立而爪樵者，衆呼逐之，躍出城外，
竄大樹上。官聞，遣兵捕之。土人素未識熊，懼之甚，圍而
遠射之，莫能中，中者輒爲所接，折而擲之。良久，一裨將
至，始曰：“吾山中習熊，力止敵一壯夫耳，無畏也。”直至
樹下，轂矢一發而斃。郡向未有此獸，又入城中，亦一異事
也。熊於字爲能火，可無祝融之慮乎？

　　昭武謝伯元言：[①]其鄉多熊，熊勢極長，每坐必跑土爲
窟，先容其勢而後坐。山中人尋其窟穴，見地上有巨孔者，
以木爲桎梏，施其上而設機焉，熊坐機發，兩木夾其莖，號
呼不能復起，土人即聚而擊之，至死不能動也。

【校箋】

　　① 謝伯元，即謝兆申（？—1629），字伯元，號耳伯，邵武人。
萬曆間貢生，善詩文，喜藏書，有《謝耳伯詩集》《文集》等。朱彝尊
《靜志居詩話》稱“耳伯詩，非不銳意法古，奈其辭鬱而不舒。蓋耳伯
逾嶺游吳，首以詩文請業於劉子威，未免問道於盲，宜其所就如此”。

　　熊行數千里外，每宿必有窩，山中人謂之“熊館”。虎
則百里之外，輒迷不返。

　　鹿之屬則有麊、有麚、有麕、有麈、有麐，猴之屬則有

獑、有猿、有狖、有玃，狐之屬則有貍、有貉、有獾，鼠之屬則有貂、有鼶、有鼨、有鼷、有鼫、有鼶、有鼢。然麖似羊而從鹿，蜼似猿而從虫，鯪鯉似獺而從魚，古人作字，當別有取義也。麖之性怯，飲水見影，無不驚奔，故人食其心者多恇怯，不知所爲。蟨鼠前而兔後，趨則頓，走則顚，故常與邛邛距虛比，即有難，邛邛距虛負之而走，蟨嚙得甘草，必以遺邛邛距虛也。號爲比肩獸，然世未嘗見之。宋沈括使契丹，大漠中有跳兔，形皆兔也，而前足纔寸許，後足則尺許，行則跳躍，止則仆地，此即蟨也，但又未見邛邛距虛耳。物之難博如此。狼亦負狽，今狼恒見而狽不恒見也。

贏之爲畜，不見於三代，至漢時始有之，然亦非中國所産也。匈奴北地，馬驢游牝，自相交合而生。今北方以爲常畜，其價反倍於馬矣。《爾雅翼》曰："贏股有鎖骨，故不能生。"俗又言贏骨無髓，故不能交合生子，皆非也。贏本驢馬野合所成，非本質也。交而生子，又不類父，大僅如牸，不堪乘載，故人禁之，不令交耳。漢元康中，龜兹王娶烏孫公主女，自以尚漢外孫，衣服制度皆半仿中國，胡人相謂曰："驢非驢，馬非馬。"若龜兹王者，所謂贏也，今作"騾"。《説文》曰："贏，驢父馬母也。駃騠，馬父驢母也。"然駃騠爲神駿而騾爲賤畜，可見人物稟氣於父，不稟氣於母也。又驢父牛母謂之馳駏，[①]見《玉篇》。

303

【校箋】

　　① "驢父"，北大本作"騾父"。

　　《拾遺記》云："善別馬者，死則破其腦視之，色如血者日行萬里，黃者日行千里。"夫馬已死矣，別之何爲？別而至於破腦，尚爲善別馬乎？此亦可笑之甚者也。

　　余在齊久，其地多狼，多猬，多玃，多鼠狼。玃如犬，穴地中，常以夜定出田野覓食，雞鳴即還，其行皆有熟路。土人覓其穴，置罝於穴口，雞鳴時縱犬嗾之，奔而入穴，即獲焉。其肉腏甚，不能多啖也。鼠狼雖小，而竊食雞鴿之類，一嚙即斷其喉。十百爲群，皆嚙殺無遺而後去，行走如飛。其氣腥惡，狗嚙之亦嘁吐竟日云。

　　江南山中多豪豬，似野豕而大，能與虎鬥。其毛半白半黑，勁利如矢，能激以射人。人取以爲簪，云令髮不垢。

　　齊、晉、燕、趙之墟，狐魅最多，今京師住宅，有狐怪者十六七，然亦不爲患。北人往往習之，亦猶嶺南人與蛇共處也。相傳天壇側有白狐，云千餘歲矣，鬚鬢如雪，時時衣冠與人往來，人知之亦無異也。一旦，駕幸天壇請雨，匿數日不出。駕返復至，人問之，曰："天子每出，百靈呵護，雖溝澮窟穴皆有神主之，何所藏匿？""然則安往？"笑曰："直至泰山石竇中耳。"與一縉紳交善，一旦，張真人來朝，狐以帕一方托縉紳往求張印，張見帕，大怒曰："此老魅敢爾！"

言未畢，狐已鎖縛跪庭下矣。張曰："野魅無禮！若得吾印，必且上擾天廷。"立取火焚殺之，縉紳泣爲之請，不得也。一云是德州猴精，縉紳爲寧德陳侍御。[1]

【校箋】

[1] 陳侍御，俟考。按，文中"張真人"張三豐約生活於元末明初，明初寧德籍陳姓進士有陳宗孟（永樂二年進士）和陳彬（永樂十三年進士），陳侍御或爲其一。

元至正間范益者，精於醫。一日，老嫗扣門，求醫其女，問所居，曰："在西山。"益憚其遠，曰："曷輿之來？"翌日，二女至，診之，驚曰："此非人脈，必異類也，當實告我。"嫗泣拜曰："某實西山老狐也。"問何以能入天子都城，曰："真命天子自在濠州，諸神往護，此間空虛久矣。"益乃與之藥而去。無何而高皇帝起淮右，益聞，即棄官去。

狐千歲始與天通，不爲魅矣。其魅人者，多取人精氣以成內丹。然則其不魅婦人，何也？曰：狐，陰類也，得陽乃成，故雖牡狐，必托之女以惑男子也。然不爲大害，故北方之人習之。南方猴多爲魅，如金華家貓，畜三年以上輒能迷人，不獨狐也。

杭州有猢猻，[1]能變化，多藏試院及舊府內。然余在二所，嘗獨處累月，意其必來，或可叩以陰陽變化之理，而杳不可得。

【校箋】

① "猻"，底本作"孫"，據北大本改。

福清石竺山多猴，千百爲群。戚少保繼光剿倭時屯兵於此，每教軍士放火器，狙窺而習之。乃命軍士捕數百，善養之，仍令習火器以爲常。比賊至，伏兵山谷中，而令群狙闖其營，賊不虞也。少頃，火器俱發，霹靂震地，賊大驚駭，伏發殲焉。昔針尹燧象，田單火牛，江逌火雞，今戚公乃以火狙，智者相師，大約類此。

京師人有置狙於馬厩者，狙乘間輒跳上馬背，揪鬃搦項，嬲之不已，馬無如之何。一日復然，馬乃奮迅斷轡，載狙而行，狙意猶洋洋自得也。行過屋桁下，馬忽奮身躍起，狙觸於桁，首碎而仆，觀者甚異之。余又見一馬疾走，犬隨而吠之不置，常隔十步許，馬故緩行，伺其近也，一蹄而斃。靈蟲之智，固不下於人矣。

置狙於馬厩，令馬不疫。《西游記》謂天帝封孫行者爲弼馬溫，蓋戲詞也。

余行江、浙間，少聞猿聲。萬曆己酉春，至長溪，宿支提山僧樓上。積雨初霽，朝曦薈蔚，晨起憑欄，四山猿聲哀嘯雲外，淒淒如緊弦急管，①或斷或續，客中不覺雙淚沾衣，亦何必瞿塘三峽中始令人腸斷也。

【校箋】

① "緊"，北大本作"繁"。

獐無膽，馬亦無膽；兔無脾，猴亦無脾；豚無筋，猬亦無筋。

瘈狗嚙人，令人腹中長狗雛而死，急以藥治之，狗從小便中出，即有嚙衣服者，亟捲衣置圊上，經數宿，必有狗雛無數死其中。又有一種狗，不飲不食，常望月而嘷者，非瘈，乃肚中有狗寶也。寶如石，大者如鵝卵，小如雞子，專治噎食之疾。余在東郡獲其一，每以施醫者，然不甚效也。

近歲一長洲令署中聞地下小犬吠聲，如此數晝夜，令人尋聲發掘，杳無所見，後亦竟無禍福。案，晉時輔國將軍孫無終，家於既陽，地中聞犬子聲，尋而地坼，有二犬子，皆白色，一雌一雄，取而養之，皆死。後爲桓玄所滅。又吳郡太守張懋、廬江民何旭家皆然，而俱不善終。《尸子》曰："地中有犬，名曰地狼。"《夏鼎志》曰："掘地得犬，名曰賈。"

魏正始中，中山王周南爲襄邑長，有鼠從穴出，曰："王周南，爾以某日死。"周南不應，鼠還穴。至期，更冠幘皂衣出，語曰："周南，汝日中死。"又不應。鼠復入穴，斯須復出，語如向。日適欲中，鼠入，須臾復出，出復入，轉更數語如前。日正中，鼠曰："周南，汝不應，我復何道！"言絶，顛躓而死，即失衣冠。取視，俱如常鼠。故今人相戒：
"遇怪事不得言。"又諺語曰："見怪不怪，其怪自壞。"

閩中最多鼠，衣服書籍，百凡什物，無不被損嚙者。蓋
房屋多用板障，地平之下常空尺許，數間相通，以妨濕氣。
上則瓦，下布板，又加承塵，使得窟穴其中，肆無忌憚。使
如北地鋪磚築牆，椽上用磚石作仰板，自然稀少矣。閩中人
若知此，不但可防鼠，亦可防火、盜也。

占書謂："狼恭鼠拱，主大吉慶。"唐寶應中，[①]洛陽李氏
家親友大會，而群鼠門外數百人立，驅之不去，空堂縱觀，
人去盡而堂崩。近時一名公將早朝，穿靴，已陷一足，有鼠
人立而拱，再三叱之不退。公怒，取一靴投之，中有巨虺尺
餘墜焉，鼠即不見。以至可憎之物，而亦能爲人防患若此，
可怪也。

【校箋】

①"唐"，北大本作"曆"。

貓之良者，端坐默然，而鼠自屏息，識其氣也。俗言別
貓者，一辟，二積，三咬，四食。今并其食者不可得矣。長
溪大金出良貓，余常購之，其價視它方十倍。黑質金睛，非
不虓然大也，而不能捕一鼠，至其前而不能捉也。此何異睢
陽咋狐犬？書之以發一笑。

天順間，西域有貢貓者，盛以金籠，頓館驛中。一縉紳

過之，曰："貓有何好，而子貴之？"曰："是不難知也，能斂數金與我乎？"如數與之，使者結壇於城中高處，置貓其中，翌日視之，鼠以萬計，皆伏死壇下。曰："此貓一作威，則十里內鼠盡死。"蓋貓王也。

京師內寺貴戚蓄貓，瑩白肥大，逾數十斤，而不捕鼠，但親人耳。蓄狗則取金絲毛而短足者，蹣跚地下，蓋兄事貓矣，而不吠盜。此亦物之反常為妖者也。

太倉中有巨鼠，為害歲久，主計者欲除之，募數貓往，皆反為所噬。一日，從民家購得巨貓，大如貍，縱之入，遂聞咆哮聲，三日夜始息。開視，則貓鼠俱死，而鼠大於貓有半焉。余謂貓鼠相持之際，再遣一二往援，當收全勝之功，而乃坐視其困也，主計者不知兵矣。

鼠大有如牛者，謂之鼹鼠，《爾雅》謂之鼶。舊說揚州有物度江而來，形狀皆鼠而體如牛，人莫能名。有識者曰："吾聞百斤之鼠不能敵十斤之貓，盍試之？"乃求得一巨貓十餘斤者往，鼠一見即伏不敢動，為貓咋殺。此亦鼠之一種，不恒有者也。人云鼠食巴豆可重三十斤，但未試耳。

《猗覺寮雜記》云："鷺，白羽黑文，胸頸皆青，冠面足皆赤，不純白也。《雪賦》乃云'白鷺失素'，是未識鷺也。"然李白亦有"白雪恥容顏"之語，豈相沿之誤耶？朱子《詩傳》："鶴，身白，頸尾黑。"[①]然鶴之黑者非尾也，乃兩翅之下，翅斂則傳於後，似尾耳。此亦格物之一端也。

【校箋】

　①"頸尾黑"，底本作"頸黑尾"，據《詩集傳》及北大本改。

　　凡魚之游皆逆水而上，雖至細之鱗，遇大水亦搶而上。鳥之飛亦多逆風。蓋逆則其鱗羽順，順而返逆矣。人之生於困苦而死於安樂，亦猶是也。陳後山《談叢》謂魚春夏則逆流，秋冬則順流，當再考之。

　　《孟子》曰："緣木求魚。"言木上必不得魚也。今嶺南有鯢魚，四足，嘗緣木上。鮎魚亦能登竹杪，以口銜葉。《莊子》曰："衆雌無雄，而又奚卵？"今雞鴨無雄亦自有卵，但不雛耳。婦人亦有無人道而生子者，況物乎！

　　《詩》云："莫赤匪狐，莫黑匪烏。"二物之不祥，從古已忌之矣。京師烏多而鵲少，宮禁之中，早暮飛噪，千百爲群，安在其爲不祥也？北方民間住宅，有狐怪者十常二三，而亦不甚害人，久亦習之矣。鴉鳴俗云主有凶事，故女子小人聞其聲必唾之，①即縉紳中亦有忌之者矣。夫使人預知有凶而慎言謹動，思患預防，不亦吾之忠臣哉？乃人皆樂鵲而惡鴉，信乎逆耳之言難受也。

【校箋】

　①"必"，底本作"以"，據北大本改。

　　洞庭有神鴉，客帆過必飛噪求食，人以肉擲空中哺之，不敢捕也。楚人好鬼，羅願云：“岳陽人以兔爲地神，無敢獵者。又巴陵烏絶多，無敢弋。”其語信矣。

烏與鴉似有別，其實一也。南人以體純黑者爲反哺之烏，而以白頸者爲鴉，惡其不祥。此亦不然。古人烏、鴉通用，未有分者。烏言其色也，鴉象其聲也。舊説烏性極壽，三鹿死後能倒一松，三松死後能倒一烏，而世反惡之，何也？

貓頭鳥即梟也，閩人最忌之，云是城隍攝魂使者。城市屋上有梟夜鳴，必主死喪。然近山深林中亦習聞之，不復驗矣。好事者伺其常鳴之所，懸巨炮枝頭，以長藥綫引之，夜然其綫，梟即熟視良久，炮震而隕地矣。此物夜拾蚤蝨而晝不見丘山，陰賊之性，即其形亦自可惡也。古人以午日賜梟羹，又標其首以木，故摽賊首謂之梟首。

梟、鴞、鵩鵬、鴟鵂、訓狐、貓頭，皆一物而異名，種類繁多。鬼車、九首則惟楚、黔有之，世不恒見。

世俗相傳，謂倉庚求友，以爲出於《詩》，然《詩》但言“伐木丁丁，鳥鳴嚶嚶。出自幽谷，遷于喬木。嚶其鳴矣，求其友聲”，初不指其何鳥也。凡鳥雌雄相呼、朋類相喚者亦多矣，不獨鶯也。釋者以《禽經》有“鶯鳴嚶嚶”之語，遂以詩人爲咏倉庚，不知《禽經》乃後人所撰，正因《詩》之語而附會之耳，豈可引以證《詩》乎？況楊雄《羽獵賦》有“鴻雁嚶嚶”之句，可又指爲雁乎？

《淮南子》：“季秋之月，雁來賓，雀入大水爲蛤。”來賓者，以初秋先來者爲主，而季秋後至者爲賓也。許叔重解以"雁來"爲句，而曰："賓雀者，老雀也，栖宿人家，如賓客然。"崔豹《古今注》亦云："雀一名嘉賓。"必有所考，今記於此。

白鴝相視，眸子不動而風化，不必形交也。鴝即鶄，似雁而善高飛。昔人謂其吐而生子，未必然也。又鸕鷀亦胎生，從口吐出。此屢見諸書者，而未親見之。

鴝與隼皆鷙擊之鳥也，然鴝取小鳥以暖足，旦則縱之。此鳥東行，則是日不東往擊物，西、南、北亦然，蓋其義也。隼之擊物，遇懷胎者輒釋不殺，蓋其仁也。至鷹則無所不噬矣，故古人以酷吏比蒼鷹也。

鷹產於遼東，渡海而至登、萊。其最神駿者，能見海中諸物，輒撲水而死。故中國之鷹不及高麗產。

教鷹者，先縫其兩目，仍布囊其頭，閉空屋中，以草人臂之。初必怒跳顛撲不肯立，久而困憊，始集臂上。度其餒甚，以少肉啖之，初不令飽。又數十日，眼縫開，始聯其翅而去囊焉。囊去，怒撲如初，又憊而馴，乃以人代臂之。如是者約四十九日，乃開戶縱之，高飛半晌，群鳥皆伏，無所得食，方以竹作雉形，置肉其中，出没草間，鷹見即奮攫之，遂徐收其絛焉。習之既久，然後出獵，擒縱無不如意矣。

狡兔遇鷹來撲，輒仰卧，以足掔其爪而裂之，鷹即死。惟鴝則不用爪，而以翅擊之使翻，便啄其目而攫去。又鷹遇石則不能撲，兔見之輒依巖石傍旋轉，鷹無如之何，則盤飛其上，良久不去。人見而迹之，兔可徒手捉得也。

南京一勛貴家，蓄獼猴甚馴，既久，輒戲其侍婢，主怒而欲殺之，逃匿報恩寺塔頂，出沒趫捷，人無如之何。或教放鷹擊之，猴見鷹至，即裂其爪，鷹反斃焉。如是數四，主怒甚，募有能擊者，予百金。一遼東人應募，解絛縱鷹，鷹形甚小，至塔頂盤飛良久，瞥然遠逝，不知所之。萬衆相視罔測。良久，乃從天際而下，將至猴身，乘其張目熟視，將毛羽一抖，黃沙蔽天而下，猴兩目眯不能開，一擊而隕地矣。乃知向之遠去，爲藏沙也，物之智如此。主大喜，厚賜之。

有魚鷹者，終日巡行水濱，遇游泳水族悉啄之。又有信天翁者，不能捕魚，立沙灘上，俟魚鷹所得，偶墜則拾食之。昔人有詩云：“荷錢荇帶綠波空，唼鯉含鯊淺草中。江上魚鷹貪未飽，何曾餓死信天翁。”楊用修《丹鉛錄》亦載此詩，以爲蘭廷瑞作也。一云瀛水上有二鳥，立不動者名信天緣，奔走不休者名謾畫。

虎鷹能擒虎豹，亦展沙眯其目，虎畏之，遠望輒妥首藏匿。今北方鷙鳥如鶡者，亦能搏獐鹿食之。鷲則彌大，能攫牛虎矣。

鷹畏青鵰糞，沾其身則肉爛毛脫。獵時密迹其後，略捎之即遠逝，青鵰輒飛糞濺之，長至數尺，如是再三，糞漸微以至盡，即爲鷹擊矣。物之以智相制也。

謝豹，蟲也，以羞死，見人則以足覆面如羞狀。是蟲聞杜鵑聲則死，故謂杜鵑亦曰謝豹。而鵑啼時得蝦曰謝豹蝦，賣筍曰謝豹筍，則又轉借以爲名，其義愈遠矣。一云蜀有謝氏子，相思成疾，聞子規啼則怔忡若豹，因呼子規爲謝豹。未知是否。

羽族之巧過於人，其爲巢，只以一口兩爪而結束牢固，甚於人工，大風拔木而巢終不傾也。余在吳興，見雌雄兩鸛於府堂鴟吻上謀作巢，既無傍依，又無枝葉，木銜其上輒墜，余家中共嗤笑之。越旬日而巢成矣。鸛身高六七尺，雌雄一雙伏其中，計寬廣當得丈余，雜木枯枝縱橫重疊，不知何以得膠固無恙？此理之不可曉者。

凡鳥將生雛，然後雌雄營巢，巢成而後遺卵伏子，及子長成飛去，則空其巢不復用矣。其平時栖宿，不在巢中也，故有鵲巢而鳩居之者。

閩大司徒馬恭敏公在山東日，[①]庭中有鶴，雌雄巢於樹杪。無何，生二雛，雌雄常留一守巢，其一遠出覓食，以爲常。時方盛夏，公常命吏卒謹護之。一日，雄者出而不返，旬餘無耗，公嘆息，以爲遇害。又數日，雛鳴甚急，視之，則雄從南方飛來，將至巢，長鳴一聲，有樹一枝墜地，紅實累累。吏人不識，持以白公，視之，則荔支也。計閩、廣相距五千餘里，不憚跋涉而遠取之，其愛至矣。亟命梯而送之巢中，其雌雄環鳴不已，若感謝云。

【校箋】

① 馬恭敏，即馬森，見本卷"司徒馬恭敏治河日"。

　　鯤化爲鵬，《莊子》寓言耳。鵬即古"鳳"字也，宋玉對楚王："鳥有鳳而魚有鯤。"其言鳳皇上擊九千里，負青天而上，正祖述《莊子》之言也。鵠即是鶴。漢黄鵠下建章而歌，則曰黄鶴是已。故《戰國策》説士或言鵠，或言鶴，交互不一，物同而音亦同也。此雖小事，亦博物者所當知。

　　景州進士田吉赴廷試日，①鵲巢其檣，直至潞河，吉自負必得大魁，後乃以傳文字罰殿一舉。余按：吴孫權時，封前太子和爲南陽王，遣之長沙，有鵲巢其帆檣，和故官僚聞之，皆憂慘，以爲檣末傾危，非久安之象。後果不得死所。其占正與吉合，惜無有以和事告之者。

【校箋】

① 田吉，河北故城人，萬曆三十八年廷對，以縣佐録用。天啓初，拜爲魏忠賢義子，由知縣遷太常卿，未及一年，連擢至兵部尚書，加太子太保。與錦衣衛僉事崔呈秀、工部尚書吴淳夫、太常卿倪文焕、副都御史李夔龍，並稱爲閹黨五虎。崇禎帝即位，詔逮治處死。

　　閩中税監高寀常求異物於海舶以進御。①有番雞，高五尺許，白色黑文，狀如鬥雞，但不聞其鳴耳。有白鸚鵡甚多，又有黄者，其頂上有冠，如芙容狀。番使云此最難得者。

【校箋】

　　① 高宷，順天府文安人，神宗時太監，任御馬監丞，萬曆二十七年督理稅務，在福建私通倭市，橫徵暴斂，激起民變，爲周起元等所劾，召回。

　　東方有魚焉，如鯉，六足，有尾，其名曰鮯；南方有鳥焉，三首，六目，六足，三翼，其名曰鷩鵂；西方有獸焉，如鹿，白尾，馬足，人手，四角，其名曰玃如；北方有民焉，九首蛇身，其名曰相繇；中央有蛇焉，人面豺身，鳥翼蛇行，其名曰化蛇。此五方之異物也。

　　五臺山有蟲，狀如小雞，四足，有肉翅。夏月毛羽五色，其鳴若曰“鳳凰不如我”。至冬，毛落而毷，忍寒而號，若曰“得過且過”。其糞如鐵，狀若凝脂，恒集一處，醫家謂之五靈脂是也。

　　古人有鬥鴨之戲，今家鴨豈解鬥耶？鬥雞則有之矣。江北有鬥鵪鶉，其鳥小而馴，出入懷袖，視鬥雞又似近雅。吾閩莆中喜鬥魚，其色斕斒喜鬥，①纏繞終日，尾盡嚙斷不解。此魚吾郡亦有之，俗名錢片魚，蓄之盆中，諸魚無不爲所嚙者，故人皆惡之，而莆人乃珍重如許，良可怪也。

【校箋】

　　① “喜”，底本作“嘉”，據北大本改。

　　鶉雖小而馴，然最勇健善鬥，食粟者不過再鬥，食稊者
尤耿介，一鬥而決。故《詩》言"鶉之奔奔"，言其健也。
此物至微而上應列宿，有鶉火、鶉首、鶉尾等象，與朱雀、
玄武靈異之物同列，有不可解者。一云，鳳，鶉火之禽，天
文之鶉蓋指鳳也，非鵪鶉之鶉。亦未知是否。

　　昔人以閩荔支、蠣房、子魚、紫菜爲四美。蠣負石作房，
纍纍若山，所謂蚝也。不惟味佳，亦有益於人。其殼堪燒作
灰，殊勝石灰也。子魚、紫菜，海濱常品，不足爲奇，尚未
及遼東之海參、鰒魚耳。江珧柱，惟福清、莆中有之，然余
從來未識其味，亦未見其形也。大約海錯中惟蠣與西施舌稱
最，餘者不足咤也。

　　閩有帶魚，長丈餘，無鱗而腥，諸魚中最賤者，獻客不
以登俎。然中人之家，用油沃煎，亦甚馨潔。嘗有一監司，
因公事過午歸，餒甚，道傍聞香氣甚烈，問何物，左右以帶
魚對，立命往民家取已煎者至宅啖之，大稱善，且怒往者之
不市也。自是每飯必欲得之，去閩數載，猶思之不置。人之
嗜好無常如此。吳江顧道行先生亦嗜閩所作帶魚鮓，[①]遇閩人
輒索，而閩人賤視此味，常無以應之也。

【校箋】

　　① 顧道行，即顧大典（？—1596），字道行，一字衡宇，吳江人。
隆慶二年進士，歷南京兵部主事、福建提學副使，謫禹州知州，官至山
東按察副使。工詩文，善書畫，好戲曲。有《清音閣集》等。

　　唐皮日休以鸑魚殼爲樽，澀峰巇角，内玄外黄，謂之訶陵樽。此亦好奇之甚矣。閩中鸑殼山積，土人以爲杓，入沸湯中甚便，不聞其可爲樽也。即虎蟳、龍蝦、鸚鵡螺之屬，亦不甚當於用耳。

　　閩中蚌蟳，大者如斗，俗名曰蟳。其螯至強，能殺人。捕之者伸手石罅中，爲其所鉗，牢不可脱，一遇潮至，便致淹没。即至小者，亦鉗人出血。其肉肥，大於蟹，而味不及也。又有一種，殼兩端鋭而螯長不螫，俗名曰蠘，陶穀《清異録》已載之矣。在雲間名曰黄甲，浙之海鹽、齊之沂州皆有之。又有殼斑如虎頭形者，曰虎蟳，它方之人多取爲玩器，而其味彌不及矣。

　　北地珍鰒魚，每枚三錢。漢王莽啖鰒魚，憑几不復睡。後漢吳良爲郡吏不阿，太守賜良鰒魚百枚。又南齊時有遺褚彦回三十枚者，每枚直數千錢。則古人已重之矣。鰒音撲，入聲，今人讀作鮑，非也。《韻譜》云："一名石決明，一殼如笠，粘石上。"閩中亦有之，但差小耳。

　　海參，遼東海濱有之，一名海男子，其狀如男子勢然，淡菜之對也。其性温補，足敵人參，故名海參。

　　吳越王宴陶穀，蚌蟳至蟶蚏六十餘種。時閩爲吳越所并，大抵皆閩産也。蝦自龍蝦至綫蝦極小者，計亦不下三十餘種。人之徇口腹，乃至窮極若此。山東濱海，水族亦繁，而人不知取。沿河淺渚，夏春間螺蚌蜆蛤甚多，至饑荒時乃取之，而亦不知烹臞之法也。使是物産閩、廣間，已無噍類矣。海豐産銀魚，然須冬月上浮時爲風吹成冰，不能動，然後土人琢冰取之，春風至則逸矣。其取魚，網釣之外無一物也。

俗言鯉魚能化龍，此未必然。鯉性通靈，能飛越江湖，如龍門之水，險急千仞，凡魚無能越者，獨鯉能登之，故有成龍之説耳。陶朱公養魚，以六畝地爲池，求有子鯉魚長二尺者十六頭，牡鯉三尺者四頭，内之，期年之中可得魚七萬頭。蓋其性易育而又不相食故也。又按許慎云：“鮪魚三月溯河而上，能度龍門之浪則化爲龍。”而不言鯉也。《唐韻》：“葑山一名龍門山，在封州，大魚上化爲龍，上不得，點額流血，水爲之丹。”都無鯉魚之文，乃知俗説無稽。

鲂即鯿也，陽書所謂“若食若不食”者也。然今之鯿魚最易取，常空群而獲之。宋張敬兒獻高帝至一千八百頭。豈古用釣而今用罟，故有難易耶？

韋昭《春秋外傳》注：“石首成鼆。鼆，鴨也。”《吳地志》亦云：“石首魚，至秋化爲冠鳧。”今海濱石首，至今未聞有化鴨者。書之以廣異聞。

鯊魚重數百斤，其大專車，鋸牙鉤齒，其力如虎。漁者投餌即中，徐而牽之，怒則復縱，如此數次，俟至岸側少困，共拽出水，即以利刃斷其首，少遲，恐有掀騰之患。故市肆者未嘗見其首。余在真州藥肆中見之，猛獰猶怖人也。按：《毛詩》“鱨鯊”注：“鯊狹而小，常張口吹沙。”郭氏所謂吹沙小魚者，則非今閩、廣之鯊魚也，今鯊魚乃鱷類耳。

鯤鵬數千里，或莊生之寓言。然崔豹《古今注》云："鯨鯢，大者長千里。"則似實有之矣。《神異經》謂："東海之大魚，行者一日逢魚頭，七日逢魚尾。"余家海濱，常見異魚。一日，有巨魚如山，長數百尺，乘潮入港，潮落不能自返，撥剌沙際。居民以巨木拄其口，割其肉，至百餘石。潮至，復奮鬐浮出，不知所之。又有得巨魚脊骨為臼者，今見在也。若非親見，以語人，人豈信乎？宋高宗紹興間，漳浦海場有魚高數丈，割其肉數百車，至剜目乃覺，轉鬣而旁艦皆覆。近時劉參戎炳文過海洋，^①於亂礁上見一巨魚橫沙際，數百人持斧，移時僅開一肋，肉不甚美，肉中刺骨亦長丈餘，劉携數根歸以示人。想皆此類耳。

【校箋】

① 劉炳文，萬曆間將領，曾任寧紹參將。

張志和詩："桃花流水鱖魚肥。"《爾雅翼》謂："凡魚無肚，獨鱖魚有肚，能嚼。"《焦氏筆乘》引此釋"肥"字，義亦似牽合。凡魚之肥者固多也，恐志和詩意亦未便至此。至於以鱖魚為鮰魚，又誤矣。二魚余皆見之，大小形質夐然不同，何得混為一耶！

吳陳湖傍有巨潭，中產老蚌，其大如船。一日，張口灘畔，有浣衣婦以為沉船也，蹴之，蚌閉口而没，婦為驚仆。

嘗有龍來取其珠，蚌與鬥三晝夜，風濤大作，龍爪蚌於空中，高數丈，復墜，竟無如之何。景泰七年冬，河冰盡合，蚌自湖西南而出，冰皆摧破，堆壅兩岸，如積雪然，以後遂不知所之矣。

《爾雅》曰：“蜃，小者珧。”是以蜃爲蚌屬。羅願曰：“蜃，大蛤也。”故海中車螯亦有謂之蜃者。然古人蛟、蜃同稱，若蚌、蛤屬，豈能變化爲人害？陸佃《埤雅》云：“蜃形如蛇而大，腰以下鱗盡逆。一曰狀似螭龍，有耳有角，噓氣成樓臺。”然則蜃有二種，而海市蜃樓及許遜所誅慎郎者，必非珧蛤明矣。又雉入大水爲蜃。雉本蛇所化，晉武庫中雉飛而得蛇蛻是也，則其入水爲蜃亦從其類耳，而羅氏以爲蛤屬，俱誤也。

龜之爲物，文采靈異，古人取之以配龍、鳳，然以知吉凶之故，不免有刳剔鑽灼之慘，何不幸也。狐疑之人，每事必卜，焚骨棄板，積若丘山，此與雞豚何異？而聖人作事謀始，乃忍於戕靈物之命以千萬計，必不其然。古者，大龜藏之府庫爲寶，國有大事，則告廟而卜焉，世世用之，臧氏所謂三年而一兆者是也，非一灼而遽棄之也。今龜卜南方不甚用之，而市肆所鬻敗龜板者皆已灼之餘，歲不知其幾也。近一友人謂甲必生取者始靈，得龜不即殺之，以巨石墜其首而生剔其肉，冤慘之狀，令人不忍見聞。此豈可施於神靈之物者？龜而有知，當銜冤報仇，其不告以吉凶審矣。故卜可廢也。

龍蝦大者重二十餘斤，鬚三尺餘，可爲杖。蚶大者如斗，可爲香爐。蚌大者如箕。此皆海濱人習見，不足爲異也。

嘉興天寧寺有蜈蚣長七尺許，時出檐際，人每見之而不爲害。一日，雷震其後殿，遂不復見。南京報恩寺塔頂有蜘蛛，大如斗，垂絲數百丈，直至南城樓，後亦爲雷所擊。俗云物大則有珠，①故龍來取之。侯官水西村民擊殺一蛇，其大異常，剝其皮，挂肉於柱，雷霆殷殷，繞檐角不散，眾懼而棄之野。余謂此亦當有珠，故龍以雷至，惜村人無辨之者。

【校箋】

① "大"，底本作"人"，據北大本改。

宋乾道間，行都北關有鮎魚，色黑，腹下出人手於兩傍，各具五指。

海粉乃龜、鼈之屬腹中腸胃也，以巨石壓其背，則從口中吐粉，吐盡而斃，名曰海粉。①持齋者常誤食之。

【校箋】

① "海粉"，北大本作"海粉馬"。

河豚最毒，能殺人，閩、廣所產甚小，然貓犬烏鳶之屬食之，無不立死者，而三吳之人以爲珍品。其脂名西施乳，乃其肝，尤美，所忌血與子耳。其子亦有食者，少以鹽漬之，用燕脂染不紅者即有毒，紅者無毒，可食。一云，烹時用傘遮蓋，塵墜其中則殺人。中毒者，橄欖汁及蔗漿解之，然千百中無一二也。

有客於吳者，吳人招食河豚，將行，其妻挐尼之，曰："萬一中毒，奈何？"曰："主人厚意，不可卻，且聞其味美也。假不幸中毒，便用糞汁及溺吐之，何害？"既及席，而市者以夜風，不能得河豚也，徒飲至夜，大醉歸，不知人，問之，瞠目不答。妻挐怖曰："是河豚毒矣。"急絞糞汁灌之。良久酒醒，見家人皇皇，問所以，具對，始知誤矣。古人有一事無成而虛咽一甌溺者，不類是耶？

東方朔《答客難》云："以管窺天，以蠡測海。"蠡，古"螺"字也，注以爲瓟瓢，非是。楊用修引《方言》"蠡"字解之，愈僻而愈不通矣。

殺黿，割肉懸桁間，見無人便自垂至地，聞人聲即縮。黿肉刳盡而留腸屬於首，數日不死，烏攫之，反爲所嚙。南人無食之者，乃子公以爲異味，何也？廣陵沙岸上有水牛偃曝，一黿大如席，闖出水際，潛往牛所。牛覺，亟起，環行出其後，奮角觝之，黿即翻身仰臥，不能復起，爲濱江人擊殺之。古有相傳水牛殺蛟，當不虛也。

儀真人有網而得黿者，繫其足，置豕圈中，將烹之。入夜，有虎入圈，以爲豕也，搏之，爲黿所嚙，至死不放，虎創甚而伏。比明衆至，格殺虎，以黿爲有功，放之於江焉。

黿、鼉皆能魅人，《河東記》載元長史事甚詳。又唐開元中，燉煌李鷁過洞庭，衄血沙上，爲鼉所舐，遂化爲鷁形，與其家人赴任，而鷁反被鼉禁制水中。如是數年，遇葉法善，問其故，乃飛石往擊其鼉，鷁始得生。故今舟行相戒不敢瀝血水中。雜劇載鯉魚精事，與此相似。

南人口食，可謂不擇之甚。嶺南蟻卵、蚺蛇，皆爲珍膳。水雞、蝦蟆，其實一類。閩有龍蝨者，飛水田中，與灶蟲分毫無別。又有泥筍者，①全類蚯蚓。擴而充之，天下殆無不可食之物。燕齊之人，食蝎及蝗。余行部至安丘，一門人家取草蟲有子者，煤黃色入饌。余詫之，歸語從吏，云：“此中珍品也，名蚰子，縉紳中尤雅嗜之。”然余終不敢食也。則蠻方有食毛蟲、蜜唧者，又何足怪？

【校箋】

① “泥”，北大本作“土”。

陸佃《埤雅》云：“蜉蝣似天牛而小，有甲，角長三四寸，黃黑色，甲下有翅，能飛。燒而啖之，美於蟬也。”據其形質，即是龍蝨之類，古人以爲口食久矣。然蟬，今人不聞有食者，而古人食之，又一新事也。

萬曆間，京師市上有鳥，大如鷦鴣，毛色淺黃，足五指，有細鱗如龜狀，名曰沙雞，云自塞外至者，其味亦似山雉。

余弱冠至燕市上，百無所有，雞鵝羊豕之外得一魚，以爲稀品矣。越二十年，魚蟹反賤於江南，蛤蜊、銀魚、鯹蚶、黃甲纍纍滿市，此亦風氣自南而北之證也。

大内供御溷厠所用，乃川中貢野蠶所吐成繭，織以爲帛，大僅如紙。每供御用之後，^①即便棄擲。孝廟時，一宮人取已用者搟濯縫紉，爲簾帷之屬。一日，上見，問之，具以對，上曰："如此殊可惜。"即敕以紙代之，停所進貢。逾年，^②川中奏，詔書到後，野蠶比年不復吐繭，村民有衣食於是者流離失所，乃令進貢如初。翌歲，蠶復生矣。固知惟正之供，不偶然也。

【校箋】

① "後"，底本作"物"，據北大本改。

② "逾"，北大本作"渝"。

江南無蝗，過江即有之，此理之不可曉者。當其盛時，飛蔽天日，雖所至禾黍無復孑遺，然間有留一二頃獨不食者，界畔截然，若有神焉。然北人愚而惰，故不肯捕之。此蟲赴火如歸，若積薪燎原，且焚且瘞，百里之内可以立盡。江南人收成後多用火焚一番，不惟去穢草，亦防此等種類也。

相傳蝗爲魚子所化，故當大水之歲，魚遺子於陸地，翌歲不得水則變而爲蝗矣。雌雄既交，一生九十九子，故種類日繁。案史傳所載，尚有螟螣、蟊蜮、蟊賊等名，雖云食心、食苗各異，同一種耳。《酉陽雜俎》云："腹下有梵字，首有王字。”又云：“部吏侵漁百姓，則蝗食穀。身黑頭赤，武吏也；頭黑身赤，文吏也。”語雖荒唐，可以警世。

姚崇令姚若水捕蝗至數百萬石，蝗患訖息。今之有司，能設法捕除，即不能盡絕，未必無少補也。況蝗不避人，易於擒捉，飛則千萬爲群，可以羅網，夜以火取之尤易。而坐視其縱橫，莫之誰何，豈不哀哉？

京師多蝎，近來不甚復見，惟山東平陰、陽穀等處最多。遇其蟄時，發巨石下，動得數斗，小民亦有取以爲膳者。相傳爲蝎螫者忍痛問人曰：“吾爲蝎螫，奈何？”答曰：“尋愈矣。”便即豁然。若叫號則愈痛，一晝夜始止。關中有天茄可治蝎毒。余在齊，固安劉君養浩爲郡丞，[1]傳一膏藥方，傅之痛立止，屢試，神效。

【校箋】

[1] 劉養浩，北直固安人，萬曆十年舉人，曾任益都縣令、山西岢嵐州知州等。

蝎雙尾者殺人。余初捕得蝎，輒斬其尾縱之。後以語人，一客曰：“若斷尾復出，即成雙尾，害不淺矣！”後乃殺之。

蝎孕子在背，長則剖背出而母死，此亦梟破獍之類也。[1]

【校箋】

[1] “梟”，底本作“鳧”，據北大本改。

嶺南屋柱多爲蟲蠹，入夜則嚙聲刮刮，通夕攪人眠，書籍蟫蛀尤甚，故其地無百年之室、無五十年之書。而蛇蟲虺蝎縱橫與人雜處，蓋依稀蠻獠之習矣。

蚊蓋水蟲所化，故近水處皆多。自吳越至金陵、淮安一帶無不受其毒者，而吳興、高郵、白門尤甚，蓋受百方之水，汊港無數故也。李肇《唐史補》稱江東有蚊母鳥，[①]湖州尤甚。余在湖州，蚊則多矣，不聞有鳥吐蚊也。南中又有蚊子木，實如枇杷，熟則裂而蚊出焉。塞北又有蚊母草，[②]亦生蚊者。鳥之吐蚊，如蠅之糞蟲，不足異也，草木生蚊，斯足異矣。

【校箋】

① “李肇”，底本、北大本皆作“李趙”，當避作者之諱。

② “塞北”，北大本作“塞外”。

京師多蠅，齊、晉多蝎，三吳多蚊，閩、廣多蛇。蛇、蝎與蚊，害人者也。蠅最癡頑，無毒牙利嘴而其攪人尤甚，至于無處可避，無物可辟，且變芳馨爲臭腐，涴淨素爲緇穢，驅而復來，死而復生，比之讒人，不亦宜乎！

物之最小而可憎者，蠅與鼠耳。蠅以癡，鼠以黠，其害物則鼠過於蠅，其擾人則蠅過於鼠。世間若無此二種，晝夜差得帖席矣。譬之於人，蠅則嗜利無恥、舐痔吮癰之輩也，鼠則舞文齮齕、雄行奸命之徒也。故防鼠難於防虎，驅蠅難於驅蛇。何者？易之也。

蠅雌者循行求食，雄者常立不移足。蝨交則雄負雌，其勢在尾近背上。蜂及蜘蛛，未有見其交者，陰類多相賊也。

江南有花地遍，狀如小蛇，螫立殺人。嶺南有夜虎，此其類也。

江南山谷中有黑蜂大如蜣螂，能螫殺人，俗云七枚能殺一水牛，《楚詞》云"赤蟻若象，玄蜂若壺"是也。

山蜂螫人皆復引其芒去，惟蜜蜂螫人，芒入人肉，不可復出，蜂亦尋死。傳言尹吉甫後妻取蜂去毒，繫衣上以誘伯奇，即此也。余在楚長沙，見蜜蜂皆無刺，玩之掌上，不能螫人，與蠅無異，又可怪也。

物之小而可愛者莫如蟻，其占候似智，其兼弱似勇，其呼類似仁，其次序似義，其不爽似信，有君臣之義焉，兄弟之愛焉，長幼之倫焉。人之不如蟻者多矣，故淳于棼縱酒遺世而甘爲之婿，亦有激之言也。

人有掘地得蟻城者，街市屋宇、樓堞門巷，井然有條。唐《五行志》開成元年，[①]京城有蟻聚，長五六十步，闊五尺至一丈，厚五寸至一尺，可謂異矣。蜂亦有之。

【校箋】

① "開"，底本作"門"，據北大本改。

蟻有黃色者，小而健，與黑者鬥，黑必敗，僵尸蔽野，死者輒舁歸穴中。喪亂之世，戰骨如麻，人不及蟻多矣。又有黑者長寸許，最強，螫人痛不可忍，亦有翼而飛者。

蛣蜣轉丸以藏身，未嘗不笑蟬之槁也；蜘蛛垂絲以求食，未嘗不笑蠶之烹也。然而清濁異致，仁暴殊科，故君子寧饑而清，無飽而濁；寧成仁而殺身，無縱暴以苟活。

蟬之爲蜣螂也，孑孓之爲蚊也，不善變者也；盲鼠之爲蝙蝠也，田鼠之爲鴽也，善變者也。雉之爲蜃也，雀之爲蛤也，有情而之無情也；腐草之爲螢也，朽麥之爲蛾也，無情而之有情也。

《淮南子》曰："孑孓爲蟲。"孑孓，今雨水中小蟲也，其形短而屈，群浮水面，見人則沉，其行一曲一直，若無臂然，故名之。孑，無右臂也；孓，無左臂也。一作"孒孒"，音吉厥，或作蛣蟩。稍久則浮水上而爲蚊矣。葛稚川曰："蠛蠓之育於醯醋，芝欘之産於枯木，蛣蟩之滋於泥淤，翠蘺之秀於松枝，彼非四時所創匠也。"言皆因物成形，自無而有耳。

天地間氣化形化，各居其半。人物六畜，胎卵而生者，形化者也。其他蚤蝨、蟬蠹、科斗、蚼蚄之屬，皆無種而生。既生之後，抱形而繁，即殄滅罄盡，無何復出。蓋陰陽氤氳之氣，主於生育，故一經薰蒸醞釀，自能成形，蓋即陰陽爲之父母也。

水馬逆流水而躍，水日奔流而步不移尺寸，兒童捕之，輒四散奔迸。惟嗜蠅，以髮繫蠅餌之，則擒抱不脫，釣至案几而不知也。

"螟蛉有子，蜾蠃負之"，謂負它子作己子也，故人以過房子爲螟蛉，此語相沿至今。然蜾蠃實非取它物爲子也，乃放卵窠中，而殺小蟲以飼之耳。陶隱居《爾雅注》云："蠮螉銜泥，竹壁及器物作房，生子如粟米，乃捕取草上蜘蛛，滿中塞之，以俟其子爲糧。"此語鑿鑿有據，足破千古之誤。且《詩》但言"蜾蠃負之"，未言其作己子也，則揚子雲"類我"之説誤之也。

壁蝨有越街而嚙人者，《夷堅志》載之詳矣。閩中有一獄中，壁蝨最多，諸囚苦之，每晴明搜求，了不可得。一獄卒以昧爽出，見市上有黑道如綫，視之蝨也，從獄中出，越大門，過市西一賣餅家壚下匿焉，[1]餅家久且致富，卒乃白官，發壚得數斗，燔殺之，臭聞十數里。自此獄中得蘇，而賣餅家遂敗落矣。壁蝨，閩中謂之"木蝨"，多杉木中所生，治者以麥藁燒灰水淋之。

【校箋】

① "壚"，北大本作"爐"。

江南壁蝨多生木中，惟延綏生土中，遍地皆是也，入夜則緣牀入幕，嗜人遍體成瘡，雖徙至廣庭，懸床空中，亦自空飛至。南人至其地，輒宛轉叫號不可耐，[1]無計以除之也。

卷　九

【校箋】

①“叫號”，北大本作“呼號”。

　　治蚤者以桃葉煎湯澆之，蚤盡死。治頭蝨者，以水銀揉髮中。其大要在掃灑沐浴而已。然人有善生蝨者，雖日鮮衣名香，終不絕。俗傳久病者，忽無蝨必死，其氣冷也。

　　書中蠹蛀，無物可辟，惟逐日翻閱而已。置頓之處，要通風日，而裝潢最忌糊漿厚褙之物。宋書多不蛀者，以水褙也。日晒火焙固佳，然必須陰冷而後可入笥，若熱而藏之，反滋蠹矣。

　　蚺蛇大能吞鹿，惟喜花草婦人。山中有藤名蚺蛇藤，捕者簪花衣紅衣，手藤以往，蛇見輒凝立不動，即以婦人衣蒙其首，以藤縛之。其膽護身，隨擊而聚。若徒取膽者，以竹擊其一處，良久，利刀剖之，膽即落矣，膽去而蛇不傷，仍可縱之。後有捕者，蛇輒逞腹間創示人，明其已被取也。其膽噙一粟於口，雖拷掠百數，終不死。但性大寒，能萎陽道，令人無子。嘉禾沈司馬思孝廷杖時，①有遺之者，遂得不死，而常以艱嗣爲慮。越三十餘年始得一子，或云其氣已盡故耳。

【校箋】

①　沈思孝（1542—1611），字繼山，又字純父，嘉興人。隆慶二年進士。授番禺知縣，遷刑部主事，以諫張居正奪情被杖充軍。居正死，起任光禄、太常少卿，遷順天府尹，累官都察院右都御史。《明史》本傳稱其“素以直节高天下，然尚氣好勝，动辄多忤，以此吕故，颇被

331

物議"。有《溪山堂集》《吾美堂集》等。

蛇油可合硃砂，能令印色隱起不蘸。

蜈蚣長一尺以上則能飛，龍畏之，故常爲雷擊，一云龍欲取其珠也。余親見人懸食器於空中者，去地七尺許，一大蜈蚣盤旋窺伺，無如之何。良久，於地下作勢，頭尾相就如彎弓狀，一奮擲而上，即入器中矣。

三吳有鬥促織之戲，然極無謂。鬥之有場，盛之有器，必大小相配，兩家審視數四，然後登場決賭，左右祖者，各從其耦。其賭在高架之上，只爲首二人得見勝負，其爲耦者仰望而已，未得一寓目，而輸直至於千百不悔，甚可笑也。

促織惟雌者有文采，能鳴健鬥，雄者反是。以立秋後取之，飼以黃豆糜，[①]至白露則夜鳴求偶，然後以雄者進，不當意輒咋殺之，次日又以二雄進，又皆咋殺之，則爲將軍矣。咋殺三雄，則爲大將軍，持以決鬥，所向無前。又某家有大將軍，則衆相戒莫敢與鬥，乃以厚價潛售它邑人。其大將軍鬥止以股一踢之，遠去尺許，無不糜爛，或當腰咬斷，不須鬥也。大將軍死，以金棺盛之，將軍以銀，瘞於原得之所，則次年復有此種，不則無矣。

【校箋】

① "糜"，底本作"麋"，據北大本改。

促織與蜈蚣共穴者，必健而善鬥，吳中人多能辨之。小說載張廷芳者，以鬥促織破其家，哭禱於玄壇神，夢神遣黑虎助之，遂獲一黑促織，所向無前，旬日之間，所得倍其所失。此雖小事，亦可笑也。又黑蜂有化爲促織者，勇健異常，但不恒值耳。

嶺南多蛇，人家承塵屋雷，蛇日夜穿其間而不嚙人，人亦不懼也。聞有人面蛇者，知人姓名，晝則伺行人於山谷中，呼其姓名，應之則夜至殺其人。然主家多蓄蜈蚣，蛇至近，則蜈蚣籠中奮擲，縱之出，徑往咋蛇。或曰子美詩“薄俗防人面”，蓋謂此也。

菖蒲能去蚤、虱而來蛉窮。蛉窮者，入耳之蟲也，說者以爲蚰蜒。然蚰蜒，蝸牛之屬，不能入耳。郭氏曰：“蚰蜒，大者如釵股，色正黃，其足無數，如蜈蚣然。”則今之蠷螋也。蠷螋，《周官》作“蚨蜋”，能以溺射人成瘡，亦不聞有入耳者。吳人又以蝸牛之無角者爲蚰蜒，則是水蛭、馬蝗之屬，非蚰蜒也。物之傳訛者多。

蜻蜓飛好點水，非愛水也，遺卵也。水蠆化爲蜻蛉，蜻蛉相交還於水中，附物散卵，出復爲水蠆，水蠆復爲蜻蛉，交相化禪，無有窮已。《淮南子》曰：“水蠆爲蟌，兔嚙爲蟹。物之所爲，出於不意。”

《稽聖賦》曰：“蟒蟠行以其背，螻蛄鳴非其口。”按：《山海經》“有獸以其尾飛，有鳥以其鬚飛”，不獨龍以角聽已也。

山東草間有小蟲，大僅如沙礫，嚙人痒痛，覓之即不可得，俗名"拿不住"。吾閩中亦有之，俗名"沒子"，蓋"烏有"之意也，視山東名爲佳矣。

浙中郡齋嘗有小蟲，似蠐螬而小，如針尾，好緣窗紙間，能以足敲紙作聲，靜聽之如滴水然，迹之輒躍，此亦焦螟之類與？

晉惠帝元康中，洛陽南山有蟊，作聲曰"韓尸尸"，未幾而韓謐誅。

蟲有應聲者，在人腹中，有聲輒應。有消麵者，食麵數斗立盡。有銷魚者，安數斗鱠中，鱠即成水，亦能銷人腹塊。有畏酒者，元載聞酒氣即醉，醫於其鼻尖挑一青蟲，謂爲酒魔，從此能飲；有名怪哉者，冤氣所結，得酒則消。有名鞠通者，喜食枯桐，尤嗜古墨，耳聾人置耳邊立效。有名脈望者，蠹魚三食神仙字所化。有名度古者，能食蚯蚓。而温會江州所嚙漁人背者，大如黃葉，眼遍其上，一眼一釘，竟不識其何蟲也。

物作人言，余於《文海披沙》中詳載之矣，今又得數事，姑記於此。揚州蘇隱夜臥，聞數人念《阿房宮賦》，聲急而小，視之蟲也，其大如豆，乃殺之。唐天寶間，當塗民劉成、李暉以巨舫載魚，有大魚呼"阿彌陀佛"，俄而萬魚俱呼，其聲動地。明弘治間，慶陽天雨石子，大如鵝卵，小如雞頭，皆作人言。

卷 十

物部二

松柏後凋。松柏未嘗不凋也，但於衆木爲後耳。凡木皆以冬落葉，至春而後發葉，松柏獨以春抽新葉，既長而後舊葉黃落。今南中花木有不易葉者皆然也，乃知聖人下字不苟如此。

王荆公《字説》云："松柏爲群木之長，故松從公，猶公也；柏從白，猶伯也。"此説雖近有理，然實穿鑿，松柏之字，直諧聲耳。五等之封始於三代，而松柏之字製於倉頡，寧預知後世有公伯之爵耶？且松字古作案，從公者，後世省文也。即且至微而從公，獼狙至劣而從侯，豈亦以蟲之長乎？

槐者虛星之精，晝合夜開，故其字從鬼。然《周禮》外朝之法，面三槐爲三公之位。王荆公解槐黃中懷其美，故三公位之。吳草廬注云："槐，懷也，可以懷遠人也。"《春秋元命包》云："槐之言歸也。古者樹槐，聽訟其下，使情歸實也。"然則槐之從鬼，或爲歸耳。

洪武間，出內府所藏桃核示詞臣。核長五寸，廣四寸七分，前刻"西王母賜漢武桃"及"宣和殿"十字，塗以金，宋學士有《蟠桃核賦》。宇宙之間，固何所不有，但謂西王母賜漢武者，則誕妄無疑，[①]此必宣和間黃冠僞爲之以媚道君者耳。王黼盛時廣求異物，有以桃核半枚獻者，中容米三四斗，即此類耳。吾閩荔支木，有人僞作桃核刻之者，歲久亂真，殆無以辨。此亦不可不知也。

【校箋】

① "誕妄"，北大本作"妄誕"。

曲阜孔林有楷木，相傳子貢手植者。其樹十餘圍，今已枯死。其遺種延生甚蕃，其芽香苦，可烹以代茗，亦可乾而茹之。其木可爲笏枕及棋枰，云敲之聲甚響而不裂，故宜棋也；枕之無惡夢，故宜枕也。此木殊方不可知，以余所經，他處未有見之者，亦聖賢之遺迹也。而守土之官，日逐采伐製器，以充饋遺，今其所存寥寥，反不及商丘之木以不才終天年，不亦可恨之甚哉？

余在嶧山見禹時孤桐，於曲阜見孔子手植檜及子貢手植楷木，於閩雪峰見唐時枯木庵，而枯木庵質紋形色，政與嶧陽孤桐相類，色如黃金而皮作斷紋，不問知爲數千年物也。二處寺僧守護甚嚴，故至今無恙。楷木已朽腐斷折，獨留根幹丈餘。檜非聖人手植者，乃其遺種也。經金兵火，廟宇樹木盡爲煨燼，而檜復挺一枝於東廡間，經今又五六百年矣，不生不滅，孑然獨聳，數十年間輒一發生，且其紋左旋而上無傍枝，此爲異耳。按：孔林十里中雲木參天，上無鳥巢，無鴉聲，下無荊棘、蒺藜刺人之草。聖人生前不語怪，乃身後著靈異若此，豈亦以神道設教耶？抑或有地靈呵護之也？

孔廟中檜，歷周、秦、漢、晋幾千年，至懷帝永嘉三年而枯。枯三百有九年，子孫守之不敢動，至隋恭帝義寧元年復生。生五十一年，至唐高宗乾封二年再枯。枯三百七十四年，至宋仁宗康定元年復榮。至金宣宗貞祐二年，兵火摧折，無復孑遺。後八十二年，爲元世祖三十一年，故根復發於東廡頹址之間，遂日茂盛，翠色葱然。至我太祖洪武二年己巳，凡九十六年，其高三丈有奇，圍四尺許；至弘治己未，爲火所焚。今雖無枝葉，而直幹挺然，不朽不摧，生意隱隱，未嘗枯也。聖人手澤，其盛衰關於天地氣運，此豈尋常可得思議乎？

五嶺之間多楓木，歲久則生癭瘤。一夕，遇暴雷驟雨，其贅長三五尺，謂之“楓人”。越巫取之作術，有通神之驗，此亦樟柳神之類也。一云取不以法則能化去，故曰“老楓化爲羽人”，政謂此耳。

建寧行都司有豫章木，其中空，可設數席。余在福寧，龍泉庵後有榕木，其中亦可盤坐五六人，枝梢寄生，大可數十圍。方廣巖有木自深坑出，直至巖頂，寺僧自巔垂絚縋下度之，得三十丈云。而幹不甚巨，半巖視之，殊不覺其長也。

宋時寢殿巨材謂之"模枋"。模枋者，人立其兩旁不相見，但以手摸之而已。今之皇木徑亦逾丈，其最中爲棟者，每莖價近萬金，而昪拽之費不與焉。然川貴箐峒中亦不易得也。

嘗見采皇木者，言深山窮谷之中，人迹不到，有洪荒時樹木，但荒穢險絶，毒蛇鷙獸出入山中，蜘蛛大如車輪，垂絲如綯，冒虎豹食之。采者以天子之命諭祭山神，縱火焚林，然後敢入。其非王命而入者，不惟橫罹患害，即求之終年，不得一佳木也。

榕木惟閩、廣有之，而晋安城中最多，故謂之"榕城"，亦曰"榕海"云。其木最易長，折枝倒埋之，三年之外便可合抱，柯葉扶疏，上參雲表，大者蔽虧百畝，老根蟠拏如石焉，木理邪而不堅，易於朽腐，十圍以上，其中多空。此《莊子》所謂"以不才終天年者"也。閩人方言亦謂之松。按：松字古作枩，則亦與榕通用矣。

閩人作室必用杉木，器用必用榆木，棺槨必用楠木。北人不盡爾也。桑、柳、槐、松之類，南人無用之者，北人皆不擇而取之，故梁棟多曲而不直，[①]什物多窳而不緻，坐是故耳。楩、楠、豫章，自古稱之，而楠木生楚、蜀者，深山窮谷，不知年歲，百丈之幹，半埋沙土，故截以爲棺，謂之"沙板"。佳者解之中有文理，堅如鐵石。試之者，以暑月作合，盛生肉，經數宿啓之，色不變也。然一棺之直，皆百金以上矣。夫葬欲其速朽也，今乃以不朽爲貴，使骨肉不得復歸於土，魂魄安乎？或以木之佳者，水不能腐，蟻不能穴，故爲貴耳，然終俗人之見也。

【校箋】

① “梁棟”，北大本作“棟梁”。

木之有癭，乃木之病也，而後人乃取其癭瘤砢礧者，截以爲器，蓋有癭而後有旋文，磨而光之，亦自可觀。但有南癭、北癭之異，南癭多楓，北癭多榆，南癭蟠屈秀特，北癭則取其巨而多盛而已。余在燕市中，見癭杯有大如斗者，後在一宗室見以癭木爲浴盆，此以大爲貴也。南方磊塊百狀，或有自然耳可執，小僅如雞子者，此以小爲貴也。政如北人，賣大胡蘆種，謂可以爲舟，而南人乃取如栗大者爲扇墜，人之好尚不同如此。按《劉子》云“梗楠鬱蠻以成縟錦之瘤”，則癭木之見重，自古然矣。

夫子稱松柏後凋，蓋中原之地，無不凋之木也。若江南樹木花卉，凌冬不凋者多矣，如荔支、龍目、桂檜、榕栝、山茶之屬，皆經霜逾翠，蓋亦其性耐寒，非南方不寒也。至於蘭、菊、水仙，皆草本萎茶，當隕霜殺菽、萬木黃落之時，而色澤益媚，非性使然耶？

俗言松三粒五粒，段成式云粒當作鬣，然亦不知“五鬣"何義。又云：五鬣松皮不鱗。今山中松，未見有不鱗者。段又云："欲松不長，以石抵其直下，便不必千年方偃。"然亦不盡然也。凡松髡其頂則不復長，旁幹四出，久即偃地矣。京師報國寺有松七八株，高不過丈許，其頂甚平，而枝幹旁出至十餘丈者數百莖，夭矯如游龍然。寺僧恐其折，每一幹以一木支之，加丹堊焉。好事者携酒上其頂，盤踞群坐。此亦生平所未嘗見也。《澠水燕談》載亳州法相寺矮檜，亦類此。

　　建州雲谷道中有數松，[①]盤拏矗縮，形勢殊詭。余嘗過之，嘆其生於荒僻，無能賞者。又十數武，石碣表於道周，大書曰"戰龍松"，朱晦翁筆也。追思往歲過羅源山，路傍有石巖下覆，古樹虬枝，薈蔚其上，坐而樂之。徘徊土際，得一石刻曰"才翁所賞樹石"，蓋蘇公為福守時所書也。乃知古人識鑒，其先得我心若此，而必鐫題以表之，則今人不能，亦不暇也。

【校箋】

① "建州雲谷道"，北大本作"三衢爛柯山"。

　　南昌翊聖觀有二松，相去五尺，合為一幹，名為義松。余在福寧南峰庵見二榕樹亦然，作門出入，其實非幹也，乃根耳。根初在土中，後入土愈深，土落而根出，怒卷如虯枝焉，土漸低則根漸高，而成幹矣。今人有偽作連理樹者，皆用此也。若以此松為義，它木盡負心耶？

嵩山嵩陽觀有古柏一株，五人聯手抱之，圍始合，下一石刻，曰"漢武帝封大將軍"。人但知秦皇之封松，而不知漢武之封柏也，又唐武后亦封柏五品大夫。

北人於居宅前後多植槐、柳之類，南人即不爾，而閩人尤忌之。按，桑道茂云："人居而木蕃者去之，木蕃則土衰，土衰則人病。"今人忌之以此，然術士之談，何足信也？土必膏沃而後草木蕃，豈有木盛土衰之理乎？

涿州之淶水道中有大桑樹，高十餘丈，蔭百畝，云即昭烈舍前之桑也。自漢及今千五百年矣，而扶疏如故。且其椹視常桑倍大，土人珍之，以相饋遺云。余按：蕭道成所住宅亦有桑樹，高三丈許，狀如車蓋，道成好戲其下，兄敬宗謂之曰："此樹爲汝生也。"今宅既灰滅，而桑之有無，亦無人能知之者。信乎在人不在物也。

古人墓樹多植梧楸，南人多種松柏，北人多種白楊。白楊即青楊也，其樹皮白如梧桐，葉似冬青，微風擊之，輒淅瀝有聲，故《古詩》云："白楊多悲風，蕭蕭愁殺人。"余一日宿鄒縣驛館中，甫就枕，即聞雨聲，竟夕不絶，侍兒曰："雨矣。"[①]余訝之，曰："豈有竟夜雨而無檐溜者？"質明視之，乃青楊樹也。南方絶無此樹。

【校箋】

① "雨"，北大本作"病"。

白楊全不類楊，亦如水松之非松類也。李文饒有《柳柏賦》，似是柏名而柳其葉者，未審何木。今閩中有一種柳，其葉如松而垂長數尺，其幹亦與柳不類，俗名爲"御柳"。夫詩人之咏御柳，不過禁御中柳耳，此則別是一種而強名之者也。

梓也、檟也、椅也、楸也、豫章也，一木而數名者也；蓮也、荷也、芙蓉也、菡萏也、芙蕖也，一花而數名者也。

楓、棗二木皆能通神靈，卜卦者多取爲式盤式局，以楓木爲上，棗心爲下，所謂"楓天棗地"是也。《靈棋經》法，須用雷劈棗木爲之，則尤神驗。《兵法》曰："楓天棗地，置之槽則馬駭，置之轍則車覆。"其異如此。蓋神之所栖，亦猶鬼之栖樟柳根也。

楚中有萬年松，長二寸許，葉似側柏，藏篋笥中，或夾冊子內，①經歲不枯。取置沙土中，以水澆之，俄頃復活，不知其所從出。或云是老苔變成者。然苔無莖無根，而彼莖亦如松柏，有根鬚數條，未必是否也。

【校箋】

① "子"，底本作"于"，據北大本改。

燕、齊人采椿芽食之以當蔬，亦有點茶者。其初苗時甚珍之，既老則菹而蓄之，南人有食而吐者。然椿有香臭二種，臭者土人以湯瀹而漉之，亦可食也。考之《圖經》，疏而臭者乃樗耳。蓋二木甚相類，但以氣味別之，今人不復識認，概呼爲椿也。

木蘭去皮而不死，紫薇搔其皮則樹皆搖動。

樺木似山桃，其皮軟而中空，若敗絮焉，故取以貼弓，便於握也。又可以代燭。余在青州，持官炬者皆以鐵籠盛樺皮燒之，易燃而無烟也。亦可以覆庵舍。一云取其脂焚之，能辟鬼魅。

《竹譜》曰："竹之類六十有一。"余在江南，目之所見者已不下三十種矣。毛竹最巨，支提、武夷中有大如斗者。太姥玉壺庵，竹生深坑中，乃與崖上松栝齊稍，計高二十餘丈。其最奇者，有人面竹，其節紋一覆一仰，如畫人面然。又有黃金間碧玉竹，其節一黃一碧，正直如界然。有泰山龥竹，見《雪峰語錄》，今雪峰有之。其他不可殫紀也。

"栽竹無時，雨過便移。須留宿土，記取南枝"，此妙訣也。俗説五月十三爲竹醉日。不特此也，正月一日、二月二日、三月三日，直至十二月十二日，皆可栽。大要掘土欲廣，不傷其根，多砍枝梢，使風不搖，雨後移之，土濕易活，無不成者，而暑月尤宜，蓋土膏潤而雨澤多也。

宋葉夢得善種竹，一日，遇王份秀才曰："竹在肥地雖美，不如瘠地之竹或巖谷自生者，其質堅實，斷之如金石。"夢得歸而驗之，果信。余謂不獨竹爲然，凡梅、桂、蘭、蕙之屬，人家極力培養，終不及山間自生者，蓋受日月之精，得風霜之氣，不近烟火城市，自與清香逸態相宜。故富貴豢養之人，其筋骨常脆於貧賤人也。①

【校箋】

① "筋骨"，底本作"肋骨"，據北大本改。

栽花竹，根下須撒穀種升許，蓋欲引其生氣，穀苗出土則根行矣。

竹太盛密則宜芟之，不然，則開花而逾年盡死，亦猶人之瘟疫也。此余所親見者，後閱《避暑録》亦載此。凡遇其開花，急盡伐去，但留其根，至明春則復發矣。

廣南多巨竹，剖其半，一俯一仰，可以代瓦。《桂海虞衡志》載：猺人以大竹爲釜，物熟而竹不灼。少室山竹堪爲甑。《山海經》"舜林中竹，一節可爲船"，①蓋不獨爲椽已也。

【校箋】

① 按，此句出郭璞《山海經注》。

高潘州有疏節之竹，六尺而一節，黎母山有丈節之竹，臨賀有十抱之竹。南荒有苗竹，其長百丈。雲母竹一節可爲船。永昌有漢竹，一節受一斛。羅浮巨竹圍二十尺，有三十九節，節長二丈。此君巨麗之觀，一至於此。

簹竹，細竹也，長數尺許，其筍冬夏生，可食。近日黄白仲詩有"簹竹爲椽"之語，①誤矣。

【校箋】

①　黄白仲，即黄之璧，字白仲，浙江上虞人。工詞章，善書畫，有《娑羅館詩集》。

“東南之美，有會稽之竹箭焉。”竹自竹，箭自箭，乃二物也。《異物志》：“箭竹細小勁實，可爲箭，故名之。”而竹之用多，又不獨爲箭已也。

移花木，江南多用臘月，因其歸根不知摇動也。《洛陽花木記》則謂秋社後九月以前栽之，蓋過此沍寒，亦地氣不同耳。獨竹於盛暑烈日中移，得其法無不成長。蓋其堅貞之性，不獨耐寒，亦足敵暑。如有德之士，貧賤不移、富貴不淫也。

竹名妒母，後筍之生必高前筍。竹初出土時極難長，累旬不盈尺，逮至五六尺時，潛記其處，一夜輒尺許矣。

武夷城高巖寺後有竹本出十尺許，分兩岐直上，此亦從來未見之種。按《宋史·五行志》，天禧間太平興國寺亦有此。而大中祥符間，黄州、江陵、武岡、晉原諸處且以祥瑞稱賀矣。按：陶穀《清異録》載浙中有天親竹，皆雙岐，自是一種。

芝蘭生於空谷，不以無人而不香，然芝實無香也。蘭，閩中最多，其於深山無人迹處掘得之者爲山蘭，其香視家蘭爲甚。人家所種，紫莖緑葉，花簇簇然。若謂一幹一花而香有餘者爲蘭，一幹數花而香不足者爲蕙，則今之所種皆蕙耳，而亦恐未必然也。即山谷中絶香之蘭，未見有一幹一花者。

吾閩蘭之種類不一，有風蘭者，根不着土，叢蟠木石之上，取而懸之檐際，時爲風吹則愈茂盛，其葉花與家蘭全無異也；有歲蘭，花同而葉稍異，其開必以歲首，故名；其他又有鶴蘭、米蘭、朱蘭、木蘭、賽蘭、玉蘭，則另各一種，[①]徒冒其名耳。

【校箋】

① "另"，底本無，據北大本補。

蘭最難種，太密則疫，太疏則枯；太肥則少花，太瘦則漸萎；太燥則葉焦，太濕則根朽；久雨則腐，久曬則病；好風而畏霜，好動而惡潔，根多則欲劚，葉茂則欲分。根下須得灰糞亂髮實之，以防蟲蚓，清晨須用櫛髮油垢之手摩弄之，得婦人手尤佳，故俗謂蘭好淫也。須置通風之所，竹下池邊，稍見日影而不受霜侵，始不夭札。故北方人以重價購得之，百計不能全活，亦其性然耳。古者女子佩蘭，故《內則》曰："婦或賜之蘭，則受而獻諸舅姑。"燕姞夢天與己蘭，文公遂與之蘭而御之。《淮南子》曰："男子植蘭，美而不芳，情不相與往來也。"則蘭之宜於婦人，其來久矣。

古人於花卉似不着意，詩人所咏者不過茉苢、卷耳、蘋蘩之屬，其於桃李、棠棣、芍藥、菡萏間一及之，至如梅、桂，則但取以爲調和滋味之具，初不及其清香也。豈當時西北中原無此二物，而所用者皆其乾與實耶？《周禮·籩人》：

"八邊，乾藃與焉。"藃即梅也，生於蜀者謂之藃。《商書》："若和羹，汝作鹽梅。"則今烏梅之類是已。可見古人即生青梅未得見也，況其花乎？然《召南》有摽梅之咏，今河南、關中，梅甚少也。桂蓄於盆盎，有間從南方至者，但用之入藥，未聞有和肉者，而古人以薑、桂和五味。《莊子》曰："桂可食，故伐之。"豈不冤哉？然余宦西北十餘年，即生薑芽亦不數見也。

自"暗香疏影"之句爲梅傳神，而後高人墨客相繼吟賞不置，然玩華而忘實，政與古人意見相反。閩、浙、三吳之間，梅花相望，有十餘里不絕者，然皆俗人種之以售其實耳。花時苦寒，凌風雪於山谷間，豈俗子可能哉？故種者未必賞，賞者未必種，與它花卉不同也。

菊於經不經見，獨《離騷》有"餐秋菊之落英"，然不落而謂之落也，不賞玩而徒以供餐也，則尚未爲菊之知己也。即芍藥，古人亦以調食，使今人爲之，亦大殺風景矣。

《秦詩》"山有苞櫟，隰有六駁"，毛氏注以爲駁馬，此固無害於義，但木中原有六駁，其皮青白，遠望之如獸焉，見崔豹《古今注》。且詩下章"山有苞棣，隰有樹檖"，據其文意，似皆指草木也，故陸機不從毛氏之説。^①雖詩人未必拘拘若此，但以爲木則相屬，以爲獸則相遠，且止言駁足矣，何必六也？《鄭詩》"山有喬松，隰有游龍"，龍亦草名。古人之言往往出奇，若此又豈得指爲游戲之龍乎？又宋時里語曰："斫檀不諦得櫟榛，櫟榛尚可得駁馬。"櫟榛與六駁木相似，言伐檀而誤得櫟榛，得櫟榛而誤以爲駁，得駁而誤以爲駁馬，其去本來愈遠矣。此見羅願《爾雅翼》，爲拈出之。

【校箋】

① 按："陸機"當作"陸璣"，其説見《毛詩草木鳥獸蟲魚疏》。

橘渡淮而北則化爲枳，故《禹貢》"揚州厥包橘柚錫貢"，蓋以其不耐寒，故包裹而致之也。然柚似橘而大，其味甚酸，與橘懸絶，乃得附橘著名，幸矣。《廣志》曰："成都有柚大如斗。"今閩、廣有一種如瓜者，方言謂之枹，蓋其蒂最牢，任風拋擲而不墜也，其色味彌劣矣。

枹花白，色似玉蘭，其香酷烈，諸花無與敵者。壬子上巳，余與喻正之郡守禊飲郊外，[①]十里之中，異香逆鼻，諸君詫以爲奇，余笑謂："此柚花也。形質既粗，色味復劣，故雖有奇香，無賞之者。"衆采而遞齅之，果然。夫香壓衆花而名不出里閈，余至今尚爲此君扼腕也。

【校箋】

① 喻正之，即喻正，字章瀾，江西南昌人。一説貴州銅仁人。萬曆二十三年（1595）進士，歷龍陽知縣、南京兵部主事、福州知府等。精通茶史，輯有《茶書全集》，著有《茶集》《茗譚》《茶話》《茶考》等。

合歡蠲忿，萱草忘憂，此寄興之言耳。萱草豈能忘憂？

而《詩》之所謂諼草，又豈今之萱草哉？羅氏曰："諼，忘也。婦人因君子行役，思之不置，故言安得有善忘之草，[①]樹之使我漠然而無所思哉？"然而必不可得也。使果爲萱草，何地無之，而乃有安得之嘆耶？凡《詩》之言"安得"者，皆不可得而設或擬托之詞也。後人以萱與諼同音，遂以忘憂名之。此蓋漢儒傅會之語，後人習之而不覺其非也。萱草一名鹿葱，一名宜男。然鹿葱，晏元獻已辨其非矣。宜男，自漢相傳至今，未見其有明驗也。

【校箋】

① "安"，北大本作"無"。

古人於瓜極重，《大戴禮·夏小正》："五月乃瓜，八月剝瓜。"《豳風》："七月食瓜。"《小雅》："中田有廬，疆場有瓜。是剝是菹，獻之皇祖。曾孫壽考，受天之祜。"今人腌瓜爲菹，不可以享下賓，而況祭祖考乎？但古人之瓜亦多種類，非今之西瓜也。西瓜自宋洪皓始携歸中國，自此而外有木瓜、王瓜、金瓜、甜瓜，《廣志》所載又有烏瓜、魚瓜、蜜筒瓜等十餘種，不知古人所云食瓜，的是何種？今人西瓜之外，無有薦賓客會食者。漢陰貴人夢食燉煌瓜甚美。燉煌，西羌地也，豈此時西瓜已有傳入中國者，但不得其種耶？今時諸瓜，其色澤香味豈復有出西瓜之上者？始信邵平五色，浪得名耳。

《禮》:"爲天子削瓜者副之,巾以絺。副,析也。既削之,又四析之而巾覆焉。爲國君者華之,巾以綌。華,中裂之,不四析也。爲大夫累之。累,裸也,謂不以巾覆也。士疐之。謂不中裂,但横斷去疐而已。庶人齕之。不横斷也。"古人於一瓜之微,① 乃極其瑣屑若是,既菹以祭,便欲壽考受祜,而食之之法又各有等限,使不逾越,不知何意?以此爲訓,宜乎曹孟德有進一瓜而斬三妾之事也。

【校箋】

① "於",北大本作"以"。

匏亦瓜之類也,與瓠一種而有甘苦之異。甘者爲瓠,《詩》所謂"幡幡瓠葉"是也。苦者爲匏,不可食,但可用以渡水而已,《詩》所謂"匏有苦葉,濟有深涉"是也。故夫子謂子路:"吾豈匏瓜也哉?焉能繫而不食?"言但可玩而不可食也。注者乃以繫於一處而不能飲食解之,則凡草木之類皆然,何必匏瓜?此大可笑也。然匏、瓠古亦通用,《廣雅》曰:"匏,瓠也。"惠子謂莊子"魏王貽我五石之瓠"則亦匏也。"河汾之寶,有曲沃之懸匏焉"則亦瓠也。今人以長而曲者爲瓠,短項而大腹者爲葫蘆,即匏也。亦謂之壺,《豳風》"八月斷壺",《鶡冠子》"中流失船,一壺千金"是也。然則壺嫩而甘者亦可食,老而苦者古人皆用以渡水,今人則用以盛水而已。與瓠形質既殊,其熟,瓠先而匏後,而古人通用之者，原一種也。陸佃《埤雅》斷以爲二種，固亦無害，乃釋匏而又釋壺與瓠爲三，誤矣。

余於市場戲劇中見葫蘆多有方者，又有突起成字爲一首詩者，蓋生時板夾使然，不足異也。最後於閩中見一葫蘆，甚長而拗其頸，結之若繩狀。此物甚脆，而蔓係於樹，腹又甚大，不知何以能結之？此理之不可解者也。[①]或云：以燒酒沃之，則軟而可結，山東亦嘗見之，但長頸者另一種耳。[②]

【校箋】

① "結之"後北大本有"也"；"此理之不可解者也"，北大本無。

② 小字"或云"句，底本無，據北大本補。

《南州異物志》載："蕉有三種，最甘好者爲羊角蕉，其一如雞卵，其一如藕子。"此皆芭蕉耳。今閩、廣蕉尚有數種，有美人蕉，樹、葉皆似芭蕉而稍小，開花殷紅鮮麗，千葉如槌，經數月不凋謝。摘置瓶中，以水漬之，亦可經一兩月也。此蕉最佳，書齋中多植之。有鳳尾蕉，其本粗巨，葉長四五尺，密比如魚刺然，高者亦丈餘。又有番蕉，似鳳尾而小，相傳從流求來者，云種之能辟火患。

美人蕉華而不實，吳越中無此種。顧道行先生移數本至家園植之，[①]花時賓朋親識，賞者如雲，以爲從來未始見也，先生喜甚，以美蕉名其軒。今復二十餘年，不知何如耳。番蕉，云是水精，故能辟火。將枯時以鐵屑糞之，或以鐵丁釘其根，則復活，蓋金能生水也，物性之奇有如此者。植盆中不甚長，一年纔落一下葉，計長不能以寸也，亦不甚作花。余家畜二本，三十年中僅見兩度花耳。花亦似芭蕉而色黃，不實。

【校箋】

① 顧道行，即顧大典（？—1596），字道行，吳江人。官至山東按察副使。生平見卷九"閩有帶魚"條。

歷考史傳所載果木，如所云都念豬肉子、猩猩果、人面樹者，今皆不可得見，而今之果木又多出於紀載之外者，豈古今風氣不同，或昔有而今無，或未顯於昔而蕃衍於今也？今閩中有無花果，清香而味亦佳，此即《倦游錄》所謂"木饅頭"者。又有一種甚似皂莢而實若蒸栗，土人謂之"肥皂果"，或云即菩提果。至於佛手柑、羅漢果之類，皆不見紀載。山谷中可充口實而人不及知者，①益多矣。

【校箋】

① 北大本"山谷"前有"而"字。

牡丹自唐以前無有稱賞，僅謝康樂集中有"竹間水際多牡丹"之語，此是花王第一知己也。楊子華有"畫牡丹處極分明"之詩。子華，北齊人，與靈運稍相後。段成式謂隋朝《種植法》七十卷中初不説牡丹，而《海山記》乃言煬帝闢地爲西苑，易州進二十相牡丹，有赭紅、頳紅、飛來紅等名，何其妄也！自唐高宗後苑賞雙頭牡丹，至開元始漸貴重矣。然牡丹原止呼“木芍藥”，芍藥之名著於風人吟咏，而牡丹以其相類，依之得名，亦猶木芙蓉之依芙蓉爲名耳。但古之重芍藥亦初不賞其花，①但以爲調和滋味之具，而牡丹不適於口，故無稱耳。今藥中有牡丹皮，然惟山中單瓣赤色，五月結子者堪用，場圃所植不入藥也。

【校箋】

①“但”，北大本作“蓋”。

牡丹自閩以北處處有之，而山東、河南尤多。《埤雅》云：“丹延以西及褒斜道中，與荆棘無別，土人皆伐以爲薪。”未知果否也。余過濮州曹南一路，百里之中香風逆鼻，蓋家家圃畦中俱植之，若蔬菜然。搢紳朱門高宅，①空鎖其中，自開自落而已。然北地種無高大者，長僅三尺而止。余在嘉興、吳江所見，乃有丈餘者，開花至三五百朵，北方未嘗見也。此花唐宋之時莫盛於洛陽，今則徒多而無奇，豈亦氣運有時而盛衰耶？

【校箋】

①“搢”，北大本作“縉”。

牡丹各花俱有，獨正黃者不可得，不知當時姚氏之種何以便絕。今天下粉白者最多，紫者次之，正紅者亦難得矣。亦有墨色者，須苗芽時以墨水溉其根，比開花作蔚藍色，尤奇也。王敬美先生在關中時，[①]秦藩有黃牡丹盛開，宴客，敬美甚詫，以重價購二本携歸，至來年開花則仍白色耳，始知秦藩亦以黃梔水澆其根，幻爲之以欺人也。

【校箋】

① 王敬美，即王世懋（1536—1588），字敬美，號麟洲，太倉人，世貞弟。嘉靖三十八年進士，歷南京禮部主事、員外郎、尚寶司丞、江西參議、陝西、福建提學，至南京太常寺少卿。著有《王儀部集》《藝圃擷餘》等。世懋論詩，不爲黨同伐異之言，《列朝詩集小傳》評之曰："其論詩，不規規名某氏，以不從門入者爲佳，論本朝之詩，獨推徐昌穀、高子業二家……其微詞諷寄，雅不欲奉歷下壇坫，則於其大美，亦可知也。"

牡丹、芍藥之不入閩，亦如荔支、龍眼之不過浙也，此二者政足相當。近來閩中好事者多方致之，一二年間亦開花如常，但微覺瘦小，過三年不復生，又數年則萎矣。然北方茉莉，經冬即死，而茉莉不絕者，致之多也。閩人苟不惜貲力，三年一致之，何患無牡丹哉？

閩中有蜀茶一種，足敵牡丹。其樹似山茶而大，高者丈餘，花大亦如牡丹，而色皆正紅，其開以二三月，照耀園林，至不可正視，所恨者香稍不及耳。然牡丹香亦太濃，故不免有富貴相。蜀茶色亦太艷，政似華清宮肥婢不及昭陽掌上舞人也。

世之咏牡丹者亦自獎借太過，如云“國色天香”猶可，至謂芍藥爲“近侍芙蓉避芳塵”“虛生芍藥徒勞妒”“羞殺玫瑰不敢開”，恐牡丹未敢便承當也。牡丹豐艷有餘而風韻微乏，幽不及蘭，骨不及梅，清不及海棠，媚不及荼䕷，而世輒以花之王者，富貴氣色易以動人故也。芍藥雖草本，而一種妖媚豐神，殊出牡丹之右，譬之名姬嬌婢侍君夫人之側，恐有識者消魂不在彼而在此。不知世有同余好不？

揚州瓊花，種既不傳，論者紛紛。楊用修以爲即栀子花，何言之太易也？《齊東野語》言絕類聚八仙，但色微黃而香，此與栀子有何干涉？《七修類稿》謂不但瓊花不傳，即聚八仙亦不知何似，而以綉毬花當之。余謂郎仁寶與楊用修皆因不識聚八仙，故遂妄模瓊花耳。[①]余在濮州蘇觀察園中，見有花如茉莉，而八朵爲一簇，問其人，曰：“聚八仙也。”因之始識聚八仙。而瓊花既云絕類，則亦必八朵相簇。若以爲栀子則僅八之一，以爲綉毬則太繁密，與聚八仙愈不相類。但當時既云天下皆無，獨揚州一株，[②]則必天生別一奇種，[③]而後人取其孫枝移接他樹，安能如其故物？而必求目前常有之花以實之，宜乎説之益混也。

【校箋】

　　① 郎仁寶，即郎瑛（1487—1565），字仁寶，號藻泉，又號草橋子，浙江仁和人，正德、嘉靖年間諸生，喜藏書，博綜群書，恣意搜

討，淡於功名。有《七修類稿》《書史衮職》《萃忠録》等。

②"揚"，底本作"楊"，據北大本改。

③"別"，北大本作"另"。

　　瑞香原名睡香。相傳廬山一比丘僧，晝寢山石下，夢寐之中但聞異香酷烈，覺而尋之，因得此花，故名睡香。後好事者奇其事，以爲祥瑞，乃改爲瑞。余謂山谷之中奇卉異花，城市所不及知者何限，而山中人亦不知賞之。三吴最重玉蘭，金陵天界寺及虎丘有之，每開時以爲奇玩，而支提、太姥道中，彌山滿谷，一望無際，酷烈之氣沖人頭眩。又延平山中古桂夾道，上參雲漢，花墮，狼藉地上，入土數尺。固知荆山之人以玉抵鵲，良不誣也。

　　子美於蜀不賦海棠，此未必有別意，亦偶不及之耳。且詩中《花譜》不及之者亦多，何獨海棠也？自鄭谷有"子美無情爲發揚"之語，而宋人動以爲口實，至謂子美母名海棠者，不知出於何書，亦可謂穿鑿之甚矣。

　　《詩》："有女同車，顔如舜華。"舜，木槿也，朝開暮落。婦人容色之易衰若此，詩之寄興，微而婉矣。然花之朝開暮落者，不獨槿花，如蜀葵、茉莉、木芙蓉、棗花皆然，而銀杏花一開即落，又速於木槿也，但木槿色稍艷耳。

　　《本草綱目》謂："菊，春生夏茂，秋華冬實。"然菊何嘗有實，此與《離騷》"落英"同誤矣。牡丹與桂間有實者，牡丹實可種而桂不可種也。竹有花者，而未見其實。然竹花逾年即死，謂之“竹米”，此乃竹之疫，非花也。楊用修謂餘干有竹，實大如雞子。此老語多杜撰，吾未敢信。

世傳黄楊無火，入水不沉，^①此未之試，或不盡然也。物皆易長，而此木最難長，故有厄閏之説，言閏年則縮入土。此説亦未必然，但狀其不長耳。金陵僧寺齋前多植爲玩，往往游處三十餘年而不能高咫尺者，柔嫩如故，不但不長，亦不老也。

【校箋】

① “沉”，北大本作“流”。

“白莕可以血玉”，“嘉榮之草，服者不霆”。血玉者，染玉使作血色也；不霆者，令人不畏雷霆也。此二語甚奇。

《拾遺記》載：“紫泥菱莖如亂絲，　花千葉，根浮水上，實沉泥中，食之不老。”今趙州寧晋縣有石蓮子，皆埋土中，不知年代，居民掘土往往得之，有數斛者，其狀如鐵石而肉芳香，不枯，投水中即生蓮葉，食之令人輕身延年，已瀉痢諸疾。今醫家不察，乃以番蓮子代之，苦澀腥氣，嚼之令人嘔逆，豈能補益乎？

古人重口實，故梅被橫差調羹，芍藥、杏、桂屈作醬酪。自唐而後，稍稍爲花神吐氣矣，然徒賞其華而不知究其用，古人所以忘秋實之嘆也。傳記所載，盧懷慎作竹粉湯，藺先生作蘭香粥，劉禹錫作菊苗虀。今人有以玫瑰、荼薇、牡丹諸花片蜜漬而啖之者。芙蓉可作粥，亦可作湯。閩建陽人多取蘭花，以少鹽水漬三四宿，取出洗之以點茶，絕不俗。又菊蕊將綻時，以蠟塗其口，俟過時摘以入湯，則蠟化而花苗，馨香酷烈，尤奇品也。但蘭根食之能殺人，不可不慎。

司馬溫公有《晚食菊羹》詩：「采擷授廚人，烹瀹調甘酸。毋令薑桂多，失彼真味完。」古今餐菊者多生咀之，或以點茶耳，未聞有爲羹者。亦不知公之所羹者，花耶葉耶？今人有采菊葉煎麵餅食之者，其味香，尤勝枸杞餅也。

《月令》曰：「菊有黃華。」黃者，天地之正色也。凡香皆不以色名，而獨菊以黃花名，亦以其當搖落之候而獨得造化之正也。然世人好奇，每以緋者、墨者、白者、紫者爲貴，至於黃則尋常視之矣。菊種類最多，其知名者不下三十餘種，其栽培之方亦甚費力。余在復州，見好事家菊花有長八尺者，花巨如碗，後爲吳興司理，偶得佳種，自課植之，芟其繁枝，去其旁蕊，只留三四頭，洎秋亦高七尺許，大亦如之。過此不能常在宅中，即有其種，不復長矣。庚戌秋在京師，始習見以爲常，蓋貴戚之家善於培植故也。

人生看花，情景和暢，窮極耳目，百年之中，能有幾時？余憶司理東郡時，在曹南一諸生家觀牡丹，園可五十餘畝，花遍其中，亭榭之外，幾無尺寸隙地，一望雲錦，五色奪目。主人雅歌投壺，任客所適，不復以賓主俗禮相恩。夜復皓月照耀，如同白晝，歡呼謔浪，達旦始歸，衣上餘香，經數日猶不散也。又十餘年，在長安一勛戚家看菊，高堂五楹，主客几筵之外，盆盎密砌，間色成列，凡數百本，末皆齊正如一，無復高下參差，左右顧盼，若一幅霞箋然。既而移觴中堂，以及曲房夾室、迴廊耳舍，無不若是者，孌童歌舞委蛇其中，兼以名畫古器、琴瑟圖書縱橫錯陳，不行觴政，不談俗事，雖在畫欄朱栱之內，蕭然有東籬南山之致。蓋生平看花極樂境界，不過此二度耳。居諸如流，每一念之，恍如夢寐中也。

得勝花者未必有勝地，得勝地者未必有勝時，得勝時者未必有勝情，得勝情者未必有勝友。雕欄畫棟，委巷村廛，非地也；淒風苦雨，炎晝晦夜，非時也；宦情生計，愁懷病體，非情也；高官富室，村妓俗人，非友也。具花情然後擇花友，偕花友然後謀花地，定花地然後候花時，庶幾歲一遇之矣，然而不可必得也。《淳熙如皋志》所謂"李嵩者，自八十看花，至一百九歲而終，無一歲不預焉"，可謂厚幸矣，而吾猶竊有恨也，彼蹉跎於壯年而徒闌閬於末景也。

歐文忠在滁州，命屬吏治花，所謂"我欲四時攜酒去，莫教一日不花開"者，可謂得種花之妙諦矣。滁爲江北，花視南方較少，若吾閩、廣，則四時不絕之花，人人力可辦，不待教也。今姑毋論其他，只蘭、桂二種已可貫四時矣。閩中桂嘗以七月開花，直至四月而止，五、六二月長芽之候，芽成葉則復花矣。蘭則自春徂冬無不花者，故有"四季蘭"
之名。其它相踵而發者，①固不可一二數也。

【校箋】

①"它"，北大本作"他"。

　　今朝廷進御，常有不時之花，然皆藏土窖中，四周以火
逼之，故隆冬時即有牡丹花。計其工力，一本至十數金，此
以難得爲貴耳。其實不時之物，非天地之正也。大率北方花
木，過九月霜降後，即掘坑塹深四尺，置花其中，周以草秸
而密壅之，春分乃發，不然即槁死矣。南方携入北者，如梅、
桂、栀子之屬，尤難過臘，至茉莉則百無一存矣。

　　凡花少六出者，獨栀子花六出，其色香亦皆殊絶，故段
成式謂即檐蔔花，①楊用修謂即揚州瓊花，然皆非也。此花在
閩中，極多且賤，與素馨、茉莉皆不擇地而生者，北至吳、
楚，始漸貴重耳。茉莉在三吳一本千錢，入齊輒三倍酬直，
而閩、廣家家植地編籬，與木槿不殊，至於薔薇、玫瑰、酴
醾、山茶之屬，皆以編籬。以語西北之人，未必信也。

【校箋】

①"檐"，北大本作"蒼"。

　　蜀孟昶僭擬宮闕，於成都四十里盡種木芙蓉，每至秋時，
鋪以錦繡，高下相照，謂左右曰："真錦城也。"然木芙蓉極

易長，離披散漫，至不可耐。及其衰也，殘花敗葉委藉狼狽，蕭索之狀無與爲比，此與朝菌、木槿何異？而乃誇以爲麗，其敗亡也，不亦宜乎！

兗州張秋河邊有挂劍臺，云即徐君墓，季札所挂劍處也。臺下有草，一豎一横，如人倚劍之狀，食之能已人心疾。余謂此草不生它所而獨産挂劍臺，豈季子義氣所感而生耶？至於療人心疾之説，亦不過廉頑立懦之遺意耳，不知其偶然耶，抑好事者傅會之也？余在張秋，覓所謂挂劍草者，臺前後乃無有，而鄰近民莊或有之。至水部署中亦間有數莖，此豈聞挂劍之風而興起者耶？可爲一笑也。

有睡草，亦有卻睡之草；有醉草，亦有醒醉之草；有宵明之草，亦有晝暗之草；有夜合之草，亦有夜舒之草。物性相反，有如此者。

丘文莊謂棉花自元始入中國，[①]非也。棉花雖有草木二種，總謂之木棉花，其實木種者乃班枝花，非棉花也。唐李商隱詩：“木棉花發鷦鴣飛。”《通鑑》：“梁武帝木棉皂帳。”史昭注釋甚詳，與今棉花無異，但云江南多有之，今則燕魯、燕洛之間盡種之矣。豈元時始求種於江南，而令北地種之耶？若謂自虜地入中國，則虜地何嘗有棉花？漢中行説教匈奴得漢縕絮，馳荆棘中即裂，示不如氈貉之厚也。況棉花極畏寒，齊地若霜早則花皆無收，故宜於閩、廣，今反謂其自北而至，可乎？

【校箋】

①　丘文莊，即丘濬（1421—1495），字仲深，號瓊臺、瓊山、深庵，海南瓊山人。景泰五年進士，選翰林院庶吉士，授編修，歷官至太子太保兼户部尚書、武英殿大學士，謚文莊。

　　人有召箕仙以白雞冠請詩者，即書曰：“雞冠本是胭脂染。”其人曰：“誤矣，乃白色者也。”復續曰：“洗卻胭脂似粉妝。只爲五更貪報曉，至今猶帶一頭霜。”又有召仙以紅梅爲題，以“儔、頭、牛”爲韻，箕云：“雪骨冰肌孰與儔？”人曰：“所求乃絳梅，非白也。”良久，書曰：“點些顔色在枝頭。牧童睡起朦朧眼，錯認桃林欲放牛。”二詩頗有致，而事絕相類，豈好事者爲之耶？

　　閩中山谷溪澗間，有草蔓生，類兔耳而色正碧，菁翠孅妍異於他卉，植移盆中，甚有幽致，殊勝菖蒲、躑躅也。但性畏日，稍暵即槁，①須置池畔巖側濃陰倒石之下。余行天下，未有見此草者。

【校箋】

①　“槁”，底本作“稿”，據北大本改。

　　芝者，菌蕈同類，本非難得之物，但以産於室内梁間，非意得之，故爲瑞耳。若山谷間，朽木浥雨，自然叢生，朝夕雲霞薰蒸，自成五色，無足異者。宋景德間，天書興，丁謂獻芝至十餘萬本。政和間花石綱興，郡守李文仲采及三十萬本，有一本數千葉，衆色咸備，是可謂之瑞乎？

菌蕈之屬多生深山窮谷中，蛇虺之氣薰蒸，易中其毒。《西湖志》載：宋吳山寺產菰，大如盤，五色光潤，寺僧以獻張循王，王以進高宗，高宗復詔還寺。往返既久，有汁流下，犬舐之立斃，始大驚懼，瘞之。又有笑菌，食者笑不止，名"笑矣乎"，柳子厚有文紀之。今閩人多取菌剟油作菜油，市人食者輒大吐委頓，其毒甚者遂至殺人，不可不慎也。

凡菌爲羹，照人無影者不可食。《夷堅志》載："金溪田僕食蕈，一家嘔血，死者六人，惟丘岑幸以痛飲而免，蓋酒能解毒也。"又嘉定乙亥，僧德明游山，忽得奇菌，歸以供衆，毒發，僧行死者十餘人，德明呕嘗糞獲免。有日本僧定心者，寧死不污，至膚理拆裂而死。至今庵中藏有日本度牒。其僧姓平氏，日本國京東相州行香縣上守鄉元勝寺僧也。寧死非命，不污其口，亦庶幾陳仲子之風矣。

嘉靖壬子四月，金陵有井皮行者，[①]於其家竹林中得一大菌，烹而食之，數口皆毒死。又有張椿，種瓜爲業，圃中留一瓜極大者以自奉，方食兩片即死，聞其氣者亦病。乃知異常之物不可輕食。《太平廣記》載：李崇真在蜀，庭中有一橘，大而晚熟，有小孔如針，賓僚驚異，欲表進之，久而乃罷，及剖，則有赤斑蛇蟠其中。又韋皋鎮成都，有柑大如斗，欲以進，醫者咎殷在座，固持不可，請以針刺其蒂，流血沾席，駭而剖之，乃兩頭蛇也。可不戒哉！

【校箋】

①"行"，北大本作"竹"。

學而不行謂之視肉，《山海經》"狄山有視肉"，注："聚肉形如牛肝，有兩目，食之至盡，尋復生如故。"《太平廣記》載：蘭溪蕭靜之掘地得物，如人手，臞而食之，甚美。後遇一道士話之，道士曰："此肉芝也，壽等龜、鶴矣。"《江鄰幾雜志》云：徐積廷評於廬州河次得一小兒，手無指，懼而棄之。此政所謂肉芝者也，狄山所產，想亦此類。

槐花黃，舉子忙；枇杷黃，醫者忙。

滇中有雞踪，蓋菌蕈類也，以形似得名。其油如醬，可以點肉，亦閩中烏蜒醬之類也。

俗云："黃金無假，阿魏無真。"阿魏生西域中，一名合昔泥。其樹有汁，沾物即化，人多牽羊豕之類繫樹下，遙以物撼其樹汁，落則羊豕皆成阿魏矣，樹上之汁終不可得，故云無真也。其味辛平無毒，殺諸蟲，破癥瘕，下惡除邪，解蠱毒，且其氣極臭而能止臭。彼中以淹羊肉甚美，中國止入藥物而已。又有馬思答吉者，似椒而香酷烈，以當椒用。有回回豆，狀如榛子，①磨入麵中極香，兼去麵毒。

【校箋】

　　①"榛"，底本作"椿"，據北大本改。

　　特迦香出弱水西，形如雀卵，色頗淡白，焚之辟邪去穢，鬼魅避之。唵叭香出唵叭國，色黑，爇之不甚香，而可和諸香，亦能辟邪魅。京師有賃宅住者，其宅素凶，既入，不能便移，但日焚唵叭香一爐。至夜中，豎子聞鬼物相與語曰："彼所焚何物？令我頭痛不堪，當相率避之。"越二日，宅遂清吉無患。乃知《博物志》載漢武帝焚西使香，宮中病者盡起；徐審得鷹嘴香焚之，一家獨不疫疾，當不誣也。

　　永樂初，天妃宮有鸛卵，爲寺僧所烹，將熟矣，老僧見其哀鳴，命取還之。數時雛出，僧驚異，探其巢，得香木尺許，五采如錦，持以供佛。後有倭奴見，以五百金買之，問何物，曰："此仙香也，焚之死人可生。"即返魂香也。

　　安息香能聚鼠，其烟白色如縷，直上不散。又狼糞烟亦直上，故烽堠用之。北虜氈帳中數百人共處，中支一鍋，其烟直透頂孔而出，燒狼糞故也。

　　血竭一名騏驎竭，出南番中，廣州亦有之。樹高數丈，葉似櫻桃而有三棱，脂液滴下如膠飴狀，久而堅凝，色如乾血，又能破積血，止金瘡血，故以血竭名也。洪熙初，李祭酒時勉因上元夜拾墜金釵，①俟其人至還之，乃千户之婦也。夫婦德公甚厚，饋遺俱不受，乃出藥物一片，曰："此名血竭，出於異國，往年征交廣所得，既不費財，而可備緩急，願公納之。"公乃受，以語夫人。後公以言事忤旨，爲金瓜槌折其脅，幾殆，召醫視之，曰："傷雖重，可爲也，但須真血竭。"夫人即取畀之，遂得蘇，時論以爲還金之報也。一云是紫餾樹之脂，驗者以透指甲爲真。

【校箋】

① 李時勉（1374—1450），名懋，以字行，號古廉，吉安安福人。永樂二年（1404）進士，選庶吉士，授刑部主事，進侍讀，改御史，官至國子監祭酒。諡文毅，贈禮部侍郎。有《古廉集》等。

漢唐郎署近侍皆賜雞舌香，以防口過。雞舌香即丁香也，有雌雄二種，雌者大而良，俗名"母丁香"，顆粒如山茱萸，擊破有從理解爲兩向，若雞舌狀，故名。廣州有之。

沉香樹類椿，細枝緊實，未爛者爲青桂，黑堅沉水者爲沉香，帶斑點者爲鷓鴣沉，半沉者爲棧香，形象雞骨者爲雞骨香，象馬蹄者爲馬蹄香，在土中成薄片者爲龍鱗香，亞於沉香爲速香，不沉者爲黃香，交州人謂之蜜香，佛經謂之阿迦爐香。一物而異名如此，近於果中之蓮藕矣。用修所記一香七名者，誤也。

宋宣和間，宮中所焚異香有篤耨、龍涎、亞悉、金顏、雪香、褐香、軟香之類，今世所有者惟龍涎耳。又有瓠香、猊眼香，皆不知何物。

龍涎於諸香中最貴，《游宦紀聞》云："每兩不下百千，次者亦五六十千。近海旁常有雲氣罩山間者，龍睡其下也，土人相約更守，或半載，或二三載，雲散則龍去矣。往迹之，必得龍涎，或五七兩，或十餘兩。"又言："大海洋中有旋渦，龍伏其下，涎常涌出，爲風吹日曬，結成一片。"《嶺外雜記》云："龍枕石睡，涎沫浮水，積而能堅。"余問嶺南諸識者，則曰："非龍涎也，乃雌雄交合，其精液浮水上，結而成耳。"果爾，則腥穢之物，豈宜用之清淨之所哉？今龍涎氣亦果腥，但能收斂諸香，使氣不散，雖經十年香味仍在，故可寶也。

呂惠卿對神宗言："凡草木皆正生嫡出，惟蔗側種，根上庶出，故字從庶。"然薯、蕷亦側種旁出也。嵇含《草木狀》作"竿蔗"，謂其挺直如竹竿也，今人乃作"甘蔗"，誤矣。

《易》曰："莧陸夬夬。"陸，商陸也，下有死人則上有商陸，故其根多如人形，俗名"樟柳根"者是也。取之之法，夜靜無人，以油炙梟肉祭之，俟鬼火叢集，然後取其根，歸家以符煉之，七日即能言語矣。一名"夜呼"，亦取鬼神之義也。此草有赤、白二種，白者入藥，赤者使鬼，若誤服之，必能殺人。又《荊楚歲時記》："三月三日杜鵑初鳴，田家候之。此鳥晝夜鳴，血流不止，至商陸子熟乃止。"蓋商陸未熟之前，正杜鵑哀鳴之候，故稱"夜呼"也。

卷十一

物部三

古人造茶，多春令細末而蒸之，唐詩"家僮隔竹敲茶臼"是也。至宋始用碾，揉而焙之，則自本朝始也。但揉者，恐不若細末之耐藏耳。

蘇才翁與蔡君謨鬥茶，蔡用惠山泉水，蘇茶稍劣，改用竹瀝水煎，遂能取勝。然竹瀝水豈能勝惠泉乎？竹瀝水出天台，云彼人將竹少屈而取之盈甕，則竹露，非竹瀝也。若醫家火逼取瀝，斷不宜茶矣。

閩人苦山泉難得，多用雨水，其味甘不及山泉而清過之。然自淮而北則雨水苦黑，不堪烹茶矣。惟雪水冬月藏之，入夏用乃絕佳。夫雪固雨所凝也，宜雪而不宜雨，何故？或曰北地屋瓦不淨，多穢泥塗塞故耳。

宋初閩茶，北苑為之，最初造研膏，繼造臘面，既又製其佳者為京挺，後造龍鳳團而臘面廢，及蔡君謨造小龍團，而龍鳳團又爲次矣。當時上供者，非兩府禁近不得賜，而人家亦珍重愛惜。如王東城有茶囊，惟楊大年至則取以具茶，它客莫敢望也。元豐間造密雲龍，其品又在小團之上。今造團之法皆不傳，而建茶之品亦遠出吳會諸品之下，其武夷、清源二種雖與上國爭衡，而所産不多，十九饒鼎，^①故遂令聲價靡不復振。

【校箋】

① 北大本有小字批注："《韓非》：齊伐魯，索饞鼎、魯以真，齊以贋也。又伐□。二十三鐘鼎銘識。"按：宋龔頤正《芥隱筆記》"真贋字"："《韓非子》：'齊伐魯，索饞鼎，魯以其贋往。'齊曰贋，魯曰真也。"

今茶品之上者，松蘿也、虎丘也、羅岕也、龍井也、陽羨也、天池也，而吾閩武夷、清源、鼓山三種可與角勝。六合、雁蕩、蒙山三種，祛滯有功而色香不稱，當是藥籠中物，非文房佳品也。

閩方山、太姥、支提俱産佳茗，而製造不如法，故名不出里閈。余嘗過松蘿，遇一製茶僧，詢其法，曰："茶之香原不甚相遠，惟焙者火候極難調耳。"茶葉尖者太嫩而蒂多老，至火候勻時，尖者已焦而蒂尚未熟，二者雜之，茶安得佳？松蘿茶，製者每葉皆剪去其尖蒂，但留中段，故茶皆一色，而功力煩矣，宜其價之高也。閩人急於售利，每斤不過百錢，安得費工如許？即價稍高，亦無市者矣，故近來建茶所以不振也。

宋初團茶多用名香雜之，蒸以成餅，至大觀、宣和間始製三色芽茶，漕臣鄭可間製銀絲冰芽，始不用香，名爲"勝雪"，此茶品之極也。然製法，方寸新銙，有小龍蜿蜒其上，則蒸團之法尚如故耳。[①] 又有所謂白茶者，又在勝雪之上，不知製法云何，但云崖林之間偶然生出，非人力可到，焙者不過四五家，家不過四五株，所造止於一二銙而已。進御若此，人家何由得見？恐亦菖歜之嗜，非正味也。

【校箋】

① "團"，北大本作"茶"。

《文獻通考》："茗有片有散，片者即龍團舊法，散者則不蒸而乾之，如今之茶也。"始知南渡之後，茶漸以不蒸爲貴矣。

古時之茶，曰煮、曰烹、曰煎，須湯如蟹眼，茶味方中。今之茶惟用沸湯投之，[①] 稍着火即色黃而味澀，不中飲矣。乃知古今之法，亦自不同也。

【校箋】

① 北大本"茶惟"二字乙作"惟茶"。

昔人喜鬥茶，故稱"茗戰"。錢氏子弟取雪上瓜，各言子之的數，剖之以觀勝負，謂之"瓜戰"。然茗猶堪戰，瓜則俗矣。

薛能《茶詩》云："鹽損添常戒，薑宜煮更黃。"則唐人煮茶多用薑、鹽，味安得佳？此或竟陵翁未品題之先也。至東坡《和寄茶詩》云："老妻稚子不知愛，一半已入薑鹽煎。"則業覺其非矣，而此習猶在也。今江右及楚人尚有以薑煎茶者，雖云古風，終覺未典。

以菉豆微炒，投沸湯中，傾之，其色正綠，香味亦不減新茗。宿村中覓茗不得者，可以此代。

北方柳芽初茁者，采之入湯，云其味勝茶。曲阜孔林楷木，其芽可烹，閩中佛手柑、橄欖爲湯，飲之清香，色味亦旗槍之亞也。

昔人謂："揚子江心水，蒙山頂上茶。"蒙山在蜀雅州，其中峰頂尤極險巇，蛇虺虎狼所居，得采其茶，可蠲百疾。今山東人以蒙陰山下石衣爲茶當之，非矣。然蒙陰茶性亦冷，可治胃熱之病。

凡花之奇香者皆可點湯，《尊生八牋》云："芙容可爲湯。"然今牡丹、薔薇、玫瑰、桂、菊之屬，采以爲湯，亦覺清遠不俗，但不若茗之易致耳。

酒者，扶衰養疾之具，破愁佐藥之物，非可以常用也。酒入則舌出，舌出則身棄，可不戒哉！

人不飲酒，便有數分地位：志慮不昏，一也；不廢時失事，二也；不失言敗度，三也。余嘗見醇謹之士，酒後變爲狂妄，勤渠力作因醉失其職業者衆矣，況於醜態備極，爲妻孥所姍笑、^①親識所畏惡者哉？《北窗瑣言》載：陸相扆，有士子修謁，命酌，辭以不飲，陸曰：“誠如所言，已校五分矣。”蓋生平悔吝有十分，不爲酒困，自然減半也。

【校箋】

① “孥”，底本作“挐”，據北大本改。

吾見嗜酒者，晡而登席，夜則號呼，旦而病酒，其言動如常者，午、未二晷耳。以晝夜而僅二晷如人，則壽至百年，僅敵人二十也，而舉世好之不已，亦獨何異？

酒以淡爲上，苦冽次之，甘者最下。“青州從事”向擅聲稱，今所傳者色味殊劣，不勝“平原督郵”也。然從事之名，因青州有齊郡，借以爲名耳。今遂以青州酒當之，恐非作者本意。

京師有薏酒，用薏苡實釀之，淡而有風致，然不足快酒人之吸也。易州酒勝之，而淡愈甚，不知荆、高輩所從游，果此物耶？襄陵甚冽而潞酒奇苦。南和之刁氏、濟上之露、東郡之桑落，釀淡不同，漸於甘矣，故衆口雖調，聲價不振。

京師之燒刀，與隷之純綿也，然其性凶憯，不啻無刃之斧斤。大內之造酒，閫臺之菽粟也，而其品猥凡，僅當不膻之酥酪羊羔。以脂入釀，呷麻以口爲手，幾於夷矣，此又儀狄之罪人也。

江南之三白，不脛而走，半九州矣，然吳興造者勝於金昌，蘇人急於求售，水米不能精擇故也。泉冽則酒香，吳興碧浪湖、半月泉、黃龍洞諸泉皆甘冽異常，富民之家多至慧山載泉以釀，①故自奇勝。

【校箋】

① "慧山"，當作"惠山"。按，惠山在無錫西郊。

雪酒、金盤露，虛得名者也，然尚未墮惡道，至蘭溪而濫惡極矣。所以然者，醇醲有餘而風韻不足故也，譬之美人，豐肉而寡態者耳。然太真肥婢，寵冠椒房，金華酤肆，戶外之屨常滿也。故知味者實難。

閩中酒無佳品。往者順昌擅場，近則建陽爲冠，順酒卑卑無論，建之色味欲與吳興抗衡矣，所微乏者風力耳。

北方有葡萄酒、梨酒、棗酒、馬奶酒，南方有蜜酒、樹汁酒、椰漿酒，《酉陽雜俎》載有青田酒，此皆不用麴蘖，自然而成者，亦能醉人，良可怪也。

荔支汁可作酒，然皆燒酒也，作時酒則甘而易敗。邢子愿取佛手柑作酒，①名"佛香碧"，初出亦自馨烈奇絕，而亦不耐藏。江右之麻姑、建州之白酒，如飲湯然，果腹而已。

【校箋】

　　① 邢子愿，即邢侗，見卷七"國初能手多粘俗筆"條。

　　鄱陽爲《酒賦》，曰："清者爲酒，濁者爲醴。清者聖明，濁者頑騃。"此唐人中聖之言所自出也。但醴酒醇甘，古人以享上客。楚元王嘗爲穆生設醴，豈得謂之頑騃？①蓋善飲酒者惡甘故也。

【校箋】

　　①"謂之"，北大本作"云"。

　　唐肅宗張皇后以鴆腦酒進帝，欲其健忘也；順宗時，處士伊初玄入宮，飲龍膏酒，令人神爽也：此二者正相反。《酉陽雜俎》："鶡生三子，一爲鴆，即鴟字。"

　　古人量酒，多以升、斗、石爲言，不知所受幾何。或云米數，或云衡數。但善飲有至一石者，其非一石米及百斤明矣。按：朱翌《雜記》云："淮以南酒皆計升，一升曰爵，二升曰瓢，三升曰觶。"此言較近。蓋一爵爲升，十爵爲斗，百爵爲石。以今人飲量較之，不甚相遠耳。

　　宋楊大年於丁晉公席上舉令云："有酒如綫，遇斟則見。"丁公云："有餅如月，遇食則缺。"

　　紅灰，酒品之極惡者也，而坡以"紅友勝黃封"；甜酒，味之最下者也，而杜"不放香醪如密甜"。固知二公之非酒人也。

今人以秀才爲措大。措者，醋也，蓋取寒酸之味，而婦人妒者俗亦謂之"吃醋"，不知何義。昔范質謂：人能鼻吸三斗醇醋，便可作宰相。均一醋也，何男子吃之便稱德量，而婦人吃之反爲媢嫉之名耶？亦可笑之甚也。

劉禹錫《寒具》詩云："纖手搓來玉數尋，碧油搓出嫩黃深。夜來春睡無輕重，壓匾佳人纏臂金。"則爲今之饊子明矣。宋人因林和靖《寒食》詩有"寒具"，遂解以爲寒食之具，安知和靖是日不嘗饊子耶？

《禮》有醢醬、卵醬、芥醬、豆醬，用之各有所宜，故聖人不得其醬不食。今江南尚有豆醬，北地則但熟麵爲之而已，寧辦多種耶？又桓譚《新論》有脡醬，漢武帝有魚腸醬，南越有筍醬，晉武帝《與山濤書》致魚醬，枚乘《七發》有芍藥之醬，宋孝武詩有虰醬，又《漢武內傳》有連珠雲醬、玉津金醬，《神仙食經》有十二香醬。今閩中有蠣醬、鱟醬、蛤蜊醬、蝦醬，嶺南有蟻醬。則凡聶而切之腌藏者，概謂之醬矣，乃古之醢，非醬也。

羹之美者，則彭鏗之斟雉、伊尹之烹鵠、陳思之七寶、明皇之甘露。黃頷之臛，虞悰所遺；倉庚之肉，郗氏止妒。元和之龍，東郡之梟。子公以黿亂鄭，子期以羊覆國。鮑能救伍，熊可亡紂。至於贊皇一杯，費錢三萬，暴殄極矣。彼千里蓴菰，碧澗香芹，杜云錦帶，蘇製玉糝。羅浮之骨董，洪州之樂道，箕季之瓜匏，寶儼之雙曇，仰山之道場，陶家之十遠。吳淑玉杆之咏，相如露葵之賦，僅果措大之腹，難入八珍之譜。臨海之猴頭，交趾之不錄，嶺南之象鼻，九真之鹽蛹，俗已近夷，不如藜藿。

今大官進御飲食之屬，皆無珍錯殊味，不過魚肉牲牢，以燔炙醲厚爲勝耳。不獨今日爲然也，《周禮》："王之膳以八珍。"八珍者，淳熬也，淳母也，炮豚也，炮牂也，搗珍也，漬也，熬也，肝膋也。此皆燥腸之鴆毒，焦胃之斧斤也。其他食用六穀，膳用六牲，飲用六清，羞用百有二十品，醬用百有二十瓮。然口不嘗藜藿之味，目不視鹽菽之祭，徒以耗津液、滑天和耳。曾謂周公作法於儉，而肯以饕餮訓後世哉？

龍肝鳳髓、豹胎麟脯，世不可得，徒寓言耳。猩唇貛炙、象約駝峰，雖間有之，非常膳之品也。今之富家巨室，窮山之珍，竭水之錯，南方之蠣房，北方之熊掌，東海之鰒炙，西域之馬奶，真昔人所謂富有小四海者，一筵之費，竭中家之產不能辦也。此以明得意、示豪舉則可矣，習以爲常，不惟開子孫驕溢之門，亦恐折此生有限之福。孟子所謂"飲食之人則人賤之"者，此之謂也。

枚乘《七發》所謂"犓牛肥狗，熊膰鯉膾，秋黃白露，楚苗安胡"者，可見當時之珍味止於是耳。其於荔支子鵝、魚脡蟹蝑，固不數數然也。五方之人，口食既殊，腸胃亦異。

海嶠之人久住北方，啖麵食炙，輒覺脣焦胃灼，亦猶北人至
南方，一嘗海物輒苦暴下，其於蟹鱟蚳蟶之屬，不但不敢食，
亦不敢見之。始信《周禮》所載八珍皆淳熬之類，亦其所習
然也。

黃鳥食之已妒，紫魚食之止驕，鶁鷗食之不饑，箪餘食
之不醉，鯖魚食之已狂，人魚食之已癡。古有斯語，未諗其
然也。

人之口腹，何常之有？富貴之時，窮極滋味，暴殄過當，
一遇禍敗，求藜藿充饑而不可得。石虎食蒸餅，必以乾棗、
胡桃瓤爲心，使坼裂方食，及爲冉閔所篡幽廢，思其不裂者
而無從致之。唐東洛貴家子弟，飲食必用煉炭所炊，不爾便
嫌烟氣，及其亂離飢餓，市脱粟飯食之，不啻八珍。此豈口
腹貴於前而賤於後哉？彼其當時所爲，揀擇精好，動以爲粗
惡而不能下咽者，皆其驕奢淫佚之性使然，非天生而然也。
吾見南方膏粱子弟，一離襁褓，必擇甘毳溫柔，調以酥酪，
恐傷其胃，而疾病亦自不少。北方嬰兒，臥土炕，啖麥飯，
十餘歲不知酒肉，而強壯自如。又下一等，若乞丐之子，生
即受凍忍餓，日一文錢便果其腹。人生何常？幸而處富貴，
有贏餘，時時思及凍餒，無令過分，物無精粗美惡，隨遇而
安，無有選擇於胸中，此亦"動心忍性"之一端也。子瞻兄
弟南遷，相遇梧、藤間，市餅，粗不可食，黃門置箸而嘆，
子瞻已盡之矣。二蘇之學力識見優劣，皆於是卜之。吾生平

未嘗以飲食呵責人，其有不堪，更強爲進。[①]至於宦中，尤持此戒，每每以語妻孥，然未必然知此旨也。

【校箋】

① "爲"，北大本作"而"。

孫承佑一宴殺物千餘，李德裕一羹費至二萬。蔡京嗜鵪子，日以千計；齊王好雞跖，日進七十。江無畏日用鯽魚三百，王黼庫積雀鮓三楹。口腹之欲殘忍暴殄，至此極矣。今時王侯闈宦尚有此風。先大夫初至吉藩，遇宴一監司，主客三席耳，詢庖人，用鵝一十八、雞七十二、豬肉百五十斤，它物稱是，良可笑也。

東南之人食水產，西北之人食六畜。食水產者，螺蚌蟹蛤以爲美味，不覺其腥也；食六畜者，貍兔鼠雀以爲珍味，不覺其膻也。若南方之南，至於烹蛇醬蟻，浮蛆剌蟲，則近於鳥矣；北方之北，至於茹毛飲血，拔脾瀹腸，則比於獸矣。聖人之教民火食，所以別中國於夷狄，殊人類於禽獸也。

晋文公時，宰人上炙而髮繞之，召而讓焉，以辯獲免。漢光武時，陳正爲大官令，因進御膳，黃門以髮置炙中，帝怒，將斬正，後乃赦之。宋時有侍御史上章彈御膳中有髮，曰："是何穆若之容，忽睹鬖如之狀！"當時以爲笑柄。諸臣妄言，不足責也，而文公、光武仁明之王，反不及楚莊王之吞蛭，[①]何耶？

【校箋】

① 北大本有小字批注："賈誼《新書》：楚惠王食寒得蛭、恐監食當死，遂吞之，腹有疾而不能食。令尹入問曰：'君有仁德，天之所奉也，病不爲傷。'是夕，惠王之後蛭出。"按：此事見王充《論衡·虛福篇》。

中山君以一杯羹亡國，以一壺漿得士二人，顧榮以分炙免難，庾悦以慳炙取禍。《詩》云："民之失德，乾餱以愆。"噫！寧獨民哉？吾獨怪劉毅負英雄之名，乃效羊斟、司馬子期之所爲，修怨於口腹之末，宜其志業之不終也。

《文選》有寒鵁、寒鱉，《崔駰傳》亦有雞寒，《七啓》"寒芳苓之巢龜"，李善注："寒，今胚肉也。"《廣韻》："煮肉熟食曰胚。"然寒字甚佳，而煮熟之義極甚膚淺，良可笑也。但古人製造多方，《周禮》膳羞之政，凡割烹煎和之事，辨體名肉物及百品味，各有所宜，似非若後世之庖人一味煮而熟之已也。

今人之食既自苟簡，而庖人爲政一切調和，醴、齊、醯、醢之屬皆無分辨。宴客之時，恒以大鑊合而烹之，及登俎而後分，雖易牙不能別其味也。至於火候生熟之節，又無論已。不知物性各有所宜，亦各有所忌。如雞宜薑而豕則忌之，魚宜蒜而羊則忌之。古人腥臊膻香死生鮮薧，炮炙醯醢，秩然有條，不相紊亂。至於食齊宜春，羹齊宜夏，醬齊宜秋，飲齊宜冬；凡和則春多酸，夏多苦，秋多辛，冬多鹹，順四時之氣以節宣之，非徒爲口腹已也。今江南人尚多列釜竈，諸品不淆，然官厨已不能守其法矣，況北方乎？

"膾不厭細"，孔子已尚之矣。膾即今魚肉生也，聶而切之，沃以薑椒諸劑，閩、廣人最善爲之。昔人所云"金虀玉膾，縷細花鋪"，不足奇也。據史册所載，昔人嗜膾者最多，如吳昭德、南孝廉皆以喜斫膾名。余媚娘造五色膾，妙絶一時。唐儉、趙元楷，至於衣冠親爲太子斫膾。①今自閩、廣之外，不但斫者無人，即啖者亦無人矣。《説文》："膾，細切肉也。"今人以殺人者爲劊子手，劊亦斷切之義，與膾同也。按：膾亦謂之（蒯），齊東昏侯時謡曰："趙鬼食鴨（蒯）。"注：細銼肉，雜以薑桂是也。

【校箋】

① "於"，北大本作"以"。

六朝時呼食爲"頭"。晋元帝謝賜功德淨饌一頭，又謝齋功德食一頭，又劉孝威謝賜果食一頭。一頭即今一筵也。然古未前聞，不知何義？

餅，麵瓷也，《方言》謂之餛飩，又爲之餦。然餛飩即今饅頭耳，非餅也，京師謂之饃饃。胡餅即麻餅也，石勒諱胡，故改爲麻餅。又有蒸餅、豆餅、金餅、索餅、籠餅之異。而唐時有紅綾餡餅，惟進士登第日得賜焉，故唐人有"莫嫌老缺殘牙齒，曾吃紅綾餡餅來”之詩。今京師有酥餅、餡餅二種，皆稱珍品，而內用者加以玫瑰、胡桃諸品，尤勝民間所市。又內中所製有琥珀糖，色如琥珀；有倭絲糖，其細如竹絲而扭成團，食之有焦麵氣。然其法皆不傳於外也。

上苑之蘋婆、西涼之蒲萄、吳下之楊梅，美矣，然校之閩中荔支，猶隔數塵在也。蘋婆如佳婦，蒲萄如美女，楊梅如名伎，荔支則廣寒中仙子，冰肌玉骨，可愛而不可狎也。

荔支之味無論，即濃綠枝頭，錦丸纍垂，頰射朝霞，固已麗矣。而奇香撲人，出入懷袖，即殘紅委地，遺芬不散，此豈百果所敢望哉！

荔支以楓亭爲最，核小而香多也；長樂之勝畫次之，肌豐而味勝也；中觀又次之，色味俱醇而繁多不絕也。三者之外，人間常見尚有二十餘種，如桂林金鍾火山之類，品中稱劣矣，然猶足爲扶餘天子也。

有鵠卵荔支，小僅如鵠卵而味甚甘，核如粟大，間有無核者。又有雞引子，一大者居中，而小者十餘環向之，熟則俱熟，味無差別。

黃香色黃，白蜜色白，江家綠色綠，雙髻生皆並蒂，七夕紅必以七夕方熟，此皆市上所不恒有者也。

荔支核種者多不活，即活亦須二十年，始合抱結子。閩人皆用劣種樹，去其上梢，接以佳種之枝，間歲即成實矣。龍目亦然。

荔支、龍目皆以一年長葉，一年結子。如遇結子之年雨水過多，亦不實而長枝，過年則蕃滋加倍矣。園中樹欲其高大，遇結蕊之時即摘去之，如此數年，便可尋丈。

果將熟時，專有飛盜，緣枝接樹，趫捷如風，園丁防之若巨寇然，瞬息不覺則千萬樹皆被漁獵，名曰夜燕。五月初時，有入市，色斑而味酢者，皆夜燕橐中出也。不獨戕其生，亦且敗其名，可恨莫甚焉。此果人未采時蟲鳥不敢侵，一經盜手，群蠹攻之矣。

荔支核性太熱，補陰。人有陰症寒疾者，取七枚煎湯飲之，汗出便差。亦治疝氣。

楊貴妃生於蜀，故好啖荔支。今蜀中不過重慶數樹，其實色味俱劣，不堪與閩中作奴，不知驪山下"一騎紅塵"者，的從何處來也？滇中沐國府中亦有一樹，每實時，以金柈盛三五顆，餉藩臬大吏，受之者以白鏹一兩售其從者。鄧汝高學憲在滇日，[①]沐亦致焉，酢甚，不能下咽，歸語妻孥，一笑而已。

【校箋】

① 鄧汝高，即鄧原岳，字汝高，號翠屏，閩縣人。萬曆二十年進士，授戶部主事，歷雲南按察司僉事、湖廣右參政，至湖廣按察副使，未到任而卒。工于詩，有《閩詩正聲》《西樓集》等。

白樂天在忠州時，所言荔支之狀，至於"朵如蒲桃，漿液甘酸",可知蜀中荔支形味。閩中生者豈但如蒲桃,又何嘗有些酸味耶?

傳記載啖荔支過多內熱,當以蜜漿解之。閩人日啖數百,不覺熱也。但過多恐腹膨脹,少以鹹物下之即消矣。

荔支、龍眼不但以味勝,食之亦皆有益於人,蠲渴補髓,通神益智。《列仙傳》云有食荔支而得仙者。而龍眼乾之,煎汁爲飲,尤養心血,治怔忡、不寐、健忘諸疾。

人之口食,固亦無恒。曹丕稱蒲桃則云:"甘而不饐,脆而不酸。南方有橘,正裂人牙,時有甜耳。"徐君房之答陳昭則云:"金衣素裹,見苞作貢;向齒自消,良應不及。"則又爲橘左祖也。吳中王百穀苦欲以楊梅敵荔支,[①]余與往返論難數百言,終未以爲然也。然生長吳中,未嘗荔支,固宜輕於持論。凡物須眼所見則涇渭自分,合以相並則妍媸自見。

【校箋】

① 王百穀,即王稚登,生平見卷三 "太祖於金陵建十六樓以處官伎" 條。

《廣雅》以龍眼爲益智,《爾雅》以益母爲茺蔚,其實非也。

北地有文官果,形如螺,味甚甘,類滇之馬金囊,或云即是也。後金囊又訛爲 "檳榔",遂以文官果爲馬檳榔。不知文官果樹生,馬金囊蔓生也。

西域白蒲桃，生者不可見，其乾者味殊奇甘，想可亞十八娘紅矣。有兔眼蒲桃，無核，即如荔支之焦核也。又有瑣瑣蒲桃，形如茱萸，小兒食之能解痘毒。于文定《筆麈》云："瑣瑣即駮娑之訛。"未知是否。

滇中梧桐子，大如豆，其形與它處殊不類，殼光薄不皺，味如松子。又有神黃豆，似五倍子，能令兒童稀痘，然亦不甚驗也。

閩、楚之橘，燕、齊之梨，霜液滿口，足稱荔支、龍眼之亞矣。閩中梨初稱建陽，今福州有一種，十月方熟，一顆重至二斤，甘酥融液，不可名狀。但人家有者，不常見耳。此外有夫人李、佛手柑、菩提果，皆籦圃中佳植也。

餘甘與橄欖味相似，而實二物也。《臨海異物志》謂餘甘即橄欖，誤矣。餘甘，形大小如彈丸，理如瓜瓣，初入口苦澀，末爲甘香。閩漳、泉亦有之，但餘甘少而橄欖多。世人因東坡有"餘甘回齒頰"之語，乃混而一之，可乎？

齊中多佳果，梨、棗之外，如沙果、花紅、桃、李、柿、栗之屬，皆稱一時之秀，而青州之蘋婆、濮州之花謝甜，亦足敵吳下楊梅矣。

楊梅以吳興太子灣者爲佳，紫黑若桑椹，入口甘而不酢。又有一種白色者，名爲水精楊梅。余於己酉夏避暑吳山，臧晉叔見餉數十顆，[①]甘美勝常，家人驚異傳玩，以爲在吳興五年所未嘗見也。

【校箋】

① 臧晉叔，即臧懋循，見前"雲間莫廷韓"條。

青州雖爲齊屬，然其氣候大類江南，山饒珍果，海富奇錯，林薄之間，桃、李、楂、梨、柿、杏、蘋、棗，紅白相望，四時不絶。市上魚蟹腥風逆鼻，而土人不知貴重也。有小蟹如彭越狀，人家皆以喂貓、鴨，大至蚌蜎、黃甲，^①亦但腌藏臭腐而已。使南方人居之，使山無遺利，水無遺族，其富庶又不知何如也。

【校箋】

① "蚌"，北大本作"蜂"。

五穀者，稻、黍、稷、麥、菽也。鄭司農注《周禮》，謂麻、麥、黍、稷、豆，而不及稻，豈鄭未至南方耶？"王之膳食用六穀"，鄭注："稻、黍、稷、粱、麥、苽。"又"三農生九穀"，鄭注："稷、秫、黍、稻、麻、二豆、二麥。"其説互異，恐亦以臆斷耳。《炙轂子》云："九穀者，黍、稷、麻、麥、稻、粱、苽、大小豆。"《酉陽雜俎》云："九穀者，黍、稷、稻、粱、三豆、二麥。"然北方之穀，尚有粟、有蜀秫、有蕎麥，而豆之屬有黃豆、菉豆、黑豆、江豆、青豆、扁豆、豌豆、蠶豆，不啻三也。南方雖止於稻米，而稻之中已有十數種矣。后稷之時已稱百穀，説者謂五穀之屬各有二十，合而爲百，近於穿鑿。百，成數也，五穀者，舉其大言之也。《甘石星經》又謂八穀應八星。八穀者，黍、稷、稻、粱、麻、菽、麥、烏麻也。其星在河車之北，明則俱熟。

稻有水、旱二種，又有秫田，其性粘軟，故謂之糯米。食之令人筋緩多睡。其性懦也，作酒之外，産婦宜食之。又謂之江米。陶彭澤公田五十畝，悉令種秫，蓋亂離之世，藉酒以度日耳。然督郵一至，便爾解綬，所種秫田未嘗得升合之入也。所謂"張公吃酒李公醉"者耶？書此以發一笑。

百穀之外，有可以當穀者，芋也、薯蕷也，而閩中有番薯，似山藥而肥白過之，種沙地中，易生而極蕃衍，饑饉之歲，民多賴以全活。此物北方亦可種也。按：嵇含《草木狀》有甘藷，形似薯蕷，實大如甌，皮紫肉白，可蒸食之。想即番薯，未可知也。

燕、齊之民，每至饑荒，木實樹皮無不啖者，其有草根爲葅，則爲厚味矣。其平時如柳芽、榆莢、野蒿、馬齒莧之類皆充口食。園有餘地，不能種蔬，競拔草根腌藏，以爲寒月之用。《毛詩》所謂"我有旨蓄"以禦冬者，想此類耳。彼詎知南方有凌冬彌茂之蔬耶？

京師隆冬有黃芽菜、韭黃，蓋富室地窖火坑中所成，貧民不能辦也。今大內進御，每以非時之物爲珍，元旦有牡丹花、有新瓜，古人所謂二月中旬進瓜，不足道也。其他花果，無時無之，蓋置坑中，溫火逼之使然。然經年，樹即枯死，蓋其氣爲火所傷故也。至於宰殺牲畜，多以慘酷取味。鵝、鴨之屬皆以鐵籠罩之，炙之以火，飲以椒漿，毛盡脫落，未死而肉已熟矣。驢、羊之類皆活割取其肉，有肉盡而未死者。冤楚之狀，令人不忍見聞。夫以供至尊猶之可也，而巨璫富戚轉相效尤，血海肉林，恬不爲意。不知此輩，何福消受？死後當即墮畜生道中，受此業報耳。

重束爲棗，并束爲棘，棘亦棗之類也，《埤雅》曰：“大者棗，小者棘。”棘蓋今酸棗之類，而棗樹之短者亦蔓延針刺，鈎人衣服，其與荊棘又何別哉？惟修而長之，接以佳種，遂見珍於天下，此亦君子、小人之別也。故藥中諸果皆稱名，於棗獨加“大”字，明小者不足用也。

千年人參，根作人形；千年枸杞，根作狗形。中夜時出游戲，烹而食之，能成地仙。然二物固難遇，亦難識也。相傳女道士師弟二人居深山中，其徒出汲井畔，常見一嬰兒，語其師，師令抱至，成一樹根，師大喜，構火烹之。未熟，值糧盡，下山化米，師出門而水大漲，不得還，徒饑甚，聞所烹者香美，遂食之，三日啖盡。水落師還，則其徒已飛升矣。又維揚一老叟，常擾衆酒食，一日邀衆治具，丐者數人捧二盤至，一蒸小兒、一蒸犬也。衆嘔喊不食，道士懇請不從，乃嘆息自食之。且盡，其餘分諸丐者，乃謂衆曰：“此千歲人參、枸杞，求之甚難，食之者白日升天。吾感諸公延遇，特以相報，而乃不食，信乎仙分之難也！”言未已，群丐化爲金童玉女，擁道士上升矣。夫此二者，或遇之而不能識，或識之而不得食，而弟子及丐者以無意得之，豈非命而何？

　　偓佺食松實，形體生毛，兩目更方。山中毛女食柏葉，
不飢不寒，不知年歲。彭鏗常食桂芝，八百餘歲。赤將子輿
啖百草花，能隨風雨上下。魯定公母服五加皮，以致不死。
張子聲服五加皮酒，壽三百年，房室不絕。任子季服茯苓，
輕身隱形。韓衆服菖蒲，遍體生毛，隆冬裸袒。趙他子服桂，
日行五百里。移門子服五味子，色如玉女。林子明服术，身
輕揚舉。楚子服地黃，夜視有光。陵陽子仲服遠志，有子二
十七，老更少容。杜子微服天門冬，八十年日行三百里。庾
肩吾服槐實，年七十餘，鬚鬢更黑。青城上官道人食松葉，
九十如童。趙瞿餌松脂，百歲髮不白，齒不落。人於草木之
實，餌之不輟，皆足補助血氣，培養壽命，但世人輕而不信
耳。夫鈎吻、烏喙足以殺人，人所共信也。惡者有損，善者
豈得無益？與其服草木之實，縱無益而無害也，不猶愈於煉
紅鉛，服金石，毒發而莫之救，求長生而返速斃乎？

　　閩、廣人食檳榔，取其驅瘴癘之氣，至稱其四德，曰醒
能使醉、醉能使醒、飢能使飽、飽能使飢。然檳榔破癥消積，
殊有神效，余食後輒餌之，至今不能一日離也。按：《本草》
謂其能殺三蟲，下胸中至高之氣。夫余之百煉剛化作繞指柔，
亦已久矣，縱微服此，胸中寧復有至高之氣乎？《本草原始》
曰："賓與郎皆貴客之稱，交廣人凡賓客勝會，必先呈此，故
以檳榔名也。"

北人雖有梨而不甚珍之，且畏其性寒，多熟而啖。昔人謂得哀家梨，亦復蒸食者是已。至於菱、藕之類，亦皆熟食。山樝彌滿山谷，什九爲童稚玩弄之具。惟閩人得之，能去其滓，煎作琥珀色，所謂"楚有才而晉用之"者也。

人食巴豆則瀉，鼠食巴豆則肥，神仙食巴豆則死。蓋仙家煉氣，皆用倒升泥丸之法，故云："順則成人，逆則成仙。"巴豆下氣而蕩滌臟腑、開通閉塞者也，故不利於仙。然使真仙，水火可入，豈一巴豆所能破哉。

藥中有孩兒茶，醫者盡用之，而不知其所自出，歷考《本草》諸書，亦無載之者。一云出南番中，係細茶末，入竹筒中緊塞兩頭，投污泥溝中，日久取出，搗汁熬製而成。一云即是井底泥，煉之以欺人耳。番人呼爲"烏爹泥"，又呼爲"烏疊泥"，俗因治小兒諸瘡，故名"孩兒茶"也。

昔臨川一士人家婢有罪，逃入深山中，見野草枝葉可愛，拔其根啖之，久而不饑。夜宿大樹下，聞草中動，以爲虎，懼而上樹避之，及曉，下平地，歘然凌空，若飛鳥焉。如是數歲，家人采薪見之，捕之不得，乃以酒餌置往來路上，婢果來食，食訖遂不能去，與俱歸，指所食之草，視之乃黃精也。夫人豈必盡有仙骨，但能服食靈藥，便可長生矣。彼山麇、野鶴，壽皆千歲，豈必修道煉形哉？惟不食烟火耳。

山藥原名薯蕷，以避宋英宗諱，改名山藥。其種亦多。今閩中以山谷中所生大如掌者爲薯，而以圃中生直如槌者爲山藥，不知原一種而強分之也。

肉蓯蓉，産西方邊塞上壟中及大木上，群馬交合，精滴入地而生。皮如松鱗，其形柔潤如肉。塞上無夫之婦，時就地淫之。此物一得陰氣，彌加壯盛，采之入藥，能強陽道，補陰益精。或作粥啖之，云令人有子。

《夷堅志》載，僧有病噎死者，剖其胃得蟲，諸藥試之皆不死。時方治藍，戲以藍汁澆之，即化爲水。然藍不獨治噎，兼治瘟疫及解百毒、殺諸蟲。唐張延賞在蜀，有從事爲斑蜘蛛所螫，頭項腫如數升碗，幾不救。張出數千緡，募有能療之者，一游僧自云能，張命試之，遂取藍汁一碗，取蜘蛛投之，困不能動。又別搗藍汁加麝香末，更取蜘蛛投之即死，又更取藍汁、麝香，復加雄黄末和之，取一蜘蛛，投即化爲水。張與賓從皆異之，遂令傅患處，不兩日平復如常。故今治大頭瘟毒者多用之。

唐河東裴同父患腹痛，不可忍，臨終，語其子曰："吾死，可剖腹視之。"同從命，得一物，如鹿脯條，懸之，乾久如骨。一客竊而削之，文彩煥發，遂以爲刀欛子。一日割三稜草飼馬，其欛悉消爲水，歸以問同，具言其故。今腹病者服三稜草多愈，此與藍汁治噎蟲同也。

迎春也，半夏也，忍冬也，以時名者也；劉寄奴也，徐長卿也，使君子也，王孫也，杜仲也，丁公藤也，蒲公英也，以人名者也；鹿跑草也，淫羊藿也，麋銜草也，以物名者也；

高良、常山、天竺、迦南，以地名者也；虎掌、狗脊、馬鞭、烏喙、鵝尾、鴨跖、鶴蝨、鼠耳，以形名者也；預知子、不留行、骨碎補、益母、狼毒，以性名者也；無名異、没石子、威靈仙、没藥景、天三七，則無名而強名之者也。牝鹿銜草以飴其牡，蜘蛛嚙芋以磨其腹，物之微者猶知藥餌，而人反不知也，可乎？

藥有五天：決明爲肝天，紫苑爲肺天，神麴爲脾天，遠志爲心天，從容爲腎天。

藥中有紫稍花，非花也，乃魚龍交合，精液流注，粘枯木上而成。一云龍生三子，一爲吉弔，上岸與鹿交，遺精而成。狀如蒲槌，能壯陽道，療陰痿。此與肉蓯蓉大略相似。夫人之精氣，自足供一身之用，乃以斫喪過度，而藉此腥穢污濁之物以求助長之效，鮮有不速其斃者也。

神農嘗百草以治病，故書亦謂之《本草》。可見古之入藥者，不過草根木實而已，其後推廣，乃及昆蟲。然殺衆物之生以救一人之病，非仁人之用心也。況醫之用及昆蟲，又百中之一二乎？孫思邈道行高潔，法當上升，因著《千金方》中有水蛭、螻蛄，爲天帝所罰。故能卻而不用，亦推廣仁術之一端耳。

今《本草》中禽獸、昆蟲，巨細必載，大自虎狼、鸛鶴，小至蚊蚋、蜂蚓，無不畢備，遂令殺生以求售者日盈於市。余見山東蒙陰取蝎者，發巨石下，探其窟穴，計以升斗，以火逼死，纍纍盈筐。此物不良，死固不足惜，然藏山谷中者，何預人事？而取之不休，亦可憫也。至於蝦蟆、龜蛇之屬，皆靈明有知，而刳腸剔骨，慘酷異常。又其大者，針鹿取血，剝驢爲膠，即可以長生不死，君子不爲也，而況未必效乎？

蝦蟆於端午日知人取之，必四遠逃遁。麝知人欲得香，輒自抉其臍。蛤蚧爲人所捕，輒自斷其尾。蚺蛇膽曾經割取者，見人則坦腹呈創。物類之有知如此，不獨雞之憚爲犧也。

蛤蚧，偶蟲也，雄曰蛤，雌曰蚧，自呼其名，相隨不舍。遇其交合捕之，雖死牢抱不開，人多采之以爲媚藥。又有山獺，淫毒異常，諸牝避之，無與爲偶，往往抱樹枯死，其勢入木數寸。破而取之，能壯陽道，視海狗腎功力倍常也。今山東登、萊間，海狗亦不可多得，往往僞爲之，乃取狗腎而縫合於牝海狗之體以欺人耳。蓋此物一牡管百牝，牡不常得故也。《齊東野語》云：“山獺出南丹州，土人名之曰插翹，一枚直黃金一兩。”

蠱蟲，北地所無，獨西南方有之，閩、廣、滇、貴、關中、延綏、臨洮皆有之，但各處之方有不同耳。閩、廣之法，大約以端午日取蛇、蜈蚣、蜥蜴、蜘蛛之屬，聚爲一器，聽其自咬，其他盡死，獨留其一，則毒之尤矣，以時祭之，俾其行毒。毒之初行，必試一人，若無過客，則以家中一人當之，中毒者絞痛吐逆，十指俱黑，嚼豆不腥，含礬不苦，是其驗也。其毒遠發十載，近發一時，初覺之時，尚可用甘草、菉豆諸藥解之，及真麻油吐之，三月以後不可爲也。又有挑生蠱，食雞、魚之類皆變爲生者，又能易人手足及心肝腎腸之屬，及死視之，皆木石也。又有金蠶毒，川、筑多有之，食以蜀錦，其色如金，取其糞置飲食中，毒人必死。能致它人財物，故祀之者多致富，或不祀，則多以金銀什物裝之道左，謂之“嫁金蠶”。《夷堅志》所載：“有得物者，夜而蛇至，其人知其蠱也，生捉而啖之至盡，飲酒數斗而卧，帖然無恙。”《説海》載福清有訟金蠶毒者，取二刺猬取之，立得。然今福清不惟無金蠶，亦無刺猬也。

宋宣和間，有貴妃病嗽，侍醫李姓者診治，百計不效，而痰喘愈甚，面目浮腫如盤。上臨幸見之，深以爲憂，責李三日不效，取進止。李技窮，夫婦相泣，中夜聞有賣藥者呼曰：“專治痰嗽，一文一貼，永不再發。”李以十錢易十貼，尚疑草藥性厲，先以二貼自服之，無恙，且携以入，一服而瘥，比旰如常。上大喜，兩宮賜賚逾千緡。李恐內中索方，無以對，亟令物色賣藥者，以百金請其方，曰：“我軍人也，貧窮一身，豈用多金哉？”李固予之，曰：“此不過天花粉、青黛二種耳。此藥易辦，故持以度日，非有它也。”李拜謝之。

世宗末年，一日患喉閉，甚危急，諸醫束手。江右一糧長運米入京，自言能治。上親問之，對曰：“若要玉喉開，須

393

用金鎖匙。"上首肯之，命處方以進，一服而安。即日授太醫院判，冠帶而歸。後有人以此方治徐華亭者，①亦效，徐予千金，令上坐，諸子列拜之曰："生汝父者此君也，恩德詎可忘哉！"金鎖匙即山豆根也。以一草之微而能爲君相造命，而二人者或以貴或以富，始信張寶藏以蓽撥一方得三品官不虛也。

【校箋】

① 徐華亭，即徐階（1503—1583），字子升，號少湖，一號存齋，華亭人。嘉靖二年進士，累官至內閣首輔，諡文貞。有《世經堂集》。

　　江左商人，左膊上有人面瘡，亦無它苦，戲滴酒口中，其面亦赤，以物飼之亦能食，食多則膊內肉脹起，疑其胃也，不食之則一臂瘠焉。有醫者教以歷試草木金石之藥，皆無苦，惟至貝母則聚眉閉口。商人喜曰："此藥必可治也。"以葦筒抉其口灌之，遂結痂而愈。此與藍之治噎蟲、雷丸之治應聲蟲相類，然《本草》於貝母但言其治煩熱、邪氣、疝瘕、喉痹，安五臟，利骨髓而已，不言其有殺蟲之功也。豈人面瘡亦邪熱所結耶？又一書載：人面瘡乃黿錯所化，以報袁盎者。則又生前宿冤，非貝母所能療矣。

　　孟子謂"七年之病，求三年之艾"，故艾以老者爲良。人五十曰艾，然少者亦謂之艾，何也？《春秋外傳》曰："國君好艾，大夫殆。"孟子曰："知好色則慕少艾。"一說謂艾者，外也。妻子爲内，少艾爲外也。《本草》："艾以複道生者爲佳。"亦重外之意也。此説甚新，姑筆之。凡灸艾，以圓珠承日得火者爲上，鑽槐取火，取之而熬藥膏者又以桑火爲上，取其剛烈能助藥力，蓋各有所宜也。

唐鄭相國自叙云："予爲南海節度，年七十有五。越地卑濕，傷於内外，衆疾俱作，陽氣衰絶，服乳石補益之劑，百端不應。元和七年，訶陵國舶主李摩訶知予病狀，遂傳此方并藥，予疑而未服，摩訶稽顙固請，乃服之。經七八日，漸覺應驗，自爾常服，其功如神。十年二月，罷郡歸京，録方傳之。破故紙十兩，擇淨皮洗過，搗篩令細，用胡桃瓤三十兩，湯浸去皮，細研如泥，即入前末，好蜜和匀，盛瓷器中，旦日以暖酒二合調藥一匙，服之便以飯壓，如不飲酒，熟水代之。彌久則延年益氣，悦心明目，補添筋骨。但禁食芸薹、羊血，餘無忌也。"

何首烏，五十年大如拳，服一年則鬚髮黑；百年大如碗，服一年則顔色悦；百五十年大如盆，服一年則齒更生；二百年大如斗，服一年則貌如童子，走及奔馬，三百年大如三斗栲栳，[①]其中有鳥獸山岳形狀，久服則成地仙矣。

【校箋】

① "栲栳"，底本作"拷拷"，據北大本改。

草木之藥，可以延年續命者多矣，而世獨貴人參，以其出自殊方，它處稀得，蓋亦家雞、野鵠之喻也。人參出遼東、上黨者最佳，頭面手足皆具，清河次之，高麗、新羅又次之。嘗有贊曰："三椏五葉，背陽向陰。"故唐韓翃詩曰"應是人參五葉齊"是也。今生者不可得見，其入中國者皆繩縛，蒸而夾之，故上有夾痕及麻綫痕也。新羅參雖大，皆用數片合而成之，其功力反不及小者。擇參惟取透明如肉及近蘆有橫紋者，則不患其僞矣。

參在本地，價甚不高，中國人轉市之，度山海諸關納稅，而上之人求索無窮。近加以内監高淮，①每一檄取，動以數百斤計，故數年以來，佳者絕不至京師，其中上者亦幾與白鏹同價矣。王荆公有言："平生無紫團參，亦活到今日。"今深山荒谷之民，茹草食藿，不知藥物爲何事，而強壯壽考，②不聞疾病。惟富貴膏粱之家子弟、婦人，起居無節，食息不調，而輒恃參術之功，遠求貴售，若不可須臾離者。卒之病殤夭札相繼不絕，亦何益之有哉？

【校箋】

① 高淮，萬曆間爲尚膳監監丞，奉命采礦，徵稅遼東。誣陷吏民，縱恣不法。萬曆三十一年（1603），率家丁三百餘，潛回京師，被言官交章論劾，皆不問。在遼東數出塞圍獵劫掠，與邊將爭功。又克扣軍士月糧，激起錦州、松山兵變，懼而逃回，反誣參將李孟陽、同知王邦才逐殺欽使，劫奪御用錢糧。薊遼總督蹇達再疏暴其罪，乃召歸。

② "強"，北大本作"彊"。

醫家有取紅鉛之法，擇十三四歲童女，美麗端正者，一切病患殘疾、聲雄髮粗及實女無經者俱不用，謹護起居，候其天癸將至，以羅帛盛之，或以金銀爲器，入瓷盆内，澄如硃砂色，用烏梅水及井水、河水攪澄七度，曬乾，合乳粉、辰砂、乳香、秋石等藥爲末，或用雞子抱，或用火煉，名"紅鉛丸"，專治五勞、七傷、虚憊、羸弱諸症。又有煉秋石法，用童男女小便，熬煉如雪，當鹽服之，能滋腎降火，消痰明目，然亦勞矣。人受天地之生，其本來精氣自足供一身之用，少壯之時酒色喪耗，宴安鴆毒，厚味戕其内，陰陽侵其外，空餘皮骨，不能自持，而乃倚賴於腥臊穢濁之物，以爲奪命返魂之至寶，亦已愚矣。況服此藥者又不爲延年袪病之計，而藉爲肆志縱欲之地，往往利未得而害隨之，不可勝數也。滁陽有矗道人專市紅鉛丸，盧州龔太守廷賓時多内寵，[1]聞之甚喜，以百金購十丸，一月間盡服之。無何，九竅流血而死。可不戒哉！

【校箋】

① 龔廷賓，字可賢，福建晉江人。萬曆十一年進士，歷縉雲知縣、户部主事、員外郎、郎中，出爲肇慶府知府，至盧州知府。

金石之丹皆有大毒，即鍾乳、硃砂，服久皆能殺人，蓋其燥烈之性爲火所逼，伏而不得發。一入腸胃，如石灰投火，烟焰立熾，此必然之理也。唐時諸帝如憲、文、敬、懿之屬，皆爲服丹所誤。宋時張聖民、林彦振等，皆至發瘍潰腦，不可救藥。近代張江陵末年服丹，死時膚體燥裂，如炙魚然。夫煉丹以求長生也，今乃不能延齡而反以促壽，人何苦爲所愚而恬不知戒哉？蓋皆富貴之人，志願已極，惟有長生一途，欲之而不可得，故奸人邪術，得以投其所好，寧死而不悔耳，亦可哀也。

金石無論，即兔絲、杜仲，一切壯陽之劑，久服皆能成毒發疽。《老學庵》所載可見。至於紫河車，人皆以爲至寶，亦不宜常服。此藥醫家謂之混元球，取男胎首生者爲佳。《丹書》云：“天地之先，陰陽之祖。乾坤之橐籥，鉛汞之匡廓。胚胎將兆，九九數足，我則乘而載之，故謂之河車。紫，其色也。”此藥雖無毒，而性亦大熱，虛勞者服之，恐長其火；壯盛者服之，徒增其燥。夫天地生人，清者爲氣，濁者爲形，父精母血凝合而成。氣足而生，至寶具矣。胞衣者，乃臭腐之胚胚，血肉之渣滓。故一旦瞥然脫胎下世，猶神仙之委蛻也。人生已棄之物，寧復藉此而補助哉？況聞胞衣爲人所烹者，子多不育，故產蓐之家防之如仇，惟有無賴乳媼貪人財賄，乘間竊之以希厚直耳。夫忍於夭殤人子以自裨益，仁者且不爲也，而況未必其有功，而徒以靈明高潔之府爲藏污納穢之地也。

泰山有太乙餘糧，視之石也，石上有甲，甲中有白，白中有黃。相傳太乙者，禹之師也，嘗服此而棄其餘，故名。又有石中黃，即餘糧之未凝者，水溶若生雞子焉。又會稽有石，亦重疊包裹，而中有粉如麵者，名禹餘糧，皆治咳逆，破痕癥。恐是一物，因其黃白二色、所產異地而分別之耳。

其益州所産空青，則中但有清水而無重叠也。語曰：“醫家有空青，天下無盲人。”余友陳幼孺瞽疾，[①]有人遺之者，延醫治之，竟不效也。

【校箋】

① 陳幼孺（1560—1611），即陳薦夫，名邦藻，號冰鑑，閩縣人。萬曆二十二年舉人。善文，工詩，與謝肇淛等並稱爲“閩中七子”，有《水明樓集》。

人啖豆三年則身重難行，象肉亦然；啖榆則眠不欲覺；食燕麥令人骨節解斷；食燕肉，入水爲蛟龍所吞；食冬葵，爲狗所嚙，瘡不得差；食菉豆，服藥無功；藕與蜜同食，可以休糧；大豆多食可以不飢，芎藭常服令人暴亡，銀杏亦然。余五六歲時，食銀杏過多，卒然暈眩仆地，死半日方蘇，亦不知其所出活也。

鼁脂可以燃鐵，駝糞能殺壁蟲。瓜兩蒂、果雙仁者，皆能殺人。生人髮挂樹上，烏鳥不敢食其實。栗子於眉上擦三過，則燒之不爆；誤吞銅鐵，荸薺解之；誤吞稻芒，鵝涎解之；誤吞木屑，鐵斧磨水解之；誤吞水蛭，田泥解之；中鷓鴣毒，薑汁解之；中諸藥毒，甘草解之；中砒毒，菉豆解之；中鉛錫毒，陳土、甘草湯解之；中蛇毒，白芷解之；中麵毒，蘿蔔解之；中瘈狗毒，斑貓解之；中菌蕈毒，地漿解之。烟薰死者，蘿蔔汁解之；諸蟲入耳，生油灌之。此皆人之所忽，不可不知也。

　　閩中一軍將，因夜行飲水，覺有物粘鼻間，自是患腦痛，不可忍，色黃如蠟，醫巫百端莫能愈，懸百金募療之者。一村甿夜臥荒廟中，聞二鬼語曰："我輩受某家祭賽多矣，其病本易治，但醫不識耳。"一鬼曰："奈何?"曰："取壁間蠼螋窠泥，和飯汁吹入鼻中，俟其嚏可見矣。"遂喏而散。翌日，甿往揭榜，如法療之。初覺鼻中攪痛暈絶，有頃大嚏，有馬蝗大小數十皆隨之出，已死矣。宿疾豁然。余按：宋寶祐間，龍興富家子患壁蝨事，政與此同。人不能治而鬼識之，蓋天假手以治斯人也。[①]

【校箋】

　　① "治"，北大本作"活"。

卷十二

物部四

《太公筆銘》云："毫毛茂茂，陷水可脱，陷文不活。"則周初已有筆矣。《衛詩》稱"彤管有煒"，《援神契》"孔子作《孝經》，簪縹筆"，又"絶筆於獲麟"，《莊子》"畫者吮筆和墨"，則謂筆始蒙恬，非也。崔豹《古今注》謂："恬始作秦筆，以枯木爲管，鹿毛爲柱，羊毛爲被，所謂蒼毫，非兔毫竹管也。"果爾，則退之《毛穎傳》謂中山人蒙恬賜以湯沐者，亦誤矣。

古人書鳥文小篆，似不用筆亦可，自真草八分興而筆之權逾重矣。鍾繇、張芝、王右軍皆用鼠鬚，歐陽通用狸毛爲心，蕭祭酒用胎髮爲柱，張華用鹿毛，嶺南郡牧用人鬚，陶景行用羊鬚。鄭虔謂："麞毛一管可書四十張，狸毛八十張。"又有用豐狐、蚰蜒、龍筋、虎僕及猩猩毛、狼毫、鴨毛、雀雉毛者，恐皆好奇之過。要其純正得宜，剛柔相濟，終不及中山之兔。下此則羊毫耳，然羊毫柔而無鋒，終非上乘。

王右軍嘗嘆江東下濕，兔毛不及中山，然唐、宋推宣城，自元以來造筆之工即屬吳興，北地作者不敢望也。吳興自兔毫外，有鼠毫、羊毫二種，近乃以兔毫爲柱，羊毫輔之，剛柔適宜，名曰"巨細"，其價直百錢。然行書可用，楷非所宜。

草書筆須柔，然過柔無鋒，近墨猪矣。皇象謂草書"欲得精毫茂筆，委曲宛轉不叛散"者，非神手不能道此筆中事也。

巨細筆直柔耳，若要楷書，正鋒須是純毫。大約鋒欲其長，管欲其小，頭欲其牢，柱欲其細。吳興作家多不辦此也。

南北異宜，兔毫入北地，一經霜風即脆，故長安多用水筆，然不過宜於傭胥輩耳。今書家賣字爲活者，大率羊毫，不但柔便耐書，亦賤而易置耳。古人退筆成冢，倘有百錢之直，①貧士安所辦此？

【校箋】

① "有"，北大本作"皆"。

漢揚子雲把三寸弱翰，齎白素三尺，問異語。弱翰，柔毛筆也。故今人相沿動稱柔翰，然則筆之尚柔，其來久矣。

相傳宣州陳氏世能作筆，有右軍與其祖《求筆帖》藏於

家。至唐柳公權求筆，老工先與二管，語其子曰："柳學士如
能書，當留此筆。若退還，可以常筆與之。"既進，柳果以爲
不堪用，遂與常筆，乃大稱佳，陳退嘆曰："古今人不相及，
信遠矣！"余謂柳書與王所以異者，剛柔之分耳。右軍用鼠鬚
筆，想當苦勁，非神手不能用也。歐、虞尚用剛筆，蘭臺漸
失故步，至魯公、誠懸，雖有筋肉之別，其取態一也，宜其
不能用右軍之筆耳。公權又有《謝筆帖》云："蒙寄筆，出
鋒太短，傷於勁硬。所要優柔，出鋒須長，擇毫須細。管不
在大，副切須齊。副齊則波掣有憑，管小則運動省力，毛細
則點畫無失，鋒長則洪闊自由。"①即此數語，公權之用筆可
知矣。

【校箋】

① 北大本有小字批注："《天中記》：頃年曾得舒州青練筆，指揮
教示，頗有靈性。後有管小鋒長者，望惠一二，即爲妙矣。"按：柳公
權《謝人惠筆帖》，明陳文燿《天中記》卷三八據《能改齋漫錄》收
錄，此批注即柳氏"鋒長則洪闊（按：《天中記》作'洪潤'）自由"
之下文也。

筆之所貴者，毫中用耳，然古今談咏多及鏤飾。劉婕好
折琉璃筆管，晋武賜張茂先麟角爲管，袁象贈庚廣象牙筆管，
南朝筆工鐵頭者能瑩管如玉，湘州守贈李德裕斑竹管，段成
式寄溫飛卿葫蘆筆管。《西京雜記》："天子筆管，以錯寶爲
跗，雜寶爲匣，厠以玉璧翠羽。"漢末一筆之匣，雕以黃金，

飾以和璧，綴以隋珠，①文以翡翠。湘東王筆有三等，金玉爲上，銀竹次之。至於王使君，以鼠牙刻筆管作《從軍行》，人馬毛髮、屋宇山川，無不畢具。噫！精則極矣，於筆何與？譬之擇姝者，不觀其貌而惟衣飾之是尚也，惑亦甚矣。

【校箋】

① "隋"，北大本作"隨"。

歐陽通，能書者也，猶以象牙、犀角爲筆管，況庸人乎？右軍謂："人有以琉璃、象牙爲筆管者，麗飾則有之，然筆須輕便，重則躓矣，惟有緑沉、漆竹及鏤管可愛。"余謂筆苟中書，則緑沉、漆鏤亦不必可也。

蔡君謨云："宣州諸葛高造鼠鬚及長心筆絶佳，常州許頙所造二品，亦不減之。"則君謨尚用鼠鬚筆也。今吳興作者，間用鼠狼毫。臧晉叔以貂鼠令工製之，曾寄余數枝，圓勁殊甚，然稍覺肥笨，用之亦苦不能自由，政不知右軍、端明所用法度若何耳。

鼠鬚苦勁，何以中書？陸佃《埤雅》云："栗鼠蒼黑而小，取其毫於尾可以製筆，世所謂'鼠鬚栗尾'者也，其鋒乃健於兔。"然則實尾而名以鬚耳。栗鼠若今竹䶉之類，亦非家鼠也。

僞唐宜王從謙喜用宣城諸葛氏筆，名爲翹軒寶帚。君謨所謂諸葛高者，想其子孫也。吳興元時馮應科筆，至與子昂、舜舉擅名三絕，可謂幸矣。今之工者，急於射利而不顧敗名，上之取者，齪其價值而不擇好醜，故湖筆雖滿天下，而真足當臨池之用者，千百中一二也。

硯則端石尚矣，不但質潤發墨，即其體裁渾素大雅，亦與文館相宜。無論琉璃金玉靡俗可憎，即龍尾、紅絲見之，亦當爽然自失。政似邢夫人衣故衣，時能令尹夫人自痛不如也。

皇象論草書"宜得精毫芃筆，委曲婉轉不叛散"者，紙欲滑密不沾污者，墨欲多膠紺黝者。梁竟陵云："子邑之紙，妍妙輝光；仲將之墨，一點如漆；仲英之筆，窮神盡意。"獨於硯無稱焉。蓋硯視三者稍可緩耳。今人知寶數十百金之硯，而不知精擇紙筆，以觀美則可耳，非求實用者也。子邑，左伯字；仲英，當作伯英，張芝字。考章誕奏魏公書可見。

柳公權論硯，以青州為第一，絳州次之，殊不及端。今青州所出石即紅絲硯也。唐彥猷亦謂紅絲石為天下第一，蔡君謨問其故，曰："墨，黑物也，施於紫石則曖昧不明，在紅黃則色自現，一也；斫墨如漆，石有脂脈能助墨光，二也。"其言甚辨，然余習於用端，有解有未解耳。

唐李咸用《端溪硯》詩有"着指痕猶濕，經旬水未低。鴝眼工諂謬，羊肝土乍刲。捧受同交印，矜持過秉珪"等語。劉夢得《謝人惠端州石硯》詩："端州石硯人間重。"李賀《青花石硯歌》云："端州匠者巧如神，露天磨劍割紫雲。"

則知唐人原重端硯。朱新仲《猗覺寮雜記》又載柳公權論硯云："端溪石爲硯至妙，益墨，青紫色者可直千金。"則非不知貴也，難得故耳。

蔡君謨云："東州可謂多奇石。自紅絲出後，有鵲金黑玉研最爲佳物。新得黃玉硯，正如蒸栗。續又有紫金研，又得褐石黑角石，尤精。向者但知有端巖、龍尾，求之不已，遂極品類。余之所好有異於人乎？"近代莆田參知蔡一槐酷好研石，[①]足迹半天下，凡遇片石佳者，必收行囊中，常有數十百枚。蔡氏可謂世有研癖矣。

【校箋】

① "莆田"，北大本作"温陵"。蔡一槐，字景明，號沙塘，福建晉江人。嘉靖三十八年進士，官至廣東參議。工書畫。

端研雖有活眼、死眼之別，然石之有眼，猶人之有斑痣，其貴原不在此。但端石多有眼，以此別其爲端耳。宋高宗謂端研如一段紫玉，瑩潤無瑕乃佳，不必以眼爲貴。余謂石誠佳，即新者自可，亦不必以舊爲貴也。

今之端研，池皆如綫，無受水處，亦無蓄墨潴處，其傍必置筆池，若大書必置碗盛墨，亦頗不便。間有斗槽者，便爲減價。此但論工拙耳，非擇硯者也。余蓄研多擇有池者，吾取其適用耳，豈以賣研爲事哉？及考宋晁以道藏研，必取玉斗樣，每曰："硯石無池受墨，但可作枕耳。"乃知千古之上，亦有與余同好者。

宋時供御大内，無非端石。航海之難，舟覆於莆之涵頭，禁中之硯盡落民間。然其始，人尚未知貴重。其後吳人有知之者，微行以賤直購之，久而漸覺，價遂騰涌，高者直百金，低亦不下一二十金。而莆人耳目既熟，轉市新石，妙加鐫琢，視之宋硯毫髮不殊，散之四方，於是吳人轉爲所欺矣。

銅雀瓦雖奇品，然終燥烈易乾，乃其發墨倍於端矣。洮河綠石，貞潤堅緻，其價在端上，以不易得也。江南李氏有澄泥硯，堅膩如石，其實陶也。有方者、六角者，旁刻花鳥甚精，四周有羅篆紋，較之銅雀，又爲良矣。

馬肝、龍卵，色之正也；月暈、星涵，姿之奇也；魚躍、雲興，石之怪也；結鄰、壁友，名之佳也；稠桑、栗岡，地之僻也；金月、雲峰，製之巧也；芝生、虹飲，器之瑞也；青鐵、浮楂，質之詭也；頗黎、玉函，用之靡也；磨穴、腹窪，業之篤也；盧擲、陶碎，道之窮也。

楊雄、桑維翰皆用鐵硯，東魏孝靜帝用銅硯，景龍文館用銀硯。①今天下官署皆用錫硯，俗陋甚矣。

【校箋】

① 北大本有小字批注："《天中記》云：《景龍文館記》云：中宗令諸學士入甘露殿，其北壁列書架上，見其名學士等名，《新序》《説苑》《鹽鐵》《潛夫》等論。架前有銀硯一，碧鏤牙管十，銀函承紙數

十種。”按，此段文字見《天中記》卷三十八。

　　一日呵得一擔水，纔直二錢，廉者之言也，然亦殺風景矣。質潤生水，自是硯之上乘，譬之禾生合穎、麥秀兩岐，可謂多得一石穀，纔直二百錢乎？蕭穎士謂石有“三災”，當并此爲四也。

　　韓退之《毛穎傳》名硯爲陶泓。鄭畋、盧携擲硯相詬，王鐸嘆曰：“不意中書有瓦解之事！”則唐人硯尚多用瓦也。

　　袁彖贈庾翼以蜯硯，蔣道支取水上浮查爲硯，則硯之不用石，蓋多矣。

　　古人書之用墨，不過欲其黑而已，故凡烟煤皆可爲也。後世欲其發光，欲其香，又欲其堅，故造作百端，淫巧遝出，價侔金玉，所謂趨其末而忘其本者也。

　　三代之墨，其法似不可知，然《周書》有涅墨之刑，晉襄有墨縗之制，又古人灼龜先以墨畫龜，則謂古人皆以漆書者，亦不然也。又云古有黑石，可磨汁而書。然黑石僅出延安，晉陸雲與兄書謂三臺上有藏者，則亦稀奇之物，安得人人而用之？況墨之爲字，從黑從土，其爲煤土所製無宜，但世遠不可考耳。至漢始有隃麋之名，至唐始有松烟之制。然三國時皇象論墨，已有多膠黝黑之説，則謂魏、晉以前皆用漆而不用膠者亦誤也。至於用珠則自李廷珪始，用腦麝、金箔則自宋張遇始，自此而競爲淫巧矣。按：太白詩有“蘭麝疑珍墨”之語，則唐墨已用麝。

李廷珪，唐僖宗時人，其墨在宋時如王平甫、石昌言、秦少游、蔡君謨輩皆有藏者。國朝馬愈《日抄》言在英國府中曾一見之，[1]今又百五十年矣，大内不可知，人間恐不可復得。即張遇、陳朗、潘谷皆無存者。[2]以今之墨不下往昔故也。

【校箋】

① 馬愈，字抑之，號華髮仙人，人號馬清癡，嘉定（今屬上海市）人。天順八年進士，後來官至刑部主事。能詩，善書，工山水。著有《馬氏日抄》一卷。

② “無”，北大本作“罕”。

廷珪自易徙歙，遂爲歙人，則歙墨源流，其來久矣。廷珪弟廷寬，寬子承宴，宴子文用，皆世其業而漸不逮。又有柴珣、朱君德小墨，皆唐末三代知名者。張遇、王迪、葉茂實、潘谷、陳朗、陳惟達、李仲宣，宋墨之良者也。元有朱萬初，純用松烟。國朝方正、羅小華、邵格之皆擅名一時。[1]近代方于魯始臻其妙，[2]其三十前所作“九玄三極”前無古人，最後程君房與爲仇敵，[3]製“玄元靈氣”以壓之，二家各爭其價，紛拏不定。然君房大駔亡命，不齒倫輩，故士論迄歸方焉。

【校箋】

① 方正，明初墨工。羅小華，名龍文，字含章，號小華，歙人。爲制墨業中歙派之代表。曾爲嚴世蕃幕賓，官至中書舍人。邵格之，字

正己，安徽休邑人，嘉靖萬曆間制墨名手，爲明代制墨業"休寧派"代表。

　　② 方于魯，本名大澂，更字建元，號太玄，新安（今安徽歙縣）人。本爲程君房墨工，後爲一代制墨名工，有《方氏墨譜》。能詩，有《佳日樓詩集》。

　　③ 程君房，名大約，以字行，又字幼博，號筱野。新安人。著名制墨家，有《程氏墨苑》。

　　李廷珪墨，每料用真珠三兩，搗十萬杵，故堅如金石。羅小華墨亦用黃金、珍珠雜搗之，水浸數宿不能壞也。羅墨今尚有存者，亦將與金同價矣。宋徽宗以蘇合油搜烟爲墨，雜以百寶，至金章宗購之，每兩直黃金一斤。夫墨苟適用，藉金珠何爲？淫巧夆靡，此爲甚矣。今方、程二家墨，上者亦須白金一斤易墨三斤，聞亦有珍珠、麝香云。余同年方承郁爲歙令，[①]自造青麟髓，價又倍之。近日潘方凱造開天容墨，[②]又倍之，蓋復用黃金矣。然以爲觀美則外視未，必佳，以爲適用則亦無以甚異也，此又余之所不解也。

【校箋】

　　① 方承郁，字伯文，號仲素，莆田人。萬曆二十六年進士。

　　② 潘方凱，字贗祉，別署茹葦軒，宋代著名墨工潘谷之裔孫，萬曆間制墨名家。"潘方凱造"，北大本作"潘氏造"。

　　墨太陳則膠氣盡而字不發光，太新則膠氣重而筆多纏滯，惟三五十年後最宜合用。方正墨，今用之已作煤土色矣，不知仲將何以一點如漆？或曰：古墨用漆，故堅而亮；今秖用膠，故數經黴濕則敗矣。余家藏歙墨之極佳者，携至京師，冬月皆碎裂如礫，而廷珪當時政在易水得名，恐用漆之説不誣耳。

徐常侍得李超墨一挺，長近尺餘，兄弟日書五千字，凡用十年乃盡。宋元嘉墨，每丸作二十萬字。乃知昔墨不獨堅而耐磨，亦挺質長大。羅小華墨雖貴重，每挺皆二兩餘，規者五兩餘。近來方、程墨苦於太小，大僅如指，用之易盡，而青麟髓、開天容尤小。家居無事，每遇乞書狼籍時，不一月輒盡，且亦不便於磨也。

方于魯有《墨譜》，其紋式精巧，細入毫髮，一時傳玩，紙爲涌貴。程君房作《墨苑》以勝之，其末繪《中山狼傳》以詆方之負義。蓋方微時曾受造墨於法於程，迨其後也有出藍之譽，而君房坐殺人擬大辟，疑方所爲，故恨之入骨。二家各求海内詞林縉紳爲之游揚，軒輊不一。然論墨品、人品，恐程終不勝方耳。

于魯近來所造墨亦不逮前。萬曆戊戌秋，余親至于魯家，令製長大挺，每一挺四兩者，然求昔年九玄三極料已不可得。又十年，于魯死，子孫急於取售，其所製益復不逮矣。大率上人之求取無厭，而市者之賞鑒難得，自非巨富而護名，何苦而居難售之貨？此亦天下之通弊也。

唐陶雅爲歙州刺史，責李超云："爾近所造墨殊不及吾初至郡時，何也？"對曰："公初臨郡，歲取墨不過十挺，今數百挺未已，何暇精好爲？"噫！今之守令取墨，豈直數百挺而已耶？

古人養墨，以豹皮囊，欲遠其濕。又云宜以漆匣密藏之，欲滋其潤。

今人謂紙始造於蔡倫，非也。西漢《趙飛燕傳》"篋中有赫蹏書"，應邵云："薄小紙也。"孟康曰："染紙令赤而書，若今黃紙也。"則當時已有紙矣。但倫始煮穀皮、麻頭及敝布、魚網，搗以成紙，故紙始多耳。

澄心堂紙今尚有存者，然余見之不多，未敢辨其真僞也，宋箋差可辨耳。陳後山云："澄心堂乃南唐烈祖節度金陵之燕居也，世以爲元宗書殿，誤矣。"蔡端明云："其物出江南池、歙二郡，今世不復作。蜀牋不耐久，其餘皆非佳品。"宋時去南唐不遠，此紙散落人間尚多，今則絕無而僅有。梅聖俞有詩《謝歐公送澄心堂紙》云："江南李氏有國日，百金不許市一枚。當時國破何所有？帑藏空竭生莓苔。但存圖書及此紙，棄置大屋牆角堆。幅狹不堪作詔令，聊備粗使供鸞臺。"可見宋時此紙之多。宋子京作《唐書》，皆以澄心堂紙起草，歐公作《五代史》亦然。而今五百年間，貴如金玉，可爲短氣。

今世苦無佳紙，束帖腐爛不必言，綿料白紙頗耐，然澀而滯筆。古人箋多硏光，取其不留也。華亭粉箋歲久模糊，愈不可堪。蜀薛濤箋亦澀，然着墨即乾，但價太高，尋常豈能多得耶？高麗繭紙膩粉可喜，差易購於薛濤，然歲久則蛀。自此而下，灰者、竹者非胥曹之羔雉，即剖劂之弩狗耳，不意剡溪子孫不振乃爾。

宋之諸帝留心翰墨，故文房所製率皆精品，澄心堂紙之外，蜀有玉版，有貢餘，有經屑，有表光，歙有墨光，有冰翼，有白滑，有凝光，又越中有竹紙，江南有楮皮紙，溫州有蠲紙，廣都有竹絲紙，循州有藤紙，常州有雲母紙，又有香皮紙、苔紙、桑皮紙、芨皮紙。蔡君謨言：“績溪、烏田、古田、由拳、惠州紙皆知名。”今試觀宋人書畫紙無一不佳者，可知其製造之工且多也。

蔡君謨嘗禁所部不得用竹紙，蓋有獄訟未決而案牘已零落者。①至於今時，有剛連、連七、毛邊之目，尤極腐爛，入手即碎，而人喜用之者，價直輕爾。毛邊之用，上自奏牘，下至柬帖短札，遍於天下，稍濕即腐，稍藏即蠹，紙中第一劣品，而世用之不改者，光滑便於書也。

【校箋】

① “蓋有”，北大本作“至於”。

印書紙有太史、老連之目，薄而不蛀，然皆竹料也。若印好板書，須用綿料白紙無灰者，閩、浙皆有之，而楚、蜀、滇中綿紙瑩薄，尤宜於收藏也。

作字，高麗、薛濤不可常得矣，綿紙砑光，差宜於筆墨。余在山東，爲魯藩作書，内中有香箋數幅，甚貴重之，然亦是毛邊之極厚者，加以香料而打極緊滑，書不留手，甚覺可喜，但未知耐藏否耳。初書行草二幅，俱不當意，最後書《赤壁賦》，計格截然，上下整齊，乃大稱善，尤可笑也。

歐陽率更不擇紙筆，無不如意，而蔡中郎非紈素不下筆。然既能書，亦須自愛重。魏晉人墨迹，類是第一等褚先生，即宋元猶然。今人不擇紙而書者多矣，亦由請乞太濫，粗惡競進，卻之則重拂其意，易之則責人以難，故往往以了酬應耳。

饒州有鄱陽白，長如一匹絹。元李氏藏古紙，長二丈餘。今世有一種碧紙亦長丈餘，不知何處所造，[①]甚爲巨麗，但爛澀不中書耳。

【校箋】

① "一種碧"，北大本作"白鹿匹"；"不知何處"，北大本作"蓋出江右"。

紙須白而厚、堅而滑，筆須健而圓、長而輕，墨須黑而有光，硯須寬而發墨。置之明窗淨几，時書一二段文選、小說，亦人間至樂也。

昔人書字多用箋素，書於扇者蓋少，故右將軍書六角扇，老嫗爲之不懌。即宋元人書畫，見便面者不一二也，今則以扇乞書者多於紙矣。然元以前多用團扇，絹素爲之，未有摺者。元初東南夷使者持聚頭扇，人共笑之。國朝始用摺扇，出入懷袖殊便。然漢張敞以便面拊馬，則又似今之摺扇也。

古人多用羽毛之屬爲扇，故扇字從羽。漢時乘輿用雉尾扇，周昭王時聚鵲翅爲扇，諸葛武侯、王猛皆執白羽扇，庾翼上晋武帝毛扇。今世輒以毛扇爲賤品，上自宮禁，下至士庶，惟吳、蜀二種扇最盛行。蜀扇每歲進御、饋遺不下百餘萬，上及中宮所用，每柄率值黃金一兩，下者數銖而已。吳中泥金，最宜書畫，不脛而走四方，差與蜀篚埒矣。大內歲時每發千餘，令中書官書詩以賜宮人者，皆吳扇也。

蜀扇譬之內酒，非富人笥中，則婦女手中耳。吳扇初以重金妝飾其面爲貴，近乃并其骨，製之極精。有柳玉臺者，白竹爲骨，厚薄輕重稱量，無毫髮差爽，光滑可鑒，每柄值白金半兩，[1]斯亦淫巧無用者矣。

【校箋】

① "白"，北大本作"台"。

扇之有墜，唐前未聞。宋高宗宴大臣，見張循王扇有玉孩兒墜子，則當時有之矣。蓋起於宮中不時呼喚，便於挂衣帶間。今則天下通用，而京師合香爲之者，暑月以辟臭穢，尤不可須臾去身也。

唐以前皆於揚州貢鏡，以五月五日取揚子江心水鑄之。凡鏡無它，但水清冽則佳矣。今之鏡，北推易水，南數吳興，亦以其水也，然易鏡不迨湖鏡遠甚。

秦鏡背無花紋，漢有四釘、海馬、蒲桃，唐製鼻紐頗大及六角菱花，宋以後不足貴矣。凡鏡逾古逾佳，非獨取其款識、斑色之美，亦可辟邪魅、禳火災，故君子貴之。

今山東、河南、關中掘地得古冢，常獲鏡無數，它器物不及也。云古人新死未斂，親識來弔，率以鏡護其體，云以防尸氣變動，及殯則內之棺中。有一冢中鏡數百者。歲久爲尸血肉所蝕，又爲苔土所沁，成紅、綠二色，如硃砂、鸚鵡、碧鈿諸寶相，斯爲貴矣。其傳世者光黑如漆，不能成紅綠也。然臨淄人僞爲之者最多。

洛陽人取古冢中鏡破碎不全者，截令方，四片合成，加以柱而成爐焉，謂之“鏡爐”。製則新也，而質實舊物，置之案頭，猶勝饞鼎。

周火齊鏡暗中視物如晝，秦方鏡照人心膽，漢史良娣身毒鏡照見妖魅，隋王度鏡能卻百病，唐葉法善鐵鏡鑒物如水。長安任仲宣鏡，水府至寶，爲龍所奪；秦淮漁人鏡，洞見五腑六臟；王宗壽鏡，照見樓上青衣小兒。宋呂蒙正時朝士有古鏡，能照二百里；安陸石巖村鏡、何楚言河朔鏡，皆照十數里。徐鉉鏡只見一眼，李士寧斬轅山鏡洞見遠近。嘉祐中吳僧鏡，照見前途吉凶；孟蜀軍校張敵鏡，光照一室，不假燈燭。慶曆中宦者鏡背鑄兔形，影在鑒中；盧彦緒鏡背有金花，承日如輪。近時金陵軍人耕田得鏡半面，能照地中物，持之發冢掘藏，大有所得。又大中橋民陳某修宅，垣中得長柄小鏡，照之則頭痛，持與人照，無不痛者。《庚巳編》載：吳縣陳氏祖傳古鏡，患瘧者照之，見背上一物驚去，病即瘥。余戊子歲在彭城見賣鏡者，其面如常，其背照之則人影俱倒，斯亦異矣。

修養家謂梳爲木齒丹，云：每日清晨梳千下，則固髮去風，容顏悅澤。夫人一日之功全在於晨，晏眠早起，欲及時也，頭梳千下，廢時失事甚矣，縱能固髮悅顏何益？

笄不獨女子之飾，古男子皆戴之。《三禮圖》：“笄，士以骨，大夫以象。”蓋即今之簪耳。范武子怒，文子擊之以杖，折其委笄，蓋童子未冠時也。

漢惠帝時，黃門侍中皆傅脂粉。順帝時，梁冀奏李固胡粉飾貌，搔頭弄姿。曹子建以粉自傅，何晏動靜自喜，粉白不去手。蓋魏晉以前習俗如此，夫婦人之美者猶不假粉黛，況男子乎！

以丹注面曰的，古天子諸侯媵妾以次進御，有月事者難以口説，故注此於面以爲識，如射之有的也。其後遂以爲兩腮之飾。王粲《神女賦》曰：“施華的，結羽釵。”傅玄《鏡賦》：“點雙的以發姿。”非爲程姬之疾，明矣。唐王建《宮詞》：“密奏君王知入月，喚人相伴洗裙裾。”則亦無注的事

417

也。潘岳《芙蓉賦》："丹輝拂紅，飛須垂的。"王敬美《早梅》詩："暈落朱脣微有的。"則又借以咏花矣。

漢中山王來朝，成帝賜食，及起而韤係解，成帝以爲不能也，於是定陶王得立。然文王伐崇，至鳳凰之墟而韤係解；武王伐紂，行至商山而韤係解；晉文公與楚戰，至黃鳳之陵而履係解。古之聖王、霸主皆有然者，何獨中山王耶？

古人以跣爲敬，故非大功臣不得劍履上殿。褚師聲子韤而登席，而衛侯怒。至於見長者，必脫履於戶外。曹公令曰："議者以祠廟當解履。"則漢末猶然矣。

漢王喬爲葉縣令，每朝會，雙鳧飛來，網之得雙舄。盧耽爲州治，中元會不及朝，化爲白鵠迴翔，威儀以帚擲之，得雙履。南海太守鮑靚嘗夜訪葛洪，達旦乃去。人訝其往來之頻而不見車騎，密伺見雙燕飛來，網之得雙履。此三事絕相類，而人但知雙鳧事也。

漢時着屐尚少，至東京末年始盛。應劭《風俗通》載：延嘉中，京師好着木屐，婦人始嫁，作漆畫屐，五色采爲系。後黨事起，以爲不祥。至晉而始通用，阮孚至自蠟之。謝靈運登山陟嶺，未嘗須臾離也。想即以此當履耳。《晉書·五行志》云："初作屐者，婦人頭圓，男子頭方。至太康初，婦人屐乃頭方，與男無別。"此亦古婦人不纏足之一證。今世吾閩興化、漳、泉三郡，以屐當靸，洗足竟，即跣而着之，不論貴賤男女皆然，蓋其地婦人多不纏足也。女屐加以彩畫，時作龍頭，終日行屋中，閤閤然，想似西子響屧廊時也。可發一笑。

相手板法出於蕭何，或曰四皓，後東方朔見而善之。天下事之不經，莫此爲甚。宋庾道愍相山陽王休祐板，以爲多忤，後密易褚彥回者。不數日，彥回對帝誤稱下官，大被譴詞。夫明帝猜忌忍虐之主，故休祐見疑，若遇平世明主，此笏能令人忤乎？唐李參軍善相笏，休咎皆驗。又有龍復本者，無目，凡象簡、竹笏，以手捻之，必知官禄年壽。宋初聶長史者，相丘巒三笏異用，而皆如其言也。然則紀傳所載不足徵耶？曰：精卜筮術數者，藉物以起數，如管輅、郭璞之流耳，非專相笏也。使笏易地易人，則數又隨之變矣。

董偃臥琉璃帳，張易之爲母製七寶帳，王譚作翠羽帳，元載寵姬處金絲帳，唐武宗玳瑁帳，同昌公主設連珠帳，又大秦國金織成五色帳，有明月夜珠帳，斯條王國作白珠交結帳，侈靡極矣。然琉璃、玳瑁、玉石之屬，豈堪作帳？當是"鄣"字之誤耳。

孟光舉案齊眉，解者紛然，亦大可笑事。古人席地而坐，疾則憑几，食及觀書則皆用案。几即今之卓子，案似食格之類，豈可便以几爲案乎？漢王賜淮陰玉案之食，玉女賜沈義金案玉杯，石季龍以玉案行文書，古詩"何以報之青玉案"，漢武帝爲雜寶案，貴重若此，必非巨物。楊用修以爲碗，亦非也。且漢時皇后五日一朝皇太后，親奉案上食；高祖過趙，趙王敖自持案進食甚恭。則古人之舉案爲常事，何獨孟光哉？

古人以几杖爲優老之禮。康王疾大漸，憑玉几，孫翊謂任元褒吏憑几對客爲非禮，魏文帝賜楊彪延年杖及憑几。今之憑几對客者衆矣。

漢文帝時，魯少年拄金杖；武帝有玉箱杖；嘉平中，袁逢作三公，賜玉杖。晋佛圖澄金杖、銀鉢；《劉向別傳》有麒麟角杖。曹操賜楊彪銀角桃杖。今人但用竹杖耳。漢昌邑王至滎陽，買積竹刺杖，龔遂諫曰："積竹刺杖，少年驕蹇杖也。"今武陵有方竹爲杖，甚佳。及蜀邛州杖，巨節如雞骨然。夫杖，扶老登山，取其輕便爲貴，金玉徒爲觀美，未必當於用也。

皮日休有天台杖，色黯而力遒，謂之"華頂杖"。有龜頭山叠石硯，高不二寸，其岈數百，謂之"太湖硯"。有桐廬養和一具，怪形拳局，坐若變去，謂之"烏龍養和"。養和者，隱囊之屬也。按：李泌以松膠枝隱背，謂之"養和"，後得如龍形者獻帝，四方爭效之。今吳中以枯木根作禪椅，蓋本於此。

陶器，柴窑最古，今人得其碎片，亦與金翠同價矣。蓋色既鮮碧，而質復瑩薄，可以妝飾玩具，而成器者杳不可復見矣。世傳柴世宗時燒造，所司請其色，御批云："雨過青天雲破處，這般顏色做將來。"然唐時已有秘色，陸龜蒙詩："九天風露越窑開，奪得千峰秘色來。"惜今人無見之耳。余謂洛中人有掘得漢、唐時墓者，其中多有陶器，色但淨白而形質甚粗，蓋至宋而後其製始精也。

柴窯之外，有定、汝、官、哥四種，皆宋器也。流傳至今者，惟哥窯稍易得，蓋其質厚，頗耐藏耳。定、汝白如玉，難於完璧，而宋時宮中所用，率銅鈸其口，以是損價。

今龍泉窯世不復重，惟饒州景德鎮所造遍行天下。每歲內府頒一式度，紀年號於下。然惟宣德款製最精，距迄百五十年，其價幾與宋器埒矣。嘉靖次之，成化又次之。世宗末年所造金籙，大醮壇用者，又其次也。

宣窯不獨款式端正，色澤細潤，即其字畫亦皆精絕。余見御用一茶盞，乃畫"輕羅小扇撲流螢"者，其人物毫髮具備，儼然一幅李思訓畫也。外一皮函，亦作盞樣盛之，小銅屈戌、小鎖尤精，蓋人間所藏宣窯又不及也。

蔡君謨云："茶色白，故宜於黑盞，以建安所造者爲上。"此說余殊不解。茶色自宜帶綠，豈有純白者？即以白茶注之黑盞，亦渾然一色耳，何由辨其濃淡？今景德鎮所造小壇盞，仿大醮壇爲之者，白而堅厚，最宜注茶。建安黑窯間有藏者，時作紅碧色，但免俗爾，未當於用也。

今俗語窯器謂之"瓷器"者，蓋河南瓷州窯最多，故相沿名之，如銀稱朱提、墨稱隃糜之類也。

景德鎮所造，常有窯變，云不依造式，忽爲變成，或現魚形，或浮果影。傳聞初開窯時，必用童男女各一人，活取其血祭之，故精氣所結，凝爲怪耳。近來禁不用人祭，故無復窑變。一云恐禁中得知不時宣索，人多碎之。

茶注，君謨欲以黄金爲之，此爲進御言耳。人間文房中，即銀者亦覺俗，且誨盜矣。嶺南錫至佳，而製多不典。吳中造者，紫檀爲柄，圓玉爲紐，置几案間，足稱大雅。宜興時大彬所製瓦瓶，一時傳尚，價遂踊貴，[①]吾亦不知其解也。

【校箋】

① "踊"，北大本作"涌"。

范蜀公與溫公游嵩山，以黑木合盛茶，溫公見之，驚曰："景仁乃有茶具耶？"夫一木合盛茶，何損清介而至驚駭？宋人腐爛乃爾。

昔人云："凡銅物入土千年而青，入水千年而綠。在人間者，紫褐而朱斑，其色有蠟茶者，有漆黑者。"然古墓中鏡，硃砂、青綠皆有，不必入水也。古人棺内多灌水銀，遂有"水銀古"者，然亦視其款製何如耳，未必古者盡佳也。

古玉器物亦有紅如血者，謂之"血古"，又謂之"尸古"，蓋冢中爲血肉所蝕也。又有"黑漆古"，有"渠古"，有"甄古"。然古人比德於玉，但取其温潤色澤及當於用耳，今乃必以古色爲佳，此俗見之不可解者也。

玉惟黄紅二色難得，其餘世間皆有之，即羊脂玉亦常見也。

唐太宗賜房玄齡黃銀帶，欲賜如晦，時如晦已死，帝泣曰："世傳黃銀，鬼神畏之。"更取金帶送其家，則黃銀非金明矣。《漢武帝紀》"收銀錫造白金"，則白金非銀亦明矣。

龍珠在頷，鮫珠在皮，蛇珠在口，鱉珠在足，魚珠在目，蚌珠在腹。又蜘蛛、蜈蚣極大者皆有珠，故多爲雷震者，龍取其珠也。凡珠龍爲上，蚌次之，今海南所出者皆蚌珠也。海中諸物，蜃蛤、蜆蠣之屬皆有珠，但不恒有耳。萬曆初，吾郡連江人剖蛤得珠，不識也，烹之，珠在釜中跳躍不定，火光燭天，鄰里驚而救之，問知其故，啓視，已半枯矣，徑一寸許。此真夜光、明月之質也，而厄於俗子，悲夫！

魏惠王徑寸之珠，前後照車各十二乘者十枚。隋煬帝殿内房中不燃膏火，懸大珠一百二十以照之。江南寵姬，宮中每夜綴大珠十數，照耀如同白日。張説略九公主夜明簾。古人不貴異物，而珍寶充牣若此。今時隋珠、趙璧，毋論民間，即天府亦不可多得也。蓋經一番兵火，便消耗一番，而金、元之變，中國之物輦入夷狄者，又不知其數也。漢梁孝王薨，庫中黃金至四十萬斤，今之禁中有是乎？糜竺助先主黃金十萬斤，今之富室有是乎？

今世之所寶者，有貓兒眼、祖母綠、顚不剌、蜜臘、金鴉、鶻石、蠟子等類，然皆鑲嵌首飾之用，惟琥珀、瑪瑙盛行於時，皆滇中產也。犀則多矣，而通天、臥魚、辟水、駭雞皆未之見也。祖母綠云是金翅鳥所成，出回回國，有紅刺，一顆重一兩以上即值錢千緡，然亦不可多得。滇中又有緬鈴，大如龍眼核，得熱氣則自動不休，緬甸男子嵌之於勢，以佐房中之術。惟殺緬夷活取之者良，其市之中國者皆偽也。彼中名曰太極丸，官屬饋遺，公然見之箋牒矣。

　　昔人謂松脂墮地千年爲琥珀，又云是楓木之精液多年所化，恐皆未必然。中國松、楓二木不乏，何處得有琥珀？而夷中産琥珀者，豈皆松嶺楓林之下乎？此自是天地所生一種珍寶。即他物所變化，孰得而見之？又如水晶，云十年老冰所化，[①]果爾則宜出於北方沍寒之地，而南方無冰，卻有水精，可知其説之無稽矣。琥珀，血珀爲上，金珀次之，蠟珀最下。人以拾芥辨其真偽，非也。偽者傅之以藥，其拾更捷。

【校箋】

①"十年"，疑當作"千年"。

　　唐魏生於虔州砂磧中拾得片瓦，後以示胡人，驚異頂禮，謂爲寶母，價至千萬，云每月望日設壇上致祭，一夕百寶皆聚。則天時，西國獻青泥珠，后不知貴，以施西明寺金剛額。後胡人以十萬貫求買之，曰："但投泥中，泥悉成水，可以覓衆珍寶。"李林甫生日，沙門極贊功德，冀得厚襯。及畢，乃以紅帊藉一物如朽釘者施之，僧大失望，後有波斯以數十萬市之，曰："此寶骨也。"睿宗施安國寺寶珠，云直億萬，僧不知貴，貨之，亦無酬者。月餘，有西域胡人見而大喜，以四千萬貫市之，云："此水珠也。行軍時掘地埋之，水自涌出。"咸陽岳寺有周武帝綴冠珠，爲一士人所取，至陳留，諸胡合五萬緡市之，至東海，重湯煎燎，月餘，有龍女二人投入瓶中，合而成膏，塗足，步行水上而去，不知所之。吳越孫妃以物施龍興寺，形如朽木箸，寺僧不知寶此，有胡人曰："此日本龍蕊簪也。"以萬二千緡買之。此數者，信天下之奇寶也，然不遇識者，則與瓦礫不殊。夫夜光之璧暗投，不免按劍，況耳目所未聞見者乎？

唐時揚州常有波斯胡店，《太平廣記》往往稱之，想不妄也。今時俗相傳回回人善別寶，時游閩、廣、金陵間。有應主簿者，持祖母綠一顆，富商以五百金購之，不售也。有回回求見之，持玩少頃，即吞入腹中。應欲訟之，既無證佐，又懼纏累，慚而已。又有富家老妾沈氏，所戴簪頭乃貓兒眼，回回窺見，遂賃屋與鄰，時以酒食奉之，歲餘乃求市焉。沈感其意，只求二金，回回得之甚喜，因石稍枯，市羊脂裹之，暴烈日中。坐守稍怠，瞥有飢鷹掠之而去，大爲市人揶揄，歸家怨恨而死。此二事皆近代金陵人言，與《異苑》所載胡人索市王曠井石事相類，皆可笑也。

《清波雜志》載：成都市中有聚香鼎，以數爐焚香環於外，則烟皆聚其中。又巴東寺僧得青瓷碗，投米其中，一夕滿盆皆米，投以金銀皆然，謂之"聚寶碗"。國朝沈萬三富甲天下，人言其家有聚寶盆，戲說耳，不知此物世間未嘗無也。

今天下交易所通行者，錢與銀耳。用錢便於貧民，然所聚之處，人多以賭廢業。京師水衡日鑄十餘萬錢，所行不過北至盧龍、南至德州，方二千餘里耳，而錢不加多，何也？山東銀、錢雜用，其錢皆用宋年號者，每二可當新錢之一，而新錢廢不用。然宋錢無鑄者，多從土中掘出之，所得幾何？終歲用之而錢亦不加少，又何也？南都雖鑄錢而不甚多，其錢差薄於京師者，而民間或有私鑄之盜。閩、廣絕不用錢，而用銀低假。市肆作奸，尤可恨也。

滇人以貝代錢，每十貝當一錢，貧民誠便。然白銀一兩當得貝一萬枚，携者不亦難乎？且易破碎，非如錢之可復鑄也。宋、元用鈔，尤極不便，雨浥鼠嚙，即成烏有，懷中囊底皆致磨滅，人惟日日作守鈔奴耳。夫銀、錢之所以便者，水火不毀，蟲鼠不侵，流轉萬端，復歸本質。蓋百貨交易，低昂淆亂，必得一至無用者衡於其間，而後流通不息，此聖人操世之大術也。

今人銀概謂之朱提，按《漢書·地理志》："朱提出銀。"《食貨志》："朱提銀八兩爲一流，直一千五百八十，它銀一流直一千。"則朱提地名，既不可名銀，而朱提之銀又非凡銀比也。漢銀八兩直錢一千，可見當時銀賤而錢貴，今時銀一兩即值千錢矣。朱音殊，提音匙。

靺鞨本蠻夷國名，其地產寶石，中國謂之靺鞨，其色殷

紅，大者如栗。《太平廣記》載：李章武所得，狀如槲葉，
紺碧而冷。今中國賈肆中者，皆如瓦礫耳。

古者婦人皆着襪穿履，與男子原無分別也。唐李郢詩：
"高歌一曲劉郎醉，脫取明金壓綉鞋。"則當時始有綉者。至
纏足之制興，而男女之履始迥別矣。今之婦女亦罕有着襪者，
楊用修以屨人掌后之服屨爲周公病，蓋未之深思也。

側注，儒冠也。鶡，武冠也。鷄鸒，侍中冠也。豸，惠
文法冠也。遠游、博山，太子冠也。翼善、平天、通天、高
山，天子冠也。卻敵，衛士冠也。貂蟬，功臣冠也。卻非，
僕射冠也。巧士，黃門從官冠也。進賢，群臣冠也。毋追收，
夏冠也。章甫哻，殷冠也。委貌，周冠也。華山，宋鈃冠也。
鹿皮，張欣泰冠也。桑葉，原憲冠也。竹皮，漢高帝亭長冠
也。獺皮，陳伯之冠也。交讓，公孫述冠也。步搖，江充及
慕容跂冠也。進德，唐太宗賜貴臣冠也。玉葉，太平公主冠
也。方山，舞人冠也。九星、靈芝、夜光，上元夫人冠也。
晨嬰，西王母冠也。芙蓉，衛叔卿冠也。骨蘇，高麗冠也。
無頭，宋康王冠也。鷸冠，鄭子臧冠也。貊冠，屈到冠也。
豹冠，范獻子冠也。北斗，道冠也。虎皮，胡冠也。

今內監帽樣，高麗王冠制也。國初高麗未服，太祖密遣
人瞰其冠，命諸內豎皆冠之，及其使至，指示之曰："此皆汝
主等輩也，皆已服役，汝主尚不降耶？"使者歸言之，遂奉
正朔。

古婦人亦着帽。漢薄太后以冒絮提文帝，注："帽也。"
趙昭儀上飛燕金花紫綸帽。又賀德基於白馬寺逢一婦人，脫
白綸巾以贈之。諸葛武侯遺司馬懿巾幗婦人之服。則古婦人
亦有巾也。

古人幘之上加巾冠，想亦因髮不齊之故，今之網巾是其
遺意。但幘以布絹爲之，又加屋其上，故亦可以代冠。如董
偃綠幘、孫堅赤罽幘之類，即今俗名"腦包"者也。網巾以
馬鬃或綾爲之，功雖省，而巾冠不可無矣。北地苦寒，亦有
以絹布爲網巾者，然無屋終不可見人。

童子幘無屋者，示不成人也。近時三五十年前，總角者
猶繫一網巾邊，是其遺制。既云童子幘無屋，明丈夫幘皆有
屋矣，又云王莽以頂禿加屋，何耶？董偃，武帝時人，以綠
幘見天子，必非無屋者。幘本賤者之服，綠幘又其賤者，近
代樂工着綠頭巾，亦此意也。

紾衣寶玉自焚，漢上官太后服珠襦，霍光、耿秉薨皆賜
玉衣，太始元年頻斯國人來朝，以五色玉爲衣。近代豪富之
家，有衣珍珠半臂者，而玉衣未有聞矣。

三代之爲信者，符節而已，未有璽也。《周禮》九節，
璽居一焉，璽亦所以爲節。鄭康成謂止用之貨賄，蓋亦用以
鈐封，恐人之僞易也。秦得和氏之璧，令李斯篆之，爲傳國
璽，故天子始稱璽書，諸侯而下稱印而已。然考《印藪》所
載，漢時印大小不同，文亦殊絕，蓋或製於官，或私刻之，

固自不同。而公卿列侯卒於位者，皆以印綬賜葬，致仕、策免者始上印綬，則一人一印，非若今之爲官物也。古者百官之印皆組穿之而佩於腰，或令吏人繫之於臂。至宋而後，印大而重，繫之不便。楊虞卿爲吏部，始置匣以鎖之，而綬繫於鑰，今之有印則有綬是也。至今日則綬亦不以繫鑰而虛佩之矣。國家之制，天子玉璽，侯王、大將軍皆金印，二品以銀，三品之下以銅。其非掌印而給者，謂之關防，印方而關防長，以此爲別耳。其實出欽給者，亦概得謂之印也。

唐時文武官，三品以上金玉帶，四品五品並金帶，六品七品並銀帶，八品九品並瑜石帶，庶人銅鐵帶。五品以上皆賜魚袋，飾以銀；三品以上，賜金裝刀子、礪石一具。其衣，紫爲上，緋次之，綠爲下。綬則紫爲上，艾墨次之，黃爲下。至於天子之服色尚黃，則自漢以來然矣。

唐時百官，隨身魚符左一右一，左者進內，右者隨身，皆盛以袋，則似今京官之牙牌耳。宋賜命帶者，[1]例不佩魚，惟兩府賜佩，謂之重金。今之牙牌，自宰輔至小官，任京師者俱有之，蓋以黌若印綬然。其官職皆鐫牌上，拜官則於尚寶司領出，出京及遷轉則繳還，蓋祖制也。

【校箋】

① “命”，北大本作“金”。

國朝服色以補爲別，皆用鳥獸，蓋取古人以鳥紀官之意。

文官惟法官服豸，其餘皆鳥，武官皆獸，至於帶則以犀居金之上，皆有不可曉者。

國朝服色之最濫者，内臣與武臣也。内官衣蟒腰玉者，禁中殆萬人，而武臣萬户以上即腰金，計亦不下萬人。至於邊帥緹騎，冒功邀賞腰玉者，又不知其幾也。

《説文》曰：“帶，紳也。男子鞶帶，婦人帶絲。”①古人之帶，多用韋布之屬，取其下垂。《詩》云：“容兮遂兮，垂帶悸兮。”“匪伊垂之，帶則有餘。”似今衣之有大帶耳。至魯仲連謂田單曰：“將軍黄金橫帶，騁於臨淄之間。”則金帶之制興矣。

【校箋】

① “帶絲”，底本作“絲帶”，據《説文解字》改。

古人仕者，有帶，有綬，又有囊。囊、綬皆綴於帶者。八座尚書荷紫，以生紫爲袷囊，綴之服外，加於右肩。傳云：“周王負成王製。”此服唐時亦以爲朝服，或云漢世用盛奏事，負之以行，未詳也。至宋有金魚袋，國朝俱無之。

《晋書·輿服志》云：“漢世着鞶囊者側在腰間，謂之傍囊，或謂之綬囊。”然則以囊盛綬耳。

三代聖人，治定功成，然後製禮作樂，以爲翊贊太平之具，故其精藴足以節宣陰陽，感動天地，非聖人不能作也。而後世之治，其最失聖人意者，無如禮、樂二端。蓋自漢之初，叔孫之所謂禮者，已不過綿蕝拜跽之儀，而賈生之所陳、文帝之所謙讓未遑者，亦不過易正朔、改車服、定律呂而已。此果三代之所謂禮樂乎？噫！何易言之也。然以此數者爲足以盡禮樂，則亦何必聖人而後製作？以此數者爲不足以盡禮樂，則又未見聖人於數者之外，而別有所經營籌度也。抑其所謂無體之禮、無聲之樂者，皆在治定功成之先，而特借此以爲潤色之具耶？不然，則其不可傳者與其人皆已朽，而所傳於後世者皆其芻狗糟粕而不足憑耶？自漢以下，一代各有一代之禮樂，非無之也，而禮止於度數已耳，樂止於節奏已耳，與三代聖人之所言者，固判乎其不相蒙也。而樂之失，視禮尤甚。何者？禮之節度尚可繹思，而樂之旨趣茫無着落也。

古先聖人，一代之樂必叙一代之治，想其音律節奏、詞語次序，皆叙開創守成之事，如所謂“一成而北出，再成而伐商”者，蓋紀其實也。孔子謂《韶》盡美又盡善，《武》盡美未盡善。夫以周公之才之美，非不能以唐虞揖遜之音文其放伐哉？而終不以彼易此者，非是不足以昭成功、揚丕烈，祖宗弗享也。然舜之樂流傳至春秋，音響節奏俱在，以齊國之霸習，急功利，喜夸詐。迨其末也，田氏專政，主德日衰，縱日奏虞庭之樂，能令四方風動，鳳儀獸舞耶？故吾以爲樂者，飾治之具，而非致治之本也。但不知孔子之所讚嘆忘肉，季札之所謂“如天之無不覆，如地之無不載”者，將謂其聲

音耶，抑因聲而想其政治耶，抑聲中之詞義深美如所謂三
《頌》者耶？若止於聲音，則列國皆可仿效，工瞽皆可傳習，
何孔子不以之語太師，而必至齊始聞之耶？抑列國各有樂，
不相授受，而舜之樂竟爲胡公家傳之譜耶？學者徒據紙上之
談，而不能深推其故，[①]亦何益之有也。

【校箋】

①"推"，北大本作"惟"。

　古樂不復作矣，即知樂者世能有幾？季札觀樂而知列國
興衰，師曠吹律而知南風不競，即隋唐之間，亦有知官聲往
而不返，爲東幸不終之兆者。彼太常樂官，但知較度數、考
分秒、辨累黍、量尺寸而已，縱使事事合古，分毫不差，然
於樂之理毫無干涉也。蓋自宋以來，胡瑗、范景仁之徒，已
不勝其聚訟，而況至於今日，上之人既不以爲急務，而學士
大夫亦無復有深心而精究之者。郊廟燕享之間，笙磬柷敔徒
存虛器，考擊拊搏僅爲故事，而其他之行於世者，不過觱篥
之胡聲與淫哇之詞曲耳，以此爲樂，吾所不敢知也。

　識錞于、阮咸者，知樂器制未知樂音；識斷弦、臥吹者，
知樂音而未知樂理。李嗣真知諸王之蹂踐，王仁裕卜禁中之
鬥爭，王令言知宮車之不返，劉義叟卜聖躬之眩惑，庶幾季
札、師曠之亞矣，而理不可得而聞也。至於玄鶴二八，延頸
哀鳴，三龍翔舟，水木震動，稱賞之詞，恐過其實。

今人間所用之樂，則觱篥也、笙也、簫也、箏也、鐘鼓也。觱篥多南曲而簫笙多北曲也，其它琴瑟、箜篌之屬，徒自賞心，不諧衆耳矣。又有所謂三弦者，常合簫而鼓之，然多淫哇之詞，倡優之所習耳。有梅花角，聲甚淒清，然軍中之樂，世不恒用。余在濟南葛尚寶家見二胡雛，[①]能捲樹葉作笳吹之，其音節不可曉，然亦悲酸清切。余謂主人："昔中國吹之能令胡騎北走，今胡兒吹之，反令我輩墮淚乎？"一笑而已。

【校箋】

① 葛尚寶，即葛昕，生平見卷三"余在德平葛尚寶園見木假山一座"箋。

今鼓琴者有閩操、浙操二音，蓋亦南北曲之別也。浙操近雅，故士君子尚之，亦猶曲之有浙腔耳。莆人多善鼓琴而多操閩音，至於漳、泉遂有鄉音，詞曲侏僑之甚，即本郡人不能了了也。

夫子謂"鄭聲淫"。淫者，靡也，巧也，樂而過度也，艷而無實也。蓋鄭、衛之風俗侈靡纖巧，故其聲音亦然，無復《大雅》之致也。後人以淫爲淫欲，故概以二國之詩皆爲男女會合之作，失之遠矣。夫閭閻里巷之詩，未必書入樂章，而國君郊祀朝會之樂，自胙土之初即已有之，又安得執後代之風謠而傅會爲開國之樂聲乎？聖人以其淫哇，不可用之於朝廷宗廟，故欲放之。要其亡國之本原，不在此也。《招》之在齊，不能救齊之亡，則鄭聲施之聖明之世，豈能便危亡哉？宋廣平之好羯鼓，寇萊公之舞《柘枝》，不害其爲剛正也，況懸之於庭乎？但終傷綺靡，如淫詞艷曲，未免擯於聖人之世耳。

中散之琴，李謩之笛，鄒衍之管，梓慶之鐻，皆冥通鬼神，功參造化，吾聞其語，未見其人也。中郎之識柯亭，嗣真之辨鐘鐸，宋沇之知編鐘，李琬之聽羯鼓，賞鑒入神，匠心獨詣，求之於今，豈復有其人乎？太常之所師受，不過樂章之糟粕，里巷之所傳習，率皆拍板之章程，守而勿失，便爲知音矣。豈復有能新翻一曲、別造一調而叶之律呂，令人傳誦者哉？故吾謂今之最不古若者，此一途也。

京師有瞽者善彈琵琶，能作百般聲音。嘗宴冠裳，匿屏幛後作之，初作老嫗喚伎者聲，繼作伎者稱疾不出，往復數四，諄誶勃溪，遂至擲器破鉢，大小紛紜，或詈或哭，或勸或助，坐客驚駭欲散。徐撤屏風，則一瞽者抱一琵琶而已，它無一物也。又有以一人而歌曲，擊鼓鈸，拍板，鐘、鐃合五六器者，不但手能擊，足亦能擊，此亦絕世之技。惜乎但爲玩弄之具，非知音者也。

詩也，律也，詞曲也，古者合而成樂，而今分爲三四矣。以詩入音樂必不能悅里耳，以曲比管弦必不可薦郊廟。且其疾徐高下之節任意爲之，未必一一中古人之法度也，況於宮商之變、黃鐘太簇之節哉？唐摩詰《陽關》詩尚堪叠以成聲，劉夢得巴渝諸曲皆弦而吹之者也。至宋重歌詞，其去音律漸覺差遠，蓋泛聲多而音響難調，不容毫釐差謬，豈知《三百篇》之詩，何曾平仄一一吻合耶？至曲興而詞廢，去古愈遠矣。魏文侯聽古樂而惟恐臥，聽鄭、衛之音則不知倦，當時尚爾，何況今日哉？

唐明皇好羯鼓，一時臣庶從風而靡，以宋廣平之正直，亦有"頭如青山峰，手如白雨點"之喻，它可知已。不知羯鼓有何趣，而嗜好之至目爲八音領袖？殊可笑也。此樂本羯胡之音，獨太簇一韻，高昌、龜兹諸夷皆習用之，其聲焦殺，特異衆樂，而好之不已，卒召胡兒之禍，悲夫！

漢嫁烏孫公主，令琵琶馬上作樂以慰其心，後石季倫《明妃詞》云："其送明君亦必爾。"已自臆度可笑，而《圖經》即謂昭君在路愁怨，遂於馬上彈琵琶以寄恨，相沿而誤愈甚矣。今人不知琵琶爲烏孫事，而概用之昭君，又不知琵琶爲送行之樂，而概以爲昭君自彈，蓋自唐以來誤用至今而不覺也。

卷十三

事部一

昔人云："富不如貧，貴不如賤。"此憤世之言，非至當之論也。《易》曰："崇高莫大乎富貴。"夫子曰："富與貴，是人之所欲也。"聖人之心，豈迥與人殊哉？惟不以其道得之，故棄之若涴耳。後世名高之士，平居大言，矯枉過正，勝於聖人，迨其利交勢怵，往往不遑寧處，而失身濡足，爲天下笑，蓋其中未能自信，而特大言以欺人也。

死生亦大矣，聖人教人未嘗語及死生之故，但曰："未知生，焉知死？"幽明一貫，[①]蓋難言之矣。莊生汪洋自恣，至於齊萬物、小天地，彭殤一致，菌椿共年似也，然其言曰："人而無情，安得謂之人？"其妻死，曰："是其始也，吾安能無慨然？"即此兩語，則其底里亦自不與人異矣。釋氏雖談空說無，[②]然於生死輪迴之際，不免拳拳諄復焉。纔覺牽挂，便成障礙，不如"生老病死，時至則行"，猶爲達者之言也。

【校箋】

　　① "明"，北大本作"冥"。

　　② "無"，北大本作"有"。

　　聖人之貴知命，謂安於命，不趨利避害也；今人之欲知命，則求趨利避害也，①是不謂之知命，謂之逆天。

【校箋】

　　① 兩處"趨"，北大本作"趨"。

　　孔子得之不得，曰"有命"，此對子路之言也。聖人安土樂天，無往不可，進退存亡之故，知之審矣，何必以義命自安，始無怨尤哉？今之人能以義命自安，不求通，不諱窮，亦可以爲賢矣。噫！吾未之見也。其言能安命者，皆憧憧往來，無可奈何而委之命也。

　　世之人有不求富貴利達者乎？有衣食已足，不願贏餘者乎？有素位自守、不希進取者乎？有不貪生畏死、擇利避害者乎？有不喜訐惡謗、黨同伐異者乎？有不上人求勝、悅不若己者乎？有不媚神諂鬼、禁忌求福者乎？有不卜筮堪輿、行無顧慮者乎？有天性孝友，不私妻孥者乎？有見錢不吝、見色不迷者乎？有一於此，足以稱善士矣，吾未之見也。

　　婚而論財，其究也夫婦之道喪；葬而求福，其究也父子之恩絕。婦之凌轢其夫者，恃於富也；子之暴露其父者，惑於地也。

以才名驕人，未有不困者也；以富貴驕人，未有不敗者也；以貧賤驕人，未有不取禍者也。

富貴驕人，多出婦人女子之態；才名驕人，間亦文士墨客之常。惟近世一種山人，目不識丁，而剽竊時譽，傲岸於王公貴人之門，使酒罵坐，貪財好色，武斷健訟，反噬負恩，使人望而畏之若山魈木客，不敢向邇，足以殺其身而已矣！

高而怙權足以殺身，胡惟庸、石亨是也；才士不遜足以殺身，盧楠、徐渭是也；積而不散足以殺身，沈秀、徐百萬是也；恃才妄作足以殺身，林章、陸成叔是也；異端橫議足以殺身，李贄、達觀是也。其不然者，幸而免耳。

"一日看除目，三年損道心。"除目，今之推升朝報也。其中升沉得喪，毀譽公私，人情世態，畔援歆羨，種種畢具。若戀戀於此，有終身喪其所守者，豈止"三年損道心"已耶！

晉人戲言云："我圖一萬戶侯尚不可得，卿乃圖作佛耶？"夫萬戶侯誠難求也，即心是佛，何遠之有？

以圖果報之念而學佛，終無成佛之日矣。學佛者從慧根入較易。[1]

【校箋】

[1] "根"，北大本作"眼"。

“易有太極”，聖人已自一言道盡矣，不須更說無極也。天下事物莫不自無而有，此何必言？即天地亦自無中來也，但理須有寄寓，如火傅於薪，薪盡則火滅矣，謂火非薪亦可，謂薪即火亦可，謂薪盡而火存亦可，謂薪火相終始亦可，不必更着一語也。

老氏道德之旨，非煉形求仙之術也，而世之學仙者托之老氏。如今之士子讀經書以應科第，而曰此吾儒之教也。

今之號爲好學者，取科第爲第一義矣，立言以傳後者百無一焉。至於修身行己，則絶不爲意矣，可謂倒置之甚。然三者殊不相妨：生前之富貴，偶然耳，俟之可也，不必惡而逃之；死後之文章，較之功名差爲久遠，不可不留意也；至於講明義理，孜孜爲善，即不必談道講學，獨不可使衾影無愧，人稱長者乎？若輕佻反覆，甘於文人無行之爲，又何足道？

貧賤不如富貴，俗語也；富貴不如貧賤，矯語也。貧賤之士，奔走衣食，妻孥交謫，親不及養，子不能教，[①]何樂之有？惟是田園粗足，丘壑可怡，水侶魚蝦，山友麋鹿，耕雲釣雪，誦月吟花，同調之友，兩兩相命，食牛之兒，戲着膝間。或兀坐一室，習靜無營；或命駕扶藜，留連忘反。此之爲樂，不減真仙，何尋常富貴之足道乎！

【校箋】

① “不能”，北大本作“不及”。

人有恒言，"文章窮而後工"。非窮之能工也，窮則門庭冷落，無車塵馬足之嬲；事務簡約，無簿書酬應之繁；親友斷絕，無徵逐游宴之苦；生計羞澀，無求田問舍之勞。終日閉門兀坐，與書爲仇，欲其不工，不可得已。不獨此也，貧文勝富，賤文勝貴，冷曹之文勝於要津，失路之文勝於登第，不過以本領省而心計閒耳。至於聖人拘囚演《易》，窮厄作經，常變如一，樂天安土，又不當一例論也。

竹樓數間，負山臨水，疏松修竹，詰屈委蛇，怪石落落，不拘位置，藏書萬卷其中，長几軟榻，一香一茗，同心良友閒日過從，坐卧笑談，隨意所適，不營衣食，不問米鹽，不叙寒暄，不言朝市，丘壑涯分，於斯極矣。

淒風苦雨之夜，擁寒燈讀書，時聞紙窗外芭蕉淅瀝作聲，亦殊有致。此處理會得過，更無不堪情景。

景物悲歡，何常之有？惟人處之何如耳。《詩》曰："風雨如晦，雞鳴不已。"原是極淒涼物事，一經點破，便作佳境。彼鬱鬱牢愁，出門有礙者，即春花秋月，未嘗一伸眉頭也。

讀未曾見之書，歷未曾到之山水，如獲至寶、嘗異味，一段奇快，難以語人也。

四十從政，五十懸車，耳目未衰，筋力尚健，或縱情山水，或沉酣文酒，優游卒歲，以保天年，足矣。今之仕者，涉世既深，宦術彌巧，桑榆已逼，貪得滋甚，干進苟祿，不死不休，生平未嘗享一日之樂，徒爲僕妾圖輕肥、子孫作牛馬耳。白樂天所謂"官爵爲他人"者，有味哉，其言之也。

宋宗室郡王允良者，不喜聲色，不近貨利，惟以晝爲夜，以夜爲晝，旦則就寢，至暮始興，盥櫛衣冠而出，燃燈燭，治家事，飲食宴樂，達旦始罷。人以爲疾，余以爲此驕癖也，非疾也。吾郡中紈袴子弟，常有日午始興，雞鳴始寢者，然貧賤之家無之也，賢子弟無之也，勤以治生者無之也。驕奢淫佚，反天地之性，背陰陽之宜，不祥莫大焉，然而近數十年始有之也。

什一致富者，不過市井之行；居官自潤者，永負貪穢之聲。故吾見大賈之起家矣，未見污吏之克世也。

余嘗見取富室之女者，驕奢淫佚，頗僻自用，動笑夫家之貧，務逞華靡，窮極奉養，以圖勝人。一切孝公姑、睦姒娣、敬帥友、恤臧獲者，概未有聞。曾不數時，奩橐俱罄，怨天尤人，噪擾萬狀，或以破家，或以亡身。其夫雖沾餘沫，豐衣美食，而舉動受制，笑啼不敢，至於愚慮昏頹，[①]意氣沮喪，甘爲人下而不辭者，未必不由此也。

【校箋】

① "愚"，北大本作"志"。

朱子《詩傳》謂《周禮》以仲春令會男女，而以桃之始華爲婚姻之候，此誤也。《周禮》媒氏之職，以仲春令會男女，司其無夫家者而會之，是月也，奔者不禁。蓋先王製禮，"士如歸妻，迨冰未泮"，則婚姻之期當在冬末春初，[①]而貧賤之家有過期不得嫁娶者，至仲春而極矣。故聖人以是時令媒會合之，無使怨女曠夫過是月也，其有法令不及之處，私相約而奔者亦不禁。奔者，非必盡淫奔也，凡六禮不備者皆謂之奔，故曰："聘則爲妻，奔則爲妾。"昏期已過即草率成親，亦人情也，此即《詩》所謂"求我庶士，迨其今兮"之意也。

【校箋】

① "婚"，北大本作"昏"。

小慈者，大慈之賊也；小忠者，大奸之托也；建白者，亂政之媒也；講學者，亂德之藪也。

奔車之上無仲尼，覆舟之下無伯夷，性之者也；孔子家兒不識罵，曾子家兒不識鬥，習之者也。丹朱不應乏教，寧越不聞被棰，語其變也。

裴晉公有言："吾輩但可令文種無絕，然其間有成功，能致身卿相則天也。"葉若林云："後人但令不斷書種，爲鄉黨善人足矣，若夫成否則天也。"此二語政同。黃山谷云："四民皆有世業，士大夫子弟，能知忠信孝友斯可矣，但不可令讀書種子斷絕。"噫！今之人但知教子弟取富貴耳，非真能教之讀書也。夫子弟之賢不肖豈在窮達哉？有富貴而隕其家聲者，有貧賤而振其世業者，未可以目論也。

夜讀書不可過子時，蓋人當是時諸血歸心，一不得睡則血耗而生病矣。余嘗見人勤讀，有徹夜至嘔血者，余嘗笑之。古人之讀書，明義理也，中古之讀書，資學問也，今人之讀書，不過以取科第也，而以身殉之，不亦惑哉？《莊子》所謂"臧穀異業，其於亡羊均"者，此之謂也。

今人之教子讀書不過取科第耳，其於立身行己不問也，故子弟往往有登膴仕而貪虐恣睢者。彼其心以爲幼之受苦楚，政爲今日耳，志得意滿，不快其欲不止也。噫！非獨今也，韓文公，有道之士也，訓子之詩有"一爲公與相，潭潭府中居"之句，而俗詩之勸世者，又有"書中自有黃金屋"等語，語愈俚而見愈陋矣。余友王粹夫，[1]自祖父以來三世教子，惟以不妄語爲訓，[2]可謂有超世之識也已。

【校箋】

[1] 王粹夫，即王毓德，字粹夫，侯官人。《（乾隆）福州府志》卷六十《人物·文苑》："侯官人。父應山，閩中文獻歸焉。毓德老于布衣，里閈中稱長者。人有急難不平，不問識與不識，身爲奔救。游金陵，主友人林古度家，其鄉有貴人招之，弗肯往，竟去。吟詩最苦，詩成不喜示人，故傳者絕少。"

[2] "以不"，底本作"不以"，據北大本乙正。

人能捐百萬錢嫁女，而不肯捐十萬錢教子；寧盡一生之力求利，不肯輟半生之功讀書；寧竭貨財以媚權貴，不肯舍些微以濟貧乏。此天下之通惑也。

素位而行，聖人之道也；以進爲退，老氏之術也。然聖人亦是退一步法。《易經》一書，每到盛滿，便思悔吝，故曰：“日中則昃，月盈則食。①天地盈虛，與時消息。”但聖人灼見事理，定當如此。至老氏曰“將欲取之，必故予之；將欲翕之，必固張之”及“知白守黑，知雄守雌”等語，則是有心求進而姑爲是以伺人，未免有“鷙鳥將擊必匿其形”之意矣。故太史公謂申、韓原於道德，亦千古卓識也。

【校箋】

① “盈”，北大本作“中”。

“名利不如閒”，世人常語也。然所謂閒者，不徇利，不求名，澹然無營，俯仰自足之謂也。而閒之中，可以進德，可以立言，可以了死生之故，可以通萬物之理，所謂“終日乾乾”，欲及時也。今人以宮室之美、妻妾之奉、口厭粱肉、身薄紈綺、通宵歌舞之場、半晝妝第之上以爲閒也，而修身行己、好學齊家之事，一切付之醉夢中，此是天地間一蠹物，何名利不如之有！

訛言之興，自古有之，但平治之世則較少爾。周末之詩曰：“民之訛言，曾莫之懲。”然不知當時所訛者何事？至漢、晉時，始有爲東王公行籌之説。又唐時，有訛言官遣根根殺人取心肝以祭天狗者，又有訛言毛人食人心者，有謂獮母鬼夜入人家者。宋元時有訛言取童男童女製藥者，國朝間亦有之，然竟不知其所由起也。至於黑眚、馬騮精之類，似訛而實有。怪妖言、童謠無意矢言，事後多驗，如檿弧箕服之屬，又非訛矣。

今朝野中忽有一番議論，一人倡之，千萬人和之，舉國之人奔走若狂，翻覆天地，變亂白黑。此之爲訛言，蓋不但"烏頭白，馬生角"已也。

宋林存爲賈似道所擯，道死於漳。漳有富民，蓄油黏木甚佳，林氏子弟求之，價高不可得，因撫其木曰："收取，收取，待賈丞相用。"無何，似道謫至漳，死於鄭虎臣手。郡守其門人也，與之經營，竟得此木以殮，孰謂天道無知哉？

道非明民，將以愚之，故倉頡作書而鬼夜哭。聖人曰："民可使由之，不可使知之。"夫使民得操知之權，則安用聖人爲矣。

今人動稱陽春白雪爲寡和，蓋自唐人詩已誤用之矣。宋玉本文："《陽春》《白雪》，國中屬而和之者數十人；引商刻羽，雜以流徵，屬而和者不過數人而已。"則寡和者，流徵之曲，非陽春之曲也。且云"客有歌於郢中"者，亦非郢人自歌也。

宋人有迂闊可笑者。徐仲車父名石，終身不踐石，行遇橋則使人負之而過。陳烈弔蔡君謨之喪，及其門首，率諸弟子匍匐而進，或問之，曰："'凡民有喪，匍匐救之'，故耳。"夫徐幸生江北，使在江南，則終身無出門之日；陳幸生江南，使在江北，則當墜污泥溝澮中矣。腐儒不通，乃至於此！

唐道人侯道華，性好子史，手不釋卷，或問："安用此爲？"答曰："天上無愚懵仙人。"明金陵唐詩，慕道煉丹，有道流勸之出家入山者，唐曰："家有老母，世間無不孝神仙。"此二語可謂的對，亦可謂求道之格言也。今人無慧業、無至性而強欲出世，難矣！

晋汲桑當盛暑，重裘累茵，使人扇之，恚不清凉，而斬扇者。宋党進當大雪，擁紅爐酌酒，醉飽汗出，捫腹徐行曰："天氣不正。"天下之事，何嘗無對哉？

夢之無關於吉凶也審矣，今兒童俗語皆謂誕妄之言曰"説夢"，言其的非真也。乃《周禮》特爲設占夢之官，以日月星辰占六夢之吉凶。然爲王者而設，猶之可也。季冬聘王夢，群臣庶人獻吉夢於王，王拜而受之，乃舍萌於四方以贈惡夢，不亦太兒戲乎？天下之廣，億兆之衆，使盡獻其吉夢，太人不勝占而王亦不勝拜也。臣民吉夢，於王何與，而王拜之？此真癡人前説夢耳。此書蓋見詩人有"熊羆旐旟"之語而傅會，見牧人之有夢，遂以爲獻夢於王也。不知詩之所咏，皆祝贊稱願之詞，豈真熊羆虺蛇，一時而同入夢哉？此又夢中説夢矣。

今人見紀載中所紀之夢多驗，如良弼、九齡射日生蘭之類，遂以爲古人重夢也。夫人無日不夢，驗者止此，則不驗者不可勝數矣。況多出於附會而不足憑耶？孔子，大聖也，少時欲行道則夢見周公，及老而衰，遂不復夢，則夫子少時之夢亦不驗矣。蓋人有六夢，惟正夢可占吉凶，其他噩夢、思夢、寤夢、喜夢、懼夢，皆意有所感而魂不寧，想像成境，非真夢也。余最不信夢，乃一生吉凶禍福并無一夢，故知其不足憑也。

程正叔渡江，[①]中流風浪忽起，怡然不動。有負薪人問之，曰："公是舍後如此，達後如此？"程異而欲與之言，則已去矣。夫舍者輕性命死生，若佽非、告子是也；達者齊修短得喪，若漆園子、桑户是也。舍直是勇往不顧，達則有見解矣。舍者未必達，達者自可舍。渡江中流而風浪作，縱欲不舍，逃將安之？謝太傅與桓宣武、會稽王會於溧江，狂風忽起，波浪鼓涌，諸人有懼色，惟謝怡然自若。頃間風止，桓問之，謝徐笑曰："何有三才同盡理？"此達者之言也。天道不可知，即使一日同盡，亦豈懼所能免乎？惟聖人之言曰："生，寄也；死，歸也。余何憂於龍哉？"此知命委化之言，而達與舍俱盡之矣。

【校箋】

① "渡"，底本作"度"，據北大本改。

孔子曰："人有三死，而非命也人自取之爾。夫寢處不時，飲食不節，佚勞過度者，疾共殺之；居下位而上忤其君，嗜欲無厭，而求不止者，刑共殺之；少以犯眾，弱以侮強，忿怒不量力者，兵共殺之。"此三死者，非造物之舛也。今之人貪色健鬥，冒險求利，而不終其天年，往往委於命，豈知命者哉？

好利之人多於好色，好色之人多於好酒，好酒之人多於好弈，好弈之人多於好書。

好書之人有三病：其一浮慕時名，徒爲架上觀美，牙籤錦軸，裝潢衒曜，驪牝之外一切不知，謂之無書可也；其一廣收遠括，畢盡心力，但圖多蓄，不事討論，徒浣灰塵，半束高閣，謂之書肆可也；其一博學多識，矻矻窮年，而慧根短淺，[1]難以自運，記誦如流，寸觚莫展。視之肉食面牆誠有間矣，其於沒世無聞均也。夫知而能好，好而能運，古人猶難之，況今日乎？

【校箋】

① "根"，北大本作"眼"。

其有不事搜獵，造語精進者，此是天才，抑由夙慧。然南山之木，不揉自直，磨而礱之，其入不益深乎？高才之士，多坐廢學，良可惜也。

宋人多善藏書，如鄭夾漈、晁公武、李易安、尤延之、王伯厚、馬端臨等，皆手自校讎，分類精當。又有田偉者，爲江陵尉，作博古堂，藏書至五萬七千餘卷。黄魯直謂："吾嘗校中秘書，及遍游江南，名士圖書之富，未有及田氏者。"而名不甚章，惜夫！

俗語謂京師有"三不稱"，謂光禄寺茶湯、武庫司刀槍、太醫院藥方。余謂尚不止於三者，如欽天監之推卜、中書科之字法、國子監之人材、太倉之畜積，皆大舛訛可笑。而内秘書之藏不及萬卷，寥寥散逸，卷帙淆亂，徒以飽鼠蟫之腹，入胠篋之手。此亦古今所無之事也！

余嘗獲觀中秘之藏，其不及外人藏書家遠甚，但有宋集五十餘種，皆宋刻本，精工完美，而日月不及，日就湮腐，恐百年之外盡成烏有矣。胡元瑞謂欲以三年之力盡括四海之藏，①而後大出秘書，分命儒臣，編摩論次。噫！談何容易？不惟右文之主不可得，即知重文史者，在朝之臣能有幾人，而欲成萬世不刊之典乎？《内閣書目》門類次第，僅付之一二省郎之手，其泯淆魚豕、不下矇瞽而不問也，何望其它哉！

【校箋】

① 胡元瑞，即胡應麟，見卷六"唐《玄怪録》載岑順事"條。

《夷堅》《齊諧》，小説之祖也，雖莊生之寓言，不盡誣也。《虞初》九百僅存其名，桓譚《新論》世無全書，至於《鴻烈》《論衡》，其言具在，則兩漢之筆大略可睹已。晋之《世説》、唐之《酉陽》，卓然爲諸家之冠，其叙事文采，足

見一代典刑，非徒備遺忘而已也。自宋以後，日新月盛，至
於近代，不勝充棟矣。其間文章之高下，既與世變，而筆力
之醇雜，又以人分。然多識畜德之助，君子不廢焉。宋錢思
公坐則讀經史，臥則讀小說，上厠則閱小詞。古人之篤嗜若
此。故讀書者不博覽稗官諸家，如啖粱肉而棄海錯，坐堂皇
而廢臺沼也，俗亦甚矣。

　　求書之法，莫詳於鄭夾漈，莫精於胡元瑞，後有作者，
無以加已。近代異書輩出，剖厥無遺，或故家之壁藏，或好
事之帳中，或東觀之秘，或昭陵之殉，或傳記之裒集，或鈔
錄之殘剩。其間不準之誣、阮逸之贋，豈能保其必無？而毛
聚爲裘，環斷成玦，亦足寶矣。但子集之遺，業已不乏，而
經史之翼，終泯無傳，一也。漢唐世遠，既云無稽，而宋元
名家，尚未表章，二也。好事之珍藏，靳而不宣，卒歸蕩子
之魚肉；天府之秘册，嚴而難出，卒飽鼠蠧之饗餐，三也。
具識鑒者厄於財力，一失而不復得；當機遇者失於因循，坐
視而不留心，四也。同心而不同調者，多享敝帚而盼夜光；
同調而不同心者，或厭家雞而重野鶩，五也。故善藏書者，
代不數人，人不數世，至於子孫，善鬻者亦不可得，何論
讀哉！

　　今天下藏書之家，寥寥可數矣：王孫則開封睦㰍、南昌
鬱儀兩家而已。[①]開封有《萬卷堂書目》，庚戌夏，余托友人
謝于楚至其所，鈔一二種皆不可得，豈秘之耶？于楚言其書

多在後殿，人不得見，亦無守藏之吏，塵垢汙漫，漸且零落矣。南昌蓋讀書者，非徒藏也，而卷軼不甚備。士庶之家，無逾徐茂吳、胡元瑞及吾閩謝伯元者，[2]徐、胡相次不祿，篋中之藏，半作銀杯羽化矣；伯元嗜書，至忘寢食，而苦貧不能致，至糊口之資盡捐以市墳素，家中四壁，堆積充棟，然常奔走四方，不得肆志翻閱，亦闕陷事也。

【校箋】

① 睦㮮，即朱睦㮮（1518—1587），字灌甫，號西亭。安徽休寧人。明周定王朱橚六世孙，封鎮國中尉。藏書極富，號爲“海內第一”，家有“萬卷堂”。著有《異林》《陂上集》等。鬱儀，即朱鬱儀，南昌人，藏書甚富，博綜多聞，著述宏富，謙恭下士。

② 徐茂吳，即徐桂，字茂吳，長洲人，徙居餘杭。萬曆五年（1577）進士，除袁州府推官，恃才自放，坐計吏免歸。以詩名吳越間，有《大滌山人詩集》。朱彝尊《靜志居詩話》卷十五稱：“徐君咏物詩最繁富，正如盈擔魔合羅，僅供邨市癡兒騃女把玩而已。”胡元瑞，即胡應麟，見卷六“唐《玄怪錄》載岑順事”條。謝伯元，即謝兆申，見卷九“昭武謝伯元言其鄉多熊”條。

建安楊文敏家藏書甚富，[1]裝潢精好，經今二百年，若手未觸者。余時購其一二，有鄭樵《通志》及二十一史，皆國初時物也。余時居艱，亟令人操舟市得之，價亦甚廉。逾三月，而建寧遭陽侯之變，巨室所藏盡蕩爲魚鱉矣。此似有神物呵護之者。今二書即百金索之海內，不易得也。

【校箋】

① 楊文敏，即楊榮（1371—1440），初名子榮，字勉之，建安人，建文二年進士。授編修，累官工部尚書，謹身殿大學士。歷事四朝，與楊士奇、楊溥并稱"臺閣三楊"。卒諡文敏。有《楊文敏集》。

胡元瑞書，蓋得之金華虞參政家者。①虞藏書數萬卷，貯之一樓，在池中央，小木爲杓，夜則去之，榜其門曰"樓不延客，書不借人"。其後子孫不能守，元瑞啖以重價，紿令盡室載至，凡數巨艦。及至，則曰："吾貧不能償也。"復令載歸。虞氏子既失所望，又急於得金，反托親識居間減價售之，計所得不十之一也，元瑞遂以書雄海内。王元美先生爲作《酉室山房記》，然書目竟未出，而元瑞下世矣，恐其後又蹈虞氏之轍也。

【校箋】

① 虞參政，即虞守愚（1483—1569），字惟明，號東崖，義烏人。嘉靖二年進士，累官至南京刑部右侍郎。有《四書一得録》《東崖文稿》《虔臺拙稿》等。

書所以貴宋板者，不惟點畫無訛，亦且箋刻精好，若法帖然。凡宋刻有肥瘦二種，肥者學顔，瘦者學歐，行款疏密任意不一，而字勢皆生動，箋古色而極薄，不蛀。元刻字稍帶行，而箋時用竹，視宋紙稍黑矣。國初用薄綿紙，若楚、滇所造者，用氣色超元匹宋。成、弘以來，漸就苟簡，至今日而醜惡極矣。

宋時刻本以杭州爲上，蜀本次之，福建最下。今杭刻不足稱矣，金陵、新安、吳興三地，剞劂之精者不下宋板，楚、蜀之刻皆尋常耳。閩建陽有書坊，出書最多，而板紙俱最濫惡，蓋徒爲射利計，非以傳世也。大凡書刻，急於射利者必不能精，蓋不能捐重價故耳。近來吳興、金陵，駸駸蹈此病矣。

近時書刻，如馮氏《詩紀》、焦氏《類林》，①及新安所刻《莊》《騷》等本，皆極精工，不下宋人，然亦多費校讎，故舛訛絕少。吳興凌氏諸刻，急於成書射利，又慳於倩人編摩其間，亥豕相望，何怪其然。至於《水滸》《西廂》《琵琶》及《墨譜》《墨苑》等書，反覃精聚神，窮極要眇，以天巧人工，徒爲傳奇耳目之玩，亦可惜也。

【校箋】

① 馮氏《詩紀》，即馮惟訥《詩紀》，亦稱《古詩紀》，采錄上古迄隋的古詩而成。初刻爲嘉靖三十九年刻本，錯訛頗多；萬曆間吳琯等重刻於金陵，凡 156 卷，刻本頗爲精美，謝氏所見，當即此本。焦氏《類林》，即焦竑的《焦氏類林》，八卷，萬曆十五年初刻，頗爲精美。

近來閩中稍有學吳刻者，然止於吾郡而已。能書者不過三五人，能梓者亦不過十數人，而板苦薄脆，久而裂縮，字漸失真，此閩書受病之源也。

内府秘閣所藏書甚寥寥，然宋人諸集，十九皆宋板也。書皆倒摺，四周外向，故雖遭蟲鼠嚙而中未損。但文淵閣制既庳狹，而牖復暗黑，抽閱者必秉炬以登，内閣老臣無暇留心及此，徒付管鑰於中翰涓人之手，漸以泪没，良可嘆也。吾鄉葉進卿先生當國時，[①]余爲曹郎，獲借鈔得一二種，但苦無備書之資，又在長安之日淺，不能盡窺東觀之藏，殊爲恨恨耳。

【校箋】

① 葉進卿，即葉向高（1559—1627），字進卿，號臺山，福清人。萬曆十一年進士，累官至内閣首輔。崇禎初，贈太師，謚文忠。著述甚豐，有《綸扉奏草》《續綸扉奏草》《蒼霞草》《續蒼霞草》《蒼霞詩草》等。《列朝詩集小傳》稱："公爲人疏通明敏，小心恭慎，受神廟特眷，當宮府暌隔黨論紛哎之日，以調停劑和爲能事。啓請藩封，調護國本，應機圓而見事捷，不動聲色，使人主信而從之……公去而國事益不可爲矣。"

王元美先生藏書最富，二典之外尚有三萬餘，其它即墓銘、朝報，積之如山。其考核該博，固有自來。汪伯玉即不爾。[①]豈二公之學，有博約之分耶？然約須從博中來，未有聞見寡陋而藉口獨創者。新安之識，固當少遜琅琊耳。近時則焦弱侯、李本寧二太史皆留心墳素，[②]畢世討論，非徒爲書籚者。余與二君皆一交臂而失之，未得窺其室家之好也。

【校箋】

① 王元美，即王世貞，生平詳卷三"太祖於金陵建十六樓以處官

伎"條。汪伯玉，即汪道昆（1525—1593），字伯玉，號南溟，歙縣人。嘉靖二十六年進士，歷官至兵部侍郎。工詩文，復古派"後五子"之一，一時詩壇領袖。有《太函集》。錢謙益《列朝詩集小傳》稱："伯玉爲古文，初剿襲空同、槐野二家，稍加琢磨，名成之後，肆意縱筆，沓拖潦倒，而循聲者猶目之曰大家。於詩本無所解，沿襲七子末流，妄爲大言欺世。"

② 焦弱侯，即焦竑（1541—1620），字弱侯，號漪園、澹園，南京人。萬曆十七年狀元，官至太仆寺丞。著述甚豐，有《澹園集》《焦氏筆乘》《國朝獻徵錄》《國史經籍志》等。李本寧，即李維楨（1547—1626），字本寧，湖廣京山人。隆慶二年進士，歷官至南京禮部尚書。有《大泌山房集》。錢謙益《列朝詩集小傳》稱："本寧在史館，博聞強記……自詞林左遷，海內謁文者如市，洪裁艷詞，援筆揮灑，又能胋敝曲隨，以屬厭求者之意。其詩文聲價騰涌，而品格漸下。"

　　昭武謝伯元一意搜羅，智力畢盡；吾郡徐興公獨耽奇僻，驅坒皆忘。①合二家架上之藏，富侔敵國矣。吾友又有林志尹者，②家貧爲掾，不讀書而最耽書，其於四部篇目，皆能成誦，每與俱入書肆中，披沙見金，觸目即得，人棄我取，悉中肯綮。興公數年之藏，十七出其目中也。

【校箋】

　　① 謝伯元，即謝兆申，見卷九"昭武謝伯元言其鄉多熊"條。徐興公，即徐𤊹，見卷一"俗云：千里不同風，百里不同雨"條。

　　② 林志尹（1556—1609），名應聘，侯官人。精藏書，與謝肇淛、徐𤊹爲好友。輯有《歷代宮詞》。謝肇淛《小草齋文集》卷十八《林志尹墓志銘》載："志尹少業儒，博極群書，其嗜書甚于嗜食，其搜求異

書而必得之也，甚于求美女、阿堵也。凡古今四方帳中之秘，天禄之藏，與夫魚訛蠹蝕之餘，簿目無可考證者，必質之志尹，志尹未嘗不應之如響也。"

常有人家緗帙簇簇，自詫巨富者。余托志尹物色之，輒曰無有，衆咸訝之。及再核視，其尋常經史之外，不過坊間俗板濫惡文集耳。鼃羹鴉炙，一紙不可得也，謂之無有，不亦宜乎？夫是之謂知書。

《春秋》以後，宇宙無經矣，班固以後，宇宙無史矣。經之失也，詞繁而理舛；史之失也，體駁而事雜。故詞以載理，理立於詞之先，則經學明矣；體以著事，事明於體之中，則史筆振矣。疏注不足以翼經，而反累經者也；實録不足以爲史，而反累史者也。

淮陰侯之用兵，司馬子長之文章，王右將軍之作字，皆師心獨創，縱橫變化無不如意，亦其天分高絶，非學力可到也。淮陰驅市人而使之戰，囊沙背水，拔幟木罌，皆人意想所不到之境，而卒以成功。司馬子長大如《帝紀》、六《書》，小至《貨殖》《刺客》《龜策》《日者》，無不各極其致，意之所欲，筆必從之，至《伯夷》《屈原》諸傳，皆無中爲有，空外爲色，直游戲三昧耳。今之作史，既無包羅千古之見，又無飛揚生動之筆，只據朝政、家乘，少加潤色，叙事惟恐有遺，立論惟恐矛盾，步步回顧，字字無餘，以之諛墓且不堪，況稱史哉！

班固之不及子長，直是天分殊絕，其文采學問固不讓也。然史之體裁，至扶風而始備。譬之兵家，龍門則李廣，扶風則程不識耳。

《史記》不可復作矣，其故何也？《史記》者，子長仿《春秋》而爲之，乃私家之書，藏之名山而非懸之國門者也，故取舍任情，筆削如意，它人不能贊一詞焉。即其議論有謬於聖人，而詞足以自達，意有所獨主，知我罪我皆所不計也。至班固效顰泚筆，已爲人告發，召詣秘書，令作本紀、列傳，以漢臣紀漢事，所謂“御史在前，執法在後”者。即有域外之議，欲破拘攣之見，已兢兢不保首領是懼矣。司馬溫公作《通鑑》詳慎，久而未成，人即有飛語謗公，謂利得餐錢，故爾遲遲，公遂急於卒業，致五代事多潦草繁冗。傍觀小人之掣人肘如此，縱有子長之才，安所施之？太史公與張湯、公孫弘等皆同時人，而直書美惡，不少貶譏；傳司馬季主而抑賈誼、宋忠，至無所容；《封禪書》備言武皇迷惑之狀。如此等書，今人非惟不能作，亦不敢作也。

董狐之筆，白刃臨之而不變；孫盛《陽秋》，權凶怒之而不改；吳兢之書，宰相祈之而不得；陳桱之紀事，雷電震其几而不動容。如是者，可以言史矣。

余嘗爲人作志傳矣，一事不備，必請益焉；一字未褒，必祈改焉，不得則私改之耳。嘗預修郡志矣，達官之祖父，不入名賢不已也；達官之子孫，不盡傳其祖父不已也。至於廣納苞苴，田連阡陌，生負穢名，死污齒頰者，猶娓娓相朌不置，或遠布置以延譽，或強姻戚以祈求，或挾以必從之勢，或示以必得之術。哀丐不已，請托行之；爭辯不得，怒詈繼焉。強者明掣其肘，弱者暗敗其事。及夫成書之日，本來面目，十不得其一二矣。嗟夫！郡乘若此，何有於國史哉？此雖子長復生，亦不能善其策也。

王荊公作《字說》，一時從風而靡，獻諛之輩競爲注解，至比之六經，今不復見矣。但以介甫之聰明自用，其破碎穿鑿之病固所不免，而因之盡廢其書，亦非也。凡古人之製字，自必有說，豈苟然而成者？若以荊公爲非，則許氏《說文》固已先之矣。若不穿鑿附會，引援故實，必得古人之意而止，其不可解者闕之，即不敢比六經，未可謂非經之翼也。

字有六義，指事、象形、會意者，正書也，可解者也；諧聲、轉注、假借者，書之變也，不必解者也。如江之從工、海之從每，知其聲之相近而已，必解其何以從工、何以從每，則鑿也。天下之事，有本淺者，不宜深求之；本易者，不宜難求之；本俗者，不宜文飾之，蓋不獨一《字說》爲然也。荊公若知此意，必不壞宋國家矣。

鄭夾漈《六書略》凡二萬四千二百三十五字，而諧聲者二萬一千三百四十一，則諧聲居十分之九矣，而欲一一說之，可乎？

切字有三十六字母，相傳司馬溫公作也，其中有一音而兩母者，如群、溪、徹、牀等字，蓋因平聲有清、濁故，不得不爲兩母。余常謂加一母不如加一聲。凡字以五聲切之，如通、同、統、痛、突之類，則凡同母者可以盡廢。又切平聲者當分清、濁二音，如風字宜作方空切，今俱作方馮切，則逢字也；馮字宜作符同切，今云符風，則豐字也。此類甚多，蓋俗人但知拘沈約韻，漫取韻中一字切之，不知施之上、去、入則可，平聲自有二種，不可混而爲一也。

切字之法，余七八歲時一聞即悟，及長以語人，有學數年而竟不知者。故謂此書在悟者即爲筌蹄，而不悟者何殊嚼蠟？廢之可也。

道書以一卷爲一弓。弓音軸，今人即謂之卷，非也。佛書以一章爲一則，又謂一縛。縛，古絹字，亦卷字，通用耳。

今天下讀書不識字者固多，而目前尋常之字，誤讀者尤多。其於四聲之中，上、去二聲極易混淆。所以然者，童蒙之時，授書塾師皆村學究，訛以傳訛，及長則一成而不可變。士君子作數篇制義取科第，其於經籍，十九束之高閣矣，誰復有下帷究心者？即有一二知其非，而一傳衆咻，世亦不見信從也。故欲究四聲之正者，當於子弟授書之時逐字爲之改正。然與世俗不諧，駭人耳目，人反以爲侏僞矣。如上、下、動、靜等字皆當從上聲，人有不笑之者乎？

韓昌黎詩云："阿買不識字，頗知書八分。詩成使之寫，亦足張吾軍。"夫世豈有不識字而能書者？抑昌黎之所謂識字，非世人之泛然記憶已也？漢儒之訓詁極其宏博，而獨稱子雲識字，至使四方學者載酒以問，此其學豈淺鮮者？唐王起於世間字所不識者，惟《八駿圖》中數字，則識字良亦不易。而昌黎之詩動用僻字古韻，至今千世之下讀之尚不盡識，何況阿買也？

　　吳孫休爲四子作名字，皆取難犯。覃灣字曰莔迄，霅觬字曰羿礦，歫莽字曰昆舉，寇褒字曰焚攐，此與《八駿圖》中离泰、匍丙二字相類，亦好奇之過矣。唐武后命宗楚客製十二字，曌照、西天、埊地、⊘日、囝月、○星、𤯝君、恵臣、𡆑除、𡕀載、𡕀年、舌正，而見它書者又有𡈼人、𡆪證二字。南漢劉巖製龑儼字爲名，效顰轉甚。余觀《餘冬序錄》載宋人有裊矮、飱齋、闑穩、夻同上、仦嬭、𢛳勒、𡘧終、㐬臘、妖大、㐬勘、閅攟、氽游、㲋没、門𠶲、巳鬚、𢪙慣等字，蓋俚俗之談，杜撰以成字耳，豈六書之正哉？今人俗字有夯和朗切、歪和乖切、嬲少、擎欽去聲、扴爪、幫榜平聲、𨊰箭、芏苦等字，然多見之俗牒耳。余觀《海篇直音》中所載，視《説文》不啻百倍，蓋人以意增減之，無非字者，恐將來字學從此益淆亂矣。

　　《樂善錄》載：趙韓王病，遣道士上章，神以巨牌示之，濃烟罩其上，但末有"火"字。趙聞之，曰："此必秦王廷美也。"余按美字從羊從大，非火也，豈神明亦不識字耶？其爲後人附會無疑。

楊用修最稱博識，亦善杜撰，而《劉夫人碑》中俊、送二字，及《酒官牌》中爻字皆不識。余謂古今傳記中難字固亦有限，而釋、道二藏中，恐即遍觀，未能盡識。至於近代《海篇直音》，偏傍上下類以意增，觸而長之，無復窮極。非六書之正，何以能識？即識之亦無用也。

《說文》太略，而《篇海》太繁，[①]沈約韻書疏漏益多，惟當以十三經、二十一史合釋、道二藏，彙而訂之，奇而難識者即注見某書，一切杜撰者悉去之，其於同文之治，未必無裨也。

【校箋】

① "篇海"，北大本作"海篇"。

余在山東行部，沂州有毛陽㳂，檢司懵然不識，問胥曹，曰："音山。"歸檢字書皆無之，因考史中《郡國志》有奇字者附於此。有：慮虒音廬夷、茌平今省爲茌、邔音忌、㼋音貢、㥯題㥯古莎字、酈若么反、朸音力、觚音執、邦音夫、郁郅音屝罵、樸劚音蒲圂、侲氏音權精、訮䣝訮音男，而困淵、鄆絹、螯周、屋至，人亦多不識也。

《東軒筆錄》載：王沂公命王耿按陳絳事，至中書，立命進熟。進熟不知何物，以意度之，似是具呈之義。

博古而不通今，一病也；鈎索奇僻而遺棄經史，二病也。《孟子》之文，每一議論必引《書》或《詩》以證之；今人爲文，旁采謳諺而不知引經，是爲無本之學矣。

博學而不能運筆，天限之也，陸澄、劉杳是也；高才而苦無學術，人棄之也，戴良、李賀是也。然以才勝者，患其跅弛，可以陶鑄，若徒書厨、經庫，吾末如之何也已。

焦弱侯謂今之讀書者不識句讀，皆由少年不經師匠，因仍至此。其論甚快，因舉數事。如"至大至剛以直""點，爾何如""講事以度軌"等語，文義皆勝舊，但李彦平讀《禮記》一段，余未敢從。蓋"男女不雜坐"自爲句，至"不同巾櫛"爲句，"不親授"自爲句。今以"不同"屬上句，雖無害，而"巾櫛不親授"則不通矣；"男女授受不親"，何獨巾櫛哉？至四書、九經中句讀當改易者尚多，如"卒爲善句士則之""履帝武敏句歆攸介攸止"。若此之類尚多，未易枚舉也。

少時讀書，能記憶而苦於無用；中年讀書，知有用而患於遺忘。故惟有著書一事，不惟經自己手筆，可以不忘，亦且因之搜閱簡編，遍及幽僻，向所忽略，今盡留心，敗笥蠹簡，皆爲我用。始知藏書之有益，而悔向來用功之蹉跎也。

余自八九歲即好觀史書，至於亂離戰爭之事，尤喜談之。目經數過，無不成誦。然塾師所授，不過《編年節要》《綱鑑要略》而已。後乃得《史記》《漢書》及朱子《綱目》讀之，凡三四過，然止於是而已。最後得二十一史，則已晚矣，然幸官曹郎冷局，得時時卒業也。

漢光武好圖讖，至用三公亦以讖書決之，尹敏遂因其缺而增之，曰“君無口爲漢輔”，帝雖責之而竟不罪也。讖書今世所禁，不知作何狀，亦不知何人所作。但堪輿家常引讖語，附會吉地，以爲讖地，亦竟不知其所從出，強半杜撰之詞耳。今世所傳有《推背圖》，相傳李淳風所作，以占帝王世次，其間先後錯亂，云是宋太祖欲禁之不可，乃命取而亂其序并行之，人見其不驗，遂棄去。然多驗於事後，雖知之何益？聖人所謂“百世可知”者，豈是之謂哉？

東漢至三國罕複名者，莽禁之也。秦以前複名蓋寡，然僑如、無忌、去疾之類，往往見於經史。而二名不偏諱之義，三代已有之，則亦何嘗以複名爲非也？王莽矯誣，遂著爲禁令，至諷匈奴亦上書更名，可笑甚矣。乃其法亦行之二百餘年，何耶？今時則複者十七，亦以歲久人繁，易於重犯故耳，且使子孫不偏諱，未爲不可也。

周公謹《癸辛雜識》載：先聖初名兵，已乃去其下二筆。此事並無所出。按：先聖因母禱於尼丘而生，故名丘，字仲尼，豈有名兵之事？誕妄甚矣。[1]

【校箋】

① “誕妄”，北大本作“妄誕”。

古之命名者，不以郡國，不以山川，不以鳥獸、惡疾。然亦有不盡然者，即周公子已名禽，宣尼子已名鯉矣。此蓋爲人君言之也。人君之名，當使人難知而易避，不然者，則當申臨文不諱之令。夫減損點畫，猶之可也，至并其音而更之，使千古傳襲，恬不知改，若莊光之爲嚴光、玄武之爲真武也，可乎？

宋時避君上之諱最嚴，宋板諸集中凡嫌名皆闕不書。如英宗名曙，而署、樹皆云嫌名，不知樹音原不同曙也。欽宗名桓，而完亦云嫌名，不知完音原不同桓也。仁宗名禎，而貞觀改作正觀、魏徵改作魏證，不知徵、禎不同音也。又可怪者，真宗名恒，而朱子於書中有恒獨不諱，不知其解，或以親盡而祧耶？至於胤、義二名，其不諱宜矣。

陶穀原姓唐，因避石晋諱而改；真德秀原姓慎，因避孝宗諱而改。夫以君父一時之諱，而更祖宗百代之氏，不孝孰甚矣？陶不足責也，而西山大儒乃爲此耶？

宋人高自誇詡，毀譽失實，如韓、范二公，將略原非所長，元昊跳梁，二公心力俱憊，尚不能支，而乃有“西賊破膽”之謠；王安石剛愎自用，亂天下國家，其罪不在蔡京、童貫之下，而引入名臣之列；張浚志大才疏，喪師辱國，劉琨、殷浩之儔也，而盛稱其恢復之功，比之諸葛武侯。及其叔季，如楊龜山、魏了翁者，空言談道，豈真有撥亂匡時之略，而猶惜其不見任用，寧非啖名之過哉？吾謂宋之人物，若王沂公、李文正、司馬溫公之相業，寇萊公、趙忠定之應變，韓魏公之德量，李綱、宗澤之撥亂，狄青、曹瑋、岳飛、韓世忠之將略，程明道、朱晦庵之真儒，[①]歐陽永叔、蘇子瞻之文章，洪忠宣、文信國之忠義，皆灼無可議，而且有用於時者，其它瑕瑜不掩，蓋難言之矣。

【校箋】

① "庵"，北大本作"翁"。

《易》之夬卦，以衆君子而去一小人，在決之而已，故謂之夬。宋當元豐、元祐之時，君子多而小人寡，乃議論不斷，自相矛盾，使小人得乘間而進。及其敗也，反謂熙寧之禍，吾黨激成之。譬之賊勢猖獗，主將首鼠致敗而反咎力戰者，以爲挑釁生事，不亦愚之甚哉！

性有善惡之言，未甚失也，而孟子力排之；反經合道之言，未甚失也，而宋儒深非之：皆矯而過正矣。古之行權者，如湯、武之放伐，伊、霍之遷易，周公之誅管、蔡，孔子之見南子，何嘗不與經相反？經者，權之對也，不反則不爲權矣。然反而合道，不失其經，《易》所謂"萬物睽而其事類"者也。此語何足深非，又何必抵死與辯耶？

宋儒若明道、晦庵，皆用世之真才也，雖有迂闊，不失其高，下乎此者不敢知也。如朱子論周益公云："如今却是大承氣證，却下四君子湯，雖不爲害，恐無益於病。"即此數語，朱之設施可知矣。伊川見人主折柳條，便欲禁制之，說書時顏色莊嚴，儼以師道自處，此即子弟如是教之，亦苦而

465

不入，況萬乘之主哉！陸秀夫於航海之日，負十歲幼主，而日書《大學衍義》以講，不知何爲？近於迂而愚矣。聖人之談道，皆欲行於世也。《大學》說明德，便說新民；《中庸》說中和，便說位育。孔子一行相事，便墮三都、誅少正卯，更無復逡巡道學之氣；顏淵問爲邦，孔子便以四代禮樂告之，何嘗又以"克己復禮"使之教百姓耶？宋儒有體而無用，議論繁而實效少，縱使諸君子布滿朝端，亦不過議復井田、封建而已，其於西夏、北遼，未必便有制馭之策也。

唐虞三代君臣之相告語，莫非危微精一之訓。彼其人皆神聖也，故投之而即入，受之而不疑。下乎此者，便當納約自牖，就其聰明之所及而啓迪之，如教子弟然。夫子於顏、曾，不絕"克復""一貫"之訓，而於伯魚，不過學《詩》、學《禮》而已，因其材也。故主有所長，則就其長而擴之；主有所短，則就其短而翼之；時當治平，則當陳潤色之略；時值喪亂，則當先救正之方。使之明白而易曉，簡易而可行，求有益於世而已。宋人硜硜守其所學，必欲強人主以從己，若哲、徽、寧、理皆昏庸下愚之資，而曉曉以正心誠意強聒之，彼且不知心意爲何物、誠正爲何事。若數歲童蒙，即以《左》《國》、班、馬讀之，安得不厭棄之也？

事功之離學術，自秦始也，急功利而焚《詩》《書》；學術之離事功，自宋始也，務虛言而廢實用。故秦雖霸而速亡，功利之害也；宋雖治而不振，虛言之害也。

甚矣！宋儒之泥也。貶經太過者，至目《春秋》爲爛朝報；信經太過者，至以《周禮》爲周公天理爛熟之書。不知《春秋》非孔子不能作，而《周禮》實非周公之書也。至歐陽永叔以《繫詞》非孔子之言，①抑又甚矣。

【校箋】

① "繫詞"，底本作"繁詞"，據北大本改。

古人五十服官，六十懸車，其間用世者才十年耳。夫以十年之久，而欲任天下事，揚歷諸艱，無乃太驟乎？噫！古之人論定而後官之，非官而後擇也。隨才授官，①終於其職，無序遷例轉也。夫人各舉其職官，各得其人，十年之間，治定而功成矣。今之仕者，議論繁多，毀譽互起，循資升降，既不勝其患得患失之心，②任意雌黃，又難當夫吠形吠聲之口。歷官半世而尺寸未聞，立身累朝而夷跕不定，是用世之具與官人之術兩失之也。

【校箋】

① "授，北大本作"設"。

② "失"，底本作"夫"，據北大本改。

今之仕者，寧得罪於朝廷，無得罪於官長；寧得罪於小民，無得罪於巨室。得罪朝廷者，竟盜批鱗之名；得罪小民者，可施彌縫之術。惟官長、巨室，朝忤旨而夕報罷矣，欲吏治之善，安可得哉？

　古之相者病於怙權，今之相者病於無權，其病均也，然寧以怙權而易相，無以抑相而廢權。相者，下天子一等耳，以天下之重、兆民之衆而責之一相，不假以權，權將安施哉？堯拔舜於畎畝之中，誅四凶，進元愷，惟其所爲耳。下此即桓公之於仲父、昭烈之於武侯、符堅之於王猛猶然也，①而國治民安，天下萬世不以爲非。自末代君臣，上疑其下，下亦自疑，既不能擇其賢否，又不能畢其才用，天子既從中沮之，群臣又從旁撓之，求安其身不可得也，何暇治天下哉。

【校箋】

①　符堅，當爲“苻堅”之訛。

　上世之人善善長而惡惡短，中古之人善惡相半。至於今日，則衆人之所譽，不能當一人之所毀也，百行之盡善，不能當一節之少瑕也。譽者不以爲賢，而毀者必以爲不肖也，善者不過一時之揄揚，而瑕者遂爲終身之口實也。有始譽而終毀之者，未聞既毀而肯譽之者也；有始賢而後言其改節者，未聞始不肖而後許其自新者也。有聞人過而終身訛之者，未有聞人善而終身服之者也。噫！其亦末世之民也已。

　進賢退不肖，均也。論其等分，則進賢宜多於退不肖，如人之養生，進粱肉之時多而下藥石之時少也。今之薦賢者則謂之市恩，謂之植黨，即不然，亦以爲循故事、塞人望而已。至於攻擊醜詆，不遺餘力，穢行俚言纍纍滿紙，初若令人怒髮衝冠，不可忍耐，久亦習以爲常矣。不但言人者囅笑都不由中，而被其言者亦恬不以介意矣。噫！禮、義、廉、恥，國之四維，臣子比肩立朝，而令尋常得恣口污衊之，其究也，使人頑不知恥，而砥礪之道喪矣。且也人不復以指摘爲羞，則言者愈輕，言者愈輕則聽者愈無所適從，而大貪巨蠹潛入其中，不復之能辨矣。爲國家慮者，不能不爲之三嘆也。[①]

【校箋】

① "能"，北大本作"得"。

漢陰丈人聞桔槔之說則忿然作色，謂有機事者必有機心；師金語子夏以桔槔，則謂人之所引，非引人者也，故俯仰而不得罪於人。均一桔槔也，在人引之則爲機心，在從人所引則可免罪。今之人引人者乎，抑爲人所引者乎？不可不辨也。

卷十四

事部二

人之難知也，聖人猶然嘆之。今之取士也以文章，而紙上之談不足憑也；程官也以功狀，而矯誣之績不足信也。采之於月旦，而沽名者進矣，核之於行事，而飾詐者售矣。居家而道學者，大盜之藪也；居官而建言者，大奸之托也。嗚乎！世安得真才而用之？

亂世之奸雄，其才必足以自文；貪得之鄙夫，其術必足以自固。故干紀濟惡者，皆世所謂才士也；吮癰舐痔者，皆世所稱善人也。

任大臣則當略其小過，用大才則當寬其小疵。以吏事責三公，非禮貌之體也；以二卵棄干城，[①]非駕馭之術也。

【校箋】

① "二卵"，北大本作"三卵"。

告令煩者，官必闒茸；禮數多者，人必險陂；議論繁者，事必無成；言語躁者，學必不固。

郡縣之間功令瑣屑，故外宦不若内宦之逸也；朝廷之上事體掣肘，故内事不如外事之辦也。故旅進旅退，與世浮沉，則金馬門儘可避世全身，如欲建尺寸之豎，上有實政而下蒙實惠，則非外吏不可。

臺諫雖以風聞言事，然輕以贓私污人名節則過矣。縱使有而發其陰私，已非厚道，況以傳聞曖昧之事，或愛憎毀譽之口而妄加誣衊乎？宋人小説載臺諫當上殿，未有題目，五更不寐，平生新舊一一上心。有鄉人來訪，延款殷勤，而翌日即上彈章者。乃知此風其來已久。

從來仕宦法罔之密，無如本朝者，上自宰輔，下至驛遞、巡宰，莫不以虛文相酬應。而京官猶可，外吏則愈甚矣。大抵官不留意政事，一切付之胥曹，而胥曹之所奉行者，不過已往之舊牘、歷年之成規，不敢分毫逾越。而上之人既以是責下，則下之人亦不得不以故事虛文應之。一有不應，則上之胥曹又乘其隙而繩以法矣。故郡縣之吏宵旰竭蹶，惟日不足，而吏治卒以不振者，職此之故也。

上官蒞任之初，必有一番禁諭，謂之通行。大率胥曹剿襲舊套以欺官，而官假意振刷以欺百姓耳。至於參謁有禁，饋送有禁，關節有禁，私訐有禁，常例有禁，迎送有禁，華靡有禁，左右人役需索有禁，然皆自禁之而自犯之，朝令之而夕更之。上焉者何以表率庶職？而下焉者何以令庶民也？至於文移之往來，歲時之申報，詞訟之招詳，官評之册揭，紛沓重積，徒爲鼠蠹薪炬之資，而勞民傷財，不知紀極。噫！弊也久矣。

唐、宋以前，不禁本地人爲官，如朱買臣即爲會稽太守，宋時蔡君謨，莆人而三仕於閩。我國家惟武弁及廣文不禁，其外則土官與曲阜令耳。然亦不聞以鄉曲故，法令不行也，不知文職何故禁之？永樂中，邵圯以浙人巡按兩浙，[①]則知國初尚無此禁也。南贛開府兼制閩、廣，然蒙慎以廣人，余從祖杰以閩人，皆嘗爲之。[②]蒙不知云何，從祖當時已有稱不便者。一二驕恣家奴，且挾勢不避監司矣，不如引嫌之爲愈也。又河道總督制及浙西，而潘季馴以浙西人爲之，[③]每行文移於監司守令，常有格不行者。古法之不可行於今，此其一端也。

【校箋】

① 邵圯，字以先，號貞白，浙江蘭溪人。永樂四年進士，歷官至南京左都御史。

② 蒙慎，俟考。謝杰，字漢甫，號繹梅，長樂人。万曆二年（1574）進士，歷官至户部尚書。《明史》有傳。

③ 潘季馴，見卷三"禹之治水"條。

地方若省冗官，十可去其二三；居官若省冗事，十可去其六七。京師之民最繁雜，事最猥瑣，而官常有餘閒者，虛文省也。只以人命一事言之，京師有殺人者，地方報之，巡城御史、行兵馬司相視其情，真者即了矣。有疑不決，然後行正官檢視，獄成上疏，下之法司，一讞而畢矣。外藩則不然，地方報縣，先委尉簿相視，情真而後申府，府有駁，再駁而後申道，道有駁，再駁而後詳直指。其間一檢不已，再檢不已，比至三檢，所報分寸稍異，又行覆檢，遂至有數縣官會問者，數司理會問者，數太守會問者。而兩造未服，爭訟求勝，自巡撫中丞、直指使者、藩臬之長、守巡二道、隔鄰監司，紛然批行解審。及至獄成，必歷十數問官，赴十數監司。而上人意見不一，好作聰明，必吹毛求疵，駁問以炫己長。迫夫招成不變，而死者已過半矣。況轉詳又有京駁，審錄又有矜疑恤刑，至部又紛紛告辯，卒有元凶未正典刑，而中正親屬相望告斃者。[①] 至於官徇私而曲斷，吏受賕而寢閣，優柔不斷者動必經年，遷轉不常者概行停止，其害又難以枚舉也。嗟夫！一事如此，他事可知。故不省虛义而望事集民安，此必無之事也。

【校箋】

① "中正"，北大本作"中證"。

國家於刑獄一途，惓惓留意，不啻三讞五覆，而往往有負屈以死者。如往歲荷花之冤，甚與宋《墨莊》所載沉香事相類。此皆初問之官不能用心細察而草草下筆，其後遂一成而不可變耳。又有人作聰明，專以平反爲能者。如山西趙思誠,①初任萊州司理,雪一冤獄得名,拜諫議。後出爲監司,一應強盜殺人之獄,皆以爲誣,悉縱之。此則以意爲輕重者也。

【校箋】

① 趙思誠,山西樂平人,嘉靖四十四年進士,歷萊州府推官,擢兵科給事中,彈劾無所避,出爲河南驛傳道,遷行太仆寺少卿。

元世祖定天下之刑,笞、杖、徒、流、絞五等。笞、杖罪既定,曰:"天饒他一下,地饒他一下,我饒他一下。"應笞一百者止九十七,杖亦如之。此雖仁心,亦近於戲矣。我國家絞之上有斬、有凌遲,而自流罪以下,有《大誥》者減一等,蓋當時頒《大誥》於天下,欲人人習之故也。後世相仍,一概減等,而遇熱審及恤刑之期,又減一等。每歲決獄多時,①降旨停免,故以詿誤陷大辟者多老死圜土中,此亦法中之仁也。

【校箋】

① "時",北大本作"特"。

爲守令者,貪污無論已,上者高談坐嘯,而厭薄簿書,此一病也;次者避嫌遠疑,一切出內概不敢親,此亦一病也。而上之人,其疑守令甚於疑胥役,其信奸民甚於信守令,一切錢穀出入,俱令里役自收,而官不得經手,此何里役皆伯夷而守令盡盜跖也？事有違道以干譽者，莫此爲甚焉。

爲令者有八難：勤瘁盡職，上不及知，而禮節一疏，動取罪戾，一也；百姓見德，上未必聞，而當道一怒，勢難挽回，二也；醇醇悶悶，見爲無奇，而奸駔蜚語，據以爲實，三也；凋劇之地以政拙招尤，荒僻之鄉以疏逖見棄，四也；上官所喜，[①]多見忌於朋儕，小民所天，每見仇於蠹役，五也；繭絲不前則責成捆至，苞苴不入則菶菲傍來，六也；宦成易怠，百里半於九十，課最易盈，銜橛伏於康莊，七也；剔奸釐弊，難調駔儈之口，杜門絶謁，不厭巨室之心，八也。至於郡守禮貌稍殊，白黑難溷，雖百責攸萃，較令稍易，然時有漏網於吞舟而負冤於覆瓿者，此仲翔、敬通所爲仰天長嘆也。

【校箋】

① "官"，底本作"多"，據北大本改。

監司之臧否屬吏，蓋亦難矣。粉飾者見賞則暗修者弗庸，迎合者受知則骨梗者蒙棄，搏擊者上考則長厚者無稱，要結者得歡則孤立者無譽，畔援者承旨則寒微者自疏。至於資格一定，則舍豺狼而問狐貍，意見稍偏，則盼夜光而寶燕石。故下吏之受知長官，有難於扣九閽者。昔王荊公爲幕職，讀書達旦，猶不爲韓魏公所知，況其他乎？

宋劉俌爲陝州參軍，居官貧甚，及歸，賣所乘馬爲糧，

跨驢而歸。魏野贈以詩云："誰似甘棠劉法掾，來時騎馬去騎
驢。"及真宗封禪，求野著作，得此詩，即拜俩爲京官。噫！
今之小官如俩者，難矣，然不可謂無其人也。但送行之詩多
浮其實，有如野之不阿所好乎？而貝錦一成，泣血剖心，上
人終不見信，如宋真宗者，今監司千萬中無一人也。

　　古人長官之待僚幕，真如父子兄弟，絕無崖岸之隔。如
晉時庾亮登樓，共諸從事踞牀嘯傲；桓宣武直入謝太傅室中，
至爲狂司馬所逼，入內避之。然此猶遠事也。宋歐陽公在西
京幕職，與諸名士終日游山，時錢思公爲守，至携酒榼、遣
歌伎迎勞，何嘗稍以勢分自居，而亦何嘗失時廢事也？今太
守二千石下視丞判司理，已如鶻之挾兔，而瑣屑脂韋之輩，
趨承唯諾，惟恐不及，雖云同寮，已隔若殿陛矣。況上而藩
臬，又上而部使者乎？上下相臨，儼若木偶，魚貫而進，蒲
伏而退，其有賜清坐、假顏色者，即詫以爲國士之遇矣，敢
與之抗是非、爭可否哉？禮文進退之節，平反出入之間，一
失其意，朝白簡而夕報罷矣。故仕路相戒，天子之逆鱗易犯，
而上官之意指難違。古人所謂"善事上官，無失名譽"者，
亦有激其言之也。

　　藩司之職，即行中書省之別名也，臬司則漢之刺史、宋
之提刑也。但昔之權重，可以巡歷黜陟，二千石以下皆得易
置。國朝自有巡按御史之設，而提刑之權輕矣，其分司於外
者雖時一舉行，不過循襲故事耳。其後以藩司分轄各郡爲分

守，臬司轄者爲分巡。蓋藩、臬之長以地遥不能周知，而歲時復有祝釐、入覲之役，遷徙、事變之故，非分司不足用也。自萬曆壬辰以後，天聽稍高，銓補之牘不時得請，藩、臬十七空署，事多兼攝，而民愈不便矣。

宋樞密使最尊，其事權、禮遇與宰相等。當時文事出中書，武事出樞密，謂之“兩府”。國朝兵部僅在六卿之列，而永、宣之朝，大司馬如馬公文升、劉公大夏，[①]時與輔臣同參密議，蓋雖與相臣有間，而其權亦與冢宰埒矣。但既爲宰相，自當兼管文武，乃與樞密分權，此宋制之失也。

【校箋】

① 馬文升，字負圖，河南鈞州人。景泰二年進士，歷官至兵部尚書。贈特進光祿大夫、太傅，謚端肅。有《約齋集》。《明史》有傳。劉大夏，字時雍，湖南華容人，天順八年（1464）進士，歷官至兵部尚書。贈太保，謚忠宣。《明史》有傳。

六卿之序，唐則吏、禮、兵、民、刑、工，貞觀改吏、禮、民、兵、刑、工。宋初以吏、兵、户、刑、工、禮爲次，至神宗始定吏、户、禮、兵、刑、工，蓋用《周禮》之序也。今雖沿宋制，而清貴之秩，吏之下則禮，禮下則兵，兵下則工，工下則户，户下則刑，至於都察院，雖居六卿之下而權勢與吏部埒。百年以前尚無定序，今則一成而不可變矣。

太祖誅胡惟庸後，罷丞相不復設，而以九卿分治，凡事可否聽自上裁，當時豈有內閣及票本之事哉？永樂初，以萬機多故，於詞臣中選數人入閣辦事，軍國重事面與商確，而當時九卿亦召預議，不獨閣臣也。其後稍倦勤，遂令票擬以進，習以爲常。三楊當英廟之初，主少國疑，權由己出，天下遂以相名歸之，而實非也。夫以大學士爲相，則學士不過詞林殿閣之職，秩止五品，非相也。如以處百僚之上，則其尊多由兼官，或六卿、或宮保，非本等職業也。票擬不過幕賓記室之任，可否取自朝廷，何權之有？而其後如分宜、江陵之爲者，如猾吏之市權，竊之也，非真權也。唐宋宰相，禮絕百寮，坐中書堂行事，自九卿而下進見，皆省吏高唱，鞠躬而入揖。及進茶，皆抗聲贊喝。待制以上，見則直言某官，皆於席南橫設百官之位，不迎不送。其尊如此。黜陟予奪，無一不自己出。如申屠嘉廷辱鄧通，蘇良嗣笞薛懷義，趙普按誅陳利用，韓琦立召任守忠，此宰相之權也。今之權皆已散而歸之大小九卿，而閣臣之門欲笞一人而無箠楚，每日坐容膝之地，晨入酉出，喙息不休，退居邸第，丞郎皆與抗禮，迎送僕僕，安在其爲宰相也？但去天尺五，呼吸可通，大小萬幾悉經心目，上之禮眷殊於百辟，於是人始以爲天下事無一不由閣臣定者，而不知閣臣票擬悉據九卿之成案，不敢增一毫意見，不敢逾尺寸成規者也。夫無宰相之實而冒宰相之名，不能行宰相之事而天下必責以宰相之業，故今之爲閣臣者，亦難矣。愚嘗謂永、熙、宣、弘之朝，若三楊、劉、謝等，得君行道，言聽諫從，是以閣臣而做宰相之功業者也；嘉、隆以來，若分宜、新鄭、江陵等，廣布爪牙，要結近侍，是以閣臣而假天子之威福者也。至於今日，主上神聖，威福既不可竊，而上下否隔，功業又不可就，且議論繁多，動輒掣肘，其不以身爲射的則幸矣，救死之不贍，而何暇治天下哉！

史稱姚崇爲救時之相。夫救時之相豈易得哉？世衰道微，主德不聰，奸宄潛伺，①幾務叢脞，百姓流亡。即以伊、周處此，亦不過成得"救時"二字耳。相之治國，如醫之治病也，其人強壯無疾，則教以珍攝保養，無所事事之方；若病勢已深，急當治標，雖有盧扁，亦必針石湯炙之劑，可謂其非神醫而僅爲救病之醫哉？宋儒敢爲高論，而輕薄世務，乃於干戈雲擾之際，猶以正心誠意之說進。譬之垂絕之人，教以吐納導引之方，足以速其死而已矣。

【校箋】

① "宄"，底本作"究"，據北大本改。

三代而下，只得救時之相爲上策。何者？主非神聖，人非結繩，與其高談性命而無益於用，不如救偏補弊，隨事幹蠱，爲有實效也。如張良當楚漢之際，孔明輔偏安之國，李泌立革命之朝，司馬光處變革之日，其所經畫設施，亦不過視其所急而先之，故卒能反亂爲治，功成事舉。使四君子者處三代之盛時，豈不能陳王道、興禮樂哉？而不盡用其所長者，其時勢非也。故曰：識時務者在乎俊傑。夫堯、舜之知，不過知所先務耳。知先務者，救時之相也。

才足以撥亂者，多鷙而自用；量足以鎮俗者，多懦而無爲。抱苦節之貞者必褊於容衆，具通達之識者或昧於視躬。諸葛武侯外綜軍旅，內和人民，淡泊明志，寧靜致遠，開誠布公，集思廣益，舉世之所難者而皆兼之。三代以下，一人而已矣。

寇萊公爲相，用人多不以例，曰：“若用例則胥吏足矣，何名宰相？”此格言也。天子既以進賢退不肖之權寄之宰相與冢宰矣，若復事事拘例，人人循資，又惡用進退之權爲也？近來文罔既密，奸弊亦多，藩臬外吏以下一切論俸，而銓選之時置籤抽掣，防弊之典可謂至公至慎矣，而於用人之道則未也。

古之爲相及冢宰者，其於天下賢才盡在胸中，故可以不用例。今之冗員既多，事幾亦繁，大小九列之外，不復知其人矣。至於銓選，猥雜尤極，不得不循資例。但掣籤之法終不可傳後世，況其中弊寶亦自不少也。

管仲之生，誠不如召忽之死，然一匡九合、尊主庇民之績，雖百召忽無爲也；平、勃之譎，誠不及王陵之戇，然乘機定亂，反呂爲劉之功，雖百王陵無爲也。聖人於管仲，不責其死而惟取其功，其心之恕、論之平如此。而宋儒乃責平、勃以不爭，責王、魏以事仇。使平、勃廢，王、魏死，漢唐無文景、貞觀之治，此政孔子所謂"匹夫匹婦之爲諒"者也。又云：濟大事者，當以狄仁傑爲法。夫仁傑之法，政得之平、勃者也，既以王陵爲正，又以仁傑爲法，俗語所謂"要吃楊梅，又怕齒酸；不吃楊梅，又怕口乾"者也，其無定見甚矣。

才禀於天，不可學而至也；量成於人，可學而至也。故大臣當以德量爲先，德量不足，即有周公之才之美，亦不足觀。如宋王臨川、近代張江陵，其才非不絕世，然愎而自用，褊而寡容，其行事必自以爲是，而人莫敢矯其非，故王終誤國而張竟覆宗，所係非細故也。國朝夏忠靖原吉，[①]識量不減韓魏公，人嘗問公："量可學乎?"公曰："何爲不可？吾少時遇犯者必怒，始忍於色，中忍於心，久之自熟，殊無相校意，即大事亦不動矣。"故聖人謂"小不忍則亂大謀"，忍於小者，所以成其大也。

【校箋】

① 夏原吉（1367—1430），字維喆，祖籍德興。以鄉薦入太學，選入禁中書制誥。歷官至戶部尚書，卒贈太師，諡忠靖。《明史》有傳。

處世須是耐煩，而居官尤甚。上自公卿，下至守令，但能耐煩，便有識量，着一急性者不得，蓋事多在忙中錯也。至於讀書交友，當戶涉世，無不皆然。不惟涵養德性，亦足占後來之造就。使憧憧往來、鹵莽裂滅之人，即讀書亦不能咀嚼意味，作事交友，必且有始無終，孔子所謂無恒之人也。況於居官，舉動食息不得自由，不如意事舉目皆是，若以忿懥躁競之心處之，惟有投河赴海而已。噫！此雖人世之不古，亦宇宙缺陷世界宜爾也，故士必知命而後能樂天。

《易》曰："吉人之詞寡。"張釋之謂周勃、張相如兩人，言吶吶不出諸口。然言語者，心之華也，未有無學術、無識見而能言者。以孔門而獨宰予、子貢居言語之科，言亦何容易哉？子產有詞，諸侯賴之，詞之不可以已也。蓋春秋戰國時，其習尚已然矣。其後儀、秦、首、軫之流，皆以一言取卿相，然觀其立談之頃，析軍國之大計，察海內之情形，如指諸掌。此雖非聖門之言語，而其苦心考究，捭闔推測，有後世宿儒所不能及者，其難尤倍蓰之矣。自晉一變爲清談，言始不適於用，宋一變爲道學，其言又皆糟魄芻狗而不可聽，則又何貴於言哉？

三代之人必習爲詞命，童子入小學則教以應對，蓋赫蹏未興，赤牘未削，一切利害事宜，皆面陳而口宣之，故必其平日學問該博，事機熟透，猝至而應，莫不合宜。如今人上一疏，①投一書，不知經幾籌畫，費幾改竄，或假手他人，或剿襲舊語，猶自詫以爲奇，而況於立談之頃乎？吾讀史至子產之對晉人，張禄之説秦王，毛遂之定楚從，蔡澤之感應侯，樊將軍數羽之言，淮陰侯築壇數語，匆匆旁午之時，答辯如響，皆成文章，而見事定計，發必破的，若庖丁解牛，以無厚入有間，恢恢乎有餘地者，其亦可謂命世之才也已。自漢以後，惟孔明見先主立定三分之計，姚元之馬首俟偬，以十事要明皇，此皆修詞決策預定於平日者也。范文正公自做秀才時，便以天下爲己任，及天章閣召問，皇恐不能對，退而上書，詞之難也甚矣。

【校箋】

① "今人"，北大本作"今日"。

古人不作寒暄書，其有關係時政及彼己情事，然後爲書以通之，蓋自是一篇文字，非信手苟作者。如樂毅復燕昭王，楊惲報孫會宗，太史公復任少卿，李陵與蘇中郎，千載之下，讀其言，反覆其意，未嘗不爲之潸然出涕者。傳之不朽，良有以也。下此魯連之射聊城，已墜縱橫之咳唾；鄒陽之上獄書，不過幽憤之哀詞，君子猶無取焉，況其他乎？自晋以還，始尚小牘，然不過代將命之詞，叙往復之事耳，言既不文，事無可紀，而或以高賢見賞，或以書翰爲珍，非故傳之也。今人連篇累牘，半是頌德之諛言，尺紙八行，無非温清之俚語，而災之梨棗，欲以傳後，其不知恥也亦甚矣。

近時文人墨客，有以淺近之情事而敷以深遠之華，以寒暄之套習而飾以綺繪之語，甚者詞藻勝而諄切之誼反微，刻畫多而往復之意彌遠。此在筆端游戲，偶一爲之可也，而動成卷帙，其麗不億，始讀之若可喜，而十篇以上稍不耐觀，百篇以上無不嘔噦矣。而啖名俗子，褻然千金享之，吾不知其解也。

王安石立新法，引用小人，卒致宋室南渡，其禍烈矣，而其初不過起於執拗之一念，蓋《孟子》所謂"訑訑之聲音顏色，距人於千里之外"者。當時亦但以快一時之意，而不虞其害之至此極也。近來名公，清貞苦節，天下想望其風采，及其得位行事，動與世齟齬而不相入，乃其自信愈篤，而人之攻之也日益甚，終不能安其位而去，雖詆訶者太過，而亦有以自取之也。

顧佐爲都御史，①疾惡如仇，百僚莫敢闚其居者，待漏朝房，至比鄰十餘室無人聲，其風采可想見，然似亦過矣。近代如海瑞，②在留都總憲，諸御史不敢私市一物。卒之日，布被蕭然而已，其清而狷，蓋天性也。然撫金陵時，所行過當者甚多，下弗堪也，亦有必不可行者。每官舫行，限以拽夫十五名而止。一日行部，入淺河，舟膠中流，數日不能前却，迎送之禁既嚴，廩既俱絕，不得已，自發白鏹雇舁者，乃得行。其在南吏部日，中道有訴冤者，輒受其詞，歸，行之司屬，司屬以非職掌，不受也；行之法司，法司以非通政司所准，不受也。乃取而焚之。其苛碎類若此。然海公精力幹辦，尚能必行其意，後人效之，一步不可行而物議沸矣。

【校箋】

　　① 顧佐（1376—1446），字禮卿，太康人。建文二年進士，歷官至右都御史。性剛正不阿，《明史》本傳稱："佐孝友，操履清白，性嚴毅……入內直廬，獨處小夾室，非議政不與諸司群坐，人稱爲'顧獨坐'云。然持法深，論者以爲病。"

　　② 海瑞（1514—1587），字汝賢，號剛峰，廣東瓊山人。嘉靖二十八年舉人，歷官至南京吏部右侍郎。贈太子太保，謚忠介。

　　唐宋百官入朝皆乘馬，宰相亦然。政和間以雨雪泥滑，特許暫乘轎。自渡江後俱乘轎矣，蓋江南轎多馬少故也。國朝京官，三品以上方許乘轎，三五十年前，郎曹皆騎也，其後因馬不便，以小肩輿代之，至近日遂無復乘馬者矣。晉江李公爲宗伯時嚴禁之，①然終以不便，未久即復故。蓋乘馬不惟雇馬，且雇控馬持杌者，反費於肩輿，不但勞逸之殊已也。

【校箋】

　　① 晉江李公，即李廷機（1542—1616），字爾張，號九我，晉江人。萬曆十一年榜眼，授編修，歷官至東閣大學士，卒贈少保，謚文節。《明史》有傳。

　　國初進士皆步行，①後稍騎驢。至弘、正間，有二三人共雇一馬者，其後遂皆乘馬。余以萬曆壬辰登第，其時郎署及諸進士皆騎也，遇大風雨時，間有乘輿者。迄今僅二十年，而乘馬者遂絕迹矣，亦人情之所趨。且京師衣食於此者殆萬餘人，非惟不能禁，亦不必禁也。

【校箋】

　①"國初"，北大本作"國朝"。

　　宋趙清獻公有《御試日記》一卷，蓋嘉祐六年御試進士，公時爲右司諫，與賈直孺、范貫之皆充編排官，所記自二月二十六日起，至三月初九日止。駕幸考校所者二，幸覆考所者四，幸詳定所者二，幸編排所者一。雖上巳、寒食休暇之辰，孜孜不廢訓敕，勞賜茶果酒殽，無日無之。當時仁宗在御已四十年，而猶慎重勤勩若此，亦足見作人之盛心，有終之懿軌矣。國朝御試進士，惟以三月十五日，而十八日傳臚、二十二日謝恩。故事，上皆視殿，自永陵之末高拱不出，近日遂習以爲常矣。至於撤御膳賜考試官，則間一行之。如嘉靖之壬戌、隆慶之辛未、萬曆之癸丑，是時慈溪、江陵、福清三公皆受主眷最隆，①故有殊典，非例也。

【校箋】

　①慈溪，指袁煒（1508—1565），字懋中，號元峰，慈溪人。嘉靖十七年探花，歷官至少傅兼太子太傅、建極殿大學士。謚文榮。江陵，指張居正，字叔大，湖北江陵人，嘉靖二十六年進士，官至內閣首輔。福清，指葉向高，字進卿，福清人。萬曆十一年進士，官至內閣首輔。

　　唐時進士及第，醵金爲曲江之會，即於同年中選最年少者二人爲探花使，世謂之"探花郎"。今以一甲第三爲探花，不知起於何時，而以第二爲榜眼，其名尤俗。宋時及第不拘人數，遇非常恩澤，有一榜盡賜及第者，亦有隨意唱一甲至三百二名方止者，放進士至五甲而止。本朝止於三甲，而一甲入史館，二甲授六曹，三甲出爲郡縣，其迥別不啻雲泥。然故同籍之誼，寖以衰薄矣。

唐時進士，榜出後便往期集院，醵金宴賞，於中請一人爲録事，二人爲探花，其他主宴、主樂、主酒、主茶之類，皆同年分掌之，廣徵名伎，窮搜勝境，無日不宴。至曲江大會，先牒教坊，奏請天子御紫雲樓以觀，長安士女傾都縱觀，車馬填咽，公卿之家率以是日擇婿焉。蓋不惟見聲名文物之盛，豐亨熙豫之景，亦以人臣起韋布、登青雲，故慎重其事以誘掖獎勸之也。今里中兒入泮宮補弟子員，猶簫鼓旌旗，烜赫閭里，而登第之日，儼列而進，分隊而退，客邸蕭然，親朋嘿坐，桂玉莫惜，徵責捆集，而當事者動欲禁諭之約束之，稍涉輕肥便滋物議。此於士子之動心忍性不爲無裨，而國家右文賓興之大典，亦稍輕矣。譬之貧家娶婦，合卺未畢，遽令造飯緝麻，一不當意，聲色相加，此雖教婦之道，而非攝盛之禮也。

唐時舉進士，自狀頭以下，皆以勢力游揚得之。以摩詰之才，不難作梨園子弟以干公主；及其末也，裴思謙紫衣懷閹豎之刺，求狀元及第，而試官不敢違。奔競之風，於斯極矣。武陵之薦杜牧，黃裳之訪尹樞，雖憐才之盛心，而終非公慎之懿矩也。至於宋而漸密矣，然猶有玉山之援故人，子瞻之私方叔也。至國朝而禁令益嚴，二百年來，法度之至公至慎者，獨此一途耳。

唐時士子入試，皆遍謁公卿，投贄行卷，主司典試亦必廣訪名流，旁搜寒畯。如王起放榜，先問宰相所欲；沈絢主春闈，承其母命，與宗人及第；牛庶錫贄卷，蕭昕要令首拔；至於鄭薰錯認顏標，雖被冬烘之誚，亦不失爲激勸之盛心也。宋初舉人被黜者，猶得擊登聞鼓聲冤，上命重試，必多見收，當時謂之"還魂秀才"。蓋其法網猶寬，疑議亦少。至國朝而禁令之嚴極矣。迨夫近日，則投刺及門皆爲請謁，知名識面盡成罪案，上之防士如防夷虜，而旁觀之伺主司如伺寇盜，舉蕩平正直之朝，化爲羊腸荆棘之路，以登賢籲俊之典，變爲防奸明刑之獄，雖士習之漸靡有以致然，而刻核太過，於拔茅連茹之初心，亦稍悖矣。

洪武丁丑會試天下，進士已定，因所取多南人，士論不服，始命重試，取韓克忠等，而先中者及考官劉三吾等皆得罪。①弘治己未會試，程敏政典試，給事中華昶劾其鬻題與徐經、唐寅等，及揭曉，林廷玉又論之，於是命李東陽重閱，而黜經、寅等十餘人，敏政亦坐罷歸。②今萬曆庚戌，湯賓尹爲房考，越房取韓敬爲第一，言官論之不已，但終無左證，韓與湯皆坐褫職。③而場中越房取者尚有十七人，言者并及之，於是行原籍取所中硃卷，會九卿臺省覆閱之，然俱無他故，不能深入也。此事蓋三見矣，而庚戌爲甚。蓋議論紛紜不一，越三四年始定。余友王永啓亦在十七人中，④時在南職，方杜門待命者數月云。⑤

【校箋】

① 韓克忠（1377--1425），字守信，山東武城人，明太祖洪武三十年丁丑科"夏榜"狀元，歷官至監察御史。劉三吾（1313—1400），初名昆，改如步，湖南茶陵人。仕元爲廣西靜江路副提舉，入明累遷翰林學士。洪武三十年主丁丑科會試，以會試多中南人，坐罪戍邊。建文初召回。

② 華昶，字文光，無錫人。弘治九年進士，授户科給事中，以劾程敏政鬻題調南太仆主簿，遷四參政，累官至福建布政使。有《雙梧集》。徐經（1473—1507），字衡父，號西塢，江陰人，弘治八年舉人，與唐寅爲好友。林廷玉，字粹夫，號南澗，侯官人。成化二十年（1484）進士，歷吏科給事中、工科都給事中，因涉唐寅科場舞弊案，貶海州判官，累官至都御史。有《南澗文録》。

③ 湯賓尹，字嘉賓，號睡庵，宣州人。萬曆二十三年榜眼，歷官至南京國子監祭酒。有《睡庵文集》。韓敬（1580—？），字簡與，一字求仲，號止修。浙江歸安人，萬曆三十八年，由湯賓尹越房取爲第一，後爲贪緣得狀元。造成士論大嘩，韓敬遂落職。

④ 王永啓，名王宇，字永啓，閩縣人。萬曆三十八年進士，歷南兵部員外郎、山東督學，遷北户部員外郎。

⑤ "余友"至"數月云"，北大本作"其十七人中，蓋多知名士云"。

宋初進士科法制稍密，執政子弟多以嫌不足舉進士，①有過省而不敢就殿試者。慶曆中，王伯庸爲編排官，其内弟劉原父廷試第一，以嫌自列，降爲第二。今制惟知貢舉典試者，宗族不得入，其他諸親不禁也。執政子弟擢上第者相望不絶，然顧其公私何如耳。楊用修作狀頭，[②]天下不以爲私也，至江陵諸子，文皆假手他人，而相聯登高第，可乎？萬曆癸未，蘇工部濬入闈，取李相公廷機爲首卷，[③]二君蓋同筆研、桑梓，至相善也，然蘇取之而不以爲嫌，李魁天下而人無間言，公也。庚戌之役，湯庶子賓尹素知韓太史敬，拔之高等，而其後議論蜂起，座主、門生皆坐褫職。夫以韓之才，何門不可致及第，而乃假手於故人，卒致兩敗俱傷，亦可惜也。然科場之法，自是日益多端矣。

【校箋】

　①“足”，北大本作“令。”

　② 楊用修，即楊慎，生平詳卷一“余在浙中”條。

　③ 蘇濬，字君禹，號紫溪，晋江人。萬曆五年會元，官官南京刑部主事、陝西參議、廣西按察副使、廣西參政等。有《三餘集》《漫吟集》《周易冥冥篇》《易經兒説》等。萬曆十一年任會試考官，取李廷機爲會元。李廷機，見本卷“唐宋百官入朝皆乘馬”條。

　　國家取士，從郡縣至鄉試俱有冒籍之禁，此甚無謂。當今大一統之朝，有分土無分民，何冒之有？即夷虜戎狄猶當收之，況比鄰州縣乎？且州縣有土著人少而客居多者，一概禁之，將空其國矣。山東臨清，十九皆徽商占籍，[①]商亦籍也。往年一學使苦欲逐之，且有祖、父皆預山東鄉薦，而子孫不許入試者，尤可笑也。余時爲司理，力爭之始解。世廟時，會稽章禮發解北畿，②衆哄然攻之，上問："何謂冒籍？"具對所以，上曰："普天下皆是我的秀才，何得言冒？"大哉王言，足以見天地無私之心也。

【校箋】

① "商"，底本原作"商"。

② 章禮，會稽人，生平俟考。

　　拜主司爲門生，自唐以來然矣。策名朝廷而謝恩私室，誠非所宜，然進身之始不可忘也。士爲知己者死，執弟子禮非過也。至於郡縣之吏拜舉主爲門生，則無謂矣。范文正以晏元獻薦入館，終身以門生事之，蓋感特達之知，非尋常比也。今江南如閩、浙，得薦尚難，至江北部使者諸差旁午於道，每循故事，列姓名以報，亦稱舉主、門生，其恩誼衰薄，視朝夕相臨、游揚造就者又徑庭矣。近代惟霍海南韜、張永嘉孚敬不拜主司，①然霍亦不受人作門生，永嘉不能也。永嘉登第時年逾五十，主司見而憫其老也，永嘉憾之，其後大拜，竟不及門云。

【校箋】

① 霍韜（1487—1540），字渭先，號兀崖，南海人。正德九年進士，歷官至禮部尚書，謐文敏。《明史》本傳稱："韜學博才高，量褊隘，所至與人競，帝頗心厭之，故不大用。"張孚敬（1475—1539），

原名璁，字秉用，號羅峰，永嘉人。歷官至華蓋殿大學士。贈太師，謐文忠。

訓蒙受業之師，真師也，其恩深、其義重，在三之制，與君父等。至於主司之考校，一日之遭遇耳，無造就之素也；當道之薦揚，甄別之故事耳，無陶鑄之功也。今人之所最急者舉主，次殷勤者主司，而少時受業之師，富貴之日非但忘其恩，并且忘其人矣。夫所貴師弟者，心相信也，行相仿也，勢可灼手則竿牘恐後，門可羅雀則踪迹枉絶，甚至利害切身之日，戈可操也，石可下也，何門生之有哉？

朋友者，五倫之一也。古人之於師友皆恩深義重，生死久要。以巨卿、伯元，一言相許，千里命駕；伯桃、角哀，信誓爲期，九原不爽。蓋亦自重其信義，非徒爲人已也。降及後世，漸以衰薄，然王陽結綬而貢禹彈冠，禹錫貶官而子厚易播，尚有休戚與共之意焉。至今日而死友無論，即生友可托肝鬲者，亦寥寥絶響矣。

今友誼之所以薄者，由友之不擇也。今之人，少則同塾之友，長則同課之友，又長則有同調、同游之友，達則有同年、同僚之友。然此數者，皆卒然而遇，苟然而合，非古人之所謂友也。故其中亦有心相孚、行相契者，不過十中之一二，而敗群背義、憸薄無行之人，亦已濫竽其中矣。況少之群居，長則必離，窮之追隨，達則必隔，是非毀譽繁其中，世情文罔牽其外，欲其歡然無間，安可得哉？夫士君子處世，而無一二知己之人可托死生急難者，則又安用此生爲矣？故欲全友道，須先擇交。其於同塾、同游等輩之中，觀其行事心術灼然無疑者，而後以心許之，勿爲形迹所拘，勿爲讒毀所敓，勿爲富貴貧賤所移，則庶乎古人之所謂友矣。噫！談何容易？虞仲翔謂“海內得一知己死不恨”，韓昌黎謂“感恩則有之矣，知己則未也”。故士必有一二知己而後謂之士，亦必僅有一二知己而後謂之知己。其他市道之交，去來聽之可也。

今人處貧賤則泛濫廣交，一切佽闐駔儈皆與游處。及富貴之日，則疾之如仇，逐之如虎，惟恐其影響之不幽。此雖友之無良，而對面雲泥，亦已甚矣，況其意不過爲保富貴計耶？余筮仕佐郡，相知者惓惓以絕交爲急務，余戲謂：“朋友，五倫之一也。使窮時之友可絕，則窮時之父子、夫婦、兄弟皆可絕矣。”然余卒坐左遷，而後聞善宦者，其母詣之而不得見，兄弟往而被逐，始知前言亦有行之者矣，非戲也。

自唐以前最重門族，王、謝、崔、盧擅名奕世，其他若滎陽之鄭、隴西之李，雖皇族國戚不敢與之爭先。以侯景之篡逆，欲求婚王、謝而不可得，薛宗起以不入郡姓，碎戟請死，蓋流品若是之嚴也。其後貞觀、開元屢加摧抑，而族望時尚，終不能禁，婚姻嫁娶必取多貲。故李禎謂爵位不如族望，官至方岳，惟稱隴西。然士貴自立何如耳，如其人，則鰥夫巖築可以登庸。彼王之莽也、李之陵也，獨非望族耶？
而名辱行敗，玷宗多矣。宋以後漸所不論，至今日，縉紳君
子有不能舉其望者，亦可怪也。

　　三代以前，因生賜姓，胙土命氏，故姓氏分而爲二，男
子稱氏，婦人稱姓，氏所以別貴賤，姓所以別婚姻也，[①]然亦
有一氏而分爲數姓者。三代而下，姓氏合矣，其同出而分支
漸繁，愈不可考矣。春秋之時，善論姓氏者，魯有衆仲、晉
有胥臣、鄭有子羽，而其他諸子無稱焉。溯流窮源，若斯之
難也。世遠人亡，文獻無徵，兵革變遷，家國更易，故名世
君子，至有不能舉其宗者，勢使然也。然與其遠攀華冑，牽
合附會，孰若闕所不知，以俟後之人？故家譜之法，宜載其
知者而闕其疑者。漢高祖爲天子，而其祖弟呼豐公母爲昭靈
后而已，名字不傳也，蓋尚有古之遺意焉。

【校箋】

　①“婚”，北大本作“昏”。

　　今世所傳《百家姓》，宋時作也，故以趙、錢爲始，豈
吳越之臣所成耶？我朝吳沉等進《千家姓》，以“朱承天運”
爲始，其中有怪僻不經見者，而海内之人又有出《千家》之
外者，惜當時儒臣未能遍行天下廣搜之也。漢潁川太守聊氏
有《萬姓譜》，今不復見，近時吳興凌氏有《萬姓統譜》，第
恐其學識尚有限耳。

夷狄之中，極重氏族，如契丹唯耶律氏與蕭氏世世爲婚姻，天竺則以刹利、婆羅門二姓爲貴種，其餘皆爲庶。庶姓雖有功，亦甘居大姓之下。其他諸國，莫不如是。故唐以後之重門地，亦跕拔氏倡之也。禮失而求之四夷，殆謂是耶？

弇州先生以王、謝爲望族，而謂"謝'安'能比王？王，大也，謝有衰謝之義"。此語太近兒戲，可笑。然余亦有語復之曰："王者大也，滿則招損；謝者退也，謙則受益。天道惡盈而流謙，於王、謝宜何居焉？"不知先生九京亦有以難余否也？

今世流品，可謂混淆之極。婚娶之家惟論財勢耳，有起自奴隸，驟得富貴，無不結姻高門，締眷華胄者。余嘗謂彼固侯景、李建勛之見，而爲名族者，甘與秦晋而不恥，何無別之甚也？余邑長樂，長樂此禁甚厲，爲人奴者子孫不許讀書應試，違者必群擊之。余謂此亦太過，國家立賢無方，即奴隸而才且賢，能自致青雲，何傷？但不當與爲婚姻耳。及之新安，見其俗不禁出仕而禁婚姻，此制最爲得之。乃吾郡有大謬不然者，主家凌替落薄，反俯首於奴之子孫者多矣。世事悠悠，可爲太息者此也！

婚姻不但當論門地，亦當考姓之所自。如姚、陳、胡、田皆舜之後，姬、周、魯、衛、曹、鄭皆武王之後，俱不宜爲婚，其餘可以類推。[1]又歷代有賜姓者，如項伯、婁敬皆從劉，徐勣、安抱玉皆從李之類也；有改姓者，如疏廣之後改爲束，唐轂之後改爲陶之類也；有杜撰者，京房推律而定爲京氏，鴻漸筮《易》而定爲陸氏之類也；有支分者，如趙括之後因馬服而爲馬，李陵之後因丙殿而爲丙之類也。充義至類，別嫌明微，寧過於嚴，毋傷於苟。婚姻人道之始也，加愼焉可也。

【校箋】

　①“類推”，北大本作“推類”。

　　古人喪禮，爲父斬衰三年，而父在，爲母不過齊衰期而已。此雖定天地之分，正陰陽之位，而揆之人子之情，無乃太失其平乎？子之生也，三年然後免於父母之懷，要之，母之劬勞十倍於父也。夫婦敵體，無相壓之義，以父之故而不得伸情於母，豈聖王以孝治天下之心乎？且父母爲長子齊衰三年，而子於母反齊衰期，亦倒置之甚矣。此禮三代無明文可考，或出漢儒杜撰，未可知也，而舉世歷代無有非之者。至我國家始定制，父母皆斬衰三年，即妾之子亦爲所生持服，不以嫡故而殺，此聖祖所以順天理，達人情，自我作古，萬世行之可也。

　　古者嫂叔不相爲服，所以別嫌也。然兄弟同室，一居杖期之喪，而一緇衣玄冠，不惟禮有不可，亦心有不安矣。我國家定爲五月之服，其於情禮，可爲兩盡。又古者有服内生子之禁，今亦無之。夫喪不處内，此自孝子之心有所不忍耳，禁之無爲也。律設大法，禮順人情，如我國家之制，可謂兼之矣。

師友無服，非不爲服也，義恩厚薄不等故也。如七十子於孔子，以父喪之可也；如管鮑、雷陳，以兄弟喪之可也。然而不可爲常也。先王製禮，順乎人情，求爲可繼也。昔虢叔死，閎夭、太顛諸人爲之服，禮可以義起也。蓋師友至於今日，恩義之衰薄極矣，生時貴賤且隔雲泥，況生死之際乎？

今執親之喪，不飲酒食肉者罕矣。百日之內禁之可也，過此恐生疾病，少加滋味，亦復何妨？至於預吉事，赴筵席，則名教之罪人也。江南之人，能守此戒者亦寥寥矣。尚有生辰、元旦變易吉服者，亦何心哉？

人有乘初喪而婚娶者，謂之“乘凶”，此在它處不知云何，吾郡則恒有之矣。此夷俗也，當事者爲之屬禁可也。

閩俗於初屬纊之時，有女適人者，則婿家延巫，置燈輪轉之，男女環繞號哭，爲之“藥師樹”，甚無謂也。死每七日則備一祭，謂之“過七”，至四十九日而止。或有延僧道作道場功德者，搢紳禮法之家不爾也。死後朝夕上食，至百日而止，至六十日則不用本家食，而須外家或女家送之，相沿以久，不知其故。但吳越之俗，親友來致祭，主家皆用鼓樂筵宴款客。閩中獨無之，客來祭者，一嘗茶果而出，子姓族戚乃餕其祭餘，較爲彼善於此耳。

喪不哀而務爲觀美，一惑也；禮不循而徒作佛事，二惑也；葬不速而待擇吉地，三惑也。一惑病在俗子，二惑病在婦人，三惑則舉世蹈之矣，可嘆也已。

古禮之尚行於今者，喪得十七，昏得十五，至於祭則苟然而已，冠則絕不復舉矣。吾長樂人最習《家禮》，亦間有行之者，然世多笑其迂也。

婚禮以不舉樂，思嗣親也，此或爲長子之當戶者言耳。若父母在堂而爲子娶婦，即舉樂何傷？且攝盛之禮既已極其隆矣，而獨禁音樂，無乃不情乎？

嫁女三日，父母家來餉食，俗謂之"餪女"；女於五月五日回省父母，謂之"歸寧"。此漢以來禮也。今人三日後，女偕婿省父母，謂之"回鸞"，閩人謂之"轉馬"，蓋春秋時有回馬之義也；五月歸寧，謂之"取夏衣"，按《周禮》后妃歸寧亦用絺綌，則夏之歸寧，其來久矣。

張公藝九世同居，古今以爲口實，近代則浦江鄭氏耳。蓋由祖宗立法謹嚴，子孫世世相承不敢逾越，縱有長舌之婦、敗群之子，無所容其惡也。然吾以爲人心不同，一室之內豈無胡越？況於孱婿悍婦、驕兒稚子，代不乏人，間隙一開，仇釁漸起。與其隱忍包涵，中離外合，不如分析，各得其願，使兄弟好合，妯娌肅雍，無害於義，政不必慕古人之虛名，而釀鬩牆之實禍也。余嘗見巨室兄弟衆多，先後宛若，日逐勃谿，至於婢使奴隸各爲其主，怨尤讒嫉無所不至，殆不能一日安其生者。此雖女子小人之性，亦宜分而強合有以致然也。故必世世人人不畏婦，而後可以同居，如浦江者，絕無而僅有者也。

張公藝書“忍”字以進，其意美矣，而未盡善也。居家馭衆，當令紀綱法度截然有章，乃可行之永久。若使姑婦勃豀，奴僕放縱，而爲家長者僅含默隱忍而已，此不可一朝居，而況九世乎？善乎浦江鄭氏對太祖之言曰：“臣同居無它，惟不聽婦人言耳。”此格論也，雖百世可也。

古今同居者，又有漢樊重、晉郎方貴俱三世，博陵李幾七世，河中姚氏十三世，宋會稽裴承詢十九世，而魏楊播百口共㸑、陸象山累世義居，又不知凡幾代也，錄之以愧惡婦劣子之欲析産者。

漢稱萬石君家法，唐則穆質、柳公權二家爲世所崇尚，至宋則不勝書矣。我朝文物威儀之盛，則在江南；而純厚謹嚴，西北士大家居多，風氣使然也。吾邑長樂，雖海濱椎魯，而士夫禮法甲於它郡。余初登第時，至邑中不敢乘輿，搢紳往來者大率步行也，出郭登車，遇村落輒爲下，市者不飾價，男女別於途，不淫不盜，不囂訟，不逋賦。先輩如鄭司寇世威家居，[1]猶布衣徒步，蓋海內所絕無而僅有者。近來一二巨室，侈土木，娛聲色，駸駸鑿渾沌之竅矣，然校之列邑，猶爲彼善於此也。

【校箋】

① 鄭世威（1503—1584），字中孚，號環浦，福建長樂人。嘉靖八

年進士，歷官至刑部侍郎，贈尚書，諡恭介。有《岱陽匯稿》《經書答問》等。

禮有出於聖人而實似無謂者，如祀郊以配天，祀明堂以配上帝是也。天與上帝果有二耶？無二而分之，是矯誣也，聖人不爲也。又有世之所非而實是者，歐陽濮議是也。禮，爲人後者不得顧其本生父母，特不爲之服耳，未嘗并父母之名没之也。禮有三父八母，養者、繼者皆父母也。嗣大位而改其所生父爲叔伯，於心安乎？於理順乎？此拘儒之見，必不可行者也。肅皇帝之初，廷臣亦有主呂誨之議者，[①]則愈非矣。肅皇於諒暗之後，從邸入繼，與英宗之久養宫中者又不同也。弟承兄統，而以兄爲父，以父爲伯，豈理也哉？出公不父其父而禰其祖，夫子所以有正名之嘆也。今不父其父而禰其兄，於正名何居焉？甚矣！腐儒之誤國家事也。且亡者猶可耳，太后在也，以嫂爲母而伯母其母，置太后於何地？古人行一不義而得天下不爲也，況不孝乎？幸而聖心獨斷，天倫無虧，其神武明決，過宋英宗萬萬矣。諸臣之杖譴，雖永嘉不善處，而亦有以自取之也。

【校箋】

① 呂誨（1014—1071），字獻可，幽州人。歷官至御史中丞，以奏劾王安石出知鄧州，改知河南府，旋提舉西京崇福宫。英宗治平二年，疏請稱英宗父濮王爲皇伯，"呂誨之議"指此。

《周禮》"大祝辨九拜：一稽首，二頓首，三空首，四振動，五吉拜，六凶拜，七奇拜，八褒拜，九肅拜"，鄭玄注："稽首，頭至地也。頓首，頭叩地也。空首，頭至手，所謂拜手也。振動，戰栗變動之拜，一云兩手相擊也。吉拜，拜而後稽顙也。凶拜，稽顙而後拜也。奇拜，屈一膝，今雅拜是也，或云一拜也。褒讀爲報，報拜，再拜也，鄭司農云持節拜也。肅拜，但俯下手，今時揖是也。揖即揖也。"今人以頓首爲常禮，而稽顙、稽首概施之喪服矣，不知稽首非凶禮也。尊長之施卑幼則云再拜，而肅拜則惟藩王用之，其他空首、振動等拜，皆無知者矣。又書札中動稱"九頓首"，此申包胥乞師於秦故事，亦非佳事也。

卷十五

事部三

古人君即位，稱元年而已，未有年號也。故諸侯之國，各稱其君之年，而天子正朔反置之若罔聞知。不知當時律曆之頒，往來文告之詞，以何爲準？蓋夫子作《春秋》，亦已仍其國史之舊矣。自秦始皇立郡縣而民知有王，漢武帝建年號而民知有朔。萬世之後，一統之治，威令行於山陬海隅者，二君之功也。至於廢井田，築長城，行夏時，表六經，皆爲後人遵守而不能易，非有絶世之資、①獨創之識，何以與此？而經生談無道主，動以爲口實，不亦冤乎？

【校箋】

① "資"，底本作"識"，涉下而誤。據北大本改。

年號之改莫數於武氏，其次則唐高宗、漢武帝，又其次則宋仁宗也。武氏在位二十二年，至十六改元，朝令夕更，

502

直以爲戲耳。高宗三十年中而十五改元，蓋自總章、儀鳳以後，政自牝雞出矣。漢武、宋仁俱四十餘年，而武改元者十一，仁改元者九，其中或以人事，或以符應，多不過七八年，少至一二年而遽改，何不經之甚也？古今不易年號者，惟漢明帝、隋煬帝、唐高祖、太宗、憲宗、宣宗、懿宗，而享祚不永者不與焉。夫元者，始也。人無二始，帝無二元，而況十數乎？我國家列聖相承，惟於即位之逾年改元，終身不易，亦可謂卓越千古矣。

宋太祖改元乾德，後因與蜀王衍年號相同，有"宰相須用讀書人"之語。然國朝永樂，則張遇賢、方臘已再命之，二人又皆篡賊之靡，何當時諸公失於詳考耶？至於正德，亦同夏乾順之號，[①]而自古以正爲號者多不利，如梁正平、天正，元至正之類，爲其文一而止也。武皇帝雖終享天位，而海内多故，青宮無出，統卒移之興邸，命名之始，可不慎哉？隆慶亦州郡名，改元之後復令改州，此亦華亭不學之故也。

【校箋】

① "乾順"，北大本作"乾德"。

凡帝王之命名不以山川郡邑，爲其易犯也。梁蕭正德改元正平，識者笑之。我朝建文之號亦同御名，不知方、黃諸君何鹵莽乃爾？[①]今上即位，改河南之禹州，同御諱也，而皇太子諱又同縣名。與其更易於後，孰若慎重於初乎？此亦禮臣之過也。

【校箋】

　①　方，指方孝孺。黃，指黃子澄，初名湜，以字行，江西分宜人。洪武十八年進士，除編修，歷修撰，累官太常寺卿，兼翰林院學士。靖難之役，黃子澄不屈被磔。

　古者嫌名不諱，宋則并諱之矣。國朝雖無諱例，而亦有二字俱犯嫌名者，如吾邑之長樂，政與皇太子諱音相同，不知將來當事者何以處之？姑記以俟它日。

　三代之法，有必不可行者，井田、封建是也。井田無論已，封建以厚骨肉，甚善也。然各守其疆，政令不一，一不便；本支既繁，賢愚異類，二不便；國有大小，遂啓爭端，三不便；盛時制馭，猶懷不逞，委裘之際，將若之何，四不便。且周之制，但創業時一分封耳，子孫之兄弟無尺寸之地也，同聚王畿，其麗不億，千里之內何以容之？朝帶之亂，勢使然也。自秦之後，一復於漢而有吳、楚之亂，再復於國初而有靖難之師。"國之利器，不可以假人"，審矣。

　處宗藩之法，莫厚於本朝，而亦莫不便於本朝。唐宋宗室不胙茅土，其賢能者皆策名仕籍，自致功業，而國家亦利賴之。但賢者少，而不肖者多。天衍懿親，至與齊民爲伍，亦稍過矣。宋時宗室散處各郡縣入籍應試，在京師者別爲玉牒所籍。至紹興十一年，從程克俊言，以所考合格宗室附正

504

奏名殿試，其後雜進諸科與寒素等，而宦績相業亦相望不絕書。國朝親王而下，遞降爲郡王、將軍、中尉、庶人，雖十世之外猶瞻以祿，恩至渥也，而禁不得與有司之事，不得爲四民之業。二百年來，椒聊蕃息幾二十萬，食租衣税，無所事事，而薄祿斗粟不足糊口，遂至有懷不肖之心、親不齒之行者矣。今天下宗室之多，莫如秦中、洛中、楚中，賢者賦詩能文，禮賢下士，而常鬱鬱有青雲無路之嘆。至於不肖者、貧困者，鶉衣行乞，椎埋亡命，無所不至，有司不敢詰，行旅不敢抗也。日復一日，人愈衆而敝愈極，當事者猶泄泄然不立法以通之，可乎？

祖宗九廟，親盡亦祧，子孫五世之後無復降殺，非法也。世祿之子猶望象賢，天衍玉牒不許入仕，非情也。故宗藩之庶，遞殺至於庶人，極矣。庶人之外，祿可裁也，法可行也，禁可寬也，讀書者許在各郡縣入籍應試，其他工農商賈，任其所之，奸盜詐僞，有司以三尺繩之，大辟以上奏聞可也，此處宗藩之第一義也。

國朝立法太嚴，無論宗室，即駙馬儀賓，不許入仕，其子不許任京秩。此雖別嫌明微之道，亦近於矯枉過正者矣。即如户部一曹，不許蘇、松及浙江、江右人爲官吏，以其地賦税多，恐飛詭爲奸也。然弊孔蠹竇，皆由胥役，官吏遷轉不常，何知之有？今户部十三司胥算皆吳越人也，察秋毫而不見其睫，可乎？祖制既難遽違，而積弊又難頓更，故當其事者默默耳。

　　國朝駙馬尚主，皆不用衣冠子弟，但於畿輔良家，^①或武弁家擇其俊秀者。尚主之後即居甲第，長安邸中，錦衣玉帶，與公侯等，其父封兵馬指揮、文林郎，母封孺人而已。駙馬雖貴爲禁臠，然出入有時，起居有節，動作食息不得自由，而奶姆、閹豎之老者威震六宮，掌握由己，都尉反俯首聽節制，凡事務結其歡心，稍不如意，動生讒間。近日如冉都尉興讓，^②可鑒也。

【校箋】

　　① “於”，北大本作“以”。

　　② 冉興讓，字心淳，直隸虹縣人。尚明神宗女壽寧公主。沈德符《萬曆野獲編》卷五《駙馬受制》：“頃壬子之秋，今上愛女壽陽公主，爲鄭貴妃所出者，選冉興讓尚之。相歡已久，偶月夕，公主宣駙馬入，而管家婆名梁盈女者，方與所耦宦官趙進朝酣飲，不及稟白。盈女大怒，乘醉挾冉無算，驅之令出。以公主勸解，并罣及之。公主悲忿不欲生，次辰奔訴于母妃，不知盈女已先入膚訴，增飾諸穢語。母妃怒甚，拒不許謁。冉君具疏入朝，則昨夕酣飲宦官已結其黨數十人，群捽冉于內廷，衣冠毀壞，血肉狼籍，狂走出長安門。其儀從輿馬，又先棰散。冉蓬跣歸府第，正欲再草疏，嚴旨已下，詰責甚厲，褫其蟒玉，送國學省愆三月，不獲再奏。公主亦含忍獨還。彼梁盈女者，僅取回另差而已。內官之群毆駙馬者，不問也。”

　　冉都尉所尚主，乃皇貴妃之女，上素所鍾愛者，伉儷甚篤，無間言。奶媼梁盈女恃其威福，每事動行節制，冉不善也，又恃宮中愛眷，時與齟齬。一日，漏下二鼓，都尉自外入，傳呼開邸中門。故事，中門非奶媼不開。盈女不時至，都尉排闥而入。有頃，盈女至，出詈語，都尉乘醉擊之，翌日入朝奏聞。盈女率其黨數十人伏闕下，要而毆之幾死，上不知也，且怒都尉狂率。冉遂棄衣冠，從間道歸里。上益震怒，遣緹騎迹之，奪其父母爵禄。廷中大小臣工力諫，俱不報。冉既自歸，上怒不解，謫羈太學習禮，自壬子冬至今半載，尚未得與公主相見也。時論以冉固未得善處之方，而奶媼一老宮婢，遂能煬竈蔽明，熒惑主聰，一至於此！蓋牀第之言易入，浸潤之譖難防，故使椒房失其寵，結褵隳其愛，舉朝之臣工，不足敵一婦人，亦異事矣。考之史乘所載，[①]若王敦懾氣，桓温斂威，真長佯愚以求免，子敬炙足以違詔，王倨裸露於北階，[②]何瑀投軀於深井，蓋自漢、晉以來，相沿至於今日，未之有改也，冉蓋不幸而遇其變耳。

【校箋】

　①"考之"，北大本作"昔之"。

　②"裸露"，北大本作"裸體"。

牝雞之晨，家之索也。以三代神聖之開基，國祚之悠久，而不足供妹喜、[①]褒姒之一敗，況其他乎？故《詩》《書》垂戒於婦人，每惓惓焉，知後世必有以是亡其國者也。呂氏幾移漢祚，武曌遂斬唐宗，其始不過以色舉耳，而禍之赫烈，豈虞其至此？漢之馬、鄧，宋之高、曹，賢矣，而猶垂簾專政，戀戀不忍釋手，是亦牝之晨也。此端一開，能保其無妒悍淫虐者出其中乎？我國家之制，少主委裘，權一聽於輔臣，而母后不得預也，可謂上追三代而遠過唐宋矣。

【校箋】

　　① "妹喜"，底本作"妹嬉"，北大本作"妹姐"。

　　三代以下之主，漢文帝為最，光武、唐太宗次之，^①宋仁宗雖恭儉而治亂相半，不足道也。文帝不獨恭儉，其天資學問、德性才略近於王者，使得伊、周之佐，興禮作樂不難也。光武、太宗，以創業而兼守成，緯武經文，力行致治，皆間世之賢主也。然建武之政近於操切，貞觀之治末稍不終，蓋不惟分量之有限，亦且輔相之非人。宋仁宗四十年中，君子小人相雜並進，河北、西夏日尋兵革，苟安之不暇，何暇致刑措哉？四君之外，漢則昭、宣、明、章，唐則玄、憲、宣、武，宋則藝祖、太宗、孝宗，其撥亂守成，皆有足多者，而隋之文帝、唐之明宗、周之世宗，又其次也。大約賢聖之君百不得一，中上之資十不得一，庸者什九，縱者十五，世安得而不亂乎？

【校箋】

　　① "唐太宗"，北大本作"太宗"。

508

　　我朝若二祖之神聖，創守兼資，而紀綱法度已遠過前代矣。仁宗之寬厚，宣宗之精勤，孝宗之純一，世宗之英銳，穆宗之恭儉，皆三代以下之主所不敢望者，而宣、孝二主尤極仁聖，真所謂賢聖之君六七作者，固宜國祚之悠久無疆也。

　　英宗初年，委政三楊，四海寧謐。其後爲王振所誤，致北狩之變；後又爲石亨、徐有貞所誤，^①致奪門之慘。迨武功竄，曹、石誅，躬親萬機，民安吏治，天下謳歌太平者又十餘年。然則輔相之功，所關係豈少哉？

【校箋】

　　① 王振，蔚州人，宣宗、英宗時太監，英宗時擅作威福，正統十四年土木之變，王振慫恿英宗出擊，全軍覆没，英宗被俘，王振被明將樊忠錘殺。石亨，見卷五“崔琰鬚長四尺”條。徐有貞（1407—1472），初名珵，字元玉，號天全，吳縣人。宣德八年進士，歷官至左副都御史。因奪門之變有功，封武功伯兼華蓋殿大學士，後誣告殺害於謙、土文等，獨攬大權。又與石亨、曹古祥相構，出爲廣東參政，復徙金齒爲民。後放還。有《武功集》。

　　本朝有二奇事：己巳之變，翠華陷虜而却迴；壬寅之變，聖躬被弒而無恙。此皆天之所佑，非偶然者。其他如宸濠之叛、流賊之熾、北虜南倭之警，關白、楊應龍之桀驁，而折箠撻之，不煩再舉。至今二百四十餘年，而金甌無恙，纖塵不警，固知太祖功德與天同大，宜乎曆數之未艾也。

　　世廟末年，雖深居不出，然威福無一不自己出者。分宜父子怙權行私，^①而密勿之地，所以交結近侍、窺伺聖意者無所不至，惴惴不保首領是懼。蓋自夏言、王忬、楊繼盛、張經之死，^②天下之怒分宜始不可解，而恩替勢敗，亦自此發端矣。江陵之才智十倍分宜，值今上初年，生殺予奪，惟意所向。而江陵生平多用申、韓之學，政事過於操切，十年之間，雖海內乂安，比隆成、昭，而國家元氣不無斨喪矣。逮夫末年，固位挾勢，奪情起復，痙竄言官，子弟相繼襲取大魁，而人心始大失所望矣。分宜性鷙而難犯，江陵器小而易盈，故嚴之老死牖下，識者猶以爲幸，而張之功罪，自當不相掩也。

【校箋】

① 分宜父子，指嚴嵩、嚴世蕃父子。

② 夏言（1482—1548），字公謹，貴溪人。以禮部尚書兼武英殿大學士入參機務，爲首輔。嘉靖二十八年因議復河套事遭嚴嵩構陷，棄市。隆慶初，追謚文愍。有《桂洲集》《南宮奏稿》等。王忬（1507—1560），字民應，號思質，太倉人。王世貞之父。嘉靖二十年進士，歷官至薊遼總督、右都御史。因主兵，導致灤河之變，觸帝怒，又因得罪嚴嵩，被劾下獄，論斬。楊繼盛（1516—1555），字仲芳，號椒山，直隸容城人。歷官至兵部武選司員外郎。嘉靖三十二年，疏劾嚴嵩，遭下獄，遇害。隆慶初贈太常少卿，謚忠愍。有《楊忠愍文集》。張經（1492—1555），字廷彝，號半洲，侯官人。正德十二年（1517）進士，嘉靖十六年，以兵部侍郎總督兩廣軍務。嘉靖三十二年爲南京兵部尚書，總督江南、湖廣、閩、浙諸軍務，負御倭全責。因得罪嚴嵩親信趙文華，被劾下獄論死。隆慶初，謚襄敏。有《張半齋稿》。

江陵行事雖過操切，然其實有快人意者，如沙汰生員、廢書院、裁減郡縣、去諸冗員是也。至於久任稍苦諸守令，禁勘合則苦諸行旅，是以人多怨之。至其結馮保以收諸內豎之柄，[1]北任戚繼光而虜不敢窺塞垣，南任譚綸而倭寇讋服，[2]其才智明決，有過人者。昔張乖崖謂"衆人千言不盡，寇準一言而盡"，江陵有焉。而末節驕奢縱恣以覆其宗，則亦不學無術之過矣。

【校箋】

① 馮保，字永亭，號雙林，直隸衡水人。嘉靖年間入宮爲太監，隆慶初掌管東廠兼理御馬監，萬曆即位，升爲司禮監秉筆太監。與張居正深相結納。居正死，太監張誠、張鯨陳其過惡，遂貶奉御，置南京。

② 譚綸（1520—1577），字子理，號二華，江西宜黃人。嘉靖二十三年進士，官至兵部尚書、太子少保，諡襄敏。爲一代抗倭名將。有《譚襄敏公遺集》《譚襄敏奏議》等。

江陵給假治喪，自京師除道，達其室四千餘里，填塹刊木，廣狹如一，所至厨傳列竈千計，外藩大吏望塵迎拜，相屬於道。獨吾郡鄭雲鎣爲河南方伯，[1]禮無少加焉。及至楚，楚方伯至，披衰絰，代孝子守苫次，江陵大悦。不逾年，方伯遂撫楚，而鄭挂彈章歸矣。時先大夫相吉藩，[2]聞諸藩有致千金賵者，先大夫持不可，力止之。江陵恚，嗾觀察趙思誠齮齕之，[3]先大夫聞，即挂冠歸里。而後撫楚者爲枌榆至戚，[4]猶以離擅職守參奏致仕，[5]蓋當時之風旨，可畏甚矣。

【校箋】

① 鄭雲鋆，字邦用，號文岡，嘉靖三十五年進士，歷官戶部主事、浙江督學副使、湖廣參政、河南布政使，以得罪張居正，調廣西。後起爲四川左布政，未任而卒。

② 先大夫，指謝肇淛之父謝汝韶，字其盛，長樂人，嘉靖三十七年舉人，選爲錢塘縣教諭，升武義知縣、承天府同知。以梗直觸上怒，貶吉王府長史，在任因觸怒張居正，免職歸。有《碎金集》《天池存稿》等。

③ 趙思誠，字汝存，號榆庵，山西樂平人。嘉靖四十四年進士。授萊州府推官，擢兵科給事中，出爲河南驛傳道，遷行太僕寺卿，調湖廣，致仕歸。

④ 枌榆至戚，指鄉里最近的親戚，此當指陳省，字孔震，福建長樂人。嘉靖三十八年（1559）進士，授金華司理，擢御史，巡按湖廣，累迁右副都御史巡撫陝西。萬曆九年巡撫湖廣，晋兵部侍郎。萬曆十一年革職罷歸。有《幼溪集》。

⑤ "離擅"，北大本作"擅離"。

唐玄宗會昌投龍文自稱"承道繼玄昭明三光弟子南岳上真人"，宋徽宗群臣上尊號爲"玉京金闕七寶元臺紫微上宮靈寶至真玉宸明皇天道君"，其上章青詞自稱"奉行玉清神霄保仙元一六陽三五璇璣七九飛元大法師都天教主"。噫！莫尊於天子，百神皆受號令者也，而反屈萬乘之稱從黃冠之號，不亦兒戲狂惑之甚哉？其後會昌既變起帷幄，而宣和亦身膏沙漠，九天道教何無感應至是哉。

古今奉佛之主莫甚於梁武帝、唐懿宗，奉道之主莫甚於唐武宗、宋徽宗，[①]求仙之主莫甚於秦始皇、漢武帝。然大則破國喪身，小亦虛耗海內。惟崇儒重道之主，安富尊榮，四海乂安，而世之人君往往不以彼易此，何也？噫！無論人君，即士君子讀六經傳注以取科第，而其後也，不有非毀先儒，栖心釋老者乎？背本不祥，反古不智，是名教之罪人也。

【校箋】

① “宋徽宗”，底本作“宋徽宋”，據北大本改。

今之仕者，爲郡縣則假條議以濟其貪，任京職則假建言以文其短，居里閈則假道學以行其私，舉世之無學術事功，三者壞之也。故愛民實政，循良之上乘；隨分盡職，省曹之懿矩；褆身齊家，不言而化，山林之高標。總之，聖人一言以蔽之矣，曰：“素位而行，不願乎外。”

余每見郡縣吏禁約文告之詞布滿郊野，條陳利病之議連篇累牘，似自以爲伯夷之清，龔、黃之才，而不知大貪大拙者伏於其中也。友人王百穀有言：[①]“庖之拙者則椒料多，匠之拙者則箍釘多，官之拙者則文告多。”有味其言之矣。

【校箋】

① 王百穀，即王稚登，生平見卷三“太祖於金陵建十六樓以處官伎”條。

臺諫言事自有職掌，然近來紛囂往復，求勝不已，可惜此白簡，不用之觸邪，而用之聚訟也。其他省寺出位而言，似於侵官矣，然言之而當，出位何傷？若楊忠愍、海忠介及近時鄒爾瞻吏部與趙、吳諸太史，人孰有議之者？一二名譽不章，識見謭劣，或素行多疵，居官滋穢，而效顰建白，掇拾唾餘，或竊批鱗之名以雄行其鄉，或攻必救之勢以自固其位，人之視己，如見肺肝，亦何益之有哉？

【校箋】

① 楊忠愍，即楊繼盛。海忠介，即海瑞。鄒爾瞻，即鄒元標（1551—1624），字爾瞻，號南皋，江西吉水人。萬曆五年進士，因反對張居正"奪情"，遭廷杖，發配貴州。萬曆十一年召爲吏科給事中，因上疏觸帝怒，貶南京刑部照磨，遷南京吏部員外郎。光宗即位，召爲大理寺卿，未赴任而升刑部侍郎，旋改吏部左侍郎，授左都御史。崇禎初，贈太子太保，謚忠介。有《願學集》《太平山居疏稿》等。趙指趙用賢（1535—1596），字汝師，號定宇，常熟人。隆慶五年進士，授檢討。萬曆五年因反對張居正"奪情"，被杖戍，奪官歸里。居正沒，起官。終吏部侍郎。卒，謚文毅。有《松石齋集》。吳指吳中行，字子道，號復庵，武進人。隆慶五年進士，選庶吉士，授編修。萬曆五年與趙用賢反對"奪情"，遭廷杖幾斃。居正死，復故官，至侍講學士。有《賜餘堂集》。

新建"良知"之說，自謂千古不傳之秘，然孟子諄諄教人孝弟，已捻破此局矣，況又鵝湖之唾餘乎？至於李材止修之說，益迂且腐矣。夫道學空言，不足憑也，要看真儒，須觀作用。新建抗疏定亂，信文武之兼材，然當獻俘金陵之際，爲江彬所排陷，[1]進退去就，一刀可以割斷，而濡滯忍恥，夜對池水，欲弔汨羅，何無決也？名與身孰輕？當時抗雷霆，竄嶺海，間關萬里不死，而死於功成之後，豈所謂"重若鴻毛，輕若泰山"者？公固未之熟思耶？此其地位尚未及告子、孟施舍，而何孔、孟之有也？至於李材邀功緬甸，殺無辜以要爵賞，身竄閩海，揚揚自得，此華士、少正卯之流，視新建又不知隔幾塵矣。

【校箋】

① 新建，指王守仁，因封新建伯，故稱。江彬（？—1521），字文宜，宣府前衛人。歷蔚州衛指揮僉事、大同游擊，受武宗寵信，擢都指揮僉事，出入豹房，封平虜伯。世宗即位，磔彬於市。

古者天子五載一巡守，周於四岳，今一巡幸，而所過郡邑囂然騷動矣。古者諸侯王三載一朝覲，絡繹不絶，今一封藩，而舟航傳置，疲於供命矣。蓋古者不獨上之節省，其儀從有限，亦且下之富饒，其物力可供。今則千乘萬騎，征求無藝，而尺布斗粟，無非派之丁田者。至於供億之侈靡、中涓之需索，日異而歲不同，十年之間，已不啻倍蓰矣。自此以往，安所窮極？故天子之不巡守也，侯王之不朝見也，亦時勢使然也。

今上大婚所費十萬有奇，而皇太子婚禮遂至二十萬有奇，福邸之婚遂至三十萬有奇，潞藩之建費四十萬有奇，而近日福藩遂至六十萬有奇。潞藩之出，用舟五百餘，而福藩舟遂至千二百餘。此皆目前至近之事，而不同若此。潞藩莊田四萬頃，徵租亦四萬，一畝一分皆荒田也。福藩比例四萬頃，而每畝徵租三分，則十二萬矣。夫民之窮日甚一日，而用之費亦日甚一日，公私安得不困乎？

今人以拜官爲除官，沈存中《筆談》云："以新易舊曰除。如新舊歲之交謂之'歲除'，《易》'除戎器，戒不虞'，亦謂以新易舊之義。而階亦謂之除者，自下而上，亦更易之意也。"

今天下神祠香火之盛，莫過於關壯繆，而其威靈感應，載諸傳記及耳目所見聞者，皆灼有的據，非幻也。如福寧州倭亂之先，神像自動，三日乃止，友人張叔弢親見之。[①]萬曆間，吾郡演武場新神像，一匠者足踏其頂，出嫚褻語，無何，僵仆而死，則余少時親見之。江右張觀察堯文上計，[②]至桃源病革，移入王祠中。其兄日夜哀禱，經七日復蘇，親見神攝其魂以還。張君言之歷歷，如在目前者，亦異矣。王生時輔偏安之蜀，功業不遂，身死人手，而沒後英氣乃亘千載而不磨若此，此其故有不可知者。若以爲忠義正氣致然，則古今如王比者未嘗無人也。或謂神能禦災捍患，則帝紀其功而遷其秩，神功愈著則威望愈崇，亦猶人世之遷轉耳。然王自唐以前未之有聞，迨宋以鹽池一事遂著靈異。且張道陵於漢季爲黃巾妖賊，王以破黃巾起家，而冥冥之中又聽天師號令，使其僞耶，則當顯僇之；使其眞耶，吾未見道陵之賢於王也。此益不可解者也。

【校箋】

① 張叔弢，即张大光，字叔弢，福建霞浦人。萬曆十三年舉人。歷昌化、羅浮縣令，至普安州知州。《光緒福寧府志》卷二一《人物·霞浦宦哲》：“张大光，字叔弢，萬曆乙酉領順天鄉薦，授廣東長樂縣，尋判饒州，以忤權璫，遷知普安州。逾年乞休，父老餽賵，謝以詩，有‘陶潛有酒開三徑，劉寵何功受一錢’之句。歸隱南山，將卒，作詩馳告親友。及期，衣冠兀坐而逝。”

② 張堯文，號復吾，江西新淦人。萬曆十一年進士，歷涇縣令、南京武選司主事、職方員外郎、池州知府，補瞿州，轉臨江副使，至山東按察使。

余嘗謂雲長雖忠勇有餘，而功業不卒，視之呂蒙智謀，其不敵也明矣。而萬世之下，英靈顯赫，日月爭光，彼曹操、孫權皆不知作何狀，而王獨廟食千載，代崇襃祀，是天固不以成敗論人也。而人顧有以一敗没全功，以一眚掩大節者，獨何心哉？使今人生子必願其爲阿蒙，不爲雲長，而幕府上功，必以失陷荆州爲千古之罪案矣。故今之人皆逆天者也。

唐以前崇奉朱虚侯劉章，家祠户禱，若今之關王云。然自壯繆興而朱虚之神又安之也？今世所崇奉正神，尚有觀音大士、真武上帝、碧霞元君三者，與關壯繆香火相埒，遐陬荒谷，無不尸而祝之者。凡婦人女子，語以周公、孔夫子或

未必知，而敬信四神，無敢有心非巷議者，行且與天地俱悠
久矣。豈神佛之中，亦有遭遇而行世者耶？抑神道設教，或
相禪而興也？

　　佛氏之教，一味空寂而已，惟觀音大士慈悲衆生，百方
度世，亦猶孟子之與孔子也。^①大士變相無常，而妝塑圖繪多
作女人相，非矣。既謂大士，豈得爲女？既謂成佛，則男女
之相俱無矣，蓋有相則有情識淫想故也。

【校箋】

　　① "與"，北大本作 "於"。

　　大士變相不一，而世所崇奉者白衣爲多，亦有《白衣觀
音經》，云專主祈嗣生育之事。此經《大藏》所不載，不知
其起何時也。余按，《遼志》有長白山，在冷山東南千餘里，
蓋白衣觀音所居。其山鳥獸皆白，人不敢犯，則其奉祀從來
久矣。

　　真武即玄武也，與朱雀、青龍、白虎爲四方之神。宋避
諱，改爲真武。後因掘地得龜蛇，遂建廟以鎮北方。至今香
火殆遍天下，而朱雀等神絶無崇奉者，此理之不可曉。

　　劉昌詩《蘆浦筆記》載草鞋大王事，甚可笑。初因一人
挂草屨於樹枝，後來者效之，纍纍千百，好事者戲題曰 "草
鞋大王"，以後遂爲立祠，大著靈異。其人復過，怪而叩之，
則老鋪兵死而爲鬼，憑於是也。大凡妖由人興，人崇信之，

即本神未必降，而它鬼亦得憑藉之矣。故村谷荒祠，不可謂
無鬼神也。

今佛寺中尚有清淨謹嚴者，其供佛像，一飯一水而已，
無酒果之獻，無楮陌之焚，無祈禱報賽之事，此正禮也。至
觀音祠則近穢雜矣，蓋愚民徼福者多，求則必禱，得則必謝，
冥楮酒果相望不絕，不知空門中安所事此？良可笑也。然猶
齋素也，其他神祠則牲醪脯糗，爛然充庭，計所宰殺物命不
計其數，不知神之聰明正直，亦惻然動念而嘔噦之否耶？

江河之神多祀蕭公、晏公，此皆著有靈，應受朝廷敕封
者。蕭，撫州人也，生有道術，没而爲神。閩中有拏公廟，
不知所出。金陵有宗舍人，相傳太祖戰鄱陽時一棕纜也，鬼
憑之耳。北方河道多祀真武及金龍四大王，南方海上則祀天
妃云。其他淫祠，固不可勝數也。

天妃，海神也，其謂之妃者，言其功德可以配天云耳。
今祀之者多作女人像貌，此與祠觀音大士者相同，習而不覺
其非也。至於杜子美、陳子昂以拾遺訛爲十姨，儼然婦人冠
帔，不尤堪捧腹耶？一云天妃是莆田林氏女，生而靈異，知
人禍福，故没而爲神。余考林氏生宋哲宗時，而海之有神則
自古已然，豈至元祐後而始有耶？姑筆之以存疑。

羅源、長樂皆有臨水夫人廟，云夫人，天妃之妹也，海
上諸舶祠之甚虔，然亦近於淫矣。大凡吾郡人尚鬼而好巫，
章醮無虛日，至於婦女祈嗣保胎，及子長成，祈賽以百數，

其所禱諸神，亦皆里嫗村媒之屬，而強附以姓名，尤大可笑也。

男子之錢財，不用之濟貧乏而用之奉權貴者多矣；婦女之錢財，不用之結親友，而用之媚鬼神者多矣。然患難困厄，權貴不能扶也；疾病死亡，鬼神不能救也，則亦何益之有哉？

箕仙之卜，不知起於何時，自唐宋以來，即有紫姑之說矣。今以箕召仙者，里巫俗師，即士人亦或能之。大率其初皆本於游戲幻惑以欺俗人，①而行之既久，似亦有物憑焉。蓋游鬼因而附之，吉凶禍福間有奇中，即作者亦不知其所以然也。余友人鄭翰卿最工此戲。②庚寅、辛卯間，吾郡瘟疫大作，家家奉祀五聖甚嚴，鄭知其妄也，乃詐箕降言："陳真君奉上帝敕命，專管瘟部諸神。"令即立廟於五聖之側，不時有文書下城隍及五聖，愚民翕然崇奉，請卜無虛日。適閩獄失囚，召箕書曰："天網固難漏，人寰安可逃？石牛逢鐵馬，此地可尋牢。"無何，果於石牛驛鐵馬鋪中得之，名遂大噪，遠近祈禳雲集。時有同事數人，皆余友也，余笑問之，諸君亦自詫，不知其何以中也。洎數年，諸君倦於應酬，術漸不靈矣，然里中兒至今不知其偽也。

【校箋】

① "本"，北大本作"出"。

② 鄭翰卿，即鄭琰，字翰卿，閩縣人。布衣。工詩，有《二酉詩稿》。豪於布衣任俠，遨游閩中，詞館諸公爭延致之，高文典冊，多出

其手。

新安諸生同塾中有學召箕者，於塾中作之。有頃鬼至，問休咎畢，而不得發遣之符，鬼不肯去，問之，曰："我游鬼也，爲某處城隍送書，適君中途見召，今不得符驗，何以得歸？"諸生無如之何，鬼日夜哀嘯溷嬲，同學者皆驚散，逾月餘，一道人善符籙，爲書一道，焚之始去。世間鬼神之事未嘗無也。

世傳箕詩亦極有佳者，想是才鬼附之，不然，作者僞也。余在東郡功曹，有能召呂仙者，名籍甚，余托令代卜數事。既至，讀其詩，不成章，笑曰："豈有呂純陽而不能詩者乎？"它日又以事卜，則筆久不下，扣之，徐書曰："渠笑我詩不佳。"然此鬼能知余之笑彼，而終不能作一佳詩相贈，且後來之事亦不甚驗，始知俗鬼所爲，而乃托之呂先生。呂何不幸哉！

人平日能不殺生，亦是佳事。一切果報，姑置勿論，但生動游戲，一旦斃之刀俎，自所不忍。今人愛惜花卉者，偶被摧折，猶懊惱竟日，況血氣之倫乎？但處世有許多交際，力未能斷，且肉食已久，性有不堪耳。平時居家，當禁其大者。如牛所不必言，羊豕之屬，市之可也；雞鴨之類，祭祀燕享，付之庖厨可也。自奉疾病之外，不復特殺，亦惜福之一端也。

己既戒殺，則於子孫家人，當以義理曉諭之，使之帖然信從，不必專言報應，反啓人不信之端矣。余嘗見新安一富室戒特殺，而三牲之奉朝夕不絕，責家人市已殺者，家人私豢養之，臨期殺以應命，而利其腹中所有。又見吾郡一友人佞佛最篤，殺禁甚嚴，而子侄鵝鴨成群，肉食自若，宰殺皆絞其頸，使不聞聲，其為冤苦甚於刀俎。傍觀者莫不竊笑，而二人終不悟也。又有巨室子弟，居親之喪飲酒食肉自如，而祭祀之日吝於用財，靈几之前，果菜而已，此又名教之罪人也。

祀先、燕客，無不殺牲之理，即受地獄之報，吾亦甘之。且世之藉口不殺者，直是慳耳，何曾知惜物命耶?

佛教，吾儒之所闢，然有不必闢者，戒殺是也。但佛家戒殺為輪迴計，吾之戒殺，則不忍其死於非命而已。至於牛，則有功於人甚大，殺之與殺良將何異? 三代之際，天子無故不殺牛，諸侯無故不殺羊，士無故不殺犬、豕，此戒殺之說非始釋氏也。今之羊、豕，無故而殺者多矣，至於牛，以天子之所禁而庶人日殺之，可乎? 力未能盡去，去其甚者可矣。

古人之戒殺，仁也;釋氏之戒殺，懼也;今人之戒殺，慳也。己不殺而食人之殺者，又可笑也。

地獄之說，所以警愚民也，今搢紳士君子亦談之矣，然談之者多而知避之者何少也! 國家設律，原以防民，今匹夫盜一鐶以上，吏執而問之，貪官苞苴千萬，梱載以歸，而人不問也。故懼法者皆愚民，而犯法者皆君子也。但不知陰中之法，亦如陽間網漏吞舟否耳？

人之才氣須及時用之，過時而不用則衰矣。如蘇長公少時多少聰明，文章議論縱橫飛動，意不可一世。屢經摧折，貶竄下獄，流離困苦，至不能自保其身，故其暮年議論慈悲可憐，如竹蝨雞卵，亦稱佛子，食數蛤蟹即便懺悔，向來勃勃英氣消磨安在？須知人要腳跟牢，踐實地，則生死之念不入其胸中。此公學力地位，視韓、歐二公，尚不無少遜耶？蓋韓、歐入門從吾儒來，而蘇公入門從諸子百家來也。

"陰德必有報"，此自世人俗語。然爲報而後行陰德，其爲德淺矣。昔人謂陰德如耳鳴，人不知而己獨知之，謂陰德。余謂亦非必全活物命而後謂之陰德，即行一善事、出一善言皆是也，亦皆有報。《書》曰："惠迪吉，從逆凶。"如李廣殺降不侯，自是道理上不該殺；丁定國全活人多，大其門閭，自是應得全活。不然，縱賊爲民害，亦可謂陰德乎？大凡有利於人及理所當爲者，孳孳爲之，皆德也，不必計較人之知否，亦不必望後之有報否也。

古人云："死生亦大矣。"然有生必有死，生何足喜，死何足懼？即死而有報應，不過善惡兩途。善自可爲，惡自不可爲，何必計較報應？譬如奸盜詐僞，即律所不禁，良民不爲也。懼死而修生，惑矣；懼來生而修今生，益惑矣。

使今世之富貴貧賤皆由前生之修否乎，則富貴而驕侈淫虐、怙權亂政者，比比而是，前生之修，何遽墮落至是也？貧賤之士修身立名，不朽於後世者多矣，其所得與一時富貴孰多？前生不修，能致是乎？夫士貴自立，即今生之富貴貧賤不必論也，而況又追求之前生，又希望來生之富貴，其志識卑陋，亦可哀矣。

屠儀部隆苦談前生之説，一日，集余吳山署中，與黃白仲辯論往復，[1]遂至夜分。然二君皆非真有見解者，不過死生念重，懼來生之墮落，姑妄言以欺人耳。然惑之既久，遂至自欺矣。夫前生既不能記憶，後生又不可預期，姑就今生百年之中，能修得到無人非、無鬼責地位，亦足矣。二君定識既淺，愛根甚重，一切貪嗔、邪淫、妄語等禁，彼皆犯之，今生已不勝罪過矣，何論前後世哉？

【校箋】

① 屠儀部隆即屠隆，黃白仲即黃之璧，兩人生平俱見卷七"章子厚日臨《蘭亭》一過"條箋。

嘗愛趙子昂有《題圓澤三生公案》詩云："川上清風非有着，松間明月本無塵。不知二子緣何事，苦戀前身與後身。"此千古以來第一議論也，惜不爲屠、黃二君誦之。

老氏三寶，不過退一步法。《易經》曰："日中則昃，月中則虧。"聖人處世，亦是退一步法。至釋氏則色想愛識，一切不留，此雖不言來生，而已隱然爲後來地矣。譬之樹果，今歲結實太盛，明歲必無生；譬之日用，今日太飽，明日必傷食。此理之常，無足怪者。盈虛消息之理，即天地不能違也，而況於人乎？

人有死而爲閻羅王者，如韓擒虎、蔡襄、范仲淹、韓琦等，皆屢見傳記。而近日如海瑞、趙用賢、林俊，[①]皆有人於冥間見之。人鬼一理，或不誣也。劉聰爲遮須國王，寇準爲浮提王，亦此類耳。

【校箋】

① 林俊（1451—1526），字待用，號見素。莆田人。成化十四年進士。除刑部主事，進員外郎。性侃直，疏請斬妖僧繼曉，并得罪中貴梁芳，謫姚州判官。弘治元年，擢雲南副使。五年，調湖廣，後起南京右僉都御史。正德時，進右副都御史，巡撫江西、四川。世宗即位，起工部尚書，改刑部。卒諡貞肅。有《見素文集》。

《太平廣記》載：貞元中，江陵少尹裴君有子爲狐所魅，延術士治之。有高氏子爲之醫治，居數日，又有王生至，見高，曰：“此亦狐也。”少選，又有道士來，見二人，曰：“此皆狐也。”閉户相毆擊，垂死，則道士亦狐也。裴皆殺之，而子差。此寓言耳。今人有一事而言者指之爲私，俄有救者，又指言者爲私，而旁觀者又謂言者、救者之皆私，及事定局結，則旁觀者亦私也。近來三五年間，此弊爲最多也。

唐文宗有言：“去河北賊易，去朝中朋黨難。”夫朋黨之分，若果一正一邪，易辨也，亦易去也，如宋元祐、紹聖之

黨是也。正之中有邪，邪之中有正，其初起於意見之不同，
而其勢成於羽翼之相激，各有是非，各有君子、小人，難辨
也，亦難去也，如唐牛李之黨是也。李誠勝牛，然李不純君
子而李之黨不盡君子，牛不純小人而牛之黨不盡小人。此其
辨別去取，上聖猶或難之，而況唐之庸主乎？然則調停之説
是與？曰：真知其中之各是各非而去取之可也，漫無可否而
兩存之，適足以滋亂耳，是"子莫之執中"也。

　"執中無權"，此語切中今人調停之病。夫使黨而果一正
一邪，則明別黑白，若愛牛羊而逐豺狼，不害其爲中也。使
黨各有邪正，不能盡用一偏，亦當酌而察之，如烏喙、參术，
擇其輕重而適其所宜。若徒調停執中，一半參术，一半烏喙，
有不殺人者乎？噫！謀國者不宜愛中立不倚之虛名，而受首
鼠兩端之實禍也。

　　元馮夢弼乘驛向八蕃，驛吏告以天晚，馬絆在江上，不
可行。馮不聽，果遇怪物如屋，拜之而滅，腥浪襲人。馬絆
者，馬黃精也，遇之輒爲所啖。今南方常訛傳有馬驪精，能
食人，及史書所載猱母鬼者，想皆此類，但多訛言耳，未有
親見之者也。宋宣和間，黑眚見於宮禁中，此自是亡國之徵。
人家屋宅亦時有狐魅出入者，大約妖由人興，門衰祚薄則邪
乘之矣。

　　江北多狐魅，江南多山魈，鬼魅之事不可謂無也。余同
年之父，安丘馬大中丞巡按浙、直時，[①]爲狐所惑，萬方禁之

不可得，日就尫瘵，竟謝病歸，魅亦相隨，渡淮而北則不復
至矣。山魈閩、廣多有之，據人屋宅，淫人婦女。蓋《夷堅
志》所載木客之妖者。當其作祟之時，百計不能驅禳，及其
久也，忽然而去，不待驅之。蓋妖氣亦有時而盡故耳。

【校箋】

① 馬大中丞，即馬文煒（1533—1603），字仲韜，號定宇，安丘
人。嘉靖四十一年進士，授確山知縣，升御史，遷德安知府，升湖廣按
察副使，晋江西布政使，終右都御史兼江西巡撫。所著有《安丘縣
志》等。

國之禍常起於開邊，家之禍常起於厚積，身之禍常起於
服餌，三者皆貪心所使也。滁州道人教人食息起居，常至九
分而止。余謂九分亦已過矣，若留有餘以還造化，享不盡以
遺子孫，即半取之何害？《保嬰論》云：“若要小兒安，須帶
三分饑與寒。”此格言也，終身守之可也。

臨沮鄧差家累巨萬，而鄙吝不堪。道逢估人，初不相識，
邀差共食，布列殊品。差訝而問之，客曰：“人生在世，止爲
身口耳。一朝病死，能復進甘味乎？終不如臨沮鄧生，平生
不用，爲守錢奴耳。”差默然，歸家宰鵝而食，方一動箸，骨
哽其喉而死。人之享福，信有厚薄，然貧賤自甘，猶可言也，
積而不散，愚惑甚矣。蓋苞苴科斂，得之不以其道，使復知
享用，是天助其爲虐也。故多藏者必厚亡，不於其身，必於

其子孫，非不幸也。

節儉與慳吝原是二種，今世之慳者，動托於儉矣。漢文帝衣不曳地，露臺惜百金之產，至於百姓租稅，動輒蠲免，此真儉也。今之儉者，急於聚斂，入而不出，廣市田宅以遺子孫，至於應酬交際，草惡酸嗇，此直貪而鄙耳，何名爲儉？《孟子》曰："儉者不奪人。"今以奪人爲儉者多矣。

官至九卿，俸祿自厚，即安居肉食，有千金之產，原不爲過，蓋不必強取之民，而國家養廉之資已不薄矣。今外官七品以上，月俸歲得百金，四品以上倍之，糊口之外自有贏餘，何至敝車羸馬、懸鶉蔬糲而後爲廉吏也？至於大臣，則愈厚矣。《論語》稱"季氏富於周公"，可見周公當時亦富。諸葛武侯身殁之後，亦有桑八百株、田數十頃。古之人不貪財、不近名如此，蓋其心大公至正之心也。今人聚斂厚積者無論已，一二位列三事，繩牀布被，弊衣垢冠，妻子不免飢寒，不知俸入作何措置？既不聞其辭免，又不見其予人，此亦大可笑事也。而世競尚之以爲高，吾以爲與貪者一間耳。貪者嗜利，矯者嗜名，一也；貪者害物，而矯者不能容物，亦一也。

清如伯夷而不念舊惡，任如伊尹而不以寵利居成功，和如柳下惠而不以三公易其介，此其所以爲聖也。後世若元禮清矣，而龍門太峻；博陸任矣，而晚節不終；夷甫和矣，而比之匪人。其及不亦宜乎？

近代若海忠介之清，^①似出天性，然亦有近詐者。疾病之日，人往伺之，臥草薦上，無席無帳，以婦人裙蔽之。二品之禄，豈不能捐數鐶置一布帳乎？不然，直福薄耳。唐盧懷慎妻子凍餓，門不施箔，引席自障，昔人已辨其非矣。李嶠爲相，臥布被、青紬帳則安，明皇賜以茵褥錦綺則通夕不寐，或亦海忠介之類乎？然忠介身後誠無餘財，近來效顰者，家藏餘鎰而外爲纖嗇之態，欲并名與利而皆襲取之，視海公又不啻天壤矣。

【校箋】

① 海忠介，即海瑞。

爲伯夷之清較易，爲柳下惠之和較難。清不過一味自守絶俗而已，和而不失其正，非有大識見、有大力量不能也。後漢黃叔度，"汪汪若千頃陂，澄之不清，淆之不濁"。夫淆之不濁易耳，澄之不清，此地位難到也。

人之相去，誠隔數塵。廉者能讓天下，而貪者至爭分文之末；寬者汪汪千頃，而悁者至不能容一粟；智者經緯天地，而愚者至不能辨六畜；忠者不避鼎鑊，而佞者至嘗糞、掃門；賢者希聖入神，而不肖者至窮奇、檮杌。此非有生以來一定而不可變者哉？夫子曰"上智與下愚不移"是也，孟氏謂"人皆可爲堯舜"，吾終未敢以爲然。

夫子謂"性相近，習相遠"，又謂"上知下愚不移"，明

言人性有上中下三般，此聖人之言，萬世無弊者也。孟子謂
"人皆可爲堯舜"，不過救世之語，引誘訓迪之言耳，非至當
之論也。夫以孟子之辯，終日闢楊、墨，道性善，而高弟僅
僅一樂正子，猶不免從子敖之齊。以及門諸弟子，求一人到
善信地位尚不可得，何論堯舜乎？至宋儒不敢違孔子之言，
又不能原孟子立論之意，遂創爲義理氣質之性以附會之，此
尤可笑。義理者，死物也、定位也，天地之內，六合之外，
無物非義理之所寓，安得謂之性也？性從心而生，非附血氣，
則無性之名矣。"喜怒哀樂之未發謂之性"，是有而未發也，
非全無也。人死而形骸臭腐，神魂灰滅，可謂之無性矣，不
可謂之無理也。性有有、有無，而理則無有、無無也。《易》
曰："繼之者善也，成之者性也。"不信聖人之言而泥宋儒之
語，將愈解而愈窒礙矣。

　　周處少時無賴，鄉里稱其與白額虎、巨蛟爲三害。武后
時酷吏郭霸死，洛陽橋成，大旱而雨，中外傳爲"三慶"。
鄉有惡人，其害固不啻山上之虎、水中之蛟，而酷吏之死，
其爲慶又豈橋成、雨降而已哉？余每見貪官酷吏，剝民膏脂
以自封殖，而復峻刑法以箝其口，使百里之內重足一息，重
者亡身破家，輕者殘形毀體，即洪水猛獸，未足喻其慘也。

　　酷吏以擊剝爲聲，上多以爲能；貪吏以要結爲事，上多
爲所中。然以貪敗者，十尚五六；以酷去者，十無一二。蓋
近來之吏治尚操切，而人情喜近名故也。

殺人者死，法也，而有不盡然者。妒婦殺人，不死也；庸醫殺人，不死也；酷吏殺人，不死也；猛將殺人，不死也。不惟不死，且敬信之，褒獎之，死者枕籍乎前而不知也，則法有時而窮也。

釋氏地獄之說，有抽腸、拔舌、油鍋、火山、刀梯、碓鈷之刑，如此則閻王之酷虐甚矣。即使愚民有罪，無知犯法，聖人猶憐憫之，豈能便加以人世所無之刑，[①]使之冤楚叫號，求自新而不可得哉？蓋設教之意，不過以人世之刑，止於黥、杖、絞、斬、凌遲而極，而犯者往往不顧，故特峻爲之說，使之驚懼而不敢爲惡，此亦子産“爲政莫如猛”之意也。然張湯、杜周、周興、來俊臣之徒，其獄具慘酷不減地府，而不聞民之遷善改過也。使冥冥之中，萬一任使不得其人，而夜叉、羅刹得以爲政，其濫及無辜，貽害無類，豈淺鮮哉？老氏曰：“民不畏死，奈何以死懼之？”世有一種窮奇檮杌、凶淫暴戾者，即入之地獄而出，其惡猶不改也。小說載：華光天王之母以喜食人，入餓鬼獄。經數百年，其子得道，乃拔而出之，甫出獄門即求人肉，其子泣諫，母怒曰：“不孝之子如此！若無人食，何用救吾出來？”世之爲惡者，往往如此矣。

【校箋】

① “能”，北大本作“忍”。

　　小説野俚諸書，稗官所不載者，雖極幻妄無當，然亦有
至理存焉。如《水滸傳》無論已，《西游記》曼衍虛誕，而
其縱橫變化，以猿爲心之神，以豬爲意之馳，其始之放縱，
上天下地莫能禁制，而歸於緊箍一咒，能使心猿馴伏，至死
靡他，蓋亦求放心之喻，非浪作也。華光小説，則皆五行生
剋之理，火之熾也，亦上天下地莫之撲滅，而真武以水制之，
始歸正道。其他諸傳記之寓言者，亦皆有可采。惟《三國演
義》與《錢唐記》《宣和遺事》《楊六郎》等書，俚而無味
矣。何者？事太實則近腐，可以悦里巷小兒，而不足爲士君
子道也。

　　凡爲小説及雜劇戲文，須是虛實相半，方爲游戲三昧之
筆，亦要情景造極而止，不必問其有無也。古今小説家，如
《西京雜記》《飛燕外傳》《天寶遺事》諸書，《虬髯》《紅
綫》《隱娘》《白猿》諸傳，雜劇家如《琵琶》《西廂》《荆
釵》《蒙正》等詞，豈必真有是事哉？近來作小説，稍涉怪
誕，人便笑其不經，而新出雜劇，若《浣紗》《青衫》《義
乳》《孤兒》等作，必事事考之正史，年月不合、姓字不同
不敢作也，如此則看史傳足矣，何名爲戲？

　　戲與夢同，離合悲歡，非真情也，富貴貧賤，非真境也。
人世轉眼，亦猶是也。而愚人得吉夢則喜，得凶夢則憂，遇
苦楚之戲則愀然變容，遇榮盛之戲則歡然嬉笑。總之，不脫
處世見解耳。近來文人，好以史傳合之雜劇，而辨其謬訛，

此正是癡人前説夢也。

戲文如《西廂》《蒙正》《蘇秦》之屬，猶有所本，至於《琵琶》則絶無影響，只有蔡中郎一人，而其餘事情人物，無非假借者，此其所以爲獨創之筆也。

胡元瑞曰："凡傳奇以戲文爲稱也，無往而非戲也，故其事欲謬悠而無根也，其名欲顛倒而亡實也。故曲欲熟而命以生也，婦宜夜而命以旦也，開場始事而命以末也，塗污不潔而名以淨也，凡以顛倒其名也。"此語可謂先得我心矣。然元瑞既知爲戲一語道盡，而於《琵琶》《西廂》、董永、關雲長等事，又娓娓引證，辯論不休，豈胸中技癢耶？

宦官、婦女看演雜戲，至投水遭難，無不慟哭失聲，人多笑之。余謂此不足異也。人世仕宦，政如戲場上耳，倏而貧賤，倏而富貴，俄而爲主，俄而爲臣，榮辱萬狀，悲歡千狀，曲終場散，終成烏有。今仕宦於得喪有不動心者乎？罷官削職，有不慟哭失聲者乎？彼之慟哭憂愁，不過一時而止，而此之牽纏係累，有終其身不能忘者，其見尚不及宦官、婦人矣。然則古之名賢，亦有悲愁拂鬱者，何也？曰：上等聖賢如孔、孟之憂不遇，爲道也；其次名賢如屈原、梁鴻之憂不遇，爲國也；又其次如退之、子瞻之貶竄，孟郊、賈島之流落，其憂爲身命也。若今之世，法網既寬，山林皆樂，流竄貶謫皆儼然安居高臥，豐衣美食，老死牖下矣。昔人所謂"富不如貧，貴不如賤"，正謂今日之仕宦言也，而猶戀戀不已，不亦惑之甚乎？

白樂天抗志辭榮，似知道者，而其詩有曰："眼前何日赤，腰下幾時黃？"識趣之卑陋甚矣。宋夏侯嘉正常語人曰："吾得見水銀銀一錢，知制誥一日，死無恨矣！"此正所謂"腰纏十萬貫，騎鶴上揚州"者。世間乃有此癡心漢，真堪一棒打殺也！

人若存一止足之心，則貧賤而衣食粗足，可以止矣；富貴而博一官一第，異於凡民，亦可以止矣，流行坎止，聽之可也。若不知足，必滿其願而止，則將相不足必爲帝王，帝王不足必爲神仙，神仙不足必爲玉皇大帝，又要超元會大劫之外，方爲稱心也。少不如意，憂戚生矣。死生亦然。人之死也，卒然而去，即有天大未了之事，只得舍之而行。若語人以料理諸事俱畢而後就死，則雖萬有千歲事，無了期也。人能於進退死生處之泰然，保其必不墮落矣。

韓侂胄用事時，其誕日，高似孫獻詩九章，每章用一"錫"字，謂宜加九錫也。辛棄疾以詞贊其用兵，則用司馬昭假黃鉞異姓真王故事。二人皆名士也，乃作此舉動，當時筆端信手草草，惟恐趨承之恐後，豈知其遺臭萬世乎？趙師𥇦之犬吠，程松之獻妾，不足異也。當江陵柄國時，其誕日有以"天與人歸"四字題冊子送之者，有以禪授廢立命題者，其留奪情之旨，有"朕不日舉疇庸之典"者。當時已作首相矣，又將登庸，非禪位乎？一時臣工以逢迎爲戲，諛之惟恐不足，而爲人臣子者，受之而不疑，當之而無驚畏之色，是尚可立於天地間乎？

爲大臣者，處盛滿之極則意念難持；爲小臣者，見勢焰之張則立脚難定。人能不以寵利居成功，如諸葛、汾陽，終無傾覆之理；能不以炎涼爲向背，如汲黯、宋璟，豈有冰山之慮哉？勛如博陸而竟以凶終，才若元、柳而未免濡足。信哉！自立之難也。

國初各省試官，臨期所命，不拘資次。洪武初，吾閩中一老廣文家居，忽命主某省試，事畢歸家，猶一廣文也，亦不知主試之爲榮，所取士子之爲門生也。弘、正中漸用京官，然王文成以主政丁艱家居，①方闋即起，主山東試。其兩京主試，向亦有用本省人者，如嘉靖癸卯則無錫華察，戊午則常熟瞿景淳，辛酉則無錫吳情，②皆主南畿試，而情於是科同邑登榜者頗衆，物論嘩然，自此著爲令，不用本省人矣。然鄉、會一體也，主會試者又安得於四海九州之外別擇一人，使知貢舉耶？

【校箋】

① 王文成，即王守仁。

② 華察（1497—1574），字子潛，號鴻山，無錫人。嘉靖五年進士，改庶吉士，歷任户部主事，遷兵部員外郎、郎中，改翰林院修撰，遷東宮侍讀、司經局洗馬，升侍讀學士。著有《巖居稿》《皇華集》《碧山堂集》等。瞿景淳（1507—1569），字師道，號昆湖，常熟人。嘉靖二十三年榜眼，授編修，歷官侍讀學士，改太常卿，升南京國子監

祭酒、吏部右侍郎，改禮部左侍郎兼翰林學士。卒贈禮部尚書，謚文懿。吳情（1503—1574），字以中，號澤峰，無錫人。嘉靖二十三年探花，授編修，歷官右春坊右諭德兼翰林院侍讀。嘉靖四十年任應天府鄉試考官，吳情因嫌疑調廣東任市舶提舉，不久致仕。

　　宋試士以四場：初本經，次兼經大義十道，次論一首，次策三道。其十道義，知者直書本文，不知者止云“某知未審，不敢對，謹對”。十對其六以上即合格矣。國朝洪武初，初場本經義一道、《四書》義一道，二場論一首，詔、誥、表、箋、內科一道，三場策一道而已。後十日面試騎、射、書、律四事。至十七年始定今式，初場七義，次場去箋而加五判，三場增策四道，而面試廢矣。然七義五策皆似太多，風檐寸晷，力不能辦，求其完璧，事事精好，安可得也？然弘、正以前，書義三、經義二亦有中式者，詔、誥與表惟人所擇，今則俱榜出不收矣。然論、策、判皆無用之物，士子亦不甚究心，即閱卷者亦以初場爲主也。

　　省試南宮皆以文字爲主，至廷試則必取字畫端楷無訛者居首，以便進御宣讀也。相傳惟羅修撰倫因策長書不能竟，[①]遂書於彤墀上，上命人録之，另謄以進。隆慶戊辰，上初即位，聞人言狀頭有可私得者，乃於二甲卷中隨意取之，[②]得羅宗伯萬化，[③]擢爲第一。羅素不善書，卷中塗抹甚多，信乎其有命也。

【校箋】

① 羅倫（1431—1478），字應魁，改字彝正，號一峰，永豐縣人。成化二年狀元，授翰林院修撰。因抗疏論李賢起復落職，謫泉州市舶司提舉，次年復官，改南京，以疾辭歸，隱牛金山，著書其中，從學者甚衆。嘉靖初，追贈左春坊諭德，謚文毅，學者稱一峰先生。有《一峰集》等。

② “二甲”，北大本作“三甲”。

③ 羅萬化（1536—194），字一甫，號康洲，浙江會稽人。隆慶二年狀元，授翰林院修撰，歷官至禮部尚書。卒贈太子少保，謚文懿。

天下之物，妍媸皆一定而不易，獨制義不然。甲之所賞，乙之所擯，好醜紛然，終無定價。不獨此也，一人之身，昨所取士，而今日糊名復試，去取必不盡同矣，甚可怪也。唐韓昌黎應試，“不遷怒二過”題，見黜於陸宣公。翌歲，宣公復爲試官，仍命此題，昌黎復書舊作，一字不易，而宣公大加稱賞，擢爲第一。以昌黎之文、宣公之鑑，猶無定若此，況今日乎？

唐及宋初皆以詩賦取士，雖無益於實用，而人之學問才氣，一覽可見，且其優劣自有定評，傳之後代，足以不朽。自荊公制義興，而聰明才辯之士妥首帖耳，勤呫嗶之不暇矣。所謂變秀才爲學究者，公亦自知其弊也。至我國家，始爲不刊之典。且唐宋尚有雜科，而國家則惟有此一途耳。士童而習之，白而紛如，文字之變，日異月更，不可窮詰，即登上第、取華臙者，其間醇疵相半，瑕瑜不掩，十年之外便成芻狗，不足以訓今，不可以傳後，不足以裨身心，不足以經世務，不知國家何故而以是爲進賢之具也？宣、正以前尚參用諸途，吏員薦辟皆得取位卿相，近來即鄉薦登九列者，亦絕無而僅有矣。上以是求，即下不得不以是應，雖名公巨卿往往出於其間，而欲野無遺賢，終不可得已。後有作者，人材薦辟之途，斷所當開，而用人資格，亦當少破拘攣可也。

國朝進士一入史館，即與六卿抗禮，鼎甲無論，即庶常吉士亦爾。二十年間，便可躋卿相清華之選，百職莫敢望焉。①弘、成以前，內閣尚參用外秩，如陳山以舉人，楊士奇以薦辟，楊一清以大司馬，張璁以南刑曹，皆入綸扉，五十年以來遂顓用詞臣矣。說者曰：內閣大學士原詞臣之官也，而非相也。然內閣既可兼吏、户，則外秩豈不可兼學士乎？唐宋以前，出爲郡守，入爲兩制，即詞林亦未嘗擇人也。今必以鼎甲及庶常吉士爲之，已拘矣，又以內閣必詞臣可入，②不見祖宗故事耶？近來枚卜之典，言官娓娓論列，欲循內外兼用之制，而卒格不行，蓋相沿已定，遽難議更耳。

【校箋】

① “職”，北大本作“官”。

② “閣”，底本作“開”，據北大本改。

漢卜式、司馬相如皆入貲爲郎，則知古者鬻爵之制，其來已久，蓋亦當時開邊治河，軍國之需不足而取給於是也，然止於爲郎而已。至桓、靈時，始賣至三公。唐至德宗，告身纔易一醉，財之窘而爵之濫可知也。國朝設太學以待天下之英才，最重其選，銓選京職方面與進士等。乃後來貢舉之外，一切入貲爲之，謂之"援例"。其有子弟員屢試不利於鄉，而援入成均者，猶可言也，民家白丁，目不識字，但有餘貲，即厠衣冠之列，謂之"俊秀"。大都太學之中，舉貢十一，弟子員十二，而此輩十之七也。鮮衣怒馬，酒肆、倡家惟其所之，有司不敢誰何，司成不能遍察，遂使首善賢士之關，翻爲納污藏穢之府。制度之最失古意者，莫此爲甚矣。

自邊餉之乏也，河工之興也，土木之繁也，司農、司空惟以鬻爵爲良策矣。蓋損富室有餘之財，以佐官家不時之需，事亦甚便，而紈袴子弟捐囊橐之腐鏹，博進賢之榮秩，又何苦而不爲？至於用度窘急之日，當事者惟恐其招之不至，令之弗從，每加貶損以示招徠，故一時赴募，雲集響應，雖足以供目前之緩急，而於國家設官命爵之典，亦稍褻矣。今文華、武英二殿中舍動逾數百，而鴻臚、光祿二寺之屬，亦皆以百計，繡衣銀艾，擁傳遨游，呵殿里閭，雄行鄉曲。所入幾何，而其取價已不貲矣。近來言事者屢行白簡，欲行裁抑沙汰，而卒不見施行，亦勢有所不可行也。

五行祿命，財能生官，故多貲之家可以致貴。然余里中嘗有人粟得官，而卒罄其產者，人皆嗤笑之。余謂："古人亦有之，諸君不察耳。昔司馬長卿以貲爲郎，至武騎常侍。其後病免，客游梁，家徒四壁立，非買官而貧之故事乎！”衆爲絶倒。

漢文帝承諸呂之亂，即位數年間，匈奴寇邊，濟北叛逆，乘輿行幸，軍國之費不知紀極，而民不告困，國有餘積。二年、十二年俱免天下田租之半，而十三年遂并其半之租税盡除之，末年又令諸侯無入貢，弛山澤，不知當時國用於何取給？蓋文帝之恭儉節愛，固自性成，而當時差役之法，尚行用民之力，不必催募也，^①然亦異矣。轉眼至於武皇，遂至榷酤算緡，海内虛耗。今天下漕粟之費數百萬有奇，而上供御用者名爲金花，亦四百萬有奇。其他司農、司空之屬，各項徵輸計不下三百萬，而不足者，又取諸鹽課百餘萬、取諸太僕馬價四十餘萬。而度支猶告匱不已，邊軍之餉常遲半載，水衡之錢入不繼出。至於礦稅之使，四出張彌天之網，設竟地之罟，其取利無所不屆而用度常苦不足，此真不可解之事也。

【校箋】

① “催”，北大本作“傕”。

國用之不足，雖由上之不節，而下焉者綜核之未精，虛文之糜費，蠹剋之多端，因循之虧耗，亦常居其半焉。三殿之工木，取諸川、貴、吳、楚，每條最巨者計費九千金，而沿途傳置之費不與焉。若遇節省之朝，一木可作一殿矣。余在繕部，適皇極門興工，有鐵釘爐頭者，一切鐵及柴炭，皆取諸官之外，但鑄冶手工至一千五百金，其他大率往往如是，真可笑也。

朝廷御用之物，其工直視民間常千百倍，而其堅固適用反不及民間，計侵漁冒破之外，得實用者千分中之一分耳。每一繕造，必內使與臺省部寺諸臣公估其直，直不浮，內使不從也。一物之進，自外達內，處處必索鋪墊，一處不飽其欲，物不得前也。領官鑼置辦者，皆京師大駔積猾，內結近侍，外通胥曹，預支白鑼以營身肥家，廣置田宅妻妾，鮮車怒馬，出入呵殿。及期限時迫，則捐十之三以啖內使，而以十之一供應，贪緣為奸，苟圖塞責而已。其中千孔百穴，盤據溷亂，牢不可破，稷蜂社鼠，難以窮詰，故財用坐困，而竟未嘗享其利也。

宦官之尊貴者，趙高為中丞相，龔澄樞為內太師，然曰中曰內，猶所以別於廷臣也。至唐魚朝恩始為國子祭酒，宋童貫為樞密院使，官至太師，甚矣！我國家之制，內臣秩止四品，而其後如王振、劉瑾，頤指公卿，不啻奴僕，則亦無其名而有其實矣。

漢時宦官驕橫，目中至無天子，然王甫一休沐歸舍，司隸校尉捕治，死於杖下，猶孤雛腐鼠耳。唐宦官典兵柄，廢立自由，然鄭朗自中書歸，李敬實衝路不避，一疏奏聞，立剥紫綬配南衙，神策小將衝京兆尹前導，得以立馬杖殺之。
至宋韓魏公之去任守忠，又不足言也。蓋當時內豎之勢雖盛，
而國家所以尊禮大臣，而假借之者體貌常優，即人主意向，
亦未嘗不欲除去此輩也，但力不能耳。我國家宦官雖不與朝
政，不典兵權，而體統尊崇，常據百僚之右，輔臣出入，九
卿避道，而內監小豎揚揚馳馬，交臂擊轂而過，前驅不敢問，
輔臣不敢嗔也。如往年敖宗伯爲一內使奔馬觸其輿仆地，^①且
鞭及其衣，幸上聖明，爲笞內使而竄之。然地既禁近，人復
衆多，聲勢烜赫，動移主心。近日宛平令李嗣善以擅棰內
豎，^②幾罹不測，賴廷臣力爭，上怒始解，李止外謫，然亦百
年來創見之事也。至於外藩，采金榷稅者皆蟒衣玉帶，侍衛
數百人，建牙吹角，一與制府等，郡縣大夫莫敢與橫行也。
雖其中不無彼善於此，但習與性成，善者十分中之一二耳。

【校箋】

　　① 敖宗伯，指敖文禎，字嘉猷，號龍華，高安人。萬曆五年進士，
改庶吉士，授檢討，歷官至禮部侍郎。卒贈禮部尚書，諡文穆。萬曆三
十年，禮部侍郎敖文禎於宣武門遇內監三人馳馬直逼其肩輿，御史湯兆
京疏劾內監路辱大臣，遂笞內監而竄之。

　　② 李嗣善，雲南太和人，萬曆十九年舉人，知閬中縣，調宛平，
"有馮進朝者，玉熙宮近侍也，其門下王禄有細過，進朝撻之立斃。事
發，按驗得實，付法曹行縣覆核。進朝直入縣堂喧囂不已，嗣善叱左右
執而杖之，付獄。獄將上，胥吏陰入進朝金，嗣善白京兆褫其役，進朝
不勝幽苦，益行賄，謀以狀聞，謂縣令小臣，榜掠近侍，誣指坐辟。且
請與嗣善共對簿，而大璫又爲進朝地，人人危之。臺諫言進朝罪狀顯

白，令執法固當，于是法司始議嗣善奪俸，不報。後改奪職一級調外任，而進朝止擬罰白粲，始奉俞旨。嗣善以外調，遂不復仕。後召爲南京戶部主事，出榷武林關。未幾卒”（靖道謨等《雲南通志》卷二一之一《人物》）。

宋吳味道對蘇公言：“販建陽小紗二百端，計道路所經，場務盡行抽稅，則至都下不存其半。”宋當慶曆、元豐盛時，乃榷稅之繁重若此。國家於臨安、滸墅、淮安、臨清、蘆溝、崇文門，各設有榷關曹郎，而各省之稅課司經過者必抽取焉。至於近來內使四出，稅益加重，爪牙廣布，商旅疾首蹙額，幾於斷絶矣。此輩不足責也，吾輩受譏關之任者，寬一分則受一分之賜，奈何必以繭絲爲能，而務朘民之膏血也？

國朝各省有鎮守內臣，①其權埒開府，藩、臬而下，不敢抗也。近來礦稅之使，其體稍殺，然如陳增之在山東，陳奉之在湖廣，高淮之在遼東，皆妄自尊大，抑縣令使行屬禮，然皆不久而敗，其他依違而已。蓋我朝內臣，目不識字者多，盡憑左右撥置一二馹棍，挾之於股掌上以魚肉小民。如徽之程守訓、揚之王朝寅、閩之林世卿，②皆以衣冠子弟投爲鷹犬，逢迎其欲，而播其惡於衆，所欲不遂，立破其家，中戶以上無一得免。故天下不怨內使之掊剋，而恨此輩深入骨髓也。卒之內臣未去，而此輩已先敗矣。

【校箋】

①“國朝”，北大本作“國初”。

② 程守訓，歙縣人，以貲官中書舍人，爲稅監陳增參隨，後爲李三才所劾下獄。《明史·李三才傳》："歙人程守訓以貲官中書，爲陳增參隨，縱橫自恣，所至鼓吹，盛儀衛，許人告密，刑拷及婦孺。畏三才，不敢至淮。三才劾治之，得贓數十萬，增懼爲己累，并搜獲其奇珍異寶及借用龍文服器，守訓及其黨俱下吏伏法。遠近大快。"王朝寅，生平俟考。林世卿，太監高寀任福建稅監後，成爲高之鷹犬，爲高寀私造戶部鹽引，大肆勒索鹽商。

馬堂初以榷稅至臨清，鴟張尤甚，出入數百人，皆郡國無賴少年，白晝攫人，井邑騷然，商賈罷市，州民王朝佐不勝忿，①率衆噪而攻之，火其居，堂僅以身免。其黨三十七人盡斃煨燼中，堂自此戢矣。高寀至閩數時，屢破鹽商之家，後因怒一諸生之父，廷朴之，合學諸生大噪擊之，幾不免。火其所建望京亭，寀伏署中不敢喘，林世卿極力救之，②且以軟語唼諸生乃散，而寀虐焰遂大減。曩時所謂小懲而大戒，小人之福也。攻馬堂者，王朝佐爲首，時議欲寬之，而按臣張大謨、撫臣劉易從、道臣馬怡皆與堂善，③遂列朝佐罪狀，坐棄市。攻高寀者，余友人王武部宇爲首，④寀廉知之，必欲得而甘心焉。當事者莫之應，王乃入北太學避之，遂登甲第。二人者，其激於義，奮不顧身一也，而幸不幸乃爾，豈非天哉？

【校箋】

① 馬堂，籍貫、字號不詳。萬曆間任天津稅監，兼管臨清。慘毒

害民，白晝行劫客商，激起臨清民變。詔捕民變首領，株連甚衆。王朝佐，臨清人，萬曆年間以反抗稅監馬堂論死。《山東通志》卷二八之三《人物》："王朝佐，臨清人，織筐爲業。萬曆中，宦者馬堂抽稅，地方苦之，衆舉火執刃入其舍，堂逾垣走。事聞，且起大獄，朝佐挺身曰：'此吾一人所爲，與衆無與。'遂論死，州守胡繼銓爲建祠以祀焉。"

② 高寀，順天文安人。萬曆二十七年任福建稅監，广肆毒害，於萬曆四十二年激起民變，御史周起元參之，被神宗召回。林世卿，見上"國朝各省有鎮守内臣"條。

③ 張大謨，直隸永年人，萬曆八年進士，曾任御史，巡按貴州、山西、山東等地。劉易從，字右川，河南汲縣人。嘉靖四十四年進士，歷知威縣、遵化，遷户部郎中，出知兖州、武昌，調臨鞏道兵備，分守隴右，升四川布政使，轉山東，終山東巡撫。王士俊等《河南通志》卷五八《人物二》："劉易從……知威縣，調遵化，俱有治迹，性儉，民稱爲劉青菜。歷户部郎中，知兖州、武昌府，刑清政簡，能决疑獄，民有劉明月之謡。升布政。萬曆中，巡撫山東，卒于官。其自贊有云：'薊曰青菜，鄂曰明月，兩地民謡，一生宦業。'"馬怡，陝西同州人。隆慶元年舉人，歷官至山東布政司參議。

④ 王武部宇，即王宇，字永啓，閩縣人。萬曆三十四年順天中式，三十八年成進士，歷南兵部武選員外郎，擢山東督學參議，轉北户部員外郎。著有《經書説》等。

高寀在閩，閩搢紳不與往還者，①不過二三人耳。其他不惟與往還，且稱公祖，行旁門，靦然自附於子民之末，且立石誦功德，稱爲賢名，亦可羞也。蓋吾郡搢紳多以鹽策起家，雖致政家居，猶親估客之事，不得不受其約束耳。噫！天子不得臣，諸侯不得友者，果何人哉！

【校箋】

① 本段"揩"，北大本俱作"縉"。

文徵仲作詩畫有三戒：一不爲閹宦作，二不爲諸侯王作，三不爲外夷作。故當時處劉瑾、宸濠之際而超然遠引，二氏籍没，求其片紙隻字不可得，亦可謂曠世之高士矣。當徵仲在史局，同事太史諸君皆笑其不由科目，濫竽木天，然分宜、江陵之敗，家奴篋中無非翰林諸君題贈詩扇者，以此笑彼，不亦更可羞哉？

太祖時置一鐵牌，高三尺許，樹宮門外，上鑄"内臣不許干預政事"八字。至英廟時，王振專恣，遂毀其牌。永樂年間，遣内官至五府六部禀事者，内官俱離府部一丈作揖，路遇公侯駙馬伯，則下馬傍立。至王振、汪直、劉瑾時，呼喚府部如呼所屬，公侯伯遇諸塗，反迴馬避之，倒置甚矣。自世宗革諸鎮守，内使之權勢大減，余官兩都曹郎，即司禮監守備極尊貴者，皆彼此抗禮。至閩，閩稅使高寀欲揩紳執治民禮，余謝絶之，不與往還。在山東爲司理，時馬堂、陳增之横皆與鈞敵，不敢有加也。但南都守備内臣遇大閲之時，必據中席，而大司馬侯伯皆讓之。京師内臣雖至賤者，路遇相君，亦揚鞭交臂，不肯避道，此稍失國初意耳。

宦官之禍，雖天性之無良，而亦我輩釀成之，輔相大臣不得辭其責也。當三楊輔政時，王振鼠伏不敢動，及徐晞、王祐輩，逢迎諂媚以保富貴，於是振之威權漸熾。[1]商文毅擊汪直，疏其十罪，西廠即日報罷，可謂易若發蒙矣。而劉、尹等繼之，使直之灰復然。[2]李獻吉之擊劉瑾，[3]閣臣從中主之，閹豎環跪啼泣，彷徨無計，上心幾移矣，而李東陽持議不堅，遂倒太阿以授之，卒毒天下。豈天之未厭亂耶？亦小人階之厲也。

【校箋】

[1] 王振，見本卷"英宗初年，委政三楊"條。徐晞，即徐晞（？—1446），字孟初，直隸常州江陰人（一作江陵），歷江陰吏員、繕工司都事、工部郎中、右部右侍郎、南京戶部左侍郎、兵部尚書。王祐，字廷佐，浙江山陰人，永樂十三年進士，授工部主事，歷工部員外郎、郎中，官至工部右侍郎。正統十三年致仕。明李賢《古穰集》卷十載："振既得權，喜人趨附，廷臣初不知數，以微譴見謫，始懼。兵部尚書徐晞、工部侍郎工佑，憸邪小人，首開趨附之路，百計効勤，極盡諂媚之態，遂宣言於眾曰，吾輩以某物相送。振大喜，以爲敬己，待之甚厚。且言振意，不進見致禮者爲慢已，必得禍。眾聞知益懼，皆具禮進見，從此以爲常。"

[2] 商文毅，即商輅（1414—1486），字弘載，號素庵，浙江淳安人。正統十年狀元，歷官太子少保、吏部尚書兼謹身殿大學士，卒謚文毅。著有《商文毅疏稿略》《商文毅公集》。汪直，廣西桂平人，瑤族，成化年間控制西廠，擾亂朝政，其事詳《明史紀事本末》卷三七《汪直用事》。

[3] 李獻吉，即李夢陽（1473—1530），字獻吉，號空同子，慶陽人。弘治七年進士，歷戶部主事、郎中，因劾劉瑾，貶爲山西布政司經

歷。瑾死，起故官，尋遷江西提學副使。坐爲寧王作《陽春書院記》，削籍。有《空同集》。"前七子"之領袖。錢謙益《列朝詩集小傳》評曰："獻吉生休明之代，負雄鷙之才，傉然謂漢後無文，唐後無詩，以復古爲己任……獻吉以復古自命，曰古詩必漢魏，必三謝；今體必初盛唐，必杜；舍是無詩焉。牽率模擬剽賊于聲句之間，如嬰兒之學語，如桐子之洛誦，字則字、句則句、篇則篇，毫不能吐其心之所有，古之人固如是乎？天地之運會，人世之景物，新新不停，生生相續，而必曰漢後無文、唐後無詩，此數百年之宇宙日月盡皆缺陷晦蒙，直待獻吉而洪荒再闢乎？"按，李夢陽曾擊壽寧侯張鶴齡，亦曾爲韓文屬草以逐"八虎"，此似合兩事爲一事。

卷十六

事部四

《詩》云："善戲謔兮，不爲虐兮。"古今載籍，有可以資解頤者多矣。苟悟其趣，皆禪機也，略録數端於左。

尉有夜半擊令之門者，求見甚急，令曰："半夜有何事？請俟旦。"尉曰："不可。"披衣遽起，取火延尉入，坐未定，問曰："事何急？豈有盜賊竊發，君欲往捕耶？"曰："非也。""然則家有倉卒疾病耶？"曰："非也。""然則何以不待旦？"曰："某見春夏之交，農事方興，百姓皆下田，又使養蠶，恐民力不給。"令曰："然則君有何策？"曰："某見冬間農隙無事，不若移令此時養蠶，實爲兩便。"令笑曰："君策甚善，古人不及，但冬月何處得桑？"尉瞠目久之，拱手長揖曰："夜已深，伏惟安置。"然《周禮》禁原蠶，而閩、廣之地桑經冬不凋，有一歲四蠶者，則尉之言，未足深笑也。

程覃爲京兆尹，不甚識字，有道人投牒，乞執照造橋，覃大書"昭執"二字，其人白云："合是執照，今作'昭執'，仍漏四點。"覃取筆於"執"字下加四點與之，乃爲"昭熱"，庠舍諸生作傳以譏之。

宋陳東通判蘇州，權州事，因斷流罪，命黥其面，曰："特刺配某州牢城。"黥畢，幕中相與白曰："凡稱特者，罪不至是，而出於朝廷一時之旨，非有司所得行。"東大恐，即改"特刺"字爲"準條"再黥之，頗爲人所傳笑。後有薦其才於兩府者，石參政曰："吾知其人矣，得非權蘇州日於人面上起草者乎?"

唐蕭炅不識字，嘗以伏臘爲伏獵。又一日，張九齡送芋，刺稱蹲鴟，蕭以爲鴟鴉，答云："損芋拜嘉，惟蹲鴟未至耳。然僕家多怪，亦不願見此惡鳥也。"九齡得書大笑。

党進過市，見縛勾欄者，問："汝説何人?"優者言："説韓信。"進怒曰："汝對我説韓信，見韓信即當説我，此三頭兩面之人!"命杖之。

周定州刺史孫彥高被突厥圍城，不敢出廳，文符須徵發者，於小窗接入，鎖州宅門。及賊登壘，乃入櫃中藏，令奴曰："牢掌鑰匙，賊來索，慎勿與也。"昔有人入京選，皮袋被賊盜去，其人曰："賊偷我袋，將終不得我物用。"或問其故，曰："鑰匙在我衣帶上。"此亦孫彥高之流也。

錢良臣自諱其名，幼子頗慧，凡經史中有"良臣"字，輒改之。一日，讀《孟子》"今之所謂良臣"，遂改云："今之所謂爹爹，古之所謂民賊也。”一時哄傳爲笑。

馮道門客講《道德經》首章“道可道，非常道”，門客見犯其諱多，乃曰：“不敢說可不敢說，非常不敢說。”

洞庭湖闊數百里，秋水歸壑，惟一條湘川而已。僧齊己欲吟一詩，徘徊未就，有蔡押衙者，輒吟曰：“可憐洞庭湖，恰到三冬無髭鬚。”人怪問之，曰：“以其不成‘湖’也。”

南燕慕容德時，妖賊王始聚衆於太山萊蕪谷，自稱“太平皇帝”，父囘爲太上皇，兄休等爲征東、征西將軍。慕容鎮討擒之，將斬於馬市，有人問之曰：“何爲妖妄，自取族滅！父及兄弟何在？”答曰：“太上皇蒙塵在外，征東、征西爲亂兵所害，如朕今日，復何聊賴？”其妻趙氏怒曰：“君正坐此口死，如何臨刑猶不改？”始曰：“皇后不達天命。自古及今，豈有不亡之國、不破之家哉？”行刑者以刀鐶築其口，始曰：“朕今爲卿所苦，崩即崩矣，終當不易尊號。”德聞而笑之。

虞集未遇時，爲許衡門客。虞有所私，午後輒出，許每往不遇，病之，因書於簡云：“夜夜出游，知虞公之不可諫。”虞歸見之，即對云：“時時來擾，何許子之不憚煩？”許大嘆賞，因薦於朝。

唐玄宗登樓望渭水，見一醉人臨水臥，問左右是何人，左右不知，黃幡綽奏曰：“此是年滿令史。”上問：“何以知之？”對曰：“更一轉便入流。”上大笑。

蘇子瞻戲謂佛印曰："向嘗讀古人詩云：'時聞啄木鳥，疑是打門僧。'又云：'鳥宿池邊樹，僧敲月下門。'未嘗不嘆息古人必以鳥對僧，自有深意。"佛印曰："所以老僧今日常得對學士。"坡無以應。

魏人夜暴疾，命門人鑽火，是夕陰暝，督迫頗急，門人忿然曰："君責人亦太無理，今暗如漆，何不把火照我，使覓鑽具？"

劉述字彥思，甚庸劣。從子俁，疾甚危篤，述往候之。其父母相對涕泣，述立命酒肉，令俁進之，皆莫知其意。或問之，答曰："豈不聞《禮》云：'有疾，飲酒食肉可也。'"又嘗具喪服，值其子亦居憂，客問其子安否，答曰："所謂'父子聚麀'，何勞齒及？"

張丞相天覺，好草書而不工，識者譏笑之，丞相自若也。一日得句，索筆疾書，龍蛇飛動，使姪書之，當險怪處，罔然而止，問丞相曰："此何字也？"丞相視之，亦自不識，詬其姪曰："胡不早問，致吾忘之？"

張由古有吏才而無學術，累歷臺省，常於眾中嘆班固有大才而文章不入《選》。或謂之曰："《兩都賦》《燕山銘》等並入《選》，何因言無？"由古曰："此是班孟堅文章，何關班固事？"

齊王好相，有稱神相者求見，曰："臣鬼谷子之高第，而唐舉之受業師也。"王大悅曰："試視寡人何如？"對曰："王勿亟也，臣相人必熟視竟日而後得。"於是拱立殿上以視，俄有使者持檄入白，王色變，相者問其故，王曰："秦圍即墨三日矣，當發援兵。"相者仰而言曰："臣見大王天庭黑氣，必主刀兵。"王不應。須臾有人著械入見，王色怒，相者問故，王曰："此庫吏也，盜金帛三萬矣。"相者又仰而言曰："臣見大王地角青色，必主失財。"王不說，曰："此已往者，請勿言，但言寡人終身休咎何如耳。"相者曰："臣仔細看來，大王面部方正，不是個布衣之士。"

劉貢父晚年得惡疾，鬚眉墮落，鼻梁崩壞，苦不可言。一日，與東坡會飲，各引古人一聊相戲，坡遽朗吟曰："大風起兮眉飛揚，安得壯士兮守鼻梁？"坐客皆笑，貢父感愴而已。

彭淵材游京師，十年不歸。一日，跨驢南還，以一卒挾布橐，皆斜絆其腋，一邑聚觀，以爲必金珠也。或問之，淵材喜見鬚眉曰："吾富可敵國矣。"遂命開橐，則李廷珪墨一丸、文與可竹一枝、歐公《五代史》草稿一部，它無所有。

陽伯博任山南一縣丞，其妻陸氏，名家女也。縣令婦姓伍，它日會諸官之婦，既相見，縣令婦問贊府夫人何姓，答曰姓陸。次問主簿夫人，答曰姓戚。縣令婦勃然入內，諸夫人不知所以，欲卻回。縣令聞之，遽入問其婦，婦曰："以吾姓伍，贊府婦遂云姓六，主簿婦云姓七，相弄若此！餘官婦若問，必曰姓八、姓九矣！"令大笑曰："人姓偶爾，何足怪?"乃令其婦出。

劉義綦封營道侯,[①]始興王濬戲謂之曰:"陸士衡詩云:'營道無烈心',此言似爲叔父發耶?"義綦曰:"下官初不識士衡,何忽見苦?"

【校箋】

① "侯",底本作"封",涉上文而誤。據北大本改。

張敬兒開府襄陽,欲移羊叔子墮淚碑,綱紀白云:"此羊太傅遺德,不宜遷動。"敬兒怒曰:"太傅是誰,我不識!"

有窮書生欲食饅頭,計無從得,一日,見市肆有列而鬻者,輒大叫仆地,主人驚問,曰:"吾畏饅頭。"主人曰:"安有是?"乃設饅頭百枚,置空室中閉之,伺於外,寂不聞聲,穴壁窺之,則食過半矣。亟開門詰其故,曰:"吾今日見此,忽自不畏。"主人知其詐,怒叱曰:"若尚有畏乎?"曰:"更畏臘茶兩碗爾。"

御史臺儀,凡御史上事,一百日不言,罷爲外官。有侍御史王平,拜命垂滿百日而未言事,同僚訝之,或曰:"王端公有待而發,必大事也。"一日,聞進札子,眾共偵之,乃彈御膳中有髮,其彈詞曰:"是何穆若之容,忽睹鬖如之狀?"

唐明皇坐勤政樓上,見釘鉸者,呼之曰:"朕有一破損天平冠,汝能釘鉸否?"對曰:"能。"遂整之。既完,上曰:"朕無用此冠,便以賜卿。"其人皇恐不敢受,上曰:"俟夜深閉門獨自戴，甚無害也。”

紹興末，謝景思守括蒼，司馬季思佐之，皆名倓。劉季高以書與景思曰：“公作守，司馬九作倅，想郡事皆‘如律令’也。”聞者絶倒。

唐王鐸鎮渚宮，以禦黄巢。寇兵漸近，鐸赴鎮，以姬妾自隨，留夫人於家中。忽報夫人離京徑來，已在道中，鐸謂從事曰：“黄巢漸以南來，夫人又將北至，旦夕情味，何以安處？”幕僚戲曰：“不如降黄巢。”公亦大笑。

唐時有士子奔馬入都者，人問何急如此，答曰：“將赴不求聞達科。”宋天聖中置高蹈丘園科，許本人於所在自投狀求試，時人笑之。

宋時，省試“天子之堂九尺”賦，有一士曰：“成湯當陛而立，不欠一分；孔子歷階而陞，只餘六寸。”蓋湯九尺、孔子九尺六寸也。余憶新羅使人有入貢者，見葵花不識，問主人，人紿之云：“名一丈紅也。”使作詩咏之，末句云：“五尺闌干遮不盡，更留一半與人看。”噫！何中國、夷狄工拙相去之遠乎？又有貴老爲“其近於親”賦，其破題云：“見龍鍾之黄耇，思仿佛乎家尊。”傳以爲笑。

宋王琪、張亢俱在晏元獻幕客，亢體肥大，琪目之爲牛；琪枯瘦，亢目爲猴。琪嘗嘲亢曰：“張亢觸牆成八字。”亢應聲曰：“王琪望月叫三聲。”一坐爲之絶倒。

田元鈞狹而長，其夫人富彦國女弟也，闊而短，石曼卿戲目之爲“龜鶴夫妻”。

宋王文康公苦淋，百計弗瘳，洎爲樞密使，疾頓除，及罷而疾復作。或戲之曰：“要治淋疾，惟用一味樞密副使，常服始不發。”又梅詢久爲侍從，急於進用，晚年多病，石中立曰：“公欲安乎？惟一服清涼散耳。”蓋兩府在京許張青蓋也。

紹興末，朝士多饒州人，或謂之曰：“諸公皆不是癡漢。”又有監司薦人，以關節欲與饒州人，或規其當先孤寒，監司憤然曰：“得饒人處且饒人。”

蘇子由在政府，子瞻在翰林，有一故人干子由而未遂，求子瞻助一言。子瞻徐曰：“舊聞有人貧甚，發冢爲生，發一冢，見一人裸坐，曰：‘吾楊王孫也，裸葬，何以濟汝？’又發一冢，見王者，曰：‘朕漢文帝也，遺令薄葬，何以濟汝？’遂之首陽山，見二冢相連，先發其左，見一人枯瘠如柴，曰：‘我伯夷也，饑死山中，尚有物乎？’其人嘆曰：‘用力之勤，久無所獲，不如且發右冢，看何如。’伯夷曰：‘勸汝別謀於它所。汝看我嘴臉若此，舍弟叔齊豈能爲人乎？’”故人一笑而止。

晋庾翼與其兄冰書曰：“天公憒憒，無復皂白。”近時唐伯虎亦有詩云：“駿馬每馱癡漢走，巧妻常伴拙夫眠。世間多少不平事，不會作天莫作天。”雖謔詞，亦有激之言也。

相傳海上有駕舟入魚腹者，舟中人曰：“天色何陡暗也?"取炬然之,火熱而魚驚,遂吞而入水。是則然矣,然舟人之言與其取炬也,孰聞而孰見之?《本草》曰:"獨活有風不動,無風自搖;石髀入水即乾,出水則濕。"出水則濕,誠有之矣,入水即乾,何從得知也?言固有習聞而不覺其害於理者。可爲一笑。

江西有驛官,以幹事自任,白刺史:"驛已理,請閱視。"乃往。初一室爲酒庫,諸醞畢具,其外畫神,問何神,曰杜康。刺史喜。又一室曰茶庫,諸茗畢貯,復有神,問何神,曰陸鴻漸。刺史益喜。又一葅庫,諸蔬畢備,復有神,問何神,曰蔡伯喈。刺史大笑曰:"君誤矣!"

滄州南皮丞郭務靜,性糊塗,與主簿劉思莊宿於逆旅,謂莊曰:"從駕大難。靜嘗從駕,失家口三日,于侍官幕下討得之。"莊曰:"公夫人在其中否?"靜曰:"若不在中,更論何事?"

子思薦苟變於衛侯。一日,子思適衛,變擁篲郊迎,執弟子禮甚恭。變有少子亦從,子思訝問何人,左右曰:"此苟弟子孩兒。"

宋王狀元十朋未第時,醉墮沛河,爲水神扶出,曰:"公有三百千料錢,若死於此,何處消破?"明年遂登第,歸以語人。士有久不第者,聞而效之,陽醉落河,亦爲水神扶出,士大喜曰:"我料錢幾何?"曰:"吾不知也,但有三百甕黃虀,無處消破耳。"

有吝於財者，遇一親故求濟，以酒一甌、錢索一條送之，云：“筋一條，血一碗，右槌胸奉上，伏望鐵心肝人留納。”

有二措大言志，一云：“我平生不足，惟飯與睡耳，它日得志，當吃飽飯了便睡，睡了又吃飯。”一云：“我則異於是，當吃了又吃，何暇復睡耶！”

唐魏博節度使韓簡，性粗率，每對文士，不曉其說，心常恥之。乃召一孝廉，令講《論語》。及講至《爲政》篇，明日謂諸從事曰：“僕近知古人淳朴，年至三十方能站立。”聞者莫不絕倒。

晉桓溫少與殷浩友善，殷常作詩示溫，溫後見之，謂曰：“汝慎勿犯我，我當出汝詩示人。”

程師孟知洪州，作靜堂，自愛之，無日不到，作詩題於石曰：“每日更忙須一到，夜深長是點燈來。”李元規見而笑曰：“此是登溷詩也。”

何承裕知商州，有舉人投卷，覽其詩，有“日暮猿啼旅思凄”之句，遽曰：“足下此句甚佳，但上句屬對未切，奉爲改之，何不云‘月明犬吠張三婦，日暮猿啼呂四妻?’”舉人大慚而去。

安禄山好作詩，以櫻桃寄其子，作詩云：“櫻桃一籃子，半青一半黄。一半與懷王，一半與周贄。”群臣請曰：“聖作誠高妙，但以‘一半與周贄’之句移在上，於韻更爲穩叶。”禄山怒曰：“我兒豈可使居周贄之下乎！”

宋鄭廣以海寇來降，授以職官，旦望趨府，群寮無與立談者，廣鬱鬱不言。一日晨衙，群寮談詩，廣起於坐曰："鄭廣粗人，有拙詩白之諸公。"乃朗吟曰："鄭廣有詩上眾官，文武看來總一般。眾官做官卻做賊，鄭廣做賊卻做官。"滿坐慚噱。

商則爲廩丘尉，值縣令、丞多貪。一日，宴會起舞，令、丞舞皆動手，則但回身而已，令問其故，則曰："長官動手，贊府亦動手，惟有一個尉，又動手，百姓何容活耶？"

大曆中，荆州馮希樂者善佞，嘗謁長林令，留宴，語令云："仁風所感，猛獸出境，昨入縣界，見虎狼相尾而去。"有頃，村吏來報："昨夜有虎食人。"令戲語之，馮遽曰："此必掠食便過。"

蔡君謨美鬚髯，一日内燕，上顧問曰："卿髯甚美，夜間將覆之衾下乎，將置之於外乎？"君謨謝不知。及歸就寢，思上語，以髯置之内外，悉不安，遂一夕不能寐，蓋無心與有心異也。

宋子京留守西都，有同年爲河南令，好述利便，以農家藝麥費耕耨，改用長錐刺地下種，自旦至暮，不能一畝。又值蝗災，科民畜雞，云："不惟去蝗之害，兼得畜雞之利。"剋期令民悉呈所畜。群雞既集，紛然格鬥，勢不能止，逐之飛走，塵埃漲天，百姓喧闐不已。相傳爲笑。

李載仁，唐之後也，避亂江陵，高季興署觀察推官。爲性迂緩，一日將赴召，方上馬，部曲相毆，載仁怒，命急於厨中取餅及猪肉，令相毆者對餐之，復戒曰："如敢再犯，必以猪肉中加之以酥。"聞者笑之。

曾純甫當國日，有歸正官蕭鷗巴來謁，既退，有一客至，因問曰："蕭鷗巴可對何人？"客曰："正可對'曾鵪脯'。"曾怒其嫚己，遂與之絕。

宋葉衡罷相日，與布衣飲甚歡。一日不怡，問諸客曰："某且死，但未知死佳否耳？"一姓金士人曰："甚佳。"葉驚曰："何以知之？"曰："使死而不佳，死者皆逃歸耳。一去不返，是以知其佳也。"滿坐皆笑。無何而丞相下世。

嘉靖末，金陵吳擴有詩名，①曾有《元日懷嚴分宜相國》詩，一友見之，戲曰："開歲第一日，懷朝中第一官，如此便做到臘月晦，亦未懷及我輩也。"吳雖笑而甚慚。

【校箋】

① 吳擴，字子充，昆山人。以布衣游於公卿間。工詩，有《長吟閣稿》。《列朝詩集小傳》評曰："本朝布衣以詩名者，多封己自好，不輕出游人間。其挾詩卷、携竿牘，遨游縉紳，如晚宋所謂山人者，嘉靖間自子充始……嘉靖中，子充避倭亂，居金陵，愛秦淮一帶水，造長吟閣居之。嘗元日賦詩奉懷分宜相公，人戲之曰：'開歲第一日，懷中朝第一官，便吟到臘月三十日，豈能及我輩乎？'金陵人至今傳以爲笑云。"《靜志居詩話》亦評曰："子充游大人以成名，嘗于元旦賦詩懷分宜閣老……嘉靖間，山人若吕中甫、謝茂秦之徒，排難報恩，不無可取。若子充，所謂斗筲之人，無足算也。"

漢武帝對群臣云：“《相書》云：‘鼻下人中長一寸，年百歲。’”東方朔在側，因大笑。有司奏不敬，方朔免冠云：“臣誠不敢笑陛下，實笑彭祖面長耳。”帝問之，朔曰：“彭祖正八百歲，果如陛下之言，則彭祖人中可長八寸。以此推之，彭祖面長一丈餘矣。”帝大笑。

漢有牛通爲隴西主簿，馬文淵爲太守，羊喜爲功曹，凉部云：“三牲備身。”

簡雍字憲和，時天旱禁酒釀者，有刑吏於人家索得釀具，論者欲令與作酒者同罰。雍與先主游觀，見一男女行道，謂先主曰：“彼人欲行淫，何以不縛？”先主曰：“卿何以知之？”雍對曰：“彼有淫具，與欲釀者同。”先主大笑，而原欲釀者。

侯白在散官隸屬，楊素愛其能劇談，每上番日，即令談戲弄，或從旦至晚，始得歸。纔出省門，即逢素子玄感，乃云：“侯秀才可與玄感説一個好話。”白被留連，不獲已，乃云：“有一大蟲，欲向野中覓肉，見一刺猬仰臥，謂是肉臠，便欲銜之。忽被猬卷着鼻，驚走，不知休息，直至山中，困乏，不覺昏睡，刺猬乃放鼻而去。大蟲忽起，歡喜走至橡樹下，低頭見橡斗，乃側身語云：‘旦來遭見賢尊，願郎君且避道。’”

裴玄本好諧談，爲户部郎中時，左僕射房玄齡疾甚，省郎將問疾，玄本戲曰：“僕射病可，須問之；既甚矣，何須問也?"有泄其言者。既而隨例看玄齡，玄齡笑曰："裴郎中來，玄齡不死也。"

韋慶本女選爲妃，詣明堂謝，而慶本兩耳先卷，朝士多呼爲"卷耳公"。時長安令杜松壽見而賀之曰："僕固知足下女得妃。"慶本曰："何以知之?"松壽乃自摸其耳而卷之，曰："《卷耳》，后妃之德也。"

陸長源以舊德爲宜武軍行司馬，韓愈爲巡官，同在使幕，或譏年輩相懸，周愿曰："大蟲、老鼠，俱爲十二相屬，何怪之有?"

于頔聞韋皋進《奉聖樂》，亦撰《順聖樂》以進，每宴必使奏之。其曲將半，行綴皆伏而一人舞于中央，幕客韋綬笑曰："何用窮兵獨舞?"以調頔爲襄帥暴虐，人呼爲"襄樣節度"。

僧貫休有機辨，杜光庭欲屈其鋒，每相見，必伺其舉措以戲調。一旦因舞礜於通衢，而貫休馬忽墜糞，光庭連呼："大師，大師，數珠落地。"貫休曰："非數珠，蓋大還丹耳。"

左街僧録惠江、威儀程紫霄俱辨捷，每相嘲誚。江素充肥，會暑袒露，霄忽見之，曰："僧録琵琶腿。"江曰："先生觡栗頭。"又見駱駝數頭，霄指一大者曰："此必頭陀也。"江曰："此輩滋息亦有先後，此則先生者，非頭陀也。"

盧質字子徵，性好玩謔，爲莊宗管記。會醫官陳玄補太原府醫學博士，所司請稿，質立草之，末句云："既得厚朴之才，宜典從容之職。"莊宗覽之，久爲啓齒。

李茂真子從曮爲鳳翔節度使，因生辰，秦鳳持禮使陋而多髯，魏博使少年如美婦人，魏博戲云："今日不幸與水草大王接坐。"秦鳳曰："夫人無多言。"四座皆笑。

康定中，西戎寇邊，王師失律。當國一相以老得謝，同列就第爲賀，飲酣，自矜曰："某一山民耳，遭時得君，告老於家，當天下無一事之辰，可謂太平幸民也。"石中立曰："只有陝西一夥竊盜未獲。"滿座大笑。

王荆公爲相，大講天下水利，時有獻策決乾太湖，云："可得良田數萬頃。"人皆笑之。荆公因與客話及之，時劉貢父在坐，遽對曰："此易爲也。"荆公曰："何也?"貢父曰："但旁別開一太湖納水則成矣。"公大笑。

東坡謁呂微仲，值晝寢，久之方出見，便坐。有昌蒲盆豢綠毛龜，坡指曰："此易得耳，若六眼則難得。"微仲問："六眼龜出何處?"坡曰："昔唐莊宗同光中，林邑國嘗進六眼龜，時敬新磨在殿下，獻口號云：'不要鬧，聽取這龜兒口號；六隻眼兒睡一覺，抵別人三覺。'"

嘉禾方千里，一日，會相識張更生，千里乃作一令，戲曰："古人是劉更生，今人是張更生，手內執一卷《金剛經》，問你是胎生，卵生，濕生，化生?"更生謂方曰："古人是馬千里，今人是方千里，手執一卷《刑法志》，問你要一千里，二千里，三千里？”

　　吳給事女敏慧，工詩詞，後歸華陽陳子朝，名儒也，晚年惑一妾，緣此遂染風疾。一日親戚來問，吳同妾在側，因指妾曰：“此《風》之始也。”

　　晉康福鎮天水日，嘗有疾，幕客謁問，福擁錦衾而坐，客退，謂同列曰：“錦衾爛兮。”福聞之，遽召言者，怒之曰：“吾雖生於塞下，實唐人也，何得爲奚？脚有小瘡，何至於爛？”一云是党進。

　　有老嫗相讓道，其一曰：“嫗年幾何？”曰：“七十。”曰：“吾六十九。然則明年吾與爾同歲矣。”

　　艾子在齊，居孟嘗君門下者三年，孟嘗君禮爲上客。既而自齊反乎魯，與季孫氏遇，季孫曰：“先生久於齊，齊之賢者爲誰？”艾子曰：“無如孟嘗君。”季孫曰：“何也？”艾子曰：“食客三千，衣廩無倦色，不賢而能之乎？”季孫曰：“嘻！先生欺余哉！三千客余家亦有之，豈獨田文？”艾子不覺斂容而起，謝曰：“公亦魯之賢者也，翌日敢造門下，求觀三千客。”季孫曰：“諾。”明旦，艾子衣冠齊潔而往，入其門，寂然也，升其堂則無人焉，艾子疑之，意其必在別館也。良久，季孫出見，詰之曰：“客安在？”季孫悵然曰：“先生來何暮？三千客各自歸家吃飯去矣。”艾子胡盧而退。

　　艾子講道於嬴、博之間，齊魯之士從之者數十百人。一日，講文王羑里之囚，偶赴宣王召，不及竟其説，一士怏怏返舍。其妻問之曰：“子日聞夫子之教，歸必欣然，今何不樂之甚也？”士曰：“朝來聞夫子説周文王聖人也，今被其主殷紂無道，囚於羑里，吾憐其無辜，是以深生愁惱。”妻欲寬其憂，姑慰之曰：“今雖見囚，久當放赦，豈必禁錮終身？”士嘆息曰：“不愁不放，只愁今夜在牢内難過活耳。”

燕里季之妻美而蕩，私其鄰少年，[①]季聞而思襲之。一旦，伏而覘焉，見少年入室而門扃矣，因起叩門，妻驚曰：“吾夫也！奈何？”少年顧門：“有牖乎？”妻曰：“此無牖。”“有竇乎？”妻曰：“此無竇。”“然則安出？”妻目壁間布囊曰：“是足矣。”少年乃入囊，懸之牀側，曰：“問及，則紿以米也。”啓門内季，遍室中求之不得，徐至牀側，其囊累然而見，觸之甚重，詰其妻曰：“是何物？”妻懼甚，囁嚅久之，不能答，而季屬聲呵問不已。少年恐事露，不覺於囊中應曰：“吾乃米也。”季因撲殺之，及其妻。艾子聞而笑曰：“昔石言于晋，今米乃言于燕乎？”

【校箋】

① “鄰”，底本作“憐”，據北大本改。

齊有病忘者，行則忘止，臥則忘起，其妻患之，謂曰：“聞艾子滑稽多知，能愈膏肓之疾，盍往師之？”其人曰：“善。”於是乘馬挾弓矢而行，未一舍，内逼，下馬而便焉，矢植于土，馬繫於樹。便訖，左顧而睹其矢，曰：“危乎！流矢奚自，幾乎中予。”右顧而睹其馬，喜曰：“雖受虛驚，乃得一馬。”引轡將旋，忽自踐其所遺糞，頓足曰：“踏卻大糞，污吾履矣，惜哉！”鞭馬反向歸路而行，須臾抵家，徘徊門外，曰：“此何人居，豈艾夫子所寓邪？”其妻適見之，知其又忘也，罵之，其人悵然曰：“娘子素非相識，何故出語傷人？”

虞任者，艾子之故人也，有女生二周，艾子爲其子求聘。任曰：“賢嗣年幾何？”答曰：“四歲。”任艴然曰：“公欲配吾女與老翁邪？”艾子不諭其旨，曰：“何哉？”任曰：“賢嗣四歲，吾女二歲，是長一半年紀也。若吾女二十而嫁，賢嗣年四十；又不幸二十五而嫁，則賢嗣五十矣，非嫁一老翁邪？”艾子知其愚而止。

齊宣王謂淳于髠曰：“天地幾萬歲而翻覆？”髠對曰：“聞之先師，天地以萬歲爲元，十二萬歲爲會，至會而翻覆矣。”艾子聞其言，大哭，宣王訝曰：“夫子何哭？”艾子收淚而對曰：“臣爲十一萬九千九百九十九年上百姓而哭。”王曰：“何也？”艾子曰：“愁他那年上何處去躲這場災難。”

艾子畜羊兩頭於圃，羊牡者好鬥，每遇生人則逐而觸之。門人輩往來，甚以爲患，請於艾子曰：“夫子之羊牡而猛，請得閹之，則降其性而馴矣。”艾子笑曰：“爾不知今日無陽道的更猛裏。”

楊素與侯白行道畔，有槐樹枯死，素曰：“侯秀才多能，

何計令此樹活?"白曰:"可取槐子懸之樹上即活矣。"素問
出何書,白曰:"豈不聞'子在,槐何敢死'?"

又一日,大雪擁爐,白入,素急問曰:"今早有人被蜈蚣
咬,痛欲死,若爲治之。"白曰:"可取六月雪水塗之。"素
曰:"六月那得雪?"白曰:"六月無雪,此時那得蜈蚣?"左
右服其機警。

李寰建節晉州,表兄武恭性誕妄,又稱好道及蓄古物。
遇寰生日,無餉遺,乃箱擎一故皂襖子與寰,云:"此是李令
公收復京師時所服,願尚書功業一似西平。"寰以書謝。後聞
知恭生日,箱擎一破幞頭餉恭,曰:"知兄深慕高真,求得一
洪崖先生初得仙時幞頭,願兄得道一如洪崖。"賓僚無不大
笑。余嘗讀謝綽宗《拾遺錄》云:"江夏王義恭性愛古物,
常遍就朝士求之。侍中何勖已有所送,而王徵縈不已,何甚
不平。嘗出行於道,遇狗枷、敗犢鼻,乃命左右取之還,以
箱擎送之,箋曰:'承復須古物,今奉李斯狗枷、相如犢
鼻。'"此頗與寰、恭相類耳。

姚峴有文學而好滑稽,遇機即發。姚僕射南仲廉察陝郊,
峴初釋艱服候見,以宗從之舊,延於中堂。弔訖,未語及他
事,門外忽有投刺者云:"李過庭。"僕射曰:"過庭之名甚
新,未知誰家子弟?"客將左右皆稱不知,又問峴知之否,[①]
峴初猶俯首嚬眉,頃之自不可忍,斂手言曰:"恐是李趨
兒。"僕射久方悟而大笑。

【校箋】

　①"問"，底本作"聞"，據北大本改。

　　石參政中立，性滑稽，天禧中爲員外郎，時西域獻獅子，畜於御苑，日給羊肉十五斤，嘗率同列往觀，或曰："彼獸也，給羊肉乃爾，吾輩忝預曹郎，日不過數斤，人翻不及獸乎?"石曰："君何不知分也? 彼乃苑中獅子，吾曹園外狼耳，安可並耶?"

　　章郇公得象與石資政中立素相友善，而石喜談諧，嘗戲章云："昔時名畫有戴松牛、韓幹馬，而今有章德象也。"

　　景祐中，有郎官皮仲容者，偶出街衢，爲一輕浮子所戲，遂前賀云："聞君有臺憲之命。"仲容立馬愧謝。久之，徐問其何以知之，①對曰："今新制臺官必用僻姓者，故以君姓知之爾。"蓋是時三院御史乃仲簡、論程、掌禹錫也。聞者傳以爲笑。

【校箋】

　①"問"，底本作"聞"，據北大本改。

　　劉攽博學有俊才，然滑稽喜謔，熙寧中爲開封府試官，出"臨以教思無窮論"，舉人上請曰："此卦大象如何?"劉曰："要見大象，當詣南御苑也。"又有請曰："至于八月有凶，何也?"答曰："九月固有凶矣。"蓋南苑豢馴象，而榜帖之出，常在八月、九月之間也。馬嘿爲臺官，彈奏效輕薄，不當置在文館，效聞而嘆曰："既爲馬嘿，豈合驢鳴？"

荆公、禹玉，熙寧中同在相府。一日，同侍朝，忽有蝨自荆公襦領而上，直緣其鬚，上顧之笑，公不自知也。朝退，禹玉指以告公，公命從者去之，禹玉曰："未可輕去，輒獻一言以頌蝨之功。"公曰："如何？"禹玉笑而應曰："屢游相鬚，曾經御覽。"荆公亦爲之解頤。

魯直戲東坡曰："昔王右軍字爲換鵝字。韓宗儒性饕餮，每得公一帖，於殿帥姚麟換羊肉十數斤，可名二丈書爲換羊書。"東坡大笑。一日，公在翰苑，以聖節製撰紛冗，宗儒日作數簡以圖報書，使人立庭下，督索甚急，公笑謂曰："傳語本官，今日斷屠。"

秦上有好古物者，價雖貴，必購之。一日，有人持敗席一扇，踵門而告曰："昔魯哀公命席以問孔子，此孔子所坐之席也。"秦士大惬，以爲古，遂以負郭之田易之。逾時，又有持枯竹一枝，告之曰："孔子之席，去今未遠，而子以田售。吾此杖乃太王避狄，①杖策去邠時所操之棰也，蓋先孔子又數百年矣，子何以償我？"秦士大喜，因傾家資悉與之。既而又有持巧漆碗一隻，曰："席與杖皆周時物，固未爲古也，此碗乃舜造漆器時作，蓋又遠於周矣，子何以償我？"秦士愈以爲遠，遂虛所居之宅以予之。三器既得，而田舍資用盡去，致無以衣食，然好古之心，終未忍舍三器，於是披哀公之席，持太王之杖，執舜所作之碗，行丐於市，曰："那個衣食父母，有太公九府錢，乞我一文。"聞者噴飯。

【校箋】

① "太"，底本作"大"，據北大本改。

　　唐李文禮累遷至揚州司馬，質性遲緩。時在揚州，有吏自京還，得長史家書云："姊亡，請擇日發之。"李忽聞姊亡，乃大號慟，吏復白曰："是長史姊。"李久而徐問曰："是長史姊耶？"吏曰："是。"李曰："我無姊，向亦怪矣。"

　　彭淵材初見范文正公畫像，驚喜再拜，前磬折，稱："新昌布衣彭几幸獲拜謁。"既罷，熟視曰："有奇德者必有奇形。"乃引鏡自照，又捋其鬚曰："大略似之矣，但只無耳毫數莖耳，年大，當十相具足也。"又至廬山太平觀，見狄梁公像，眉目入鬢，又前再拜，贊曰："有宋進士彭几謹拜謁。"又熟視久之，呼刀鑷者使剌其眉尾，令作卓枝入鬢之狀。家人輩望見驚笑，淵材怒曰："何笑？吾前見范文正公，恨無耳毫，今見狄梁公，不敢不剃眉。何笑之乎？"

　　唐陳國張伯偕與弟仲偕形貌一般，仲偕娶妻，妻新妝畢，忽見伯偕自窗外過，妻問曰："我今妝飾好否？"答曰："我伯偕也。"妻赧然趨避。既出房，至姑所又逢伯偕，告之曰："適見伯伯，大羞。"伯偕笑曰："誤，誤，我固伯也。"

　　白汲與其弟孿生，狀貌酷相肖，人不能辨。一日，汲自

570

外歸，弟妻以爲其夫也，迎而呼之，不應，即時詈之，遂批其頰。汲正色謂之曰："我乃伯也。"婦惶愧而退。汲自是更其冠，以爲別異。

張思光嘗詣吏部尚書何戢，誤通尚書劉澄，戢下車，入門曰："非是。"至戶外望澄，又曰："非是。"既造席，視澄曰："都非是。"乃去。

盧思道聘陳，陳主用觀世音語弄思道曰："是何商人，賷持重寶？"思道即以觀世音語報曰："忽遇惡風，漂墮羅刹鬼國。"陳主大慚。

陸餘慶爲洛州長史，善議論事而謬於判決。其子嘲之曰："陸餘慶筆頭無力嘴頭硬，一朝受訟詞，十日判不竟。"送案褥下，餘慶得之，曰："必是那狗！"遂鞭之。時嘲之曰："說事喙長三尺，判事手重五斤。"

郭功父過杭州，出詩一軸示東坡，先自吟誦，聲振左右。既罷，謂坡曰："祥正此詩幾分？"東坡曰："十分。"祥正驚喜問之，坡曰："七分來是讀，三分來是詩，豈不是十分耶？"

東坡與溫公論事偶不合，坡曰："相公此論，故爲鱉廝踢。"溫公不諭其戲，曰："鱉安能廝踢？"曰："是之謂鱉廝踢。"又東坡與時輩議論，每每多所雌黃，獨司馬溫公不敢有所輕重。一日，相與共論免差役利害，偶不合，及歸舍，方卸巾弛帶，乃連呼曰："司馬牛，司馬牛！"

吉州士子赴省，書先牌云"廬陵魁選歐陽伯樂"。或誚之曰："有客遙來自吉州，姓名挑在擔竿頭。雖知汝是歐陽後，畢竟從來不識修。"

東坡有小妹，善詞賦，敏慧多辯，其額廣而如凸，坡嘗戲之曰："蓮步未離香閣外，梅妝先露畫屏前。"妹即應歌云："欲叩齒牙無覓處，忽聞毛裏有聲傳。"以坡公多鬚髯，遂以戲答之，時年十歲耳。聞者無不絕倒。

坡公一日設客十餘人，皆名士，米元章亦在坐。酒半，元章忽起自贊曰："世人皆以芾爲顛，願質之子瞻。"公笑曰："吾從衆。"

東坡閒居日，與秦少游夜宴，坡因捫得蝨，乃曰："此是垢膩所生。"秦少游曰："不然，綿絮成耳。"相辯久而不決，相謂曰："明日質疑佛印，理曲者當設一席以表勝負。"及酒散，少游即往叩門，謂佛印曰："適與坡會，辯蝨之所由生，坡曰生于垢膩，愚謂成于綿絮，兩疑不釋，將決吾師。師明日若問，可答生自綿絮，容勝後當作飰飥會。"既去，頃之坡復至，乃以前書言之，祝令答以蝨本生于垢膩，許作冷淘。明日果會，具道詰難之意，佛印曰："此易曉耳。乃垢膩爲身，綿絮爲腳。先吃冷淘，後吃飰飥。"二公大笑，具宴爲樂。

有宗室名宗漢，自惡人犯其名，謂漢子曰兵士，舉宮皆然。其妻供羅漢，其子授《漢書》，宮中人曰："今日夫人召僧供十八羅兵士，太保請官教點兵士書。"都下哄然傳以爲笑。

田登作郡，自諱其名，觸者必怒，吏卒多被榜笞，於是舉州皆謂燈爲"火"。上元放燈，許人入州治游觀，吏人遂書榜揭于市曰："本州依例放火三日。"

慶曆中，衛士有變，震驚宮掖，尋捕殺之。時臺官宋禧上言："此蓋平日防閒不密，所以致患。臣聞蜀有羅江狗赤而尾小者，其敏如神，願養此狗於掖庭，以警倉卒。"時謂之"宋羅江"。又有御史席平，因鞫詔獄畢，上殿，仁宗問其事，平曰："已從車邊斤矣。"時謂之"車斤御史"。

嘉祐、治平間，有中官杜浙者，好與舉子同游，學文談，不悉是非。居揚州，凡答親舊書，若此事甚大，必曰"兹務孔洪"，如此甚多。蘇子瞻過維揚，蘇子容爲守，杜在座，子容少怠，杜遽曰："相公何故溘然?"其後子瞻與同會，問典客曰："爲誰?"對曰："杜供奉。"子瞻曰："今日不敢睡，直是怕那溘然。"

武帝與越王爲親，遣東方朔泛海求寶，愆期不至，乃微服齎絹問卜於孫賓。賓延坐，未之識也，及啓卜卦，方知是帝，惶懼起拜，帝曰："朕來覓物，卿勿言。"賓曰："陛下非卜他物，卜東方朔耳。朔行七日必至，今在海中，西面招水大嘆。到日請詰之。"朔至，帝曰："卿約一年，何故二載?"朔曰："臣不敢稽程，探寶未得也。"帝曰："七日前卿在海中西面招水大嘆，何也?"朔曰："臣非嘆別事，嘆孫賓不識天子，與陛下對坐耳。”帝深異之。

　　和州士人杜默，累舉不成名，性英儻不羈，因過烏江，入謁項王廟。時正被酒沾醉，才炷香拜訖，徑升偶坐，據神頸，捫其首而慟，大聲語曰：“大王有相虧者！英雄如大王而不能得天下，文章如杜默而進取不得官。”語畢，又大慟，淚如迸泉。廟祝畏其必獲罪，雖扶以下，掖之而出，猶回首嗟嘆，不能自釋。祝秉燭檢視神像，垂淚亦未已。

　　謝希孟少豪俊，在臨安狎娼，陸氏象山責之曰：“士君子乃朝夕與賤娼女居，獨不愧於名教乎？”希孟但敬謝而已。他日復為娼造鴛鴦樓，象山聞之，又以為言，希孟曰：“非特建樓，且為作記。”象山喜其文，不覺曰：“樓記云何？”即口占首句云：“自遜、抗、機、雲之死，而天地英靈之氣，不鍾於男子而鍾於婦人。”象山知其侮己，默然。

　　東坡在玉堂，一日，讀杜牧之《阿房宮賦》幾數遍，每讀徹一遍，即再三咨嗟嘆息，至夜分猶不寐。有二老兵，皆陝人，給事左右。坐久，甚苦之，一人長嘆，操西音曰：“知他有甚好處！夜久寒甚，不肯睡，連作冤苦聲。”其一曰：“也有兩句好。”其人大怒曰：“你又理會得甚底？”對曰：“我愛他道‘天下人不敢言而敢怒。’”叔黨臥而聞之，明日以告東坡，大笑曰：“這漢子也有鑒識。”

　　唐寇豹與謝觀同在崔裔孫門下，以文藻知名，豹謂觀曰：“君《白賦》有何佳語？”對曰：“曉入梁王之苑，雪滿群山；

夜登庚亮之樓，月明千里。"觀謂豹曰："君胡不作《赤賦》？"豹曰："田單破燕之日，火燎平原；武王伐紂之年，血流漂杵。"文山效之，作《黑賦》曰："孫臏銜枚之際，[1]半夜失踪；達磨面壁以來，九年閉目。"座中一客賦"青"曰："帝子之望巫陽，遠山過雨；王孫之別南浦，芳草連天。"一客賦"黄"曰："杜甫柴門之外，雨漲春流；衛青油幕之前，沙含夕照。"文山評："月明千里，得白之神；曰火曰血，不免著迹。"或改之曰："孫綽賦天台景，赤城霞起而建標；杜牧咏江南春，十里鶯啼而映綠。"又賦"黄"曰："靈均之嘆木葉，秋老洞庭；淵明之啜落英，霜清彭澤。"升庵改《黑賦》云："周庭之列畢蘇，裳如蟻陣；陳閣之迎張孔，鬢似鴉翎。"

【校箋】

① "孫臏"，底本作"孫賓"，據北大本改。

五代袁正辭積錢盈室，室中常有聲如牛，[1]人以爲妖，勸其散積以讓之。正辭曰："吾聞物之有聲，求其同類耳，宜益以錢，聲乃止。"

【校箋】

① "常"，底本作"堂"，據北大本改。

婁師德好諧謔，則天朝大禁屠殺，師德因使至陝，庖人進肉，師德曰："何爲有此?"庖人曰："豺咬殺羊。"師德曰："豺大解事。"又進鱠，復問之，庖人曰："豺咬殺魚。"師德大叱之，曰："智短漢，何不道是獺?"遂不食。

經生多有不省文章。嘗一邑有兩人同官，其一或舉杜荀鶴詩，稱贊"也應無計避征徭"之句，其一難之曰："此詩失矣，野鷹何嘗有征徭乎?"舉詩者解曰："古人有言，豈有失也? 必是當年科取翎毛耳。"

唐蘇晋，頲之子也，學浮屠術，嘗得胡僧慧澄綉彌勒佛一本，寶之，嘗曰："是佛好飲米汁，正與吾性合，吾願事之，他佛不愛也。"

丁謂謫崖州，嘗謂客曰："天下州郡孰爲大?"客曰："京師也。"謂曰："不然，朝廷宰相往往爲崖州司户，則崖州爲大也。"聞者絶倒。

石曼卿善謔，嘗出，御者失鞬，馬驚，曼卿墮地，從吏遽扶掖升鞍。曼卿曰："賴我是石學士，若是瓦學士，豈不跌碎乎?"

張逸密學知成都，僧文鑑求見，時華陽簿張唐輔同在客次，唐輔欲搔首，方脱烏巾，睥睨文鑑，置於其首。文鑑大怒，訴於張公，公問其故，唐輔曰："某方頭痒，取下幞頭無處頓放，見太師頭閒，遂權頓少時，不意其怒也。"

張端爲河南司録，[①]府當祭社，買猪，已呈尹，其夜突入録廳，端即令殺之。吏以白尹，尹問端，對曰："按律，諸無故夜入人家，主人登時殺之勿論。"尹大笑，爲別市猪。

【校箋】

①"録"，北大本作"隸"。

王聖美爲縣令，尚未知名，謁一達官，值其方與客談《孟子》，殊不顧聖美，聖美竊哂其所論。久之，忽顧聖美曰："嘗讀《孟子》否？"對曰："平生愛之，但不曉其義。"曰："試言之。"曰："即孟子見梁惠王，便從頭不曉此語。"達官訝之，曰："此有何奧義？"聖美曰："既云'不見諸侯'，復因何見梁惠王也？"其人諤然無對。①

【校箋】

①"諤"，北大本作"愕"。

艾子好飲，少醒日，門人謀曰："此未可口舌爭，宜以險事怵之。"一日，大飲而噦，門人密袖彘膈，置噦中，持以示曰："凡人俱五臟，今公因飲而出一臟矣，何以生邪？"艾子熟視而笑曰："唐三藏尚活世，況四臟乎？"

寶慶初元，洪舜俞爲考功郎，應詔言事，論臺諫失職，詞甚剴切，內有"其相率勇往而不顧者，惟恭請聖駕款謁景靈宮而已"句，遂爲臺臣所摘，謂只見宗廟重事也，而洪舜俞乃云"款謁景靈宮而已"，詞語嫚易，有輕宗廟之意。遂被落三官，舜俞乃爲詩云："不得之乎成一事，卻因而已失三官。"

陳晟知隆慶府奉新縣，有富人王允升，老而娶妻涂氏，爲諸寵所沮，當夜不成婚而成訟。晟判云："兩家好夫婦，方結同心；一夜惡姻緣，遽成反目。這場公案，好入笑林。王允升白髮皤然，自謂力微而心壯；涂氏女青春過了，亦須華落而色衰。始焉草草婚姻，終也匆匆聚散。鴛鴦小小思珍偶，輸與少年；鳳凰寥寥不復聞，遂成一夢。"

治平中，省試"大舜善與人同"賦，一舉人見黜，心甚不平，其破題云："道雖貫於萬世，善猶同於眾人。"或有善謔者，謂之曰："以尿罐對油筒，宜見黜落。"

梅詢爲翰林學士，一日，書詔頗多，屬思甚苦，操觚巡①階而行。忽見一老卒臥於日中，欠伸甚適，梅忽嘆曰："暢哉！"徐問曰："汝識字乎？"曰："不識字。"梅曰："更快活也。"

【校箋】

① "巡"，北大本作"循"。

宋樞密文及翁嘗咏雪，爲《百字令》，詞云："没巴没臂，霎時間做出曖天曖地。不問高低并上下，平白都教一例。鼓弄滕六，招邀巽二，只恁施威勢。識他不破，至今道是祥瑞。最是鵝鴨池邊，三更半夜，誤了吳元濟。東郭先生都不管，挨上門兒穩睡。一夜東風，三竿紅日，萬事隨流水。東皇笑道，山河原是我的。"蓋譏賈相打量也。

王介性輕率，語言無倫，人謂其有風疾。出守湖州，荆公以詩送之云："吳興太守美如何，柳惲詩才未足多。遙想郡人迎下擔，白蘋洲渚正滄波。"其意以水值風即起波也。介諭其意，遂和十篇，盛氣而誦於荆公。其一曰："吳興太守美如何，太守從來惡祝鮀。生若不爲上柱國，死時猶合代閻羅。"荆公笑曰："閻羅見闕，請速赴任。"

宋何承之除著作郎時已老，而諸佐郎并名家年少，荀伯于嘲之，常呼爲"妳母"。[①]承之曰："卿當云鳳凰將九子，何言妳母？"

【校箋】

① 此段兩處"妳"，底本作"嬭"，據北大本改。

馮道與趙鳳同在中書，鳳有女適道仲子，以飲食不中，爲道夫人詬罵。趙知，令婢長號，知院者來訴，凡數百言，道都不答。及去，但云："傳語親家，今日好雪。"

嘉興許應逵爲東平守，甚有循政，而爲同事所中，得論調去，吏民哭泣不絕。許君晚至逆旅，謂其僕曰："爲吏無所有，只落得百姓幾眼淚耳。"僕嘆曰："阿爺囊中不着一錢，好將眼淚包去作人事送親友？"許爲一拊掌。

唐益州每歲進甘子，皆以紙裹之。他時長吏嫌其不敬，代之以細布。既而恒恐有甘子爲布所損，每歲多懷憂懼。俄

有御史甘子布至，長吏以爲推布裹甘子事，因大懼曰：“果爲
所推。”及子布到驛，長吏但叙以布裹甘子爲敬。子布初不知
之，久而方悟，聞者莫不大笑。①

【校箋】

① 按，“唐益州”此段及以下諸段，底本無，據北大本補。

唐滄州南皮縣丞郭務靜，初上典王慶通判案，靜曰：“爾
何姓？”慶曰：“姓王。”須臾，慶又來，又問何姓，又曰
“姓王”，靜怪愕良久，仰看慶曰：“南皮佐史惣姓王。”

唐裴佶少時，姑夫爲朝官，有雅望。佶至宅，會其退朝，
深嘆曰：“崔照何人？衆口稱美，必行賄也。如此安得不
亂？”言未訖，門者報曰：“壽州崔使君候謁。”姑夫怒呵門
者，將鞭之。良久，束帶強見。須臾，命茶甚急，又命酒饌，
又命飼爲飯。佶姑曰：“前何倨而後恭？”及入門，有德色，
揖佶曰：“憩學中。”佶未下階，出懷中一紙，乃贈官絁千匹。

北齊王元景爲尚書，性雖懦緩，而每事機捷。有奴名典
琴，嘗旦起，令索食，謂之解齋。奴曰：“公不作齋，何故常
云‘解齋’？”元景徐謂奴曰：“我不作齋，不得爲解齋。汝
字典琴，何處有琴可典？”

山東人娶蒲州女，多患癭，其妻母項癭甚大。成婚數月，
婦家疑婿不慧，婦翁置酒盛會，親戚欲以試之，問曰：“某郎
在山東讀書，應識道理。鴻鶴能鳴，何意？”曰：“天使其

然。"又曰："松柏冬青，何意？"曰："天使其然。"又曰："道邊樹有骨髑，何意？"曰："天使其然。"婦翁曰："某郎全不識道理，何因浪住山東？鴻鶴能鳴者，頸項長；松柏冬青者，心中強；道邊樹有骨髑者，車撥傷。是豈天使其然？"婿曰："請以所聞見奉酬，不知許否？蝦蟆能鳴，豈是頸項長？竹亦冬青，豈是心中強？夫人項下瘦如許大，敢是車撥傷？"婦翁羞愧，無以對之。

伯樂令其子執《馬經》畫樣以求馬，經年無有似者。歸以告父，更令求之。出見大蝦蟆，謂父曰："得一馬，略與相同而不能具。"伯樂曰："何也？"對曰："其隆顙眣目，脊郁縮，但蹄不如累趨耳。"伯樂曰："此馬好跳躑，不堪也。"子乃止。

唐汝南袁德師，故給事高之子，嘗於東都買得婁師德故園，地起高樓。洛人語曰："昔日婁師德園，今乃袁德師樓。"

交、廣間游客各求館帖，所至迎接，甚厚賄賂。每處十千，廣帥盧鈞深知其弊，凡求館帖者，皆云："纍路館驛供菜飯而已。"有客齎帖到驛，驛司依帖供給，客不發，驛吏曰："恐後更有使客，前驛又遠，此非宿處。"客曰："食帖如何處分？"吏曰："供菜飯而已。"客曰："菜飯供了，還我'而已'來。"驛相顧莫知所爲。客又迫促，無計，吏問曰："不知'而已'何似？"客曰："'而已'大於驢小於騾，若無可供，但還我價直。"吏問："每一'而已'其價幾何？"客曰：

"三五千。" 驛吏遂斂送耳。

有睹鄰人夫婦相諧和者，夫自外歸，見婦吹火，乃贈詩曰："吹火朱唇動，添薪玉腕斜。遙看烟裏面，大似霧中花。" 其妻亦候夫歸，告之曰："每見鄰人夫婦極甚多情。適來夫見婦吹火，作詩咏之。君豈不能學也？" 夫曰："彼詩道何語？" 乃誦之。夫曰："君當吹火，爲別製之。" 妻亦效吹。乃作詩曰："吹火青唇動，添薪黑腕斜。遙看烟裏面，大似鳩盤茶。"①

【校箋】

① 鳩盤茶：當作"鳩盤荼"，佛書中指啖人精氣的鬼，亦譯作冬瓜鬼。常用以比喻婦人醜陋之狀。

隋末劉黑闥據有數州，縱其威虐，合意者厚加賞賜，違意者即被屠割。嘗閒暇訪得解嘲人，召入庭前，立須臾，水惡鳥飛過，命嘲之。即云："水惡鳥，頭如鐮杓尾如鑿，河裏搦魚無僻錯。" 大悦，又命嘲駱駝，嘲曰："駱駝，項曲綠蹄，被他負物多。" 因大笑，賜絹五十匹。拜畢，左膊上負絹走至戟門，倒卧不起。黑闥令問何意倒地，答云："爲是偏擔。" 更命五十屯綿置右膊。將去，令明日更來。還，路逢一知識，問："何處得此綿絹？" 具説其事。大喜而歸，語其婦曰："我明日定得綿絹。" 及曉，即詣門，言極善解嘲。黑闥大喜，令引之。適一獼猴在庭，命嘲之曰："獼猴，頭如鐮杓尾如鑿，河裏搦魚無僻錯。”黑闥已怪，猶未之責。又一鷗飛度，復令嘲之，因云：“老鷗，項曲綠蹄，被他負物多。”於是大怒，令割一耳。走出至庭，又即倒地，令問之，又云：“偏擔。”復令割一耳。還家，婦迎問綿絹何，答曰：“綿絹割兩耳，只有面。”

唐初梁寶好嘲戲，曾因公行至貝州，問貝州佐史云：“此州有趙神德甚能嘲。”令召之。寶顏甚黑，廳上憑案以待。須臾，神德入，兩眼俱赤，寶即云：“趙神德，天上既無雲，閃電何以無準？”則答云：“向者入門來，案後惟見一梃墨。”寶又云：“官裏料硃砂，半眼供一國。”又答云：“磨公小拇指，塗得太社北。”寶無以對，愧謝遣之。

唐封抱一任櫟陽尉，有客過之。既短，又患眼及鼻塞，抱一用《千字文》語作嘲之，詩曰：“面作天地玄，鼻有雁門紫。既無左達承，何勞罔談彼？”

高敖曹嘗爲《雜詩》三首，云：“冢子地握槊，星宿天圍棋。開曇瓫張口，卷席牀剝皮。”又：“相送重相送，相送至橋頭。培堆兩眼淚，難按滿胸愁。”又：“桃生毛彈子，瓠長棒槌兒。牆軟壁亞腹，河凍水生皮。”

唐元宗逵爲果州司馬，有婢死，處分直典云：“逵家老婢死，驅使來久，爲覓一棺木殯之。逵初到，家貧不能買得新者，但得一經用者。即得，亦不須道逵買，云君家自須。”直典出門說之，一州以爲口實。

　　有人以釘鉸為業者，道逢駕幸郊外，平天冠偶壞，召令修補，訖，厚加賞賚。歸至山中，遇一虎臥地呻吟，見人，舉爪示之，乃一大竹刺，其人為拔去。虎銜一鹿以報。至家，語婦曰："吾有二技，可立致富矣。"乃大署其門曰："專修補平天冠，兼拔虎刺。"

附　録

明通奉大夫廣西左方伯武林謝公墓誌銘

我隆、萬間，三山稱博雅而攻詩文者，無過徐、謝二家。大令相坡先生於右相天池先生爲翁婿行。曰熥、曰㶿，相坡公之子也；方伯君肇淛，天池公之長子也。三君子者，皆能讀其父書，相爲友善。熥舉孝廉而夭，㶿淪落於布衣，方伯君雖早致身青雲，晚歲宦始達，而有所表見於世，不顯以觚牘稱。方君之爲方伯也，予適起家西粤，參議君之政事。時粤西事極重，大者莫如援黔加派，其次則宗禄之不支與荒疫之洊至。君悉心調度，俾天潢之禄入以時，而百姓常賦之外，率追於軍興，歲雖災，其不爲害也，固矣。鄰警告急，提兵入援，羽書趣督日來三四，而君故處之以鎮靜。用土用漢，群議多嘩，君蓋有成算于胸中，人莫測其所以，惟是與幕府預籌之，布置已定，一旦下令，曰用漢便，漢兵集矣。征于何路，監者何官，糗于何所，輸者誰役，不過稟承于功令，如指行之而已。時土司中如田、如泗之最爲雄桀者，日耽耽伺我之動定，稍有舛着，輒思攘臂而起，君置之若不屑然。一切欲加秩拓地，有所陳請，君盡抑之，曰："彼挾吾之重，以施于讎怨，吾何爲彼加翼？"二酋知計無所行，而奸謀亦寢。未幾，黔圍解，用漢之局旋結，民間不知有兵革之苦矣。君毫不以居功，而日坐堂皇，料理判約如尋常。適其時藩臬俱空，君繫六七印綬于肘，左畫方而右畫圓，神閒力裕，了無匆遽之色。良久，予始到視事，代君之半，遇有疑難，亟取故牘視之，君已標識處分定矣，予乃咋舌，謂君未易才也。

君爲政好持大體，不務凌誶，條理尤自精密，使人游于縠之中而其意也消，以故聞望日隆于朝，謂需君以計吏，到將大有用之，而君竟爲積勞遘疾，棄世于中途。訃聞之日，公私痛悼，皇皇涕泣。君固齊壽夭而等彭殤，其若天步艱難，喪兹國寶，何矣？

予讀興公之狀，如君參滇藩，治北河，料水衡錢，司李齊、吳間，俱有經畫而舉其職，且抗疏數千言，大略云："不忍以閭閻有限之膏脂，爲泥沙流水，付諸閹豎狙獪之手。"語甚剴切，神祖頗優容之。蓋君之文取于達意，又與事理相敷，不好爲鈎蔓，故雖以九閽之隔，而衡之尺幅間，短長之數瞭然如見，忠愛之忱溢於詞表。竊臆維時神聖淵衷，未嘗不予其直，而鑑其無他也。君性豁達，獨注重於根本。天池公素健，君在留曹，以入賀行，事竣過家，業報轉司馬郎，不之官，而戀戀庭闈，承歡笑若嬰孺。未幾，天池公以微疾而逝，獲聞終命，人嘆以爲純孝之報。至若歸寺田以成先志，割腴產以益二弟，爲治季父之女弟嫁奩者三，皆人所難。予憶甲子元旦與君唱和，君詩中落句云"回首高堂憐老母，白頭如雪淚如冰"，及在萍鄉屬纊時，惟以不獲與徐太淑人執手永訣爲恨。雖云詩讖，實至情乎！太淑人，君之繼母，徐惟和興公之女兄也。君之嫡母高、生母趙俱早背，遇諱辰，君祭必絮泣不休，有所俸入，分膳母家之貧者，過于母在時。其内行敦備，往往如此。

君貌豐碩，額顙如砥，光能鑒人。腹便便，善飲啖而強記誦，過目不忘。著述甚富，其集曰《小草齋》，詩卷二十、文卷三十。雜録曰《吳興支乘》《居東日纂》《北河紀》《滇略》《百越風土記》《粤藩末議》，皆宦迹所游歷也。曰《鼓山志》《支提太姥志》《方廣巖志》《長溪瑣語》《史考》《史測》《史觽》《禮考》《詩話》《塵餘》《五雜組》《文海披沙》，皆家食所搜討也。君即不沾沾自喜，以顓行其觚牘，然真所云"人苦不足，我獨厭餘"者矣。君生于隆慶元年丁卯七月廿九日，卒于天啓四年甲子十月廿三日，享齡五十有八。以雲南左參政受覃恩，贈其祖若父皆如其官，三母二妻俱爲淑人。其鄭氏爲君之前室，黃氏爲繼室。君之側室林氏生長男棨，陳氏生次男庠生槼，又陳氏生男彚，行三，高氏生男栗，行四；杲，行五。君之女三人，長名琰，適予男孟嘉。

予與君文字友也，兒女姻也，同官寮也。微諸孤之請，予且志之，矧重以請，辭焉得乎？

復爲銘曰：子雲薄雕蟲爲小技，陳思斥詞賦于君子。藉令舍兹，曹、揚安以？君質洵都，學殖是充。神明遒豁，性術流通。孰爲文章，孰爲事功？之二者雖未嘗以畸重輕，固不求工而自工也與哉！惟玄壤藏，以固紹厥業永無斁。百世後之君子，過其下者，輒徘徊曰：噫！謝公之墓。

賜進士出身、前嘉議大夫、廣西布政使司分守桂平道按察司副使兼右參議、眷友弟曹學佺頓首拜撰。

（《四庫全書存目叢書》影印江西圖書館藏明天啓刻本《小草齋文集》附錄）

中奉大夫廣西左布政使武林謝公行狀

粵西左方伯在杭謝君以天啓甲子冬入覲，行至萍鄉，卒於官舍，乙丑正月十七日，櫬返三山，厥孤棨等衰絰造予曰："先大夫生諸孤也晚，不幸奄然棄諸孤而逝。含斂不及視，遺言不及聞。而大夫筮仕三十餘年，其生平懿行與夫敭歷之忠勤，半屬諸孤未生前事，未嘗耳而目之，烏能殫述？惟是長者與大夫骨血聯屬，幼同學，長同社，老而情誼彌篤，非長者孰能核大夫之真而狀大夫之詳也？"予哀而許之。

按謝之先，晋太保安、車騎將軍玄及康樂公靈運、宣城內史朓名最顯，其後遷東越上虞之莆興村百花巷。至宋理宗朝，十五世矣，有諱星者，官福清，任滿不歸，遂占籍焉。無何，避亂徙海壇山之東嵐，傳八代，户口日繁。值太祖高皇帝定天下，慮海島孤懸，黔首受倭夷之摽掠，下令三丁拔一爲軍，徙内地，於是星之八世孫諱鍾者渡海而西，至長樂，相土卜宅，七遷而得江田里定居。鍾生琬，琬生德圭。德圭能詩，與國初十才子王恭、高廷禮輩相倡和，亦博雅君子也。德圭生砥，砥生文禮，舉成化乙酉鄉薦，官處州教授十餘年，三秉文衡。先是，族人士元官副都御史，文著、廷瑞俱官郡太守，廷柱官僉憲，一時金紫輝映，稱鼎族矣。文禮生廷統，廷統生浩，爲邑諸生，以君貴，贈中大夫、雲南左參政。浩生汝韶，字其盛，號天池，舉嘉靖戊午鄉薦，官吉府左長史，以君貴，進階奉政大夫，再贈中大夫、雲南左參政。天池先生元配高，以君參政恩贈淑人，未有出。始長教錢塘時，納君生母趙淑人爲副室，以隆慶丁卯年七月二十九日生君。天池先生以母浙產也，命其名曰肇淛，字在杭，別號武林云。

　　君生而警敏非常，數齡即解占對，誦詩書，一目輒能記憶。九歲屬文，落筆纚纚如貫珠，能破累紙，出人意表。天池先生自督課，不假師傅。族祖宮保繹梅公見而異之，以爲謝氏鳳毛。先生兩爲令，一爲郡丞，再遷吉藩左輔，而君年纔十三，就楚試，督學使者奇其文，拔高等入庠序，再試復爲高等，食廩餼。旋以天池先生掛冠歸，楚學使移檄抵閩，例得青衿，閩學使楚産也，不知奇君，竟格不許，君曰："吾文章患不售而藉蔭他邦乎？"萬曆乙酉，太倉王公世懋來督閩學，品其文曰："將來必爲名士。"拔置第一，補候官弟子員，入試。閱歲，吳江顧公大典試士，君仍首列廩於學宮。戊子，以《詩經》舉於鄉，實嶺南太史楊公起元所取士也。己丑，上春官不第，歸讀書羅山，呫嗶之暇，喜爲聲詩，結社賦咏無虛日，而詩名從此大噪矣。壬辰，再上南宮，成進士，出粵西太史蕭公雲舉之門。是冬，拜湖州司理。吳興，劇郡也，刑獄孔繁，多所平反。時值大宗伯董公份、大司成范公應期皆擁雄貲，家僮千指，齮齕鄉里，因而聚訟。巡按御史彭公某欲甘心於司成，諭意於君，謂司理可持三尺無撓也，君抗聲辭不任責。御史怒，轉諭意於烏程令張君應望，張承風旨，窮治之，司成懼，姙經死。范夫人吳氏詣闕擊登聞訟冤，神宗皇帝念司成曾爲講官，震怒，逮御史，褫其職，而下烏程令獄，竟成邊。吳興縉紳士庶莫不相與嘖嘖，君中流砥砫，不殺人以媚人也。秩滿，進天池先生階爲奉政大夫。然以不曲事長官拂郡守意，戊戌大計吏，遂爲所中，調東昌司理。君蒞東昌又六年。庚子，入棘闈爲同考試官，所拔多名士，而獄訟平反較吳興時又加飭。君素以冰蘗自持，方署郡符，例受棗稅二千餘金，君讓稅於僚友，不一染指，東郡人至今誦説之。乙巳，擢南京刑部山西司主事，尋從祖繹梅公爲少司寇時故事而行之。君既兩爲理官，益精爰書，凡慮

因傅獄，必據律按決，又多行陰德。且比部事簡，日惟登臨
會客，所交咸海內名流，而詩章翰墨傳布江以南，無不人人
願交，亦無不人人悅服。丙午，以入賀慈聖皇太后徽號抵京，
間道過家，爲天池先生稱七十觴。尋轉南京兵部職方司主事，
未幾，天池先生即世，予寧三載，閉門著述，手不停披，有
司罕覲其面。己酉，服闋，補工部屯田司主事，轉員外郎，
管節慎庫。諸郎曹視帑金如私橐，隨入隨出，往往藉以自潤，
弊從生焉。及君被命受事，值廷議命御史同司管鑰，君收鏹
發帑，必請御史與偕，共目啟閉，以故猾胥狡吏無所售其姦。
又製木匱數百具，遇省直解鏹至，則按籍蘊諸匱，公家有事，
揆度盈縮，不啟匱給發，公私稱便，實不便於後人也。在事
一載，稽諸帳籍，歷歷有徵，每一會計，輒拊心扼腕。時京
師大旱，上疏勸上修省，因及內帑，其略云：“臣自莞庫以
來，僅及一季，按牘而署，按數而發，則木料物料以百計矣，
內柴外柴以千計矣，婚禮、府第以萬計矣，陵工、橋工以十
萬計矣，門工、殿工以百萬計矣。中使行文而催督，鋪商開
單而催領。稍稽其期，訛讟叢生；稍裁其數，攘臂傲睨。甚
至工已停而補給，物未辦而預支。漏巵難實，踵踵相仍；溪
壑未厭，喃喃不置。臣仰屋竊嘆，無可奈何。且天地生財止
有此數，官盡，猶取之民，民盡，復何所取？但見今日兌幾
千，明日兌幾萬，以閭閻有限之膏血，而泥沙流水，付之姦
商駔儈之手，竊爲皇上惜之。”條陳幾萬言，皆切時弊。吾鄉

碧麓林公方爲少司空，署部事，見君侃侃亢直，比之汲長孺、賈洛陽云。

辛亥，轉本部都水司郎中，督理北河，駐節張秋。國家轉漕道經斯地，而北河所轄千餘里，於賜履最廣。明興，河屢決，徐武功、劉忠宣先後奉命築塞，然而汶濟之間，南北建瓴，漕艘四十萬粟利涉往來，倚安流爲命。若逢巨浸淫潦，崩湍怒號，千丈立潰，馮夷河伯不能盡如人意，故任河事者責任彌艱。君審天時，察地利，規前慮後，悉畫周防，日夜焦勞，凡可以護衛河工者莫不畢舉，手勒《北河紀》，圖繪形勝如指諸掌。由是百瀆效靈，舳艫魚貫，旱不涸而雨不崩，君之力焉。甲寅春三月，福藩分封之國，青雀黃龍之舸千二百有奇，甲卒千人，騎較半之。君爲河臣，則預繕堤岸，瀹淤滯以導艎艫，躬操小艇爲王前驅。先是，肅皇帝末年，景王之國，水道有阻，一路繹騷，内侍讟張，至以馬棰鞭刺史。而君護送凡十四晝夜，歷數州邑，而閽尹毋敢嘩。滿三載，復命擢雲南布政使司左參政兼僉事，分巡金滄道，轄大理、蒙化、鶴慶、麗江、永寧五郡及五井鹽課提舉司，幅員周遭二千餘里，州有十四、衛有五、所有三、長官司有七、宣撫司有三，建牙樣榆。一切夷漢之機宜，文武將吏之殿最，巨盜大駔之獲擒，七較水犀之行陳，在在留心，擘畫得其要領，雖遐荒蠻服，莫不憚其威而煦其澤。庚申，齎捧入賀萬壽聖節，抵京值顯皇晏駕，光宗御極，君受覃恩，膺三世貤贈，復由劍門抵滇。辛酉，擢廣西按察使。癸亥，晋本省右布政使，尋晋左布政使。君在粵三閱寒暑，值黔中告急，粵有震鄰之恐，君蒿目時艱，悉心經畫，召土兵，整器械，發官帑，犒軍伍以援。而右江一帶，控制土司，迫近苗寇，内地無兵，何以安定？乃議增土兵以備緩急。懷遠當楚黔之界，安酋煽亂，聲言由此窺粵，又議置關增戍，指點要害，咸得其當，兩臺使者皆可其議而行之。始黔中徵兵，編餉召募，而驕悍之徒嘯聚轅門，竟日不解。君在粵久，兵士歸心，親至轅門，諭以威德，兵各散去，否則釀及大變，粵其危矣。粵人尤德之。至於增部引以召鹽商，給宗禄以安紈袴，立南丹土酋，不使其懷二心，讐服猺獞，不使其時竊發，抵派加餉，鑄錢征商，種種善政，難以縷指。甲子，提調省試，事事精辦，井然有條。君自廉憲歷左右二方伯，無一事不手自裁奪，無一議不心自計策，無一利而不興，無一弊而不剔。坐是勞瘁彌甚，鬢髮改白，肌膚減瘦，而病已入膏肓，君猶惓惓以地方爲念。今歲當大計吏，君任藩長，例宜赴闕，猶力疾書郡邑下吏賢否，不少假借。客秋之杪，發桂林，途次病劇，猶檢點應朝諸重務，付之藩幕，作書與僚友楊方伯鵬遥、曹憲副能始永訣，且以竟未竟之志。十月二十三日，至萍鄉，遂卒於官邸。如君者，可謂勞於王事而不顧身者也。距其生，享年五十有八。

君豐頤廣額，坦衷廓度，與物無忤。天性孝友，事天池先生，冠履不莊不敢見。理吳興日，迎養於官舍，日出坐堂皇，有所鞫訊，夜必告之嚴君。所入俸資，悉以婚嫁弟妹。早失嫡母高、生母趙，遇諱晨，則絮泣孺慕，而恤其舅氏，至老不衰。繼嫡太淑人徐，即予姊也，君自齠齔以至腰犀，無一日不色養，疾革，於後事無所囑，惟謂不能與老母訣別，淚籔籔下。撫二庶弟肇湘、肇澍，無離裏之隔，延師訓迪，不遺餘力，今皆青其衿。天池先生產薄，而君推田讓宅無吝情。季父早喪乏嗣，但遺女弟三人，皆爲治奩嫁名族，通其有無，不異同生二女弟也者。内行純備，真無間於父母昆弟之言矣。先是，天池先生宦歸而貧，大中丞錢塘金公來撫閩，實先生門下士，乃以福安黛凝寺田數百畝爲贈，君在宦邸不聞也。及先生殁，君秉家政，始知所從來，嘆曰：“可令如來香燈冷落，釋子盂飯之不充哉？”親朋無不相勸曰：“世人垂涎寺田，惟恐攘之而不得，君既得而復失，所行與世人異矣。況當道所遺，獨不可以均之二弟乎？”君不聽，竟召寺僧還之，而自捐腴田償二弟。邑令毛君萬彙嘉君盛舉，令僧祀君於寺，以報明德。越數載，予信宿斯寺，則見僧徒雲集，香燈燦然，龍象不至頹廢，君之德也。

方其在吳興時，所識拔士有溫宗伯體仁、閔都憲洪學、費方伯兆元、胡憲副爾愷、華比部士尊、王比部德坤、沈憲副朝燁、勞太守永嘉、路侍御懋曾，十數公爲諸生時，皆受君特知，先後宦閩，執弟子禮甚恭。居常喜博覽，自六經子史，以至象胥、稗虞、方言、地志、農圃、醫卜之書，無所不蓄，亦無所不漱其芳潤。淹通融貫，隨叩隨應，更無所疑難。故發爲詩文，宏暢豐贍，一瀉千里。奉使過里門，郡大夫喻公政修郡乘，延先正林大司空與今林大納言爲總裁，屬君纂修。君揚扢討論，粲然徵實。又善行草，得格於二王種種臻妙，片楮隻字，人爭寶之。所著有《小草齋》詩二十卷、文三十卷。理吳興日，采風問俗，著《西吳支乘》二卷；理東昌日，搜括異聞，著《居東雜纂》四卷；治北河日，相度水勢，著《北河紀》十卷。參雲南日，援古證今，著《滇略》十卷；轄粵西日，翻閱掌故，著《風土記》二卷；調劑庶務，著《粵藩末議》二卷。至於過家暇豫，時時尋山問水，著《鼓山志》八卷、《支提山志》四卷、《太姥山志》二卷、《方廣巖志》二卷、《長溪瑣語》二卷。讀古今諸史，作《史測》二卷、《史考》七卷、《史觿》十七卷。聽衢談巷説，著《塵餘》四卷、《續塵餘》二卷。與友人論詩，著《詩話》六卷。讀書有所發明，著《五雜組》二十卷、《文海披沙》八卷、《筆儁》十卷。憫古禮漸失，著《今用禮考》十卷。俱已成書，總之一百八十餘卷，可以傳矣。

　　君娶廣東參議鄭公逑女，早卒，贈淑人。繼娶處士黃公公藩女，封淑人。男子五人，長榮，聘四川參政陳公儀孫女，側室林出；次榮，邑庠生，聘都御史薛公夢雷男官生瑞清女，側室陳出；次彙，聘袁州太守鄭公惇典男太學生正傳女，側室陳出；次棨，聘兩淮運同葉公時敏女；次杲，尚幼，俱側室高出。女三人，長琰，適廣西副使曹公學佺男廩生孟嘉，高出；次琬，適南京通政使林公材男太學生弘澍，淑人黃出；次瓏，適戶部員外郎林公世吉孫太學生壽，高出。

居常語親朋曰："吾家世清白，先世爲吏者，宦歸無不貧，安有既叨爵位而復享富貴哉？浥彼注兹，天道也。若微天幸，子孫不至凍餒，足矣。"今君位至方岳，不爲不貴，而歷官三十餘年，產亦僅僅不愧祖先之清白，足覘生平之所守矣。嗟夫！言猶在耳，而華屋山丘之嘆隨之，能不悲哉！

棨等將以天啓□年□月□日奉君靈柩葬於□縣□鄉□山，襄事有日，欲乞墓中之銘於當代名公，敬爲之論次如此。至於片善足稱，微言可紀，尤種種難具陳云。東海徐爌撰。

（《四庫全書存目叢書》影印江西圖書館藏明天啓刻本《小草齋文集》附錄）

《列朝詩集小傳》丁集下《謝布政肇淛》

肇淛，字在杭，長樂人。萬曆壬辰進士，除湖州推官，量移東昌，遷南京刑、兵二部，轉工部郎中，管河張秋，作《北河紀略》，詳載河流源委及歷代治河利病，談河工者考焉。升雲南參政，歷廣西按察使，至右布政。林若撫曰："在杭詩以年進。《下菰集》，司理吳興作也。坐論需次真州，有

《鑾江集》。移東昌，有《居東集》。格調漸工，然其詩亦止於此。"嘗有寄余詩云："曾從紫氣識龍文，忽見新詩過所聞。老去自慚牛馬走，書來猶問鹿麋群。春城樹色連吳苑，夜雨鴻聲叫海雲。荔子輕紅榕葉綠，相期同拜武夷君。"在小草堂全集中。晚年所作，聲調宛然，不復進矣。余觀閩中詩，國初林子羽、高廷禮以聲律圓穩爲宗，厥後風氣沿襲，遂成閩派。大抵詩必今體，今體必七言，磨礱娑蕩，如出一手。在杭，近日閩派之眉目也。在杭故服膺王李，已而醉心於王伯穀，風調諧合，不染叫囂之習，蓋得之伯穀者爲多。在杭之後降爲蔡元履，變閩而之楚，變王李而之鍾譚，風雅凌夷，閩派從此熸矣。

《靜志居詩話》卷十六

謝肇淛，字在杭，長樂人。萬歷壬辰進士，除湖州府推官，移東昌，遷南京刑部主事，調兵部，轉工部郎中，出爲云南參政，升廣西按察使，歷左布政使。有《小草堂集》。

在杭格不聳高，而詩律極細，其持論亦平，如于鱗、元美、敬美、子與、伯玉皆所傾心。《漫與》詩云："徐陳里閈久相親，鍾李湖湘非吾鄰。丸泥久已封函谷，怕見江東一片塵。"徐指孝廉維和、山人興公，陳謂文學汝大、孝廉幼儒、山人振狂。是時景陵派已盛行，而在杭能距之。又云："石倉

衣鉢自韋陶，吳越從風赤幟高。若問老夫成底事，雪山銀海
瀉秋濤。"此則在杭自任匪淺矣。

[附録] 張幼于云："在杭蓄藻于建安，騰聲于慶歷，希
躅于少陵，泛駕于長慶，兼綜潘、陸，妙契陶、韋。其辭宛
以麗，其氣雄以健，其攄思優以雋，其援事典以則，其振響
和以平，既美才情，尤深寄興。"

《明史》卷二八六《文苑二·鄭善夫傳附》

謝肇淛，字在杭。萬曆三十年進士，官工部郎中，視河
張秋，作《北河紀略》，具載河流源委及歷代治河利病，終
廣西右布政使。

四庫本《福建通志》卷四三《謝肇淛傳》

謝肇淛，字在杭，汝韶子，萬曆壬辰進士。初爲杭州司
理，歷職方郎，以艱歸。補北屯司，管庫無私。值大旱，疏
陳冗費諸弊數千言，略云：不忍以閭閻有限之膏脂，付諸閹
豎狙獪之手。語甚剴切，神宗優之。出督北河，福藩之國，
青雀黃龍之舸千二百有奇，肇淛操小艇前驅，繕濬多方，水
道無阻，衆以不嘩。歷官至西粵布政。安氏亂，鄰警告急，
肇淛置官增戍，繕備益兵，散遣募卒，不爲粵擾，粵人德之。

增鹽引，急宗禄，抑土司，服猺獞，鑄錢，征商，抵派加餉，皆碩畫也。肇淛於學無所不窺，爲文豐蔚軒霽，古文詩歌畺年傳布江左，所著有《小草齋詩》二十卷、文三十卷。雜著、雜録數十萬言。

《崇禎長樂縣志》卷七《名臣·謝肇淛傳》

謝肇淛，字在杭，號武林，江田人。父汝韶，司教錢塘，置側室，生公，故名與字以志所出也。公生而奇穎，覽輒成誦。九歲能屬文，《題蘇武牧羊圖》曰"上林飛雁來何晚，空牧羝羊十九年"，遠近傳誦之。壬辰成進士，爲司理民。擢南司馬，屬交海內名士，古文詩歌傳布江左。轉司職方，以艱歸。起補北屯司，管庫無私，值大旱，上疏陳冗費諸弊，幾萬言。出督北河，福藩之國，青雀黃龍之舸千二百有奇，公操小艇前驅，繕濬多方，水道無阻，衆以不嘩。歷官至粤西方岳，時值安氏亂黔，粤廩廩鄰震，公置官增戍，繕械益兵，粤人以安。其散遣募兵，不爲粤擾，粤人尤德之。增鹽引，急宗禄，抑土司，服猺獞，鑄錢征商，抵派加餉，俱石畫也。公於學無所不窺，爲文豐蔚軒霽，所著有《小草齋詩》二十卷、《文》三十卷。雜著曰《吳興支乘》《居東日纂》《北河紀》《滇略》《百粤風土記》《粤藩末議》，皆宦迹時所歷也。曰《鼓山志》《支提太姥志》《方廣巖志》《長溪

瑣語》《史考》《史測》《史觿》《禮考》《詩話》《塵餘》
《五雜組》《文海披沙》，家食時所搜討也。有《碎金集》，網
羅類萃，尤閎博，未獲整齊，藏而未行。夏子曰：世言文人
寡實，效公起海隅，與海內能文家屠緯真、李本寧、袁石公
諸公相頡頏，不少屈，公可謂豪於文矣。歷仕殊久，行事無
可疵也。何言文能累政？余以吏故，遂闕於文，豈政又足累
文歟！才盈則溢，匱則詘，無相累也，相資則深。

《同治長樂縣志》卷十四《謝肇淛傳》

謝肇淛，字在杭，一字武林。父汝韶司教錢塘時生肇淛，
故名與字皆志所出也。生而奇穎，覽輒成誦，九歲能屬文。
萬曆壬辰成進士，爲杭州司理，歷職方郎，以艱歸，起補北
屯司莞庫，無私，值大旱，上疏陳冗費諸弊數萬言，略云：
"不忍以閭閻有限之膏脂，付諸閹豎狙獪之手。"詞甚剴切，
神宗優之。出督北河，福藩之國，青雀黃龍之舸千二百有奇，
肇淛操小艇前驅，繕濬多方，水道無阻，衆以不嘩。歷至粵
西布政，時安氏亂，鄰警告急，肇淛置官增戍，繕械益兵，
散遣募卒，不爲粵擾，粵人德之。增鹽引，急宗祿，抑土司，
服傜僮，鑄錢征商，抵派加餉，俱碩畫也。肇淛於學無所不
窺，爲文豐蔚軒霽，古文詩歌早年傳布江左。所著有小草齋
詩二十卷、文三十卷。雜著曰《吳興支乘》《居東日纂》《北

河紀》《滇略》《百粤風土記》《粤藩末議》，皆宦迹時所經歷也。曰《鼓山志》《支提、太姥志》《方廣巖志》《長溪瑣語》《史考》《史測》《史櫂》《禮考》《詩話》《麈餘》《五雜組》《文海披沙》，家食時所搜討也。他有撰著，網羅類萃，尤閎博，未獲整齊，藏而未行。

《民國長樂縣志》卷二三《名臣·謝肇淛傳》

謝肇淛，字在杭，萬曆壬辰進士，湖州推官，改東昌，歷南京刑部主事，兵部郎中，補北工部屯田司。值旱，疏冗費諸弊數千言，略言："不忍以閭閻有限之膏脂，付諸閹豎狙儈之手。"語甚愷切，神宗優旨答之。視河張秋，作《北河紀略》，俱載河流源委，及歷代治河利病，曰："吾以盡河之變也。"福王之國，舟千二百有奇，肇淛操小艇前驅。繾綣多方，水道無阻，衆以不嘩。出爲云南參政，遷廣西右布政。安氏亂，鄰境告警，肇淛置官增戍，繕備益兵，及增鹽引，急宗禄，抑土司，服瑤壯，鑄錢，征商，具有實劃。常言："從來吏治之壞，無如今日。大抵官不留意政事，一切付之胥曹，而胥曹之所奉行者，不過以往之舊牘，歷年之成規，不敢絲毫逾越；而上之人既以是責下，下之人亦不得以故事虛文應之，一有不應，則上之胥曹又乘隙而繩之以法矣。以敝郡縣之吏，宵旦竭蹶，惟日不足，而吏治卒以不振者，職此之由也。”又言：“國家立法太嚴，如戶部官不許蘇、松、江、浙人爲之，以其地賦稅多，恐飛詭爲奸也。外弊孔盡竇，皆出吏胥，堂司官遷轉不常，何知之有？今戶部十三司，吏胥皆紹興人，可謂目察秋毫而不見其睫者矣。”肇淛好讀書，于學無所不窺。爲文豐腴軒霽。詩靚深婉麗，時罕其倫，弱年即傳布江左，大都率循古法，而中有特造孤詣，體無不備，變無不盡，蓄藻于建安，希躅于少陵，泛駕于長慶，既美才情，尤深寄興。是時詩道向衰，以肇淛爲砥柱云。（夏允彝論曰：世言文人寡實效，公起海隅，與海内能文者屠緯真、李本寧、袁實公諸公相頡頏，可謂豪于文矣。歷仕殊久，行事無可疵也。何言文能累政？余以吏故，遂闕于文，豈政又足累文歟？才盈則溢，匱則詘，無相累也，相資則深。）